D1140534

ob⌐

OBA Bos en Lommer
www.oba.nl

afgeschreven

Een speling van het lot

Bezoek onze internetsite www.awbruna.nl
voor informatie over al onze boeken en dvd's.

Joanna Rees

Een speling van het lot

OBA Bos en Lommer
www.oba.nl

A.W. Bruna Fictie

Oorspronkelijke titel
A Twist of Fate
Copyright © Jo Rees, 2012
Vertaling
Erica Feberwee
Omslagbeeld
© Corbis/ Hollandse Hoogte
Omslagontwerp
Sanneke Prins, Sproud Amsterdam
© 2013 A.W. Bruna Uitgevers, Utrecht

ISBN 978 94 005 0220 8
NUR 302

MIX
Papier van
verantwoorde herkomst
FSC
www.fsc.org
FSC® C110751

Dit boek is gedrukt op papier dat het keurmerk van de Forest Stewardship Council (FSC®) mag dragen. Bij dit papier is het zeker dat de productie niet tot bosvernietiging heeft geleid. Een flink deel van de grondstof is afkomstig uit bossen en plantages die worden beheerd volgens de regels van FSC. Van het andere deel van de grondstof is vastgesteld dat hiervoor geen houtkap in de laatste resten waardevol bos heeft plaatsgevonden. Daarom mag dit papier het FSC Mixed Sources label dragen. Voor dit boek is het FSC-gecertificeerde Munkenprint gebruikt. Dit papier is 100% chloor- en zwavelvrij gebleekt en wordt geleverd door Arctic Paper Munkedals AB, Zweden.

Behoudens de in of krachtens de Auteurswet van 1912 gestelde uitzonderingen mag niets uit deze uitgave worden verveelvoudigd, opgeslagen in een geautomatiseerd gegevensbestand, of openbaar gemaakt, in enige vorm of op enige wijze, hetzij elektronisch, mechanisch, door fotokopieën, opnamen of enige andere manier, zonder voorafgaande schriftelijke toestemming van de uitgever. Voor zover het maken van reprografische verveelvoudigingen uit deze uitgave is toegestaan op grond van artikel 16 h Auteurswet 1912 dient men de daarvoor wettelijk verschuldigde vergoedingen te voldoen aan Stichting Reprorecht (Postbus 3060, 2130 KB Hoofddorp, www.reprorecht.nl). Voor het overnemen van gedeelte(n) uit deze uitgave in bloemlezingen, readers en andere compilatiewerken (artikel 16 Auteurswet 1912) kan men zich wenden tot de Stichting PRO (Stichting Publicatie- en Reproductierechten Organisatie, Postbus 3060, 2130 KB Hoofddorp, www.cedar.nl/pro).

Voor mijn zus Catherine

Oost-Duitsland, 1971

De groezelige, witte Trabant stopte midden in het bos. Het haperende geluid van de remmen deed een zwerm vogels verschrikt krijsend opvliegen, de nachtelijke hemel tegemoet. Toen de lawaaierige motor zweeg, daalde er opnieuw een inktzwarte wade van stilte neer.

Sebastian Trost, die achter het stuur zat, liet de koplampen branden. Ze schenen op het bevroren pad vóór hem dat dieper het bos in liep. Er was die nacht geen maan en het begon licht te sneeuwen.

Als jongen had hij hier regelmatig gejaagd met zijn vader, dus hij kende deze weinig gebruikte route naar Schwedt, aan de Poolse grens, maar al te goed. Maar in het donker hing er een vijandige sfeer tussen de vertrouwde bomen en Sebastian wenste niet voor het eerst dat hij gewoon thuis was, in zijn huurappartement.

Hij legde zijn handen tegen elkaar en blies erop, in een poging ze op te warmen na de lange rit. Toen keek hij opnieuw onopvallend in zijn spiegeltje.

Volkmar, zijn baas, zat achter hem, met zijn hoed diep over zijn voorhoofd getrokken. In de staalfabriek waar hij werkte, had Sebastian de gefluisterde verhalen gehoord, over Volkmars ouders die waren gevangengenomen en gemarteld door de Stasi, en dat Volkmar zelf in de gevangenis was geboren. Zijn smalle gezicht had iets van een rat. Het was het gezicht van een man die voor niets terugdeinsde om zich te handhaven.

Sebastian was pas twee weken zijn chauffeur. Hij was tegen zijn zin gerekruteerd nadat hij erbij had gestaan toen Volkmar een

7

man neerstak op het laadperron van de staalfabriek. Uit angst voor zijn eigen leven had Sebastian de andere kant uit gekeken. Hij kende het klappen van de zweep. Zolang hij zijn mond hield, hadden hij en zijn gezin niets te vrezen.

Toen hij een sigaret opstak, probeerde hij niet te laten merken dat zijn handen beefden. Opnieuw wierp hij een blik in het achteruitkijkspiegeltje, maar nu keek hij naar de plek rechts naast Volkmar.

Daar stond een broodkrat op de achterbank, en in die krat lagen twee baby's te slapen, twee kleine meisjes, allebei in een eenvoudige, gebreide deken gewikkeld. Schuldbewust vroeg Sebastian zich af hoe lang het zou duren voordat Martina, zijn vrouw, zou merken dat haar dierbare dekens waren verdwenen. En hij dacht aan zijn eigen kinderen, aan zijn zoons, die als baby onder diezelfde dekens hadden gelegen.

'Waar blijft hij nou, verdomme! Solya zou iemand sturen! Hij had er allang moeten zijn.' Volkmar keek op zijn horloge, toen haalde hij een pistool uit zijn binnenzak en woog het op zijn hand.

Solya.

Er was in de wijde omgeving niemand die zoveel angst inboezemde. Alleen al het feit dat Sebastian zijn naam kende, zou voor hem en zijn gezin tot een wrede executie door de Stasi kunnen leiden.

Maar daar wilde Sebastian niet aan denken. In plaats daarvan dacht hij aan thuis, aan Martina en aan de stoofschotel van konijn die ze had gemaakt. Hij stelde zich voor dat ze na het eten samen op hun harde matras zouden liggen, onder de deken van bont, hij met zijn hand om een van haar weelderige borsten. Dat hij zijn ademhaling zou aanpassen aan de hare. En hij dacht eraan dat hij haar nooit zou vertellen dat hij vannacht hier was geweest. Laat staan waarom.

Maar hoe hij ook zijn best deed aan iets anders te denken, terwijl hij voor zich uit staarde naar de tunnel van sneeuw, steeds opnieuw drongen dezelfde vragen zich aan hem op. Waar kwamen de baby's vandaan? Wie waren hun moeders? En hoe was Volkmar aan de twee kinderen gekomen?

Een van de baby's bewoog en begon te jammeren. Een zacht, bijna miauwend geluid. Sebastian dacht dat zijn hart zou breken.

'Wat is er?' bromde Volkmar geërgerd, alsof hij zich bewust was van Sebastians ongemakkelijkheid.

'Ik eh... ik dacht... Waar gaan ze naartoe?' vroeg Sebastian, in een poging geïnteresseerd te klinken en niet te laten merken hoe doodsbang zijn eigen medeplichtigheid hem maakte.

'Wat doet het ertoe? Ik krijg duizend mark per kind,' zei Volkmar. 'Hoe dan ook, het schijnt dat een van de twee naar Amerika gaat.'

Sebastian hoorde een zweem van trots in zijn stem. 'Hebben ze daar zelf niet genoeg baby's dan?'

'Geen anonieme. En geen baby's die nog zo klein zijn als deze, zonder papieren, zonder verleden,' zei Volkmar.

'En wat gebeurt er met de andere?'

Volkmar haalde zijn schouders op en toen Sebastian in de achteruitkijkspiegel keek, las hij in zijn dreigende blik welk lot het andere kind beschoren was. Het scheen dat Solya's clandestiene netwerk contacten onderhield met Bolkav, het staatsweeshuis in de heuvels, omgeven door een waas van geheimzinnigheid. Van de kinderen die er terechtkwamen, werd in veel gevallen nooit meer iets vernomen. Bij de prikklok in de staalfabriek had Sebastian geruchten gehoord dat sommige weeskinderen voor films werden gebruikt. Gruwelijke, perverse, gewelddadige films, waarvan de beelden een mens voorgoed achtervolgden.

Als dat het lot was van een van de kleine meisjes, dan waren dit waarschijnlijk de laatste vredige momenten die het ooit zou kennen.

In de verte werden lichten zichtbaar tussen de bomen. Sebastian knipperde met zijn ogen, werd verblind toen ze dichterbij kwamen en er ten slotte een oude Mercedes stilhield op het pad. Toen pas werden de koplampen gedoofd.

Sebastian voelde de loop van Volkmars pistool tegen de rugleuning van zijn stoel.

'Uitstappen! En help me met dat krat!'

Sebastian haastte zich om te doen wat hem werd opgedragen. Hoe eerder het voorbij was, hoe beter.

Sebastian huiverde. Niet van de kou – het was in de auto nauwelijks warmer geweest dan daarbuiten – maar van de mysterieuze, dreigende stilte in het bos. Vergeleken met de stad, waar door de fabrieken altijd een bijtende smog hing, was de lucht hier schoon en helder. Sebastian was tot het uiterste alert, met al zijn zintuigen. Hij tuurde ingespannen naar de stilstaande Mercedes en kon in het duistere inwendige de contouren van twee gedaanten onderscheiden.

Hij gooide zijn sigaret weg, die sissend doofde in het dunne laagje vers gevallen sneeuw, maakte haastig het achterportier van de Trabant open en tilde het krat eruit, waarbij hij de baby's instinctief, als om hen te beschermen, dicht tegen zich aan hield.

Toen hoorde hij het geluid van autoportieren die werden dichtgeslagen. Sebastian draaide zich om en zag twee mannen aankomen. De ene was een reus, een beer van een vent met een zwarte baard. De andere droeg een leren jas. Hij was nog jong – begin dertig, schatte Sebastian – en had een breedgeschouderde, atletische gestalte. Zijn blonde haar was heel kort geknipt. Het enige wat afbreuk deed aan zijn knappe verschijning waren zijn bleekblauwe ogen. De ogen van een roofdier dat, als het de kans kreeg, het vlees van je botten zou scheuren.

'Solya!' Volkmar kwam naast Sebastian staan. 'Ik had u niet verwacht.'

Sebastian voelde dat zijn keel werd dichtgesnoerd van angst.

'Volkmar, ouwe makker!' zei de kleinste van de twee. Dat was dus blijkbaar Solya. Hij spreidde zijn armen en kwam naar voren om Volkmar te omhelzen. Het viel Sebastian op hoe volmaakt wit zijn tanden waren. 'Dus je hebt ze?' Hij deed weer een stap naar achteren en schoof de mouw van zijn jas omhoog, zodat er een zware, gouden armband zichtbaar werd.

'Ja. Allebei. Zoals u had gezegd.' Volkmar knikte naar Sebastian, die met het krat naar voren kwam alsof hij brood ter inspectie aanbood.

Solya's bleke ogen begonnen te glinsteren bij het zien van de baby's. 'Mooi zo.' Hij glimlachte. Uit de binnenzak van zijn jas haalde hij een blanco witte envelop die hij tegen Volkmars borst drukte. Doordat de flap open was, kon Sebastian zien dat er een stapel schone, nieuwe bankbiljetten in zat.

Daarop hief Solya een geschoeide hand naar zijn ondergeschikte, die achter hem stond. 'Udo! De wodka!' Hij wiebelde gebiedend met twee vingers. 'Voor onze vriend.'

Solya gaf de fles die Udo hem aanreikte, aan Volkmar. Zijn zwarte handschoen stak scherp af tegen het zilverkleurige etiket.

'Als een gebaar van goede wil.'

'Dank u! Dank u wel.' Met een licht neigen van zijn hoofd pakte Volkmar de fles aan.

Solya klakte met zijn tong en keerde zich naar Sebastian. In het krat staken twee kleine neusjes als prille rozenknopjes boven de dekentjes uit die Martina lang geleden had gebreid, het ene groen, het andere geel.

'Wat vind jij? Welke wordt het?' Hij vroeg het luchtig, als een grap. Zijn accent verried dat hij uit Berlijn kwam. 'Ze zijn allebei nog klein genoeg. Dus kies jij maar!' Zijn ogen boorden zich in die van Sebastian. Toen gooide hij een munt omhoog, plukte hem uit de lucht en legde zijn hand erop. 'Wie van de twee zussen krijgt het goed? En welke heeft pech?'

Zussen? Niemand had Sebastian verteld dat de baby's zusjes waren. Op de een of andere manier maakte dat het allemaal nog veel erger. Zusjes die zo kort na elkaar waren geboren... Twee kinderen verliezen... Dat moest ondraaglijk zijn voor een moeder!

Sebastian voelde dat zijn hart wild tekeerging. Solya hield zijn hoofd schuin, bijna alsof hij het hoorde. Hij leek met zijn ijsblauwe ogen in Sebastians ziel te kunnen kijken. Deze man was een duivel, wist hij met absolute zekerheid. Net zoals hij zeker wist dat hij, Sebastian, verdoemd was.

Hij keek op de twee onschuldige meisjes neer en wenste dat hij met ze het bos in kon rennen, en nooit meer terugkomen.

'Ik... ik kan het niet.' Zijn stem brak. Even was hij bang dat Solya kwaad zou worden, maar toen zag Sebastian dat hij glimlachte.

'Je hebt gelijk.' Solya nam zijn hand weg en keek naar de munt.

'Als er iemand voor God moet spelen, dan ben ik het.' Hij reikte in het krat, tilde de baby's eruit en nam in elke arm een van de zusjes. Het krat voelde plotseling wanhopig leeg in Sebastians handen.

Nu pas zag hij dat een van de kinderen – het oudste zusje – wakker was geworden.

Ze maakte geen geluid, maar keek met haar donkere ogen, glanzend als zwarte kiezelstenen, naar Solya op.

'Deze vind ik leuk,' zei die. 'Ja, deze hou ik zelf. Zeg maar dag tegen je kleine zusje.' Hij hield de baby's even naar elkaar toe, alsof het een spelletje was. 'En de andere, de geluksvogel, die geven we aan Walchez. Hij weet wat er verder mee moet gebeuren.' Solya keerde zich naar Udo en gaf hem het jongste kind, in het gele dekentje.

De baby leek onmogelijk klein en kwetsbaar in de armen van de reusachtige man. Maar ze werd niet wakker.

'Ziezo. Geregeld.' Solya knikte, toen wendde hij zich af en liep terug naar zijn auto, op de voet gevolgd door de logge gedaante van Udo.

Sebastian keek naar Volkmar, die goedkeurend het etiket op de fles wodka bestudeerde.

Was het echt zo simpel? Was het mogelijk dat de gruweldaad die ze hier hadden verricht, zou worden vergeten? Dat niemand er ooit nog over zou praten?

Nee, dacht Sebastian. Hij zou het in elk geval nooit vergeten!

Met het lege krat nog in zijn handen zag hij de twee mannen in de Mercedes stappen. De motor werd gestart, de auto keerde op het pad, en toen waren de baby's verdwenen.

Volkmar liet de fles in zijn jaszak glijden en wreef in zijn handen. 'Vooruit! Waar wacht je nog op? We hebben wat te vieren!'

DEEL 1

1

Oktober 1979

Anders dan de naam deed vermoeden, was Little Elms verre van klein. Sterker nog, het telde honderdvijfentwintig hectare en diverse meertjes en kunstmatig aangelegde waterpartijen. Het grijze, kasteelachtige landhuis, compleet met torentjes, ontleende zijn naam aan de majestueuze olmen die met name in de herfst een schitterende aanblik boden en de trots van New England vormden.

Theadora Maddox was die morgen al vroeg op voor haar rijles. Aan de voorkant van het huis, in het hart van de enorme, cirkelvormige oprijlaan van grind, zat ze onberispelijk gekleed – rood jasje, roomwitte rijbroek en zwarte cap – en met een kaarsrechte rug op Flight, haar grijze Welsh Cob. Het was een frisse ochtend. Diep inademend keek ze hoe de zon de rijp op het gras deed smelten en het omtoverde tot een veld van diamanten. Ze hield van Little Elms, en het zou weer een perfecte dag worden, wist ze.

In de verte, voorbij de laan met goud- en koperkleurige bomen, lagen de stallen. Daar had haar vader, Griffin Maddox, ooit Showbiz gehuisvest, het paard dat tot driemaal toe de Kentucky Derby had gewonnen. Net als Starburst, waarmee Alyssa, Thea's moeder, tijdens de Olympische Spelen van 1960 in Rome een gouden medaille bij het springen had behaald.

Maar als beroemd krantenuitgever en directeur van Maddox Inc., het snelgroeiende, internationale mediaconcern, gokte Maddox tegenwoordig op andere paarden. Zijn volbloeden bereed hij nog maar zelden, en ook de speciaal voor hem gemaakte Lotus en zijn Aston Martin-oldtimers kwamen de garage nauwelijks meer uit. Griffin bleef gedurende de week bij voorkeur in Manhattan, om zijn opbloeiende imperium efficiënter te kunnen besturen.

En wat Alyssa Maddox betrof, zij was de reden dat Thea al zo vroeg op was. Want Thea was vastberaden te leren springen, voordat haar moeder thuiskwam uit het ziekenhuis. Ze wist dat het Alyssa's vurige wens was uiteindelijk weer te kunnen paardrijden, samen met haar enige dochter. Thea zou er alles aan doen om te zorgen dat die wens in vervulling ging.

Haar moeder was opgegroeid in Engeland, maar ze was naar Amerika gekomen toen ze Little Elms had geërfd van haar grootouders, de McAdams', die rijk waren geworden door de handel in vastgoed in Manhattan. Ze hadden het landgoed laten bouwen als een – verfraaide – replica van hun voorouderlijk huis in Schotland. Vrijwel tegelijk met het moment waarop ze het landgoed erfde, was Alyssa verliefd geworden op Griffin Maddox. Dus had ze haar hart gevolgd en van Little Elms haar nieuwe thuis gemaakt.

Thea vergat geen moment hoe bevoorrecht ze was om hier te wonen. Net als haar moeder voelde ze zich innig verbonden met Little Elms. Hier hoorde ze thuis, hier was alles zoals het zou moeten zijn.

En het zou niet lang meer duren of alles werd weer normaal. Dat wist Thea zeker. Zodra die akelige kanker over was, kwam haar moeder weer thuis. En dan zouden Alyssa en Griffin Maddox opnieuw door heel New Engeland op handen worden gedragen. Dan zouden ze in het voorjaar weer hun beroemde atletiektoernooi organiseren en in de zomer zouden alle rijke, beroemde, bijzondere vrienden van papa en mama naar Little Elms komen, voor het jaarlijkse Maddox-bal.

Johnny, de eerste stalknecht, die naast Thea's paard stond, duwde haar gepoetste laars in de stijgbeugel en klopte op haar been.

'Je bent er klaar voor,' zei hij lachend, met zijn Engelse accent. Zoals altijd droeg hij rijlaarzen en een bemodderd Barbour-jack. Toen hij naar haar opkeek, zag Thea de blos op zijn gebruinde gezicht, van de inspanning omdat hij haar paard al zo vroeg had moeten zadelen.

Johnny en haar moeder waren in Engeland samen opgegroeid,

en het was Johnny die de paarden van de McAdams' naar Amerika had gebracht. Eenmaal daar, was hij gebleven en nooit meer weggegaan.

'Waar is Michael?' vroeg Thea.

'Die zal nog wel niet klaar zijn met zijn werk.' Johnny wreef Flight over zijn flank, liep om het dier heen en pakte de teugels.

'Maar je leert me toch wel precíes dezelfde sprongen als hem, hè?' Michael Pryor mocht dan anderhalf jaar en vijf dagen ouder zijn, hij was een jongen, en dus wilde Thea per se alles beter kunnen dan hij.

Johnny Faraday wreef grijnzend over zijn voorhoofd. Hij had kunnen weten dat Thea het niet alleen voor haar moeder deed, maar dat ze deze extra les ook wilde om Michael af te troeven. Johnny kende geen kind dat zo ambitieus was en zoveel doorzettingsvermogen had als Thea. Ze moest nog acht worden, maar ze had de vastberadenheid van een achttienjarige.

Net als de rest van het personeel vroeg Johnny zich regelmatig af waar haar vriendschap met Michael uiteindelijk toe zou leiden. Nadat er bij Alyssa kanker was geconstateerd, hadden de Maddoxen besloten Thea thuisonderwijs te geven. Maar in de exclusieve, geïsoleerde omgeving van Little Elms was Michael Pryor het enige andere kind van haar leeftijd. Op aandringen van Thea kregen ze samen les en ook in hun vrije tijd waren ze onafscheidelijk.

Johnny kon zich geen gelukkige uitkomst van de vriendschap voorstellen. Michael mocht dan een helder verstand hebben, hij bleef de zoon van de huishoudster en Thea Maddox was... Theadora Maddox, dochter van een schatrijke vader, met een schitterende toekomst voor zich. En een meisje als Thea, met haar stellige overtuiging dat ze voor geen jongen hoefde onder te doen, zou verwachten dat in die toekomst alles binnen haar bereik lag. Ach, dacht Johnny, misschien had ze wel gelijk. Als Margaret Thatcher het in Engeland tot minister-president kon schoppen, wat zou Thea dan wel niet kunnen worden, met alle kansen die ze kreeg in een land als de Verenigde Staten?

Het verdrietige was dat Michael en Thea in het sociale spectrum weliswaar elkaars tegenpolen waren, maar dat ze verder in alle opzichten perfect bij elkaar pasten. Johnny hield zijn hart vast als hij eraan dacht wat er zou kunnen gebeuren wanneer ze in de puberteit kwamen.

Maar zover was het nog niet, troostte hij zichzelf. Voorlopig was Thea nog een klein meisje. Wat deed het ertoe dat de vonken eraf vlogen als Michael en zij elkaar uitdaagden? Zijn werk zou een stuk saaier zijn zonder Thea om de boel op scherp te zetten, besefte Johnny. Zo moeder, zo dochter, dacht hij liefdevol. Onbuigzaam en niet voor een kleintje vervaard.

'Je laat Thea toch niet te hoog springen, hè? Pas op dat je haar niet aanmoedigt!' Mrs. Douglas kwam naar buiten.

Johnny zette glimlachend zijn handen op zijn pezige heupen. Thea's gouvernante zag eruit alsof ze op weg was naar de kerk, met een gezicht als een oorwurm. Maar zo zag ze er altíjd uit.

'Maak je niet druk, Mrs. D,' stelde Johnny haar gerust. Hij wist heel goed hoe afschuwelijk ze het vond als hij haar naam afkortte. Mrs. Douglas vond dat ze recht had op extra respect, omdat ze – vroeger, in Engeland – ook Alyssa's gouvernante was geweest. 'Ik heb het je al vaker gezegd, ik weet wat ik doe.'

Thea glimlachte, zoals altijd dankbaar wanneer Mrs. Douglas op haar nummer werd gezet. Ze vond het vermakelijk te zien hoe het personeel kibbelde over wat goed voor haar was.

'Wees in elk geval voorzichtig,' riep Mrs. Douglas, terwijl Johnny de teugels pakte en Flight over het grind van de oprijlaan naar de paddock leidde.

'We zullen zien!' Johnny salueerde zonder zich om te draaien. Toen keerde hij zich naar Thea. 'Denk erom dat je me niet teleurstelt. En dat je geen schrammetje oploopt! Want dan krijgt Mrs. Douglas alsnog gelijk, en die bevrediging gun ik haar niet.'

Maar dat was Thea ook niet van plan. Mama was een beroemde springruiter geweest, dus het lag voor de hand dat Thea haar talent had geërfd.

Een halfuur later was ze buiten adem nadat ze Flight tot tien keer toe over de kleine balk had gestuurd, zonder die zelfs maar één keer aan te tikken.

'Kan Michael dat ook?' Ze keerde haar paard en reed terug naar Johnny.

'Ja hoor! Dat kan Michael ook,' zei een stem die de hare nabootste.

Thea draaide zich om en zag haar beste vriend en rivaal, Michael Pryor, de paddock in komen op Buster, de koppige bruine pony die met zijn harige vacht een mikpunt was van spot in de stallen, maar waarmee Michael de geweldigste resultaten wist te bereiken.

Anders dan Thea droeg hij geen perfecte rijkleding maar een rafelige, oude spijkerbroek, een geruit overhemd en een spijkerjack. Honingblonde krullen kwamen onder zijn groene wollige muts vandaan en vielen over zijn voorhoofd.

'Hij kan het ook en bovendien een stuk sneller,' zei hij plagend, terwijl hij met pretlichtjes in zijn ogen naast haar kwam rijden.

'O ja?' Haar wangen gloeiden. 'Sneller dan dít?'

Ze drukte haar hakken in de flanken van haar paard en reed in volle vaart op de hindernis af, Flight dwingend er zonder aantikken overheen te gaan. Het lukte, en ze was apetrots toen ze keerde en zag dat Michael op de rug van Buster voor haar klapte.

'Dat was een makkie. Ze kan beter! Waar of niet, Johnny?' riep hij. 'Wacht, dan help ik je om de balk hoger te leggen.'

Johnny knikte. Ondanks de waarschuwende woorden van Mrs. Douglas wist hij dat Thea allang aan hogere sprongen toe was. Bovendien zou ze Michaels uitdaging niet kunnen weerstaan.

'Alles goed?' vroeg hij bij het zien van de donkere kringen onder Michaels ogen.

'Ik heb Guido's dienst overgenomen,' antwoordde hij, terwijl ze de hindernis verhoogden.

Guido, de tuinman, had een slechte rug, dus Michael was voor hem ingevallen. Maar Johnny wist dat hij zich tegenover Thea niet wilde laten kennen. Klagen lag niet in zijn aard.

Van de andere kant van de paddock sloeg Thea hen gade toen ze een stap naar achteren deden. De balk lag minstens een halve meter hoger, schatte ze.

'Dat gaan we redden!' Ze klopte Flight liefkozend op zijn zachte hals, toen keerde ze en ze dwong hem in galop, recht op de hindernis af.

Maar deze keer ging het helemaal mis. In plaats van majestueus over de hindernis te zweven en vervolgens met een triomfantelijke grijns naar Michael te rijden, merkte Thea tijdens de aanloop al dat Flight uit balans raakte. Bovendien – en dat was nog erger – kwam hij ongelukkig neer, zodat Thea werd afgeworpen en met een smak op de grond belandde.

Michael was als eerste bij haar. 'Thea, Thea!' riep hij ademloos, terwijl hij op zijn knieën naar haar toe gleed. 'O, god. Het is allemaal mijn schuld.'

Thea haalde diep adem, vastberaden om niet te gaan huilen. Die lol gunde ze hem niet. Ze had het verpest. Nou en? Maar toen ze hem aankeek, zag ze dat hij haar helemaal niet uitlachte.

'Het spijt me! Echt! Dat meen ik!' Zijn blik was oprecht.

Voor het eerst viel het haar op hoe prachtig de gouden vlekjes in zijn lichtbruine ogen waren.

'Daar kan jij toch niks aan doen!' Ze werkte zich half overeind. 'Wat is dat spreekwoord ook alweer? Hoogmoed komt voor de val!'

Op dat moment kwam Johnny aanlopen. Hij grijnsde, opgelucht dat ze blijkbaar niets mankeerde, en streek door haar blonde haren. Ze was nog zo klein, soms brak het zijn hart als hij haar zulke volwassen dingen hoorde zeggen. Hij hielp haar weer op de been.

'Niets gebroken, hoop ik?' Hij raapte haar cap op.

'Nee, deze keer niet.' Michael sloeg een arm om haar schouders en knuffelde haar.

'Au!' Ze vertrok haar gezicht. Haar schouder zou vast en zeker bont en blauw worden, maar ze wist dat Michael haar geen pijn had willen doen. 'Laat me maar los,' zei ze dan ook op verzoenlijke toon. 'Ik val heus niet om.'

'Afijn, als je maar niks tegen Mrs. D. zegt. Of tegen je vader. Anders kan ik mijn koffers pakken.' Johnny zei het lachend, maar hij meende het wel. Griffin Maddox kon een lastige werkgever zijn en Thea was haar vaders oogappel.

Ze begon te lachen. 'Nee, natuurlijk niet.' Het zou niet bij haar opkomen het personeel erbij te lappen. In haar ogen waren ze allemaal één grote familie.

Maar net toen Johnny en Michael haar weer in het zadel wilden helpen, werd Thea's aandacht afgeleid. Met haar bemodderde witte handschoen schermde ze haar ogen af tegen de felle zon.

Over de laan met bomen kwam een glimmend zwarte limousine aanrijden. 'Kijk! Daar is papa!'

'Ik zal mijn moeder waarschuwen.' Michael wisselde een blik met Johnny. 'Ze had ze niet vóór het weekend verwacht.'

Maar Thea luisterde niet. Ze had het al op een rennen gezet, dwars door de paddock. Haar cap viel af, zo wild zwaaide ze met haar armen, en haar gezicht straalde van geluk.

Ze kwam ademloos bij het hek aan, op gelijke hoogte met de limo die stilhield op de oprijlaan. Haar hart bonsde vol verwachting terwijl ze op de houten omheining klom. Ze had haar ouders bijna een maand niet gezien en hun thuiskomst kon maar één ding betekenen: haar moeder was weer beter.

Mama was thuis.

Maar haar hoop verbleekte zodra Anthony, de chauffeur van haar vader, uitstapte. Doorgaans lachte of knipoogde hij naar haar, maar nu ontweek hij haar blik. Hij liep haastig om de auto heen en opende het achterportier.

Griffin Maddox stapte uit, hij knipperde met zijn ogen tegen de ochtendzon en zette met een vermoeide zucht zijn slappe zwarte vilthoed op. Wanneer ze aan haar vader dacht, zag Thea hem in een cowboyshirt terwijl hij haar lachend omhooggooide. Dan dacht ze eraan dat hij haar altijd zijn zonnetje noemde. En dat hij haar ooit, op een dag, alles zou leren wat hij wist. Dat alles wat hij had op een dag van haar zou zijn.

Maar nu zag hij er door het donkere waas op zijn kaken vermoeid uit en zijn knappe gezicht stond afgetobd.

'Papa!' riep Thea. Bij wijze van antwoord legde hij vermoeid een vinger op zijn lippen, om haar duidelijk te maken dat ze zachtjes moest doen. Griffin Maddox was een lange, rijzige man met een atletisch postuur. In zijn jonge jaren op Harvard had hij deel uit-gemaakt van het roeiteam. Nu waren zijn bewegingen echter houterig terwijl hij om de auto heen liep. Zijn dure cameljas hing open en daaronder droeg hij een onberispelijk maatpak.

Thea klom haastig over het hek toen Anthony het achterportier aan de bestuurderskant opendeed. Even later zag ze het vertrouw-de been van haar moeder tevoorschijn komen.

Op een meter of vijf van de auto bleef Thea aarzelend staan. De adem stokte in haar keel toen haar vader en Anthony haar moe-der uit de auto hielpen.

Ze zag er zo anders uit, vond Thea. Ze leek ineens zo breekbaar. De vrolijk gekleurde zijden sjaal die ze om haar hoofd had gewon-den, maakte haar ingevallen wangen nog bleker.

Toen rende Thea naar haar moeder toe en sloeg haar armen om haar heen. Maar terwijl ze zich tegen haar bontjas drukte, voelde ze hoe angstaanjagend mager haar moeder was.

'Je bent weer thuis!' Thea deed met een dappere glimlach een stap naar achteren.

'O, Thea! Mijn lieve Theadora,' zei haar moeder zacht. 'Mijn prachtige geschenk van God.'

Ze pakte Thea's hand en kuste haar liefdevol op het voorhoofd. Thea trok haar neus op. Ondanks haar vertrouwde parfum rook haar moeder vreemd – naar iets chemisch en naar iets wat Thea niet kon thuisbrengen.

En ze klonk ook anders. Haar stem was schor, raspend, weinig meer dan een moeizaam gefluister. Toen ze haar hand langs Thea's gezicht legde, voelde die zo koud dat Thea ongewild achter-uitdeinsde. Ze was geschokt toen ze zag dat de ogen van haar moeder diep waren weggezonken in hun kassen.

'Hebben de dokters je niet beter gemaakt, mama?' Ze kon zich niet inhouden, de vraag brandde op haar tong. Alles waar ze bang voor was geweest, was uitgekomen. Alles waarvoor ze avond aan avond had gebeden dat het níet zou gebeuren.

Haar moeder gaf geen antwoord. En dat hoefde ook niet. Want terwijl Thea in haar ogen keek, zag ze daar iets heel ergs. En dat erge werd nog versterkt door de tranen die in haar moeders ogen schitterden. Het was iets waar ze op dat moment nog geen woord voor had, maar wat ze ooit zou leren kennen als de diepste vorm van verdriet. Het verdriet van afscheid nemen.

Boosheid welde in haar op. Haar vader was niet voor niets Griffin Maddox! Hij had heel veel geld! Behalve dokter Myerson, hun huisarts, had hij de allerbeste dokters geraadpleegd. Grote mensen zoals haar vader konden alles weer goedmaken. Waarom kon hij er dan niet voor zorgen dat haar moeder weer beter werd?

Thea voelde een huivering diep vanbinnen, de huivering die betekende dat ze ging huilen. Maar ze wist instinctief dat ze sterk moest zijn. Om haar mama gelukkig te maken. Want gelukkig zijn was de beste manier om beter te worden.

Ineens schoot het haar te binnen dat ze iets voor haar mama had gemaakt. Ze liep er al weken mee rond, in de vurige hoop dat haar moeder weer thuis zou komen of dat ze met haar vader mee mocht naar het ziekenhuis om haar op te zoeken.

Ze reikte in haar zak. Geholpen door Mrs. Pryor, Michaels moeder, had ze de rode zijde in de juiste vorm geknipt en toen zorgvuldig de steekjes erop geborduurd. Doordat het zo lang in haar zak had gezeten, zaten er wat pluisjes op. Maar dat was vast niet erg, dacht ze, terwijl ze haar moeder het kleine hartje in de hand drukte.

'Dit heb ik voor je gemaakt, mama. Want ik wist dat je weer thuis zou komen.'

Alyssa Maddox drukte het hartje tegen zich aan en sloot haar ogen. Thea's vader ondersteunde haar toen ze begon te beven.

'Jij bent het mooiste wat me had kunnen overkomen,' fluisterde Alyssa Maddox. Er schitterden opnieuw tranen in haar ogen. 'Wat er ook gebeurt, dat mag je nooit vergeten, Thea.'

Waarom praatte mama zo? Alsof er geen hoop meer was. Mama moest gewoon naar een andere dokter. Een betere dokter. Een dokter die haar weer gezond kon maken.

'Kom, Lis,' zei Thea's vader zorgzaam. 'Anders vat je kou.'

Hij wilde haar naar de auto draaien, maar ze verzette zich.

'Nee. Ik wil Thea zien rijden,' zei Alyssa Maddox met een zweem van haar vroegere eigenzinnigheid. 'Nog... nog één keer.' Haar stem klonk opnieuw ijl, krachteloos.

'Oké! Let op!' Thea's ogen straalden, want ze was vastberaden haar moeder nieuwe moed te geven.

Ze draaide zich om. Ze wist dat ze haast moest maken en werkte zich half klimmend, half springend over het hek. Ze landde soepel, met gebogen knieën. Nu kwam het erop aan. Op de een of andere manier wist ze dat dit het belangrijkste was wat ze ooit voor haar moeder zou doen.

En dus zette ze het op een rennen, terug naar Johnny.

Mrs. Douglas stond haar op te wachten, met haar cap. In haar degelijke zwarte mantel bood de oude dame een merkwaardige aanblik in de modderige paddock. Waarom dreigde ze nu alwéér roet in het eten te gooien? Maar Mrs. Douglas had geen aandacht voor Thea. Ze keek over Thea's schouders naar de oprijlaan.

'Ik moet mama laten zien hoe goed ik kan springen!' riep Thea naar Johnny, terwijl ze haar cap opzette.

Johnny knikte, hielp haar in het zadel en controleerde of haar voeten stevig in de stijgbeugels zaten.

'Wacht even, dan leg ik de balk weer lager,' zei hij.

'Nee! Ik kan het best!' zei Thea streng. Met een ruk aan de teugels dwong ze Flight, die aan een paar grassprieten stond te knabbelen, zijn hoofd op te tillen.

Thea keek naar de hindernis. Ze reed er in een wijde boog naartoe, drukte haar hakken aan en dreef Flight recht op de hindernis af. Haar hart juichte toen ze eroverheen zweefde.

Het ging geweldig! Er verscheen een brede grijns op haar gezicht.

Een volgende hindernis onttrok de limousine aan het gezicht. Terwijl ze eromheen reed, keek ze trots naar Johnny. Maar ze zag dat ook hij naar de oprijlaan staarde.

Haar glimlach verdween toen ze besefte dat haar moeder haar niet had zien springen. Ze was in elkaar gezakt en lag op de grond. Anthony en Thea's vader knielden naast haar op het grind. Zodra ze haar overeind hadden gehesen, hielpen ze haar haastig de auto in.

Terwijl de limo keerde, galoppeerde Thea naar de omheining. Ze was net op tijd om te zien dat de limo zijn draai voltooide en met grote snelheid wegreed, terug naar de stad.

Het rode hartje lag op het grind. Vergeten. Gehavend.

2

Mei 1980

Het was lunchtijd. Na de lange ochtenddienst in de wasserij die bij het Bolkav-weeshuis hoorde, liepen de honderddrieëntachtig kinderen duwend en dringend naar de tochtige kantine waar ze allemaal een vaste plek hadden op de smerige banken. Boven hun hoofd klonk het gezoem van tl-buizen.

De groep kinderen bood een treurige aanblik. Ze liepen in leeftijd uiteen van peuters tot tieners, maar ze hadden zonder uitzondering luizen en wormen, en ze zaten onder de rode beten van bedwantsen. Hoewel ze in de wasserij zorgden voor schone uniformen en fris beddengoed voor hoge, machtige staatsfunctionarissen, droegen de kinderen zelf slechtpassende, haveloze overalls in een onbestemde grauwe kleur. Bovendien stonken ze naar zweet en urine, geuren die hun kleding van generatie op generatie hadden doordrenkt.

Terwijl ze met hun gedeukte, metalen blad ongeduldig in de rij stonden voor hun kom koolstoofpot, trok de negenjarige Gerte Neumann – Romy voor haar vriendinnen – onmiddellijk de aandacht. Ondanks haar smoezelige gezichtje was ze met haar violetblauwe ogen en hoge jukbeenderen onmiskenbaar een schoonheid. En dankzij haar stralende glimlach en onverwoestbare opgewektheid cirkelden de jongere kinderen om haar heen als planeten rond de zon.

Maar vandaag was er nóg iets waardoor ze opviel. Ze droeg een glinsterende speld in haar slordig geknipte donkere haar, een ongekende schat die ze had gewonnen bij het dobbelen. Maar het dragen van zoiets bijzonders was vragen om moeilijkheden.

Mooie dingen waren zeldzaam in het weeshuis. De weinige kapotte stukken speelgoed, gehavende boeken en prullaria die de kinderen in de wasserij uit de zakken van de uniformen stalen, werden al snel gebruikt als ruilmiddel om iets voor elkaar te krijgen, of om eten, medicijnen of sigaretten te kopen.

'Doe dat ding weg,' fluisterde Claudia, Romy's beste vriendin, in haar oor. Ondertussen ging haar blik langs de rij naar Fuchs, een van de oudere jongens en een gemene bullebak. Hij was al bijna bij het luik waar de kok werktuigelijk een lepel stoofschotel op de borden kwakte.

Het was Claudia geweest die Romy jaren eerder haar nieuwe naam had gegeven. Gerte was te lelijk voor zo'n mooi meisje, had ze gezegd. Romy vertrok haar gezicht toen ze Claudia's blik volgde.

Iedereen was bang voor Fuchs, Claudia voorop. Hij had een kaalgeschoren hoofd, en zijn gezicht en zijn schedel zaten onder de littekens. Toen hij nog maar een baby was, had zijn moeder kokend water over hem heen gegooid om met hem te bedelen. Hij was heel mager en zijn scherpe ogen hadden een koperachtige gloed. Die ogen, in combinatie met zijn reputatie dat hij overal mee wegkwam, hadden hem zijn bijnaam opgeleverd.

'Maak je geen zorgen,' zei Romy tegen haar vriendin. 'Er gebeurt niks.' Ze keek weer naar Fuchs en vervolgens naar het eind van de kantine.

Daar liep Ulrich Hubner, de jongste bewaker, tussen de afgebladderde houten banken door. In zijn ene hand hield hij een stok, die hij met regelmaat in zijn andere hand liet neerdalen. Mopperend om de herrie die ze maakten, liet hij zijn blik over de kinderen gaan.

Ulrich was zelf in het weeshuis opgegroeid. Hij was als kind al wreed en kwaadaardig geweest. Professor Lemcke, de directeur van het weeshuis, had zijn talent om angst in te boezemen al vroeg herkend. Dus toen Ulrich zestien werd, had Lemcke hem tot bewaker benoemd.

Ulrich haatte het weeshuis, maar tegelijkertijd wist hij dat hij blij mocht zijn dat hij zijn geld zo gemakkelijk verdiende. Zeker in het besef dat de staalfabriek met haar gruwelijke, slopende ploegendiensten het enige alternatief was. Ulrich had een hekel aan de kinderen die hij moest bewaken. Niet alleen om wat ze waren – schepselen waar niemand om gaf, die ongezien konden verdwijnen zonder dat het ook maar iemand iets kon schelen – maar bovendien omdat ze hem er dagelijks aan herinnerden dat hij zelf ook ooit zo'n ongewenst, nietswaardig schepsel was geweest.

Toch mocht hij niet klagen. Zeker niet nu hij had weten te infiltreren in de lucratieve bijverdienste van professor Lemcke. Sindsdien was er een wereld voor hem opengegaan. Onder zijn bewakersuniform begon zijn dikke lid stijf te worden toen hij aan de foto's van die kleine sloeries dacht... Ongelooflijk opwindende foto's die verder gingen dan zijn wildste fantasieën.

Net toen de verrukkelijk perverse beelden hem dreigden mee te slepen, ontstond er luidruchtige commotie in de rij voor het eten, helemaal aan de andere kant van de kantine. De kinderen hadden zich in een kring rond Fuchs en Romy verzameld en trommelden opgewonden met hun lepel op hun metalen dienblad. 'Knokken! Knokken!' joelden ze.

'Geef terug!' zei Romy woedend, maar het was al te laat. Met een honende grijns gooide Fuchs haar haarspeld weg, over de hoofden van de kinderen heen. Een hand schoot omhoog en griste de speld uit de lucht. Dat was natuurlijk een van die stomme vriendjes van hem, dacht Romy.

Ze greep zijn arm en duwde zijn rechterwijsvinger zo ver naar achteren dat hij dreigde te breken.

'Kreng!' Hij rukte zijn arm los en sloeg haar zo hard met een blad dat ze, wild maaiend met haar armen, achteroverviel, tussen de schreeuwende kinderen.

Ook al was hij bijna twee keer zo lang als zij, Romy was niet bang voor hem. Ze stortte zich op hem en haalde uit om hem midden in zijn gezicht te stompen.

Maar hij was een betere vechter dan zij. Dus hij dook weg, en ze miste. Toen greep hij haar bij de haren en begon haar in het rond te draaien, terwijl de andere kinderen nog altijd met hun lepel op hun dienblad sloegen.

Ulrich werkte zich door de menigte, blies op zijn fluit en duwde de kinderen met geweld opzij. Moeiteloos, alsof ze niet meer woog dan een pop, tilde hij Romy op en marcheerde de kantine uit, waarbij hij naar de joelende kinderen bulderde dat ze hun mond moesten houden. Romy liet zich niet kennen. Ze schopte en schreeuwde zo hard als ze kon, maar ondertussen wist ze het pakje sigaretten te bemachtigen dat Ulrich sinds kort ostentatief uit zijn achterzak liet steken – ongetwijfeld als bewijs van zijn snelle opkomst binnen de hiërarchie – en liet het in de geheime binnenzak glijden die ze in haar overall had genaaid.

Professor Lemcke, de directeur van het weeshuis, keek uit het raam van zijn kantoor naar de stoom die opsteeg uit de schoorstenen van de wasserij. Hij draaide zich om in zijn stoel toen de deur openvloog en Ulrich het hijgende, rood aangelopen kind op het linoleum voor zijn grote metalen bureau deponeerde.

Het kantoor was sober ingericht. Een van de muren werd gedomineerd door foto's van overheidsfunctionarissen, op een andere zat een zwarte schimmelvlek. De gebouwen van het weeshuis hadden al jaren eerder onbewoonbaar verklaard moeten zijn.

En ook professor Lemcke zag eruit alsof hij zijn beste tijd gehad had. Hij was negenenveertig. Een extreem lange, magere man. Onder zijn brillenglazen in hun ijzeren montuur waren zijn wangen diep ingevallen.

'Ben je er nou alweer?' vroeg hij beschuldigend toen Ulrich was vertrokken.

'Ik kon er niks aan doen,' protesteerde Romy. 'Fuchs is begonnen en...'

Professor Lemcke hief zijn hand. Neumann, dacht hij. Zo heette ze. Een lastpost. Maar bijzonder populair onder de kinderen en dat maakte het alleen maar lastiger. Wel een aantrekkelijk kind om te zien. Het duurde vast niet lang meer, dan kon hij haar goed gebruiken. Misschien nog een paar jaar. Dus hij wilde haar nu nog niet permanent beschadigen.

Bovendien was ze ingebracht door Solya. Het zou erg onverstandig zijn om dat te vergeten, wist Lemcke.

'Volgens mij is dit al de vijfde keer in twee maanden dat je problemen maakt in de kantine! Als je niet oppast krijg je geen eten meer. En dat wil je toch niet, kindje? Je wilt me toch niet dwingen om je van honger te laten doodgaan?'

Romy keek hem aan. Met zijn abnormaal lange armen en benen, zijn scherpe ellebogen op zijn bureau, zijn puntige kin op zijn magere vingers, deed hij haar denken aan een spin, klaar om zijn prooi te bespringen.

'O, professor, ik kon er echt niets aan doen!' Ze wist er een paar tranen uit te persen. 'Echt niet. Dat zweer ik!'

'Niemand kan mij van wreedheid beschuldigen.' Professor Lemcke werkte zich met krakende knieën overeind. Zijn ogen ontmoetten die van Romy en plotseling klonk zijn stem heel anders. 'Wat wil je nou? Ik heb je behandeld als mijn eigen kind! Ik heb altijd goed voor je gezorgd. Vanaf dat je hier als baby bent gekomen. Waar of niet?'

Romy probeerde niet te laten merken hoe intens ze hem haatte. Hij was razend slim, wist ze. Nog slimmer dan Fuchs. Hij genoot ervan kinderen pijn te doen, vooral de jongens. Maar haar had hij altijd ongemoeid gelaten. Dus misschien had hij inderdaad een zwak voor haar.

'Geeft u me alstublieft geen straf.' Klaaglijk snotterend schuifelde ze onopvallend naar zijn bureau.

De roestvrijstalen briefopener lag naast zijn vloeiblok, precies zoals ze had verwacht. Sinds haar vorige bezoek, een week eerder, had ze zich goed voorbereid. Toen had ze bij hem moeten komen omdat ze een boek had gestolen – een roman over vissen – om het samen met Klaus, de al wat oudere opzichter in de wasserij, te lezen. Want Romy was vastbesloten te leren lezen. Zodra ze dat kon, zou ze ontsnappen. En eenmaal ontsnapt, zou ze keihard knokken voor een beter leven dan dit.

'Ach, Gerte, ze denken allemaal dat ik geen hart heb,' zei de professor. Romy was geschokt dat hij haar bij haar naam noemde. Dat deed hij bij de andere kinderen nooit. Ze had niet eens geweten dat hij de hare kende. 'Maar dat is niet zo. Ik sta hier voor een onmogelijke taak. Probeer dat, alsjeblieft, te begrijpen. En hou op met huilen.' Hij liep om het bureau heen.

Net als hij dat al eerder had gedaan, drukte hij haar gezicht tegen zijn benen terwijl hij zijn armen om haar heen sloeg. Romy hoorde dat hij diep begon te zuchten.

'Stil maar. Stil maar,' zei hij zonder haar los te laten.

Dit was het moment waarop ze had gewacht. Alles verliep volgens plan.

Hij streek met zijn hand door haar haar, zijn vingers bewogen over haar rug en ondertussen trok er een huivering door zijn hele lichaam. Romy maakte van het moment gebruik om achter hem te reiken. Ze greep de briefopener en liet hem in haar mouw glijden.

Op de gang buiten het kantoor klonken voetstappen. Met een gekwelde zucht liet de professor haar los en deed haastig een stap naar achteren.

Ze keek met grote ogen naar hem op, een toonbeeld van gehoorzaamheid. 'Ik zal een extra dienst draaien in de wasserij. Nu meteen. En ik zal niet meer stout zijn.'

Hij wilde iets zeggen, maar toen werd er op de deur geklopt.

'Binnen!' riep Lemcke.

Drum, een van de oudere jongens, kwam binnen.

'Beetje jong, professor, vindt u ook niet?' Met een vluchtige glimlach om zijn smalle lippen keek Drum van Romy naar de professor. 'U moet haar eerst nog een beetje vetmesten,' vervolgde hij honend. 'Hoe eerder ze uitdijen, hoe beter het is. Voor ons allemaal.'

'Wat wil je?' Professor Lemcke liep om het bureau heen terug naar zijn stoel. Hij was duidelijk uit zijn evenwicht gebracht.

'Dat weet u best,' zei Drum. 'Kom. Ik heb alles klaar in de kelder.'

De professor knikte, haalde een gouden sleuteltje uit zijn binnenzak en maakte de la van zijn bureau open. Zowel hij als Drum leek Romy te zijn vergeten.

Ze schuifelde dichter naar het bureau en probeerde in de la te kijken. Ondertussen prentte ze in haar geheugen waar de professor de sleutel bewaarde. Ergens in dit kantoor of in de archiefruimte ernaast moest haar geboortebewijs zijn, en misschien lagen daar ook wel gegevens over haar ouders. Ze was vastbesloten die documenten in handen te krijgen.

'Wat doe je?' beet Drum haar toe, met een blik over zijn schouder. Ze deinsde achteruit. 'Maak dat je wegkomt! Vooruit! Anders doe ik je wat! Of ik zeg tegen Solya dat je je misdraagt.'

Hij grijnsde, zijn ogen werden groot, maar het was duidelijk niet als grap bedoeld. Het klonk als een dreigement. Solya was de boeman van het weeshuis. Romy had geen idee wie hij was, ze wist niet eens zeker of hij wel bestond. Maar 's nachts in de slaapzalen gingen de geruchten rond over deze schimmige figuur. Solya was zo gemeen, werd er dan gezegd, dat zelfs Lemcke voor hem in zijn broek pieste van angst.

Ze moest het noodlot niet langer tarten, wist Romy, en ze maakte zich uit de voeten.

Drie uur later zat haar extra dienst in de ketelruimte van de wasserij erop. Hoewel ze rammelde van de honger, voelde ze zich vooral triomfantelijk.

Om precies dertien minuten over drie begon de pauze van de twee mannen die toezicht hielden op de middagploeg. Dat betekende dat Romy zeven minuten voor zichzelf had, voordat de volgende ploeg aantrad.

Terwijl iedereen langs de sissende ketels en de rammelende pijpen naar buiten liep, sloot ze als laatste aan in de rij. Maar toen de anderen verder liepen, de eigenlijke wasserij in, deed Romy een stap opzij en verstopte ze zich in de reusachtige droogtrommel.

Nadat ze tot honderd had geteld, keek ze op haar hoede naar beide kanten. Toen glipte ze de trommel uit, de schacht in naast de droger, waar ze langs de hete, metalen sporten naar boven klom, naar het ventilatieluik dat uitkwam op het dak van gebarsten bitumen.

Eenmaal buiten ging ze op haar rug liggen en genoot van de eenzaamheid. Ze spreidde haar armen en benen, sloot haar ogen en was zich bewust van de zon op haar huid. Vanuit het nabijgelegen bos klonk vogelgezang. Hoog boven haar verhief zich de blauwe hemel.

Ach, kon ze maar ontsnappen! Natuurlijk kon ze dat, zei ze streng tegen zichzelf. Uiteindelijk zou het haar lukken!

Ze rolde op haar buik en kroop op haar ellebogen naar de rand van het dak. Van daar keek ze naar de hoge omheining rond het terrein van het weeshuis, versterkt met rollen prikkeldraad.

Ze wist dat de omheining onder stroom stond, zogenaamd om dieven buiten te houden, maar in werkelijkheid om te zorgen dat de kinderen niet ontsnapten. Bovendien werd er gepatrouilleerd met honden. De bloeddorstigste – twee Duitse herders – waren van Ulrich. Het gerucht ging dat hij ze levende ratten voerde.

Maar er moest een manier zijn om te ontsnappen, dacht Romy. Er moest een weg zijn naar de vrijheid. In de verte – in het stadje Schwedt, wist ze – luidde een kerkklok.

Uit de borstzak van haar overall haalde ze de ansichtkaart die ze drie jaar eerder in het uniform van een kolonel had gevonden. Door al het vouwen was de foto bijna niet meer te zien. Er stond een terras op met een balustrade en aan één kant de fraaie muur van een prachtig gebouw. Achter de voorname balustrade lag de glinsterende uitgestrektheid van de zee, met in de verte een jacht. 'Hotel Amal...' stond er op de kaart. De letters waren voor een deel weggesleten. Maar terwijl Romy naar de foto keek, wist ze plotseling heel zeker dat ze het hotel op de ansichtkaart ooit met eigen ogen zou zien. Wat er ook gebeurde, op een dag zou ze op de plek staan waar de foto was gemaakt en zou ze genieten van dat schitterende uitzicht.

De zee. Hoe zou het zijn om haar tenen erin te dopen? Of om er misschien zelfs tot haar middel in te waden? Zouden er dan nog meer mensen op het strand zijn? En zouden ze met haar willen praten? Zouden ze aardig tegen haar zijn en vriendschap met haar willen sluiten?

Ze werd opgeschrikt door de harde bel die het begin van de volgende dienst aangaf. Dus rolde ze over het dak en keek naar het terrein in de diepte, waar de kinderen zich al begonnen te verzamelen voor het appel. Haastig liet ze zich langs de regenpijp achter de oude dennenboom naar beneden glijden.

Toen ze bij de andere kinderen in de rij ging staan, gaf ze de sigaretten door naar Fuchs.

Hij boog zich naar voren en toen hij langs de rij naar Romy keek, zag ze vluchtig een blik van respect in zijn ogen. Net voor de lunch hadden ze afgesproken die sukkel van een Ulrich te grazen te nemen. En Romy was dankbaar toen haar speld, in ruil voor de sigaretten, van de een naar de ander in de rij werd doorgegeven.

Maar bovendien – en dat was nog veel belangrijker – zou door deze transactie en dankzij de stijgende invloed van Fuchs bij de oudere jongens en de bewakers, de indeling van de bedden veranderen. Dat betekende dat Romy het grote bed kreeg. Zoals altijd zou ze de kleine Magda bij zich nemen. En Tara. En wanneer de kleintjes sliepen, kon ze de doos die ze in een hoek van de zaal onder de vloer had verstopt, tevoorschijn halen en nog beter wegbergen, onder haar nieuwe bed.

Dan zou ze de roestvrijstalen briefopener bij haar andere schatten leggen. Wat zou ze lekker slapen, in de wetenschap dat ze een wapen had!

Een wapen dat op een dag goed van pas zou komen. Daar was ze van overtuigd.

3

December 1982

Vanaf het zonnedek achter op het schip tuurde Thea over de reling van de *Alyssa*, terwijl het slanke, blauwe jacht van haar vader door de Caribische wateren schoot. Ze slaakte een verdrietige zucht toen de slotklanken van *Ebony and Ivory* plaatsmaakten voor statische ruis. Het was het laatste nummer op de verzamelcassette die Michael had gemaakt voor haar nieuwe Sony Walkman. Ze drukte op de knop om het apparaat stop te zetten en terug te gaan naar de A-kant, met onder andere *Hard to Say I'm Sorry* van Chicago en *Thriller* van Michael Jackson, dat voortijdig werd afgebroken. Michaels opnamekwaliteiten waren duidelijk voor verbetering vatbaar, maar Thea vond het ontroerend dat hij een bandje had opgenomen met hun favoriete muziek, compleet met een paar 'kwijlnummers' – zijn formulering – voor haar. Helaas werd haar heimwee hier op de boot, in de zon, alleen maar erger door te luisteren naar het bandje.

Ze zette de koptelefoon af en concentreerde zich op de wind en op het geklots van de golven tegen de romp, terwijl ze naar de bollende zeilen keek die stralend wit afstaken tegen de strakblauwe hemel. Toen keerde ze zich naar haar vader aan het roer, die instructies kreeg van Rupert, de kapitein. Rupert genoot er zichtbaar van zijn baas de fijne kneepjes van het zeilen bij te brengen. Het geluid van hun lachende stemmen werd door de wind meegevoerd naar Thea.

Gebruind als hij was, bood Griffin Maddox in zijn gele korte broek en zijn wapperende, losgeknoopte witte overhemd een dynamische, gezonde aanblik. Thea dacht onwillekeurig dat ze hem de afgelopen anderhalf jaar nog nooit zo gelukkig had gezien, hoewel hij nog altijd keihard werkte in het voorname nieuwe hoofdkantoor van Maddox Inc. in Manhattan. Sterker nog, Thea vroeg zich soms af of hij haar moeder eigenlijk wel miste.

Hij leek in elk geval vastbesloten alles uit het leven te halen. Zijn laatste aankoop, waar ze nu naar op weg waren, was Crofters, een oude bananenplantage op Mustique, en hij had Thea verzekerd dat ze het er geweldig zou vinden.

Maar ook al had het allemaal spannend en opwindend moeten zijn, Thea kon de gedachte niet van zich afzetten dat dit nieuwe avontuur een vergissing was. Haar vader was toch al zo weinig thuis, op Little Elms. Zou hij door de aanschaf van een huis in de Caraïben niet nóg vaker weg zijn? Zelfs al zou hij haar elke vakantie meenemen, Mustique was ver van al het vertrouwde, van al Thea's dierbaren. Het voelde gewoon niet goed. Ze was onrustig, ze raakte erdoor uit haar evenwicht, als een boot op een rusteloze zee. Ze dacht aan die nacht in de haven van Petit St. Vincent, toen de *Alyssa* een speelbal was geweest van de wilde golven.

Het was een vreemde gewaarwording om hier te zijn en te beseffen dat het in New England sneeuwde. Dit zou de eerste Kerstmis worden die haar vader en zij niet thuis vierden, op Little Elms. Thea vroeg zich af of Michael en het personeel zich voor het diner aan de lange tafel in de keuken zouden verzamelen, of ze de moeite hadden genomen een boom om te hakken en die op te zetten in de hal, wetend dat Thea en haar vader pas ver na Nieuwjaar terug zouden zijn.

Ze hoopte dat Mrs. Pryor alle cadeautjes zou vinden die Thea in de provisiekast had gelegd en waarvan ze de naamkaartjes zelf had versierd. Voor Michael had ze een Engelse cap besteld en ze wilde dat ze zijn gezicht kon zien wanneer hij het pakje openmaakte.

Waarom konden ze toch niet gewoon thuis Kerstmis vieren? Als haar moeder nog had geleefd, zouden ze nooit in deze tijd van het jaar op vakantie zijn gegaan. Thea probeerde zich Alyssa Maddox voor te stellen aan boord van de boot die haar naam droeg. Maar zodra ze dat deed, kwamen de beelden naar boven van de laatste keer dat ze haar moeder had gezien, drie lange jaren geleden, in de privékliniek, voortdurend wegzakkend en met haar hand op de knop van een plastic slangetje dat met haar arm was verbonden.

En Thea dacht aan de verschrikkelijke dag van de begrafenis. Aan de mensen en hun gemeenplaatsen. Aan het oude stenen graf. Zou daar nog iets van mama te vinden zijn? Behalve botten?

'We zijn er bijna. Daar is het, achter die kaap!' riep haar vader over zijn schouder.

Hij zag er zo blij en opgewonden uit dat Thea op slag een hekel kreeg aan zichzelf vanwege haar egoïstische, klagerige gesomber. De meeste mensen kregen nooit de kans om zo'n reis te maken! Ze was het gelukkigste meisje van de hele wereld, zei papa altijd. *Nou, misschien wordt het dan tijd dat je je ook zo gaat gedragen en dat je zorgt dat hij ook gelukkig is!*

Over de bovenkant van haar zonnebril keek ze in de richting die hij aanwees. Op slechts een paar honderd meter vóór de boot werd de kust van Mustique zichtbaar. Een flonkerend blauwe zee omspoelde zuiver witte stranden met palmbomen, en daarachter verhieven zich dichtbeboste, groene heuvels naar de strakblauwe hemel. Thea moest denken aan de plaatjes in de door haar moeder gekoesterde eerste druk van *Robinson Crusoë*, in de bibliotheek van Little Elms. Ze werkte zich uit de kussens overeind om bij haar vader te gaan staan.

Opwinding nam bezit van haar terwijl ze de bemanning hielp de zeilen neer te halen, waarbij ze lachend en zwetend van inspanning de lier mocht bedienen. Toen ze de kaap rondden, zag ze een houten steiger die vanaf het strand in de zee uitstak. Daarachter, tussen de bomen, kon ze een rood pannendak met een torentje onderscheiden.

'Welkom op Crofters, lieverd.' Griffin Maddox had de loopplank uitgelegd en bood haar galant zijn hand om van boord te gaan. Hij had zijn witte overhemd dichtgeknoopt en groette zwierig met zijn slappe strohoed voordat hij die op zijn hoofd zette.

Ze giechelde en hoopte dat zijn jolige stemming een goed voorteken was. Het water was adembenemend helder, scholen blauwe en zilverkleurige vissen schoten onder de kaalgesleten planken van de steiger door. Op het eerste gezicht was Crofters inderdaad het Caribische paradijs dat hij haar had beloofd.

Toen ze met haar vader in het kleine golfkarretje was gestapt en ze een pad tussen de bomen in sloegen, tuurde ze gespannen naar het dichte gebladerte aan weerskanten. Ondertussen voelde ze dat hij naar haar keek, benieuwd naar haar reactie.

En ze moest toegeven dat ze onmiddellijk begreep waarom haar vader verliefd was geworden op de oude plantage. Alles deed haar denken aan een decor uit *The Jungle Book*. Waar ze ook keek, zag ze bomen, reusachtige groene planten en struiken, weelderig getooid met oranje en gele bloemen. De lucht was zwaar en vochtig, overal klonk het gezoem van insecten en uitbundig vogelgezang.

Waarom zou ze het nog langer ontkennen? Ze ging hier een geweldige tijd tegemoet! Dus ze keek haar vader grijnzend aan, en bij het zien van de gelukkige glinstering in zijn ogen voelde ze haar verzet eindelijk wegebben.

Ze had hem twee weken lang helemaal voor zich alleen. In deze tropische, verborgen idylle. Een overvloed aan tijd, zonder verplichtingen van zijn werk. Dit was haar kans om hem te laten zien hoe ze werkelijk was. Niet alleen de onberispelijk geklede, welgemanierde dochter met wie hij beleefde gesprekken voerde aan tafel, bij de zeldzame gelegenheden dat ze alleen waren. Nee, de echte Thea Maddox. Het meisje dat hield van The Rolling Stones en van gedichten. Het meisje dat graag laat opbleef en hield van zwemmen en in bomen klimmen. Het meisje dat al drie keer naar *E.T.* was geweest, dat *Cats* had gezien op Broadway en dat *Rio* van Duran Duran woordelijk kon meezingen.

Ach, er was zoveel waarover ze met hem wilde praten dat ze amper wist waar ze moest beginnen. Misschien bij haar elfde verjaardag, en hoe cool ze het had gevonden dat ze toen met Michael en Mrs. Douglas naar New York was geweest. En dat ze in het Guggenheim aan de oude gouvernante waren ontsnapt en achter de rug van de suppoosten foto's hadden gemaakt van alle krankzinnige kunstwerken. Of misschien kon ze hem vertellen dat Michaels moeder haar pannenkoeken had leren bakken. Er was zoveel wat haar vader niet van haar wist.

Maar net toen haar hoofd overvol dreigde te raken van wat ze hem allemaal wilde vertellen, kwam het huis in zicht. Op slag was ze alles vergeten en ze hield haar adem in.

'Vind je het mooi?' vroeg Griffin Maddox lachend.

'O, pap! Het is ongelooflijk!' Met grote ogen keek ze naar het elegante huis, opgetrokken uit teakhout en steen, met hellende terracotta daken en een torentje compleet met ramen dat hoog boven de bomen uitstak. Ze kon niet wachten om daar op verkenning uit te gaan.

'En binnen heb ik nog een speciale verrassing voor je!' zei Griffin Maddox met pretlichtjes in zijn ogen.

Zijn opwinding was aanstekelijk. Een verrassing? Wat kon dat zijn? Een vroeg kerstcadeau? O, misschien wel een hondje! Wat zou ze daar blij mee zijn! Maar ze had het nog niet gedacht, of ze begon zich al zorgen te maken hoe ze het mee naar huis moest nemen. Nee, misschien bedoelde hij gewoon iets heel cools, bijvoorbeeld een meertje in het bos! Ja, dat zou geweldig zijn! Dan kon ze hem laten zien hoe goed ze had leren duiken.

Ze kneep in zijn hand en vloog naast hem de treden op naar de brede, houten voordeur.

'Ben je er klaar voor?' Hij keek grijnzend op haar neer.

Hij deed de fraai bewerkte deur open en samen betraden ze de hal, waar een reusachtige ventilator aan het plafond de vochtige lucht in beweging hield. Onder de gedraaide trap stond een enorme vleugel. Kolossale terracotta potten met pluizig, roomwit pampagras stonden tegen een muur, onder een gigantisch schilderij van een weelderige naakte vrouw. Thea moest giechelen om de vreemde vorm van haar borsten, maar ze wist zich nog net op tijd in te houden. Misschien had papa het schilderij zelf wel gekocht en vond hij het mooi.

Hij gaf Thea een knipoog en ging haar voor door een uitgestrekt woongedeelte met lage banken en zware tapijten naar de achterkant van het huis. Daar schoof hij de pui van getint glas open en kwamen ze op een brede houten veranda.

'Hallo?' riep hij. 'Is er iemand thuis?'

Moet dat dan, dacht Thea, terwijl ze hem volgde langs een bar van bamboe en een schilderachtige schommelstoel met in de verte daarachter de glinsterende zee. Waarom zou er iemand thuis zijn, dacht ze. Dit was toch hún huis? O, maar hij bedoelde natuurlijk het personeel. Een kok. Of een huishoudster. Ze hoopte dat het personeel niet in het huis woonde. Want ze wilde het liefst met haar vader alleen zijn.

Maar toen zag ze iemand.

Een vrouw. Ze lag op een rieten ligstoel naast een flonkerend zwembad. Een vrouw met lange, slanke benen. Haar gezicht ging bijna volledig verborgen onder een reusachtige zonnehoed.

'Hallo, schat!' zei Thea's vader.

Schat?

'O, lieverd! Je bent er al!' Haar stem – ze had een zuidelijk accent, met langgerekte klinkers – had hetzelfde, hypnotiserende, dramatische effect als haar verschijning.

Thea's mond viel open toen ze haar benen van de ligstoel zwaaide en opstond. Ze was topless. Haar grote, volmaakt gebruinde borsten werden bekroond door zachte, roze tepels. Een lange ketting van parels en diamanten viel tot op haar zwarte bikinibroekje. Gouden en zilveren bedels bengelden om haar polsen terwijl ze haar hoed in een theatraal gebaar afzette en een weelderige bos kastanjebruin haar onthulde. Ze kwam met grote stappen naar Thea's vader toe en kuste hem vol op de mond.

'Ik heb je gemist! O, wat heb ik je gemist!' zei ze toen ze haar lippen eindelijk van de zijne nam, maar zich nog altijd dicht tegen hem aan drukte.

Thea zette grote ogen op. Ze had nog nooit gezien dat iemand haar vader zo begroette. Zelfs haar moeder niet. Haar moeder al helemaal niet! Niet op dié manier, waar Thea bij was. Dat zou haar moeder nooit hebben gedaan.

Misschien werd hij zich bewust van haar verwarring, want haar vader deed ten slotte een stap naar achteren. 'Dit is Thea.' Hij krabde verlegen achter zijn oor en Thea zag dat hij bloosde.

'O, kijk nou toch eens!' Het was duidelijk dat de vrouw Thea nu pas in de gaten kreeg. Haar sieraden glinsterden terwijl ze vol verrukking in haar handen klapte. Haastig greep ze een zwarte kimono van een stoel en schoot die aan.

Thea ademde opgelucht uit, dankbaar dat ze niet langer half-naakt was.

'Kom eens bij me, knappe meid!' De vrouw richtte nu al haar aandacht op Thea. 'Laat me je eens bekijken.'

Ze legde haar handen op Thea's schouders en boog zich naar haar toe. Eenmaal aangekleed was ze een stuk minder intimiderend, vond Thea. Sterker nog, ze leek best aardig en ze rook naar een duur, exotisch parfum. Onwillekeurig bestudeerde Thea haar onberispelijke, gladde huid, haar groene ogen, dik omlijnd met kohlpotlood.

'Nou, ik kan wel zien dat je papa gelijk heeft. Jij wordt later een heel knappe jongedame!'

O ja?

Het scheelde niet veel of Thea had het hardop gezegd.

Zoals de vrouw het zei, klonk het niet kwetsend. Dus Thea zei maar niet dat ze helemaal geen knappe jongedame wilde worden, maar zakenvrouw. Dat ze, net als haar vader, het bedrijfsleven in wilde.

'Leuk je te ontmoeten...' zei ze dan ook, en ze stak haar hand uit, want ze wilde niet onbeleefd lijken.

'Ik ben Storm.' De vrouw legde een hand op haar borst – opnieuw viel het Thea op hoeveel sieraden ze droeg – en keek van Thea naar haar vader. 'Griff, heb je het haar niet verteld?'

Griff? Zo had alleen Thea's moeder haar vader genoemd.

'Wát had hij moeten vertellen?' vroeg ze.

'Storm is de speciale verrassing, lieverd,' zei Griffin Maddox. 'Ze is je... Nou ja, ze is mijn...'

'Verloofde,' vulde Storm aan, met de nadruk op elke afzonderlijke lettergreep. 'Ach, je vader is zo'n romantische man, lieverd.' Ze schonk Griffin Maddox een warme glimlach.

En ineens besefte Thea dat het aan Storm te danken was dat de kleur op zijn wangen was teruggekeerd. Dat Storm de reden was dat hij maanden van huis was geweest 'voor zaken'. En dat Storm achter de aankoop van het huis in de Caraïben zat. Crofters was helemaal niet bedoeld als toevluchtsoord voor Thea en haar vader. Het was voor Griffin en Storm.

Hoe had ze zo stom kunnen zijn om te denken dat haar vader de hele kerstvakantie met zijn dochter zou willen doorbrengen?

Sterker nog, hoe had ze ooit kunnen denken dat zijn toekomst om haar zou draaien?

'Gaan jullie... gaan jullie trouwen?' Thea vroeg het aan haar vader, maar het was Storm die antwoord gaf.

'Kijk maar niet zo geschokt, kindje. Ik bijt niet. Toch, Griff?'

Haar blik ging weer naar Thea's vader, en Thea zag iets in zijn ogen – iets intiems, iets privés – waardoor ze wist dat hij haar tot op zekere hoogte al had buitengesloten.

'Maak je maar geen zorgen, ik zie mezelf meer als goede fee dan als boze stiefmoeder,' zei Storm. 'En ik ben echt heel goed in meisjesdingen. Wacht maar tot je je kamer ziet. Weet je, ik heb altijd een dochter gewild, en nu wordt mijn wachten eindelijk beloond.' Ze beet op haar lip, haar ogen glinsterden. 'En weet je wat nou zo heerlijk is?'

'Nou?' vroeg Thea, maar het klonk als een gebrom.

'Ik heb een zoon! Een verrukkelijke knul! En hij heet Brett.'

Thea's oog viel op de enorme diamanten verlovingsring toen Storm haar liefkozend bij de kin pakte. 'Ik kan gewoon niet wachten om samen één gelukkig gezin te worden,' zei Storm, en haar groene ogen glinsterden.

Later die avond zat Thea op de roze kussens met roesjes, in een hoekje van de erkerbank in haar torenkamer. Storm had niets te veel gezegd toen ze zei dat ze heel goed was in meisjesdingen. Alles in de kamer was roze, alles had kantjes en roesjes. Het effect was dat van een reusachtige suikerspin. Maar Thea wist dat ze nooit het lieve kleine meisje zou kunnen zijn waar Storm blijkbaar zo naar verlangde.

Haar blik ging weer naar de zee, die flonkerde in het maanlicht, naar de silhouetten van de palmbomen langs het strand, naar de lampjes in de bomen die dansten op de bries, naar het jacht aan de steiger.

Beneden op het terras klonk het knallen van champagnekurken, vermengd met glasgerinkel, stemmen, gelach en de reggaeklanken van de gitarist die in de bar een liefdesliedje zong en ritmisch met zijn slanke, donkere vingers op het hout van zijn gitaar sloeg.

De hele dag waren er gasten gearriveerd, een aaneenschakeling van rijke, aantrekkelijke Britten en Amerikanen die door Griffin en Storm zo hartelijk werden begroet dat Thea er voortdurend aan was herinnerd dat haar vader de laatste jaren een eigen leven had geleid. Een leven waarvan zij niets had geweten. Ze had hem gadegeslagen in zijn rol als perfecte gastheer. Samen met Storm vormde hij het volmaakte stel. Zijn arm lag bijna voortdurend om haar middel. En Storm was oogverblindend. Ze ontving haar gasten met knuffels en kussen, en wanneer ze haar hoofd achterover gooide en haar hese lach liet klinken, werd ze omringd door blijde gezichten.

En toen Thea door haar vader aan iedereen was voorgesteld, had hij gestraald van geluk. Thea had beseft hoe graag hij wilde dat zij ook gelukkig was.

Maar inmiddels alleen, in haar donkere kamer, voelde ze zich verloren, verward. Ze kon er niets aan doen. Hoe was het mogelijk dat ze nooit had vermoed dat haar vader een vriendin had? Hoe had ze zo stom kunnen zijn? Het was nu drie jaar geleden dat haar moeder was gestorven. Griffin Maddox was een rijke, knappe weduwnaar, in de bloei van zijn leven. Thea had kunnen weten dat er ooit een knappe vrouw zou komen die de verdrietige blik uit zijn ogen wilde verdrijven. Thea hield van haar vader, ze bewonderde hem, maar ze was zijn dochter. Een man met zo'n groot hart als Griffin Maddox... Ze had kunnen weten dat hij uiteindelijk niet genoeg zou hebben aan zijn dochter.

Maar waarom had iedereen op Little Elms haar in onwetendheid gelaten? Had Michael hiervan geweten? En zo ja, waarom had hij haar dan niet gewaarschuwd? Ze pijnigde haar hersens. Had ze iets gemist? Een gefluisterde opmerking, een hint, iets waardoor ze het had kunnen weten? Maar ze kon niets bedenken.

Ze durfde zich nauwelijks voor te stellen wat Mrs. Douglas en

Mrs. Pryor van Storm zouden vinden. Was het de bedoeling dat Storm op Little Elms kwam wonen? Dat ze aan tafel de plek van Thea's moeder zou innemen? Dat ze in het bed van Thea's moeder zou slapen? Dat ze de antieke sieraden van Thea's moeder zou dragen? Haar boeken zou lezen?

Zuchtend klapte Thea *De avonturen van Huckleberry Finn* dicht. Het was een van haar lievelingsboeken, maar Huckleberry's avonturen leken plotseling tam vergeleken met de vreemde, nieuwe weg die haar eigen leven was ingeslagen. Ze trok de roze sprei naar achteren en kroop tussen de gladde, roze lakens.

Net toen ze bijna indommelde, werd er zacht op de deur geklopt. Haar hart sprong op. Papa! Hij was het niet vergeten. Hij kwam haar toch nog een nachtkus brengen. Ze schoot overeind en keek glimlachend naar de deur.

Maar het was Griffin Maddox niet. Het was een jongen. Een grote jongen, dacht Thea. Ze schatte hem op een jaar of zestien. Hij droeg een korte broek met een gestreept overhemd waarvan hij de kraag omhoog had gezet. Zijn benen waren diepbruin en hij liep op blote voeten.

'Hallo!' zei hij. 'Ik dacht: ik kom me maar even voorstellen. Ik ben Brett.'

De zoon van Storm.

Op weg naar het bed, op de roze geschilderde, houten vloer, dreigde hij te struikelen.

'Ga maar weer liggen.' Hij ging dicht naast haar zitten. 'Ik wilde je niet wakker maken.'

'Ik slaap niet.' Ze wilde uit bed komen, maar hij zat zo dicht naast haar dat ze geen andere keus had dan te doen wat hij zei.

Hij keek glimlachend op haar neer toen ze wantrouwend op haar zij ging liggen, met haar handen onder het kussen. Het verbaasde Thea dat Storm al zo'n volwassen zoon had. En ineens voelde ze zich gedegradeerd tot het kleine zusje. Hij was zo knap, zo atletisch. De ideale zoon. Zag haar vader hem al zo? Als een zoon?

'Sorry dat ik er niet was toen jullie aankwamen,' zei hij. 'Ik was aan het surfen.' Zijn adem rook naar drank en sigaretten, besefte

Thea toen hij zich naar haar toe boog. 'Of liever gezegd: ik zat in de surfersbar,' fluisterde hij samenzweerderig. 'Maar niet tegen ma zeggen, oké?'

Ze knikte zwijgend en deinsde achteruit, geschokt door de mogelijke gevolgen van haar medeplichtigheid.

'Dus we worden broer en zus?' vervolgde hij. 'Geweldig!' Hij pakte een lok van Thea's haar en streek die naar achteren. 'Je hebt prachtig haar!' Hij legde zijn hand op haar heup. 'Een zus. Geweldig!' Zijn hand bleef nog even op het laken rusten. 'Echt geweldig.'

4

December 1983

Trillend sloop Romy door de verlaten, donkere gang naar het kantoor van professor Lemcke, met een stuk ijzerdraad en de briefopener in haar vuisten geklemd.

Ze keek naar haar smalle schaduw die zich voor haar uitstrekte over de vloer. De afgelopen drie jaar was ze lang geworden. Lang, hongerig en mager. Van boven nog plat, maar ze had wel heupen. En twee weken geleden was ze voor het eerst ongesteld geworden. Claudia, haar beste vriendin, had haar lappen katoen gegeven en uitgelegd wat ze daarmee moest doen.

Het was oudejaarsavond. Vanuit de kantine klonk het dronken gelach en gelal van de bewakers. Toen ze langs een raam kwam zag ze dat het nog altijd sneeuwde. Haar adem bevroor in de stille gang. Ze moest snel zijn en zich tot het uiterste concentreren. Samen met Claudia zou ze de volgende morgen in alle vroegte ontsnappen met de vrachtwagen van de wasserij. Omdat de bewakers een kater hadden zouden ze de boel niet controleren. En wanneer ze eenmaal in de stad waren, zouden Claudia en zij ongezien uit de vrachtwagen moeten zien te glippen.

Klaus, de bedrijfsleider van de wasserij die Romy in de afgelopen drie jaar had leren lezen, was met pensioen gestuurd. Als gevolg van een chronische bronchitis kon hij niet meer werken. Bij wijze van afscheidscadeau had hij Romy een woordenboek gegeven, met daarin de naam en het adres van een kledingfabriek in Berlijn. Zonder verdere uitleg, maar die had Romy ook niet nodig. Ze had naar zijn verhalen geluisterd over de gelukkige tijd die hij daar als monteur had doorgebracht, en ze was van plan om samen met Claudia te proberen daar werk te vinden.

Met de kleine zaklantaarn in haar mond knielde ze bij de deur van het kantoor, ze stak de draad in het sleutelgat, morrelde wat en hoorde dat het slot opensprong. Haastig glipte ze naar binnen, deed de deur achter zich dicht en leunde er even tegenaan. Terwijl ze luisterde of iemand haar had gevolgd, durfde ze nauwelijks adem te halen.

In minder dan een minuut wist ze de la van het bureau open te krijgen. Ze zette grote ogen op toen ze zag wat erin zat.

Geld.

Bijna duizend mark, telde ze haastig. Vol ontzag maakte ze een waaier van de biljetten, toen stopte ze het geld dubbelgevouwen in de zak van haar overall.

Er lag ook een kartonnen map in de la, maar toen ze die opensloeg, in de hoop op nog meer geld, stokte de adem in haar keel. Ze legde de zaklantaarn op het bureau en keek bij het zwakke schijnsel de foto's door. Bij elke afbeelding trok er een huivering door haar heen. De foto's toonden doodsbange meisjes terwijl ze werden gedwongen weerzinwekkende dingen te doen met mannen.

Romy's greep om de briefopener verstrakte en even wenste ze dat Lemcke op dat moment zou binnenkomen. Dan zou ze hem zijn keel doorsnijden! Die klootzak! Maar toen ze de foto's begon te verscheuren, aarzelde ze. Want ze had een van de meisjes herkend. Marieke. Die had het weeshuis een jaar eerder verlaten. Om in de staalfabriek te gaan werken, was de andere kinderen verteld.

De zoveelste leugen! De zoveelste gruwelijke belofte van wat Romy te wachten stond als ze bleef. De zoveelste reden waarom Claudia en zij – op dat moment de twee oudste meisjes in het weeshuis – hier weg moesten. Vannacht nog.

Romy stopte de foto's weer in de map en liet die in haar jasje glijden. Zodra ze de kans kreeg, zou ze hem naar de politie sturen, met een anonieme brief om te vertellen waar ze de foto's had gevonden. Ze zou ervoor zorgen dat Lemcke werd gestraft voor zijn weerzinwekkende praktijken. Maar nu was het zaak in de archiefruimte te komen. Want ze ging hier niet weg zonder haar papieren.

Het duurde twee minuten voordat ze het slot op de deur naar de aangrenzende kamer open had. De ruimte was gevuld met grote archiefkasten, met daarin de dossiers van de kinderen, alfabetisch op achternaam. Zijn grondigheid was het enige waarvoor ze Lemcke dankbaar kon zijn.

Ze liep naar de kast met de N van Neumann. Haar handen beefden van de kou en van de zenuwen, terwijl ze de inhoud inspecteerde. Het onregelmatige licht van de zaklantaarn scheen op versleten foto's en geboortebewijzen.

Eindelijk had ze haar naam gevonden. Gerte Neumann, stond er in verbleekte zwarte inkt op een map met haar geboortedatum.

In de map zat een zware, geelbruine envelop. Gretig haalde ze hem tevoorschijn. Hij was niet zwaar, maar merkwaardig dik. Deze envelop bevatte de antwoorden op al haar vragen, daar was ze van overtuigd.

Haar hart klopte in haar keel toen ze hem openscheurde. Maar in plaats van de documenten en foto's die ze had verwacht, zat er in de envelop alleen maar een oude groene deken.

Was dat alles? Geen verklaring? Geen geboortebewijs of andere documenten? Geen bijzonderheden? Helemaal niets? Alleen een oude groene deken?

Romy haastte zich terug naar de archiefkast, keek de andere mappen door met een N, kieperde ze een voor een leeg, vastberaden iets te vinden. Want er moest sprake zijn van een vergissing. Iedereen had toch papieren? Iedereen! Zelfs weeskinderen. Papieren waarop stond hoe haar ouders heetten of waar ze was gevonden.

Maar er was niets.

Ze staarde naar de chaos die ze had aangericht, zo teleurgesteld dat ze naar adem snakte.

In de stille nacht sloeg de klok op de appelplaats twaalf keer. Zwak drong het gejuich van de bewakers tot Romy door.

Terwijl ze de deken tegen zich aan drukte, deed ze zichzelf een belofte. Een voornemen voor het nieuwe jaar. Als ze geen verleden had, zou ze ervoor zorgen dat ze een toekomst kreeg. Wat er ook gebeurde! En die toekomst begon nu!

Maar toen ze terugkwam op de slaapzaal, zat Claudia niet op haar te wachten, zoals ze hadden afgesproken. Ze lag niet in bed. En ze was ook niet in de wc's.

'Waar is ze?' vroeg Romy, zonder erom te geven wie ze allemaal wakker maakte. 'Waar is Claudia?'

Tara schoot bevend overeind in bed. De tranen stroomden over haar wangen en op haar ene wang zat een vurige rode vlek. Van een klap, besefte Romy. 'De jongens hebben haar meegenomen! Fuchs en Pieter. Naar boven.'

Romy was blijkbaar niet de enige die gebruikmaakte van het feit dat de bewakers waren afgeleid.

Onder het slaken van een verwensing haastte ze zich de slaapzaal uit. Ze was nog nooit boven geweest. Dat was de verdieping waar de oudste jongens woonden, de jongens die al bijna volwassen waren. Het eerste wat Romy trof toen ze de slaapzaal binnensloop, was de warmte. Er stond een kachel te blazen. Uit een radio klonk muziek en uit een elektrische ketel bij de gootsteen kwam stoom. Op de vier bedden lagen schone lakens en dekens, ernaast stond een tafeltje met een lampje erop.

De onrechtvaardigheid trof Romy als een mokerslag. Al die luxe! Vlak boven haar hoofd! Al die jaren!

Achter een deur aan het eind van de kamer klonk geroezemoes. Gelach. En toen – precies wat ze had gevreesd – een kreet. Ze herkende de stem van Claudia.

Romy haastte zich naar de deur en ging op haar tenen staan om door het kleine vierkante ruitje te kijken.

Claudia lag met haar armen en benen wijd op een ijzeren bed. Haar nachthemd was tot haar middel omhooggeschoven. Er was een prop in haar mond gestopt, haar polsen waren aan het bed gebonden. Ze draaide en schopte met haar benen, in een vergeefse poging zich los te rukken.

Romy zag dat Fuchs, die inmiddels tot een boom van een vent was uitgegroeid en over nog geen jaar in het leger zou gaan, zijn riem losdeed en zijn broek uitschopte. Pieter, Monk en Heinrich moedigden hem klappend en joelend aan.

Romy's knieën trilden zo dat ze zich niet kon bewegen. Ze

kneep haar ogen stijf dicht en probeerde wanhopig iets te bedenken. Maar ze waren met z'n vieren. En ze waren allemaal groter en sterker dan zij. Dus ze had geen schijn van kans.

Ze dacht aan de bewakers beneden, maar toen schoten haar de foto's uit Lemckes bureau te binnen. Van de bewakers hoefde ze geen hulp te verwachten. Integendeel, ze zouden waarschijnlijk gewoon meedoen.

Ze hoorde Claudia's gesmoorde kreten. Met een ingehouden snik keek ze nogmaals door het raam. Claudia had haar ogen in doodsangst wijd opengesperd. Fuchs stond tussen haar benen en ramde met geweld in haar.

Stop!

Romy beukte de deur open en rende naar binnen, schreeuwend zo hard als ze kon.

Fuchs had zich net teruggetrokken. Hij stond met zijn rug naar Claudia. Rood aangelopen en zwetend klokte hij wodka in zijn keelgat, rechtstreeks uit de fles, toen Romy hem aanviel en de briefopener uit alle macht in zijn onderbuik stak.

Hij plantte zijn vuist in haar gezicht. Romy sloeg tegen de grond en maakte zich zo klein mogelijk, in afwachting van de volgende klap. Ze zouden haar afmaken, wist ze.

Maar de klap kwam niet. In plaats daarvan begon Fuchs zacht te kreunen. Toen Romy opkeek, zag ze dat hij ongelovig naar zijn blote buik staarde. Van de briefopener was alleen nog het handvat te zien.

De wodkafles gleed uit zijn hand en sloeg kapot op de grond. Fuchs deinsde wankelend achteruit, waarbij hij de olielamp van het tafeltje naast het bed stootte. Het groene glas viel in scherven toen het de grond raakte. Vlammen begonnen hongerig over de droge, houten planken te kruipen.

Heinrich, Pieter en Monk stormden langs Romy heen de kamer uit, om hulp te gaan halen. Fuchs wilde haar te lijf gaan, maar zakte op zijn knieën. Zijn blote benen en zijn gekrompen geslachtsdeel zaten onder het bloed.

'Vuil kreng!' beet hij haar toe. 'Ik zal je...'

Hij strekte zijn armen en greep haar vast, maar zelfs die inspanning werd hem al te veel. Kreunend zakte hij tegen de muur. Hij pakte het zilveren handvat, in een poging de briefopener uit zijn buik te trekken. Maar het was tevergeefs. Er sijpelde bloed uit zijn mond.

'Sterf!' Romy krabbelde gejaagd overeind.

Rook vulde de kamer. Een hoek van de sprei op het bed vatte vlam.

Hoestend en met trillende handen maakte Romy de touwen om Claudia's polsen los. Haar vriendin bloedde, zag ze. Er zat een grote, rode vlek op haar nachtjapon. Ze keek Romy wezenloos, met glazige ogen aan.

'Claudia! Clau!' schreeuwde Romy.

Geen reactie. Ze leek wel in trance. Grommend van inspanning trok Romy haar van het bed en sleepte haar naar de deur.

Fuchs produceerde een gruwelijk gerochel en Romy kreeg het ook benauwd, want de rook werd hoe langer hoe dikker. Onder luid geraas laaide het vuur achter haar plotseling hoog op. Er klonk een geknetter, de laklaag van de vloer vatte vlam.

Romy werkte Claudia nog net op tijd de deur uit, naar de verlaten slaapzaal daarachter. Toen ze zich omdraaide, zag ze dat de hele kamer was gevuld met vlammen.

Terwijl ze zich de trap af haastten, ging het brandalarm. Romy moest Claudia bijna dragen, maar ze was vastberaden haar niet achter te laten. Beneden klonken schreeuwende mannenstemmen. De bewakers konden elk moment naar boven komen. Als Claudia en zij de trap bleven volgen, zouden ze hen recht in de armen lopen.

Halverwege de trap, op de overloop, zat een klein raam. Romy deed een stap naar achteren, trapte het in en schopte de resterende scherven weg. Een ijzige wind blies naar binnen. Maar buiten wenkte de duisternis. Het donker bood dekking. En een kans om te ontsnappen.

'We moeten het dak op!' zei ze. 'Vooruit!' Ze duwde Claudia in de richting van de kleine opening. 'Vlug! Anders zijn we er geweest...'

Eindelijk leek Claudia op te schrikken uit haar trance. Ze keek

Romy aan. Toen knikte ze en ze begon zich door het raam te werken, naar de smalle richel daarachter.

Romy volgde. Vóór hen bevond zich de loodrechte, diepe ventilatieschacht. De afstand naar de grond was minstens tien meter. Als ze in de schacht vielen, was de kans groot dat ze hun nek braken.

Claudia begon ongecontroleerd te beven, bestookt door de dichte, wilde sneeuwstorm. Romy deed haar jack uit en gaf het aan haar vriendin. Maar terwijl ze dat deed, viel de map eruit. De foto's werden meegevoerd door de wervelende sneeuw – zwarte beelden tegen een witte achtergrond – en verdwenen in de nacht.

Romy had geen tijd om zich daar druk over te maken. Boven de wind uit hoorde ze zware voetstappen in het trappenhuis achter hen.

'We moeten eroverheen,' zei ze tegen Claudia, met haar blik op het platte dak vóór hen gericht, aan de andere kant van de schacht, met daartussen een kloof van ruim een meter. 'Ik ga eerst.'

Ze gunde zich niet de tijd om na te denken. En ze keek niet naar beneden. Met een harde afzet van de richel sprong ze over het gat. Ze haalde het... maar het was op het nippertje. Met haar schouders over de dakrand hees ze zich in veiligheid.

Claudia had zich niet verroerd. Onder haar blote voeten glinsterde de richel in het maanlicht. Ze had Claudia ook haar laarzen moeten geven, dacht Romy vol zelfverwijt.

Geschreeuw. Het klonk steeds luider. Steeds dichterbij.

'Nu!' riep ze naar Claudia. Het kon elk moment te laat zijn.

Weer een kreet, ditmaal vlak achter haar, bracht Claudia eindelijk in beweging.

Het ene moment stond ze nog trillend op de richel, het volgende had ze zich naar voren geworpen en vloog ze maaiend met armen en benen door de lucht, wanhopig naar de rand van het dak reikend.

Ze greep mis. Maar Romy niet. Ineengedoken, klaar om in actie te komen, greep ze Claudia bij haar pols op hetzelfde moment dat het oudere meisje tegen de muur sloeg. Normaliter zou een meisje van Claudia's leeftijd te zwaar voor Romy zijn geweest en haar hebben meegesleurd, de schacht in. Maar Claudia was vel over been en Romy weigerde los te laten. Ze slaagde erin Claudia over de rand te trekken en haar naast zich op het dak te hijsen.

Toen zetten ze het op een rennen, glijdend en glibberend over het dak van de eetzaal naar het eind, waar metalen sporten naar het dak van de wasserij leidden en van daar nog verder, naar de rand.

'Spring!' Romy pakte Claudia bij de hand en gaf haar geen tijd om na te denken. Samen sprongen ze naar de vrachtwagen van de wasserij die op het erf stond. De kap van zeildoek scheurde met een vervaarlijk geraas. In een lawine van sneeuw belandden ze met een daverende dreun op de metalen laadbodem.

'Ik kan niet meer!' jammerde Claudia, maar Romy krabbelde alweer overeind.

Bloed stroomde langs de binnenkant van Claudia's benen. Haar nachtjapon was doorweekt.

'Hier! Trek mijn laarzen aan!' Romy maakte de veters los en schoof de laarzen haastig aan de voeten van haar vriendin. Toen trok ze haar jack nog strakker om Claudia's schouders en streek teder het zweet uit haar gezicht.

'Bij mij blijven!' zei ze. 'We redden het.'

Ze werkte haar bovenlichaam door het luik tussen de laadbak en de bestuurderscabine. Door de voorruit en de wervelende sneeuw zag ze de poort van de leveranciersingang. Kon ze maar autorijden! Dan zou ze de poort rammen, de vrijheid tegemoet. Maar ze kon niet rijden. Sterker nog, terwijl ze naar de poort staarde, drong het tot haar door dat ze helemaal niets wist van de wereld die daarachter lag. Het enige wat ze van die wereld had gezien, was het uitzicht vanaf het dak. Dus zelfs áls ze wist te ontkomen, dan nog vroeg ze zich af of ze ook maar enige kans maakte op overleving.

Maar net toen de twijfels haar dreigden te overweldigen, kwam er een andere herinnering bij haar op. Een ander uitzicht. De bossen. Net buiten de omheining van het weeshuis. Als ze de bossen wisten te bereiken, zouden Claudia en zij dankzij de sneeuwstorm misschien aan hun achtervolgers weten te ontsnappen.

Ze nam Claudia bij de hand, schuifelde met haar naar de achterkant van de laadbak en sprong naar beneden, op het erf. Toen stak ze haar armen uit om Claudia te helpen.

Overal om hen heen ging het alarm af. In de duisternis zag ze dat de vlammen uit het dak van het weeshuis sloegen. Achter alle ramen ging licht aan en verschenen donkere silhouetten. De weeskinderen drukten hun neus tegen de smerige ruiten en tuurden naar buiten, naar de sneeuwstorm, nieuwsgierig wat er aan de hand was.

Romy kon nu niet aan de kinderen denken. Ze wisten wat ze moesten doen bij brand. Daar waren ze in gedrild, stelde ze zichzelf gerust. Het zou niet lang duren of ze stonden allemaal buiten. Net als Lemcke en de bewakers.

Lemcke. De naam schalde als een zweepslag door haar hoofd. Ze ging liever dood bij haar ontsnappingspoging dan dat hij haar te pakken kreeg!

Ze trok de strompelende Claudia achter zich aan over het beton. Behalve van voetafdrukken trokken ze ook een spoor van bloeddruppels door de sneeuw. Maar uiteindelijk bereikten ze de poort en ze begonnen te klimmen. Met haar doorweekte sokken gleed Romy weg op de ijskoude metalen stangen. Maar ze hield vol en ten slotte was ze boven.

De smalle plattelandsweg die voor hen lag, was een baan zwartbevroren ijs met een laag sneeuw.

Ze sprongen van de poort en Romy trok Claudia mee in de richting van de bomen. Ze vielen in een greppel, waar de sneeuw tot hun dijen reikte, en werkten zich met veel moeite tegen de andere kant weer omhoog.

'Het bos is onze enige kans!' zei Romy, terwijl de kou in haar voeten beet.

Ze zetten het weer op een rennen. Achter hen gilde nog altijd het alarm van het weeshuis. Romy diepte de zaklantaarn op uit haar overall en deed hem aan, bang om opnieuw in een hoop opgewaaide sneeuw te belanden. Ze zag direct dat het bos links van haar dichter was en dat de sneeuw daar minder hoog lag omdat het terrein scherp afliep naar iets wat eruitzag als een rivierdal.

Er klonk geschreeuw achter hen. Romy keek over haar schouder. Tussen de bomen ontdekte ze het rusteloze schijnsel van een stel zaklantaarns bij de poort van het weeshuis. Laarzen roffelden op de met ijs bedekte weg. Romy dacht dat ze de stem van Ulrich hoorde en zijn fluit, gevolgd door het geluid dat ze het meest had gevreesd. Het geluid van de honden.

Er klonk een gehuil. Een andere hond antwoordde. Gegrom. Gejank. De beesten trokken aan hun riem, ongeduldig omdat ze los wilden.

Toen werd het stil.

'Rennen!' zei Romy. Maar het was al te laat.

Een geraas van maaiende poten. Van gespierde lijven die zich langs bomen en door struikgewas werkten.

Toen hadden de honden hen ingehaald. Twee Duitse herders. Ulrichs lievelingen en zijn trots. De dieren waren op de geur van Claudia's bloed afgekomen.

Ze slaakte een kreet toen de honden zich op haar stortten en haar tegen de grond werkten.

Romy pakte een dikke tak, omklemde hem met twee handen en liet hem uit alle macht neerdalen op de rug van het dichtstbijzijnde beest. Het keerde zich jankend naar haar toe, maar stortte zich toen nog woester op Claudia, die zich tot een bal had opgerold.

Een rasterwerk van lichtbundels danste kriskras tussen de bomen. De bewakers hadden hen in de gaten gekregen.

Romy liet de tak nogmaals op de hond neerdalen. Deze keer raakte ze het beest hard op zijn voorhoofd. Het viel opzij en bleef roerloos in de sneeuw liggen.

Maar de andere hond had zijn kaken om Claudia's nek gesloten.

Claudia keek Romy met grote ogen aan. Haar wang hing open, haar lichaam was verkrampt, haar rug stond zo hol dat het leek alsof hij zou breken.

Ga weg! Ze zei het niet hardop, maar bewoog slechts haar lippen.

En Romy wist dat ze geen keus had. Ze draaide zich om en vluchtte het donkere bos in, net toen Ulrich triomfantelijk de open plek op kwam stormen en neerkeek op Claudia's bebloede lichaam in de sneeuw.

Maar Romy was al verdwenen. Steeds dieper strompelde ze het donkere bos in. En terwijl de tranen over haar wangen stroomden, rende Romy voor haar leven.

5

Juni 1984

Het was zover. De dag waarnaar iedereen had uitgekeken. De dag waarop Griffin Maddox in het huwelijk zou treden met Storm Haileux-Maitlin. De wolkenloze hemel was stralend aquamarijnblauw, de glooiende gazons van Little Elms glansden smaragdgroen in de zon.

Binnen liep Thea op haar tenen over het nieuwe tapijt, met de tulen rokken van haar zachtroze bruidsmeisjesjurk iets opgetild, voorzichtig om niet te struikelen over de kabels van de fotograaf.

De sfeer op de recentelijk gemoderniseerde bovenverdieping deed denken aan de koortsachtige voorbereidingen van een belangrijke modeshow, terwijl Mimi, de weddingplanner uit New York, iets in haar walkietalkie riep over 'horloges gelijkzetten'. Enkele ogenblikken later kwam ze de kamer uit waar Storm door een complete hofhouding werd aangekleed en in een wolk van crèmekleurige tafzijde werd gehuld.

Thea maakte zich haastig uit de voeten en keek door het ronde raam naar de tuin aan de achterkant van het huis, waar het pad met de taxusbomen was veranderd in een kapel, compleet met een altaar en een wit smeedijzeren baldakijn.

Behalve talloze kennissen en zakenrelaties uit New York, waren ook diverse van de glamoureuze gasten die Thea op Crofters had ontmoet, voor de bruiloft naar New England gevlogen. Storm had kosten noch moeite gespaard om indruk te maken. Je zou denken dat de bruid een blozende maagd was, in plaats van een vrouw die al twee scheidingen achter de rug had. Thea moest vechten tegen een gevoel van onrechtvaardigheid. Ze had zich altijd voorgesteld dat de eerstvolgende bruiloft op Little Elms de hare zou zijn.

Op dat moment zag ze een vertrouwde gedaante die de chique, gebosseleerde orden van dienst op de fluwelen stoelen legde. Ze tikte op het raam, maar de afstand was te groot. Michael kon haar niet horen.

Hoewel ze inmiddels dertien was en hij bijna vijftien, was het Thea niet ontgaan hoeveel ouder hij tegenwoordig leek. Hij was erg lang geworden en moest de pluizige baardharen scheren waarmee ze hem zo vaak had geplaagd. Zijn gezicht was gebruind, hij had zijn rossig blonde haar met gel bewerkt en naar achteren gekamd, waardoor het donkerder leek. Het maakte hem knapper, vond ze. Hij droeg een marineblauwe smoking. De vlinderdas zat erg strak om zijn hals. Sterker nog, hij zag eruit alsof de hele uitmonstering hem gestolen kon worden en alsof hij het liefst op zijn paard zou springen, met de wind in zijn haren.

Ze dacht aan de vorige dag, aan de lange rit die ze al heel vroeg in de ochtend hadden gemaakt. Toen ze even waren gestopt, had hij gezegd dat ze vandaag dapper moest zijn. Ze wist dat hij het goed bedoelde. Tenslotte had ze in de maandenlange aanloop naar het huwelijk talloze malen haar beklag bij hem gedaan. Over haar hardnekkige indruk dat Storm haar niet mocht. Over de uitstapjes naar de sauna of naar de stad, die Storm voortdurend beloofde maar die ze altijd op het laatste moment afzegde. Over Brett en hoe ze hem wantrouwde, hoe hij haar intimideerde. Er kwam geen einde aan haar twijfels en haar bange vermoedens. En Michael had naar haar geluisterd, hij had haar gelijk gegeven en hij had sussend op haar ingepraat.

Maar nu de grote dag eenmaal was aangebroken en nu ze haar jurk aanhad, was Thea om een heel andere reden nerveus. Op het feest die avond werd er gedanst en dan zou Michael haar in zijn armen nemen. Het was iets waar ze al zo lang van droomde.

Ze deed een stap naar achteren en bekeek zichzelf in het witte drieluik van passpiegels. Hoe zou hij vinden dat ze eruitzag? Ze herkende zichzelf nauwelijks door de royale hoeveelheid eyeliner en mascara; met haar blonde haar stijf in de lak, uit haar gezicht gekamd en ingevlochten met linten. Zag ze eruit als een deelneemster aan zo'n afschuwelijke miss-verkiezing? Of was ze echt mooi, zoals het meisje dat haar make-up had gedaan, had gezegd? Ze voelde zich in elk geval erg onzeker.

Terwijl ze naar de tafel liep om haar boeketje van roze rozen te pakken, keek ze naar de deur, wachtend op een kans om weg te glippen naar haar vader. Zijn reactie zou een eind maken aan haar onzekerheid. Want ze kon in zijn ogen zien of het hem beviel wat hij zag.

Maar er was nog een reden om naar hem toe te gaan. Ze wilde hem vragen of dit huwelijk verdrietige herinneringen bij hem opriep aan haar moeder. Het was belangrijk voor haar dat hij op een dag als vandaag het verleden erkende, al was het maar met een paar woorden.

Maar net toen ze de deur uit wilde lopen, riep Storm haar vanuit de slaapkamer. Thea draaide zich om en liep naar haar toe. Te oordelen naar de enthousiaste kreetjes van de kleedsters, die een stapje naar achteren deden om hun werk te bewonderen, was Storm eindelijk klaar.

De jurk, ontworpen door een beroemde designer en onderwerp van veel overleg en gedoe, zag er net zo uit als de trouwjurk van de bruidsbarbie waarmee Thea als kind had gespeeld: een wolk van ruches, laag op laag, die bij het middel waren ingesnoerd om Storms extreem smalle taille volledig tot haar recht te laten komen. Theatraal als ze was, had Storm er geen geheim van gemaakt dat ze zich had laten inspireren door de bruidsjurk die prinses Diana drie jaar eerder had gedragen. Gelukkig had ze de sleep van acht meter achterwege gelaten, dacht Thea. Maar zelfs zonder sleep was de jurk zo omvangrijk dat Thea zich afvroeg of het pad naar het altaar wel breed genoeg was.

'Wow,' verzuchtte ze. 'Ongelooflijk!' Van dichtbij zag ze dat het lijfje was bestikt met Swarovski-steentjes en overging in royale pofmouwen die de halslijn vervolmaakten en een oogverblindend collier van diamanten omlijstten.

'Dank je wel,' zei Storm, en ze klonk oprecht ontroerd. Toen gebaarde ze de anderen de kamer te verlaten. 'Willen jullie ons even alleen laten?'

In een koninklijke pose, met haar handen gevouwen, keek Storm hen na. Het zonlicht dat door het raam naar binnen viel, maakte dat het diamanten collier en het kroontje in haar haar flonkerende stippen op de muren tekenden.

Toen ze naar de haard liep, beschreven de stippen een wilde dans.

'Griff en ik hadden het je eigenlijk later willen geven, maar volgens mij is dit het juiste moment.' Storm pakte een pastelblauw doosje met een wit lint eromheen van de schoorsteenmantel. Toen keerde ze zich glimlachend naar Thea. 'Alsjeblieft. Maak maar open.'

Thea aarzelde even. Als dit een cadeau was van Storm en haar vader, waarom was hij er dan niet bij? Ten slotte pakte ze het doosje aan en schoof ze het lint eraf.

'O, wat mooi!' zei ze bij het zien van het zilveren medaillon. En ze meende het. Dit was iets wat haar moeder had kunnen dragen, en ze vermoedde dat niet Storm, maar haar vader het had uitgekozen.

'Ik wil dat je het vandaag draagt.' Storm deed een stap naar voren om Thea te helpen met het slotje. Toen legde ze haar handen op Thea's schouders en ze keek haar recht in de ogen. 'Ik weet dat het moeilijk voor je is, lieverd,' zei ze met haar hese stem en haar lome, zuidelijke accent. 'Het valt niet mee om een tiener te zijn. Voor niemand. Maar jij en ik... wij samen, dat wordt heel bijzonder. Dat zul je zien.' Ze sloeg haar armen om Thea's hals en maakte het slotje dicht. Toen gaf ze Thea een kus op haar wang.

En op dat moment herinnerde Thea zich de allereerste belofte die Storm haar had gedaan. Dat ze de goede fee zou zijn en niet de boze stiefmoeder. Zoals ze daar stond, in haar oogverblindende jurk, met een lieve uitdrukking op haar knappe gezicht, zag ze eruit alsof ze die belofte eindelijk gestand ging doen.

Thea had een gevoel alsof er diep binnen in haar iets op zijn plaats viel. Met haar vingers om het koele, zilveren hart beantwoordde ze Storms glimlach. Misschien had ze het huwelijk van haar vader in het verkeerde licht gezien... omdat ze jaloers was geweest.

Daar zou ze niet langer aan toegeven, nam ze zich plechtig voor. Op haar beurt zou ook zij een handreiking doen en een volmaakte stiefdochter zijn. Ze zou haar vaders geluk niet meer door twijfel laten overschaduwen. Nooit meer.

'Tijd om naar beneden te gaan, mensen!' Mimi, de weddingplanner, kwam binnenmarcheren en verstoorde het moment. 'De pers kan niet langer wachten.'

Thea glipte de deur uit naar de overloop en liep op haar tenen de trap af die vroeger naar de kinderkamers had geleid. Door de lichtinstallatie voor de officiële foto's op de monumentale, gedraaide trap, had ze het gevoel alsof het huis was veranderd in een filmset. In de hal hing het bedwelmende parfum van bijna tweeduizend rozen.

Ze bleef even staan om het tafereel in zich op te nemen, maar Mimi, die zich gejaagd en koortsachtig de trap af haastte, duwde haar opzij.

Griffin Maddox kwam zijn kamer uit, gekleed in een grijs jacquet. Hij floot en maakte een volmaakt onbekommerde indruk.

'Hoe gaat het daarboven?' vroeg hij met een verbouwereerde glimlach terwijl hij Mimi nakeek. Hij knipoogde naar Thea en gebaarde met zijn hoofd naar de bovenverdieping. Ze kon hem niet naar haar moeder vragen, besefte Thea. Niet op een dag als vandaag. Hij leek zo gelukkig. Dan mocht ze niet over verdrietige dingen beginnen.

'Het is een gekkenhuis,' zei Thea eerlijk, en ze kwam naar hem toe om de roomwitte roos in zijn knoopsgat goed te doen.

'Nee maar! Wat zie je er prachtig uit!' Hij floot eerbiedig.

Dankbaar en gelukkig maakte Thea vluchtig een reverence. Hij vond echt dat ze er mooi uitzag.

'O? Dus ze heeft het je al gegeven?' Hij strekte zijn hand uit naar het medaillon. De klank van teleurstelling in zijn stem ontging Thea niet.

'Ja, het is prachtig,' zei Thea. 'Dank je wel.'

'Heb je de inscriptie ook gelezen? Kijk!'

Hij maakte het medaillon open zodat ze de kleine letters kon lezen die erin waren gegraveerd. 'Voor Thea, van mama en papa. Liefs,' las hij.

Mama? Was dat de tekst die Storm en hij voor haar hadden bedacht? Maar... maar ze had al een mama. Hoe aardig Storm ook mocht zijn, ze zou nooit de plaats van haar moeder kunnen innemen...

Voordat Thea nog iets kon zeggen, klonk Mimi's schrille stem van beneden. De weddingplanner knipte met haar vingers naar een rij fotografen die de trap op kwamen en hun camera's op hen richtten.

'Nerveus?' Haar vader trok haar arm door de zijne en klopte op haar hand. Ze zag dat hij geen ring meer droeg en vroeg zich af wat hij had gedaan met de trouwring die hij had gedragen toen haar moeder nog leefde, vurig hopend dat hij die voor haar had bewaard en niet had weggedaan.

Achter hen ging de deur van haar vaders slaapkamer open. Justin Ennestein, de familieadvocaat, kwam naar buiten terwijl hij zijn papieren ordende in een leren map. Ennestein was een kleine, mollige man. Zijn donkere haar begon grijs te worden, zag Thea. Hij schoof zijn zware bril hoger op zijn haviksneus, en toen zijn ogen die van Thea ontmoetten, keek hij bijna betrapt, besefte ze. Of misschien geneerde hij zich dat haar vader op een dag als vandaag nog aan het werk was. De kleine advocaat wendde zich haastig af.

Op dat moment kwam Brett de trap op stormen. 'Wacht! Ik wil er ook op!'

Zijn pak was afgestemd op het jacquet van Griffin Maddox, maar hij was de laatste jaren aanzienlijk dikker geworden, zodat zijn hals over zijn boord puilde en hij een opgepropte indruk maakte. Ondanks zijn opgewekte manier van doen schonk hij Thea vluchtig een kille, taxerende blik, die haar acuut kippenvel bezorgde.

'Dit wordt hem! Dé foto!' Hij grijnsde naar de fotografen op de trap beneden hen en legde zijn arm om de schouders van Thea's vader. 'Griffin Maddox en zijn kinderen.'

'Kinderen? Maar je bent geen...' flapte Thea eruit.

'Heb je het haar nog niet verteld, Griff?' viel Brett haar in de rede, nog altijd lachend naar de camera's. 'Je papa gaat me officieel adopteren. Dus dat betekent dat ik vanaf vandaag Brett Maddox heet. Dan ben ik echt je broer. Cool, of niet dan?'

De rest van de dag verliep als in een roes, want terwijl ze achter Storm aan naar het altaar liep, waar haar vader wachtte op zijn bruid, duizelde het Thea nog altijd van de implicaties van wat Brett had gezegd. Waarom vond ze het zo schokkend dat hij voortaan haar naam droeg? Waarom was het feit dat Brett officieel deel ging uitmaken van de familie zoveel erger dan dat haar vader trouwde? Ze kon haar gevoel van verraad niet goed plaatsen, maar ze kon het ook niet ontkennen. Want het voelde alsof ze opnieuw was gedegradeerd, alsof er opnieuw geen rekening met haar was gehouden.

Terwijl de geestelijke sprak over het belang van familie en hoe graag Griffin en Storm samen met Brett en Thea één gezin wilden vormen, dwong Thea zichzelf flink te blijven en niets te laten merken, ondanks Bretts zelfingenomen grijns.

En toen ze later zag hoe gelukkig haar vader was, werd ze aangestoken door de uitgelaten sfeer, om nog maar te zwijgen van de glamour waarmee de bruiloft was omgeven. Het was voor het eerst sinds de begrafenis van haar moeder dat ze zoveel collega's van haar vader bij elkaar zag, en de talrijke vrienden van de familie die haar kwamen feliciteren, waren buitengewoon vleiend in hun commentaar. Het was een schok te beseffen wat het effect van een mooie jurk en de juiste make-up kon zijn. Iedereen zei dat ze er zo volwassen uitzag, dat ze geen klein meisje meer was, maar een vrouw van de wereld.

Toen de receptie overging in het avondprogramma, kreeg de sfeer iets magisch. De zijkanten van de grote tent waren opengelaten zodat de zwoele avondbries vrij spel had, als een fluweelzachte streling na de hitte en het felle zonlicht van de dag. De bomen waren versierd met lichtjes en terwijl de bigband *My Everything* speelde, voegde Thea zich bij de gasten om toe te kijken terwijl Storm haar vader meetroonde naar de dansvloer.

'Kom mee!' Justin Ennestein nam haar bij de hand en toen ze

met hem danste besefte Thea dat ze bijna net zo lang was als hij. 'Je hebt je vandaag schitterend geweerd,' fluisterde hij met zijn ene arm formeel om haar middel, de andere geheven met de hare. 'Dat is goed voor de sociale cohesie.'

Thea glimlachte gevleid.

'En, wat vind je van je nieuwe stiefmoeder?' Hij vroeg het op een toon waaruit een goed verstaander zou kunnen opmaken dat hij er niet over uit kon dat Griffin met Storm was getrouwd. Vijf uur eerder zou Thea het met hem eens zijn geweest en hem misschien zelfs in vertrouwen hebben genomen. Maar omdat ze zich die ochtend had voorgenomen de dag niet te bederven voor haar vader, besloot ze loyaal te blijven.

'O, ze is allerliefst,' zei ze dan ook haastig, met een glimlach naar haar vader en Storm die net op dat moment kwamen langs-wervelen.

Justin knikte. 'Daar ben ik blij om.' Hij klonk opgelucht. 'Maar vergeet nooit wie je bent, Thea. Voordat ze stierf, heb ik je moeder beloofd dat ik altijd over je zou waken.'

Echt waar? Thea probeerde zich het gesprek voor te stellen. Opnieuw werd ze overweldigd door verdriet... maar ook door een gevoel van ontzag. Haar moeder had geweten dat ze ging sterven. En die wrede waarheid maakte dat Thea haar ongelooflijk dapper vond. Tegelijkertijd zou ze willen weten wat haar moeder allemaal met Justin had besproken. Waarom had ze het nodig gevonden hem te vragen om over haar dochter te waken? Had Alyssa Maddox vermoed dat haar man op een dag zou hertrouwen? Of – het was een gedachte die voor het eerst bij Thea opkwam – had Alyssa Maddox daar misschien zelfs op aangedrongen? Misschien had ze van Griffin Maddox ook beloften gevraagd. Beloften waar Thea onmogelijk iets van kon weten.

'Heb je er bezwaar tegen als ik kom aftikken, ouwe jongen?' vroeg Griffin Maddox. Hij droeg Storm over aan Brett, die haar dramatisch ver achterover liet buigen, wat haar een applausje op-leverde.

'Ga je gang.' Justin gaf Thea een handkus en keek haar nog even nadrukkelijk in de ogen.

Griffin Maddox trok Thea dicht tegen zich aan. Ze ademde de vertrouwde geur in van zijn aftershave.

'Ach, Thea. Mijn geschenk van God,' zei hij fluisterend. Dat had haar moeder altijd tegen haar gezegd en Thea werd zich bewust van zo'n bitterzoet verlangen dat de adem stokte in haar keel. 'Zie je nou wel, het viel best mee. Ik weet dat je een hekel hebt aan verandering, lieverd, maar het leven gaat door. En het is niet het eind van de wereld.'

Thea lachte en knipperde haar tranen weg terwijl hij een kus op haar voorhoofd drukte. Er was zoveel dat ze tegen hem wilde zeggen, maar ze kon geen woord over haar lippen krijgen. Ze zou zich willen verontschuldigen dat ze de laatste paar maanden zo knorrig en onverschillig had gedaan. Ze zou willen zeggen dat ze het nu pas begreep. Dat ze met eigen ogen had gezien dat Storm en hij van elkaar hielden. En de liefde was het enige wat ertoe deed.

'Je blijft altijd mijn liefste meisje,' zei hij.

En ineens had Thea het gevoel alsof ze haar fundament had hervonden, alsof hij haar iets had teruggegeven wat ze de afgelopen maanden was kwijtgeraakt. Het was meer dan een gevoel van geluk of tevredenheid, het was de zekerheid van haar plaats in de wereld – in zíjn wereld – die ze had gemist.

Ze was zijn enige dochter. Thea Maddox. Zijn vlees en bloed. En er was niets... er was niemand die dat kon veranderen. Zelfs Brett niet.

Michael Pryor stond aan de bar bij de dansvloer en schonk nog een glas champagne in. Die mensen waren onverzadigbaar, dacht hij, glimlachend naar de vrouw die hij zojuist had geserveerd. Terwijl ze wegliep zag hij dat haar paarse jurk een open rug had. Haar lach klonk hoog en schril. Michael had nog nooit zoveel overdaad gezien, zoveel opzichtige rijkdom.

Zo zat de wereld in elkaar, peinsde hij. De rijken bleven rijk. De armen bleven arm. Hij had altijd geweten dat hij tot een andere klasse behoorde dan mensen als Griffin Maddox, maar op een dag als vandaag was dat besef extra pijnlijk.

Hij hoopte dat hij een royale fooi zou krijgen omdat hij de hele avond zo hard had gewerkt. Zijn moeder was erin geslaagd om bij de verloting drie kaartjes te bemachtigen voor het springen tijdens de Olympische Spelen in Los Angeles, in augustus van dat jaar. Michael spaarde om er met de Greyhound-bus naartoe te kunnen en hij wilde Thea en Johnny vragen om mee te gaan. Op voorwaarde dat haar vader het goedvond. Als hij Thea vertelde wat hij van plan was, zou ze haar vader onmiddellijk om geld vragen zodat ze konden gaan vliegen, wist hij. Maar Michael wilde het zelf doen, zonder haar geld, zonder 'dank je wel' te hoeven zeggen. Het betekende veel voor hem om het op eigen kracht te doen.

'Wat doe je? Daar hebben we personeel voor.' Thea kwam naast hem staan en gaf hem een speelse por, terwijl hij de champagne terugzette in de ijsemmer achter de bar.

'Ik bén personeel, Thea.'

Het ontging hem niet dat ze op haar lip beet. Hij besefte dat hij met zijn botte verklaring een scheidslijn tussen hen had getrokken, maar soms was het nodig om haar daaraan te herinneren.

'Zo te zien heb je het best naar je zin.' Zijn toon verried dat hij haar de hele dag in de gaten had gehouden. Hij verdacht haar ervan dat ze dapper een vrolijk gezicht had opgezet, en misschien voelde ze zich betrapt, want hij zag dat er een blos op haar wangen verscheen.

'Er is straks vuurwerk en om middernacht vertrekken ze. Dan wordt alles weer gewoon,' zei ze.

Gewoon. Alsof ook maar iets van dit hele gebeuren gewoon was, dacht hij. Maar ook al wist hij wat ze bedoelde, toch vroeg hij zich af hoe lang hij het nog zou kunnen volhouden 'gewoon' tegen haar te doen.

'Je zult wel moe zijn,' zei hij. 'Ik heb Johnny beloofd dat ik nog even bij de paarden ga kijken voordat ik naar bed ga. Ze hebben de hele dag binnen gestaan.'

Storm had niet gewild dat 'die afschuwelijke beesten' haar trouwfoto's bedierven, maar dat zei Michael niet tegen Thea.

'Zal ik met je meegaan?' vroeg ze.

En daar was hij weer. De blik die hij de afgelopen maanden

steeds vaker bij haar had gezien. De blik die hem een raar gevoel diep vanbinnen bezorgde. Hij had talloze malen overwogen actie te ondernemen, om zijn vermoeden dat ze iets voor hem voelde, bevestigd te krijgen. Maar ze was nog maar een kind en hij durfde er nauwelijks aan te denken hoezeer hij in de problemen zou komen als hij Thea Maddox zelfs maar met een vinger aanraakte. Toch was de verleiding om haar te kussen soms overweldigend, vooral wanneer ze eruitzag zoals nu. Dus het was waarschijnlijk niet verstandig om later op de avond met haar alleen te zijn.

Een vuurpijl verlichtte de hemel en het moment was voorbij.

'Ik ben zo terug,' zei Thea met een aanstekelijke glimlach die hem deed grijnzen. 'Wacht je op me? Beloof je dat?'

'Ik beloof het.' Michael keek haar na. Toen pakte hij met een diepe zucht zijn doek weer op. Voor Thea was hij bereid alles te beloven.

Thea rende naar boven om Storm te roepen. Ze wilde afscheid nemen voordat Storm met Griffin vertrok op hun luxueuze huwelijksreis. En ze wilde hun allebei duidelijk maken dat ze er vrede mee had en dat ze hun een stralende, gelukkige toekomst toewenste.

Maar net toen ze het laatste stuk trap op rende, hoorde ze boze stemmen. Voorzichtig deed ze de deur van de slaapkamer een klein stukje open. In het drieluik van witte spiegels zag ze Brett door de kamer ijsberen. Hij keek naar Storm, die haar trouwjurk had verwisseld voor haar reiskleding. Een schitterend groen fluwelen pakje met gouden knopen en enorme schoudervullingen. Even was Thea teleurgesteld dat Storm niet op haar had gewacht. Maar de teleurstelling was al snel vergeten toen ze hoorde wat er werd gezegd.

'Toe nou, Brett. Wind je nou niet zo op,' pleitte Storm terwijl ze haar handschoenen aantrok.

'Je weet donders goed wat ik wil. Ik heb het voor je op papier gezet!' Thea zag dat Brett met een stapel papieren voor Storms gezicht wapperde. 'Weet je wel hoe hard die advocaten aan de huwelijkse voorwaarden hebben gewerkt? Je had gezegd dat hij ze zou tekenen.'

Thea kromp ineen, verbaasd door de woede in Bretts ogen en door de onverholen angst op het gezicht van Storm. Waar had Brett het over? En wat waren huwelijkse voorwaarden?

Door het raam achter Storm zag Thea het vuurwerk dat de donkere hemel deed oplichten. Het vuurwerk ter ere van de nieuwe Mrs. Maddox. Storm keek ongerust naar de deur en Thea deinsde iets achteruit.

'Hij vertikte het,' zei Storm bezwerend. 'Ik heb het geprobeerd, echt waar. Maar als ik nog langer had aangedrongen, had hij argwaan gekregen. Maak je geen zorgen. We kunnen hem vertrouwen. Dat weet ik zeker.'

Even kneep Thea haar ogen dicht. Ze wenste vurig dat dit gesprek nooit had plaatsgevonden en dat de misselijkmakende verdenking die bij haar opkwam, zou verdwijnen. Opnieuw gluurde ze door de kier van de deur.

'Hem vertrouwen? Griffin Maddox? Wat mankeert je? Waar zit je verstand? Die laatste twee losers vertrouwde je ook en we weten allebei hoe dat is afgelopen. Het heeft ons niks opgeleverd!' zei Brett.

'Dat zal nu niet gebeuren. Ik ben gelukkig en we zijn rijk.'

'Tot je het weer verknalt,' snauwde Brett. 'En dan?'

'Hij geeft je een baan. Een succesvolle carrière. Wat er in het verleden is gebeurd, doet er niet toe. Je behoort nu tot de familie.'

Thea hield haar adem in, haar hart bonsde in haar keel toen ze zag dat Storm zich naar voren boog om Brett tot kalmte te brengen. Ze legde een hand op zijn borst en plotseling klonk haar stem anders.

'Denk je nou echt dat ik al die moeite heb gedaan om het weer te verknallen? Jezus, Brett, ik heb in dit mausoleum moeten wonen! Ik ben hier getrouwd! Als ik denk aan alle andere plekken waar ik had kunnen trouwen, dan kan ik wel janken! Ik heb zelfs zijn dochter op de koop toe genomen! Dat kind is gestoord!'

Thea deinsde achteruit alsof ze een klap in haar gezicht had gekregen. Door een waas van tranen zag ze dat Brett plotseling milder gestemd leek.

'Ach, Thea. Ons lichtpuntje in dit ellendige oord,' zei hij.

Thea's eerste reactie was dat ze hem verkeerd had verstaan. Brett, die het voor haar opnam? Maar toen zag ze zijn honende grijns.

'Laat ik niet merken dat je haar lastigvalt!' zei Storm. 'Je blijft met je poten van haar af. Is dat duidelijk?' Ze hief dreigend een vinger in zijn richting. 'Laat ik het niet merken!'

'Dan zou ik Thea Maddox maar naar een kostschool sturen. Heel ver weg. En ik zou er vooral niet te lang mee wachten. Want anders kan ik me misschien niet beheersen.'

6

April 1985

Romy schrok hijgend wakker in het donker. Ze voelde het inge-
klapte zakmes in haar vuist. Het was koud, de akelige droom trok
zich terug, maar haar ademhaling ging nog steeds haperend.

Het was áltijd dezelfde droom.

En het was de angst waardoor ze wakker schrok.

Ze ademde uit, dwong zichzelf om de werkelijkheid onder ogen
te zien en terug te gaan naar het verleden, om zich door de con-
crete feiten stapje voor stapje te laten wegvoeren van de nachtmerrie.

Op slag was ze weer in de bossen bij het weeshuis. In haar herinnering hoorde ze haar eigen zware ademhaling en het kraken
van het ijs, zag ze de dreigende blauwe schaduwen terwijl ze zich
door de tunnel van sneeuw worstelde. Maar net toen ze alle hoop
dreigde te verliezen, was ze op een jagershut gestuit. Ze was eronder gekropen en de lawine van sneeuw die ze daarbij had veroorzaakt, had de ijskoude kruipruimte waar ze in zat gevuld.

Enkele ogenblikken later had ze de gedempte geluiden gehoord
van Ulrich en de anderen. Ze hadden aan de deur gerammeld,
maar die was vergrendeld met een hangslot. Ze hadden geprobeerd
de luiken open te krijgen. Romy's hart bonsde in haar keel, maar
uiteindelijk hadden ze het opgegeven en waren ze verder getrokken. Fluitsignalen, geschreeuw, het grauwen van de honden... Geleidelijk aan waren alle geluiden weggestorven in de nacht.

Pas toen ze zeker wist dat ze niet zouden terugkomen, dat ze
haar hadden opgegeven in de veronderstelling dat ze was doodge-
vroren of verslonden door wolven, had ze zich uit de ondergrond-

se ruimte omhooggewerkt. Met haar blote voeten, omdat ze haar laarzen aan Claudia had gegeven, had ze tegen de verrotte planken van de vloer geschopt. Steeds harder. Tot ze haar voeten tot bloedens toe had stukgetrapt. Maar uiteindelijk had de vloer het begeven en had ze zich weten te bevrijden uit de doodskist waarin ze levend begraven was geweest.

In de stille hut had ze ineengedoken op de grond gelegen, roerloos, omdat ze zich niet durfde te bewegen. Ze had moeten vechten tegen de verleiding om zich over te geven aan de slaap, want uiteindelijk had ze beseft dat ze in beweging moest blijven om niet alsnog dood te vriezen. Bevend van de kou had ze er een halfuur over gedaan om een lucifer aan te strijken, zodat ze haar omgeving kon zien. Ze had overwogen een vuur te maken in de haard, maar de rook uit de schoorsteen zou haar verraden, wist ze. Toen ze op de tast het inwendige van de hut verkende, had ze kleren, een paar laarzen en een stapel oude lappen gevonden. Daarin gewikkeld was ze op het harde bed gaan liggen.

Maar ze had niet durven slapen. Toen het eerste daglicht door de smerige ramen naar binnen kroop, had ze haar haren afgeschoren met het botte scheermes dat ze had gevonden, om haar uiterlijk zo veel mogelijk te veranderen. Starend naar zichzelf in de kapotte spiegel boven de wasbak was ze geschokt geweest door de opgejaagde blik in haar ogen.

In de veel te grote laarzen had ze door het bos gestrompeld, haar bebloede, gekneusde voeten gewikkeld in de lappen waardoor bevriezing haar die nacht bespaard was gebleven. Ten slotte was ze bij een spoorlijn gekomen. De hele verdere dag en de nacht daarop had ze de besneeuwde rails gevolgd, totdat ze bij een spoorwegovergang kwam waar de treinen stopten. Daar was ze ongemerkt in een van de wagons van een vrachttrein geklommen.

Eenmaal aan boord was ze in slaap gevallen en uiteindelijk ruw gewekt door een stationschef die haar de trein uit had gesleurd en had gedreigd de *Polizei* te bellen. Maar dankzij het geld uit Lemckes bureaula had Romy hem weten om te kopen. De stationschef had grote ogen opgezet bij het zien van de stapel bankbiljetten. Gretig om van haar af te komen en bang dat hij er anders last mee kreeg, had hij haar op de trein naar Berlijn gezet, met vervalste papieren die bij een niet al te grondige inspectie voldoende overtuigend zouden zijn.

En toen had ze Ursula ontmoet, dacht Romy dankbaar, terwijl ze haar dagelijkse ochtendritueel afwerkte. Door de geluiden om haar heen, in de slaapzaal boven de kledingfabriek, wist ze dat haar collega's ook bezig waren wakker te worden. Heel zachtjes en op haar hoede verborg ze het zakmes onder haar kussen. Even liet ze haar vingers over de ansichtkaart glijden die ze op de plank achter haar bed had geplakt, de kaart met de balustrade en daarachter de zee. Toen schoof ze haar hand in de matras, om te controleren of de plastic zak met het geld van Lemcke er nog was.

Zonder de slimme Ursula zou alles misschien heel anders zijn gelopen, dacht Romy. Ze ging in gedachten terug naar het moment waarop Ursula aan boord was gekomen, op een station ergens halverwege de reis naar Berlijn. Ze was tegenover Romy gaan zitten. Ondanks haar militaire mannenjas had ze er erg vrouwelijk uitgezien, maar bovendien als een vrouw – of eigenlijk nog een meisje – die wist wat er in de wereld te koop was. Romy had haar gefascineerd gadegeslagen.

Als betoverd had ze toegekeken terwijl het meisje met de kastanjebruine krullen haar plunjezak openmaakte en er een pakketje in vettig, bruin papier uithaalde. Er bleek een schnitzel in te zitten. Toen Ursula begon te eten, zag ze dat Romy haar zat aan te staren.

Later had ze gezegd dat Romy bijna letterlijk zat te kwijlen, en goeiig als ze was, had Ursula aangeboden de schnitzel te delen.

De smaak van dat kruimelige, versgebakken, nog warme stuk vlees zou Romy nooit meer vergeten. Ursula had een wrange grap gemaakt over de royale hoeveelheid proviand die ze had gekregen. Haar moeder had thuis zoveel andere monden te voeden, vertelde Ursula, dat ze haar naar Berlijn had gestuurd om in haar eigen onderhoud te voorzien. En Ursula vertelde ook dat ze geen idee had waar ze werk zou kunnen vinden.

Daarop had Romy het briefje tevoorschijn gehaald uit het woordenboek dat Karl haar jaren eerder had gegeven. Het briefje met het adres van de kledingfabriek waar hij had gewerkt. Terwijl ze het aan Ursula liet zien, was het voor het eerst bij Romy opgekomen dat de fabriek misschien helemaal niet meer bestond. Want Karls informatie dateerde van lang geleden. Net toen ze dat wilde zeggen, had Ursula verklaard dat ze er samen naartoe zouden gaan. Ze had Romy een flesje bier gegeven en het aangetikt met haar eigen flesje om de overeenkomst te bezegelen. Romy had een slok genomen en een harde boer gelaten, waarop ze allebei in lachen waren uitgebarsten.

'Je lijkt mijn broer wel,' had Ursula gezegd, en Romy had beseft dat ze haar voor een jongen aanzag. 'Het is veiliger om met familie te reizen. Dus we zeggen gewoon dat je mijn neef bent. Hoe heet je?'

Romy had haar valse papieren geraadpleegd. 'Jorgen.'

'Volgens mij maken we samen meer kans om werk te vinden dan alleen. Dus blijf maar bij me, Jorgen. Dan kan je niks gebeuren.'

Sinds die dag was er inmiddels meer dan een jaar verstreken. Romy zwaaide haar benen over de rand van haar bed, bond de smoezelige wollen lap om haar bovenlichaam en trok haar overall aan, klaar voor de dagploeg in de fabriek.

De anderen klaagden over het zware werk, over het gebrek aan daglicht, over het brandgevaar, maar na het weeshuis leek de fabriek voor Romy op een paradijs.

Het enige probleem was de angst dat haar valse identiteit uiteindelijk aan het licht zou komen. Ze had gelogen over haar leeftijd en zich jonger voorgedaan dan ze was, omdat ze dacht dat ze daardoor niet zo snel als meisje zou worden herkend. Maar inmiddels zou ze de baard in de keel moeten krijgen en stoppels op haar kin. Het zou niet lang meer duren of er rezen twijfels. En dan? Waar moest ze dan heen? Het geld van Lemcke was nog niet op, maar waar ze ook naartoe ging, het zou argwaan wekken als ze het uitgaf. Bovendien wilde ze niet weg. Nog niet. Ze moest eerst een plan uitwerken.

In het donker verliet ze zo zachtjes mogelijk haar hokje in de slaapzaal. Franz, de bewaker, was bezig zijn laarzen aan te trekken. Hij gebaarde Romy te wachten, waarop ze met haar ogen rolde en grijnsde toen hij hinkend achter haar aan kwam.

Franz was ergens in de twintig, hij had donker haar en een klein snorretje. Terwijl ze de gang op liepen, sloeg hij Romy op de schouder. Uit de doucheruimte kwam stoom. Achter de deur hoorden ze Lutz luidkeels fluiten.

'Wat een lekker wijf is dat toch,' fluisterde Franz samenzweerderig tegen Romy. Hij gebaarde met zijn hoofd over zijn schouder, in de richting van Ursula's hokje.

'Dat was te horen,' mompelde Romy opgewekt.

Ze deed haar best stoer en kameraadschappelijk met de jongens om te gaan. Maar ondertussen begroef ze haar hoofd onder haar kussen als ze het uitzinnige hijgen hoorde van Ursula en Franz.

Ze voelde zich in verwarring gebracht – en bovendien was ze jaloers – door de manier waarop Ursula vluchtte in seks en door de troost die Franz in haar zachte armen vond.

Franz grinnikte. 'Je zou het ook eens moeten proberen. Ik weet dat jullie familie zijn, maar wat maakt het uit? Ze vindt je leuk. Dat heb je heus wel gemerkt.'

Romy schudde haar hoofd en nam een sigaret uit het pakje dat Franz haar voorhield. 'Ze is mijn type niet.'

'Kom op, zeg! Zo'n griet als zij... Wie z'n type is dat nou níét?' Hij boog zich dichter naar haar toe, met zijn arm om Romy's schouders. 'Haar moeder is hoer geweest, heeft ze me verteld. Dus het neuken zit haar in het bloed. En lekker strak dat ze is!' voegde hij er genietend aan toe. 'Kom je morgen nog pokeren?'

Romy knikte en probeerde niet te laten merken hoezeer ze ernaar uitzag. Franz en de andere bewakers konden op hun radio een station ontvangen waarop ze *Crazy for You* van Madonna een paar keer had gehoord. Sindsdien kreeg ze dat nummer niet meer uit haar hoofd.

'Ik zie je morgen. En dan maak ik je in!' riep Romy hem na. Ze pakte de grijze zak met stalen, en terwijl ze ermee in de lift stapte en het hek dichtschoof, hoorde ze de lach van Franz nog door de gang schallen. Toen begon de lift kreunend en rammelend aan zijn afdaling.

Romy wist dat Franz een Sony Walkman had – zijn dierbaarste bezit – met bandjes om Engels te leren. En ze zou alles op alles zetten om die van hem te winnen.

Hoewel het zondag was, vulde de fabriekshal – een hoge ruimte zonder ramen – zich twee uur later met de werkers van de dagploeg. Romy nam hen stuk voor stuk aandachtig op, de vrouwen met hun harde gezichten waarvan de honger was af te lezen. Ze hadden een gezin, kinderen die afhankelijk van hen waren, en dus werkten ze keihard en zonder protest in het oorverdovende lawaai van de machines. Niemand kon het zich veroorloven zijn baan te verliezen.

Buiten was het lente, maar binnen was het koud, alsof het gebouw de vochtige kilte van de winter niet wist af te schudden. Af en toe ging er een fluit, en dan gooiden de vrouwen hun afgewerkte kledingstukken in de blauwe bak die ze om beurten door het smalle pad tussen de lange rijen machines duwden.

'Je bent laat.' Anna-Maria noteerde met een dreigende blik iets op haar klembord, toen Ursula op haar plaats naast Romy schoof.

Ursula stak haar tong uit naar de rug van de strenge afdelingscheffin.

'Wat een stuk chagrijn!' zei ze tegen Romy, terwijl ze de verplichte grijze sjaal om haar bruine krullen bond. Toen pakte ze de patroondelen van de vesten die ze die dag in elkaar moesten zetten. 'Relax!' stond er in grote, oranje letters op de soepele, witte stof. Ursula las het hardop voor. 'Als dat eens kon.'

Romy glimlachte, blij dat Ursula er was. 'Ik sprak Franz vanmorgen en ik heb jullie vannacht gehoord.' Ze wurmde de stof onder het voetje van haar machine en begon te naaien. De steken schoten in een rechte lijn onder de naald vandaan.

'De sukkel! Hij vindt zichzelf heel wat.' Ursula tuurde naar het oog van de naald en begon handig en efficiënt haar machine te bedraden. 'Wat vind je? Zullen we vanmiddag een eindje gaan fietsen?'

'Tuurlijk!' Romy lachte. Toen boog ze zich weer over haar machine. De leugens die ze had verteld begonnen steeds zwaarder op haar geweten te drukken. Ze had Ursula wijsgemaakt dat haar ouders op valse beschuldigingen waren gevangengenomen. Maar dat zij had weten te ontsnappen en liefdevol door een tante was opgenomen. Dat ze daar een gelukkige jeugd had doorgebracht. Ze had verteld over het kerstfeest in de familiekring, over haar neefjes en nichtjes met wie ze had gesleed. Wanneer ze die middag gingen fietsen, zou ze opnieuw moeten liegen en sterke verhalen vertellen.

Hoe hechter haar vriendschap met Ursula werd, hoe groter Romy's angst om door de mand te vallen.

Hou op, zei ze tegen zichzelf. Ze wilde er niet aan denken. Misschien een andere keer, maar niet vandaag. Vandaag wilde ze genieten.

Al snel maakte het geraas van de machines praten onmogelijk, maar toen ze Ursula's voet tegen de hare voelde, keek Romy op en zag ze Herr Mulcher, de afdelingschef, de fabriekshal binnenkomen. Een dikke man van vijftig met vermoeide, tranende ogen en een enorme rode neus.

'Jorgen?' riep hij terwijl hij zijn jas uittrok. 'Ik moet je spreken. Nu meteen!'

Romy keek Ursula aan, haar hart bonsde in haar keel.

'Wat heb je gedaan?' vroeg Ursula geluidloos en geschrokken.

Romy haalde haar schouders op. Quasi-nonchalant kwam ze overeind, maar inwendig vervloekte ze zichzelf. Ze had die ochtend het geld uit haar matras moeten halen en onder haar kleren moeten verstoppen. Dat had ze het eerste halfjaar ook elke dag gedaan. Want als ze nu moest vluchten, had ze geen tijd meer om het te gaan halen.

Het kantoor van Mulcher lag stampvol stalen en balen stof en aan de muren hingen facturen en mededelingen. Het raam ging schuil achter blinden met stoffige, schuin gedraaide latten. In de hoek, naast een grijze archiefkast met uitpuilende laden, stond een kapotte paraplu. Een krant – de krant van die dag – gleed van de kast. Toen Romy hem opraapte, zag ze aan de koppen dat Rusland een nieuwe leider had – Michail Gorbatsjov – en de foto toonde een man met een duidelijk zichtbare wijnvlek op zijn kale hoofd.

'Ga zitten.' Mulcher zocht iets, maar wees ondertussen naar de oranje plastic stoel die voor zijn rommelige bureau stond. Tussen zijn lippen klemde hij een sigaret die hij nog niet had aangestoken.

'Als ik iets verkeerds heb gedaan... dan kan ik het uitleggen,' begon Romy, angstig terugdenkend aan professor Lemcke.

Toen pas keek Mulcher haar aan. Hij nam de sigaret uit zijn mond. 'Ik heb je hier niet laten komen om je een uitbrander te geven. Integendeel. Ik wil je bedanken.' Hij lachte, en Romy's mond viel open.

'Me bedanken?'

'Ja, knul. Het gebeurt niet vaak dat ik onder dat uitschot dat hier werkt, iemand tegenkom die iets in zijn bovenkamer heeft.' Hij prikte met een vinger in zijn slaap. 'Anna-Maria heeft me verteld wat je vorige maand hebt gedaan. Dus je krijgt promotie. Je gaat patroondelen knippen.'

'Echt waar?' Romy voelde zich overspoeld door een golf van paniek. Dat betekende dat ze weg moest bij Ursula.

'Je hebt geen idee waar ik het over heb, hè? Dan zal ik het je uitleggen...'

Mulcher trok zijn stoel bij en liet zijn aanzienlijke gewicht er kreunend op neerdalen. De kunstlederen zitting slaakte een hoorbare zucht.

'Door het patroon van de broeken iets te veranderen, heb je me honderden meters stof uitgespaard.' Hij boog zich over het bureau naar haar toe. Zijn adem rook naar knoflook, merkte Romy. 'Kan ik je een geheimpje vertellen?' vroeg hij. 'Mannen onder elkaar?'

Ze knikte. Mulchers bolle ogen boorden zich in de hare, alsof hij probeerde in haar hoofd te kijken, wikkend en wegend of hij haar het geheim zou vertellen dat hij zo graag kwijt wilde.

'Het materiaal dat jij me bespaart, gebruik ik om nog meer van hetzelfde te maken, maar die spullen verstuur ik naar mijn contactpersoon in het Westen. Pure winst, jongen. Pure winst.'

Romy voelde een overweldigende opluchting. Dankzij de gecodeerde uitwisselingen tussen Franz en de andere bewakers was ze op de hoogte van de geheime zendingen. Maar nu wist ze het officieel. Nu behoorde ze tot de *inner circle*. En dat betekende dat ze weer één stap dichter bij het Westen was gekomen. Want daar wilde ze heen.

'Ik weet hoe u nog meer kunt besparen,' zei ze. 'Nog meer stof. De patronen zijn zo slordig getekend. Kijk...'

Ze pakte een stuk papier en een potlood en maakte ruimte vrij op het bureau. Toen tekende ze de hemdjurk die ze de hele week hadden gemaakt. 'Door hem hier bij de taille iets in te nemen...' Met het puntje van haar tong tussen haar lippen liet ze geconcentreerd zien wat ze bedoelde. '... en door de taille iets hoger te maken, wat een veel leuker effect geeft, kun je het patroon anders knippen. Ziet u wel?'

Mulcher wreef gretig in zijn handen. 'Ik zal je eens wat zeggen, knul. Jij gaat het nog ver schoppen.'

Ursula had gelachen toen ze ontdekte dat Romy niet kon fietsen, maar dankzij Ursula's geduld had ze het snel geleerd en in de afgelopen maanden hadden ze heel Oost-Berlijn verkend. Ze waren het pad af gefietst langs de rivier, naar het centrum van de stad, naar het meer met de bootjes en de fonteinen, naar de zakenwijk met zijn restaurants en futuristische televisietoren, en ze waren de bruggen overgestoken naar het Museumeiland, waar de indrukwekkende gebouwen uit een vervlogen tijdperk in verval waren geraakt en waren overwoekerd met klimop.

Toen ze de fabriek uit kwam, waar Ursula al stond te wachten, was Romy nog altijd opgewonden door haar gesprek met Mulcher.

'Kom mee, slome!' Ursula tilde haar rok op en reed de weg af, manoeuvrerend rond kuilen en gaten, terwijl de schaduw van haar wielen over de stapels vuil in de berm gleed.

Ze namen het viaduct over de drukke weg en reden al spoedig naar beneden, de woonwijk in, waar de straten er op zondag verlaten bij lagen. Lachend en slingerend reden ze in volle vaart achter elkaar naar het centrum, langs de reusachtige grijze muur die de afscheiding vormde met West-Berlijn. Hier was het zaak om voorzichtig te zijn.

Ursula klakte met haar tong toen ze een eindje voor zich uit twee politiemannen ontdekten. 'Maak je niet druk,' zei ze misprijzend, omdat Romy altijd zo zenuwachtig werd. 'Laat mij het woord maar doen.'

Ze vertraagden hun vaart en stopten.

'Waar gaat dat heen?' vroeg een van de politiemannen.

'Gewoon een eindje rijden. Om een beetje lichaamsbeweging te krijgen,' zei Ursula. 'We maken lange dagen in de fabriek.'

En toen deed ze het weer, zag Romy. Ze hield haar hoofd iets schuin, er verscheen een vluchtige, veelbetekenende glimlach om haar mond, en ze legde in een suggestief gebaar een hand op haar heup. Vol verbazing keek Romy toe terwijl Ursula de jonge politieman om haar vinger wond.

'Het is er een mooie dag voor.' Ze klonk onschuldig, maar tegelijkertijd leek ze van alles te suggereren.

De wantrouwende uitdrukking van de politieman maakte plaats voor toegeeflijkheid.

'Veel plezier dan maar,' zei hij. Romy keurde hij nauwelijks een blik waardig, terwijl Ursula hun papieren van de fabriek liet zien en de agenten gebaarden dat ze mochten doorrijden.

Ze fietsten verder en stopten maar één keer, bij een open raam, omdat Romy hoorde dat er binnen iemand op een viool speelde. In combinatie met de zon en het zingen van de vogels vervulde het geluid Romy met een gevoel van blijdschap.

Uiteindelijk hielden ze stil op Romy's lievelingsplek. Bij het plein voor de Brandenburger Tor. Ze zetten hun fiets tegen een boom waarvan de schors hier en daar was verwijderd, zodat de gelige, lichtbruine stam eronder zichtbaar was.

'Hoe doe je dat toch?' vroeg Romy toen Ursula haar trui uittrok en de voorkant van haar hemdje naar beneden trok. Haar weelderige decolleté glom van het zweet.

'Wat?' vroeg ze, nog altijd buiten adem.

'Je weet wel, met mannen.'

Ursula haalde haar schouders op en schoof haar zonnebril van haar hoofd naar beneden. 'O, dat is zo simpel. Een echte meidentruc. Jullie mannen hebben geen idee of ik het meen of niet. Trouwens, waarom vraag je dat?' Plotseling schoof ze haar bril weer omhoog, hield koket haar hoofd scheef en keek Romy aan. 'Ben je jaloers?'

'Nee, natuurlijk niet!' schamperde Romy, maar onwillekeurig bloosde ze onder Ursula's blik.

'Kijk eens! Van Franz gekregen.' Ursula haalde een reep chocola uit de zak van haar rok. 'Wil je ook een stuk?'

'Je hoeft niet alles met me te delen,' zei Romy, maar de chocola zag er zo heerlijk uit dat het water haar in de mond liep.

Ze zou haar vriendin willen vertellen hoe gelukkig zulke kleine traktaties haar maakten. Hoe zwaar het leven in het weeshuis was geweest. Dat ze alleen al bij het zien van chocola een schuldgevoel kreeg, omdat ze dan moest denken aan de kinderen die waren achtergebleven. Hadden ze de brand overleefd? Ze dacht aan de gezichten achter de ramen. Aan de vlammen en de sneeuw. Ze verdrong de herinnering uit alle macht.

'Weet je, Jorgen, jij bent anders dan de rest. Zachter. Liever. Ik zou bijna zeggen: zo zoet als chocola.' Ursula brak een stuk van de reep en gaf het aan Romy. Toen likte ze haar lippen af, en er kwam een ondeugende blik in haar blauwe ogen terwijl ze de chocolade in haar mond stak.

Romy leunde met haar rug tegen de boom en keek omhoog naar de zuilen van de poort, naar de trotse beelden daarbovenop, tegen de achtergrond van de stralend blauwe hemel. De muur was hier het laagst en Romy tuurde tussen de zuilen door, terwijl ze genoot van de zoete chocola die smolt op haar tong.

'Waar kijk je naar?' Ursula kwam naast haar staan, met één voet tegen de stam.

'Naar de poort en naar wat daarachter ligt.'

'Hij gaat nooit open. Wat daarachter ligt, dat zullen we nooit weten. Dus het is zinloos om het je af te vragen.'

Maar Romy bleef kijken.

'Arme, lieve Jorgen.' Ursula verraste Romy door zich naar haar toe te keren en haar met haar rug tegen de boom te duwen. 'Waarom ben je zo ernstig?'

Ze rook naar zonneschijn en naar chocola.

'Kom, laten we stoppen met dat geflirt,' fluisterde Ursula in haar oor. 'Franz betekent niks voor me. Die sukkel. En dat weet je best. Als je me de kans geeft, zal ik een man van je maken.' Plotseling begon ze te zingen, het nummer van Madonna dat nog altijd door Romy's hoofd klonk. *Crazy for You.*

'Niet doen. Iedereen kan ons zien,' protesteerde Romy.

Maar het was al te laat. Nog altijd zingend liet Ursula haar hand naar Romy's kruis glijden en begon zachtjes te kneden. Giechelend, genietend van haar macht om te shockeren.

'Niet doen!' Romy probeerde haar weg te duwen, maar Ursula had haar hand al teruggetrokken. Ze deinsde achteruit alsof ze zich had gebrand.

'O god... o god...' bracht ze hijgend uit. Madonna was vergeten. Haar ogen werden groot toen ze die van Romy ontmoetten. 'Je bent helemaal geen... Je bent...'

Romy's wangen gloeiden. 'Het is niet wat je denkt. Ik...'

Maar Ursula deinsde nog altijd achteruit en schudde haar hoofd. Het was haar aan te zien hoe diep geschokt ze was. 'Al die maanden dat we samen hebben opgetrokken...' bracht ze hijgend uit.

'Ik kon het je niet vertellen.' Romy probeerde haar tegen te houden, om te voorkomen dat ze een scène maakte, midden op straat.

'Je bent geen... Je bent een méísje! Waarom heb je al die tijd tegen me gelogen?' Ursula liet haar blik streng over Romy's gezicht gaan en over haar bovenlichaam.

'Er is iets gebeurd en toen moest ik vluchten...'

Romy was woedend op zichzelf. Omdat ze had gelogen, omdat ze Ursula pijn had gedaan. Dat zag ze in haar ogen. Ze trok haar vriendin naar zich toe en hield haar wanhopig vast, niet bereid los te laten voordat ze het had uitgelegd.

'Jij bent dat meisje dat ze zoeken, waar of niet?' vroeg Ursula verbijsterd, en ze verzette zich tegen Romy's omhelzing. 'Dat vertelde Franz. Een meisje uit Bolkav, het weeshuis. Ze had iemand vermoord, zei hij, en daarom heeft ze het weeshuis in brand gestoken.'

Romy's knieën begonnen te trillen. Lemcke... Ulrich... de andere jongens. Natuurlijk hadden ze geprobeerd haar de schuld te geven. De foto's die ze uit Lemckes bureau had gestolen... De bewijzen van wat er in het weeshuis gaande was... Natuurlijk zouden ze niet rusten voordat ze haar hadden gevonden. En als bleek dat ze nog leefde, zouden ze niet rusten voordat ze haar hadden vermoord. En omdat Ursula nu wist wie ze was, zouden ze haar ook vermoorden.

Maar ze kon niet meer terug. Ursula had de bekentenis in haar ogen gelezen. En de angst.

'Ursula, laat me het uitleggen, alsjeblieft,' smeekte Romy.

'Laat me los!' Ursula pakte haar fiets.

'Toe! Wacht nou even!' riep Romy, maar Ursula stapte snikkend op haar fiets en reed weg, terug naar de fabriek. Zo hard als ze kon.

7

December 1985

Thea stond tussen de koorbanken en keek omhoog naar de glas-in-loodramen van de gedempt verlichte schoolkapel. Ze luisterde naar Annabelle Atkins – een akelige pestkop uit de zesde klas – die het eerste couplet zong van *Once in Royal David's City*. Haar heldere stem zweefde hoog boven het eerbiedig zwijgende publiek van onderwijzend personeel en ouders. Het kan nauwelijks Engelser, dacht Thea, terwijl ze dacht aan de sneeuw buiten en aan de receptie met gekruide wijn en pasteitjes na afloop van de dienst, waarbij ze werd geacht te helpen.

Haar vader had voor St. Win's gekozen omdat Alyssa Maddox, Thea's moeder, hier ook op school had gezeten. Aanvankelijk had Thea zichzelf getroost met het vooruitzicht van een spirituele band met haar moeder. Maar de enige sporen die Alyssa McAdams, zoals haar moeder destijds had geheten, had nagelaten – op een gloedvolle vermelding na als Opmerkelijke Oud-leerling in de schoolprospectus – was een nauwelijks herkenbaar gezicht op een van de klassenfoto's. Haar moeder stond op geen enkele foto van het toneelgezelschap of van de diverse sportieve activiteiten. Thea vermoedde dat ze haar vrije tijd zo veel mogelijk thuis had doorgebracht, met paardrijden en springoefeningen. En waarschijnlijk had haar moeder net zo'n hekel gehad als zij aan dit broeinest van gekonkel en gepest waar tradities – veel te – hoog in het vaandel stonden.

Die avond gingen alle meisjes naar huis met hun ouders, behalve Thea, die pas voor de volgende dag een vlucht naar New York had kunnen boeken. Onwillekeurig stelde ze zich de meisjes voor in hun vroegere kamer, terug bij de huisdieren van de familie, omringd door broertjes en zusjes, door vrienden en gezelligheid. Bij die gedachte snakte ze naar Little Elms en naar alles wat ze was kwijtgeraakt.

Sinds hun huwelijk, inmiddels een jaar geleden, waren Griffin en Storm druk bezig geweest de bovenste twee verdiepingen van de net opgeleverde Maddox Tower in New York als hun nieuwe huis in te richten, en Thea vermoedde dat ze de kerstvakantie daar zou doorbrengen. Haar vader had haar een kort briefje gestuurd met de strekking dat Kerstmis bij uitstek een familiefeest was en dat hij haar thuis verwachtte. Maar met Storm en Brett onder één dak zou Thea zich nergens thuis voelen.

Haar thuis was verdwenen.

Ze kon nog steeds niet bevatten hoe haar vader Little Elms zo snel had kunnen verkopen, zonder een zweem van spijt. En zonder ook maar met één woord te erkennen dat het Thea's erfenis was die hij had verkocht. Sterker nog, het was veel meer dan dat. Het was haar verleden. De plek waar al haar herinneringen om draaiden. Haar erfgoed. Haar gelukkige jeugd. Dat alles lag besloten in de stenen en de grond van Little Elms. Ze hadden het gewoon weggedaan. En dat begon haar hoe langer hoe meer te steken.

Maar het allerergste was dat ze Michael was kwijtgeraakt. Het ongemakkelijke afscheid – niet samen, maar met iedereen erbij – bezorgde Thea nog altijd koude rillingen als ze eraan terugdacht. Als ze dacht aan de blik waarmee Michael haar had aangekeken terwijl ze naast haar vader had gestaan. Ze had geweten wat hij dacht. Ze had het van zijn gezicht kunnen aflezen, net zo duidelijk als wanneer hij het hardop had gezegd. Hij dacht dat ze net zo was als Griffin en Storm. Dat ze hem en zijn moeder zonder enige aarzeling op straat had gezet. Maar niets was verder bezijden de waarheid.

O God, als u bestaat, zorg dan alstublieft dat het goed gaat met Michael.

Achtenveertig uur later stapte ze vermoeid van de lange reis – de vlucht had bovendien vertraging opgelopen – voor Maddox Tower uit de limo die haar vader naar het vliegveld had gestuurd. Ze schoof de koptelefoon van haar hoofd, waarop ze onafgebroken naar *Crazy for You* van Madonna had geluisterd. Op slag werd ze bestormd door de geluiden van de stad, en door de geur van besneeuwde straten en geroosterde kastanjes.

'Indrukwekkend, hè?' zei Anthony, haar vaders chauffeur. Zijn adem was zichtbaar als een witte wolk, terwijl hij opkeek naar de kolos van staal en glas. Op de top stond een gouden M: een recente toevoeging, registreerde Thea.

'Ja, het zal wel,' zei ze nerveus. Hoe kon een wolkenkrabber een echt thuis zijn?

Daar had Storm geen problemen mee, besefte ze, toen de snelle lift haar een paar minuten later naar het penthouse had gebracht.

'Daar ben je! Eindelijk thuis!' Haar stiefmoeder spreidde haar armen, niet om Thea te omhelzen, maar om de grootsheid van de ruimte te omvatten. 'Wat vind je? Is het niet... nou ja, helemaal *wow?*' drong ze aan.

'Het is... groot,' wist Thea uit te brengen. Haar tassen, zwaar van de boeken die ze had meegesjouwd, belandden met een dreun op de marmeren tegels. Ze had de schoolbibliotheek geplunderd om haar economie bij te spijkeren in de kerstvakantie.

Van waar ze stond, kon ze duidelijk een trap zien die naar een uitgestrekt atrium met een glazen dak leidde. Dit was geen thuis. Het voelde eerder als een ruimteschip. Een ruimteschip met erg veel goud.

Waar ze ook keek, overal zag ze het flonkeren: gouden klokken, gouden spiegels, zelfs een gouden boeddha! Maar het was niet alleen goud dat er blonk. Het was ook geld, rijkdom, in al zijn verschijningsvormen. Schilderijen, tapijten, vazen, een witte vleugel. Het geheel bood de aanblik van een opzichtige tempel ter ere van nieuw verworven – en met gulle hand uitgegeven – geld.

Bovendien waren er overal mensen. Links en rechts strekten zich gangen uit. Langs een daarvan leek een ober, die Thea in zijn uniform aan een pinguïn deed denken, over de marmeren vloer te schaatsen, terwijl hij een reusachtig blad met glazen champagne omhoogheld.

'Geven jullie een feestje?' vroeg Thea met een blik op Storms flamboyante, met pailletjes versierde jurk. Hielden ze dan zo weinig rekening met haar dat ze een feestje hadden georganiseerd op de avond van haar thuiskomst?

'O, schat, doe niet zo nukkig,' zei Storm. 'Een bescheiden soiree, meer is het niet. Ter ere van jou,' voegde ze eraan toe, maar Thea hoorde aan haar stem dat ze het ter plekke verzon. 'Sue, de vriendin van Brett, komt ook. Ik weet zeker dat je haar aardig vindt.'

'Heeft Brett een vriendin?'

'Ja, en ze passen echt perfect bij elkaar!' zei Storm.

Dat was tenminste iéts, dacht Thea opgelucht. Als Brett een vriendin had... dan viel het misschien allemaal wel mee deze vakantie. Toen voelde ze opnieuw de stekende pijn van Storms verraad. Dit was de vrouw die haar 'gestoord' had genoemd en die ervoor had gezorgd dat ze naar kostschool was gestuurd. Hoe koket Storm ook glimlachte, niets zou die pijn kunnen wegnemen.

Maar misschien was ze gestrest geweest toen ze het zei. Misschien had ze het alleen maar gezegd om Brett te kalmeren. Want Brett had zo agressief, zo ruzieachtig geklonken op de dag van het huwelijk. Misschien had Storm het niet echt gemeend en had ze er maar wat uitgeflapt.

'O, lieverd, wat heerlijk dat je er bent!' Eindelijk nam Storm de moeite om Thea te omhelzen. Haar geur – het exotische parfum dat ze ooit zo verleidelijk had gevonden – vond Thea nu zo mierzoet dat haar neus begon te kriebelen.

Meende ze wat ze zei? Was ze echt blij om haar te zien? Of was het geen sympathie, maar iets anders wat er achter haar uitbundigheid schuilging? Thea wist het niet.

'Nee maar! We zijn wel wat pondjes aangekomen!' Storm liet Thea los en nam haar keurend op. Was het echt zo duidelijk zichtbaar, vroeg Thea zich af. Haar wangen begonnen te gloeien. 'Die moeten we wel zien kwijt te raken! Dik zijn kan echt niet. Dat staat zó onverzorgd!' vervolgde Storm met een stralende glimlach. 'O, kindje! Er is zoveel wat ik je moet laten zien, en ik kan gewoon niet wachten om bij te praten. Hoe is het op school? Dolle pret, zeker?' Ze had haar handen op Thea's schouders gelegd, nog altijd met een hardnekkige glimlach.

'Ja hoor,' loog Thea, die ineens besefte dat er iets merkwaardigs met Storms gezicht aan de hand was. Sinds de zomer leken haar lippen van vorm te zijn veranderd. Ze waren dikker. Ze pruilden meer.

'Zie je nou wel?' Storm wreef stralend met haar knokkels over Thea's wang. 'Ik wist zeker dat je het er heerlijk zou hebben.'

Thea glimlachte zwakjes en terwijl ze Storm door de hal naar binnen volgde, zag ze hoe de glinsterende pailletten op haar jurk haar welvingen geraffineerd benadrukten.

'Griff is nog beneden op kantoor,' vertelde Storm. 'Hij zal zo wel komen. Het lijkt wel alsof hij niets anders doet, de laatste tijd. Werken, werken en nog eens werken.'

De geërgerde ondertoon ontging Thea niet. Tja, het viel niet mee om de perfecte echtgenote van de succesvolle zakenman te spelen, dacht ze, terwijl Storm een deur openzwaaide van wat blijkbaar een logeerkamer was.

Het bronskleurige behang had hetzelfde patroon en dezelfde kleur als de rijk geplooide, zijden gordijnen. Drie ingelijste sepia foto's aan de muur toonden luchtopnamen van de *Alyssa*, het jacht van haar vader, met volle zeilen. Wanneer had hij die laten maken, vroeg Thea zich af. Haar vader stak lachend zijn hand op naar de camera. En was dat Brétt die er naast hem stond? Waren ze lekker gaan varen terwijl zij op kostschool zat?

'Er is een eindeloze hoeveelheid dozen met spullen van je,' zei Storm. 'We hebben ze voorlopig in de opslag gezet, tot je hebt besloten welke kamer je wilt.'

Welke kamer ik wil, herhaalde Thea in gedachten. *Hoe groot is het hier eigenlijk?*

'Ach, kijk! Daar is mijn baby!' verzuchtte Storm gelukzalig.

Een shih tzu met een diamanten halsband sprong tegen haar op. Ze nam hem op de arm en liet het hondje haar gezicht likken terwijl ze het aaide.

'Ach, schatje, kom maar bij mama!' koerde Storm. Toen keerde ze zich naar Thea. 'Dit is Cha-Chi. Ik heb hem van Griff gekregen, als kerstcadeautje.'

Dus haar vader had Storm een jong hondje gegeven, dacht Thea.

Waarom had zíj dat nooit gekregen, terwijl hij had geweten hoe graag ze een hondje had gewild?

'Hij is erg... eh schattig.' Ze moest even zoeken naar het juiste woord. Cha-Chi gromde en liet zijn kleine, vlijmscherpe tandjes zien.

'Hij heeft het niet zo op vreemden, hè, knappe kerel van me?' Storm trok hem nog dichter tegen zich aan.

Dus ik ben een vreemde, dacht Thea. *In het huis van mijn eigen vader!*

'Was hij maar een echte baby,' voegde Storm er verlangend aan toe. Ze zoende het hondje op zijn bek en zette het weer op de grond. 'Dat zou écht het perfecte kerstcadeau zijn geweest.'

Thea douchte uitvoerig. Daarna deed ze mousse in haar haar en zette ze de televisie aan. Voorovergebogen föhnde ze haar haren droog, en ondertussen keek ze naar de beelden van president Reagan tijdens een of andere kerstviering. Samen met Nancy, zoals altijd broodmager in haar rode jurk, stond hij naast een reusachtige kerstboom met twinkelende lichtjes. Toen vervolgens voor de zoveelste keer *We Are the World* op het scherm kwam, met beelden van stervende kinderen in Afrika, zette Thea de televisie uit. Ze had de beelden al zo vaak gezien, en op school had ze geholpen met de inzamelingsactie, maar ze werd er elke keer weer verdrietig van. In een wereld vol kernraketten, hongersnood en aids begreep ze niet hoe iedereen de toekomst met zoveel optimisme tegemoet kon zien.

Ze rommelde in haar koffer, op zoek naar het zwarte cocktailjurkje dat Storm voor haar had gekocht om mee naar Engeland te nemen, 'voor alle feestjes op school'. Wat een giller. Want er wáren geen feestjes. Althans, geen feestjes waarvoor Thea werd uitgenodigd. Ze dacht aan Bridget Lawson en Alicia Montgomery en aan alle andere meisjes die haar achter haar rug uitlachten, en die maar al te duidelijk lieten blijken dat Thea er niet bij hoorde. Ze deden alles samen: van dwepen met *Fame* en *Back to the Future* tot shoppen voor dezelfde zwarte minirok en metallic roze lippenstift. Thea was blij even van hen verlost te zijn.

Ze streek de kreukels uit de jurk die ondanks al zijn omzwervingen nooit was gedragen. Hopelijk kon ze zich er nog in wurmen. Viel het echt zo op dat ze was aangekomen? En dat niet alleen. Het afgelopen jaar waren haar borsten drie cupmaten gegroeid en te oordelen naar de pijpen van haar spijkerbroek was ze in de lengte ook omhooggeschoten.

Haastig nam ze een slok cola uit de fles in haar rugzak, in de hoop dat ze wakker kon blijven. Toen liep ze naar de badkamer om blauwe oogschaduw op te doen en om haar haren naar achteren te borstelen onder de zwartfluwelen haarband.

'Kom op,' zei ze tegen haar spiegelbeeld, en ze dwong zichzelf te glimlachen. 'Het is maar een feestje. Je kunt het.'

En morgen... morgen kon ze haar vader vragen wat hij met alle spullen van Little Elms had gedaan. Nu moest ze zich concentreren op haar plaats in haar merkwaardige, nieuwe familie.

Ze raapte al haar moed bij elkaar en liep de kamer uit, op het geluid af van de muziek en het geroezemoes van stemmen. Maar net toen ze de brede trap naar de mezzanine wilde beklimmen, hoorde ze aanhoudend geklop. Blijkbaar bevond zich hier een privé-ingang. Ze probeerde zich de plattegrond van het appartement voor te stellen terwijl ze naar de deur liep.

Toen ze het ingewikkelde slot had weten open te krijgen, stond ze oog in oog met een vrouw in een reebruine kasjmier jas.

'Kan ik u helpen? Zoekt u iemand?' vroeg Thea.

De vrouw zag er veel te normaal en te redelijk uit om een van Storms genodigden te zijn. Ze droeg geen make-up, wat de nerveuze uitdrukking op haar gezicht alleen maar benadrukte.

'Woont Mr. Maddox hier?' vroeg ze.

Thea knikte. 'Ik ben Thea Maddox.'

De vrouw probeerde over Thea's schouder heen te kijken. 'Is je vader thuis? Zou ik hem kunnen spreken? Het gaat om een persoonlijke kwestie.'

Een persoonlijke kwestie? Thea nam de vrouw aandachtig op, maar ze kon niets bedreigends ontdekken in haar vriendelijke, grijze ogen. 'Ik geloof van wel. Ja, natuurlijk. Komt u binnen.'

Terwijl de vrouw een beleefde opmerking maakte over de

sneeuw, nam Thea haar mee naar boven naar de woonkamer. Het was er druk, er waren meer mensen dan Thea had verwacht. Ongeveer vijftig gasten stonden verspreid door de kamer met kleurige cocktails en champagneflûtes, en overal klonk geroezemoes en gelach. Aan een vleugel in de hoek speelde de pianist *Have Yourself a Merry Little Christmas*, naast een enorme kerstboom met gouden lichtjes.

'Aha! Daar ben je!' Griffin Maddox maakte zich los van zijn gesprek en kwam naar Thea toe om haar op beide wangen te kussen. Hij droeg een rood smokingjasje. Thea had niet eens geweten dat hij zo'n jasje had.

'O. Goedenavond?' Er lag een vraag in zijn ogen toen hij de vrouw begroette.

'Is Brett er ook... Brett Maddox?' vroeg ze.

'Jazeker. Hij zit daar.'

De vrouw verstijfde toen ze Griffins blik volgde. Brett zat op de bank, met zijn arm over de rugleuning. Hij droeg een roze spijkerbroek en had de kraag van zijn witte overhemd omhooggezet. Naast hem zat een knap blond meisje in een minirok. Brett voerde haar lachend canapés met kaviaar.

In een oogwenk was de bezoekster de kamer overgestoken en ging ze voor hem staan.

'Jij... jij... Je bent een monster!' hoorde Thea haar zeggen.

'Hé, hé, rustig aan. Wat is er aan de hand?' Griffin Maddox haastte zich achter haar aan.

Thea volgde ongerust, haar wangen gloeiden. De sfeer in de kamer was plotseling veranderd. Storm kwam met grote stappen aanlopen.

'Hij...' De ogen van de bezoekster glinsterden van woede terwijl ze van Griffin Maddox naar Brett keek. 'Hij heeft iets verschrikkelijks gedaan met mijn dochter!'

Storm ging naast Griffin staan. 'Wie is dat? Wie heeft haar binnengelaten?' Toen keerde ze zich woedend naar Thea. Haar ogen spuwden vuur.

Maar plotseling kon het Thea niet meer schelen. Waar deze onbekende bezoekster Brett ook van beschuldigde, Thea wist zeker dat het waar was. Ze herkende de blik in zijn ogen. Die had ze eerder gezien, op die allereerste avond, toen hij bij haar op bed was komen zitten. En ze dacht aan wat hij tegen Storm had gezegd, dat ze haar naar kostschool moest sturen. Het klopte allemaal.

Maar nu... nu werd hij openlijk ter verantwoording geroepen.

'Uw dochter?' vroeg Griffin Maddox.

'Ally. Ally Munroe.' De stem van de vrouw brak.

Brett haalde zijn schouders op. 'Nooit van gehoord.' Hij nam niet eens de moeite op te staan of zijn arm van de rugleuning te halen.

'Hoe durf je hier binnen te komen en mijn zoon te beschuldigen...' begon Storm verontwaardigd en met stemverheffing.

'Hij is een leugenaar,' beet de vrouw haar toe. 'Een beest!'

'En jij zou beter moeten weten dan mensen beschuldigen die je niet kent.' Brett liep rood aan. 'En van dingen waar je niets van weet. Daar kun je grote problemen mee krijgen.'

Zonder zich te laten afschrikken door het verkapte dreigement deed de vrouw een stap naar hem toe, met haar arm geheven alsof ze hem wilde slaan. Het was Griffin Maddox die haar tegenhield.

'Griff!' Storm sloeg haar handen voor haar mond. 'O, wat verschrikkelijk!'

'Komt u alstublieft mee.' Griffin ontfermde zich over de bezoekster. 'Dan praten we er beneden verder over.'

'Zorg dat ze verdwijnt! Ze moet hier weg!' krijste Storm.

'Storm, laat dit alsjeblieft aan mij over. Mijn excuses,' zei Griffin Maddox ijzig. Hij glimlachte naar de gasten en loodste de bezoekster de kamer uit.

Susie, Bretts vriendin, zat nog altijd naast hem. Hij had zijn arm om haar schouders. Haar handen lagen in haar schoot. Haar ogen waren strak op de vloer gericht. Haar wangen gloeiden, zag Thea, en ze had rode vlekken in haar hals.

'Kijk nou wat je hebt gedaan!' snauwde Storm tegen Thea, terwijl ze Griffin en de bezoekster nakeek. 'Waarom moet je altijd alles verpesten?' Ze stikte bijna in haar eigen woorden, zo woedend was ze. 'Hoe dúrf je dat mens binnen te laten? En mijn feestje te bederven?'

Thea keek haar uitdagend aan. Hoezo, háár feestje? Had ze niet net gezegd dat het ter ere van Thea was? Maar nu zag ze de echte Storm. Mocht ze nog enige twijfel hebben, enige hoop dat er misschien ook een andere Storm was – een Storm die oprecht om haar gaf en die het niet altijd, onvoorwaardelijk voor haar eigen zoon zou opnemen – dan wist ze nu beter!

Niet alleen had Storm een hekel aan haar, besefte Thea, Storm – de echte Storm – was nog altijd doodsbang voor Brett, net als op haar trouwdag. En Brett zou voor haar altijd op de eerste plaats komen.

Maar nu ken ik je, dacht Thea, terwijl ze haar strak bleef aankijken. Nu weet ik hoe je werkelijk bent. En ik zal er alles aan doen om je tegen te werken.

Anders dan zijn moeder bleef Brett onbewogen. Hij zat nog altijd op de grote bank en strekte schouderophalend zijn benen.

'Het zal haar wel om geld te doen zijn,' zei hij onverschillig. Hij stopte nog een canapé in zijn mond en glimlachte breed naar Storm, die haar jurk gladstreek alsof ze mentaal afstand nam van de hele kwestie.

'Dat denk ik ook, lieverd. Ze is niet de eerste en ze is vast en zeker niet de laatste. Dat krijg je als je rijk en aantrekkelijk bent.' Toen klapte ze in haar handen en keerde ze zich met een stralende glimlach naar haar gasten. 'Ik stel voor dat we nog een cocktail nemen!'

Thea keek haar na terwijl ze opging in de drukte en haar feestje nieuw leven inblies met het zoveelste verhaal over Sylvester, die op Crofters had gelogeerd en die ze had aangemoedigd om *Rocky IV* te maken. Zoals ze het vertelde, klonk het alsof hij zijn recente successen uitsluitend en alleen aan haar te danken had.

'Dat was niet slim van je, Thea.' Bretts ogen glinsterden dreigend. 'Foei! De deur opendoen is iets wat je aan het personeel moet overlaten. Tenzij je zelf als personeel wilt eindigen.'

Toen Thea uren later in bed lag, was ze doodmoe, maar ze kon niet slapen. Het duizelde haar door wat er was gebeurd – de afschuwelijke scène, het onrecht – en bovendien had ze last van het tijdsverschil. Het feest was er niet leuker op geworden. En uiteindelijk was Storm – stomdronken – gaan zingen, begeleid door de pianist.

Brett was gelukkig al vroeg vertrokken met Susie, maar Thea had zich niet durven verontschuldigen. Precies zoals Brett had voorspeld, was Griffin Maddox razend geweest dat ze de onbekende had binnengelaten. Waarvan Brett ook was beschuldigd, blijkbaar was Thea's gebrek aan inzicht aanzienlijk erger in de ogen van haar vader. Hij had haar de hele avond koel en afwijzend bejegend en wanneer ze binnen gehoorsafstand stond, hoorde ze hem hoog opgeven over Bretts academische en sportieve successen, tegen iedereen die het maar wilde horen.

Over de woede en de verwijten van de bezoekster werd niet meer gesproken, tot Thea's verontwaardiging en verbijstering. Hoe was het mogelijk dat haar vader Brett niet ter verantwoording had geroepen? Hoe zat het met zíjn inzicht? Met zijn moreel? Waarom wilde hij niet zien dat die vrouw de waarheid had gesproken en dat Brett een leugenaar was?

De vernedering dreigde haar te veel te worden. Thea voelde zich besmeurd. Alsof ze door te zwijgen medeplichtig was aan familiegeheimen waaraan ze geen deel wilde hebben.

Van streek als ze was, hield ze het niet langer uit in bed. Ze liep op haar tenen naar de keuken. Ze rammelde van de honger. Tijdens het feestje had ze geen hap door haar keel kunnen krijgen vanwege Storm. Haar hatelijke opmerking dat ze was aangekomen, had haar gestoken. Ze was een paar pond zwaarder. Nou en? Wat kon ze op school anders doen dan eten? Waar moest ze anders troost uit putten?

Boven, op de mezzanine waar het feestje had plaatsgevonden, verleende het blauwe schijnsel van de alarmverlichting haar nieuwe 'thuis' de sfeer van een gevangenis.

Het verschil met Little Elms had niet groter kunnen zijn. In het oude landhuis dat gedurende haar hele jeugd haar speelterrein was geweest, was ze nooit bang geweest. Ze had zich er nooit opgejaagd of bedreigd gevoeld. Als ze niet kon slapen, ging ze naar beneden, naar de keuken, waar Mrs. Pryor melk voor haar warm maakte en een kruik vulde met water uit de ketel.

Zonder het licht aan te doen begon Thea de kasten in de steriele designerkeuken te inspecteren, op zoek naar de koelkast. Toen ze die had gevonden, schonk ze zichzelf een glas ijskoude melk in.

'Wat lief! Je bent opgebleven voor me!' Ze schrok zo van de stem achter haar dat ze melk morste.

Brett zocht wankelend steun tegen de deurlijst. Hij was dronken. Thea deed een stap naar achteren, met haar hand op de hals van haar badjas.

'Ik dacht dat jij bij Susie bleef?'

Hij lachte, maar het was geen vrolijke lach. 'Susie! Nee, vanavond niet. Daar moest ik vanaf,' zei hij hoofdschuddend, op een toon alsof het hem moeite had gekost en alsof hij blij was van haar verlost te zijn. Thea huiverde bij de gedachte aan wat hij met haar had gedaan, als ze hem bij thuiskomst ter verantwoording had geroepen naar aanleiding van de beschuldigingen op het feestje.

'Ik ga naar bed.' Thea probeerde langs hem heen te glippen.

'Niks daarvan! Vanwaar die haast?' Hij versperde haar de doorgang. 'Blijf nog even. Dan kunnen we bijpraten.' Hij streek met zijn vinger over haar arm.

Thea deinsde achteruit. 'Ik wil niet met je praten.' Ze was ineens doodsbang en zocht steun bij het aanrecht.

'Wat een perfect kerstcadeau,' zei hij, zonder acht te slaan op wat ze had gezegd. Hij maakte zich los van de deurstijl en kwam naar haar toe. 'Je bent rijper geworden, precies zoals ik had verwacht. Ik heb erop aangedrongen dat je thuiskwam. Kerstmis is een familiefeest, heb ik tegen ze gezegd. En ik heb ze laten beloven dat we in Manhattan zouden blijven. Alleen om jou hier te krijgen.'

Wanhoop vervulde haar terwijl ze dacht aan de brief van haar vader, duidelijk gedicteerd door Storm. Ze had nooit in het vliegtuig moeten stappen.

'Wat is er?' vroeg Brett. 'Zit je nou nog steeds met die toestand van vanavond? Met wat dat mens zei? Over haar dochter? Het was geen verkrachting.' Hij gebaarde nonchalant, alsof het sop de kool niet waard was. 'Oké, ik heb haar geneukt. Blijkbaar vond ze het niet prettig.' Hij lachte alsof het allemaal een geweldige grap was. 'Maar dat is de macht van de naam Maddox. Daardoor kun je alles wat je niet bevalt, laten verdwijnen.' Hij knipte met zijn vingers. 'Hopla, en weg is het!'

'Je bent geen Maddox.' Het was eruit voor ze er erg in had. Maar ze meende het wel.

'Dat is niet aardig.' Brett pulkte aan zijn tanden. Toen trok hij haar ineens tegen zich aan. Ze kon geen kant uit, haar armen werden tegen haar lichaam gedrukt.

Ze kneep haar ogen stijf dicht en huiverde van angst en weerzin toen hij haar in haar hals begon te zoenen. Er ontsnapte een zachte jammerkreet aan haar lippen.

'Niet doen,' wist ze uit te brengen.

'Maar ik wil het.'

Zijn adem rook naar whisky. Hij drukte zich tegen haar aan, zodat ze de rand van het aanrecht in haar rug voelde. Met zijn hand om haar kaken maakte hij het haar onmogelijk te schreeuwen. Zijn andere hand liet hij in haar badjas glijden en hij tilde haar Snoopy-nachthemd op. 'Nee maar! Wie had dat gedacht!' zei hij wellustig, terwijl hij haar benen uit elkaar dwong en zijn hand ertussen duwde. 'Je bent al helemaal nat! Ach, dikke meisjes zijn altijd zo dankbaar voor een beetje aandacht.'

'Niet doen,' hijgde ze met tranen in haar ogen. 'Alsjeblieft! Niet doen!'

'Want anders? Dan ga je het vertellen? En denk je nou echt dat ze je geloven?' vroeg hij fluisterend. 'De hysterische puber, die last heeft van haar hormonen?' Hij stak zijn tong in haar oor.

Ze sloot haar ogen en probeerde te doen alsof het niet echt was, alsof het niet gebeurde. Maar ze voelde dat zijn vingers in haar gleden. Ze kromp ineen, plotseling kotsmisselijk terwijl hij zich nog dichter tegen haar aan drukte, zodat ze zijn stijve lid tegen haar trillende dij kon voelen, dwars door de dunne stof van zijn broek heen.

'Niemand zal je geloven, Thea. Ik ben je vaders protegé. Of wist je dat nog niet? En dat betekent dat alles met de naam Maddox ooit van mij zal zijn. Zelfs... jij.'

8

Oktober 1986

De wielen van het vliegtuig krijsten toen ze contact maakten met de landingsbaan. De remmen produceerden een woedend gebrul. Na hun urenlange, constante geraas begonnen de motoren aan hun oorverdovende gevecht om het vliegtuig tot stilstand te brengen. Diep in de buik van het toestel zette ook Romy zich schrap tegen de dunne latten van het houten krat.

Ze ging met haar tong langs haar droge lippen. Haar hele lichaam deed zeer, terwijl ze probeerde een andere houding aan te nemen en haar oog tegen het kijkgaatje drukte. Maar het was nog te donker om iets te kunnen zien. Ze was gewend geraakt aan het geluid van de motoren, maar nu het vliegtuig over de landingsbaan taxiede en ze besefte dat de grond amper een paar meter onder haar was, begonnen de zenuwen haar parten te spelen.

Ze probeerde zich de passagiers boven haar voor te stellen. De vakantiegangers en de zakenmensen die in West-Berlijn aan boord waren gegaan voor de vlucht naar Heathrow en die geen idee hadden dat zich vlak onder hen een verstekeling bevond.

Romy's hart bonsde in haar keel. Als ze het volgende gedeelte van het avontuur ongeschonden doorkwam, was ze vrij.

Vrij!

Haar keel werd dichtgesnoerd bij het vooruitzicht van wat dat allemaal zou betekenen. Dan was ze in Londen. De stad van haar dromen. Ze kon niet wachten om de bussen te zien en de taxi's, de theaters, de winkels, de cafés.

Na alles wat ze achter de rug had, was mislukken geen optie. Ze had Ursula beloofd dat ze het ging redden, dus ze mocht haar vriendin niet teleurstellen.

Arme Ursula. Voor haar was het waarschijnlijk allemaal nog zwaarder, want zij was achtergebleven. Romy dacht terug aan het afscheid waarbij ze allebei in tranen waren geweest. Maar ze had geen keus gehad. Toen Ursula eenmaal op de hoogte was van Romy's geheim, begon de tijd te dringen. Het net van Lemcke sloot zich steeds strakker om Romy heen. Dat voelde ze gewoon.

Ze had er een zware dobber aan gehad om Ursula uit te leggen dat ze had moeten liegen, niet alleen in haar eigen belang maar ook in dat van haar. Maar toen Ursula haar had vergeven, waren ze het er al gauw over eens geworden dat Romy zo snel mogelijk moest zien weg te komen uit Oost-Berlijn. Maar hoe?

Het zou te gevaarlijk zijn om de grens te passeren bij een van de officiële overgangen. De grenspolitie bestond voor de helft uit mannen van de Stasi en er werd gecontroleerd met snuffelhonden en moderne scanapparatuur. De berichten over mensen die gevangen waren genomen, of gedood, waren legio.

Ze hadden maandenlang overlegd, totdat Ursula even na de kerst Franz in vertrouwen had genomen over het geld van Lemcke. Toen Franz eenmaal in de samenzwering was betrokken, had hij ervoor gezorgd dat Romy uit de fabriek kon ontsnappen in een krat met kleding, bestemd voor de zwarte markt.

Het plan dat ze hadden bedacht, was riskant geweest. De broer van Franz had een contactpersoon aan de grens met Tsjechoslowakije, die op zijn beurt wist hoe hij de grenswacht moest omkopen. Het zou haar het grootste deel van het geld kosten dat ze nog overhad, aldus Franz. Bovendien moest het moment zorgvuldig worden gekozen. En ze zou heel veel geluk moeten hebben.

Bij de eerste poging, in de lente, was het plan mislukt, en ze hadden de hoop om Romy de stad uit te smokkelen moeten opgeven tot na de zomer. Toen, bij de tweede poging, was alles wonder boven wonder goed gegaan. Na het passeren van de grens met Tsjechoslowakije was de vrachtwagen in twaalf uur tijd rechtstreeks naar een vrachtdepot in West-Duitsland gereden, waar het krat met Romy erin aan de luchtvracht met bestemming Londen was toegevoegd. Dankzij opnieuw de nodige steekpenningen was het krat met Romy doorgelaten bij de douanecontrole en die ochtend in alle vroegte aan boord van het vliegtuig gebracht.

En daar zat ze dan, half verhongerd, uitgedroogd, stijf en pijnlijk, en net zo haveloos en verfomfaaid als de vodden waarin ze haar nest had gemaakt, lang geleden in de hut in het bos.

Het vliegtuig kwam tot stilstand. De motoren zwegen. De stilte was zo acuut, dat Romy een gevoel had alsof ze een klap op haar oren had gekregen.

Toen ging het luik van het laadruim open. Een dunne schacht grijs licht drong door het kijkgat in de benauwde ruimte waarin Romy drie dagen lang opgesloten had gezeten. Ze was omringd door lege koekverpakkingen en waterflessen, waarvan ze de laatste de vorige dag had leeggemaakt, en een grote fles urine waarvan ze de afgelopen nacht bijna had gedronken, wanhopig als ze was van de dorst.

Ze had zichzelf getraind niet toe te geven aan de claustrofobische gevoelens die hadden gedreigd haar te overweldigen, door zich het alternatief voor te stellen. Maar nu ze elk moment kon worden bevrijd leek elke seconde die haar verblijf in de stinkende, benauwde ruimte nog langer duurde, onverdraaglijk.

Er naderden voetstappen. Toen werd er twee keer op de bovenkant van het krat geklopt. Het bleef even stil en daarna werd er één keer geklopt. Ten slotte klopte ze terug. Haar arm voelde loodzwaar toen ze hem optilde.

Een gebrom, gevolgd door het geluid van hout dat versplinterde toen het krat met een koevoet werd opengebroken.

'Hallo?' hoorde ze iemand fluisteren.

Romy krabbelde overeind, hijgend van pijn toen ze voor het eerst in dagen haar rug rechtte. Ze knipperde met haar ogen in het zwakke licht. De omtrekken van een man werden zichtbaar. Achter hem zag ze een vierkant, gevuld met bleek daglicht – de opening van het laadruim – en daarachter de zilvergrijze landingsbaan.

De vrijheid lonkte.

Geleidelijk aan kon ze de kleding van de man onderscheiden Een insigne op de mouw van zijn overall. Een uniform.

Romy voelde dat haar hart een slag oversloeg. Waar ze vandaan kwam, waren uniformen verbonden met gevangenneming, met straf, met de dood. Onbewust balde ze haar handen tot vuisten. Alsjeblieft, smeekte ze in stilte. *Alsjeblieft, stuur me niet terug.*

Paulo Santini keek naar het meisje. Ze waren allemaal hetzelfde, die verstekelingen. Bang, hongerig. Klaar en bereid om te vechten.

Hij was telkens weer verbaasd over het overlevingsinstinct van de mens. Bij het ruiken van de zure geur die het meisje verspreidde, trok hij zijn neus op, en hij vroeg zich af hoe lang ze opgesloten had gezeten. Niet dat het ertoe deed. Het enige waar het om ging, was dat ze alles had geriskeerd om in Engeland te komen. Zoals zovelen vóór haar. Op de vlucht voor vervolging en onrecht. Wie kon het ze kwalijk nemen?

Toen ze dreigde in elkaar te zakken, stak hij zijn hand uit om haar te ondersteunen en hielp hij haar uit het krat. Haar armen leken wel stokjes, maar haar huid was zacht. Heel zacht. En die benen! Godallemachtig, er leek geen einde aan te komen.

Paulo keek achterom. Ze hadden niet veel tijd, maar hij kende het klappen van de zweep. Hij moest zorgen dat hij haar zo snel mogelijk in de bagagekar kreeg. Dan bracht hij haar naar het laadplatform en daar zou hij haar verstoppen onder het zeildoek van de onderhoudstruck. Later die middag, wanneer zijn dienst erop zat, zou hij haar naar de stad brengen.

Als ze – zoals de meesten – geen contacten had in Londen, zou hij haar afleveren bij Carlos, zijn achterneef. Die zou haar in bad zetten en zorgen voor schone kleren, en dan moest ze aan het werk. Ja, Carlos kon haar vast wel gebruiken. En dat zou Paulo nog een leuke provisie opleveren.

Hij wreef met zijn duim over zijn vingertoppen, het internationale gebaar voor geld. Het meisje grabbelde haastig in de zak van haar spijkerrok en gaf hem het afgesproken bedrag. Hij controleerde het geld en stopte het in zijn overall. Toen hielp hij haar in een grijze bagagekar. Vervolgens stapelde hij haastig koffers om en over haar heen, zodat ze opnieuw was begraven, onttrokken aan het zicht.

Terwijl hij de kar de helling af duwde, naar de bagagetruck, floot hij *How Will I Know?* van Whitney Houston. Dat nummer had hij al de hele ochtend in zijn hoofd.

Ja, het was echt een knappe meid, dacht Paolo. Als hij haar naar Carlos had gebracht, zou hij zijn neef vragen of hij haar mocht 'inwerken'.

Romy liet zich onderuitzakken in het diepe bad en voelde haar haren uitwaaieren in het warme, schuimende water. Toen ging ze weer rechtop zitten en veegde over haar ogen.

Nee, het was geen droom. Het was allemaal echt! Wat een krankzinnige wending had haar leven genomen. Binnen een paar uur was het veranderd op een manier die ze zich zelfs in haar stoutste dromen niet had kunnen voorstellen. Was iedereen in Londen zo rijk? Ze liet haar blik over de roze betegelde muren gaan, over de gouden kranen en de vergulde spiegel. En wat moest ze doen om ook zo rijk te worden?

Het duizelde haar van de mogelijkheden die ineens binnen haar bereik lagen. Voor zover ze dat van Paulo had begrepen, die met een zwaar accent sprak waardoor ze zijn Engels veel moeilijker had kunnen verstaan dan het Engels op de bandjes die ze in de kledingfabriek honderden keren had afgeluisterd, zat Carlos, zijn neef, in de mode. Misschien had hij ook wel een soort fabriek. Volgens Paulo kon hij een meisje dat bereid was hard te werken, een goede toekomst bieden.

Nou, hard werken, dat kon ze. En ze had bovendien ervaring. Misschien bood Carlos haar wel een baan aan. En misschien kon ze dan hier blijven wonen. Dat zou geweldig zijn.

Ze pakte het roze stuk zeep met LUX erop en wreef het tussen haar handen, waarna ze met het schuim de gruwelijke reis van haar lichaam spoelde.

In het besef dat er op haar werd gewacht, stapte Romy uit de kuip, en droogde zich af met de dikke, roze handdoek. Verbaasd dat iets simpels als een handdoek zo verrukkelijk kon zijn, begroef ze haar gezicht in de zachte, geurige stof. Toen keek ze in de plastic zak met kleren die Carlos haar had gegeven.

Maar... zulke kleren had ze nog nooit gezien. Misschien was dat de mode in Engeland. Ze werkte haar smalle heupen in de kunstleren minirok en trok het gazen topje aan over haar beha. Was het erg dat de beha niet paste? Ze bekeek zichzelf in de spiegel en voelde zich niet op haar gemak met haar uiterlijk. Nadat ze haar haar had drooggewreven met de handdoek, probeerde ze het te fatsoeneren. Ten slotte trok ze de witte pumps met hoge hakken aan, deed de badkamerdeur van het slot en liep wiebelend de keuken in.

Carlos stond bij het beslagen raam. Hij leunde tegen het fornuis en rookte een sigaret. Uit de radio klonk popmuziek. Romy glimlachte nerveus.

'Voel je je al wat beter?' vroeg hij. Ze knikte.

Hij droeg een zwartleren broek en een leren jack. In het borsthaar dat uit de V-hals van zijn trui krulde, glom een zware gouden ketting. Net als Paulo had hij een olijfbruine huid en te oordelen naar de omvang van zijn buik was hij een levensgenieter. Hij zag er niet onsympathiek uit, vond Romy.

'Ga maar eten.' Carlos gebaarde met zijn hoofd naar de tafel. 'Je zult wel honger hebben.'

Romy schonk hem een glimlach en trok de kom naar zich toe. Wat erin zat, was nieuw voor haar. Een soort pasta. Lange, dunne slierten in een dikke, rode saus met vlees. Maar het rook lekker. Het rook heerlijk!

Ze begon het naar binnen te lepelen, maar de slierten gleden voortdurend van haar vork en haar lepel. Om te voorkomen dat Carlos het zag, draaide ze haar stoel opzij. Ze schaamde zich voor hem. Hij was een man van de wereld, een man in het Westen, en ze wilde niet dat hij zag dat ze geen manieren had.

De zoemer van de deur ging. Carlos keek op zijn brede gouden horloge – met het geld dat het horloge waard was, hadden ze ook Ursula de grens over kunnen smokkelen, dacht Romy – en drukte zijn half opgerookte sigaret uit in de metalen asbak op tafel. Terwijl hij zijn laatste rook uitblies keek hij Romy aan. Toen liep hij naar de hal om open te doen.

Romy's blik ging naar de sigaret en ze moest zich tot het uiterste beheersen. Haar instinct zei haar dat ze de peuk in haar zak moest stoppen. Er zat nog een heleboel tabak in. Zonde om weg te gooien. Maar misschien was Carlos van plan de sigaret later weer op te steken. Dan werd ze betrapt en als ze hem kwaad maakte, zou hij haar misschien wegsturen.

Even later kwam hij terug, met een bos autosleutels in zijn hand. Achter hem in de gang stonden drie meisjes. Een van hen had een blauw oog, dat ze had geprobeerd te camoufleren met make-up. Alle drie staarden ze zwijgend naar Romy. Die verstijfde, met een sliert pasta half uit haar mond.

'Tijd om te gaan.' Carlos liet de sleutels om zijn vingers draaien en sloot zijn vingers eromheen.

Nu meteen, bedoelde hij. Romy begreep het. Ze nam met tegenzin afscheid van de pasta, veegde haar mond af aan de handdoek die aan het fornuis hing, en volgde de meisjes de gang door, de treden af naar de stoep, waar een grote auto met getinte raampjes stond te wachten. Carlos hield het portier voor haar open en keek nerveus naar beide kanten van de straat.

Romy stapte achterin met de andere meisjes, die druk praatten in een Oost-Europese taal waarvan ze slechts af en toe een woord opving dat ze begreep. Waar gingen ze naartoe? Hoe kwam dat meisje aan een blauw oog? Waarom vond ze dat blijkbaar niet erg? En waarom trok dat andere meisje zich er niets van aan dat de kuilen in haar dijen te zien waren?

Maar omdat de meisjes haar negeerden, keek Romy uit het raampje en genoot van Londen, van alles waarvan ze had gedroomd. De rode bussen, de telefooncellen, de hoge platanen. Ze zag zelfs een koninklijk opgetuigd paard... O, en dat daar... dat moest Buckingham Palace zijn, dacht ze, zich omdraaiend toen Carlos een brede laan in sloeg. Ach, als Ursula dit eens kon zien!

Alles hier was zo mooi, zo glanzend, dacht Romy, terwijl ze naar de kleurige reclameborden keek met schitterende foto's van Max Factor-lippenstift. Wat zou het heerlijk zijn om zo rijk te zijn dat ze die kon kopen! Of om geld te kunnen uitgeven in die prachtige winkels! Haar hand ging naar het raampje toen ze langs een reusachtige muziekwinkel kwamen met foto's van Whitney Houston en Prince in de etalage.

Het duurde niet lang of ze staken een rivier over en net toen Romy dacht dat ze nog meer moois te zien zou krijgen, veranderde de stad. De hoge gebouwen maakten plaats voor sjofele, dicht op elkaar staande huizen en grimmige huurkazernes. In de goot lag vuilnis en al snel kwamen ze langs een rij dichtgetimmerde winkels, bedekt met graffiti. Twee zwarte kinderen – Afrikaans, dacht Romy – vochten op straat.

Een minuut of tien later, toen ze eindelijk stopten, had Romy haar nagels in de zitting van de bank begraven, zo krampachtig klemde ze zich vast. De auto hield abrupt stil langs de stoeprand. Voor de ramen van het huis waar ze vóór stonden, was grijs kippengaas gespijkerd. De stalen deur was voorzien van zware grendels.

'Is dit je eerste keer?' vroeg een van de meisjes aan Romy. Ze sprak Engels, met net zo'n zwaar accent als Paulo en Carlos. Romy stapte uit en knikte huiverend, met haar armen om haar gazen topje geslagen.

'Niet met haar praten,' zei Carlos vanaf de voorbank.

Eenmaal binnen kwamen ze in een enorme kamer met grote, zwartleren fauteuils. Er zaten mannen te roken. Romy begon te hoesten. Ze was gewend aan sigaretten, maar deze rook prikte in haar keel. Ze keek naar een zwarte man die met een hoed op aan een tafel zat. Voor hem lag een gele frisbee, gevuld met iets groens. Het leek wel onkruid, dacht Romy. Hij knikte haar toe alsof hij haar kende. Ze wendde zich haastig af en keek naar de andere meisjes die binnenkwamen. Hun hoge hakken tikten op de met staal beklede treden.

Carlos glimlachte naar Romy, maar zijn ogen stonden niet langer vriendelijk, en ze besefte dat hij van haar verwachtte dat ze hem volgde. Boven aan de trap gekomen, pakte hij haar arm. 'Jij gaat hierheen. Kamer twee.'

De deur was betimmerd met multiplex. Erboven brandde een groen lampje.

Carlos duwde haar naar binnen en sloot de deur. Romy had het gevoel dat de deur van een gevangenis achter haar was dichtgevallen.

In paniek deinsde ze achteruit naar de muur.

Hoe had ze zo stom kunnen zijn? Ze had nooit bij Carlos in de auto moeten stappen. Wat voor werk had ze verwacht? Ze was een illegale buitenlander, zonder geld! Hoe had ze zich zand in de ogen kunnen laten strooien doordat Carlos aardig voor haar was geweest? Hij had haar van meet af aan voor een hoer aangezien. Vanaf het moment dat Paulo haar bij de flat had afgezet.

Kreunend van frustratie begroef ze haar handen in haar haar.

Was dít het resultaat? Na alles wat ze had doorgemaakt, na alle gruwelen die ze had doorstaan. Ze had Fuchs gedood om zichzelf en Claudia te redden, ze had gelogen tegen Ursula, ze was naar Engeland gevlucht, ze had haar leven op het spel gezet, de verschrikkelijke reis doorstaan… En nu was ze met open ogen in de val gelopen?

Wanhopig keek ze om zich heen. Een bed met een vlekkerige, paarse sprei, een gebarsten wasbak, een lamp afgedekt met een rode sjaal. Op het nachtkastje smeulde een wierookstokje dat de ziekelijke geur van patchoeli verspreidde. Voor het raam zaten dikke tralies, het kozijn was vergrendeld. Toen ze de deur naast het bed opendeed, zag ze dat zich daarachter een kleine badkamer bevond, met een wc en een kleine douchecabine, maar zonder raam. Dus langs die weg kon ze ook niet ontsnappen.

Plotseling ging de deur open en er kwam een man binnen. Een grote kerel met een tatoeage van een vogel in zijn nek.

'Carlos zegt dat je nieuw bent hier. De griet uit Duitsland. Dat ben jij toch?' Hij ontblootte een gebit met scheve bruine tanden. 'Ik ben Jimmy.' Hij haalde een bankbiljet uit zijn zak, legde het op het nachtkastje en tikte erop met zijn vinger. 'Dus laat maar eens zien wat je waard bent.'

Hij keek grijnzend van Romy naar het bed en weer terug.

Haar blik ging naar de deur, naar Jimmy, naar de prullenmand. Kon ze die naar zijn hoofd gooien? Maar Jimmy was te groot. En hij kwam op haar af.

Later op de avond strompelde ze, vervuld van weerzin, door de donkere straten. Alles deed haar pijn. Amper twee uur na aankomst hadden de meisjes het huis weer verlaten. Niemand had iets tegen haar gezegd, iedereen gedroeg zich alsof ze gewoon hun werk deden.

Romy had tegen Carlos gezegd dat ze misselijk was en moest overgeven, in de hoop dat hij de portieren van het slot zou doen. Zodra hij dat deed, greep ze haar kans. Bij een groot kruispunt met verkeerslichten, vlak bij de rivier, sprong ze uit de auto. De andere meisjes begonnen te gillen toen Romy tussen het verkeer door naar de middenberm rende, waar ze struikelde over de stoeprand en haar knieën ontvelde. Het kon haar niet schelen als ze werd doodgereden, zolang ze maar wegkwam!

Carlos had haar nageroepen en even had ze gedacht dat hij haar zou aanrijden. Maar toen andere automobilisten begonnen te toeteren, was hij doorgereden. Romy had de auto nagekeken die met brullende motor wegspoot.

Inmiddels strompelde ze op haar hoge hakken over het trottoir. Haar kapotte knieën deden zeer, haar handen waren geschaafd en de wonden zaten vol zand en gruis. Ineens verlangde ze naar Ursula. Was ze maar weer bij haar vriendin! Want Ursula had oprecht om haar gegeven.

Huiverend van de kou volgde ze het pad langs de bochtige rivier. Diverse malen stopte er een auto naast haar en telkens wanneer dat gebeurde, doemde het gezicht van Jimmy voor haar geestesoog op. Dan dacht ze aan het krakende bed, aan zijn zware lichaam op het hare. Toen hij in haar was gedrongen, had ze zich in zichzelf teruggetrokken. Ze had zich afgesloten voor de werkelijkheid en zich voorgesteld dat ze weer in het krat zat. Ze herinnerde zich hoe hij had gelachen toen het achter de rug was. Ze dacht aan Carlos, die was binnengekomen om het geld van het nachtkastje te pakken en die had gezegd dat ze verder moesten, naar het volgende huis. Op dat moment had Romy geweten dat ze hem nog liever zou vermoorden dan dat ze zich opnieuw tot zoiets verschrikkelijks liet dwingen.

Ze besloot de rivier achter zich te laten en in zuidelijke richting te lopen. Al strompelend zocht ze de grond af naar muntjes. Het duurde niet lang of ze kwam bij een soort tunnel, een betonnen onderdoorgang. In het midden stond een olievat waarin een vuur brandde. Eromheen had zich een groep mensen verzameld, die zich daaraan warmde. Het licht scheen op hun ingevallen, hongerige gezichten.

Hoe was het mogelijk dat dit bestond, vroeg Romy zich af. In Londen leden mensen toch geen honger? Hier was iedereen rijk. Wat deden deze mensen hier? Waarom sliepen ze in kartonnen dozen? Het leek op een tafereel uit de apocalyps, het einde van de wereld, waar iedereen bang voor was geweest toen er bij de explosie in de kernreactor bij Tsjernobyl een wolk van radioactiviteit was vrijgekomen. Romy had gedacht dat ze alle ellende achter zich had gelaten nadat ze uit Berlijn was ontsnapt. Maar die bestond ook hier, midden in een stad als Londen... Het was afschuwelijk!

Het getik van haar hakken echode door de tunnel. Vanuit de duisternis klonken honende kreten en gefluister toen ze langs het groepje mensen strompelde. Paniek bekroop haar terwijl ze haar armen om het dunne gazen topje sloeg. Paniek dat haar moed en haar durf haar in de steek hadden gelaten. Dat ze het noodlot net iets te vaak had getart. Ze had geen middelen om te overleven. Ze was in een vreemde stad waar ze niets en niemand kende. Ze zou omkomen van de honger. Ze zou op straat moeten leven, net als de mensen in de tunnel. Of ze zou doodvriezen.

Misschien moest ze teruggaan naar Carlos. En zeggen dat het haar speet. Dat ze voor hem zou werken. Misschien was dat de enige optie. Misschien kon ze niet aan haar lot ontkomen. Misschien verbeeldden die foto's in Lemckes bureaula wel het lot waarnaar ze van meet af aan op weg was geweest.

Onbeheerst huiverend liep ze half rennend de tunnel uit, op weg naar een groot gebouw met een deur die wijd open stond. Boven de deur hing een klok. Nadat ze de treden had beklommen, keek ze enigszins opgelucht om zich heen in het helderverlichte treinstation. De zwarte borden boven haar ratelden zachtjes toen er nieuwe bestemmingen op verschenen.

Ze liep door en keek naar de forenzen. Bij de ingang naar een soort ondergronds treinenstelsel bleef ze staan. Om binnen te komen moest je door een rij elektronische poortjes, met een kaartje. Maar dat had ze niet. Trouwens, ze zou niet hebben geweten waar ze naartoe moest. Maar de gedachte om aan boord te gaan van een ondergrondse trein, zoals ze die had gezien in *Hill Street Blues*, op de televisie in het kantoor van de bewakers in de fabriek, was verleidelijk. Ze kon misschien blijven rondrijden en een poosje slapen. Het zou er in elk geval warm zijn.

Ze ging tegen de muur zitten en keek naar de mensenmassa's die uit de ondergrondse tunnel de treden op kwamen. Gewone mensen, rijke mensen, met een huis en vrienden en een leven vol plannen, vol dromen. Ze keek hen een voor een aan en daagde hen uit haar aan te kijken. Maar ze ontweken zonder uitzondering haar blik.

Wat moest ze doen, vroeg Romy zich af, duizelig van vermoeidheid. Hoe dapper moest ze zijn, kón ze zijn, voordat iemand haar een kans gaf?

Een heel klein beetje geluk, dat was alles wat ze nodig had...

'Alsjeblieft,' zei een stem.

Er was een meisje bij haar blijven staan. Een meisje met blond haar en een rode jas. Ze bukte zich en liet iets in haar schoot vallen. Romy keek van het geld – een dubbelgevouwen bankbiljet – op naar het meisje, maar ze was al doorgelopen.

9

Oktober 1986

'Waarom deed je dat?'

Thea draaide zich om. Bridget Lawson kwam achter haar aan de trap op uit de ondergrondse. Bridget was een van de populairste meisjes in Thea's jaar. Ze maakte zich los uit de groep en haastte zich naar voren.

'Wat?' vroeg Thea.

'Waarom gaf je geld aan dat meisje? Dat lost niks op. Bedelaars geld geven.'

Thea keek achterom, naar het meisje bij de controlepoortjes. 'Ach, ze zag er zo... Ik weet het niet.' Thea kon het niet goed onder woorden brengen. Ze had slechts vluchtig oogcontact met het meisje gemaakt, maar onmiddellijk haar portemonnee tevoorschijn gehaald. Misschien omdat ze zo'n hopeloze aanblik bood. En omdat ze zo alleen was.

Hoe dan ook, nu had ze met haar onnozele opwelling de aandacht getrokken van Bridget Lawson, besefte Thea. Bridget met haar leuke sproeten en haar donkere krullen die zich aan haar zwarte baret ontworstelden. Ze nam Thea onderzoekend op.

De meisjes waren op excursie in Londen, op weg naar een toneelvoorstelling in het National Theatre op de South Bank. In de ondergrondse had Bridget nog bij de andere meisjes gezeten, die alleen maar aandacht hadden voor hun make-up en uiterlijk. Ze hadden Thea aan haar lot overgelaten, zodat ze zich in alle rust in haar Sidney Sheldon had kunnen verdiepen. Bij het zien van Bridgets staalblauwe mascara voelde Thea een steek van jaloezie. Zoiets zou zij nooit durven. Daar was ze veel te onzeker voor.

Maar Bridget Lawson ontbrak het bepaald niet aan zelfvertrouwen. Ze had de rol van Annie, Tallulah en Lady Macbeth gespeeld bij het schooltoneel. Klein en lichtvoetig als ze was, stond ze midvoor in het netbalteam van de school. Ze bezat Benetton-truien in alle kleuren van de regenboog en ze had nog nooit één woord met Thea alleen gewisseld.

Niet dat Thea haar dat kwalijk nam. Sinds Brett haar met Kerstmis had aangerand, had ze het gevoel dat ze ook haar laatste restje zelfvertrouwen was kwijtgeraakt.

Ze probeerde zichzelf te troosten met de gedachte dat het allemaal nog veel erger had kunnen zijn. Want net toen Brett al zoenend naar zijn gulp reikte, had Cha-Chi, het hondje van Storm, keffend zijn neus om de keukendeur gestoken. Thea had haar kans schoon gezien. Ze had het glas melk in Bretts gezicht gegooid, was naar haar kamer gevlucht en had de deur stevig op slot gedraaid.

Vastbesloten om haar vader de volgende ochtend te vertellen wat er was gebeurd, had ze de hele nacht geen oog meer dichtgedaan. Maar toen ze haar kamer uit kwam, stond Brett haar al op te wachten.

'Waag het niet ook maar íéts te zeggen! Want dan gebeuren er nog veel ergere dingen,' had hij gefluisterd.

'Laat me met rust,' was alles wat ze had weten uit te brengen.

Toen had hij gelachen. 'Maak je geen zorgen. Trouwens, je bent typisch zo'n griet die alles met zich laat doen. Door iedereen.'

Op dat moment was Storm haar kamer uit gekomen met een ijszak tegen haar voorhoofd gedrukt. Het feestje had haar zoveel stress bezorgd, zei ze, dat ze toch had besloten de kerstdagen op Crofters door te brengen. Brett had enthousiast gereageerd en gezegd dat hij meeging.

Thea had gedaan alsof ze buikgriep had, zodat ze met haar vader in New York kon blijven, in de hoop dat die haar zou beschermen. En in de hoop dat het juiste moment zich zou voordoen om hem alles te vertellen. Maar dat moment kwam niet en toen ze uiteindelijk op kerstavond samen met zijn privévliegtuig naar de Caraïben waren gevlogen, had hij de hele vlucht met twee zakenlui zitten praten die zich op het laatste moment bij hen hadden gevoegd.

Dus ook op Crofters had Thea gedaan alsof ze ziek was en zich opgesloten in haar torenkamer. En terwijl de dagen en nachten zich aaneenregen tot weken, was er van haar vastberadenheid om alles aan haar vader te vertellen, geleidelijk aan niets meer overgebleven.

Want misschien had Brett wel gelijk. Misschien zou haar vader haar inderdaad niet geloven. En Storm zou onvoorwaardelijk partij kiezen voor haar zoon. Trouwens, misschien had Brett in een ander opzicht ook wel gelijk en was het haar eigen schuld wat er was gebeurd. Misschien had ze het uitgelokt. Als ze 'zo'n meisje was dat alles met zich liet doen' had ze misschien onbedoeld het verkeerde signaal afgegeven.

Ze werd heen en weer geslingerd tussen verontwaardiging en schuldbesef. Als gevolg was haar gevoel dat ze alleen stond en dat ze niemand had die ze in vertrouwen kon nemen, alleen maar sterker geworden. Ze stond echt helemaal alleen. Vroeger was Michael er altijd voor haar geweest. Maar zelfs al had ze geweten waar hij was, hoe zou iemand als hij – zo eerlijk, zo integer – haar ooit nog kunnen respecteren na wat Brett had gedaan?

Thea was opgelucht geweest toen ze terug kon naar Engeland. Maar 's nachts, in de slaapzaal, zonder echte vriendinnen, had ze zich soms wel wanhopig gevoeld. En terwijl de maanden traag verstreken, was Thea hoe langer hoe schuwer en eenzelviger geworden. Toen de zomer aanbrak had ze ervoor gekozen om naar een tenniskamp in Frankrijk te gaan, in plaats van naar Amerika, uit angst voor Brett. Inmiddels was het herfst en hoewel de acute schok en weerzin over zijn aanranding waren weggeëbd, voelde Thea zich soms nog steeds wanhopig. Net zo wanhopig als dat meisje bij de ondergrondse.

Maar Bridget leek geen oordeel over haar te vellen, dacht Thea. Althans, niet in negatieve zin. Thea had verwacht dat ze al snel zou teruggaan naar de anderen, maar daar maakte ze geen enkele haast mee. Integendeel, ze bleef bij Thea toen ze de weg overstaken en doorliepen tot de rivier in zicht kwam.

'Heerlijk!' Bridget vulde genietend haar longen. 'Ik ben dol op deze tijd van het jaar!'

'Ik ook,' bekende Thea.

De frisse avond deed haar denken aan vroeger, aan Little Elms. De dwarrelende bladeren van de platanen, de skyline die was vervaagd tot een verzameling donkere contouren, de gietijzeren lantaarnpalen die hun schijnsel op het plaveisel wierpen, de boten die onder de bruggen over de Theems gleden... Plotseling bleek de avond waar ze zo tegen op had gezien, rijk aan kansen en mogelijkheden.

Ze keerde zich naar Bridget, een beetje ongemakkelijk onder haar kritische blik.

'We hebben nooit echt met elkaar gepraat, hè?' Bridget glimlachte.

Thea schudde haar hoofd. Ze was bang om het te bederven door iets verkeerds te zeggen. 'We zitten naast elkaar bij biologie.'

'Ja, maar dán kan ik niet met je praten! Dan heb ik het veel te druk met jouw antwoorden overschrijven!' Bridget schaterde het uit bij het zien van Thea's geschokte gezicht. 'Grapje!'

Thea lachte nu ook, maar ze voelde zich nog altijd onzeker. 'O, dat zou ik niet erg vinden, hoor. Poppy schrijft ook alles van me over.'

'Dat doet ze bij iedereen. Maar met de examens is ze ons allemaal de baas. Dat zul je zien.'

'Denk je dat?'

Bridget begon weer te lachen. 'Dat denk ik niet alleen, dat weet ik wel zeker. O, Thea! Dat vind ik zo leuk aan jou. Je bent zo anders en zo Amerikaans. Heb je het nou nóg niet door?' Bridget boog zich naar haar toe. 'Het is niet cool om hard te werken,' fluisterde ze. 'Tenminste...' Ze stak een vinger op. 'Anderen mogen niet zien dat je hard werkt. Dus in de vakanties zit iedereen als een gek te ploeteren.'

'Hé, Bridget! Heb je een nieuwe vriendin?' riep een van de meisjes achter hen.

Bridget draaide zich om. 'Ach, val dood!' Toen schoof ze haar arm door die van Thea, alsof ze al jaren vriendinnen waren.

Op weg naar het theater ging Bridget langzamer lopen, zodat de anderen hen inhaalden. Het kon haar ineens niet meer schelen dat Arabella en Marcia voorop liepen. Sinds Marcia's feestje die zomer was ze gaan twijfelen aan haar omgang met die twee. Eigenlijk waren het rotwijven. Het enige wat ze deden, was anderen bekritiseren. Alsof zij zo perfect waren!

En Thea Maddox bleek lang niet zo'n trut als ze altijd hadden gedacht. Het was best wel cool zoals ze dat meisje bij de ondergrondse geld had gegeven. Zoiets spontaans zouden Arabella en Marcia en de rest nooit hebben gedurfd. Thea was anders. Ongetwijfeld een kwestie van goede opvoeding. Bridget stelde zich voor wat haar vader van haar zou vinden. Hij zou vast en zeker erg over haar te spreken zijn en waarschijnlijk met een of andere hippische beeldspraak komen. Bridget glimlachte bij de gedachte.

Als ze eerlijk was moest ze toegeven dat zij ook niet bepaald aardig was geweest tegen het Amerikaanse meisje, vooral in Thea's eerste tijd op St. Win's. Ze was dan ook zo'n gemakkelijk doelwit, al was het maar omdat ze bijna nooit iets terugdeed. Bovendien gebruikte ze van die rare woorden. Ze zei 'jelly' in plaats van 'jam', en 'vacations' in plaats van 'holidays'. En ze was zo serieus! Zo'n blokker, altijd met haar neus in de boeken. Wat ze ook tegen haar zeiden, Thea beklaagde zich blijkbaar nooit bij haar ouders, dus de meisjes wisten dat ze hun gang konden gaan.

Eigenlijk had Bridget het van meet af aan wel stoer gevonden dat Thea nooit op pesterijen inging. En dus had ze al in het begin van het schooljaar overwogen vriendinnen met haar te worden. Het was er echter niet van gekomen. Bridget was toen dik bevriend geweest met Marcia en Poppy, en die hadden een hekel aan Thea. Ze hadden Bridget alles verteld over Thea's moeder, Alyssa McAdams, die was overleden aan kanker. Marcia had beweerd dat kanker besmettelijk was en dat Thea er waarschijnlijk ook aan dood zou gaan.

Dat was natuurlijk onzin, wist Bridget, maar ze kon zich niets ergers voorstellen dan dat háár moeder dood zou gaan en daarom had ze Thea ontlopen. Inmiddels was ze gaan beseffen dat Thea iets droefgeestigs uitstraalde. Zou dat nog steeds door het verdriet om haar moeder komen? Of was er recentelijk iets gebeurd? Nu ze erover nadacht, viel het Bridget op dat Thea de laatste tijd zo mogelijk nog eenzelviger was geworden en dat ze de afgelopen maanden aardig wat gewicht had verloren.

Zoals ze daar liep, in haar rode jas, viel het Bridget voor het eerst op hoe knap ze was. Rijzig, met hoge jukbeenderen en sprekende lichtblauwe ogen, een onberispelijke huid en lang blond haar. Elegant en sierlijk, als een zwaan. En het leukste was dat ze zich daar totaal niet van bewust was.

Bridget had behoefte aan een nieuw 'project', en daar was Thea geknipt voor, dacht ze. Wat kon het haar schelen dat die rare Thea Maddox het minst populaire meisje van de school was? Daar zou Bridget radicaal verandering in brengen. En daar was helemaal niet zoveel voor nodig. Hippere kleren, een nieuw kapsel, en bingo! Bridget zou trots kunnen zijn op haar metamorfose. Misschien kon ze Thea overhalen om haar haar te laten permanenten, dan leek ze sprekend op Kelly McGillis in *Top Gun* – wat een geweldige film! Of ze kon ook kiezen voor punk en een boblijn nemen, zoals Debbie Harry. Die had er de vorige avond bij *Top of the Pops* echt spectaculair uitgezien. Wat het ook zou worden, Bridgets handen jeukten!

Ze keek om zich heen, om zeker te weten dat er geen leraren in de buurt waren, en haalde een pakje Marlboro uit haar zak.

'Nee, dank je.' Thea deinsde achteruit. 'Ik... ik rook niet.'

Bridget haalde twee sigaretten uit het pakje en stak ze allebei aan met haar Zippo. Ze nam een trek, toen gaf ze een van de sigaretten aan Thea.

'Je moet het gewoon proberen,' zei ze, terwijl de rook in kleine wolkjes uit haar mond kwam. Thea pakte de sigaret aan, maar wist niet goed hoe ze hem moest vasthouden. Bridget sloeg haar glimlachend gade. Aarzelend nam Thea een trekje, ze blies uit en drukte haar vuist tegen haar mond toen ze gesmoord begon te hoesten.

'Geeft niks. Dat gebeurt de eerste keer altijd,' stelde Bridget haar gerust. 'Je hebt het zo te pakken.'

Dus Thea Maddox was blijkbaar net zo onschuldig als ze eruitzag, dacht Bridget, terwijl ze door de kringetjes die ze uitblies naar haar nieuwe vriendin opkeek. Petje af, want ze had het toch maar geprobeerd. Ze had het bij het rechte eind gehad, besefte Bridget. Thea was niet zo saai en degelijk als ze leek.

'Waarom hebben ze allemaal zo'n haast om binnen te komen?' vroeg Thea met een blik op de andere meisjes die zich giechelend verdrongen voor de glazen deuren van het theater.

'Nou, Amanda heeft net haar toelage gekregen van haar vader, dus die trakteert op wodka-tonic als de leraren even niet kijken. En bovendien komen de jongens van King Edward vanavond ook naar de voorstelling.'

'O.'

'Heb je weleens een vriendje gehad?' vroeg Bridget.

Thea schudde haar hoofd.

'Echt niet?'

Thea schudde nogmaals haar hoofd, maar Bridget zag dat ze bloosde.

'Volgens mij ben je niet helemaal eerlijk,' zei ze.

'Nee, zei ik!' snauwde Thea. Bridget zag de boosheid in haar ogen.

'Rustig maar. Ik wil het niet eens weten. Dat gedoe met jongens. Het is zo onnozel! Vind je ook niet?'

'Precies,' zei Thea, duidelijk opgelucht. Haar wangen kregen weer hun gewone kleur.

Bridget schoof haar arm door de hare. 'Hé, ik bedacht net iets.' Ze hield Thea staande. 'Hou je van rijden? Paardrijden, bedoel ik? Net als je moeder?'

Ze merkte dat Thea verstijfde bij het noemen van haar moeder, dus ze was bang dat ze opnieuw te ver was gegaan. Maar Thea glimlachte.

'Nou en of! Vroeger reed ik elke dag. Ik heb het al een tijd niet gedaan, maar het lijkt me heerlijk om het weer op te pakken.'

'Oké, cool! Dan ga je dit weekend met mij mee naar huis.'

'Echt waar?'

'Echt waar.'

'Maar je andere vriendinnen dan? Gaan die niet...'

'Vast wel,' zei Bridget. 'Maar dat is het eerste wat je moet leren als we vriendinnen worden...'

'O? Wat dan?'

'Er bestaat niks leukers dan dat anderen je belangrijk genoeg vinden om krengerig tegen je te doen. Echt waar! Zolang je maar weet hoe je het spelletje moet spelen.'

Tegen de tijd dat het vrijdag was, kon Thea zich al bijna niet meer voorstellen hoe het leven zónder Bridget was geweest. Ze had maar één iemand nodig die haar cool vond, om ook echt cool te zíjn. Het was bijna zielig hoe gelukkig en dankbaar ze zich voelde. Soms had ze de neiging zichzelf te knijpen om zeker te weten dat ze niet droomde.

's Avonds in de slaapzaal was Thea niet langer alleen. Ze 'hoorde erbij' en luisterde naar Bridget en Tracy en Suze wanneer ze op Bridgets bed zaten, omringd door posters van Culture Club en Duran Duran, terwijl ze Suzes verzameling *Jackie*'s doorbladerden. Ze praatten over jongens die ze stiekem leuk vonden en wanneer Thea vertelde over vroeger, over Michael, waren ze allemaal een en al oor. Het klonk super, zeiden ze, en ze konden zich voorstellen hoe geweldig Michael was geweest.

Maar het fijnste van alles was dat Thea dankzij haar vriendschap met Bridget niet langer werd beheerst door de herinnering aan wat Brett had gedaan. Het leek wel alsof Bridget met al haar bruisende energie Thea's twijfels en angsten op de vlucht had gejaagd. Ze zou niet meer aan Brett denken, nam Thea zich voor. En ze zwoer dat ze nooit – tegen niemand, ook niet tegen Bridget – ook maar één woord zou loslaten over wat er tussen Brett en haar was gebeurd.

Voor het eerst sinds ze afscheid had moeten nemen van Little Elms, voelde Thea zich weer gewoon. Ze had eindelijk het gevoel dat ze dat ook verdiende. Dankzij Bridget leerde ze al snel zich niets aan te trekken van Alicia en alle andere rotmeiden die hatelijke opmerkingen maakten wanneer Bridget en zij gearmd door de gangen liepen. Bridget leek ervan te genieten hen te provoceren en ze klampte zich alleen maar nog meer aan Thea vast. Het ging erom dat je goed in je vel zat en zeker was van jezelf, besefte Thea. En dat zat bij Bridget wel goed.

Die vrijdagavond in de trein praatten ze honderduit en het gegiechel was niet van de lucht. Thea was razend nieuwsgierig naar het oude huis in de Cotswolds waar Bridget was opgegroeid.

Ze werden van de trein gehaald door Joe, die als knecht op de boerderij werkte. In de tochtige landrover werden ze zo door elkaar geschud dat Thea vreesde voor haar tanden en kiezen.

'Kijk eens aan! Daar is mijn kleine meid!' Begeleid door een kakofonie van gekef en geblaf kwam er een man in tweed uit de stallen naar buiten. Hij omhelsde Bridget vaderlijk.

'Papa, dit is Thea. Van school.'

'Aha! De dochter van onze olympische kampioene! Ik voel me vereerd.'

Thea glimlachte, en voor het eerst sinds heel lang voelde ze niet alleen verdriet om haar moeder, maar ook iets anders. Iets warmers, iets vurigers. Ze was trots op haar moeder!

'Bridget vertelde dat jij ook rijdt?' vervolgde Bridgets vader met een goedkeurende blik op Thea. Hij had een borstelige snor, en onder zijn tweed hoedje dansten er pretlichtjes in zijn ogen, net als bij zijn dochter. 'Geweldig! De jacht begint om elf uur. Bridget zorgt wel voor de juiste plunje.'

'En morgenavond, na de jacht, is er een bal op het landgoed.' Bridget schoof haar arm door die van Thea en loodste haar tussen een groepje blazende ganzen door naar de voordeur. 'Dan wil ik dat je mijn groene jurk aantrekt!'

Ze liepen naar binnen. In de gezellige keuken werden ze begroet door een knappe vrouw met donkerbruin golvend haar, duidelijk Bridgets moeder.

'Bridgey, lieverd!' Ze veegde haar handen af aan een theedoek en omhelsde haar dochter. Nadat ze haar op beide wangen had gekust legde ze haar handen langs Bridgets gezicht. 'Wat zie je er geweldig uit!' Haar ogen straalden van liefde.

'Mam,' zei Bridget gegeneerd. 'Dit is Thea Maddox. Mijn vriendin van school.'

'Ik ben Shelley.' Bridgets moeder schudde Thea de hand. Ze

droeg een veelkleurig, wijdvallend wollen vest en een lange spijkerrok met knoopsluiting. Bedels rinkelden aan haar pols. 'Je
moeder was mijn idool als springruiter. We hebben een tijdje samen op St. Win's gezeten,' vertelde ze.

'Bedoelt u dat u haar kende?' vroeg Thea verbaasd. 'Waren jullie
vriendinnen?'

Shelley knikte. 'Ik zal straks mijn oude schoolfoto's tevoorschijn
halen.'

'O, leuk!' zei Thea blij, op slag helemaal verrukt van Shelley
Lawson.

Ze keek om zich heen in de keuken. Aan de muren hingen foto's
van Bridget bij diverse paardenconcoursen en andere evenementen. Uit de radio schalde muziek en in een hoek van de keuken
stond een mand met drie jonge katjes, die door hun moeder luid
miauwend werden bewaakt. De lange houten eettafel ging bijna
volledig schuil onder kranten, eieren, meel, melk, een fruitschaal
en een typemachine omringd door stapels papier.

'Lukt het een beetje met je boek?' Bridget tilde de theedoek op
die over een schaal met cakejes lag. Shelley tikte haar liefdevol op
de vingers.

'Heel goed. Het is bijna af.'

Het gerinkel van de telefoon voegde zich bij het huiselijke lawaai. Shelley liep erheen om op te nemen.

'Schrijft je moeder boeken?' Thea was onder de indruk. Ze liet
zich op haar hurken zakken om de katjes te aaien.

'Bridge is net thuisgekomen. Met een vriendin,' hoorde ze Shelley zeggen, terwijl ze een mengkom tegen zich aan drukte en de
telefoon tussen haar oor en haar schouder geklemd hield. 'Nee.
Niet zo'n kakker als de rest.' Ze knipoogde naar Thea. 'Zorg dat je
op tijd bent. Je weet hoe je vader is.'

Ze hing op. 'Dat was Tom,' zei ze bij wijze van uitleg.

'Mijn broer.' Toen Shelley het niet zag, stak Bridget haar vingers
in haar mond alsof ze moest braken.

'De Lawsons en de Exmoors komen eten vanavond,' zei Shelley.
'Laat Thea even het huis zien, dan kun je me daarna helpen met
tafeldekken.'

Thea volgde Bridget door een lage, houten boerderijdeur met een klink en een stenen latei naar de zitkamer. Er lag een dik, blauw tapijt, voor de ramen hingen sitsen gordijnen en er brandde een oude houtkachel. In een hoek stond een nogal haveloze piano. Diverse zitjes van banken en stoelen waren door de hele ruimte verspreid. Er was niemand, maar Thea kon zich de kamer moeiteloos vol mensen voorstellen. Het was echt een kamer om met Kerstmis hints te spelen.

'Wat een heerlijk huis!' zei ze tegen Bridget. Ze liep naar een ladekast waarop verschillende foto's stonden in zilveren lijstjes.

'Dat is Tom,' zei Bridget toen Thea er een oppakte. Thea schatte Bridgets broer op een jaar of zeventien. Hij had net zulk haar als Bridget en sproeten, ook net als zijn zus.

Thea bestudeerde hem aandachtig, totdat Bridget de foto uit haar hand rukte.

'Hij is verschrikkelijk,' zei ze. 'Denk erom dat je niet voor hem valt! Beloof je dat? Want hij deugt niet als het om vrouwen gaat. Hij versiert je en dan laat hij je weer vallen.'

'Wow!' Thea was verbaasd en geschokt door de manier waarop Bridget over haar broer sprak.

'Ik meen het echt. Dus ik wil dat je met een grote boog om hem heen loopt. Anders kunnen we geen beste vriendinnen zijn.'

Thea legde lachend haar hand in die van Bridget, dolgelukkig dat ze eindelijk een beste vriendin had. 'Afgesproken.'

Maar ondanks Bridgets waarschuwing zag Thea toch uit naar de komst van Tom Lawson. Ze was nieuwsgierig of hij in het echt net zo knap was als op de foto.

Ze had nog nooit een echte Engelse jacht meegemaakt. Ze genoot van de sfeer toen de paarden zich voor het eeuwenoude elizabethaanse landhuis verzamelden, een eindje verderop langs de weg, met zijn ruitvormige ramen en zijn talrijke schoorstenen. Er waren ongeveer veertig ruiters en de mannen droegen een rood jasje met een witte rijbroek. De mist die in de vroege ochtenduren over de velden had gelegen, was verdwenen, maar de bomen tekenden zich nog altijd wat wazig af tegen de bleke hemel.

'Ad fundum!' zei Bridget met een grijns onder haar zwarte cap. Ze gaf Thea een van de zilveren bekers met sherry die werden rondgedeeld door mannen in lange bruine regenjassen. Net als Bridget sloeg Thea de inhoud in één teug achterover. Ze hijgde even, toen begon ze te lachen.

Thea had van de Lawsons een jonge merrie meegekregen, Frollick. Shelley wuifde naar Bridget en Thea en kwam naar hen toe rijden. In haar jachtkleding leek ze jonger dan de vorige avond, toen ze tot laat rond de knusse keukentafel hadden gezeten.

Thea was in haar comfortabele logeerbed zelfs nog langer wakker gebleven, om de foto's van haar moeder te bekijken die Shelley haar had gegeven. Ze had altijd gedacht dat haar moeder er als jong meisje net zo uit had gezien als zij, maar dat bleek niet zo te zijn. Ze waren weliswaar allebei lang, maar Alyssa had ook vroeger al donker haar gehad. Thea kon er geen genoeg van krijgen om de foto's van haar jonge moeder te bekijken, en ze popelde om haar vader erover te vertellen.

'Ze is in het begin misschien een beetje nerveus, maar dat went vast snel.' Shelley kwam op haar glanzende, kastanjebruine merrie naar Thea toe rijden. 'Wat heerlijk dat je er bent!' zei ze stralend. 'Het is net als vroeger, met Lis.'

'Hebben jullie ook samen gejaagd?'

'Misschien een of twee keer.' Shelley keek glimlachend omhoog, alsof ze probeerde zich iets te herinneren. 'Hoe heette die jongen nou ook alweer? Ze waren onafscheidelijk.' Ze kneep haar ogen tot spleetjes en beet op haar lip. 'Een mooi stel, dat waren ze. O! Ik weet het weer!' Haar ogen begonnen te schitteren. 'Johnny. Johnny Faraday. Wat je noemt: een lekker ding.'

'Johnny?' herhaalde Thea. Ze kon het toch onmogelijk over Johnny hebben? Haar Johnny, van Little Elms?

Het duizelde Thea. *Een mooi stel.* Wat bedoelde ze daarmee? Dat haar moeder en Johnny vroeger verkering hadden gehad?

Maar voordat Thea er verder over kon doordenken, klonk er een hoornsignaal. De meute vertrok, het gezelschap volgde. Thea's hart ging sneller slaan toen ze achter Bridget aan galoppeerde, het eerste hek over, naar de velden daarachter.

Het tempo lag hoog, maar Frollick had duidelijk een eigen wil en zwenkte al spoedig af om een andere route te volgen dan het jachtgezelschap. Thea drukte haar knieën nog steviger aan toen ze een haag in vliegende vaart op zich af zag komen. Met haar hakken stuurde ze Frollick naar een opening in het groen, maar ze besefte te laat dat daarachter een greppel lag.

'Shit!' Ze schoot bijna over Frollicks hoofd, maar wist nog net in het zadel te blijven toen ze met een ruk stilstonden in het modderige water. Gejaagd probeerde ze het koppige dier de diepe greppel uit te drijven, maar er was geen beweging in te krijgen. Frolick hinnikte geërgerd. Ze wilde met haar achterbeen stampen, maar dat zat vast in de modder.

Thea keek koortsachtig om zich heen. Het jachtgezelschap was al een heel eind verder, hoorde ze. Als ze niet snel aansloot haalde ze het nooit meer in en ze had geen idee waar ze was.

Ze sprong uit het zadel en hijgde van schrik toen het ijskoude water over de rand van haar laarzen stroomde. Bedekt met modder klauterde ze tegen de andere kant van de greppel omhoog. Eenmaal daar trok ze uit alle macht aan de teugels, met als enige resultaat dat ze op haar billen naar beneden gleed en voor de tweede keer in het water belandde.

Opnieuw klauterde ze tegen de oever omhoog. Ze streek haar haar uit haar gezicht en keek naar haar jasje en haar rijbroek die ze die ochtend schoon had aangetrokken. Haar kleding was volledig geruïneerd.

'Ik wist niet dat er ook modderworstelen was?'

Als versteend keek Thea op en zag een ruiter aankomen. Toen hij de greppel had bereikt, steeg hij af, en hij liep naar haar toe.

'Lieve hemel,' zei hij lachend. 'Nou, daar ben je mooi klaar mee.'

Hij hielp Thea overeind, nam de teugels van haar over en klakte met zijn tong. Met een ruk aan de teugels wist hij Frollick in beweging te krijgen, de greppel uit, de geploegde akker daarachter op. Toen boog hij zich naar de merrie toe en streek haar over de manen. 'Rustig maar, meisje,' fluisterde hij. Het paard drukte haar neus tegen hem aan, duidelijk vertrouwd met zijn stem.

Daarop keerde de ruiter zich weer naar Thea, die inmiddels ook uit de greppel was geklauterd en stond te klappertanden van de kou.

'Hallo. Ik ben Tom, de broer van Bridget. En jij bent zeker die vriendin van school?' Hij had een diepe stem en er lag een onderzoekende blik in zijn ogen. Thea besefte dat ze vurig begon te blozen. Natuurlijk, ze herkende hem van de foto! Maar in het echt was hij nog veel knapper. Hij had sluik, donker haar en grote, groene ogen met lange wimpers.

De omstandigheden hadden nauwelijks ongelukkiger kunnen zijn. Beschaamd liet ze haar blik over haar kleren gaan. Toen keek ze weer naar hem op. Hij stond haar nog altijd aan te staren. 'Ik ben Thea Maddox,' zei ze zacht.

En op het moment dat hun ogen elkaar ontmoetten, kreeg Thea een raar gevoel in haar buik, alsof ze in een achtbaan zat.

O god! Vergeten was haar belofte aan Bridget. *Dus dit is Tom Lawson?*

10

Juli 1987

De scheepstoeter van de *Norway* loeide. Romy schrok ervan. Ze leunde over de bovenreling van het cruiseschip en hoorde de echo weergalmen over de Hudson.

'Wow,' verzuchtte ze ademloos. Het gebeurde niet dagelijks dat je in New York arriveerde.

Ze stond zo hoog dat het leek alsof ze vanaf een wolk naar beneden keek. Naar de rood-met-witte reddingsboten, naar de wapperende wimpels, naar de langgerekte blauwe romp van de *Norway*, en naar de brede waterweg waar vijf sleepboten reusachtige fonteinen de lucht in spoten om het grootste cruiseschip van de wereld in Amerika te verwelkomen en het veilig de haven in te loodsen.

Het was een magisch moment, dacht Romy, terwijl ze naar het Vrijheidsbeeld keek dat zich wazig aftekende door de zinderende hitte. Aan haar andere kant strekte Manhattan zich uit, de vertrouwde skyline was nog indrukwekkender, nog opwindender dan ze zich ooit had kunnen voorstellen. Zelfs waar ze stond was ze zich bewust van de dynamiek, het bruisen van de wereldstad.

Ze keek achterom, in het besef dat deze kostbare momenten gestolen waren. Ze wist dat Donna en de anderen benedendeks op haar wachtten. Telkens wanneer ze ergens aanlegden, veranderde het schip in een bijenkorf van bedrijvigheid. Dan werd er van Romy en haar collega's verwacht dat ze de handen uit de mouwen staken, de vijfsterrenhutten schoonmaakten en alles in gereedheid brachten voor de nieuwe gasten die aan boord kwamen.

Maar zoiets unieks mocht ze niet missen, vond ze, en ze genoot van het moment.

Ze zou dolgraag aan land gaan, maar zonder toestemming van Mic, de eerste purser, mocht de bemanning geen kort verlof opnemen. Romy wist dat ze er verstandig aan deed te doen wat er van haar werd verwacht en vooral geen aandacht op zichzelf te vestigen. In het afgelopen halfjaar was het Mic geweest die de paspoorten van de bemanning in elke haven die ze aandeden aan de douaneautoriteiten had voorgelegd, en dat van Romy was – net als alle andere – van een stempel voorzien zonder dat er vragen waren gesteld. Tot dusverre was het geluk met haar geweest, maar ze was niet van plan het noodlot te tarten.

Het valse Britse paspoort had haar vier maandlonen gekost, maar het was elke penny meer dan waard geweest. Ze had van de kans gebruikgemaakt om haar naam voorgoed te veranderen. Gerte Neumann bestond niet meer. Tegenwoordig heette ze Romy Jane Valentine. Romy, omdat dat de naam was die Claudia haar had gegeven en omdat die voelde als het enige wat echt van haar was. Jane omdat het Engels klonk. En Valentine omdat Romy dol was op romantiek. Met zo'n naam wist ze bijna zeker dat niemand uit Duitsland haar ooit zou weten te vinden.

Ze had ook een vals geboortebewijs, waarin stond dat ze was geboren in een dorpje vlak bij Reading, in Engeland. Een gehucht van anderhalve man en een paardenkop. Christian was er ooit doorheen gekomen met de trein, had hij haar verteld.

Ze zuchtte weer en stuurde een schietgebedje op de wind mee voor haar vriend. Christian zou het hier geweldig hebben gevonden. Maar sinds er bij hem aids was geconstateerd, werden zijn dagen niet langer gevuld met reizen, maar met een uitputtend programma van counseling en experimentele behandelingen in Londen. Dat had hem er niet van weerhouden Romy aan te moedigen om de wereld te verkennen. Zij was zijn kans om nog iets te doen met zijn leven, had hij gezegd. Via haar beleefde hij nog altijd nieuwe avonturen.

Ze zou hem de volgende dag een kaart sturen, nam ze zich voor. In gedachten zag ze hem in zijn vertrouwde kamer, in het hotel bij Tottenham Court Road, met de kaarten die ze het afgelopen halfjaar had gestuurd aan de muur. Kaarten uit Puerto Rico, Miami,

Saint-Barthélemy, St. Lucia. Ze wist hoe belangrijk die voor hem waren en ze dacht aan de kaart van Hotel Amalfi in Italië, die ze zelf jarenlang bij zich had gedragen.

De kaart was, samen met haar kleren, achtergebleven in het appartement van Carlos, op haar eerste dag in Londen. Die nacht had ze Christian leren kennen en waren haar kansen gekeerd. *Het lijkt een ander leven, een andere wereld.*

Ze had in het holst van de nacht door de straten gezworven toen ze langs een stel grote ijzeren vuilnisbakken kwam, waar iemand in witte kokskleding stond te roken. Romy was blijven staan en had haar witte pump uitgetrokken om de reusachtige blaar op haar hiel even te ontlasten. Net op dat moment had de man in kokskleren een keiharde trap gegeven tegen de vuilnisbak waar ze naast stond. Toen hij haar in de gaten kreeg, had hij zich verontschuldigd. In het Duits.

Romy was nog in shock na de beproeving in het bordeel, maar ze had zich getroost gevoeld door de ontdekking dat er blijkbaar nog meer mensen waren die het niet gemakkelijk hadden. Ze had een praatje met hem aangeknoopt. Dankbaar om haar moedertaal te kunnen spreken, had ze hem gevraagd waarom hij zo kwaad was.

'We zijn aan het kaarten,' had Christian geantwoord. 'En ik verlies.'

Romy had door de kier van de deur achter hem een blik in een warme keuken geworpen. Daar hadden ze vast wel iets te eten voor haar.

Ze besloot haar kans te grijpen. 'En als ik het nou eens van je overneem?' had ze voorgesteld.

'Jij?' De Duitser had haar taxerend opgenomen.

Romy had het bankbiljet omhooggehouden dat ze van het meisje bij de ondergrondse had gekregen. 'Ik ben goed. Heel goed, zelfs. We delen de winst.'

Hij had geknikt. 'Oké. Jij je zin. Maar denk erom dat je me niet teleurstelt.'

Die nacht had ze veel geld verdiend, tot grote vreugde van Christian en tot verbazing van Dieter, Gazim, Harry, Bernard en

Luca. Toen na het kaarten bleek dat Romy dakloos was en nadat ze de mannen had verteld over haar vlucht uit Duitsland, had Christian medelijden met haar gekregen en haar de personeelstrap op gesmokkeld naar een leegstaande kamer. Daar was ze eindelijk ingestort. Ze had Christian verteld over Carlos en over haar gruwelijke beproeving met Jimmy.

Christian had haar een dikke knuffel gegeven. 'Je moet het geluk afdwingen,' had hij gezegd. 'En dat heb je gedaan! Want je hebt mij gevonden.'

De volgende morgen had hij haar zorgzaam gewekt, hij had haar een personeelsuniform gegeven en haar hoerenkleren in de verbrandingsoven van het hotel gegooid.

'Het is allemaal nooit gebeurd,' had hij haar op het hart gedrukt. 'Ik heb een afspraak voor je gemaakt bij een dokter, om zeker te weten dat alles in orde is, en daarna vergeet je het. Voorgoed. Zo, en nu moet je opstaan. Ik heb om negen uur een sollicitatiegesprek voor je geregeld bij de manager. Hier heb je een lijst van hotels waar je hebt gewerkt. Stamp die in je hoofd.' Hij gaf haar een vel papier. 'Ik heb gezegd dat ik voor je insta. Volgens mij moet dat genoeg zijn.'

Hij had gelijk gekregen. Romy was nog diezelfde middag in het hotel begonnen. Christian had zelfs een aantal getypte referentiebrieven in elkaar geflanst. Twee dagen daarna kreeg ze de resultaten van het doktersonderzoek. Alles was goed. Nog meer geluk, waar ze volgens Christian recht op had.

Romy had genoten van haar tijd in het hotel. Door met Christian te sporten had ze geleerd met gewichten te werken en haar conditie te verbeteren. Ze had leren koken en schoonmaken, en haar Engels was met sprongen vooruitgegaan. Haar Duitse accent had ze afgeleerd door de personages na te doen in de televisiesoaps waarvan ze dagelijks flarden opving. Uiteindelijk had ze een perfecte Bet Lynch uit *Coronation Street* en Sharon Gless van *Cagney & Lacey* op haar repertoire staan.

Maar het meest genoot ze van alle verhalen van de jongens, 's avonds bij het pokeren. Over hun geheime contacten en netwerken, over hun bestaan als verschoppeling. Voor Romy was het allemaal herkenbaar. Met veel van de hotelgasten maakte ze een praatje. Later zocht ze dan alle plekken waar ze waren geweest op in de atlas die ze in de winkel van het Leger des Heils had gekocht, samen met een groeiende verzameling excentrieke kleren en schoeisel.

Toen Christian ontdekte dat ze ernaar snakte de wereld te verkennen, had hij haar in contact gebracht met een vriend die als kok op een cruiseschip werkte. De Norway. Zodra Romy via Yanos – een Pool die tegen betaling alles kon leveren – een paspoort had geregeld, had ze gesolliciteerd en ze was aangenomen.

Ja, het begon erop te lijken, dacht ze, terwijl ze opnieuw over de reling keek, naar New York en naar de glimmende auto's die ze in de verte langs Central Park zag rijden. En naar de gebouwen. Verbijsterend! Haar blik gleed naar een wolkenkrabber met een reusachtige goudkleurige M op het dak. Hoe zou het zijn om daarbovenop te staan?

Dichterbij, aan boord van de *Norway*, hoorde ze het gegil van kinderen in het zwembad op het achterdek. Flarden van *When the Saints Come Marching* drongen tot haar door van de band die zat te spelen. Toen schrok ze van een stem vlak achter haar.

'Wat doe jij nou?' vroeg Donna met haar ongepolijste Australische accent. Ze leunde buiten adem over de reling. 'Ik heb overal naar je gezocht!'

Donna was Romy's vriendin en ze deelden samen een hut. Haar uiterst kort geknipte blonde haar was schuin naar achteren gekamd en ze had een lange pony die ze toupeerde. Ze was klein van stuk, had een aanstekelijke lach en kon een vent die drie keer zo groot was als zij moeiteloos onder de tafel drinken.

'Als we eenmaal hebben aangelegd, is er een feestje. Clark heeft wat vrienden om je aan te koppelen.' Donna wiebelde suggestief met haar wenkbrauwen.

Romy kon zich niets ergers voorstellen dan te worden gekoppeld aan een van Clarks vrienden. Er werd heel wat gescharreld tussen de leden van de bemanning en daar deed niemand geheimzinnig over. Maar Romy had zich tot op dat moment afzijdig weten te houden. Er waren genoeg leuke mannen aan boord, maar ze waren nooit leuk genoeg, vond Romy. Anders dan Donna, die voortdurend verliefd was.

'Wat vind je van Dwight?' Donna sperde haar ogen wijd open. 'Hij is weer single.'

Romy lachte terwijl ze aan de pukkelige barkeeper dacht. 'Denk je nou echt dat ik iets met Dwight zou beginnen?'

'Hij is hartstikke aardig en hij vindt je geweldig. Dat heeft hij zelf tegen me gezegd.' Ze nam Romy doordringend op. 'Als je wat wilt, moet je niet al te kieskeurig zijn.'

'Wie zegt dat ik wat wil?' Romy gaf haar een speelse por. Donna had geen idee van het soort man waar Romy van droomde. Het zou dwaas klinken als ze het hardop zei, maar na alle boeken die Romy had gelezen, bleef ze hardnekkig geloven in het bestaan van de prins op het witte paard. In plaats van dat te zeggen, gaf ze echter een praktische reden waarom ze geen zin had in Dwight. 'Vergeet je de konijnenkiller niet?'

Donna knikte. Daar zat iets in, moest ze toegeven. Susie, de ex-vriendin van Dwight, had dankzij *Fatal Attraction* – op dat moment de meest bekeken film in de bemanningsmess – die bijnaam gekregen omdat ze de teddybeer die Dwight haar had gegeven, in een vlaag van hysterie aan stukken had gescheurd. Dus alleen al daarom gaf Romy er de voorkeur aan met een wijde boog om hem heen te lopen.

'Dank je wel. Maar ik heb geen belangstelling,' zei ze op een toon alsof het onderwerp daarmee voor haar gesloten was.

'Kom nou, Romy. Je bent jong, je ziet er goed uit. Voor een Engelse. Maar daar kun je ook niks aan doen,' zei ze plagend. 'Als je nú niet een beetje van het leven geniet, wanneer ben je dat dan wel van plan?' vervolgde ze, en Romy moest lachen, want dat zei ze altijd. 'Ik hoor het al. Ik kan me de moeite besparen. Dus laten we maar weer aan het werk gaan. Trouwens, dat vergeet ik bijna. Jij staat vanavond aan de tafels, toch?'

'Ja, dankzij jou,' zei Romy.

Twee Amerikaanse bemanningsleden hadden gevraagd of ze van boord konden wegens familieomstandigheden, met als gevolg dat Romy tijdelijk tot tweede croupier was gepromoveerd toen

Donna aan Heston, de casinomanager, had verklapt dat Romy een uitstekend pokeraar was en razendsnel met cijfers. Die avond zou ze voor het eerst in het Monte Carlo-casino aan het werk gaan.

'Denk maar aan alle fooien,' zei Donna. 'Die kun je bewaren tot je eindelijk zover bent om plezier te gaan maken.'

Het was die avond druk in het casino en Romy genoot met volle teugen van de sfeer, de geluiden, de spanning, de opwinding, de rondsuizende cilinder van de roulette, het geratel van de fiches. Behalve de rijke, veeleisende gasten van de *Norway*, kwamen er ook inwoners van Manhattan aan boord, benieuwd naar alles wat het beroemde cruiseschip te bieden had. Zo kwam het dat Heston, de bedrijfsleider, Romy al meer verantwoordelijkheid had gegeven dan ze had verwacht.

'Je doet het prima,' zei hij toen ze een langdurige *seven card stud* had afgesloten. Heston wenkte een man in een croupiers-jasje. 'Dit is Xavier!' riep hij om boven de herrie uit te komen. Xavier zag eruit als een Spanjaard, met bruine ogen en een sluike pony. 'Hij woont in New York, maar hij was bereid ons van-avond uit de brand te helpen.' Heston sloeg Xavier op de schouder. 'Hé, Xav! Kunnen we je niet overhalen om terug te komen op de *Norway*?'

'Misschien,' luidde het antwoord.

Romy was zich bewust van zo'n onverwachte fysieke reactie dat ze zichzelf moest dwingen haar blik af te wenden. Wie wás deze man? En stond de verwarming soms hoger? De vlammen sloegen haar ineens uit.

Ze was zo verlegen dat ze niets wist te zeggen toen ze samen met Xavier de tafel in gereedheid bracht. En ze kon haar ogen niet afhouden van zijn sterke, lenige vingers terwijl hij de fiches op stapeltjes legde. Alles leek ineens intenser – Whitney Houston die uit de luidsprekers klonk met *I Wanna Dance With Somebody*, de geur van sigaretten en parfum, het heldergroene laken van de speeltafel, de hitte, de condens op haar glas met ijswater.

Toen hij begon te praten, deed hij dat op een toon alsof ze elkaar al jaren kenden. Romy's blik werd naar zijn lippen getrokken, naar zijn modieuze baardje. Hij vertelde dat hij ooit eerste croupier was geweest op de *Norway* maar inmiddels een eigen bar was begonnen in Brooklyn.

Mag ik mee? Alsjeblieft! Maar ze kende hem amper, hield ze zichzelf voor, ontmoedigd door haar gevoelens die steeds sterker werden. Van alle mannen die ze tot dusverre op de *Norway* had ontmoet, kon er niet een zelfs maar in zijn schaduw staan! Maar wat moest ze daarmee? Ze was hier om te werken.

Maar toen het spel eenmaal begon, was ze gefascineerd door de ontspannen manier waarop hij de gasten voor zich wist in te nemen. Hij bleef professioneel, maar zoals hij de vrouwen complimentjes maakte, zoals hij de mannen feliciteerde wanneer ze hadden gewonnen... Iedereen was van hem gecharmeerd en Romy kon zich maar al te goed voorstellen dat Heston dolblij was Xavier weer een avond aan boord te hebben.

'Jij moet naar die tafel, Romy.' Heston gebaarde met zijn hoofd naar de tafel bij de bar, waar een luidruchtig groepje mannen cocktails stond te drinken. 'Zij zijn hierna.'

Met tegenzin liep Romy erheen en begon met een nerveuze glimlach de kaarten en de fiches te ordenen. De mannen zagen eruit als patserige zakenlui – yuppen, werden ze tegenwoordig genoemd, had ze ergens gelezen – met hun glad achterovergekamde haar en hun strakke, glimmende pakken. Romy keek naar Xavier. Hij schonk haar een geruststellende knipoog, die ze met een glimlach beantwoordde.

'Hebben we iets te vieren, heren?' Ze verdrong haar zenuwen en probeerde zich iets van Xaviers zelfverzekerdheid aan te meten terwijl ze de kaarten deelde.

'Sean moet er volgend weekend aan geloven. Hij gaat trouwen!' zei een van de mannen met een dubbele tong. Hij sloeg dronken een arm om de schouders van zijn vriend.

Ze speelden slecht, luid brullend wanneer ze verloren van het huis. Toch gingen ze door, dankzij de vlezige blonde die steeds opnieuw fiches ging halen bij de kassier. Hij had een opschepperige, arrogante manier van doen die nog werd versterkt doordat alle anderen naar hem opkeken.

Het ontging Romy niet hoe hij naar haar keek terwijl ze de fiches uitdeelde. Hij was dronken, net als de anderen. Maar hij had een kwaaie dronk. Geen vrolijke zoals Sean, die nauwelijks op zijn kruk kon blijven zitten.

'Hebben wij elkaar al niet eerder ontmoet?' vroeg de blonde in een pauze tussen twee spellen, toen een van de gastvrouwen langskwam met drankjes. 'Je komt me zo bekend voor.'

'Nee.' Ze deed haar best om te glimlachen. Maar iets in zijn ogen maakte haar onzeker. De blik daarin was koud, taxerend. Zulke ogen had ze eerder gezien.

Bij Fuchs.

Niet meer aan denken! Dat is nooit gebeurd.

Maar de diep weggestopte herinnering was dwars door de muur van haar leugens heen gedrongen, en haar hart bonsde in haar keel terwijl de blonde haar bleef aanstaren. Hij haalde een van de nieuwste snufjes uit zijn zak – een mobiele telefoon – en deed alsof hij iemand belde, duidelijk om indruk op haar te maken. Toen stopte hij het toestel weer weg.

In de volgende pauze, toen zijn vrienden opnieuw waren afgeleid, pakte hij haar hand.

'Ik geef je vijfhonderd dollar als je met me mee naar huis gaat,' zei hij op gedempte toon.

Romy trok haar hand weg. Haar wangen begonnen te gloeien.

Op dat moment zwaaide Sean ongecontroleerd met zijn arm, hij raakte het blad met drankjes dat de serveerster hem voorhield, en de glaasjes belandden op de grond, samen met een fles tequila.

'Oké, vriend, tijd om naar huis te gaan.' Xavier kwam aanlopen. Hij ondersteunde Sean toen die zich van zijn kruk liet glijden.

'Kom op, man. Het was een ongelukje!' protesteerde een van Seans vrienden.

'Sorry. Regels zijn regels. Je moet rechtop kunnen zitten om te mogen spelen. Dus als ik jullie was, zou ik mijn maat maar mee naar huis nemen, jongens.'

Hij hielp Sean naar de deur en hoewel de anderen protesteerden, bleven ze er vrolijk bij. De blonde vertrok als laatste.

Hij boog zich dicht naar Romy toe. 'Mocht je nog van gedachten veranderen, dan geef ik je duizend dollar.' Zijn adem rook naar whisky. 'Je bent prachtig!'

Met die woorden schoof hij een visitekaartje over het groene laken naar haar toe, met daarop zijn naam in goudreliëf.

Toen haar dienst erop zat en de laatste gokkers strompelend naar bed waren verdwenen, bleef Romy nog even hangen in de hoop samen met Xavier te vertrekken. Haar ogen brandden van vermoeidheid. Buiten werd de skyline van New York beschenen door de eerste zonnestralen, die de Twin Towers deden oplichten.

'Alles goed?' vroeg Xavier toen hij haar hoorde zuchten.

'Ja hoor.' Ze glimlachte.

'Je deed het geweldig.' Hij trok zijn jasje uit en hing het over zijn schouder. 'Het was behoorlijk zwaar. Zelfs voor een ouwe rot als ik.'

Nu hij zijn jasje had uitgetrokken, viel het haar pas op hoe breed en gespierd zijn schouders waren, ondanks zijn slanke postuur. Blijkbaar sportte hij veel.

'Ga je nu terug naar huis?'

Hij knikte. 'Ik heb een appartement in Manhattan.'

Wat klonk dat geweldig, indrukwekkend, betoverend! Ze liet haar hand over de houten reling gaan, die in het zonlicht glansde als goud.

'Dus je overweegt niet om weer aan boord te komen?' vroeg ze hoopvol.

Xavier lachte. 'Ik mis het wel. Maar je moet het niet te lang doen. Dan stomp je af.'

'Ben je er daarom mee gestopt?'

'Ik kreeg iets met een serveerster. Een leuke meid, maar aan de wal bleek het geen succes. Op het schip is je perspectief verwrongen. Dan zie je mensen niet zoals ze echt zijn.'

Zag hij haar zo? Als iemand met een verwrongen perspectief? Ze hoopte van niet. Want ze kon haar ogen niet van hem afhouden. Ze móést hem blijven aankijken.

'Trouwens, je pakte die kerels goed aan. Heston was onder de indruk.'

Romy haalde het visitekaartje uit haar zak en het geld dat de blonde haar had gegeven.

'Deze stelde zelfs voor dat ik met hem mee naar huis ging!'

'Zulke mensen denken dat alles en iedereen te koop is.'

'Nou, dan vergist hij zich. Brett Maddox,' las ze. 'MD Media Division, Maddox Inc.' Ze scheurde het kaartje in kleine snippers, die ze als confetti naar het water in de diepte liet dwarrelen.

'In één opzicht had hij gelijk,' zei Xavier toen ze boven aan de trap bleven staan.

'O?'

'Je bent inderdaad prachtig, Romy.'

Ze staarde hem aan. Door de gedempte toon waarop hij het zei, door de intieme klank van zijn stem, was het ineens gedaan met de vrijblijvendheid. En toen ze in zijn ogen zag dat hij het meende, kon ze de verleiding niet langer weerstaan. Ze deed een stap naar hem toe, ging op haar tenen staan en kuste hem.

'Sorry,' fluisterde ze. 'Ik weet niet wat me bezielde.'

Hij glimlachte en streelde haar wang. Toen boog hij zijn hoofd, hij nam haar in zijn armen en kuste haar. Loom, sensueel.

'Kom,' zei ze. 'Dan gaan we naar mijn hut.'

Er werd weinig gezegd terwijl Romy hem door de doolhof van gangen loodste. Ze voelde zich meegesleurd door iets waarover ze geen controle had. Het duizelde haar. Wat betekende dit? Wat moest hij wel niet van haar denken? Waarom ging het allemaal zo plotseling?

Ze deed de deur open, opgelucht dat Donna er niet was en dat de kleine hut er redelijk netjes bij lag. Haastig liep ze naar haar onderbed, ze ordende de stapel boeken ernaast en ze legde de Danielle Steel erbij die opengeslagen op haar kussen had gelegen. Bevend over haar hele lichaam streek ze het bed glad.

'Kom eens hier.' Hij ging achter haar staan en kuste haar in haar hals. Door zijn kleren heen voelde ze zijn erectie tegen haar dij. Ze draaide zich om in zijn armen en kuste hem terug. Toen lieten ze zich op het smalle bed vallen, en hij ging op haar liggen, maar zonder haar te vermorzelen, zoals Jimmy dat had gedaan. In plaats daarvan streelde hij het haar uit haar gezicht en keek diep in haar ogen. Aandachtig, geconcentreerd.

'Weet je het zeker?' vroeg hij.

'Ja,' fluisterde ze. 'Ja.'

Om vijf uur die ochtend probeerde Donna lachend en aangeschoten de sleutel in het slot te krijgen. Ze was weggeglipt van het feestje in de hut van Clark om haar geheime fles wodka te halen.

Toen ze de deur eindelijk open had, struikelde ze bijna over de drempel. Ze knipte het licht aan.

Romy sliep. Ze was naakt. Er speelde een zweem van een glimlach om haar mond. Ze verroerde zich niet. Net zo min als de schitterende naakte man die dicht tegen haar aan lag.

'Goed zo, meid,' fluisterde Donna. Ze pakte de fles en liep op haar tenen de hut weer uit.

11

Augustus 1989

'Thirty-love!' Thea rende grijnzend terug naar de baseline terwijl ze onderweg een high five met Bridget uitwisselde.

Aan de andere kant van het net keken Tom Lawson en zijn vriend Finn elkaar aan, waarop Tom zijn armen in de lucht gooide met een blik naar de serviceline, van waar Thea zojuist haar tweede ace had geserveerd.

'Dat is gewoon niet eerlijk!' riep hij. 'Kom op, Bridge! Zeg tegen haar dat het niet eerlijk is.'

'Doe toch niet zo onsportief.' Bridget rende naar het net, pakte de fles water die daar stond en nam een grote slok.

Thea veegde het zweet van haar voorhoofd, onder haar zonneklep, en tuurde naar de vroege ochtendzon die de baan al aardig begon op te warmen. De lucht boven de baseline trilde, zag ze, terwijl ze het handvat van haar racket tussen haar handen liet rollen.

'Ik dacht dat we de hitte vóór waren, maar het wordt nu al te heet.' Bridget reikte haar hijgend de fles aan. 'Pas maar op dat je niet verbrandt.'

Thea glimlachte. 'Nog even. We zijn net zo lekker bezig ze in te maken.' Ze genoot, dus ze vond het zonde om al te stoppen.

'We kunnen het niet veel langer uitstellen, dat weet je. Het is bijna zover,' zei Bridget.

'Uitstellen? Waar heb je het over?' Thea maakte alweer aanstalten om te serveren.

'Théa!' riep Bridget nijdig. 'Ik heb het over de uitslag! We moeten school bellen.'

'Nog even,' herhaalde Thea, en ze liet de gele bal stuiteren op de zinderend hete baan.

Het laatste waaraan ze wilde denken, was school. Ze had er helemaal geen zin in om de secretaresse te bellen voor de uitslag van hun eindexamen. In plaats daarvan schoof ze de werkelijkheid zo lang mogelijk voor zich uit. Net als nadenken over haar toekomst. Ze wilde genieten van het moment. Van het hier en nu.

De laatste weken waren geweldig geweest. Ze hadden gezeild op het jacht van vrienden van de Lawsons en diverse havens in Zuid-Italië aangedaan. Inmiddels verbleven ze in Hotel Amalfi, waar Tom, Bridgets broer, zich bij hen had gevoegd. Samen met zijn vriend Finn zou hij een week blijven. Thea kon haar geluk niet op.

Ze keek naar hem zoals hij daar stond aan de andere kant van het net, klaar voor hun derde partij. Thea was vastbesloten dat Bridget en zij die zouden winnen. Tom was iets door zijn knieën gezakt, met zijn voeten wijd uit elkaar, in afwachting van haar service. Hij had een ongelooflijk atletisch lichaam, maar dat was het niet alleen. Hij bezat een soort sensueel charisma waardoor hij de aandacht trok van alle vrouwen. Altijd. Overal. Bridget en Thea plaagden hem er regelmatig mee, maar terwijl Bridget zich oprecht aan hem ergerde, vond Thea hem diep in haar hart fascinerend. Het leek wel alsof zijn honger naar meisjes – in alle soorten en maten – onverzadigbaar was. Er was er niet een die aan zijn aandacht ontsnapte. Behalve Thea.

Elke avond als ze lag te woelen en te draaien in bed, onderwierp ze alle momenten met hem samen aan een grondige analyse. Vond hij haar leuk? Vond hij haar niet leuk? Maar dan draaide ze zich nijdig om, kwaad op zichzelf omdat ze voor hem was gevallen.

Misschien verdiende ze Tom niet. Ze had er angstvallig voor gewaakt om niet het verkeerde signaal te geven. Want Bretts vernietigende oordeel achtervolgde haar nog steeds. Net zoals ze de herinnering aan dat moment waarop hij zijn lichaam tegen het hare had gedrukt niet van zich af kon zetten. Het moment waarop hij haar had aangerand. Ze voelde zich besmeurd. Een geweldig iemand als Tom onwaardig.

Maar tegelijkertijd was er nog een gedachte die haar niet losliet. Met Tom stelde ze het zich heel anders voor... Als er ooit iets gebeurde, zou hij liefdevol en zorgzaam zijn.

Als.

Ze was gek, wist ze. Het ontbrak haar niet aan aandacht van andere mannen – of althans, jongens – dus waarom had ze haar zinnen gezet op de enige die ze niet kon krijgen? Maar op de een of andere manier versterkte dat haar geheime obsessie alleen maar.

Ze maakte zich zo lang mogelijk toen de bal over haar hoofd zeilde, smashte en rende naar voren. Tom deed een wanhopige poging tot een pass. Maar Thea zag tot haar verrukking dat de bal over de dubbele zijlijn vloog. Uit!

'Ik geef het op,' zei Tom. 'Je bent gewoon te goed voor me.'

Thea keek hem stralend aan. Ach, als dat eens waar was!

In de witte, smeedijzeren schommelstoel op het terras deed Shelley Lawson alsof ze de drukproef controleerde van haar nieuwste roman. Maar onwillekeurig gleed haar blik telkens opnieuw naar de deur van de receptie, waar Thea en Bridget de school belden.

Ze wist hoeveel de uitslag voor hen betekende. Over Bridget maakte ze zich niet zoveel zorgen. Ze kende haar dochter. Dat was net zo'n harde als zij. Al van jongs af aan. Op een korte, opstandige periode na aan het begin van haar tienerjaren, was ze altijd een heel gemakkelijk kind geweest.

Nee, Shelley maakte zich meer zorgen over Thea. Ze had iets breekbaars en ineens voelde Shelley de verantwoordelijkheid zwaar op haar schouders drukken. Hoe ging het verder als Thea was gezakt? Als ze haar dromen niet kon verwezenlijken? Als de twee meisjes niet samen naar Oxford konden?

Arme Thea. Ze had niet echt een gezellig thuis. Shelley voelde het op de een of andere manier als haar plicht om die leemte op te vullen. Alsof ze dat aan Lis verschuldigd was. Haar dierbare jeugdvriendin Lis, die zoveel van haar kleine meisje had gehouden. Het kleine meisje, dat bezig was zich te ontwikkelen tot een mooie vrouw.

Alyssa McAdams. Shelley werd bestormd door zoveel herinneringen dat concentreren verder onmogelijk was. Wat merkwaardig dat het verleden na al die jaren opnieuw haar pad had gekruist! Ze was kwaad op zichzelf omdat ze, totaal onvoorbereid, niet had geweten hoe ze moest reageren. Het was de ironie ten top. Ze vulde haar dagen met het schrijven van romans over het verleden en de geheimen van anderen, maar tegelijkertijd was ze diep geschokt geweest toen Thea in haar leven was verschenen. Want met haar waren ook alle herinneringen teruggekomen aan Lis en aan alles wat er was gebeurd.

Arme Alyssa. Terugkijkend vermoedde Shelley dat ze van meet af aan een beetje verliefd op Lis McAdams was geweest, zoals meisjes verliefd op een vriendin kunnen zijn. En dus begreep ze maar al te goed dat Bridget voor Thea was gevallen.

Maar nu dacht Shelley terug aan die dag waarop Lis zich in haar nood tot haar had gewend en haar had laten beloven dat ze haar geheim aan niemand zou vertellen. En Shelley had zich aan die belofte gehouden. Al die jaren. Zelfs toen Lis naar Amerika was vertrokken en alles achter zich had gelaten.

Dat had natuurlijk pijn gedaan – vooral toen bleek dat Lis haar niet voor haar bruiloft had uitgenodigd – maar Shelley had begrepen dat haar vriendin alles wilde vergeten en een nieuwe start wilde maken.

En Shelley was het ook vergeten. Zelfs Duke, haar man, had ze nooit verteld wat ze al die jaren geleden voor Lis had gedaan.

Maar nu was ze zich ineens weer bewust van de druk die het geheim op haar schouders legde. Het voelde alsof ze op de proef werd gesteld. Maar ze zou standhouden. Ze had al bijna een onvergeeflijke blunder begaan door Thea te vertellen over haar moeder en Johnny. Dat mocht niet nog eens gebeuren. Ze hoopte vurig dat Thea het niet had begrepen, of dat ze er niet verder over had doorgedacht. Tot Shelleys opluchting was ze er nooit meer op teruggekomen. Dus misschien had ze het niet eens goed verstaan. En mocht Thea er ooit nog over beginnen, dan was het alweer zo lang geleden dat Shelley kon doen alsof ze haar verspreking was vergeten en niet wist waar Thea op doelde.

Met haar handen tot vuisten gebald keek ze naar de meisjes. Ze waren nog zo jong. Met hun hele leven nog voor zich. Shelley wenste uit de grond van haar hart dat er nooit iets akeligs zou gebeuren wat tussen hen in kwam te staan, zoals dat met Lis en haar was gebeurd. Dat hun vriendschap nooit op de proef zou worden gesteld door iets wat hen kapot zou maken. Zoals de verdrietige wending van het lot die Thea's arme moeder kapot had gemaakt.

Ineens schoot ze overeind, want bij het zien van de uitdrukking op Bridgets gezicht wist ze dat die maar één ding kon betekenen.

Bij de balie slaakte Bridget een gil, ze liet de hoorn uit haar hand vallen en begon op en neer te springen.

'O, god!' bracht ze hijgend uit.

Thea's hart bonsde in haar keel. 'O, god!' Ze wist ook niets anders te zeggen. Haar mond viel open van verbijstering. Het was bijna niet te geloven! Ze kon wel huilen van opluchting!

Bridget viel haar om de hals en toen sprongen ze samen op en neer.

'Je moet je vader bellen.' Bridget pakte de hoorn die aan het in elkaar gedraaide snoer hing te bungelen en draaide een buitenlijn. Toen gaf ze de telefoon aan Thea. Haar ogen schitterden.

'Toe dan.'

Thea koos het rechtstreekse nummer van haar vader, thuis in Maddox Tower, en beet op haar onderlip terwijl ze wachtte en naar Bridget keek.

Hij had de afgelopen maanden zo ver weg geleken. Ze kon zich haast niet voorstellen dat hij thuis zou zijn. Maar plotseling hoorde ze een klik, de telefoon ging over, en daar was de stem van haar vader.

'Met mij,' zei ze.

'Thea? Wat is er?' vroeg Griffin Maddox. O, natuurlijk! Het was nog nacht in New York. Ze voelde een steen in haar maag terwijl ze in gedachten zijn gezicht voor zich zag.

'Er is niets.' Ze omklemde de hoorn wat strakker, terwijl ze Bridget nog altijd aankeek. 'Ik bel omdat ik... omdat ik geslaagd ben! Ik ga naar Oxford.'

'Storm... Storm! Haal die hond eens weg. Ik hoor niks door dat gekef.'

'Ik ga naar Oxford, papa. Je weet wel. De universiteit. In Engeland. Ik ben geslaagd. Cum laude.'

'Maar ik dacht dat je hier in Amerika zou gaan studeren? Zeg maar naar welke universiteit je wilt. Dan regel ik het voor je.'

Ze hoorde de misprijzende klank in zijn stem en in gedachten zag ze de frons op zijn voorhoofd. Wanneer had ze hem voor het laatst zien lachen? En wanneer had zij hem voor het laatst aan het lachen gemaakt?

Ze kreeg een brok in haar keel. 'Nee. Ik heb gezegd dat ik in Engeland wilde blijven.'

'Maar dat is zo ver weg! Trouwens, waar zit je nu eigenlijk?'

'In Italië. Dat heb ik je verteld. Heb je mijn kaart niet gekregen? Ik heb hem naar kantoor gestuurd.'

Thea voelde dat Bridget een hand op de hare legde.

'Ophangen,' zei ze geluidloos. 'Laat maar. Het doet er nu niet toe.'

Ze wees door de openstaande deur naar buiten, naar het terras, waar Duke en Shelley vol spanning op hen wachtten met een fles gekoelde champagne in een beslagen ijsemmer.

'Nou ja, ik moet ophangen,' zei Thea. 'Ik bel je gauw weer.' Ze legde haastig de hoorn neer. 'Nou, dat ging geweldig.' Het greep haar meer aan dan ze zou willen. De vlakke reactie van haar vader voelde als een slecht voorteken.

'Niet meer aan denken.' Bridget pakte haar bij de arm. 'En je geen zorgen maken. Kom, dan gaan we het pap en mam vertellen.'

Thea haalde diep adem en probeerde zichzelf weer in de hand te krijgen, terwijl Bridget gillend van verrukking naar haar ouders rende. Toen Thea zag hoe die hun dochter omhelsden, voelde ze onwillekeurig een steek van jaloezie.

Waarom had haar vader niet enthousiaster gereageerd? Het leek wel alsof het hem niet kon schelen! Hij had geen idee hoe hard ze had gewerkt om zulke mooie cijfers te halen. Het enige waar hij om gaf, was zijn bedrijf. Nou, ze zou hem eens wat laten zien, nam Thea zich plechtig voor. Ze ging Oxford stormenderhand veroveren, samen met Bridget. Ze zou het gaan maken met haar eigen contacten, haar eigen kwalificaties. Hij kon barsten met zijn Maddox Inc.

Maar ze had het nog niet gedacht of ze moest aan Brett denken. En ze huiverde, want ze wilde niet aan hem denken. Maar als ze haar vaders bedrijf inderdaad de rug toekeerde, dan kreeg Brett vrij spel en werd hij de baas over wat van háár zou moeten zijn. Daar moet je nu niet aan denken, zei ze tegen zichzelf. *Geniet van het moment! Dat mag je niet door Brett en je vader laten bederven.*

Thea liep haastig achter Bridget aan. Shelley pinkte een traantje weg toen ze haar dochter nog even tegen zich aan drukte en haar vervolgens losliet om Thea te omhelzen.

'Hé, wat is er aan de hand?' Tom beklom de treden naar het terras.

'De meisjes zijn geslaagd!' zei Duke, Bridgets vader, met een knipoog naar Thea. 'Onze knappe koppen! We zijn apetrots!'

En ineens, volkomen onverwacht, sloeg Tom zijn armen om Thea heen en wervelde haar in het rond. Terwijl ze ademloos in zijn armen lag keek ze naar hem op. Ze zag haar eigen blozende gezicht in de glazen van zijn Ray-Ban.

Toen boog hij zich naar haar toe om haar op haar wang te kussen. Ze ademde zijn frisse geur in, met een lichte zweem van aftershave, en haar knieën begonnen te knikken.

'Gefeliciteerd!' zei hij zacht.

En ineens was al het harde werken, al het gezwoeg en gepieker de moeite waard gebleken. Tom Lawson had haar eindelijk opgemerkt.

Later die avond genoot Thea van de glamour en de betoverende sfeer in het café aan de haven. Tom en Finn hadden erheen gewild om 'mensen te kijken', maar Bridget schamperde dat ze zelf ook maar al te graag 'bekeken' wilden worden. Misschien had ze gelijk. De jongens zagen er behoorlijk ballerig uit, met een trui om hun poloshirt geknoopt en blauw-witte instappers aan hun voeten. Bovendien hadden ze de beste tafel weten te bemachtigen en ze keken met een bezittersair om zich heen.

Ze hadden erop aangedrongen dat Thea en Bridget zo gingen zitten dat ze van het uitzicht op zee konden genieten. Maar Thea vermoedde dat Tom zich geneerde voor de nieuwste 'look' van zijn zuster. Ondanks de hitte droeg Bridget een wit kanten jurk met hoge Doc Martens-schoenen. Bovendien had ze haar nagels zwart gelakt. Thea had gekozen voor haar favoriete Laura Ashley-jurk met pumps van Gap. De rok was zo kort dat ze zich slecht op haar gemak voelde en ze probeerde de bloemetjesstof over haar knieën te trekken.

'Allemachtig! Wat is dat ding groot!' Thea wees naar het cruise-schip aan de horizon. De lichtjes aan boord knipperden tegen de achtergrond van de donkere hemel. Het schip was waarschijnlijk op weg naar Napels, een eindje verder langs de kust.

'Ik vind het een verschrikking, zulke schepen.' Finn draaide zich om en keek in de richting die ze aanwees. 'Waarom moet het plebs hier de boel ook al zonodig komen bederven?'

Verontwaardiging maakte zich van Thea meester. Ze stoorde zich aan zijn houding. Hij had rode krullen en zijn blauwe kraal-ogen stonden altijd afkeurend, veroordelend. Maar ondanks zijn sarcastische manier van doen leek Tom erg op hem gesteld. Bridget had haar verteld dat ze tijdens een van hun reizen de Kilimanjaro hadden beklommen en volgens Tom kreeg je door zo'n expeditie een band voor het leven.

'Ze hebben toch net zoveel recht om hier te zijn als wij?' zei Thea.

'Nobel gesproken, Thea,' zei Finn hatelijk. 'Zeker als je vader een van de rijkste mannen van Amerika is.'

'Wat weet jij van mijn vader?'

'Genoeg om te weten dat je elke baan kunt krijgen die je wilt. Niet dat een meisje zoals jij ooit echt gaat werken, natuurlijk. Dus een studieplaats op een van de beste universiteiten van Engeland lijkt me nogal een verspilling. En dan ben je ook nog Amerikaanse.'

'Ik zou mijn mond maar houden als ik jou was.' Tom keek van Finn naar Thea. 'Als je niet oppast krijg je de bedrijfsadvocaat op je dak en dat wil je echt niet.'

Toen begon hij over iets anders, maar de avond was bedorven.

En dat werd alleen maar erger toen Finn en Bridget mosselen bestelden tijdens het diner, waar ze allebei misselijk van werden. Tegen de tijd dat Tom en Thea hen hadden teruggebracht naar het hotel, zagen ze allebei groen.

Thea hielp Bridget naar haar kamer en nadat ze wéér had over-gegeven – dat zou de laatste keer wel zijn, dacht Thea – trok ze de Doc Martens-schoenen uit en stopte ze haar vriendin in bed.

'Arme ziel.' Ze bette Bridgets gloeiende voorhoofd met een vochtig doekje. 'Wat een afschuwelijke manier om de dag te be-sluiten. Ga maar lekker slapen.'

'Red je het wel alleen?' vroeg Bridget.

Thea glimlachte. 'Natuurlijk. Het is al laat. Ik denk dat ik ook naar bed ga,' stelde ze haar gerust, hoewel ze wist dat ze eerst haar hoofd moest leegmaken.

'Ja, doe dat maar. Ik wil niet dat je met Tom alleen bent.' Bridget ging liggen. Ze glom van het zweet.

'Hoe kom je daar nou weer bij? En waarom wil je dat niet?' Thea hoorde zelf hoe schril haar stem klonk.

'Omdat... omdat je het hebt beloofd,' zei Bridget.

'Tom? Tom en ik?' zei Thea. 'Doe niet zo gek, Bridge. Je ijlt.'

Maar buiten op het terras, verlicht door snoeren kleine lichtjes, met de warme bries uit zee en het geluid van de zilveren golven die diep beneden over het strand rolden, was het snel gedaan met haar vastberadenheid. Tom zat alleen aan de bar. Hij las het boek dat Thea hem had geleend – *De magiër*, van John Fowles. Ze voelde dat haar hart sneller begon te slaan toen ze onopgemerkt langs hem wilde glippen, op weg naar de treden die naar het strand leidden. Hij keek op en hun ogen ontmoetten elkaar.

'Hoe gaat het met Bridge?'

Ze kwam naar de bar. 'Gammel. En Finn?'

'Finn?' Tom keek haar aan alsof hij al was vergeten waar ze het over hadden. 'O, dat komt wel goed.'

Thea beet op haar lip en sloeg haar ogen neer. Zijn blik was zo intiem dat ze begon te blozen.

'Na al dat overgeven had ik behoefte aan frisse lucht.' Ze wees naar de tuin. 'Ook al denk ik dat ik eigenlijk beter naar bed kan gaan.'

Tom trok een kruk bij. 'Kom even zitten. Dan drinken we samen wat.'

Thea keek naar de kruk en naar Toms verwachtingsvolle gezicht. Waarom zou ze niet iets met hem drinken? Wat was daar verkeerd aan? Ze probeerde niet aan Bridget te denken, ook al doemde haar gezicht levensgroot voor haar geestesoog op.

Omdat je het hebt beloofd...

Maar zijn ouders betaalden haar vakantie, hielp Thea zichzelf herinneren. Hij had geen idee hoe ze zich voelde. Bovendien zou het erg onbeleefd zijn om niet even bij hem te gaan zitten. Tom bestelde een glas witte wijn voor haar. Van binnen drong zachte muziek tot haar door, *Need You Tonight* van INXS, een nummer dat Tom geweldig vond, wist ze. Net als zij.

'Wat een rare avond.' Ze probeerde niet te laten merken hoe gespannen ze was.

'Ach, ik vind het nu alweer een stuk gezelliger.' Tom tikte zijn glas tegen het hare. Thea nam een slokje wijn en lachte nerveus.

'Ik moet me verontschuldigen voor Finn. Dat was erg onbeschoft wat hij zei. Hij is waarschijnlijk gewoon jaloers. Het zit hem dwars dat hij als enige in zijn vriendengroep niet naar Oxbridge gaat.'

'Het geeft niet,' zei Thea.

'Je praat niet vaak over je familie.'

'Ach, er valt niet zoveel over te zeggen. Mijn vader is Griffin Maddox. Hij weet amper dat ik besta. En mijn familie is niet zoals de jouwe. Je hebt geen idee hoe je het hebt getroffen. Je moeder is... Ach, als ze nog had geleefd, denk ik dat mijn moeder net zo zou zijn geweest.'

'Was ze een goede moeder?' vroeg Tom.

Thea keek hem aan. Ze zou met Tom niet over dit soort dingen moeten praten. Maar op de een of andere manier ging het vanzelf.

Ze slaakte een zucht. 'Natuurlijk! Althans, voor zover ik me dat kan herinneren. Maar inmiddels...' Ze zweeg en keek naar het voetje van haar glas.

'Ja?' drong Tom aan. 'Wat wilde je zeggen?'

'Inmiddels voelt ze als een mysterie.'

'Hoe bedoel je? Vertel eens wat over haar. Wat kun je je nog van haar herinneren?'

'Ze zei altijd dat ik een geschenk van God was,' zei Thea. 'Dat heb ik nog nooit aan iemand verteld.' Ze glimlachte naar hem en er fladderden vlinders in haar buik toen ze zag hoe hij haar aankeek. 'Ze leek zo... stabiel, zo betrouwbaar. In die zin dat ik... Nou ja, ik heb altijd gedacht dat ze voor mijn vader de liefde van zijn leven was.'

'En daar ben je nu niet meer zo zeker van?'

Thea haalde haar schouders op. 'Ik vind het zo vreemd dat mijn vader al zo snel is hertrouwd, met een vrouw die de tegenpool is van mijn moeder. En dan zit ik ook nog met die opmerking van je moeder. Over Johnny.'

'Wie is Johnny?'

Thea legde het uit. En terwijl ze hem over Johnny vertelde, en Little Elms, terwijl ze terugdacht aan haar idyllische jeugd, besefte ze opnieuw hoe verdrietig het was dat ze het allemaal voorgoed was kwijtgeraakt. Voordat ze wist wat ze deed, vertelde ze hem ook over Michael.

'Zo te horen was je erg op hem gesteld,' zei Tom. 'Misschien hield je wel van hem...'

'Nee,' zei ze haastig, gegeneerd. 'Daar was ik veel te jong voor. Ik was nog een kind.'

Toch vroeg ze zich af of het liefde was geweest. Niet het soort liefde dat je voelde voor een goede vriend of voor iemand die als een broer voor je was. Nee, een ander soort liefde. Rijper. Het soort liefde dat je in vuur en vlam zette.

'Ik vond het allemaal zo vanzelfsprekend. Alleen werd het me ineens afgenomen,' vertelde ze, emotioneler dan ze wilde.

'Ga je naar die Johnny op zoek?' vroeg Tom.

'Ja. Ik wil weten wat er is gebeurd, lang geleden... toen mijn moeder en hij nog jong waren. Volgens mij is er iets gebeurd en ik ben van plan het te gaan uitzoeken.'

'Ik heb niks met oude familiegeheimen, ook al grossiert mijn moeder ongetwijfeld in dat soort smeuïge verhalen. Maar ik wil ze niet weten,' zei Tom.

Thea begon te lachen. Het idee was ook zo belachelijk. 'Smeuïge verhalen? Jouw ouders? Nee, natuurlijk niet!'

'Nou, wees daar maar niet zo zeker van. Iedereen heeft zijn duistere geheimen.'

'Echt waar? Zelfs jij?'

Hij deed alsof hij nadacht, met pretlichtjes in zijn ogen. Of was het onzekerheid, vroeg Thea zich af.

'Misschien. Eentje. Meer niet.'

'O?' Ze glimlachte. 'Vertel!'

Hij zuchtte, zijn blik rustte op het glas in zijn hand. Wat was hij knap, dacht Thea. Ze keek naar zijn profiel, naar zijn donkere haar dat losjes voor zijn ogen hing.

'Ik ben krankzinnig verliefd op iemand op wie ik niet verliefd zou moeten zijn,' vertelde hij.

Weer een zucht, toen boog hij zich naar voren, en hij legde zijn handen op de hare. Ze deinsde niet achteruit, want ze voelde zich meegesleept. Meegevoerd naar een plek waar ze beter niet heen kon gaan. Dat wist ze, maar het voelde zo zoet, zo verleidelijk.

'Jij voelt het toch ook?' fluisterde hij. Zijn blik vond de hare. 'Wat er is tussen ons... Dat voel jij toch ook?'

'Ik... Tom, nee... ik kan het niet.' Ze wist niet wat ze moest zeggen.

'Wat kan je niet?'

'Dit... met jou.' Maar terwijl ze in zijn ogen keek, bleven de woorden steken in haar keel. Ze wenste dat ze de moed had om hem over Brett te vertellen. Om hem te vertellen hoe onervaren ze was. Hoe naïef ze was als het om seks ging. Hoe doodsbang ze werd bij elke gedachte aan intimiteit.

Ze merkte dat ze beefde. Was dit echt? Of had ze Tom de verkeerde signalen gegeven? Was hij echt verliefd op haar? Kon dat wel? Dat een man als Tom verliefd op haar was? Misschien vergiste ze zich. Misschien had ze hem verkeerd begrepen en zou hij haar afwijzen.

'Bedoel je dat je het niet wilt?' vroeg hij zacht. Hij keek diep in haar ogen. 'Want ik heb deze hele week alleen maar aan jou gedacht. Elke minuut, elke seconde. Ik kon aan niets anders denken.'

Ze kon geen woord uitbrengen. Maar tegelijkertijd zou ze het willen uitschreeuwen, want ze besefte dat ze zich niet langer tegen de waarheid kon verzetten.

'Maar Bridget dan?'

'Wat is er met Bridget?'

'Ik... ik heb beloofd dat ik het niet zou doen. Ik eh...' Haar stem stierf weg. De belofte aan Bridget leek ineens zo kinderlijk.

'Wat wij voor elkaar voelen, dat is onze zaak. Daar heeft zij niets mee te maken.'

Thea wilde nog iets zeggen, ze wilde protesteren, maar het was al te laat. Tom stond op. Zonder zijn blik ook maar één moment van haar af te wenden, haalde hij wat geld uit zijn binnenzak en legde het op de bar. Toen pakte hij haar hand.

'Je hoeft niets te zeggen,' zei hij terwijl ze door de marmeren lobby van het hotel liepen. 'Kom, niet bang zijn.'

Haar hart bonsde in haar keel toen hij haar meenam, de trap op. Voor een deur met een koperen nummer bleven ze staan. Hij haalde zijn sleutels uit zijn zak. Opnieuw moest Thea aan Brett denken, maar de weerzin en de angst werden verdrongen door de opwinding over deze nieuwe ervaring, over het feit dat ze hier was, met Tom. Ze zou het doen, besloot ze, vastberaden de uitdaging aan te nemen. Ze zou Brett niet de kans geven dit kapot te maken. Toen Tom zijn hand uitstak, legde ze de hare erin en stapte de drempel over. Daarachter was de kamer gedompeld in maanlicht.

12

Augustus 1989

De zon was net op toen Romy de loopplank van de *Spirit of the Seas* afdaalde. Ze klopte glimlachend op de tas die ze in Venetië had gekocht. Daarin zat haar paspoort. Haar volgende dienst begon pas over twaalf uur.

Ze bleven maar een dag in Napels. Die avond vertrokken ze naar Sardinië. Maar ze was nu zo dicht bij de plek waar ze altijd van had gedroomd, dat ze niet kon wegvaren zonder althans een poging te hebben gedaan die plek te vinden. Amalfi lag hier maar acht kilometer vandaan, dus ze kon tegen de avond weer terug zijn.

Xavier had gelijk gehad toen hij zei dat je perspectief uit het lood raakte als je te lang aan boord bleef. Pas nu ze zelf spontaan initiatief ontplooide en alleen aan land ging, drong het tot haar door hoezeer het leven op het schip haar de laatste maanden steeds meer begon op te breken.

Ze miste hem nog steeds. Xavier was het beste wat haar was overkomen aan boord van de *Norway*. Veruit het beste! Na die eerste nacht samen had ze geprobeerd een relatie met hem te onderhouden, maar dat was onmogelijk gebleken. Hij leidde een drukbezet bestaan in New York en zij moest de volgende dag weer weg toen de *Norway* zijn reis vervolgde. Na een paar brieven was ze opgehouden met schrijven en had ze erin berust dat het bij die ene nacht samen zou blijven.

Maar ze had zijn goede raad ter harte genomen en gesolliciteerd bij de *Spirit of the Seas*, dat de positie van grootste cruiseschip ter wereld van de *Norway* had overgenomen. Op dat moment had het als een gewaagde, moedige stap gevoeld, als een ingrijpend nieuwe weg die ze had ingeslagen, maar inmiddels – twee jaar later – was ze tot de ontdekking gekomen dat het leven aan boord niet veel verschilde van dat op de *Norway*. Dat leven had zijn allure al lang verloren. Ze voelde zich opgesloten, alsof ze geen kant uit kon.

Tegelijkertijd was ze opnieuw de enige vrouwelijke croupier in het casino. Vroeger had ze het nooit erg gevonden om met uitsluitend mannen te werken, maar anders dan bij Christian en de anderen met wie ze in Londen altijd had gepokerd, waren haar collega's aan boord een stel seksistische macho's. Dat gold met name voor Marco, haar baas, die Romy altijd de schuld gaf als hij iets fout deed.

Romy wilde geen baas. Ze wilde eigen baas zijn. Ze had er genoeg van om voortdurend te worden terechtgewezen. Ze wilde het soort leven dat de gasten hadden die aan boord kwamen. Ze wilde ook een schitterende garderobe, met schitterende schoenen. Ze wilde vrij zijn!

Echt vrij. Bevrijd van het juk van de loonslaaf. Niet alleen vrij om haar eigen weg, haar eigen bestemming te kiezen, maar ook vrij om te zijn wie ze wilde wanneer ze die bestemming had gevonden. Vrijheid en onafhankelijkheid waren voor haar onlosmakelijk met elkaar verbonden.

En daarom legde ze elke cent die ze verdiende, elke fooi die ze kreeg, opzij, zodat ze uiteindelijk kon gaan studeren. Het enige probleem was dat ze geen idee had waar ze wilde wonen. De verleiding was groot om terug te gaan naar Londen, maar het leven aan boord was zo hectisch dat het niet meeviel tot een besluit te komen. Bovendien was ze aan boord tenminste veilig. Lemcke, Ulrich en zijn honden achtervolgden haar nog altijd in haar dromen, en ze sliep nog elke nacht met een zakmes onder haar kussen.

Je kon de hele wereld rondreizen, maar aan wat er in je hoofd zat, kon je onmogelijk ontsnappen. Vandaag ging ze echter proberen een beetje rust te vinden.

Ze draaide zich om naar het enorme schip en dacht – niet voor het eerst – dat het eruitzag als een belachelijk soort bruidstaart. Toen zette ze met vastberaden tred en met haar mintgroene vest om haar schouders tegen de ochtendkilte koers naar de stad.

Ze volgde de sjouwers met fruit naar een laag gebouw aan de haven. Binnen was een markt in volle gang. Romy liet alle indrukken op zich inwerken. Ze genoot van de stralende kleuren, ze betastte de weelderige trossen dikke, ronde druiven en de hoog opgestapelde gele meloenen. Boven dat alles hing de scherpe geur van sigarettenrook en er klonk geschreeuw en geroep, terwijl de kooplui onderhandelden met de vissers. Vorkheftrucks scheurden onder hoog gejank en in hoge snelheid af en aan met kratten fruit. Een zwart varken aan een riem kwam met een vaartje langsdraven en trok een man op laarzen achter zich aan. Een ander liep met twee gedroogde hammen over zijn schouder.

Geen wonder dat het varken zo'n haast had, dacht Romy.

Ze bleef staan om een perzik te kopen, maar toen ze de verkoper glimlachend aankeek, kreeg ze hem voor niets. 'Waar moet u heen, dame?' riep hij boven de herrie uit.

Dolgelukkig dat ze de simpele vraag verstond, greep Romy de kans om haar Italiaans uit te proberen. Ze legde uit dat ze naar Amalfi wilde en vroeg in de standaardzinnetjes uit haar reisgids naar de bushalte. De man trok een gezicht, duidelijk onder de indruk.

Toen floot hij tussen zijn tanden naar de man achter de viskraam en riep iets in onverstaanbaar, rap Italiaans.

'Je kunt het beste met de boot gaan,' zei hij ten slotte in perfect Engels, zodat Romy grijnsde. 'Langs de kaap. Pietro brengt je.' Hij knikte naar de man achter de viskraam, die Romy een brede, tandenloze glimlach schonk.

Twintig minuten later klampte ze zich vast aan de touwen terwijl de kleine vissersboot door het water ploegde en de haven achter hen uit het gezicht verdween. Pietro schonk haar over zijn schouder heen opnieuw een brede glimlach en voerde de snelheid op, zodat het bootje deinde en schokte als een botsautootje op de kermis.

In de Baai van Napels blies de wind Romy's haar uit haar gezicht. Genietend van de spectaculaire aanblik van de grillige, rotsachtige kustlijn, keerde ze haar gezicht naar de brandende zon. Plotseling kon het haar niet meer schelen hoe ze die avond moest zien terug te komen in Napels. Terwijl de boot door het heldere, groenblauwe water sneed, zag ze de donkere schimmen van vissen die haar volgden, alsof ze elkaar uitdaagden en het lot tartten.

Het duurde niet lang of ze rondden de kaap. Amalfi kwam in zicht. De motor schakelde terug naar een lagere versnelling, en toen ze nog dichterbij kwamen puften ze met een rustig vaartje in de richting van de haven met zijn fraaie pastelkleurige huizen langs de kade.

Aan het eind van een lange houten steiger legden ze aan. Pietro gebaarde haar van boord te gaan. Vanaf hier was ze sneller in de stad dan wanneer ze helemaal met hem meevoer, de haven in, legde hij uit.

Eenmaal op de steiger stak ze groetend haar hand naar hem op toen de vissersboot doorvoer naar de hoge kademuur. Daarop draaide ze zich om en begon de steiger af te lopen, langs de slanke, witte jachten die daar lagen aangemeerd.

Op de kade aan het eind van de steiger, waar de auto's dicht op elkaar stonden, zat een parkeerwacht in het hokje bij de slagboom de krant te lezen, genietend van een stuk gebak met een dikke laag glazuur. Romy wuifde naar hem terwijl ze zelfverzekerd langsliep, alsof ze het volste recht had daar te zijn, zich genietend bewust van haar gele zonnejurk die om haar benen wapperde.

Toen ze uiteindelijk stopte bij een cafeetje en een cappuccino bestelde, had ze het gevoel dat ze droomde. Maar het was geen droom: ze was er echt! In Amalfi! En er was niemand die zei wat ze moest doen, er wachtte geen werk. Er was niemand die snurkte in haar hut, niemand die tegen haar praatte terwijl ze daar geen zin in had.

Zo ervoeren anderen hun leven, dacht ze. Zo voelde het om vrij te zijn. Terwijl ze naar de straat keek, naar de kleine cafeetjes die opengingen, besefte ze dat ze diep vanbinnen altijd ergens op wachtte. Dat ze er altijd rekening mee hield dat iemand uit haar verleden haar pad zou kruisen. Ze ademde diep in, voelde de zon die steeds heter werd. 'Ze kunnen me hier niet vinden,' dwong ze zichzelf te zeggen, terwijl ze terugdacht aan het koude weeshuis, ver weg, in een andere wereld. 'Ze zullen me nooit vinden.'

Toen ze haar koffie op had, liep ze naar binnen om de weg te vragen. Achter het gordijn van stroken plastic was het koel en schemerig, als in een kerk. Om zich heen kon Romy planken onderscheiden met de bescheiden voorraad netjes opgestapeld.

Een man met diverse onhandige zwarte tassen om zijn schouders kocht sigaretten. Meerdere pakjes. Hij maakte een nerveuze, opgejaagde indruk. Toen hij zijn honkbalpet afzette, zag Romy dat hij kortgeknipt donker haar had, waardoor zijn wimpers nog langer leken. Terwijl hij zijn zakken afzocht naar zijn portemonnee, keek hij Romy's kant uit.

Ze stond bij een rek met ansichtkaarten dat ze langzaam ronddraaide. Stofdeeltjes wervelden in het licht dat door het raam boven de deur naar binnen viel.

Ineens zag ze hem. Haar foto. De kaart die ze jaren eerder in het weeshuis had gevonden. Haar hart bonsde in haar keel toen ze de kaart uit het rek nam. Terwijl ze hem omhooghield en naar de stralende kleuren keek, had ze het gevoel alsof ze iets heel kostbaars had teruggevonden. Haar kans om te dromen.

Want als een van haar dromen – déze droom – werkelijkheid kon worden, als ze op de plek van die foto kon staan en haar blik over dat uitzicht kon laten gaan, dan was alles mogelijk.

Het gordijn ritselde toen de man de winkel verliet. Buiten wachtte een gele taxi. Toen Romy hem zag instappen, bedacht ze dat zij misschien ook een taxi kon bestellen.

Ze gaf het geld voor de ansichtkaart aan de vrouw achter de toonbank, die een grijze jurk droeg met een zwarte omslagdoek om haar schouders. Een zwarte kat streek langs Romy's enkels.

'Waar is dit?' vroeg ze wijzend op de kaart.

De vrouw achter de toonbank zette een dikke, bruine bril op.

'Dat is Hotel Amalfi, een eindje verder langs de kust.'

Romy's maag maakte een salto. 'Hoe kom ik daar?'

'Bent u niet met de auto? De laatste taxi is net vertrokken.'

Romy schudde haar hoofd.

'U kunt ook op de scooter. Riccardo, mijn kleinzoon, verhuurt ze.'

Romy had al eens eerder op een scooter gezeten, samen met Donna. Ze waren toen vanaf de *Norway* aan land gegaan op Saint-Barthélemy. Toch was ze verrast door de snelheid waarmee ze voortstoof, toen ze Riccardo's aanwijzingen volgde en de stad uit reed. Terwijl de stoffige weg omhoogkronkelde, wisselden zon en schaduw elkaar af en kon ze tussen de cipressen de zee zien glinsteren, diep beneden haar.

Naarmate de weg zich ontrolde en ze de ene na de andere steile bocht beklom, voelde ze dat het cruiseschip – ook in haar gedachten – steeds verder achter haar kwam te liggen. Haar collega's, haar werk, haar verantwoordelijkheden... Het verdween allemaal steeds verder naar de achtergrond, alsof het was opgeslokt door de onafzienbare, glinsterende vlakte van de zee.

Ineens kwam er een verrukkelijke gedachte bij haar op. En als ze nou gewoon niet meer terugging?

Ze kon niet zomaar wegblijven. Om een andere baan te kunnen krijgen had ze een referentie nodig. Trouwens, in welke baan had ze de kans om niet alleen veel te reizen, maar ook om zoveel te verdienen en te sparen, totdat ze wist wat ze wilde gaan studeren?

De leerschool des levens was een prachtig begrip, zei ze tegen zichzelf, terwijl ze dacht aan wat Christian haar jaren eerder in het hotel in Londen had verteld. Ze had gedacht dat ze door de wereld rond te reizen op een cruiseschip voldoende levenservaring zou opdoen, maar in zekere zin was haar bestaan aan boord net zo beschermd, net zo gebonden aan regels, als destijds in het weeshuis.

Ze had het leven niet echt gelééfd. Daar had ze vandaag pas een begin mee gemaakt.

Op het hoogste punt van het klif gekomen, zag Romy een bord. Ze gaf richting aan en sloeg de weg in die leidde naar het fraaie toegangshek van Hotel Amalfi.

Romy was aan boord van de *Norway* en de *Spirit* wel gewend geraakt aan luxe en overdaad, maar de rijkdom die hier tentoon werd gespreid, was van een heel ander niveau. Staande naast haar scooter liet ze haar blik omhooggaan langs de indrukwekkende gevel die het hotel, met zijn prachtige schilderwerk en fraaie luiken, de aanblik verleende van een paleis. De oprijlaan, bedekt met grind, werd omzoomd door keurig gesnoeide buxushagen.

Ze haalde diep adem. Haar zenuwen dreigden haar vastberadenheid te ondermijnen. Wat moest ze zeggen als iemand haar staande hield? Hoe moest ze haar aanwezigheid verklaren?

Hoe dan ook, ze was er. Het lot had haar hier gebracht. Nu moest ze doorzetten.

Ze beklom de gladde stenen treden. Een portier zag haar aankomen en boog terwijl hij de groen geschilderde houten deuren voor haar opendeed.

Nerveus betrad ze de marmeren hal met aan het plafond een enorme kroonluchter. Het is gewoon een kwestie van zelfvertrouwen, zei ze tegen zichzelf. *Als je doet alsof je hier hoort, is er niemand die je ook maar een strobreed in de weg legt.*

Ze liep naar de receptie, waar drie mensen stonden. Een man en een vrouw, en een meisje met donkere krullen. Het meisje droeg van die idiote Doc Martens-schoenen onder een *tie-dye*-broek. Ze huilde, zag Romy.

'Je moet het je niet zo aantrekken,' zei de vrouw met een voornaam Engels accent. Ze sloeg moederlijk haar arm om de schouders van het meisje.

'Ik heb ze samen gevonden!' Het meisje bette snikkend haar ogen met een prop papieren zakdoekjes. 'Ik wíst het! Ik wist dat hij dat zou doen. Dat doet hij altijd! Hij pakt altijd alles van me af.'

'Het is vast en zeker een misverstand.' Over het hoofd van het meisje heen zei de vrouw geluidloos iets tegen de man met de borstelige snor. Die haalde zijn schouders op en wist zich duidelijk geen raad met de situatie. 'Zeg jij nou ook eens wat, Duke.'

'Je neemt het altijd voor hem op!' schreeuwde het meisje plotseling. Ze keerde zich beschuldigend en met betraande ogen naar de vrouw.

'Toe nou, Bridgey. Rustig nou, alsjeblieft,' zei de man. 'Neemt u ons niet kwalijk,' zei hij verontschuldigend tegen de receptioniste, die zich glimlachend naar Romy keerde.

'Kan ik u helpen?' vroeg ze fluisterend in het Italiaans. Ze keek een beetje gegeneerd. In een omgeving als deze was men duidelijk niet gewend aan dit soort scènes.

'Ik heb een afspraak met een van de gasten,' verzon Romy, met een gezicht alsof ze het tafereel net zo gênant vond als de receptioniste. 'Hebt u er bezwaar tegen als ik op het terras wacht?'

'Nee, natuurlijk niet. Ga uw gang.' De receptioniste wees naar een deur. Terwijl Romy naar buiten liep, voelde ze zich met elke stap lichter worden, want daar was de maar al te bekende balustrade en daarachter de glinsterende uitgestrektheid van de zee.

Nico Rilla zat op het terras met zijn ogen half dichtgeknepen tegen de vroege ochtendzon. Nijdig gooide hij zijn honkbalpet op de tafel en zijn hoofd bonsde terwijl hij vloekend de fax herlas die hij zojuist bij de receptie in ontvangst had genomen.

Kloteregisseurs! Ze waren allemaal even onbetrouwbaar!

Hij had zich uit de naad gewerkt om tijd vrij te maken in zijn agenda voor een afspraak met de grote Carlos Antonio, die hier, in zijn favoriete hotel, zijn zomervakantie zou doorbrengen. Maar zijn assistent had laten weten dat Antonio was opgehouden en dat hij voorlopig nog in LA zat.

Shit, dacht Nico. Antonio mocht dan tig Oscars hebben gewonnen voor zijn laatste film en hij mocht dan een drukbezet mens zijn, maar dan nog. Afgezien van het feit dat het getuigde van onbeleefdheid, had Nico deze opdracht voor *Vanity Fair* nodig.

Zonder die klus had hij geen idee hoe hij zijn huur moest betalen. Als hij weer een maand in gebreke bleef, zette Signor Ziglioni hem op straat. En Nico was nogal gehecht aan zijn zolderverdieping in Milaan, ook al kon hij zijn kont er niet keren en ook al werd hij elke morgen gewekt door de duiven. Het appartement was alles wat hij had. Het was zijn thuis.

Hij stak zijn zesde sigaret van die ochtend op, leegde zijn kopje donkerbruine espresso en streek met zijn hand over zijn ultrakort geschoren schedel. Het was nog wennen, maar gezien zijn oprukkende kaalheid de enige optie, hield hij zichzelf voor. Hij vond het verschrikkelijk dat hij zijn haar al zo jong begon te verliezen en het feit dat hij in zijn werk werd omringd door mooie mensen, maakte het er niet beter op. Tot overmaat van ramp was hij nog altijd alleen sinds zijn relatie met Misha een halfjaar eerder schipbreuk had geleden. Wat zou Misha van zijn nieuwe kapsel vinden, vroeg hij zich af.

Plotseling werd zijn aandacht getrokken door een blond meisje met verwarde haren en een betraand gezicht. Ze rende achter een ander meisje aan, met kort donker haar en Doc Martens-schoenen. Doc Martens? In deze hitte?

'Wacht nou even!' riep het blonde meisje in het Engels. 'Je begrijpt het niet...'

'Hoe kan je dat nou doen? Je gaat mee op vakantie en dan... Dat kan je gewoon niet maken!' riep het andere meisje terug. 'Je had het nog zo beloofd!'

Automatisch bekeek Nico hen met het oog van de fotograaf. Dat deed hij altijd. Het was zijn werk om talent te scouten. Altijd. Overal.

Deze twee zouden het niet redden in het vak. Hij nam een trek van zijn sigaret. Geen van beiden. Te verwend. Niet wanhopig genoeg. Niet voldoende op de proef gesteld. De kleine met de sproeten zag eruit alsof ze een erg kort lontje had en de lange, blonde had weliswaar een goed figuur, maar haar gezicht was rood en vlekkerig van het huilen. Dus dat was moeilijk te beoordelen.

Pubers! Nico blies spottend zijn rook uit. Ze waren allemaal hetzelfde. Hysterisch. Zonder basis, zonder voldoende levenservaring. Hij kon het weten: hij was een expert op dat gebied. Soms verbaasde het hem dat hij pas zesentwintig was en zich toch al zo oud voelde.

Daarom was hij er zo op gebrand geweest de catwalk de rug toe te keren en voor de verandering wat serieuze portretten te maken. Daarmee kwam hij een stap dichter bij de fotografie als kunst, met een hoofdletter k. Dat was tijdens zijn opleiding tenslotte zijn droom geweest. Het portret van Carlos Antonio had gevoeld als een eerste stapje in de goede richting. Hij had het kunnen weten. Het was te mooi om waar te zijn.

Berustend haalde hij zijn mobiele telefoon uit de zak van zijn jasje. Hij had geen andere keus dan zich op hangende pootjes weer bij Simona te melden.

Simona Fiore leidde een van de grootste modellenbureaus in Europa. Ze was keihard, meedogenloos, maar er was niemand met zoveel connecties in de modewereld en Nico had haar al zo vaak uit de brand geholpen dat hij de tel was kwijtgeraakt.

Als er ook maar ergens een shoot op het programma stond waar ze op korte termijn een fotograaf nodig hadden, dan wist Simona ervan. Zolang ze er zelf ook beter van werd, zou ze hem naar voren schuiven.

Hij keek zuchtend op en toen weer naar zijn telefoon, maar in dat korte moment was zijn aandacht getrokken. Er stond een meisje bij de balustrade. De zachte bries speelde met haar donkere haar. Nico wilde net een trekje van zijn sigaret nemen, maar zijn hand bleef halverwege zijn mond steken.

Jezus! Was dat niet het meisje dat hij eerder die ochtend in Amalfi had gezien? Het meisje dat in de winkel zijn aandacht had getrokken?

En nu was ze hier?

Opwinding maakte zich van hem meester terwijl hij naar haar keek. Naar de uitdrukking op haar gezicht. Ze had de zon in haar rug, zodat de schitterende structuur van haar jukbeenderen en kaaklijn volledig tot haar recht kwam. Met die lange benen twijfelde Nico er niet aan of er zat een prachtig lijf onder die zonnejurk.

Maar dat was nog niet alles. Ze had iets wat hem onmiddellijk had getroffen. Iets waardoor hij zijn ogen niet van haar af kon houden. Het kwam door haar blik, door de manier waarop ze keek. Alsof dit moment het enige was wat telde, het enige wat ertoe deed.

Hij zag dat ze schuldbewust een blik over haar schouder wierp, naar de receptie. Toen daalde ze haastig de treden af naar het strand.

Jezus, dacht Nico nogmaals. Hij wreef hoofdschuddend in zijn ogen. Misschien was het krankzinnig wat hij dacht, misschien kwam het omdat hij ten einde raad was... Maar als hij gelijk had... De haartjes in zijn nek begonnen te prikken.

Zijn intuïtie zei hem dat hij in actie moest komen. *Waar wacht je nog op, sukkel?* Eerder die ochtend, toen hij sigaretten kocht, had hij geen tijd gehad haar aan te spreken omdat hij op tijd wilde zijn voor zijn afspraak met die vervloekte Houdini van een regisseur. Inmiddels had hij alle tijd van de wereld en er werd hem een zeldzame tweede kans geboden. Met zijn duim verbrak hij de verbinding op zijn telefoon. Toen drukte hij gejaagd zijn sigaret uit en pakte zijn cameratas.

Romy ademde diep in en genoot van de zon op haar gezicht. Ze had de hele nacht gewerkt en geen moment geslapen, maar ze had zich nog nooit zo bruisend, zo vol leven gevoeld, besefte ze, terwijl ze tussen de geurige struiken de treden afdaalde naar het strand en naar de glinsterende uitgestrektheid van de zee.

Haar leven lang had ze zich afgevraagd wat er aan de andere kant van die balustrade zou liggen en nu was ze hier, tussen de olijfbomen, op het pad van stenen die gloeiden in de zon. Voorzichtig streelde ze de bloemen van de cactussen die zich hadden genesteld tussen de rotsen.

Het voelde vreemd om hier te zijn. Ze had zich dit moment zo vaak voorgesteld, maar nu het eindelijk zover was, voelde het verboden, alsof ze het niet verdiende. Alsof ze elk moment kon worden betrapt. Het voelde alsof ze droomde.

Het pad werd geleidelijk aan steiler en het duurde niet lang of ze bereikte het strand.

Een smalle strook zand, als de omlijsting van een idyllische kreek tussen ruige rotsen. Het water was kristalhelder. Met ingehouden adem sprong ze van de laatste trede en liet haar tas op het zand vallen. Toen ze zeker wist dat ze alleen was, trok ze haar jurk uit en gooide die naast haar tas. Ineens kwam er een krankzinnige gedachte bij haar op. Ze keek opnieuw om zich heen. Als dit een doop was, dan moest ze naakt zijn.

Ze trok haar bikini uit en richtte haar blik op de horizon.

Het grote moment was aangebroken. Ze zou het water in lopen en in een soort reinigingsritueel alles van zich afspoelen. Haar verleden. Het weeshuis, Lemcke, Ulrich, die gruwelijke nacht met Fuchs, de angstaanjagende beproevingen in Londen. Ze zou zich bevrijden van alle akelige herinneringen en in plaats daarvan alleen nog maar mooie herinneringen gaan verzamelen.

Ze doopte één voet in het water. De zon deed het oppervlak glinsteren, maar het was nog koud. Haar voeten zakten weg in het zand, kiezelstenen streken langs haar tenen. Een school grijze vissen zwom kronkelend voorbij door het heldere water. Er heerste een vredige stilte op het strand, de enige geluiden waren het zacht klotsen van de golven en het gezang van de vogels in de bomen.

Romy liep verder de zee in. Tot haar knieën. Tot haar middel. Ze wapperde met haar handen en lachte hardop toen haar rug begon te tintelen van het koude water.

Ze kneep haar neus dicht en met een triomfkreet dook ze onder. Toen ze weer bovenkwam – hijgend, grijnzend, met haar ogen dicht – hief ze haar armen naar de zon.

Ze was achttien, ze had gevonden wat ze had gezocht, en ze was vrij.

DEEL 2

13

November 1991

Het college was afgelopen. Thea Maddox, inmiddels derdejaars, schroefde de dop op de vulpen met inscriptie die ze van haar vader had gekregen. Met kramp in haar hand van het schrijven en omringd door het geroezemoes van haar vijfhonderd medestudenten verzamelde ze haar boeken en aantekeningen.

Ver beneden haar, helemaal voor in de zaal, pakte professor Doubleday, Thea's mentor bij haar studie Moderne Europese Geschiedenis, de bordenwisser en veegde uit wat hij had geschreven. Toen draaide hij zich om naar de zaal en met zijn hand boven zijn ogen keek hij omhoog naar zijn studenten. Toen hij Thea ontdekte, glimlachte hij en wenkte haar. Ze stak haar hand op en knikte, blij verrast en tevreden. Blijkbaar had hij haar paper al beoordeeld, dacht ze, dankbaar dat hij haar had uitgekozen uit al zijn studenten.

Een rij beneden haar draaide Oliver Mountefort zich grijnzend naar haar om. Thea wist dat Ollie gek op haar was. Tijdens hun werkgroepen probeerde ze zijn smachtende jonge-hondenblikken zo veel mogelijk te ontwijken. Als de situatie anders was geweest zou ze misschien hebben overwogen iets met hem te beginnen. Hij had een weelderige kuif, stond in alle stukken van de toneelclub op het podium en kreeg overal, in elk gezelschap, moeiteloos de lachers op zijn hand.

'Je komt toch ook naar de debatingclub?' vroeg hij. 'En dan neem ik aan dat je aan onze kant staat?'

'Ik zal proberen te komen,' zei ze, maar het was een leugentje om bestwil. De bijeenkomsten van de Oxford Union waren bij uitstek gelegenheden waar ze Bridget tegen het lijf zou kunnen lopen en Thea deed er alles aan om dat te vermijden.

Sinds ze hier in Oxford studeerde, was het ontlopen van Bridget Lawson een van haar grootste zorgen. Net als op kostschool was Bridget ook hier alomtegenwoordig: bij de toneelclub, bij de debatingclub en bij alle feestjes. Thea vond het nog altijd krankzinnig dat ze geen contact meer hadden, terwijl ze zich samen hadden ingeschreven en hadden gezworen hun hele studietijd en de rest van hun leven beste vriendinnen te blijven. Maar door die zomer in Italië was alles veranderd.

Thea's eerste jaar in Oxford was een hel geweest en het tweede niet veel beter. Nu, aan het begin van haar derde jaar, had ze zich voorgenomen dat er een eind aan die onzin moest komen. Bridgets gevoel van verraad was echter verhard tot rancune. 'O, ben je díé Thea Maddox,' kreeg Thea regelmatig te horen, en dan wist ze genoeg.

Ze zou haar vroegere vriendin zo graag willen troosten, ze zou tegen haar willen zeggen hoe erg ze het vond dat ze geen contact meer hadden. Behalve Michael was Bridget de enige die haar echt kende. Net als door het verlies van Michael, voelde ze zich ook door die breuk tot in het diepst van haar wezen bezeerd.

Er moest toch een manier zijn waarop alles weer goed kon komen, dacht Thea. Dat kon echter alleen als Bridget het wilde en Bridget leek net zo gelukkig met hun vijandschap als ze dat vroeger met hun vriendschap was geweest. Dat deed pijn. Erg veel pijn. Thea moest zichzelf er voortdurend aan herinneren dat ze geen schoolmeisje meer was. Ze was een volwassen vrouw, hield ze zichzelf voor, en ze mocht het niet laten gebeuren dat ze zich door Bridgets afwijzing weer net zo ongelukkig ging voelen als de mollige tiener die ze ooit was geweest. Maar dat viel niet mee. Een week eerder, toen ze Bridget arm in arm had zien lopen met een knappe student, had ze vriendschappelijk haar hand opgestoken. Maar Bridget was de straat overgestoken om haar te ontwijken en had haar doelbewust genegeerd.

Zelfs Bridgets kinderachtige gedrag had echter niet kunnen verhinderen dat Thea hopeloos verliefd was geworden op Oxford.

Ze hield van de academische uitdaging en van de universitaire tradities. Van het gevoel dat ze ergens bij hoorde waar haar vader part noch deel aan had. En ze vond het heerlijk om ver weg te zijn van New York, waar Brett haar niets kon maken.

Bovendien maakte het hier niet uit of je arm of rijk was. Alle studenten woonden in vergelijkbare kamers. Iedereen ging ongeveer hetzelfde gekleed. Hier moest je je bewijzen door je prestaties en Thea had van meet af aan besloten om uit te blinken.

Met haar boeken onder haar arm schuifelde ze naar het eind van de rij en vervolgens de treden af naar het bureau van professor Doubleday.

'Hallo,' zei ze glimlachend.

Professor Doubleday schoof zijn bril omhoog en streek zijn spierwitte haar over de kale plek op zijn schedel. Thea vermoedde dat hij in zijn jonge jaren een knappe vent was geweest. Hij deed haar een beetje denken aan Harrison Ford, en plotseling herinnerde ze zich hoe geobsedeerd Bridget en zij waren geweest door *Indiana Jones and the Last Crusade*. Maar ze verdrong de herinnering. Uiteindelijk zouden er andere Bridgets komen, troostte ze zichzelf. Vriendinnen om mee te giechelen in de bioscoop. Ooit.

De professor schoof Thea's paper – met als onderwerp de hereniging van Duitsland – over het groenleren blad van zijn bureau naar haar toe.

'Goed werk,' zei hij. 'Heel goed zelfs. Vooral wat je schrijft over de sociaal-economische achterstand van de Oost-Berlijners en de polarisatie waartoe dat heeft geleid op de arbeidsmarkt. Je research is uitstekend.'

Thea bloosde van trots. Ze was de halve nacht opgebleven om de microfiche in de bibliotheek door te werken en de ooggetuigenverslagen te lezen. In de nieuwe media-afdeling van de bibliotheek had ze zelfs video-opnamen weten te vinden van nieuwsreportages over het onderwerp. Bij het schrijven van haar paper had ze zich laten inspireren door de vreugdetranen van een meisje van ongeveer haar leeftijd – Ursula, als ze het zich goed herinnerde. Het meisje was geïnterviewd op de avond dat de Muur viel. Ze had een ontroerend verhaal verteld over een vriendin die erin was geslaagd naar het Westen te vluchten. De angsten en gevaren die bij een dergelijke ontsnapping hoorden, waren voor het meisje geen theorie maar werkelijkheid. Al was het maar omdat ze geen idee had of haar vriendin het avontuur had overleefd. Thea was diep geraakt geweest door het besef hoe recentelijk dergelijke ontberingen nog waren geleden.

'Ik zou je zo graag in mijn werkgroep Moderne Geschiedenis hebben.' De professor sloot de leren riem om zijn attachékoffer. 'Het is nooit te laat om erbij te komen. En dat soort werkgroepen is een van de aspecten die Oxford uniek maken. Ik vind het jammer als je dingen misloopt.'

De vraag in zijn stem ontging haar niet, maar Thea ging er niet op in en glimlachte slechts verlegen. Ze zou niets liever willen dan zich aansluiten. Alleen, dat ging niet. Vanwege Bridget. Maar hoe moest ze dat aan de professor uitleggen?

Zijn woorden klonken echter nog altijd door haar hoofd terwijl ze naar buiten liep en huiverde door de bijtende kou. Ze deed haar fiets van het slot, wikkelde haar gestreepte wollen sjaal om de kraag van haar duffelse jas, en reed naar huis.

Thea vond het heerlijk om door de straten van Oxford te fietsen. Zowel in de zomer, wanneer de punters door de wilgen langs de rivier schoten, als in deze tijd van het jaar wanneer de bladeren vielen en haar adem zichtbaar was als witte wolkjes. Een groep studenten in avondkleding kwam lachend naar buiten strompelen. Thea belde, ook lachend, en ze werd nageroepen en verlekkerd nagefloten toen ze zwenkte om hen te ontwijken. Een van de studenten had een sterretje bij zich en het schoot haar te binnen dat het Guy Fawkes Night was.

Haar maag maakte een sprongetje toen ze in vliegende vaart over de brug reed. Bij haar college aangekomen stopte ze met piepende remmen en ze liep naar de lange rijen fietsenrekken. Uit de eetzaal aan de achterkant kwam de geur van gebraden vlees. Als ze zich haastte, was ze nog op tijd voor het avondeten.

Over de hoge drempel, onder het rijk versierde, in steen uitgehakte collegewapen, betrad ze Porter's Lodge. In de hal rook het naar thee en geroosterd brood, uit de radio klonk de herkennings-melodie van *The Archers*. Mr. Brown, de portier, stond achter zijn hoge balie, verdiept in het bezoekersregister.

Met zijn vest en bolhoed zag hij eruit alsof hij zichzelf be-schouwde als de behoeder van de talloze tradities van het college. Hij poetste de mahoniehouten postvakjes tot ze glommen als spiegels en liet geen gelegenheid voorbijgaan om te vertellen dat die de geschiedenis herbergden van talrijke generaties studenten – vijfhonderd jaar, om precies te zijn.

Nog buiten adem van het fietsen en met stekende wangen door de overgang van de kou naar de warmte, liep Thea naar het vakje met daarboven Maddox, in keurige, gouden lettertjes. Er lag een opgerold velletje geelachtig papier in. Een fax, zo te zien.

'Waar is mijn sleutel?' vroeg ze toen ze zag dat die niet aan het haakje hing.

'Ach, miss Maddox,' zei Mr. Brown in zijn afgemeten Engels. 'Die heeft een jongeheer meegenomen.'

'O? Wie dan?'

'Uw broer, natuurlijk. Hij was bij u op bezoek, zei hij.' Mr. Brown keek haar aan over zijn halvemaansglazen, en zijn blik ver-ried dat hij die smoes al vaker had gehoord.

'Mijn bróér?'

'Inderdaad, miss. Hij was heel stellig in zijn bewering. Ik veron-derstel dat u op de hoogte bent van de regels die het college han-teert omtrent herenbezoek...'

Maar Thea was al weg, de deur uit. Ze rende over de keien van de binnenplaats, over het vierkante gazon met in het midden het donkere silhouet van de eeuwenoude bronzen zonnewijzer, naar de deur in de hoek. Met twee treden tegelijk stormde ze de houten trap op, duizelig van woede... en angst.

Brett! Hier in Oxford! In haar kamer! Dat kon niet waar zijn! Dat kon hij haar niet aandoen! Wat wilde hij van haar?

Maar ze wist het antwoord al.

Nee, nee, nee, nee! Ze zou het niet laten gebeuren. Ze zou niet accepteren dat hij ook dit kapotmaakte. Sinds het verlies van Lit-tle Elms had ze hier voor het eerst weer een plek gevonden waar ze zich thuis voelde. Echt thuis. Een plek waar ze zich veilig voelde. Die plek – en zichzelf – zou ze koste wat kost verdedigen.

Op de tweede verdieping gekomen rende ze de korte gang door en met gebalde vuisten gooide ze de deur van haar kamer open. Het was er pikdonker, doordat de zware gordijnen voor de hoge, smalle ramen waren dichtgetrokken.

Plotseling werd er een hand op haar mond gelegd en werd ze naar achteren getrokken. Er ging een schok door haar heen toen ze hoorde dat de deur dichtviel en op slot werd gedraaid.

Met een kreet van woede rukte ze zich los, draaide zich om en zwaaide met haar tas, zo hard als ze kon. De klap was raak. Want haar belager – wie hij ook was – wankelde kreunend achteruit.

'Blijf van me af, verdomme!' beet ze hem toe.

Had ze Mr. Brown maar meegenomen, dacht ze, angstig en onzeker in het donker om zich heen tastend. Haastig knipte ze de lamp aan. Die viel om, maar bleef branden. In de hoek achter de deur hurkte een naakte man met één hand voor zijn kruis, de andere op zijn hoofd.

'O... shit,' fluisterde ze, en ze kreeg tranen van opluchting – en ergernis – in haar ogen.

'Jezus!' Tom Lawson probeerde zich overeind te werken. 'Dat deed pijn.'

Thea liet zich naast hem op haar hurken zakken. 'O, Tom. Sorry! Sorry!'

Tom richtte zich op. Thea viel hem met een beverige zucht om de hals en klampte zich aan hem vast.

'Hé, rustig maar,' zei Tom.

'Ik was zo geschrokken.'

'Dat blijkt.' Hij lachte zacht.

Beschaamd slaakte ze een beverige zucht, terwijl ze haar neus ophaalde en haar tranen droogde.

'Trouwens, wat was je aan het doen?' Ze liet haar blik over zijn naakte lichaam gaan.

Toen pas besefte ze hoe netjes haar kamer eruitzag en dat het er ongebruikelijk warm was. Blijkbaar stond de kleine heteluchtkachel al uren te branden. Uit de stereo klonk de stem van Beverley

Craven, haar favoriete muziek. Op de kleine tafel stond een bier-glas met roze rozen. Er lag een nieuwe sprei van rode zijde op het bed, met een bijpassende zijden blinddoek. Aan elk van de vier koperen bedstijlen hing een zijden herendas. Op het nachtkastje, onder de zwart-witposter van Robert Doisneau's *De Kus*, stond een ijsemmer met een beslagen fles champagne en twee glazen.

'Het was bedoeld als een spelletje,' zei Tom bars. 'Zoals we had-den gefantaseerd in onze brieven. Je weet wel. Ik zou je geblind-doekt naar het bed leiden, je vastbinden... ijsblokjes... veren... Er is vanavond vuurwerk. Guy Fawkes Night.' Hij keek haar aan, zijn sombere gezicht verried zijn teleurstelling. 'Ik wilde ons eigen vuurwerk organiseren.'

'O, Tom. Sorry! Het spijt me zo,' zei ze zacht.

Het was haar eigen schuld, dacht ze met gloeiende wangen. Ze was zich zo bewust van zijn enorme ervaring met vrouwen en dat maakte haar zo verlammend onzeker, dat ze haar uiterste best had gedaan indruk op hem te maken, onder andere door in haar brie-ven te fantaseren over scènes die ze had gepikt uit boeken en films.

Opnieuw voelde ze zich vermorzeld door de last van haar eigen naïviteit. En dat niet alleen. Ze besefte ook dat dit het moment was om alles op te biechten. Dat ze moest ophouden zichzelf in een verkeerd licht te presenteren. Dat ze Tom de waarheid moest vertellen over haar seksuele verleden. Over Brett... over wat hij had gedaan... en wat hij had gezegd...

Ze had zo vaak op het punt gestaan om Tom haar geheim te vertellen. Sinds ze samen waren, had Brett minder vat op haar. Tegelijkertijd maakte dat het geheim op de een of andere manier alleen maar erger. En hoe langer ze het bleef verzwijgen, hoe meer het aan haar vrat.

Achteraf zag ze pas in hoe onvergeeflijk het was wat Brett had gedaan. Hij had haar bedreigd en aangerand in haar eigen huis! Maar – en dat was nog erger – hij was ermee weggekomen. En als datzelfde ook met andere meisjes was gebeurd, was zij, Thea, dan niet medeschuldig?

Maar het was te laat om nog iets te zeggen... om nog iets te doen.

Ze was te laf om zich bloot te geven, laat staan tegenover Tom, die haar misschien wel zou dwingen haar vader met de feiten te confronteren. Wat moest ze doen als hij haar dwong de façade van het gelukkige gezin achter het reusachtige Maddox Inc. neer te halen? Dat beeld mocht dan vals zijn, het zorgde er mede voor dat de aandelen bleven stijgen.

Nee, Thea kon Brett niet ontmaskeren. Dat risico kon ze niet nemen. Ze kon het niet riskeren dat ze haar vader pijn zou doen.

En dus deed ze wat ze altijd deed. Ze stopte haar geheim ver weg, vastberaden om Brett te negeren, om niet meer aan hem te denken.

Ze legde haar handen langs Toms gezicht.

'Het spijt me echt!' Ze kuste hem zacht op de lippen. 'Maar we kunnen toch nog steeds...'

Tom schudde zijn hoofd. 'Het moment is voorbij. Laat maar.' Hij pakte haar blauw-wit gestreepte badjas van de haak aan de kast en trok hem aan.

Inwendig ineenkrimpend om haar eigen lafheid besloot Thea er niet verder op door te gaan. Ze volgde hem met haar blik toen hij naar de fles champagne liep.

'Wat hebben we te vieren?'

'Nou, in elk geval niet mijn indrukwekkende mannelijkheid.'

Thea lachte gegeneerd. 'Dit vergeef je me nooit, hè?'

'Nou ja, ik weet tenminste dat een inbreker bij jou geen schijn van kans heeft,' zei hij, en ze wist dat hij begon bij te draaien. De kurk knalde tegen een van de ruitpatronen op het geschilderde plafond en belandde in de kaalgesleten leren fauteuil.

Hij schonk in en gaf haar een glas.

God, wat hield ze hem, dacht ze, terwijl ze het aanpakte en haar haren achter haar oor streek. Er was niets aan hem waar ze niet van hield! Zijn lange, donkere wimpers... De sproetjes op zijn neus... En ze hield van het feit dat ze verliefd op hem was.

'En... hoe lang kun je deze keer blijven?' vroeg ze.

'Langer dan anders. Ik heb mijn baan opgezegd.'

Met stomheid geslagen keek ze hem aan. Duke, zijn vader, had na zijn afstuderen een baan voor hem geregeld bij Lloyd's in Londen. Het was een functie waar de meeste mensen van zijn leeftijd een moord voor zouden doen.

'Het is zo verdomd geestdodend. Echt onverdraaglijk. Mijn ouders zijn natuurlijk woedend, maar nu heb ik alle tijd om bij jou te zijn. Tenminste, als je dat goedvindt. Ik neem een jaar vrij en daarna ga ik doen wat jij me al eerder hebt aangeraden. Ik ga rechten studeren.'

O god, hij meent het echt, dacht ze. Toen pas zag ze zijn bagage in de hoek van de kamer. Hij was serieus van plan om naar Oxford te verhuizen. Op slag werd ze overvallen door stress. En haar studie dan? En hoe moest het met Bridget? Thea durfde zich nauwelijks voor te stellen hoe ze zou reageren.

Maar behalve angst en ongerustheid voelde ze ook opwinding. Tom was naar háár toe gekomen. Deze prachtige man, van wie ze soms het gevoel had dat ze altijd al van hem had gehouden, had Londen vaarwel gezegd en zijn hele leven overhoop gehaald om bij haar te zijn. Omdat hij in haar geloofde. Omdat hij in hén geloofde.

Ze viel hem om de hals en terwijl ze dat deed, zette ze al haar twijfels opzij. Zij geloofde ook in hem. Samen zouden ze er een succes van maken. Ze drukte haar lippen op de zijne en duwde hem achterover op het bed. Hij lachte toen ze zich boven op hem liet vallen, toen kreunde hij, en sloeg hij hartstochtelijk zijn armen om haar heen.

Dit moment zou voor mij eeuwig mogen duren, dacht ze achteraf. Hun naakte lichamen waren nog met elkaar verstrengeld en hij liet zijn vingers teder over haar borsten glijden. *Samen. In deze heerlijke, prachtige kamer.*

Ten slotte liet hij haar los, stond op en liep naar zijn jasje om een sigaret op te steken. Ze keek hem glimlachend aan toen hij terugkwam naar het bed, genietend van de manier waarop het kaarslicht over zijn volmaakte, gladde huid streek. Ze pakte haar glas, nam een slok champagne en voelde de belletjes tintelen in haar mond.

Hij hurkte naast het bed, maar richtte zich meteen weer op met de fax uit haar postvakje in zijn hand.

'Zo te zien een bericht van je vader.'

Thea pakte de fax van hem aan. In zijn inmiddels vertrouwde, zakelijke stijl schreef haar vader dat ze plannen moest gaan maken voor de viering van haar eenentwintigste verjaardag. Thea wist echter al hoe hij zich die verjaardag voorstelde. Ze huiverde bij de gedachte aan een feestje in Maddox Tower met alle consequenties vandien. Hij verwachtte duidelijk dat ze haar rol van gehoorzame dochter speelde, maar Thea had de kunst geperfectioneerd om alle familiebijeenkomsten te mijden die de kans boden op een door haar vader zo wenselijk geacht fotomoment. Door met Griffin Maddox in Europa af te spreken en door voortdurend te doen alsof ze het te druk had om naar New York te komen, was Thea er al bijna zes jaar in geslaagd om Brett te ontlopen.

'O, god,' verzuchtte ze wanhopig. 'Waarom laat hij me niet gewoon met rust?'

'Het is maar een feestje. En het is toch lief dat hij het vraagt?'

'Een feestje, ja. Maar dan wel voor zijn eigen vrienden. En die van Storm. Dat heeft niets met mij te maken.'

'Misschien wordt het best leuk,' zei Tom. 'Ik vind niet dat je nee moet zeggen.'

Thea keek weer naar de fax en toen naar Tom.

'Ik doe het alleen als jij meegaat.'

Het was eruit voordat ze er erg in had. Ze was pas volgend jaar maart jarig, dus dat duurde nog even. Eerst kwam nog de beproeving die Kerstmis heette. Het laatste wat ze wilde, was Tom het gevoel geven dat ze hem onder druk zette.

'Wow! *Meet the parents*.' Hij maakte het gebaar van aanhalingstekens.

'Het hoeft niet,' zei ze haastig. Ze zette haar glas neer. 'Sterker nog, het is waarschijnlijk een heel slecht idee...'

'Het lijkt me juist leuk!' Hij gaf haar een kus, waarop ze haar armen om zijn hals sloeg en hem weer op het bed trok, genietend van de vanzelfsprekendheid waarmee hij zijn heupen tegen de hare drukte.

'Echt waar? Dus je gaat mee naar Amerika?'

'Je dacht toch niet dat ik je verjaardag wil missen? Wat heet, ik wil helemaal niets missen. Ik wil geen uur zonder je! Geen minuut!' Hij kuste haar opnieuw.

'Goed geantwoord.' Grijnzend beantwoordde ze zijn kus.

Ze schrokken toen er buiten een vuurpijl knalde. Thea begon te lachen, maar toen rolde ze hem op zijn rug en ging ze schrijlings boven op hem zitten. Ze dacht terug aan dat vuurwerk lang geleden, toen ze Storm tegen Brett had horen zeggen dat ze gestoord was.

Wat had haar bezield om Tom mee te vragen naar haar familie? Misschien ging hij dan ook wel anders over haar denken en vond hij haar ook gestoord? Of misschien – en dat was nog erger – keek hij dwars door ze heen. Door Brett en Storm. En door haar. Misschien zou hij beseffen welke duistere geheimen er loerden achter de perfecte Maddox-façade.

14

Maart 1992

Romy rukte aan de handboeien die haar ketenden aan de gevangenistralies achter haar. Ze schreeuwde en liet de boeien opnieuw rammelen. Met haar blote voeten tegen de tralies trok ze haar rug hol, ze gooide haar hoofd naar achteren en zette zich schrap, alsof ze de brede, ijzeren staven zou kunnen breken.

Uitgeput liet ze zich weer tegen de tralies zakken en keek naar de kleine cel met zijn glimmend witte vloer en zwarte brits. Heel even werd alles wazig voor haar ogen.

'Spectaculair!' Nico zakte door zijn knieën, kwam dichterbij en de sluiter klikte, vlak voor haar gezicht. 'Je doet het geweldig, schat. Ga door.'

Maar toen Romy in de lens keek en zichzelf daarin weerspiegeld zag, kwam er een herinnering bij haar op. Zwart-witfoto's, dwarrelend door de duisternis en een meisje dat sprong, in slow motion als een geest, gehuld in een met bloed bevlekte nachtjapon.

Ze sperde haar ogen wijd open. 'Stop!'

'Wat is er?' Vanachter zijn camera keek Nico haar verschrikt aan. 'Het gaat echt geweldig. Je ziet er fantastisch uit. Zitten die handboeien te strak?'

Romy schudde haar hoofd en wurmde haar polsen eruit, zodat ze ratelend langs de neptralies naar beneden gleden. Ze draaide met haar polsen. 'Nee.'

'Wat is er dan?'

Romy liep bij de tralies vandaan en ging in het midden van de set staan, met een hand op haar heup. Haar haren waren dramatisch naar achteren gekamd en ze droeg zware, valse wimpers.

Met haar vingers volgde ze de glinsterende rand van het gescheurde designerhemdje dat haar met bronspoeder bewerkte bovenlichaam amper bedekte.

Achter de zogenaamde gevangeniscel, in Nico's verduisterde studio, werd de fotoshoot gevolgd door een groot gezelschap. Niet alleen Nico's assistente Florence, de haarstylisten en de visagisten, maar ook vertegenwoordigers van het reclamebureau en van de cosmeticagigant die opdracht had gegeven tot de reclamecampagne. Ze wilden het geen van allen missen. De fotoshoot voor het lanceren van de nieuwe geur. Nico was weken druk geweest met plannen en organiseren.

'Ik voel me niet prettig met het hele... gevangenisthema. Volgens mij geeft dat de verkeerde boodschap af.' Romy beschermde haar ogen tegen de felle lampen.

'Lieverd, het doet er niet toe wat jij vindt,' zei Nico op besliste toon. 'We hebben het zo afgesproken... Dit is wat de artdirector wil. Hier worden we voor betaald!'

Nico mocht dan nerveus zijn, híj was hier de kunstenaar, dacht Romy. En dat gold niet voor de rest. Híj was degene die werd betaald door degenen die toekeken. Dat vergat hij soms, ook al had ze nog nooit iemand ontmoet met zoveel overtuigingskracht. Tenminste, als hij wilde. Tenslotte was het Nico geweest die haar had overgehaald model te worden. Het was aan hem te danken dat haar leven in de afgelopen tweeënhalf jaar ingrijpend was veranderd.

Vandaar dat ze hem nu strak aankeek, om hem duidelijk te maken dat hij zich niet gek moest laten maken, terwijl artdirector Lorenzo en de mensen van het reclamebureau de set op kwamen, samen met het grijze streepjespak van wie Romy vermoedde – afgaande op de paniekerige blikken van de anderen – dat hij de klant was.

Lorenzo was een man met zorgvuldig vormgegeven gezichtsbeharing. Hij droeg een strakke leren broek en een klein, zwart brilletje. Terwijl Romy woedend toekeek, richtte hij zich in rap Italiaans tot Nico.

'Hij wil weten waarom je bent gestopt.' De manier waarop Nico het zei, maakte Romy maar al te duidelijk dat ze weer eens buiten haar boekje was gegaan. Hij keek haar nadrukkelijk aan, maar ze hield stand in de hoop dat hij daar vertrouwen aan zou ontlenen.

'Ik vind het een geweldige geur, maar wanneer dit het beeld is dat erbij wordt gecreëerd, zou ik hem niet willen dragen. Er zijn zoveel vrouwen die écht gevangen zitten,' zei ze toen de groep mannen zich om haar heen had verzameld. 'Vrouwen die fysiek of mentaal in hun vrijheid worden beknot. De geur van angst is niet sexy.'

Heel even zag ze zichzelf weer in het krat, in het ruim van het vliegtuig, na haar angstaanjagende ontsnapping uit Oost-Berlijn. Stinkend. Broodmager. In dit gezelschap zou niemand ooit aan den lijve ervaren wat ze met deze campagne probeerden te verheerlijken. Laat staan dat ze het zouden begrijpen.

Er viel een verbijsterde stilte. Maar Romy gaf geen krimp. Ze hadden haar nodig. Of wat het ook was dat ze in haar zagen. Net als met pokeren was het allemaal een kwestie van zelfvertrouwen. Wanneer je ze in de waan bracht dat je de troefkaart in handen had, dan had je ze in je zak.

Lorenzo richtte zich gejaagd tot de man in het streepjespak. Romy viel hem in de rede.

'Laat míj het uitleggen.'

De gezette man in het streepjespak deed een stap in haar richting. Romy schudde hem de hand, toen loodste ze hem weg bij de anderen. Ze was veel langer dan hij, iets wat hem duidelijk niet beviel, want hij rechtte zijn rug en keek haar doordringend aan in een poging haar op zijn beurt te intimideren.

'Het zit zo,' begon ze, en ze ontwapende hem met haar glimlach en haar oogopslag – de oogopslag, de blik in haar reebruine ogen, onschuldig en uitdagend tegelijk, die haar in heel Italië beroemd hadden gemaakt. Al pratend – in het Italiaans, tot zijn verrassing en intense verrukking – zag ze dat hij zich ontspande.

Haar leraar op de avondschool had gezegd dat hij nog nooit een leerling had gehad met zo'n ongelooflijk taalgevoel. Romy had hem niet verteld dat ze noodgedwongen een kameleon had moeten zijn en dat het telkens weer de taal was geweest die haar had geholpen zich aan te passen, zich staande te houden en uiteindelijk haar vrijheid te veroveren.

Dat vermogen gebruikte ze nu om een vertrouwelijke band te creëren met Tomaz, het streepjespak. Toen ze eenmaal een blos op zijn vlezige wangen had getoverd, begon ze aan een college over de doelgroep van zijn parfum waarin ze hem in zijn moedertaal uitlegde waarom zij vond dat de boodschap die ze probeerden af te geven, de verkeerde was. Ze sloot af met háár idee voor de fotoshoot.

'Maar dan krijgen we een campagne met een heel andere dynamiek,' protesteerde Lorenzo even later toen Romy ook hem haar idee voorlegde. Maar wat Lorenzo ervan vond, deed er niet meer toe. De klant was al overtuigd. Terwijl ze met Lorenzo praatte, stond de dikke Tomaz haar met glinsterende ogen op te nemen. Fantaseerde hij dat hij haar zou uitnodigen op zijn jacht? Romy kende genoeg modellen die zich lieten fêteren door obsceen rijke, lelijke mannen, maar zij begon daar niet aan. Ze had het te druk met geld verdienen om zich bezig te houden met het geld van anderen.

'Als dat is wat de klant wil – dankzij jou – dan krijgt hij dat.' Lorenzo keek haar dreigend aan. 'Ik hoop alleen, voor ons allebei...' Hij schakelde over op Engels, zodat de anderen hem niet verstonden. '... dat je gelijk hebt.'

Ze was zich bewust van het risico dat ze nam. De adrenaline joeg door haar lichaam toen Lorenzo in zijn handen klapte en ieders aandacht vroeg.

Romy keerde zich naar Florence, Nico's assistente. Ze droeg een legging en een oversized, wijdvallende trui, die haar woeste bos witgeblondeerd haar en haar fijngetekende elfengezicht benadrukte. 'Zou je de portier willen gaan halen? Hij heet Jovo. Zeg maar dat Romy hem iets wil vragen.'

'Wat ben je van plan?' vroeg Nico.

'Dat zul je wel zien.'

Jovo was precies wat ze nodig had. Wanneer ze naar Nico's studio kwam maakten ze altijd een praatje en Romy nam vaak kersen voor hem mee van de fruitkraam op de hoek. Die ochtend hadden ze het gehad over de crisis in Bosnië, waar zijn familie oorspronkelijk vandaan kwam. Hij verwachtte problemen tussen de Serviërs en de Kroaten, had hij haar verteld. Vroeger, in zijn jonge jaren, had hij daar als bokser zijn geld verdiend, wist ze. Inmiddels was hij in de zestig, meer spek dan spieren. Perfect voor wat ze in gedachten had. 'Vertrouw me nou maar. Het komt goed.'

Tien minuten later lag Jovo met zijn dikke buik op de grond van de cel, met zijn handen geboeid op zijn rug. Romy ging boven op hem zitten met het sleuteltje van de handboeien bengelend aan haar vinger.

'Toe maar!' zei ze tegen Nico. 'O, en Florence, lieverd, kun je me de Gucci-pumps geven die we hier net hadden? Ik wil geen foto's meer met blote voeten. Die schoenen zijn zo geweldig!'

Ze liet zich door Nico regisseren en gooide triomfantelijk haar hoofd achterover. Vanuit haar ooghoeken zag ze dat Lorenzo goedkeurend knikte, met zijn armen over elkaar geslagen. Ze meende zelfs te zien dat hij glimlachte.

Achter in de studio nam Simona Fiore, zoals altijd in een zwarte polo en een designerbroek, een trek van haar sigaret. Er ging een huivering door haar heen, maar haar gebruikelijke stuurse blik maskeerde de opwinding die ze voelde. Doorgaans kwam ze niet naar shoots, maar ze had groot nieuws voor Romy. Heel groot nieuws!

Perez Vadim had haar gevraagd voor zijn show in Parijs, die vrijdag. Perez Vadim! Sterker nog, dé designer van het moment had Simona persoonlijk gebeld. Ze had geen moment geaarzeld en een belachelijk hoge prijs bedongen voor Romy's aanwezigheid. Een dergelijke opdracht zou een beslissende stap zijn op weg naar de status van supermodel.

Simona hoopte alleen wel dat Romy zich bij die gelegenheid aanzienlijk inschikkelijker zou tonen. Het was ongehoord dat een model bij een shoot de lakens uitdeelde. Anderzijds, Simona zat al zo lang in de business dat niets haar nog kon verbazen. Zeker niet als het om Romy ging. En wat deed het ertoe? Romy beschikte duidelijk over de juiste intuïtie, want met een simpele suggestie had ze een studio vol mannen die zichzelf allemaal erg belangrijk vonden naar haar hand gezet.

Romy was uniek! Met een zelfverzekerde, onwrikbare uitstraling waardoor haar schoonheid op een heel ongebruikelijke manier werd benadrukt. Simona had het meteen gezien, zodra ze de foto's onder ogen kreeg die Nico haar had gestuurd. De foto's waarop Romy haar haren droogde op het strand, na het zwemmen. Simona had hem prompt gebeld en gezegd dat hij het meisje ter plekke moest contracteren. Dat hij haar het driedubbele moest bieden van wat ze haar op dat drijvende luxepaleis betaalden. Bovendien moest hij doen wat in zijn vermogen lag om te zorgen dat ze niet terugging naar het schip.

Tegen de tijd dat Nico de arme Romy – diep onder de indruk van alle glitter en glamour die hij haar in het vooruitzicht had gesteld – had meegetroond naar Madrid, was hij hopeloos voor Romy gevallen en andersom gold hetzelfde. Simona had het moeilijk gevonden Romy te moeten vertellen dat Nico homo was.

Maar dat was typisch Romy, in sommige opzichten haar leeftijd ver vooruit, in andere nog kinderlijk naïef. Misschien dat daarom ook Simona voor Romy was gevallen. Ze had nooit een dochter gehad, ze had zelfs nooit echt een band opgebouwd met de modellen die ze onder contract had. Maar Romy... Romy had iets waardoor ze bij Simona een streepje vóór had.

Wat deed het ertoe dat het verhaal over haar jeugd in Engeland niet geloofwaardig was? Het kon Simona niet schelen waar ze vandaan kwam. Romy bezat een ongereptheid waardoor Simona haar volledig kon kneden naar haar eigen wensen. Ze had haar een nieuwe look gegeven en een paar jaar van haar leeftijd afgetrokken.

Terwijl ze keek hoe Romy haar haren naar achteren schudde, wist ze intuïtief dat Romy het meisje was op wie ze had gewacht. Het meisje dat Simona zou opstuwen naar het hoogst bereikbare voor een model.

Ondanks Simona's geruststellingen had niets Romy kunnen voorbereiden op de fashionweek van Parijs. Ze had verwacht dat het lopen van een show niet zoveel zou verschillen van de studio-shoots die ze had gedaan. Maar zodra ze de koortsachtige bedrijvigheid achter de schermen zag, vroeg ze zich angstig af of ze niet te veel hooi op haar vork had genomen. Binnen enkele minuten werd ze haastig doorgestuurd naar de stylisten die haar haren met Brylcreem achterover plamuurden en er een stuk afknipten, voordat ze ook maar had kunnen protesteren.

Nadat het team van de make-up een uitzonderlijk effect had bereikt met haar gezicht, werd ze in een soort korset gehesen dat strak werd aangesnoerd. Om haar heen werd uitsluitend razendsnel Frans gesproken.

'Bont en kant?' zei ze tegen de assistent van de ontwerper, terwijl ze een dun gazen topje aantrok. 'Dat is nieuw voor me.' Maar hij trok slechts een lelijk gezicht en met de benodigde spelden tussen zijn lippen geklemd, zette hij een ingewikkelde hoofdtooi vast op haar haren.

Toen was het bijna zover en ze gluurde door een kleine spleet in het gordijn naar de enorme, verduisterde zaal waar de fashionista's zich vol verwachting en in grote drommen verzamelden rond de hoge catwalk. Uit de luidsprekers dreunde *Diamonds and Pearls* van Prince, de catwalk werd dramatisch belicht door stroboscooplampen, net als het V-vormige hologram van het beroemde logo van Perez Vadim.

'Niet doen,' fluisterde een meisje. Ze trok Romy naar achteren. 'Als Pierre ziet dat je gluurt, gaat hij door het lint.'

'Wie?' Romy draaide zich om naar het bleke, Engelse model dat met haar koperbruine ogen angstig naar de magere Fransman keek die bezig was met de jurk van een van de andere meisjes. Zelfs van een afstand voelde Romy de spanning die hij uitstraalde. Ze had nooit beseft hoe serieus en gedreven er aan een dergelijk evenement werd gewerkt. Het was eerder kunst dan mode die er werd gepresenteerd.

'Hij heeft de leiding,' fluisterde het meisje. 'Trouwens, ik ben Emma,' voegde ze er iets vriendelijker aan toe. Ze haalde een pakje kauwgom uit de zak van haar enorme uitmonstering van spijkerstof. 'Leuk dat er nog iemand uit Engeland is.'

Romy pakte een kauwgommetje. Het meisje glimlachte schuchter. Ze had iets heel kwetsbaars. Romy was getroffen door de blik in haar ogen. Daarin stond niet alleen nervositeit te lezen, maar ook iets wat dicht in de buurt kwam van angst.

'Gaat het wel goed met je? Is er iets?' Romy legde intuïtief haar hand op de schouder van het meisje.

'Het komt door Tia,' klonk het angstige, gefluisterde antwoord.

'Wie is Tia?'

Met tranen in haar grote ogen keek Emma over Romy's schouder. Toen Romy zich omdraaide zag ze een meisje op hoge laarzen, met een gitzwarte, kaarsrecht afgeknipte pony en doordringende groene slangenogen.

'Ik ben bang voor haar,' zei Emma.

'Ze is gewoon een van de modellen. Dus je hebt net zoveel recht om hier te zijn als zij.'

Emma schudde haar hoofd. 'Je snapt het niet,' fluisterde ze. 'Kijk.' Ze draaide haar arm naar buiten. Romy zag diverse donkerpaarse bloeduitstortingen, met aan weerskanten iets wat eruitzag als nagelafdrukken.

'Heeft zij dat gedaan?'

Emma knikte. 'Dat doet ze bij iedereen.'

Romy keek opnieuw in de richting van Tia, maar die liep net op dat moment zelfverzekerd naar de provisorische wc. Romy maakte aanstalten achter haar aan te gaan.

'Niet doen,' smeekte Emma. 'En denk erom, je hebt het niet van mij.'

Maar Romy werkte zich al tussen de modellen en de assistenten door naar de wc.

Ze bleef met een ruk staan toen ze zichzelf in de lange spiegel zag. Rond haar ogen waren diepzwarte, fluorescerende schaduwen gecreëerd, maar op de een of andere manier maakte de hoofdtooi haar hele look af. Elegant en toch speels, punkachtig maar ook uiterst vrouwelijk. Het chaotisch ogende topje van kant met bont liep wijd uit naar een strokenrok van tweed met daaronder een petticoat van roze tule. De kapotgesneden netkousen verdwenen in laarzen met onwaarschijnlijk hoge hakken en open tenen. Maar hoe excentriek haar uitmonstering ook was, Romy voelde zich merkwaardig op haar gemak in het geheel.

Toen zag ze Tia. Ze stond een lijntje wit poeder te snuiven van een spiegeltje dat ze op de rand van de wasbak had gelegd.

'Wat moet je? Trouwens, wie ben je?' Ze wreef over haar neusgat toen ze zag dat Romy haar stond aan te staren.

Dus dít was Tia, dacht Romy. Ze had in het weeshuis genoeg ervaring opgedaan met bullebakken om daar wel raad mee te weten.

'Wat kan jou dat schelen?' Ze besefte dat Tia haar op haar beurt taxerend opnam.

'O, ik weet het al... Jij bent die nieuwe Engelse griet uit Italië.' Ze sprak gedempt, met een Frans accent. 'Maak je maar geen illusies. Je hebt die klus bij Perez alleen gekregen omdat mijn vriendin Lula haar enkel heeft gebroken. Maar zodra Lula terug is, kun jij weer vertrekken.' Ze knipte met haar vingers, alsof Romy een ergerlijk insect was. Toen snoof ze ongegeneerd nog een lijntje. 'Daar ga ik hoogstpersoonlijk voor zorgen! Trouwens, wie heeft jou wijsgemaakt dat je wat voorstelt als model? Gestoord, dat ben je!'

Romy dwong zichzelf kalm te blijven. Ze moest haar handen thuishouden. Deze opdracht was belangrijk voor haar. Maar het was lang geleden dat ze met zoveel onbeschoftheid, zoveel arrogantie was geconfronteerd. Geen wonder dat Emma bang voor Tia was.

Even later, toen Tia terugkwam uit de wc, hoorde Romy haar stem boven alle andere.

'Pierre!' commandeerde ze zonder zich om te draaien, en ze riep iets in het Frans. Ineens realiseerde Romy zich dat iedereen naar haar hoofdtooi keek.

'Die is beter! Ik wil de hare!' vervolgde Tia in het Engels. Ze kwam voortvarend naar Romy toe en wilde de tooi van haar hoofd rukken.

Van het ene op het andere moment was Romy weer negen, in gevecht met Fuchs, in de eetzaal van het weeshuis. Ze gaf Tia een duw.

In een oogwenk was Pierre ter plekke. Hij probeerde Tia te kalmeren. Die snauwde iets tegen Romy, draaide zich op haar hakken om en beende driftig weg.

Pierre keerde zich woedend naar Romy.

'Wat is er?' Ze zette schouderophalend haar hoofdtooi recht. 'Je hebt toch gezien wat ze deed?'

'We hebben het hier over Tia. Tia Blanche! Die kan doen wat ze wil,' zei Pierre. 'In de rij allemaal. We zitten in de laatste minuut. Dan is het zover! En jij, *new girl*, denk erom dat je ons topmodel niet weer van streek maakt. Want dat vindt Monsieur Vadim niet leuk.'

Maar Tia was duidelijk nog niet klaar met Romy. Toen Romy zag dat zij als nummer een en twee de catwalk op moesten, wist ze dat er problemen van zouden komen.

'Wow,' zei Emma tegen Romy terwijl ze na een laatste controle haastig in de rij gingen staan. 'Dat je dat durfde!'

'Mij maakt ze niet bang!' zei Romy.

Ze zag dat Tia zich voorbereidde in het donker, gespannen luisterend naar de muziek, in afwachting van het teken dat ze op moest.

'Bitch! Laat ik je niet zien op de catwalk!' snauwde ze tegen Romy toen die achter haar ging staan. 'Waag het niet bij me in de buurt te komen! Je zet geen stap op de catwalk tot ik op de terugweg ben en zeg dat je kunt opkomen. *Capisce?*'

Romy zei niets, maar alles in haar kwam in opstand. Toen gingen de lichten aan, de dreunende muziek werd nog harder, en was het zover. Maar voordat Tia ging lopen, zette ze welbewust een stap naar achteren en boorde ze haar stilettohak in Romy's grote teen.

De pijn was zo hevig dat Romy zich niet kon beheersen. Ze gaf Tia een harde zet, waardoor die haar evenwicht verloor, naar voren wankelde en in het volle licht aan het begin van de catwalk tegen de grond sloeg.

Romy hoorde dat er een schok door het publiek ging.

Iedereen achter de schermen verstijfde. Zodra Tia zich overeind had gewerkt stortte ze zich krijsend van woede op Romy. Er klonk een scheurend geluid toen Romy's kanten topje het begaf en ze door Tia in het licht van de schijnwerpers werd gesleurd.

Romy haalde uit en stompte haar recht in het gezicht. De muziek dreunde. Het publiek schoot als één man overeind.

Toen richtte Romy zich op, schudde haar hoofd om weer helder te worden, hees het kanten topje omhoog en zette het vast met de kauwgom die ze nog in haar mond had. Met opgeheven hoofd liep ze vervolgens de catwalk op, stralend alsof er niets aan de hand was, en werd met applaus en gejuich ontvangen.

De rest van de show verliep in een roes. Nico verscheen achter het toneel, gewapend met een eerste-hulptrommel die hij ergens had weten te bemachtigen. Romy's grote teen zag vurig paarsrood en was behoorlijk gezwollen. Maar de adrenaline joeg nog altijd door haar lichaam.

'Leuk om een keer op de catwalk te staan,' zei ze. 'En nog wel in Parijs!'

'Ik ben bang dat het meteen voor het laatst was,' zei Nico grimmig, niet gevoelig voor haar galgenhumor. 'Heb je enig idee hoe woedend Simona is?'

'Tia begon!' protesteerde Romy, maar inmiddels wist ze dat haar uitbarsting had geleid tot tranen en ruzie tussen Tia en Pierre, en dat het topmodel al voor het eind van de show was vertrokken. 'Misschien deug ik hier gewoon niet voor.'

'Zulke dingen moet je niet zeggen,' zei Nico.

Op dat moment kwam Pierre aangerend. 'Jij!' schreeuwde hij. 'Je moet op! Voor het slotapplaus.' Zijn ijzige blik maakte Romy duidelijk dat ook Pierre woedend op haar was.

Met knikkende knieën liet ze zich meesleuren naar de voorkant van de rij zwijgende modellen. Hun ontstelde blikken lieten er geen twijfel over bestaan dat ze zich had bezondigd aan de ultieme faux pas. Helemaal vooraan, klaar om met zijn modellen het slotapplaus in ontvangst te nemen, stond Perez Vadim.

Ze had hem nooit eerder in het echt gezien. In zijn hoofdkantoor in Milaan had Milo, zijn protegé, haar te woord gestaan. Maar er hadden overal foto's van Perez Vadim gehangen – recente, maar ook foto's van lang geleden – die verslag deden van zijn dertigjarige carrière.

In het echt zag hij er ouder uit dan ze had verwacht, met enigszins fletse blauwe ogen. Zijn zonnebril had hij omhooggeschoven op zijn dunnende haar. Hij droeg een broek met veel ritsen, zijn cowboyoverhemd was voorzien van een schoudercape.

'Het spijt me, Monsieur Vadim,' zei ze, want ze vreesde het ergste. 'Het spijt me echt heel erg. Ik heb niet bepaald een goede indruk gemaakt, ben ik bang.'

'*Au contraire*,' zei de beroemde ontwerper. Hij pakte haar hand, kuste die en liep met haar naar voren om de staande ovatie in ontvangst te nemen. Er dansten pretlichtjes in zijn ogen. 'Dankzij jou heeft iedereen het dit seizoen alleen nog maar over mijn show! Je bent geweldig, Romy! Een succes zonder weerga!'

15

Maart 1992

Thea stond grijnzend bij de achterdeur van het Zwitserse chalet. De omstandigheden voor het weekend van haar eenentwintigste verjaardag hadden niet volmaakter kunnen zijn. De hemel was stralend blauw en witte poedersneeuw bedekte de hellingen van onder tot boven.

'Kom mee! Waar wacht je nog op?' riep Tom, toen schoot hij juichend weg over de sneeuw.

Thea skiede achter hem aan en lachte toen ze hem inhaalde, waarop hij zijn snelheid verhoogde om haar opnieuw voor te blijven. Ten slotte kwam hij tot stilstand en hij bedolf haar onder de poedersneeuw. Hij nam zijn skibril af, er lag een blos op zijn wangen, en Thea had de neiging zichzelf te knijpen, om zeker te weten dat ze niet droomde. Soms vond ze hem zo adembenemend knap, dan kon ze gewoon niet geloven dat zo'n geweldige man zoveel van haar kon houden. Ze kuste hem, blij dat ze hem had meegenomen. En ze begon te lachen toen hij haar behendig onderuithaalde in de sneeuw en boven op haar ging liggen.

'Ik hou van je, Thea Maddox!' Hij kuste haar.

'Ik hou ook van jou.'

'Wil je dan alsjeblieft ophouden zo nerveus te zijn?' Met een glimlach keek hij haar aan.

'Nerveus? Ik ben toch niet nerveus?'

Hij lachte. 'Als je nerveus bent ga je je haar vlechten.' Hij speelde met haar dikke, blonde vlecht.

Ze bloosde, verbaasd dat het hem was opgevallen. 'Ik zal het loshalen.'

'Nee, niet doen. Ik ben dol op je *Fräulein*-look. Maar eh... probeer te ontspannen, Thea. We zijn hier om het leuk te hebben. Dit was wat je wilde. Geen groot feest. In plaats daarvan zijn ze allemaal naar Europa gekomen. Dus probeer er niet zo zwaar aan te tillen. Wat is er zo erg aan als ik je ouders leer kennen?'

'Oké, je hebt gelijk. Sorry.' Ze kuste hem opnieuw. Hij trok haar overeind en skiede lachend weg.

Het was waar wat hij zei. Ze moest proberen te ontspannen, zei ze tegen zichzelf. Eén weekend maar. Daarna ging ze terug naar Oxford, met nog alle tijd om zich voor te bereiden op haar laatste tentamens. Met één weekend plezier maken zou ze haar kansen om summa cum laude af te studeren heus niet verspelen.

Bovendien was het geweldig om met Tom op vakantie te zijn, en ze wist hoezeer hij naar dit weekend had uitgekeken. Dat mocht ze niet bederven met haar twijfels. Tot dusverre was het allemaal perfect verlopen. Bij aankomst in het chalet bleek het hele gezelschap al op de ski's te staan, dus ze hadden even een moment voor zichzelf.

Waarom was ze dan zo afschuwelijk gespannen?

Maar toen hoorde ze een eindje lager op de helling, bij de champagnebar, een maar al te vertrouwde, klaterende lach. Ze remde af.

'Thea?' Storm wenkte haar. 'Thea, lieverd. We zijn hier!'

Ze droeg een zuurstokroze skipak met een designerzonnebril en oorwarmers van bont. Op haar tafeltje stonden diverse lege flessen. Zoals gebruikelijk zag Thea in Storms voortdurend wisselde entourage maar een of twee gezichten die haar bekend voorkwamen. Griffin Maddox was nergens te bekennen.

'Tom, dit is mijn stiefmoeder, Storm Maddox.' Thea sloeg haar gade terwijl ze haar gemanicuurde hand uitstak. De diamanten aan haar vingers glinsterden in de zon.

'Dus jij bent Thea's studiehunk,' zei Storm met haar lijzige accent, terwijl ze met haar zwaar opgemaakte ogen zijn gezicht verkende. Ze keek alsof ze hem wel kon opvreten, dacht Thea. Te oordelen naar het besmuikte gelach rond de tafel, waren Tom en zij al onderwerp van gesprek geweest.

Ondertussen kon Thea haar ogen niet van Storms gezicht afhouden. Wat was er gebeurd? Sinds de vorige zomer waren Storms lippen opnieuw van vorm veranderd en de huid over haar jukbeenderen stond strak gespannen. Had ze soms wéér een facelift laten doen?

Terwijl ze zag hoe Storms spierwitte tanden glansden in de zon, vroeg ze zich voor de zoveelste keer af hoe haar vader ooit met haar had kunnen trouwen. Of hoe ook maar iemand een vrouw aantrekkelijk kon vinden die elke vorm van gêne miste. Terwijl Tom en zij zich bij het gezelschap voegden voor een drankje, ging het gesprek door. Storm verkondigde dat ze het veel te warm had en deed welbewust haar rits naar beneden om haar nieuwe aanwinsten te onthullen. Thea bloosde, teleurgesteld toen ze zag dat Tom ze ook had opgemerkt. Het gesprek ging echter al snel verder toen een van Storms vriendinnen een meisje aan het tafeltje naast het hunne opmerkte.

Ze was ongewoon lang, met opvallend zwart haar, maar zelfs van een afstand was duidelijk te zien dat er achter haar designerbril een blauw oog schuilging. Tom knipoogde naar Thea, alsof Thea zou moeten weten wie dat meisje was. Ze haalde haar schouders op.

'Dat is Tia Blanche,' fluisterde Tom. 'Het fotomodel.' De naam zei Thea niets. 'Ze stond de afgelopen week in alle roddelbladen,' legde hij uit. 'Tijdens een show in Parijs kreeg ze het aan de stok met een ander model.'

Thea glimlachte. Doordat hij tegenwoordig in een bar werkte, was Tom op de hoogte van de laatste roddels en had hij alle tijd om de kranten te lezen. Anders dan zij. Het enige waar zij aan toekwam, was literatuur over de economische migratiestromen in het Europa van de twintigste eeuw.

Blijkbaar had Storm zijn uitleg ook gehoord, want ze boog zich naar hen toe, legde haar arm om Toms middel en trok hem tegen zich aan. 'Blij te horen dat ten minste één van jullie weet wat er in de echte wereld te koop is.'

In plaats van het voor Thea op te nemen, lachte Tom alleen maar. 'Voor zover ik heb begrepen, was de ruzie echt de catfight van de eeuw,' vertelde hij. 'Het andere model – Romy... ik weet niet meer hoe ze heet – liet haar blijkbaar alle hoeken van de catwalk zien.'

'O, heerlijk, een man die zijn vinger aan de pols houdt!' Storm trok Tom nog dichter tegen zich aan, met een verleidelijke blik in haar groene ogen, alsof ze wilde zeggen dat ze er geen bezwaar tegen zou hebben als hij zijn vinger op háár pols legde. Het ontging Thea niet dat Tom bloosde.

Zodra ze haar kans schoon zag, mompelde ze een excuus en trok ze hem bij het gezelschap vandaan, ondanks de protesten dat ze nog lang niet met hem waren uitgepraat. Het laatste wat ze wilde, was de hele middag met Storm en haar vriendenkring doorbrengen. Bovendien zou er later op de avond een groot diner zijn, dus dan was er alle tijd om te praten.

'Ze lijkt me heel aardig, je stiefmoeder,' zei Tom terwijl ze naar de lift skieden.

'Hou toch op,' zei Thea, dodelijk gegeneerd. 'Ze was verschrikkelijk. Zeg het maar eerlijk.'

'Je bent jaloers,' zei Tom. 'Jaloezie op het dominante vrouwtje. Dat komt vaker voor.'

'Jaloers? Op al dat haar en die nieuwe tieten...'

'Nou inderdaad! Zo heb ik ze nog nooit gezien!' Hij blies zijn haar omhoog alsof hij het plotseling warm kreeg.

Thea sloeg hem op zijn arm, maar Tom pakte haar vast en kuste haar.

'Maak je geen zorgen.' Hij grijnsde. 'Ze is niet mijn type. Ik heb liever een combinatie van slim en mooi. En echt. Jou, kortom.'

Ze bleven zo lang mogelijk op de pistes voordat ze teruggingen voor het avondeten. Thea had Tom overgehaald om met de stoeltjeslift helemaal naar boven te gaan, dus tegen de tijd dat ze bij het chalet arriveerden, brandde er licht achter alle ramen en hadden de gasten zich verzameld voor het diner.

Zoals Thea al had vermoed, was het intieme familieweekend uitgebreid met minstens twintig onbekende gasten die op dat moment blijkbaar tot Storms naaste vriendenkring behoorden. Thea twijfelde er niet aan dat ze vóór het eind van het seizoen minstens de helft alweer zou hebben afgedankt. En zo bleven de gelederen groeien van de tallozen die ooit, kortstondig, in de gunst hadden gestaan bij de machtige first lady van het New-Yorkse mediawereldje.

Thea voelde de zon nog op haar gezicht terwijl ze haastig haar baggy spijkerbroek en een polo aantrok. Zodra ze even later de grote zitkamer binnenkwam, besefte ze echter dat alle andere vrouwen zich met zorg hadden gekleed. Ze had gedacht dat ze de volgende avond pas in gala werd verwacht. Hoe dan ook, het was nu te laat om nog iets anders aan te trekken.

'Dat werd tijd,' zei haar vader.

Thea gaf hem een kus en terwijl ze zich verontschuldigde, ontging het haar niet dat hij er gestrester uitzag dan de laatste keer dat ze hem had gezien. Bovendien was zijn donkere haar veel grijzer dan in haar herinnering.

Nerveus bijtend op haar onderlip stelde ze Tom aan hem voor, waarna ze glimlachend toekeek hoe ze elkaar de hand schudden. Ze had verwacht dat haar vader het leuk zou vinden om te horen dat Toms moeder en Alyssa Maddox vriendinnen waren geweest. Sterker nog, ze had zich verheugd op het moment waarop ze hem dat zou vertellen. Tenslotte had hij het voortdurend over het belang van netwerken. Maar het leek wel alsof het hem niets deed dat Tom en zij met elkaar waren verbonden door een vriendschap uit het verleden.

Hij besteedde er tenminste nauwelijks aandacht aan. Hij was zelfs kortaf tegen Tom, op het onbeleefde af. Thea was verbijsterd. Ze had Tom een beeld geschilderd van haar charmante vader, maar nu schaamde ze zich voor zijn neerbuigende manier van doen. Toen het personeel hen voorging naar de eetkamer, bleek tot overmaat van ramp dat Tom geen ereplaats had gekregen – naast Thea, of haar vader of desnoods naast Storm – maar dat hij tussen vrienden van Storm kwam te zitten die Thea nooit eerder had gezien.

Ze dacht nog na over een beleefde manier om bezwaar te maken, toen Storm de tafelschikking al omgooide en zelf naast Tom ging zitten. 'Zo, en nu wil ik alles weten over prinses Diana. Vertel!' zei ze stralend, en ze legde haar beide handen op zijn arm. 'Gaat ze echt scheiden van Charles? Ik kan het haast niet geloven...'

Het ontging Thea niet hoe laag uitgesneden Storms zwarte jurk was. Maar na wat Tom die middag had gezegd, was ze vastberaden om hem te laten zien dat ze absoluut niet jaloers was. In geen enkel opzicht. Bovendien kon het geen kwaad als Tom de echte Storm leerde kennen, dacht ze, terwijl ze hun kant uit keek – voor de laatste keer, zei ze streng tegen zichzelf. Nieuwe tieten of niet, zodra hij begreep hoe ze echt was, zou hij al snel genoeg van haar krijgen.

Thea zat naast haar vader, die in geanimeerd gesprek was gewikkeld met Justin Ennestein over de donatie die hij had gedaan aan de campagne van Bill Clinton. Hij was vastbesloten om zijn vriend uit Arkansas te helpen Bush uit het Witte Huis te werken.

Ze wenste dat ze ophielden met praten of haar op zijn minst in hun gesprek betrokken. Terwijl de maaltijd vorderde, keek Thea onwillekeurig toch af en toe weer naar de andere kant van de tafel, waar Tom werd omringd door vrouwen die allemaal aan zijn lippen hingen. Ze vond het heerlijk dat hij zo knap was en dat hij mensen aan het lachen kon maken. Maar ze vond het nog veel heerlijker om hem voor zich alleen te hebben. Terwijl ze hem gadesloeg, bekroop haar het vreemde gevoel dat hij niet langer van haar was.

'Thea?' Griffin Maddox legde zijn bestek neer. 'Wat is er met je? Het lijkt wel alsof je mijlenver weg bent met je gedachten. Je bemoeit je nauwelijks met het gesprek.'

Ze wilde protesteren dat hij haar geen kans had gegeven, maar ze wist dat hij dat als een zwakte zou beschouwen. Alles in zijn leven draaide tegenwoordig om het bedrijf en soms had ze het gevoel dat hij haar ook als een zakenrelatie behandelde. Maar ze wilde dat hij haar zag als zijn dochter! Uitgerekend nu, aan de vooravond van haar eenentwintigste verjaardag.

'Ja, Thea. Vertel eens! Hoe gaat het in Oxford?' vroeg Justin.

'Prima... dank je.'

'We hebben in de States anders ook een heleboel goede universiteiten,' zei Griffin Maddox.

Justin negeerde hem. 'Je studeert geschiedenis, toch?'

'Moderne Europese Geschiedenis.'

'Waarom zou je het verleden van Europa bestuderen? De toekomst ligt in Amerika,' mopperde haar vader.

Thea had het gevoel dat ze een klap in haar gezicht had gekregen. Haar blik zocht die van Justin.

'Kom op, Griff. Doe niet zo onaardig,' zei de familieadvocaat.

Griffin Maddox zuchtte. 'Ik zou alleen zo graag willen dat je wat dichterbij zat, Thea. Dat je wat vaker thuiskwam. Ik zie je zo weinig, de laatste tijd.'

Het enige thuis dat ik ooit heb gehad, heb je verkocht, dacht Thea. Maar ze dwong zichzelf te glimlachen. Die discussie behoorde inmiddels tot een ver verleden. Bovendien was zij daarin nooit naar haar mening gevraagd.

Storm trok zijn aandacht. 'Zeg dat ik gelijk heb, Griff!' riep ze met haar klaterende lach. 'Tom wil niet geloven dat Thea behoorlijk mollig was als tiener.'

Er werd gelachen. Griffin trok een gezicht waaruit bleek dat de vraag hem ergerde, maar dat hij niet anders kon dan zijn vrouw gelijk geven.

'*Puppy fat.*' Hij klopte Thea op haar hand. 'Daaronder was ze altijd al een schoonheid.'

Ondanks zijn vriendelijke woorden had Thea bij het zien van de glinstering in de ogen van Storm het gevoel dat haar maag veranderde in een klomp ijs. Tom pakte zijn servet en veegde zijn mond af. Over zijn servet heen vonden zijn ogen die van Thea. Hij mocht dan overgeleverd zijn aan de genade van Storm en haar vrienden, hij keek dwars door haar hatelijke woorden heen, las ze in zijn blik. En zijn tedere glimlach vertelde haar dat hij van haar hield. Daar kon Storm niets aan veranderen, wat ze ook zei. Binnenkort studeerde ze af, dacht Thea. Summa cum laude! En dan zou ze Storm en haar akelige jeugd ver achter zich laten.

'Ze plaagt je maar,' hoorde Thea haar vader zeggen.

'Volgens mij heeft ze te veel gedronken.' Thea zei het net hard genoeg zodat Storm het hoorde. Tenminste, dat hoopte ze.

'En... wat ga je doen na je afstuderen?' vroeg Justin Ennestein, in een poging de draad van hun gesprek weer op te pakken.

Thea haalde diep adem. Dit was het moment, de aanleiding

waarop ze had gewacht. Het kwam goed uit dat Justin erover begon, want haar vader en hij waren precies degenen met wie ze haar plannen wilde bespreken.

Maar net op het moment dat ze van wal wilde steken, ontstond er commotie in de gang. De deur vloog open en Brett kwam binnen, rechtstreeks van het vliegveld, met sneeuw op zijn haar en een weekendtas om zijn schouder. Er werd enthousiast geapplaudisseerd. Thea zag tot haar afschuw dat haar vader onmiddellijk opstond en breed glimlachte. Voor het eerst sinds haar aankomst.

'Nee maar! Daar is hij!' Griffin Maddox sloeg Brett uitbundig op de rug terwijl ze elkaar omhelsden. 'Dus je hebt het gered!'

'Hallo, Thea,' zei Brett. 'Surprise!'

Bij het zien van zijn triomfantelijke blik liep er een rilling over haar rug. Hij sloeg haar speels op de schouder, alsof ze de beste maatjes waren.

Ze keek toe terwijl Brett zijn tas neerzette, waarop Storm hem om de hals viel en met hem in het rond draaide alsof hij als een verloren zoon terugkeerde uit de oorlog.

'Dit is mijn Brett,' zei ze tegen Tom. Ze kuste Brett uitbundig, met haar vuurrode nagels tegen zijn wangen gedrukt.

'Haar broer.' Brett gebaarde met zijn hoofd naar Thea.

Tom glimlachte, toen keek hij naar Thea. Wíé? leek hij te willen zeggen. Thea kromp ineen terwijl ze elkaar de hand schudden. Haar vader had gezegd dat Brett er niet bij zou zijn. Daarom had ze het met Tom niet over haar stiefbroer gehad, in de veronderstelling dat hij via de krant ooit weleens van Brett had gehoord. Wanneer het over haar familie ging, beperkte Thea zich doorgaans tot haar vader en omdat Tom nooit naar Brett had gevraagd, had ze aangenomen dat die hem niet interesseerde. Maar nu zag ze dat Tom vragen had. Een heleboel vragen. Bijvoorbeeld waarom Thea met geen woord had gesproken over iemand die blijkbaar een belangrijk lid was van de familie.

Ze voelde zich bezoedeld, alsof Tom zich al bewust was van haar schuld.

'Leuk je te ontmoeten,' zei Brett, een en al charme. 'Tom was het toch? Kom, dan gaan we wat drinken, maatje.'

Brett troonde Tom mee en Thea voelde tranen van machteloosheid in haar ogen branden. Was dit hoe Bridget zich had gevoeld toen zij voor Tom was gevallen? Ineens begreep ze het. Ze keek naar haar glas en dronk het leeg. Toen ze weer opkeek, zag ze haar vader bij de balkondeuren staan.

'Heb je ook zin in een frisse neus?' riep hij, en ze volgde hem naar buiten, de duisternis in.

Het uitzicht was adembenemend. De vollemaan overgoot het landschap met haar zilveren gloed, de sneeuw glinsterde als een mantel bedekt met ontelbare diamantjes. Haar vader had een sigaar opgestoken en terwijl de rook die hij uitblies versmolt met de duisternis, had Thea het gevoel dat ze in een film was beland en dat dit een scène was die ze had moeten repeteren.

'En nou ga je me natuurlijk vertellen dat je verliefd bent op die Lawson?' zei Griffin Maddox, terwijl ze naast elkaar op de houten balustrade leunden.

Thea schrok van de vraag. Ze worstelde nog met Bretts onverwachte en ongewenste verschijnen. 'Ja.' Ze keerde zich naar haar vader, op slag in de verdediging gedrongen.

'Een eerste liefde houdt nooit stand,' zei hij. 'Dat is een van de fouten die bijna alle jonge mensen maken.'

Hoe durfde hij zo neerbuigend te doen, dacht Thea gekweld. Oprechte liefde keek niet naar leeftijd.

'Jij was toch ook nog jong toen je mama leerde kennen? Jullie hielden ook van elkaar.'

'Dat was anders,' zei hij op besliste toon.

'Hoezo? Mankeert er iets aan Tom?'

'Ik vertrouw hem niet.'

Thea haalde diep adem en dwong zichzelf kalm te blijven. 'Hoezo? Waarom zeg je dat?' Ze probeerde haar stem vlak te laten klinken, maar ze wilde het wel uitschreeuwen. 'Je vergist je. En dat zal ik je laten zien.'

Griffin liet zuchtend zijn brede schouders hangen. 'Misschien heb je gelijk.'

Hij sloeg zijn sterke arm om haar heen. Het kostte haar nog altijd de grootste moeite haar tranen terug te dringen. Was hij dronken? Gedroeg hij zich daarom zo?

'Ik wil je alleen beschermen,' zei hij. 'Dat is alles. Maar ik zal het er niet meer over hebben.'

Thea was geroerd en verbaasd door dit openlijke blijk van vaderlijke bezorgdheid. Even zwegen ze allebei en keken ze op naar de sterren.

'Maar eh... je hebt nog geen antwoord gegeven op de vraag van Justin. Wat ga je straks doen, als je met zo'n schitterende universitaire titel uit Oxford vertrekt?'

Ze zette zich schrap. Eerder op de avond was ze er klaar voor geweest, maar de komst van Brett had haar uit haar evenwicht gebracht en haar zelfvertrouwen dreigde haar in de steek te laten.

'Weet je nog dat je altijd zei dat je me ooit alles zou leren wat je wist?' vroeg ze.

En dat alles wat van jou is, ooit van mij zal zijn, wilde ze eraan toevoegen, terwijl ze aan zijn vertrouwde mantra dacht. Maar ze beheerste zich.

Haar vader stond even in gedachten verzonken. 'Ach, dat is inmiddels zo lang geleden. Sindsdien... is alles anders komen te liggen,' zei hij zacht. 'Je moeder dacht altijd dat je nooit zou hoeven te werken. Dat zou ze graag hebben gewild en dat heb ik mogelijk gemaakt.'

'Ik ben ook heel dankbaar, voor alles wat ik heb,' zei Thea haastig. 'Maar ik ga niet de rest van mijn leven zitten duimendraaien.'

'Je zou toch op zoek kunnen gaan naar een goede man? En samen een gezin stichten?'

'Erg modern van je!' Ze porde hem liefkozend in zijn ribben en wist hem eindelijk aan het grinniken te krijgen. Toen maakte ze zich los van zijn arm en ze keerde zich vastberaden naar hem toe. 'Ik wil graag in Londen blijven. Dus ik hoopte eigenlijk dat je me een baan zou aanbieden.'

Ze probeerde volgzaam en dankbaar te klinken terwijl ze hem vertelde over haar research naar het krantenbedrijf van Maddox Inc. in Londen, en hoe ze daar graag een actieve rol zou vervullen. Het was iets waar ze lang en grondig over had nagedacht. Ze had geruime tijd overwogen om niet bij haar vader te gaan werken en een heel andere richting te kiezen, maar Tom had haar ervan overtuigd dat ze gek zou zijn om dat te doen.

Bovendien, het was haar erfgoed. Het was de carrière die ze haar hele leven had gewild. Ze was als Maddox geboren! En als ze het bedrijf de rug toekeerde? *Dan is alles met de naam Maddox van mij.* In gedachten hoorde ze opnieuw de honende stem van Brett.

'Maar ik weet niet of het je wel zou bevallen, om voor mij te werken.'

'Waarom niet? Brett doet het toch ook?'

Het klonk kinderachtig en ze voelde plotseling een overweldigende jaloezie.

'Brett is buitengewoon getalenteerd,' zei haar vader. 'Ook als hij geen familie was, dan nog zou ik hem in het bedrijf willen. Hij heeft zich als bijzonder waardevol bewezen.'

Thea zweeg en zonk weg in een duisternis die zwarter was dan de nacht. Een stem binnen in haar wilde het uitschreeuwen, wilde hem vertellen wat Brett had gedaan. Maar iets in haar smoorde de woorden die ze zo vaak had geoefend. Iets diep vanbinnen vertelde haar dat ze walgelijk was, dat haar vader haar walgelijk zou vinden, dat hij zou denken dat wat er was gebeurd haar eigen schuld was.

Het was de stem van haar vader die haar terughaalde uit de leegte. Als een hypnotiseur die met zijn vingers knipte en haar deed ontwaken uit een trance.

'Als je zo graag wilt studeren, zou ik een promotieonderzoek voor je kunnen regelen.'

Ze keek hem aan, verbaasd over zijn vermogen haar niet serieus te nemen, terwijl hij tegelijkertijd van haar verwachtte dat ze hem dankbaar was. Nou, Brett mocht zijn directiefunctie dan gretig hebben aangepakt, zij weigerde dat soort nepotisme.

Ze zou een manier vinden om zich op eigen kracht te bewijzen. Ze zou succes hebben óndanks het feit dat hij haar vader was. Ze zou hem laten zien hoe waardevol zíj was. Ze zou haar plek als zijn rechtmatige erfgenaam opeisen, ongeacht wat ze daarvoor moest

doen. En ze zou zich niet laten afkopen met een promotieonderzoek.

'Ik zal erover denken,' mompelde ze.

Hij legde even een hand op haar schouder. 'Ik geef je nog wat
aandelen voor je verjaardag. Want ik dacht dat je die liever had
dan geld.'

'Dank je wel,' zei ze, maar zonder 'papa' en zonder knuffel.

Later die avond, toen het feest in het chalet in volle gang was, zag
Thea dat Griffin Maddox al vroeg wegging. Ze zou het liefst ook
naar bed gaan, maar Tom wilde er niet van horen. Hij speelde dj
met de tapedecks in de televisiekamer, tot verrukking van Storm,
die met haar gasten danste tot ze allemaal zo heet en bezweet
waren dat ze gillend en lachend naar buiten renden, de sneeuw
in.

Brett bleef in de televisiekamer, diep in gesprek met Justin Ennestein. Thea vroeg zich af waar ze het over hadden. Ze wilde niet
langer buitengesloten worden. Ze wilde weten wat er gaande was.

Zolang ze zich kon heugen, wilde ze al bij Maddox Inc. werken.
Het feit dat haar vader haar voornemen dwarsboomde – uitsluitend en alleen om seksistische redenen, vermoedde ze – maakte
haar alleen maar ambitieuzer.

Natuurlijk, het zou heel gemakkelijk zijn om weg te lopen. Om
haar nederlaag toe te geven. Om te aanvaarden dat Brett zich de
rol had toegeëigend die haar vader háár altijd in het vooruitzicht
had gesteld. Dat zou ze echter niet doen. Ze zou zich niet neerleggen bij de afwijzing door haar vader.

In de hoop dat ze hem op hun kamer kon vertellen over het
gesprek met haar vader, gebaarde ze Tom om samen weg te glippen. Maar hij was al te dronken voor een serieus gesprek. Bovendien had Storm zich blijkbaar voorgenomen hem te laten zien hoe
ongelooflijk veel plezier je met haar kon hebben. Thea zag dat ze
zijn glas voortdurend bijvulde en lachte om alles wat hij zei. Haar
hand, met haar lange, vuurrode nagels, rustte op zijn arm en om
de haverklap gierde ze het uit. Uiteindelijk wisten Storm en haar
uitbundige vriendenkring Tom over te halen mee naar buiten te

gaan, waar ze de sneeuw in doken. Hij keek Thea aan en haalde hulpeloos zijn schouders op toen ze hem meesleepten.

Ze glimlachte vluchtig, maar weigerde mee te doen. Vanuit de deuropening riep ze dat hij gek was. Zodra hij zijn kans schoon zag, rukte hij zich los en voegde hij zich huiverend bij haar. Storm riep hem na vanuit de jacuzzi, maar Tom luisterde niet meer. 'Laten we naar de sauna gaan,' zei hij klappertandend.

Ze wilde al weigeren, maar bedacht zich. Het was beter om samen naar de sauna te gaan, dan om Tom bij Storm en haar vrienden te laten. Een beetje warmte zou hem misschien ontnuchteren.

In de sauna hield Tom het niet lang vol. Al na vijf minuten begon Thea zich serieus zorgen om hem te maken. 'Ik ben zo terug!' Hij stond op. 'Maar ik moet even wat water drinken. Niet weggaan.'

'Oké, maar schiet wel op dan.'

Ze leunde achterover. Het was alweer even geleden sinds ze voor het laatst had geskied en ze had overal pijn. Maar in de hitte begonnen haar stijve spieren te ontspannen. Van boven klonk muziek. Blijkbaar waren Storm en haar vrienden ook weer binnen.

Ze stond op en veegde de stoom van het raampje in de deur, zich afvragend of ze Tom moest gaan zoeken.

Maar op dat moment verscheen er een ander gezicht voor het raampje. Thea slaakte een kreet van schrik, deinsde achteruit en liet zich op de houten bank vallen toen de deur openzwaaide. Brett kwam binnen, met een witte handdoek om zijn middel. Bij het zien van zijn rossige borsthaar en bleekroze tepels schoof ze zo ver mogelijk bij hem vandaan.

'Waar is Tom?' Ze streek haar vochtige, bezwete haren uit haar gezicht.

'Die ligt al in bed,' zei Brett. 'Hij vroeg of ik dat tegen je wilde zeggen. Je had hem nooit aan ma mogen uitleveren. Die arme jongen is totaal uitgeput.'

Hij keek haar grijnzend aan. Thea trok haar knieën op en voelde zich erg ongemakkelijk in haar bikini, samen met hem in zo'n kleine ruimte.

Maar Brett had duidelijk geen haast om weer weg te gaan. Hij leunde met zijn rug tegen de deur en kruiste zijn voeten.

'Hij is behoorlijk slim, die Tom van je.'

Die Tom van je. Waarom nam niemand hem serieus?

'Tja, en eh...' Het was hem aan te zien dat hij genoot van haar ongemak. 'Hij heeft me de ring laten zien die hij je morgen gaat geven.'

Tom ging haar een ring geven. Betekende dat...

Thea keek hem aan, vervuld van weerzin om de manier waarop hij welbewust probeerde ook dit voor haar kapot te maken.

Plotseling pakte hij de grote lepel van de haak, hij doopte hem in het houten vat op de grond en spetterde uitbundig water op de hete kolen. Een luid gesis, en de temperatuur schoot omhoog. Thea wist zich geen raad, maar ze was vastbesloten niet te laten merken hoe bang hij haar maakte.

'Ik hoorde van pap dat je om een baan had gevraagd.' Hij klonk geamuseerd, alsof ze samen al grappen hadden gemaakt over haar verzoek.

Pap. Haar vader was zijn 'pap' niet. God mocht weten wie zijn vader wel was. Vragen over haar exen ontweek Storm stelselmatig. Hoe dúrfde Brett haar vader in te pikken? De gedachte dat haar privégesprek met haar vader al was doorgebriefd, maakte haar razend.

'Je wilt niet voor ons werken, Thea.' Het klonk als een dreigement.

Ons?

'Waarom niet? Ben je bang dat ik je ontmasker? Of dat ik beter ben dan jij?' snauwde ze. 'Mij maak je niet bang.' Ze probeerde moediger te klinken dan ze zich voelde. Maar ze moest hier weg en vlug ook. Ze moest terug naar Tom. Bij hem was ze veilig.

Ze stond op en probeerde zich langs hem heen te werken, maar plotseling greep Brett haar vast, hij draaide haar om en duwde haar tegen de ruwe houten wand van de sauna. Haar wang brandde toen haar gezicht langs de hete planken schuurde.

De hitte maakte haar duizelig, machteloos, terwijl hij haar arm op haar rug trok, zodat de spieren in haar schouder uit alle macht protesteerden.

Dit kon niet! Dit mocht niet! Niet weer!

Waar was Tom?

'Niet doen!' bracht ze hijgend uit, vervuld van doodsangst. 'Laat me los!'

Deze keer verzette ze zich uit alle macht, maar zijn greep was als een bankschroef. Misselijkheid overviel haar toen hij zijn handdoek afrukte.

'Hoe denk je dat je vriendje Tom het vindt als ik hem vertel wat je me hebt laten doen?' vroeg Brett. 'Als hij zou weten wat een slet je eigenlijk bent?'

Ze probeerde te gillen, maar hij legde een hand op haar mond zodat ze bijna stikte.

Paniek overweldigde haar toen hij haar bikinibroekje van haar lichaam scheurde. Ze verzette zich nog heviger, maar haar gesmoorde kreten werden opgeslokt door de stoom en de hitte. Toen sloeg hij haar. Even was ze verlamd van verbijstering. Hij drukte haar nog harder tegen het gloeiend hete hout, greep een handvol haar en dwong haar benen uit elkaar. Toen duwde hij zijn kruis tegen haar billen en drong bij haar binnen.

'Happy fucking birthday, zusje!' Met elk woord ramde hij dieper in haar.

16

Mei 1993

Parijs beleefde een volmaakte lentedag. De caféterrassen zaten stampvol met mensen die in het zonnetje aan hun gekoelde wijn nipten, toeristen wandelden in het park van de Tuilerieën en namen foto's van de majestueuze, bloeiende kastanjebomen, vogels zongen in het groen.

Op de Avenue George V, achter de opwaaiende vitrage op de tweede verdieping, boven de chique etalage van Perez Vadim, stond Romy in het atelier van de couturier. De beroemde ontwerper liep over het glimmend gewreven parket om haar heen, met zijn benige vingers, bruin van het roken, tegen zijn getuite lippen gedrukt.

Een rij onberispelijk geklede assistenten wachtte op zijn goedkeuring, alsof het ging om een audiëntie bij een koning. Achter hen stonden de enorme deuren van Vadims beroemde salon open naar het naaiatelier, met hoge bureaus vol schetsen en patronen. Tussen de werktafels stonden paspoppen, gehuld in de schitterendste zijden stoffen, aan de muren hingen ontwerpen van jurken en hoeden.

'Wat vind je?' vroeg Vadim met de grommende, lijzige manier van praten die zijn Noord-Afrikaanse afkomst verried. Hij keek Romy aan over de rand van zijn zware, zwarte bril. Sinds de laatste keer dat ze hem had gezien, had hij zijn korte haar blond geverfd. Hij droeg een staalblauwe broek met smalle pijpen, lage, puntige cowboylaarzen en een zwart jasje met de rijgnaden aan de buitenkant. Het jasje was een van de toonaangevende ontwerpen uit zijn herfstcollectie, herinnerde Romy zich. Vóór haar komst naar het atelier had ze uitgebreid studie gemaakt van Vadims werk.

Ze keek langs haar lichaam omlaag, naar het proefmodel van de exquise avondjurk. De laatste van een reeks jurken in verschillende ontwerpstadia die ze had geshowd uit Vadims volgende haute-couturecollectie.

'Ik vind hem prachtig.' Ze bewoog voorzichtig en tilde de stoffenmonsters op die over haar schouders waren gedrapeerd. Een van de monsters was groen. En duidelijk favoriet. Maar de kleur stond Romy tegen. Doorgaans had ze geen moeite met groen, maar dit was precies dezelfde kleur als die van het dekentje dat ze al die jaren eerder in de archiefruimte naast Lemckes kantoor had gevonden. Met als gevolg dat dit groen haar herinnerde aan dat moment van razende, machteloze woede. Alsof ze een schatkist had geopend die slechts zand bleek te bevatten.

Niet voor het eerst dwong ze zichzelf de herinnering achter een mentale kluisdeur weg te sluiten. Ze was inmiddels een ander mens. Dat lag allemaal in het verleden en het verleden was een vreemd land; die formulering had ze ooit in een boek gelezen.

'Ik vind de groene niet mooi,' zei ze. 'Geef mij de blauwe maar.'

Vadim knikte langzaam. 'Inderdaad, diep donkerblauw. Geen groen. Je hebt gelijk.'

Romy keek bijna verontschuldigend naar Jocelyn en Marie, die haastig notities maakten op hun klemborden. Ze was verbaasd dat Vadim naar haar luisterde en te oordelen naar de uitdrukking op hun gezicht, waren zij dat ook. Een andere assistente schoot toe om het stoffenmonster van Romy's schouder te nemen. De groene zijde viel op de grond en plooide zich aan haar voeten.

Vadim bleef haar aankijken. 'De halslijn... daar ben ik nog niet uit.'

Hij stak zijn hand uit en gebaarde zijn assistent Marcel naar voren te komen. Marcel droeg een ultrastrakke broek met smalle pijp, net als Vadim zelf, en hij trok zijn dikke, zwarte wenkbrauwen naar Romy op toen hij zijn meester de schaar aanreikte.

'Sta stil,' zei Perez tegen Romy. Toen zette hij de schaar bij de oksel in de dunne stof en knipte de mouw af. Jocelyn en Marie liepen onverschrokken om Romy heen zodat ze de voorkant konden bekijken.

'Beter, vinden jullie ook niet?' zei Vadim. 'Dit vindt Diana mooi,' zei hij vol overtuiging. 'Ze komt volgende week. Zorg dat de jurk dan klaar is. Met hier die strook pailletten.' Hij gaf een lijn aan op de rok, waarbij zijn vingertoppen over Romy's dij daaronder streken. Maar hij scheen het niet te merken. Terwijl hij de rok plooide, stelde Romy zich voor hoe de jurk er in zijn definitieve vorm zou uitzien, gedragen door de recentelijk gescheiden Engelse prinses.

Vadim gaf de schaar terug aan Marcel.

Toen Romy haar keel schraapte, draaide de couturier zich langzaam naar haar om. Zijn nek was gerimpeld als bij een schildpad, boven zijn haviksneus glinsterden zijn half gesloten ogen nieuwsgierig.

'Wat is er?' vroeg hij.

'Ik hoop dat u het niet vervelend vindt dat ik het zeg, maar het voelt een beetje te...' Ze aarzelde. Wat had Nico haar die ochtend, voordat ze naar het atelier ging, nou op het hart gedrukt? Ze moest gewoon doen wat haar werd gezegd en haar mening vóór zich houden!

'Te wat?' vroeg Vadim.

Romy verplaatste zuchtend haar gewicht naar haar andere been. De hoge pumps waren een kwelling. 'Nou, ik heb ooit... een verband over mijn borst gedragen. Afijn, dat is een lang verhaal,' zei ze haastig, en ze lachte een beetje nerveus. 'Maar dit voelt net zo. Door die naad hier.' Ze wees naar de naad dwars over haar borst, die haar herinnerde aan het verband dat ze in de kledingfabriek in Berlijn had gedragen, om voor een jongen te kunnen doorgaan.

Vadim kwam weer naar haar toe en stak opnieuw zijn hand uit voor de schaar.

'Waar?' Hij knikte naar de jurk.

Romy keek naar beneden. 'Het zou iets minder recht moeten. Iets... schuiner.' Ze volgde de naad met haar vinger.

'*Comme ça*?' Vadim knipte nog meer stof weg. Toen deed hij met een verraste glimlach een stap naar achteren.

De zon stond al laag aan de hemel tegen de tijd dat Romy eindelijk weg kon. De stad baadde in de warme gouden gloed van de late middag. Nico stond op haar te wachten naast zijn oude, zwarte Mercedes, die hij onder een bloeiende kersenboom langs de straat had geparkeerd. Hij rookte een sigaret en Romy's hondje zat aan zijn voeten, veilig aan de riem. Ze glimlachte toen ze eraan dacht met hoeveel tegenzin hij zich over het beestje had ontfermd.

'Je zou ook model kunnen worden, zoals je daar staat.' Romy tilde Banjo op en knuffelde het bastaardhondje, dat dolblij was haar te zien.

'Heb je het over mij of over die hond?' vroeg Nico.

'Over Banjo, natuurlijk. Gekkerd!' zei Romy lachend. 'Trouwens, wat moet dat voorstellen?'

Nico trok zijn groene Duitse legerjasje recht. Dat soort jasjes was helemaal in, wist Romy, maar ze kon er niet aan wennen. Ze deden haar denken aan de bewakers in het weeshuis.

'Vind je het niet mooi?'

Bij het zien van de teleurstelling op zijn gezicht begon ze over iets anders.

'Is hij nog lastig geweest?' Ze kriebelde Banjo achter zijn oren en zou kunnen zweren dat hij grijnsde. En dat was ook niet zo vreemd. Ze dacht eraan hoe ze hem een paar weken eerder had gevonden. Half verhongerd en met een afgebroken ketting om zijn nek die hem bijna wurgde.

'Hij heeft op mijn nieuwe gympen gepiest, maar verder heeft hij zich netjes gedragen. Afijn, hoe ging het?' Nico trapte zijn sigaret uit en deed het portier van de auto open. 'Heb jij je ook netjes gedragen?'

'Ik heb een jurk gepast voor prinses Diana. Reuze sexy.' Romy zette Banjo op de minuscule achterbank en haastte zich terug naar de stoep om haar tassen te pakken.

'Wat heb je daar allemaal?' Nico keek over de rand van zijn zonnebril naar de diverse designernamen.

'O, ik heb nog wat gewinkeld,' zei Romy grijnzend.

'Maar ik heb je hier afgezet...'

'Ja, en ik was te vroeg. Dus ik heb wat rondgekeken. O, Nico, in sommige winkels weet je echt niet wat je ziet!' Ze stapte in en nam de tassen op schoot om de inhoud te laten zien. Nico ging achter het stuur zitten.

'Wat vind je hiervan?' Ze haalde een shirt met een Oxford-streepje tevoorschijn. 'Ik kon het gewoon niet laten hangen. Ik weet zeker dat het je prachtig staat.' Ze hield het hem voor. 'Veel beter dan die rare legerlook. Klassiek staat je altijd zo goed. Ik dacht dat je het ook wel in het wit wilde hebben.'

Nico schudde zijn hoofd, met een vermoeide grijns. 'Daar moet je mee ophouden. Het is niet goed. Je moet sparen. Dáárvoor werk je in de mode! Om alles gratis te krijgen!'

Romy haalde een gele pump met een onwaarschijnlijk hoge hak tevoorschijn. 'Maar zeg nou zelf! Deze kon ik toch niet laten staan?'

Nico rolde met zijn ogen, pakte haar tassen en propte ze op de achterbank, naast Banjo, die zijn tanden om de chique gevlochten handvatten van de schoenendoos klemde. 'Je moet ze wel weg-houden bij die kleine daar!' waarschuwde hij.

Romy gaf Banjo een aai en grijnsde naar Nico. Toen hij de brede avenue op reed, trok ze de aviator-zonnebril uit zijn haar en zette hem zelf op.

'Ik hou van Parijs,' zei ze. 'Wat een geweldige stad! Weet je zeker dat je het niet vervelend vindt dat we nu hier zitten?'

Hij haalde zijn schouders op. 'Ik doe het ermee.' Hij zette het volume van de cd-speler harder en keek haar grijnzend aan. Het was de nieuwe cd met acid-jazz die Romy de vorige avond van een stel straatmuzikanten had gekocht, toen ze zaten te eten.

Ze leunde achterover in haar stoel en legde haar pijnlijke voeten op het dashboard. Haar confrontatie met Tia Blanche was inmid-dels al een tijd geleden en hoewel het litteken nog zichtbaar was, begon het te verbleken. Net als Tia's ster. Romy genoot ervan dat niet Tia, maar zij de afgelopen maanden was uitgekozen voor di-verse lucratieve opdrachten. De parfumcampagne – de foto waar-op ze met het sleuteltje van zijn boeien op de rug van Jovo zat – had een enorm bereik. Ze had hem zelfs op Charles de Gaulle gezien, boven de Duty Free.

Romy had erop gestaan haar honorarium met Jovo te delen. Daardoor kon hij zijn kleindochter laten studeren en had hij een nieuwe auto kunnen kopen, had hij haar in zijn laatste brief geschreven.

Ze was dolgelukkig geweest, net als Tomaz, de klant, die ook contact met haar had gezocht. De nieuwe geur verkocht geweldig en mocht ze die zomer in Zuid-Frankrijk zijn, dan moest ze hem zeker komen opzoeken in zijn château. Bovendien had Simona haar gecontracteerd als het gezicht van de nieuwe make-uplijn van hetzelfde merk, tegen het viervoudige van haar normale honorarium. Toen Simona haar vertelde wat ze ging verdienen, was Romy bijna flauwgevallen.

En nu Nico en zij zich in Parijs zouden vestigen, had ze het gevoel dat het haar aan niets ontbrak. Mooier kon het leven niet worden.

'Trouwens, ik heb een verrassing,' zei Nico.

'O?'

'We hebben het appartement!'

Nico reikte in de zak van zijn jasje en wierp haar de sleutels toe. Romy gilde van verrukking toen ze het negende arrondissement bereikten en door de doolhof van straten reden, langs de Moulin Rouge en de rij nachtclubs, theatertjes en bars. Pigalle was bepaald niet het chicste deel van de stad, maar wel het hipste. Alle kunstenaars die Nico kende, woonden er en de appartementen waren er veel goedkoper dan in de buurten die als fatsoenlijker golden.

Toen ze stilhielden bij de stoeprand keek Romy langs het gebouw omhoog. Haar blik ging naar de indrukwekkende voordeur en de diverse affiches en flyers op de muur daarnaast. Een eindje verderop stond een vrachtwagen. Nico knikte naar de chauffeur. Die stond blijkbaar op hen te wachten, want hij trok onder luid geraas de roldeur aan de achterkant omhoog.

'Ik ben maar zo vrij geweest om alle meubels te laten bezorgen. Dit is die partij ongeregeld waar we naar zijn gaan kijken. De verhuizers waren niet bepaald gelukkig toen ik zei dat we helemaal boven wonen. Waarom moest het eigenlijk per se een penthouse zijn?'

'Vanwege de relativiteitswet. Aan de top leven mensen langer dan onderaan. Dat is een feit.'

'Hoeveel langer?'

'Een triljoenste van een seconde, op een mensenleven,' legde Romy uit. 'Maar het gaat om het principe. Daarboven leven we sneller, dus de tijd gaat langzamer.'

Ze keek hem grijnzend aan. Nico sloeg zijn ogen ten hemel. 'Wat jij niet allemaal oppikt uit al die boeken die je leest.' Hij nam de sleutels weer van haar over, deed de voordeur open en trok haar opzij toen de verhuizers een leren bank de treden op sjouwden. 'Wij nemen de lift.' Hij wenkte haar. Ze volgde hem naar binnen en keek toe terwijl hij het hek van de ouderwetse lift openschoof. 'Na u.'

Romy giechelde. 'Ik voel me als in een Audrey Hepburnfilm.' Terwijl de lift omhoogklom zag ze de cijfers van de verdiepingen oplichten. Ergens, in een van de gangen, konden ze de schoenen van een vrouw zien en een klein wit hondje aan een riem. Banjo begon te blaffen.

'Zo te zien wonen hier ook vriendinnetjes voor je,' zei Romy.

Even later stonden ze voor de fraaie dubbele deuren van het penthouse.

'Zo...' Romy zette Banjo met een aanstellerige buiging op de grond. 'Nu moet je me over de drempel dragen. Dat brengt geluk.'

'Echt waar?' vroeg Nico lachend, en ze gilde van verrukking toen hij haar optilde en over zijn schouder gooide.

Met twee zwierige stappen was de klus geklaard. Toen hij haar weer neerzette, keek ze hem grijnzend aan in de reusachtige, vergulde spiegel aan de muur tegenover de deuren. Ze hadden het deels gemeubileerde modelappartement de week tevoren vluchtig bekeken en Nico was op slag verrukt geweest van de ouderwetse, bohemienachtige charme. Terwijl Romy om zich heen keek, wist ze dat het zo mogelijk nog geweldiger was dan in haar herinnering.

Ze moesten allebei lachen toen Banjo de enorme zitkamer in rende en op de leunstoel sprong die de verhuizers bij de haard neerzetten.

'Welke slaapkamer wil jij?' vroeg Romy aan Nico. Ze liep met grote ogen het appartement door. Nu pas drong het tot haar door dat ze een enorme stap hadden gezet door te gaan samenwonen. Maar met wie kon ze dat beter doen dan met haar beste vriend? Trouwens, met wie zou ze het anders moeten doen? Florence, Nico's assistente, was bij haar vriend ingetrokken en al haar andere vriendinnen hadden hun eigen huis. Het was prima geweest om bij Emma en Therese te logeren, maar Romy snakte naar een eigen plek. En ze wilde iets terugdoen voor alle gastvrijheid.

'Neem jij de grote maar,' zei Nico. 'Die ruimte heb je wel nodig voor alle schoenen die je nog gaat kopen. Bovendien ben ik vaak weg, dus ik zet mijn apparatuur wel in het kleine kamertje.'

Romy viel hem om de hals en gaf hem een kus op zijn wang. 'Je bent een echte gentleman. Mocht je ooit een lekkere vent mee naar huis willen nemen, dan mag je mijn kamer gebruiken,' zei ze.

Toen rende ze haar slaapkamer in, sprong op het hemelbed en tikte de baldakijn aan. 'Romy, voorzichtig!' riep Nico lachend. 'We hebben een reusachtige borg betaald.'

'Kom!' Ze stak stralend haar handen naar hem uit.

Toen sprongen ze samen op en neer. Eén keer maar. Daarna lieten ze zich giechelend op het bed vallen.

Even lag ze in zijn armen, neus aan neus, en ze rook de vertrouwde geur van zijn aftershave. Grijnzend keek ze hem aan. Ze was dol op hem en soms vroeg ze zich af of ze ooit een man zou vinden met wie ze het net zo goed kon vinden. 'Laat me het dakterras nog eens zien.' Ze schoof bij hem weg.

Op blote voeten rende ze over het parket van de enorme woonkamer, naar de wenteltrap helemaal achterin. Daar klom ze naar boven, deed de glazen deur van het slot en stapte op het dak. Banjo's nageltjes tikten op de metalen treden toen hij achter haar aan rende.

'Het is echt verbijsterend!' Romy leunde op de reling en keek om zich heen. Montmartre was zo dichtbij dat het leek alsof ze de spierwitte Sacré-Coeur, boven op de heuvel, kon aanraken.

'Kom hier eens kijken!' zei Nico. Ze volgde hem, nog een stel treden op, naar een tweede terras met een barbecue en een houten jacuzzi. Er was zelfs een stukje zand, waarin Banjo onmiddellijk begon te graven.

'We geven een feest! Bel iedereen die je kent. Dit huis is echt geweldig! Na Boho,' zei ze toen haar een eerdere afspraak te binnen schoot. 'Ik heb tegen Anna gezegd dat we er om tien uur zouden zijn.'

'Nee, ik vind niet dat we er meteen een puinhoop van moeten maken...' begon Nico, maar Romy hief haar hand om hem het zwijgen op te leggen.

'Nico, Boho is bijna om de hoek! Je kunt hier niet gaan wonen en geen feesten meer geven. Stel je de mogelijkheden voor! We hebben hier alles en iedereen in de buurt. Dit wordt onze eigen privéclub.'

'Oké, op één voorwaarde. Dat je even de tondeuse pakt voordat we gaan.' Hij streek met een verlegen glimlach over zijn hoofd. Ze begon te lachen, want ze wist hoe heerlijk hij het vond als ze zijn haar deed.

'Hoezo?' vroeg ze. 'Denk je dat je geluk hebt, vanavond?'

Anna was Romy's nieuwe vriendin in Parijs. Ze hadden elkaar een paar weken eerder ontmoet bij een shoot en het Parijse fotomodel was maar al te graag bereid Romy wegwijs te maken in de stad en haar voor te stellen aan haar indrukwekkende kennissen- en vriendenkring. Het leek wel alsof Anna iedereen kende die iets voorstelde en Romy was geïntrigeerd door het excentrieke, getalenteerde gezelschap. Het waren allemaal kustenaars, modellen of acteurs. Dat gaf haar het gevoel dat ze deel uitmaakte van een hippe, moderne groep. Dat ze voor het eerst in haar leven van binnen naar buiten keek, in plaats van andersom.

Ze trok Nico mee de treden af, naar de uitsmijters die voor de deur van de kelder stonden waarin de beroemde club was gevestigd. Boven het dreunende lawaai van de muziek uit riep ze vrolijk en gejaagd dat Nico en zij op Anna's gastenlijst stonden.

'Ben je serieus van plan om de hele nacht op die schoenen te dansen?' vroeg Nico. 'Je kunt er amper op lopen!'

Romy trok hem lachend mee de donkere, rokerige club in.

Binnen was het lawaai oorverdovend. Boven de deinende massa op de dansvloer stond de dj, in een verlichte cabine.

'Kom mee,' riep Romy naar Nico. 'Dan gaan we naar het vipgedeelte.' Ze pakte hem bij de hand en trok hem door de zee van dansende lichamen naar de ijzeren fabriekstrap.

Anna had haar al gezien en stond haar boven aan de trap met open armen op te wachten. Ze was lang en had haar blonde haar opgestoken met een grote speld, waaruit een paar plukken waren ontsnapt die langs haar knappe gezicht vielen. Onder haar minirok droeg ze hoge, zwarte laarzen, waarin haar lange, gebruinde benen volmaakt tot hun recht kwamen.

'Hé, vriendin van me,' zei ze hees. 'Hier. Deze moet je proberen. Ze zijn ongelooflijk.' Ze sloeg een arm om Romy's schouders en stopte een pil in haar mond.

Romy gebaarde naar Nico om er ook een te nemen, maar hij stond te praten met een man in een blauw zijden overhemd. Waarschijnlijk zou ze hem die avond niet meer zien, dacht ze met een grijns.

Anna drukte haar op de paarse bank langs de muur, naast een man met donker haar en een stoppelige baard. Hij heette Bernard en hij gaf haar een glas champagne.

Na dat eerste glas volgden er meer en uiteindelijk voelde Romy dat Bernard zijn hand over haar dij liet glijden. Ze huiverde over haar hele lichaam. De flitsende lichten, de dreunende muziek, in dezelfde cadans als het kloppen van haar hart... Ineens was het alsof haar zenuwuiteinden waren veranderd in gretige tentakels die alles opzogen. Toen Bernard voorstelde om te gaan dansen, legde Romy haar hand in de zijne en liet ze zich leiden.

Het ritme van de muziek dreunde door haar lichaam en ze gaf zich over aan de duisternis, aan de massa deinende lijven om zich heen. Bernard trok haar tegen zich aan, zijn hand gleed langs haar dij omhoog en voordat ze besefte wat ze deed, zoende ze hem.

Later kon ze zich niet herinneren hoe ze waren thuisgekomen in het appartement. Of wie al die mensen waren die Anna had uitgenodigd. De helft had ze nog nooit gezien. Nico was er niet en even maakte Romy zich zorgen. Maar ze was omringd door men-

sen, die allemaal lachend en wankelend het appartement binnenkwamen. Gil en zijn vriend Max zetten de muziek aan, Anna's
vrienden Paulie en Jules zorgden voor tequilashots. En even later
kwam er een vent op een motor aan de deur met nog meer pillen.

Toen was Bernard er weer. Sexy Bernard. Hij sloeg zijn armen
om Romy heen en zoende haar, tot ze verloren was en hem mee-
trok naar de slaapkamer. Het kon haar niet meer schelen dat hij
haar uitkleedde. Het enige wat ze wist, was dat ze snakte naar zijn
handen op haar huid, naar zijn lichaam op het hare.

Om negen uur 's ochtends hoorde Romy een aanhoudend gezoem, gevolgd door het geblaf van Banjo, die aan de deur krabde.

Ze schoot overeind en wreef in haar ogen. Bernard lag naast
haar. Hij was naakt. Bij het zien van de welving van zijn bovenlichaam strekte ze intuïtief haar hand uit. Wat een lijf, dacht ze.
Terwijl ze haastig haar badjas aantrok, baande ze zich een weg
door de puinhopen in de zitkamer en de hal. Ze giechelde toen ze
Nico uitgeteld op de nieuwe bank zag liggen, met rode lippenstift
op zijn mond. Liefdevol streek ze hem door zijn haar.

Toen pakte ze Banjo op en deed de deur open.

'Ben ik te laat?' vroeg Simona met haar hese, lijzige stem.

'Een beetje. Of te vroeg. Het is maar hoe je het bekijkt.' Romy
gaf haar een knuffel.

'Wat is hier gebeurd?' Simona liep de hal in. 'Ik dacht dat je op
stand was gaan wonen?'

'Sst,' zei Romy. 'Anders wordt iedereen wakker. Laten we ergens
koffie gaan drinken. Ik moet toch naar buiten om Banjo uit te
laten.'

Samen slenterden ze door de buurt. Romy ademde de frisse
ochtendlucht diep in, verbaasd dat ze de hele nacht was opgebleven. Wat een krankzinnig feest! Het duizelde haar nog steeds. Ze
was blij om de deur uit te zijn en de chaos aan Nico over te laten.
Hoewel ze geen idee had in hoeverre hij had meegedaan, of wat hij
had gezien, verwachtte ze problemen. Met hem en met de buren.

Al snel kwamen ze langs een parkje waar een zwerver die onder
de blote hemel had geslapen, haar een bekertje van piepschuim

voorhield. Romy viste een briefje van tien franc uit haar zak en liet het in het bekertje vallen. De zwerver zette grote ogen op. '*Merci, merci.*'

'Dat was wel erg royaal,' zei Simona.

Romy haalde haar schouders op. Ze had het Simona nooit verteld, maar ze was het meisje dat haar geld had gegeven bij de ondergrondse, jaren geleden op haar eerste avond in Londen, nog altijd dankbaar. Sindsdien kon Romy geen bedelaar voorbijlopen zonder iets te geven. Want je wist nooit of die ene bijdrage het verschil zou maken.

'Laten we naar de rommelmarkt gaan.' Simona zette koers naar de linkeroever. 'De fijnste handtas die ik ooit heb gehad, kwam daarvandaan. Maar dat is mijn modegeheimpje. *D'accord?*'

'Oké.' Romy schoof haar arm door die van Simona, dankbaar voor een in kasjmier gehulde steunpilaar. Ze liep op Birkenstocks, maar desondanks deden haar voeten nog pijn van het dansen. Misschien had Nico toch gelijk gehad. Banjo trok aan zijn riem en wilde aan alle bomen snuffelen.

Ineens herinnerde Romy zich dat Anna en zij op het podium in de club hadden staan dansen en ze verbeet een glimlach. Zo ongeremd en buitensporig had ze zich nog nooit gedragen. Wat zou er in godsnaam in die pillen hebben gezeten? Zelfs met haar zonnebril op leken de kleuren veel te fel, alsof haar zintuigen nog volledig van slag waren. Het ouderwetse bord bij de metro, de rubberachtige geur die uit de ventilatieschachten omhoogkwam, de platanen met hun gevlekte stammen en hun bladerrijke baldakijn, het rimpelige oppervlak van de rivier, de duiven die naar het plaveisel pikten... Alles leek intenser dan anders.

Een cafébaas veegde zijn stoep, de geelbruine rieten stoelen stonden opgestapeld op de ronde tafels. Hij floot er lustig op los, maar staakte zijn gefluit om naar Simona en Romy te glimlachen.

'Zo moeder, zo dochter! Een mooi gezicht.'

Romy lachte. Ze vond het leuk als mensen dachten dat Simona haar moeder was en ze drukte haar arm nog dichter tegen zich aan. Voelde het zo om een moeder te hebben? Daar had ze nog nooit over nagedacht. Ze was het gewend om alleen te zijn, om geen ouders te hebben. Maar ineens begon ze een vermoeden te krijgen van wat ze had gemist.

Ergens in de heldere ochtend luidde een kerkklok. Opnieuw ademde Romy diep de frisse lucht in. Het verschil met de rokerige club, een paar uur eerder, kon niet groter zijn.

Ze kreeg geen tijd om er verder over na te denken, want op dat moment daalden ze de treden af naar de markt. Er stonden Afrikanen met illegaal opgenomen cassettebandjes en Marokkanen met leren tassen, maar het merendeel van de kooplui bestond uit Parijzenaars, die allerlei snuisterijen en prullaria verkochten. Oude grammofoonspelers, naaimachines, olieverfschilderijen, steelpannen, ketels, poppen, de meest uiteenlopende apparaten. Terwijl ze door de paden tussen de kramen slenterden, viel Romy van de ene verbazing in de andere, niet alleen vanwege het aanbod, maar ook vanwege de drommen potentiële kopers die over de prijs onderhandelden.

Al snel kwamen ze bij een stel kramen met kleren. Simona bekeek ze met een kennersoog, voelde aan de stof, inspecteerde de tassen en uiteindelijk voegde Romy zich bij haar. Ze stopte Banjo in haar schoudertas om te voorkomen dat hij wegliep. Vanaf zijn hoge positie sloeg hij met zijn tong uit zijn bek het gekrioel gade.

Romy bleef staan bij een kraam met hoge stapels T-shirts en hield er een omhoog. Ineens hoorde ze een stem met een onmiskenbaar Duits accent. Ze keek op.

'Ben jij het?'

De stem drong dwars door de nevelen van haar kater.

Langzaam hief ze haar hoofd op naar de vrouw die achter de kraam stond. Ze droeg handschoenen zonder vingers. De mok dampende thee die ze in haar hand hield, was halverwege haar mond blijven steken. Het leed geen enkele twijfel wie deze vrouw was.

Ursula.

Romy verstijfde, haar hart bonsde in haar keel, haar mond was plotseling kurkdroog.

Ursula keek haar recht aan en probeerde Romy's ogen te zien, achter de donkere glazen van haar zonnebril. De tijd had lijnen in haar voorhoofd geëtst, haar vuurrode krullen hadden iets van hun springerigheid verloren, haar welvingen waren gevulder dan vroeger. Toch wist Romy zeker dat ze het was.

Maar in de fractie van een seconde waarin ze had moeten reageren, waarin ze haar zonnebril had moeten afzetten en haar vroegere vriendin had moeten omhelzen, aarzelde ze. Zonder Ursula zou het haar destijds nooit zijn gelukt te ontsnappen. Dat realiseerde ze zich heel goed. Toch kon ze er niet toe komen te reageren.

Want door zich aan Ursula bekend te maken, ging ze als het ware een verplichting aan en maakte ze zich voor haar verantwoordelijk. Bovendien, als ze haar omhelsde, omhelsde ze ook het verleden. Dan kwam het allemaal weer naar boven. Dan zou ze open kaart moeten spelen en alles aan Simona moeten vertellen. Ze zou die duistere tijd opnieuw beleven en weer het meisje worden dat ze achter zich had gelaten.

En wat nog erger was, als Ursula wist waar ze woonde, zou Franz het misschien ook te weten komen. Ursula was een schakel in de keten met het verleden, de keten waarvan ze dacht dat ze die had verbroken. En aan het eind van die keten stonden Ulrich en Lemcke... mensen die haar dood wensten.

Nu de Muur was gevallen en ze het land konden verlaten, zouden ze haar veel gemakkelijker kunnen vinden. Natuurlijk was Ursula naar het Westen gekomen, naar Parijs. Daar had ze tenslotte altijd van gedroomd.

Maar wat betekende dat? vroeg Romy zich af. Kon ze Ulrich of de anderen hier ook elk moment tegen het lijf lopen?

In een oogwenk had ze het T-shirt neergelegd en zich omgedraaid. Haastig liep ze weg zonder ook maar één moment te blijven staan.

Simona haalde haar pas in toen ze al bij de stenen treden was, aan het eind van de markt.

'Romy! Wat is er? Waar ga je heen?'

'Ik moet ervandoor,' zei ze gejaagd. Met gebogen hoofd liep ze door, terwijl de tranen vanonder haar zonnebril over haar wangen biggelden.

Ze durfde niet om te kijken, bang als ze was voor de gekwetste blik in Ursula's ogen. Ze voelde zich gruwelijk verscheurd. Gekweld door schuldgevoel, door het besef dat een beter leven haar niet tot een beter mens had gemaakt.

Simona pakte haar bij de arm en dwong haar te blijven staan. Toen schoof ze voorzichtig Romy's bril omhoog.

'Lieve hemel, Romy! Wat is er? Je ziet eruit alsof je een geest hebt gezien!'

Voor het eerst daagde er een zweem van begrip bij Simona Fiore. Iets of iemand op de markt had Romy doodsbang gemaakt. Wie of wat het ook was, had haar op slag ontnuchterd en een eind gemaakt aan de euforie na het feest van de vorige avond. Simona was diepgeschokt geweest toen ze Romy zo had aangetroffen. Goddank dat ze bij haar langs was gegaan, dacht ze. Na haar gesprek met Perez Vadim was ze linea recta naar Parijs gekomen. Zo'n kans als hij Romy wilde geven, kreeg je maar eens in je leven en Simona was vast van plan te zorgen dat Romy die kans greep.

Dit had ze echter niet verwacht en ze vroeg zich af of Romy haar eindelijk in vertrouwen zou nemen. Want wat haar geheim ook was, Simona wist dat het altijd een rol zou blijven spelen totdat Romy bij iemand haar hart uitstortte.

'Niemand komt zo ver zonder een verleden, Romy,' zei ze, zorgvuldig haar gedachten formulerend. Ze schoof haar arm door die van Romy terwijl ze verder liepen. 'Iedereen die iets bereikt in het leven, heeft zijn eigen weg moeten afleggen. Maar dat geeft niet, want uiteindelijk bereik je een punt waarop niemand je meer iets kan maken. Het enige wat je hoeft te doen, is keihard werken en zorgen dat je dat punt bereikt. Dan ben je veilig. Onkwetsbaar.'

'Denk je dat echt?'

'Ik denk het niet alleen, ik weet het. Droog je tranen. Ik heb een voorstel, maar het heeft alleen kans van slagen als je bereid bent je volledig te geven, met al je passie, al je gedrevenheid, al je inzet.'

Romy knikte enthousiast, gretig om meer te horen.

'Weet je wat een muze is?' vroeg Simona.

'Zo ongeveer.'

'Perez Vadim heeft behoefte aan een muze.'

'Wat wil dat zeggen?'

'Dat hij wil dat je van hem wordt.'

'Bedoel je...' vroeg Romy weifelend.

Simona lachte. 'Nee, het gaat niet om seks. Het gaat om zijn vak, om de wereld van de mode. Hij wil dat je je ideeën met hem deelt. Dat jullie samen een creatieve flow creëren. Als je daarmee instemt, ben je echt onkwetsbaar, *darling*.'

'Echt waar?' vroeg Romy snotterend.

'Echt waar.' Simona klopte haar op de arm, heimelijk innig tevreden. Dus Romy had toch een achilleshiel, haar verleden. En zij zou ervoor moeten zorgen, wist Simona, dat Romy zo rijk en succesvol werd dat haar verleden nooit meer een schaduw over haar toekomst kon werpen.

17

Augustus 1995

Doorgaans werd Thea gewekt door de vuilnismannen aan het eind van het smalle straatje in de chique wijk Belgravia. Maar die ochtend was ze al een uur eerder wakker. Het vroege daglicht drong de kamer binnen door de kieren naast de jaloezieën, maar de vrolijke kleur blauw die ze daarvoor had gekozen, kon niet voorkomen dat er opnieuw een dikke traan langs haar neus op het kussen drupte.

Ze staarde naar het bruine potje met pillen op het nachtkastje, zich bewust van de wazige, doffe pijn in haar hoofd die de pillen werden geacht te verdrijven. Maar wat de dokter ook zei, tegen deze pijn hielp geen enkele pil.

Natuurlijk had hij niet alleen medicijnen voorgeschreven, maar haar ook doorverwezen naar een psycholoog. Thea had echter geweigerd om te gaan. Wat zou het voor zin hebben? Ze had geen dokter nodig om haar te vertellen waarom ze depressief was.

Het was zinloos om zichzelf te kwellen, wist ze, maar ze kon er niets aan doen. En ze kon er ook niets aan doen dat sommige dagen en jaartallen in haar geheugen gegrift stonden. Waardoor ze wist dat het inmiddels twee zou zijn geweest.

Het.

De baby.

Toms baby. Of Bretts baby. Dat zou ze nooit weten.

Een zoon. Het zou een jongetje zijn geweest. Dat wist ze zeker. Opnieuw voelde ze de vertrouwde steek van spijt en schuld, als een pijnscheut diep vanbinnen.

Hoe zou haar leven eruit hebben gezien als ze niet naar die kliniek in Harley Street was gegaan? Als ze een andere weg had gekozen? Als ze had besloten de baby te houden en haar carrière op te geven? Zou ze dan gelukkiger zijn geweest, met iemand om van te houden? Iemand die helemaal van haar was?

Kon een kind wel houden van een moeder die niet eens wist wie zijn vader was? Mocht je een kind opschepen met een moeder die was verkracht door haar eigen broer? Kon een kind dat aan? Kon een kind een moeder respecteren die dat had laten gebeuren?

Al die vragen hadden Thea doen besluiten de zwangerschap af te breken. Ze had om plaatselijke verdoving gevraagd, zodat ze zo snel mogelijk weer naar huis kon. Hetgeen betekende dat ze de aborteur met de slagershanden had ontmoet. Dat ze had gezien hoe hij de inhoud uit haar baarmoeder had geschraapt, hoe hij het bebloede instrument uit haar had getrokken terwijl haar lichaam verkrampte door een soort weeën.

De herinnering was onverdraaglijk, dus schoot ze overeind in bed en legde haar hand op de wekker voordat die afging. Toen schudde ze de pillen uit het potje in haar hand.

Ze keek ernaar. Het zou zo gemakkelijk zijn om ze allemaal tegelijk te slikken. Om alles te vergeten. Maar dan had híj gewonnen, hield ze zichzelf voor, terwijl ze de pillen – op een na – weer in het potje liet glijden. Toen stopte ze het potje in de la van haar nachtkastje. Het dekseltje zat er echter niet goed op en de inhoud stroomde eruit.

Mopperend trok ze de la helemaal open om de pillen bij elkaar te zoeken. Helemaal achter in de la lag een foto in een klein lijstje. Ze haalde hem tevoorschijn. Het was de foto die ze altijd had bewaard. De foto van Michael en haar als kinderen bij de stallen op Little Elms.

Waar was dat blije, lachende kleine meisje gebleven, vroeg Thea zich af, terwijl ze met haar vinger het stof van de foto streek. Dat was misschien wel een van haar laatste momenten van onbezorgdheid geweest, in een zonnige wereld, nog niet bezoedeld door pijn en verdriet. Michael en zij, en haar paard... meer had ze niet nodig gehad.

Met een zucht kwam ze uit bed en stapte ze onder de douche, waar ze zich liet verdoven door de krachtige waterstraal, terwijl ze terugdacht aan de douche nadat Brett haar had verkracht. In Zwitserland. Op haar eenentwintigste verjaardag. Toen was ze beheerst door de gedachte dat ze goddank had weten te ontsnappen en dat het haar was gelukt hem op te sluiten in de sauna, met de deur dicht en het alarm uit.

En tegelijkertijd werd ze zo verteerd door weerzin, door woede en schaamte, dat ze zich vast had voorgenomen hem van hitte en uitputting te laten sterven. Dus was ze onder de douche blijven staan en had ze het gebonk op de deur van de sauna en Bretts gesmoorde kreten genegeerd.

Uiteindelijk was het stil geworden. Toen ze de kraan van de douche dichtdraaide, had de gruwelijke stilte haar gewetenswroeging bezorgd. Op het cruciale moment, toen ze Tom had moeten gaan halen, was ze teruggegaan en had de deur opengedaan.

Vaag herinnerde ze zich de ziekenbroeders, de hysterische reactie van Storm, haar vader die naast de brancard stond en op Brett neerkeek. Met zijn uitgedroogde lippen had Brett nog iets tegen haar weten te zeggen.

'Geen woord, of ik laat je aanklagen wegens poging tot moord!'

'En als jij ooit nog één vinger naar me uitsteekt, vermoord ik je echt,' had ze geantwoord. En ze had het gemeend.

Tom was wakker geworden toen de helikopter met Brett opsteeg om hem naar het ziekenhuis te brengen. Onwetend van het drama dat zich had afgespeeld, had hij zich verontschuldigd voor zijn gedrag. Ondanks zijn kater had hij zijn uiterste best gedaan om Thea een bijzondere verjaardag te bezorgen. Hij had zelfs de ring met de diamant tevoorschijn gehaald die hij voor haar had gekocht, maar Thea had, met haar blik op de modderige sneeuw gericht, gezegd dat het voorbij was tussen hen.

Ze had nog nooit zoveel van hem gehouden als op dat moment, maar ze kon niet met hem verder. Want ze had geweten dat ze hem de waarheid nooit zou kunnen vertellen. Hij kon er niets aan doen, dat wist ze maar al te goed. En toch... Als hij bij haar was geweest in de sauna, dan zou Brett haar ongemoeid hebben gelaten. Tom zou haar nooit echt kunnen beschermen. Het was dom geweest om te denken van wel.

En dus had ze gezegd dat ze zich had vergist. Dat hij toch niet de ware was. Toen ze het zei, had ze volstrekt onbewogen geklonken, alsof ze haar gevoelens heel ver weg had gestopt. Alsof ze zichzelf van een afstand gadesloeg en alsof ze ook van een afstand naar zijn geschokte gezicht keek. Het sneeuwde. Dikke vlokken vielen op zijn haar, als een soort asregen.

Arme Tom. Ze had zijn hart gebroken. Hij had er niets van begrepen. En hij had niet kunnen geloven dat ze zo wreed kon zijn. Hij had geprotesteerd, hij was tekeergegaan, maar uiteindelijk was hij boos vertrokken. Bridget had gelijk, had hij woedend gezegd.

Na haar terugkeer in Oxford was Thea zo veel mogelijk op haar kamer gebleven. Alleen als ze college had, kwam ze de deur uit. De rest van de tijd had ze gewerkt en had ze geprobeerd te vergeten wat Brett haar had aangedaan.

Maar toen had ze ontdekt dat ze zwanger was.

Thea stapte uit de douchecabine en droogde zich af. In de spiegel keek ze naar zichzelf. Naar haar lichaam dat niet meer als het hare voelde. Naar haar oudere, ernstige gezicht. Wanneer had er voor het laatst een glimlach op dat gezicht gelegen? Wanneer had ze voor het laatst gelachen, echt gelachen, zoals ze dat met Tom had gekund?

Tom. Alleen al de gedachte aan hem, alleen al zijn naam die door haar hoofd ging, was als een lont die de verdoofde leegte in brand zette en vulde met pijn.

Niet aan denken. Ze dwong zichzelf hem te vergeten voordat er nog meer tranen kwamen. *Niet aan denken. Alleen aan je werk denken.*

Ze haalde een keurig mantelpakje uit de kast en kleedde zich haastig aan. Tijd om haar masker op te zetten, dacht ze. Tijd om te zorgen dat ze zich weer een dag staande wist te houden.

Beneden stond Ollie Mountefort in de grote leefruimte voor de televisie. In een sjofele kamerjas. Met een bord geroosterde boterhammen. Het ontbijtnieuws deed verslag van de nieuwste ontwikkelingen in de zaak-O.J. Simpson. Tegen lunchtijd gingen er ongetwijfeld weer heel wat O.J.-grappen rond op kantoor, dacht

Thea. Ook al deed ze er zelf niet aan mee, ze hield van het Britse gevoel voor humor dat haar inmiddels maar al te vertrouwd was geworden.

En niemand was zo grappig als Ollie. Hij was de enige vriend die ze uit Oxford had overgehouden en toen hij haar een paar weken eerder had gevraagd of hij bij haar kon logeren terwijl hij auditeerde voor een aantal acteerklussen, was ze zo verrast geweest om van hem te horen dat ze ja had gezegd. Zo kwam het dat hij zijn intrek had genomen in haar onberispelijke, zelden gebruikte logeerkamer.

Ze had er nooit over nagedacht hoe het zou zijn om een huisgenoot te hebben, maar tot nu toe mocht ze niet klagen. Ollie was te prefereren boven een leeg huis als ze thuiskwam.

'Je bent vroeg op,' zei hij.

'Vandaag valt het besluit over mijn cover. Dat heb ik je verteld.' Ze haalde haar scooterhelm uit de kast.

'Ik begrijp niet waarom je zo hard werkt.' Ollie liet zich op de grote bank ploffen en legde zijn voeten op tafel. 'En waarom je niet gewoon zegt dat je de dochter bent van de grote baas.'

'Dat heb ik je uitgelegd. Ik wil op eigen kracht carrière maken. Ik wil bewijzen dat ik talent heb, voordat ze erachter komen wie ik ben.'

'En toch verklaar ik je voor gek. Je hebt nota bene een Porsche in de garage staan! Het is zonde dat je die niet gebruikt.'

'Je bedoelt dat jíj hem wil gebruiken. Leuk geprobeerd, maar daar trap ik niet in.'

Ollie lachte. 'Je hebt me ook altijd door.' Hij keek haar grijnzend aan en nam nog een grote hap toast. 'Wil je ook wat? Het is niet goed om met een lege maag naar je werk te gaan.'

'Maak je over mij geen zorgen.' Thea had haast. Ze zou op kantoor een kop koffie nemen. Dat was haar ontbijt. Ollie maakte zich zorgen omdat ze zo mager was. Hij had er al vaker iets over gezegd. Ze dacht terug aan de tijd in Oxford, toen hij een beetje verliefd op haar was geweest. Inmiddels was ze bang dat hij vooral medelijden met haar had.

'Heb je vandaag nog audities?' Ze gespte de riem van haar helm vast onder haar kin. Ollie was nog net zo knap als in hun studie-tijd, ook al had hij niet meer zo'n weelderige donkere kuif. Hij had het in zich om hoofdrollen te spelen, dacht ze. Alleen niet de hoofdrol in haar leven. Trouwens, ze kon zich de laatste keer niet heugen dat ze een man had ontmoet die haar ook maar enigszins had kunnen opwinden.

'Ja, ik heb misschien iets. En ondertussen wacht ik tot mijn agent belt.'

'Heb je nooit...' begon Thea. 'Heb je nooit de neiging het bijltje erbij neer te gooien? Acteren lijkt me een keiharde business. Om niet te zeggen wreed.'

Ollie keek haar aan. 'Dat maakt het nou juist zo aantrekkelijk. En de moeite waard om voor te vechten. Jij geeft toch ook nooit op? Wie je ook dwarszit? Je gaat door tot je bent waar je wezen wilt.'

'Ja, dat zal wel.'

'Als iemand het zou moeten begrijpen, ben jij het,' zei hij la-chend. 'Ik ken niemand die zo gedreven is als jij. En zo ambitieus.'

Alsof hij zich plotseling geneerde, pakte hij de afstandsbedie-ning en zette de televisie op een andere zender. Het lawaai van de formule 1 vulde de kamer.

'Wow! Daar heb je hem!' Ollies gezicht lichtte op. 'Alfonso Sco-lari! Wat een ongelooflijke coureur! Ik hoop dat hij wint. Daar heb ik tien pond op gezet.'

'Dus misschien krijg ik eindelijk huur?' vroeg Thea hoopvol. Niet dat ze het geld nodig had, maar het ging om het principe.

'Als hij wint, kan ik je betalen. Dan neem ik je mee uit eten.'

Vijf minuten later zat Thea op haar scooter en terwijl ze langs de rivier reed, concentreerde ze zich op de dag die voor haar lag. Weer tien minuten later betrad ze het indrukwekkende kantoren-complex aan de Theems dat onderdak bood aan Maddox Inc. in Londen.

Ze werkte er nu bijna twee jaar. Na haar afstuderen had ze ge-solliciteerd onder een valse naam – Tina Jones – en met een ver-zonnen cv. Het was veel moeilijker en aanzienlijk duurder geweest dan ze had verwacht om haar identiteit te veranderen. Ze had een advocaat in de arm moeten nemen om een nieuw nummer bij de National Insurance te krijgen, plus referenties en een bankrekening op de naam van miss T. Jones.

Maar Thea was er vrij zeker van dat ze al haar sporen had uitgewist, met als gevolg dat Griffin Maddox er geen idee van had dat ze bij een van zijn dochterondernemingen werkte. Hij verkeerde in de veronderstelling dat ze promotieonderzoek deed in Oxford en dat ze het daar zo druk mee had dat ze geen tijd had om in de zomervakantie naar New York te komen.

Maar in plaats daarvan had ze zich als Tina Jones ondergedompeld in het bedrijfsleven. Ze had haar haar rood geverfd en in een korte boblijn laten knippen, en tot dusver had haar vermomming standgehouden.

Ze wist dat Ollie, die ze geheimhouding had laten beloven, zich ergerde aan haar bedrog, maar ze meende oprecht wat ze tegen hem had gezegd. Tegen de tijd dat haar ware identiteit bekend werd, rekende ze erop dat haar collega's onder de indruk waren van haar prestaties. En dat ze begrepen waarom ze had gewild dat haar kwaliteiten zonder vooringenomenheid werden beoordeeld. Sterker nog, ze rekende erop dat ze dat zouden toejuichen. Thea stelde zich voor dat ze volgend voorjaar naar de directievergadering in New York zou gaan met een staat van dienst om trots op te zijn. Dan zou ook haar vader haar kwaliteiten niet langer kunnen negeren.

Ze was al een heel eind, wist ze. Dankzij haar bijdragen aan de berichtgeving omtrent het omvallen van de Barings Bank eerder dat jaar en dankzij haar opiniestuk waarin ze had uitgelegd hoe het mogelijk was dat Nick Leeson als effectenmakelaar 1,4 miljard had verloren door te speculeren op de beurs van Tokyo, had Andy Bellson, de hoofdredacteur, haar eindelijk opgemerkt.

In de laatste weken was ze gepromoveerd naar de redactie van het *Sunday Bulletin*, de grootste zondagskrant in het Verenigd Koninkrijk. Een prestigieuze functie, waarin ze er voortdurend aan werd herinnerd dat ze die van het ene op het andere moment weer kon kwijtraken. Deze week had Judith, haar leidinggevende, haar vanwege de vakantieperiode gevraagd bij te springen op de redactie van het culturele katern, waarvan de inhoud op de voorpagina van de krant zou worden aangekondigd. Met een foto.

Over die foto zou vandaag in de plenaire redactievergadering worden beslist. En als haar voorstel werd goedgekeurd, had ze haar eerste grote artikel binnengehaald. Vanwege het exclusieve verhaal over modeontwerper Perez Vadim had Thea geknokt voor de foto op de cover: een opvallend portret van een meisje met donker haar, gemaakt door de beroemde modefotograaf Nico Rilla. Zijn onderwerp, Romy Valentine, was het model dat Vadim zijn 'muze' had genoemd, zijn inspiratie voor zijn laatste en volgens Thea grensverleggende collectie. Eigenlijk was ze het er niet mee eens dat ze de overstap had moeten maken van de financiële pagina's naar het opzichtige wereldje van de mode voor haar eerste kans op een groot artikel, maar ze was erg tevreden over de manier waarop een en ander had uitgepakt.

Andy Bellson trok zijn das recht terwijl hij met grote stappen door de kantoortuin liep, op weg naar de vergaderruimte met zijn glazen wanden. Een generaal die ten strijde trok. Judith, een kleine vrouw met muizig bruin haar en een permanente frons op haar voorhoofd, trok een bezorgd gezicht naar Thea en gebaarde dat ze haast moest maken om zich aan te sluiten bij de stoet van redacteuren die hem volgde.

'We hebben bezoek van de grote baas. Een beetje tempo, mensen,' gromde Bellson toen ze zich naar hun plek aan de ovale, houten tafel haastten.

'De grote baas?' vroeg Thea zacht aan haar collega Jack, die net zo oud was als zij, terwijl ze haar spullen bij elkaar zocht.

'Een of andere vent van de houdstermaatschappij. Iemand van het management. Bellson heeft er een schurfthekel aan als dat volk hier langskomt. Het gerucht gaat dat ze onderzoeken hoe ze de bedrijfsvoering van de kranten beter kunnen stroomlijnen. En dat ze overwegen de redactie hier in Londen op te doeken.' Jack trok een grimmig gezicht terwijl Thea hem volgde, de vergaderruimte in.

'Hij is er al, mijnheer,' hoorde Thea iemand zeggen. Ze herkende de onderdanige stem van Susan, ook een collega.

Haar hart bonsde in haar keel terwijl de leden van de redactie een voor een aanschoven. Met een beetje geluk zou er hard en snel worden vergaderd, zoals altijd, en kon ze zich vervolgens verstoppen totdat die 'grote baas', wie dat ook mocht zijn, weer vertrok. Ze hoopte vurig dat het niet iemand was uit het team van haar vader. Iemand die haar misschien zou herkennen.

Ze had het nog niet gedacht of een beweging aan de andere kant van de glazen wand trok haar aandacht.

Hij kwam de lift uit, omringd door vijf mannen in pak die allemaal tegen hem praatten. Bij de eerste glimp van zijn profiel werd ze op slag misselijk. Ze had zo haar best gedaan om hem te vergeten. Om niet meer te denken aan wat hij haar in die sauna had aangedaan. Maar daar was hij weer. Brett Maddox. Hij was nog niets veranderd. Vrijpostig, arrogant. Maar toch wist hij iedereen voor zich in te nemen, want niemand kon zelfs maar vermoeden hoe sadistisch en pervers hij in werkelijkheid was.

Thea probeerde haar zenuwen in bedwang te houden, maar haar mond vulde zich met speeksel en de haartjes in haar nek begonnen te prikken.

Brett droeg een spijkerbroek en een gestreept overhemd. Zijn gezicht was diepgebruind. Hij glimlachte naar de mannen om zich heen, klopte op het glas van de vergaderruimte en liep naar binnen alsof hij een entertainer was in plaats van de man die hen allemaal kon ontslaan als hij dat wilde.

Andy Bellson stelde hem voor en ging weer zitten, op zich al een zeldzaamheid. Iedereen in de kamer was zich ervan bewust hoe gespannen de hoofdredacteur was en hoe belangrijk het was dat deze vergadering goed verliep.

Thea kroop weg achter Judith, in de hoop dat Brett haar niet zou zien. Ze hield haar leren map zo hoog mogelijk voor haar gezicht, maar haar wangen gloeiden, haar hart bonsde.

Bellson nam de nieuwspagina's een voor een door met de betreffende redacteuren, aan wie hij een korte toelichting vroeg. Toen was het de beurt aan het *Culture Bulletin*.

'De cover!' Bellson knikte naar Judith, die Thea een duwtje gaf.

'Zet 'm op!' fluisterde ze.

Thea staarde haar aan. Hoezeer ze ook snakte naar erkenning, ze schrok ervan dat Judith blijkbaar op het laatste moment had besloten háár de toelichting te laten geven.

'Ja. Vertel op...'

Thea schraapte haar keel.

'Jones,' bulderde Bellson. 'Vooruit! Laat onze gast niet zo lang wachten.'

'Inderdaad, miss Jones. Ik ben erg benieuwd wat u voor ons heeft,' zei Brett. En toen Thea's blik de zijne ontmoette en ze de kille glinstering in zijn ogen zag, wist ze dat hij het had geweten. Blijkbaar was hij er op de een of andere manier achter gekomen. En nu was hij hier om haar in het nauw te drijven, om haar te zien lijden. Nou, dat plezier gunde ze hem niet. Als hij het wist, dan gold dat waarschijnlijk ook voor haar vader.

Het zij zo, dacht ze, en ze stond op. De cover stond zo goed als vast. Als ze haar ware identiteit moest blootgeven, kon ze dat net zo goed nu doen.

Thea lichtte het artikel over Vadim toe en liet het ontwerp van de cover zien, met de foto van het model.

'Prima. Ziet er goed uit. Volgende,' zei Bellson. Thea gloeide van trots.

Maar op dat moment bemoeide Brett zich met de vergadering. 'Ik vind het niks.' Hij stond op en liep om de tafel heen.

'We hebben een interview met Vadim,' protesteerde Thea. Ze negeerde Brett en richtte zich tot Bellson. 'Dan moeten we zijn muze toch op de cover zetten? Dat is de basis van het hele verhaal. Het is een grote primeur in de modewereld.'

'Maar het bevalt me niet hoe ze eruitziet.' Brett stond zo dichtbij dat de haartjes in Thea's nek opnieuw begonnen te prikken. Ze kokhalsde bijna toen ze de maar al te vertrouwde geur van zijn aftershave rook. 'Haar gezicht heeft iets hards. Ze is niet vrouwelijk genoeg. Vrouwen moeten er ook als vrouwen uitzien. Er zijn toch wel andere modellen? Deze bijvoorbeeld.' Brett wees naar een kleine foto in het artikel.

'Tia Blanche? Maar die kunnen we niet gebruiken!' Thea dreigde in paniek te raken. 'Het hele stuk gaat over Perez Vadim en dat hij zich bij zijn collectie heeft laten inspireren door dit Engelse model. Dan kunnen we Tia Blanche niet op de cover zetten.'

'Nou en? Het gaat om esthetiek. We zitten hier om zo veel mogelijk kranten te verkopen. Tenminste, dat dacht ik.' Brett keek op. 'Dus het is belangrijk om een mooi meisje op de cover te zetten. Vooral in augustus.' Brett keek grijnzend de tafel rond. 'Bovendien... *gentlemen prefer blondes!* Dat is niet voor niets een klassieker.'

'Maar Tia Blanche is helemaal niet echt blond. Dat is haar laatste look...'

'Mr. Maddox heeft gelijk,' viel Bellson haar in de rede, zichtbaar geschrokken van het feit dat Thea tegen Brett in ging. 'Zet Tia Blanche op de cover. Herschrijf dat artikel, Tina. Maak er een algemeen modeverhaal van.'

'Meneer?' zei Thea. 'Ik wil graag nog iets zeggen.'

'Hoezo? Wat dan?' Bellson klonk geërgerd.

'Ik heet geen Tina Jones. Ik...' Ze keek naar Brett. Hij mocht haar dan haar cover hebben afgenomen, ze zou zelf haar eigen ontmaskering voor haar rekening nemen. Ze zou zich niet door hem laten vernederen. Niet weer! Ze was trots op wat ze had bereikt en ze was er ziek van dat hij telkens opnieuw over haar heen walste.

'Wat bedoel je, je heet geen Tina Jones?'

Thea keek Brett aan. 'Hij is hier om mij te ontmaskeren. Want ik heb hier onder een valse naam gewerkt.'

'Onder een valse naam?' sputterde Bellson verward.

'Ja. Ik ben Thea Maddox. De dochter van Griffin Maddox.'

Ze stond op. Even hield iedereen rond de tafel de adem in, toen barstte er een opgewonden geroezemoes los. Bellson was weer gaan staan.

'En niet om het een of ander, Brett, maar je hebt het mis,' vervolgde Thea. 'Romy Valentine is het verhaal. Niet Tia Blanche. Iedereen hier weet dat ik gelijk heb. En dat betekent dat je niet weet waar je over praat. Iets wat mijn vader uiteindelijk ook zal beseffen.' Haar stem begon te beven. 'Net zoals hij uiteindelijk zal beseffen wat een ongelooflijke klootzak je bent.'

'Tina... of hoe je ook mag heten... naar mijn kantoor!' bulderde Bellson. 'Nu meteen!'

18

Mei 1998

Romy werd naar de laatste stoel in de businessclass geloodst, opgelucht dat ze het vliegtuig nog had gehaald. Ze had een hectische
week achter de rug. Vanuit Tel Aviv was ze net op tijd in Londen
gearriveerd voor haar aansluiting met de rechtstreekse vlucht
naar Monaco.

Maar ze had het gehaald. Ze zou op tijd zijn voor Nico's verjaardag. Terwijl ze glimlachend de koptelefoon van haar discman af-
deed, stelde ze zich zijn gezicht voor wanneer ze elkaar over een
paar uur zouden zien. Ze had geluisterd naar de nieuwe cd van
Alanis Morissette, die Max, de regisseur bij de fotoshoot, haar de
vorige avond als afscheidscadeautje had gegeven. In plaats daarvan klonk *My Heart Will Go On* van Céline Dion, uit de film *Ti-
tanic*, zacht door de cabine. Het lijkt wel alsof dat nummer me
achtervolgt, dacht Romy.

De stewardess borg Romy's Louis Vuitton-tas weg en Romy liet
zich met een zucht van verlichting in haar stoel zakken. Zodra ze
zat, trok ze haar zilverkleurige pumps met plateauzolen uit, haar
favoriete model uit de nieuwste collectie van Versace. Ze wiebelde
grijnzend met haar tenen, terwijl ze terugdacht aan het afsluiten-
de feestje in Tel Aviv, dat waarschijnlijk nog steeds gaande was.
Alle Israëli's hadden erop gestaan dat iedereen de vijftigste verjaardag van de staat Israël meevierde en ze wisten als geen ander
hoe je een feestje moest bouwen. Romy prees zich gelukkig dat ze
erin was geslaagd weg te komen.

Ze zag enorm naar deze vakantie uit. Ze had die dan ook wel
verdiend. Soms leek het alsof de modewereld haar volledig – met

huid en haar – opslokte. Hoewel ze niet kon klagen over de luxe en de voortdurende stroom aan waardering en complimenten waarmee ze werd overladen, soms had ze het gevoel dat ze niet de kans kreeg om een eigen leven – een echt leven – te leiden.

Het was inmiddels vijf jaar geleden dat ze voor het eerst in Parijs een show had gelopen voor Vadim. Vijf jaar. Ze kon bijna niet geloven dat het zo snel was gegaan. Ze miste Parijs nog steeds. Net als haar hondje, de kleine Banjo. Ze had geen andere keus gehad dan het beestje weg te geven. Parijs was de laatste plek die echt als thuis had gevoeld. Sindsdien was Nico teruggegaan naar Milaan en had Romy haar spullen opgeslagen in een kamer op de bovenverdieping van zijn huis. Ze kwam er zelden. Ze was de tel kwijt van alle plekken waar ze alleen al dit jaar had gezeten.

Terwijl ze uit het raampje naar de startbaan keek, riep het geluid van de motoren plotseling een herinnering op aan het vliegtuig waarin ze als verstekeling was meegevlogen. Zoals altijd verdrong ze het beeld. Doorgaans kostte het haar geen moeite herinneringen ver weg te duwen. Gewoon een kwestie van elke minuut van haar leven vullen met fotoshoots, reizen en feesten. Maar soms – zoals nu, wanneer ze even ontspande en er niet op bedacht was – werd ze ineens besprongen door een beeld uit het verleden.

Ooit zou ze iets doen met al het geld dat ze had verdiend, nam ze zich plechtig voor. Dan zou ze mensen helpen die hetzelfde moesten doormaken als zij eens had doorgemaakt. Dan zou ze iets nuttigs doen met haar leven. Zodra deze waanzin ophield. Zodra ze tijd had om op adem te komen.

Gelukkig had ze Nico nog, en ze dacht aan de week die voor haar lag.

Hoewel ze zo vaak mogelijk om hem vroeg bij fotoshoots, had ze hem nu al een paar maanden niet gezien. De laatste keer, op die avond in Mexico, toen ze uitgeput op het terras van hun hotel hadden gezeten, hadden ze gezworen dat ze deze week samen in Monaco zouden doorbrengen. Wat het nog extra heerlijk maakte, was dat Nico een week lang een luxueus jacht te leen had gekregen. Een bedankje van de rijke ouders van een beroemde maar weinig fotogenieke – en tamelijk onbeduidende – telg uit een koninklijke familie, die er dankzij Nico op haar trouwfoto's uitzag als een supermodel. Het aanbod om samen vakantie te nemen was zo verleidelijk geweest dat Romy het niet had kunnen weerstaan.

'Verder hoef ik niets voor mijn verjaardag. Als jij er maar bent,' had Nico gezegd. 'En dan doen we een week lang helemaal niets.'

'Niets,' had Romy herhaald, met een sceptische frons. Nico was zo mogelijk nog erger dan zij als het ging om het maken van afspraken.

'Nou, ik bedoel dat we alleen maar op het jacht blijven om lekker te luieren en een beetje over de Middellandse Zee te dobberen, weg van de drukte.'

Terwijl het vliegtuig opsteeg en door de dichte wolkenbanken steil omhoogklom naar de zon, keek Romy weer voor zich, naar de jonge vrouw die tegenover haar zat. Ze droeg een modieus, lichtblauw pakje, en Romy glimlachte bij het zien van het boek dat ze las.

De stewardess kwam met champagne. Romy nam een sierlijke flûte van het blad. Net als het meisje tegenover haar. Ze keken elkaar glimlachend aan.

'Is dat de nieuwe?' Romy knikte naar het boek. 'Ik ben een enorme fan. Ik heb echt alle boeken van Shelley Lawson gelezen.'

'Echt waar?' Het meisje had een Engels accent, maar met haar donkere krullen en sproeten had ze een Israëlische kunnen zijn. Ze was er ook knap genoeg voor, dacht Romy, denkend aan de meisjes bij haar laatste shoot in Tel Aviv.

'Ja,' zei Romy. 'Ze schrijft geweldig. Maar *Sons and Daughters* vind ik de beste.'

Het meisje verslikte zich in haar champagne en keek Romy met grote ogen aan. 'Echt waar? Vond je die goed?'

'Nou en of. Ik vond dat meisje echt cool. In haar plaats zou ik hetzelfde hebben gedaan.'

'Ik ben de dochter van Shelley Lawson. Dat boek is op mij gebaseerd.' Het meisje depte lachend haar gemorste champagne op. 'Sorry. Ik ben het gewend om fans van mam te ontmoeten, maar doorgaans niet in businessclass. Ik heet Bridget.' Ze stak haar hand uit, met een verontschuldigend gezicht omdat die nat was van de champagne. 'Bridget Lawson.'

Een attente stewardess kwam aanlopen met een servet.

'Trouwens, ben jij niet dat fotomodel? Van de catfight op de catwalk?' Bridget citeerde de krantenkoppen uit het begin van Romy's carrière.

'Ja, dat klopt. Met Tia Blanche. Mijn aartsvijandin. Dat verhaal zal me wel altijd blijven achtervolgen. En ik zou het met liefde overdoen,' voegde ze eraan toe.

'Je werkt toch met Perez Vadim?'

'Dat heb ik een tijd gedaan,' zei Romy met een zucht. 'Tot vrij recent, toen was er nogal wat gedoe met de pers. Het begon met het *Culture Bulletin* in Londen. Perez was razend over het artikel en zei dat ik niet de media-aandacht genereerde die hem recht deed, en dat liep uit op een soort ruzie.' Het vormde een diepte-punt in haar carrière, en het verbaasde Romy dat ze er nog steeds niet over kon praten zonder opnieuw dat maar al te vertrouwde gevoel van onrechtvaardigheid.

'Ach, natuurlijk. Maddox Inc. Die bemoeien zich overal mee. Vertel mij wat,' zei Bridget.

'Pardon?'

'Het *Culture Bulletin* maakt deel uit van het Maddox-kranten-concern.' Bridget nam een slok van haar champagne.

Romy fronste haar wenkbrauwen. Er kwam ineens een herin-nering bij haar op. 'Ik heb ooit een zekere Brett Maddox ontmoet. Hij was managing director of zoiets bij Maddox Inc. En een en-gerd.'

'O. Nou, ik heb de dochter gekend. Thea Maddox. En die steelt.'

'Een engerd en een dief. Dan is het dus maar goed dat ik me sindsdien niet meer met het *Culture Bulletin* heb ingelaten.'

Romy nam nog een slok van haar champagne en de stewardess kwam opnieuw langs, dit keer met een bord verrukkelijk ogende canapés. Romy kon zich niet herinneren wanneer ze voor het laatst had gegeten, dus ze tastte dankbaar toe. Zonder shoots in het vooruitzicht – althans, de komende twee weken – was ze van plan zichzelf tijdens deze vakantie niets te ontzeggen.

'Is alles wat je moeder schrijft gebaseerd op de werkelijkheid? Ik bedoel, dat laatste gedeelte van *Sons and Daughters*... over die baby... daar heb ik om zitten janken! Dat is toch niet waar, hè?' vroeg Romy aan Bridget terwijl ze allebei begonnen te eten.

'Nee. Mam heeft altijd al een levendige fantasie gehad. Maar ik vind het vaak ongemakkelijk om haar boeken te lezen,' zei Bridget vertrouwelijk. Ze sloeg het boek dicht en stopte het in het zijvak van haar fraaie Ferragamo-tas. Datzelfde model had Romy het vorige seizoen ook gekocht.

'En, wat brengt je naar Monaco?' vroeg ze, geïntrigeerd door deze zelfverzekerde jonge vrouw.

'Ik doe de pr voor een grote oliemaatschappij,' zei Bridget met een zucht. 'Allemaal prima, ware het niet dat we in de Grand Prix de hoofdsponsor zijn van Alfonso Scolari.'

'Dat is toch die coureur?'

Bridget rolde met haar ogen. 'Ja, maar hij is bovendien knettergek. Twee jaar lang heeft hij zo'n beetje alles gewonnen wat er te winnen viel, maar de laatste tijd valt er geen land meer met hem te bezeilen. Gokken. Vrouwen. Drinken. Vul het allemaal maar in. Vandaar dat de sponsor overweegt zich terug te trekken als hij zich niet snel weet te gedragen.'

'En dat is jouw taak?' vroeg Romy lachend. 'Zorgen dat hij zich weer netjes gedraagt?'

'Precies.' Bridget trok een weifelend gezicht.

Terwijl Romy haar onderzoekend gadesloeg, dacht ze onwillekeurig dat als iemand het kon, het dit Engelse meisje zou zijn. Ze had een directheid waarmee ze Romy onmiddellijk voor zich had ingenomen. Het was leuk om eens een echt gesprek te voeren, zonder als een supermodel te worden behandeld. Ze kon zich niet herinneren wanneer ze voor het laatst over iets anders had gesproken dan over mode, haar en make-up. Ja, ze mocht deze Bridget Lawson wel. Ze mocht haar zelfs erg graag.

Ondanks het zonnige vooruitzicht van de vakantie die voor haar lag, regende het bij aankomst in Monaco. Romy zette haar telefoon aan en luisterde haar boodschappen af terwijl ze het vliegtuig uit liep, met haar jas beschermend over haar haar.

Nico had drie boodschappen ingesproken.

'Shit,' zei ze. 'Mijn vriend heeft vertraging opgelopen met een shoot. Hij zou me komen halen.'

'Waar moet je naartoe?' vroeg Bridget.

'Naar de jachthaven, neem ik aan.'

'Ik word gehaald met de auto. Dus ik kan je wel een lift geven naar de stad,' bood Bridget aan, en Romy was blij dat ze daardoor nog niet direct afscheid hoefden te nemen.

Het was niet zomaar een auto die Bridget kwam halen. Toen ze uit de aankomsthal naar buiten kwamen, ontdekte Romy een glimmende stretch-limo langs de stoeprand, met een chauffeur in livrei bij het achterportier. Hij wenkte Bridget.

Toen ze erheen liepen en de chauffeur het portier opendeed, zag Romy dat er al iemand op de zachtleren achterbank zat.

'Hallo, lastpak,' zei Alfonso Scolari, de beroemde coureur. Hij gaf Bridget een kus toen ze naast hem ging zitten.

'Moet je horen wie het zegt.' Bridget trok een spottend gezicht naar Romy.

'Dit is mijn vriendin Romy,' stelde ze haar voor. 'We hebben elkaar aan boord leren kennen. Ik heb gezegd dat ik haar een lift zou geven. Dat vind je toch niet erg?'

Romy drukte Scolari glimlachend de hand. Hij had warrig donker haar en de brutaalste grijns die ze ooit had gezien. Onder zijn crèmekleurige linnen jasje droeg hij een spijkerbroek en een hip T-shirt van de Smashing Pumpkins-tour. Toen Romy in zijn donkerbruine, onderzoekende ogen keek, gebeurde er iets onverwachts: ze werd overweldigd door een gevoel diep vanbinnen dat een blos op haar wangen bracht.

Maar hij was verschrikkelijk, hielp ze zichzelf herinneren. Een man die zich niet wist te gedragen, met een reeks ex-vriendinnen – onder wie diverse bekende fotomodellen – die publiekelijk hun beklag hadden gedaan dat hij hun hart had gebroken. Romy keek uit het raampje terwijl de limo in beweging kwam. Ze was niet van plan haar naam aan die lijst toe te voegen. Ondertussen verheugde ze zich erop Nico te vertellen over haar rit vanaf het vliegveld. Hij was een Schumacher-fan, maar toch... Van een ontmoeting met Alfonso Scolari zou hij vast en zeker best een beetje onder de indruk zijn.

Ze luisterde terwijl Bridget de reden voor haar komst probeerde duidelijk te maken en vertelde wat de sponsors haar op het hart hadden gedrukt dat ze tegen hem moest zeggen.

'O, Bridget,' dweepte Scolari met zijn rollende Italiaanse R. 'Wat ben je toch prachtig als je kwaad bent. Maar wat kan ik eraan doen als al die mooie vrouwen me om de hals vallen?' Hij haalde zijn schouders op. Ondertussen zocht zijn blik Romy's weerkaatsing in het spiegelglas van de ruit achter de chauffeur. Hij nam haar zo doordringend op dat ze zich moest beheersen om niet te giechelen, voordat hij zich – zichtbaar tevreden – weer naar Bridget keerde. 'Hoe moet ik me in dat geweld staande houden als jij er niet bent om me te beschermen?'

Zijn telefoon ging, Scolari nam op en barstte los in een luide, expressieve tirade.

Bridget keek Romy aan. 'Begrijp je nou wat ik bedoel?' vroeg ze fluisterend. 'Hij is echt verschrikkelijk!'

Maar terwijl ze Alfonso Scolari af en toe onopvallend opnam, begreep Romy wel waarom hij zoveel succes had. Zowel bij de vrouwen als op de racebaan. Bij alles wat hij deed, gaf hij zich voor de volle honderd procent, met al zijn inzet, al zijn passie. Ze keek naar hem, nog altijd luidkeels telefonerend, en genoot van de cadans van de krachttermen die hij gebruikte, van de sierlijke manier waarop hij daarbij gebaarde met zijn slanke handen. Hoewel ze haar best deed het rappe Italiaans te volgen, was het enige wat ze eruit kon opmaken dat hem een groot onrecht werd aangedaan. Althans, in zijn ogen.

Het duurde niet lang of ze kwamen bij de jachthaven.

'Ik kan hier wel uitstappen,' zei Romy, en Bridget tikte op het raampje om de chauffeur duidelijk te maken dat hij moest stoppen.

'Waarom komen je vriend en jij morgen niet naar de Grand Prix?' vroeg ze ineens.

'Meen je dat?'

'Ik heb plaatsen in de skybox van de sponsor. En ik zou het erg leuk vinden om jullie daar te zien.'

'O. Nou, oké! Graag! Nico springt een gat in de lucht.'

Alfonso beëindigde zijn telefoongesprek. 'Neem me niet kwa-lijk,' verontschuldigde hij zich beleefd. 'Dat was de advocaat van mijn vader.' Hij schudde geërgerd zijn hoofd. 'Een soort Mike Tyson,' legde hij uit. 'Hij bijt mijn oor eraf.'

Romy moest lachen.

'Bedankt voor de lift!' Ze stapte uit. 'O, en veel succes!' Ze reikte naar binnen en schudde hem de hand. Toen hij haar op-nieuw aankeek, grijnsde ze onnozel terug.

Daarop liep ze naar de chauffeur, die haar bagage uit de koffer-bak tilde. Nog altijd glimlachend zette ze vervolgens koers naar de jachthaven. Ze had niets met autoracen, maar gratis kaartjes voor de Grand Prix, daar konden Nico en zij vast wel ruimte voor maken in hun plannen. Sterker nog, het was de perfecte verras-sing ter ere van zijn verjaardag. Was het niet typerend, dat er al-weer een feestje lonkte, net nu ze hadden besloten een week hele-maal niets te doen?

Terwijl de limo weer in beweging kwam leunde Bridget Lawson achterover.

'Ben je klaar met je preek?' Alfonso keek haar aan met zijn jon-gehondenogen. 'Want nog meer gemopper kan ik niet aan. Mijn vader heeft me juridisch buitenspel gezet.'

Bridget wist dat Alfonso afstamde van de uitgevers- en media-dynastie van de Scolari's. Dat een trotse, politiek betrokken man als Roberto Scolari zijn eigen zoon buitenspel zette, kon niet an-ders betekenen dan dat Alfonso de goede naam van de familie net iets te vaak door het slijk had gehaald. Tenslotte was Scolari ook een van de sponsors van Alfonso's team. Misschien had Roberto Scolari erop gerekend dat Alfonso's ouderwetse, katholieke schuldgevoel jegens zijn moeder in Toscane en zijn zes zussen zich zou doen gelden. Maar zover was het blijkbaar nog niet.

Bridget besloot het over een andere boeg te gooien.

'Luister nou eens goed naar me. Ik begrijp het allemaal wel, maar bij BK Oil zijn ze razend. Waarom kun je het gokken niet gewoon laten? Al is het maar tijdelijk? En misschien wordt het tijd dat je stopt met al die callgirls. En dat je op zoek gaat naar een echte date, met een gewone, leuke vrouw?'

'Dat zou ik heus wel doen, als ik een vrouw had die me inspireerde.' Hij keek Bridget grijnzend aan. Toen schoot hij overeind en keerde zich naar het achterraampje om de vertrekkende gedaante van Romy na te kijken.

'Wil je met háár uit?' vroeg Bridget.

'Als je dat zou kunnen regelen... Ik zal me keurig gedragen. Dat beloof ik.' Alofonso legde zijn hand op zijn hart. 'Want ik vind haar geweldig. Echt geweldig.'

Bridget glimlachte, tevreden over zichzelf.

Romy Valentine en Alfonso Scolari. Dat zou een interessante combinatie kunnen zijn. Romy was de perfecte kandidaat. Voor zover Bridget zich kon herinneren waren er nooit seks- of drugsschandalen geweest die afbreuk hadden gedaan aan haar reputatie.

Ze zou het moeten uitzoeken, dacht Bridget, maar op haar leeftijd – hoe oud zou Romy zijn? Een jaar of vijfentwintig? – had haar carrière op de catwalk zijn hoogtepunt waarschijnlijk wel bereikt. Dus misschien was ze best geïnteresseerd in wat goede internationale pr. Romy had weliswaar gezegd dat ze in Monaco was voor vakantie, maar Bridget had het gevoel dat ze haar wel tot een afspraakje zou kunnen overhalen.

Ja... ze zou een date regelen in een chic restaurant. Een gelegenheid die viel te rijmen met een oprecht herboren en getemde man. Vervolgens zou ze alle paparazzi die ze kende, tippen. In gedachten was ze al bezig met de tekst van het persbericht. Dit zou weleens de ideale kans kunnen zijn om Alfonso – en alle merken die met hem geassocieerd waren – een beschaafder imago te geven.

Romy zat in de weelderige salon van het motorjacht, met haar knieën opgetrokken tot onder haar kin. Toen sloeg ze haar handen voor haar gezicht en ze kreunde.

Dit was de vierde dag van hun vakantie, maar het liep tot dusverre niet zoals ze had gehoopt. Nico was op hun eerste avond pas laat gearriveerd, en op de tweede dag – zijn verjaardag – waren ze naar de Grand Prix gegaan. Het was leuk geweest, maar het had de hele dag geregend. Daarna, op een feestje van een van de sponsors, hadden ze allebei te veel champagne gedronken, zodat Romy met knallende koppijn was thuisgekomen.

De vorige dag was ze met Alfonso Scolari meegegaan voor de date waartoe Bridget haar had overgehaald.

'"Ik ben me bewust van mijn reputatie,"' las Nico verder van de voorpagina van de krant. '"Maar dat waren allemaal afleidingsmanoeuvres, om mijn gevoelens voor deze geweldige vrouw geheim te houden. Deze laatste drie maanden samen waren betoverend! De mooiste tijd van mijn leven." Wow, hij weet het leuk te brengen.'

Romy kreunde opnieuw. 'Drie maanden? Drié maanden? Hoe verzint ie het? Ik ken hem amper een halve dag!'

'Nou, kijk dan maar eens naar deze foto's. Het ultieme romantische etentje.' Nico pakte het roddelblad van de bank. 'Hand in hand.' Zijn gezicht stond spottend, maar de zweem van gekwetstheid in zijn stem ontging Romy niet. 'Je zei dat je alleen maar een pizza had gegeten.'

'Hij heeft misschien heel even mijn hand gepakt!' protesteerde Romy. Ze stond op en begon te ijsberen. 'Het is niet te geloven! Wat een rotstreek! En het is allemaal de schuld van die Bridget.'

'Tja, dat kun je verwachten als je vriendjes wordt met pr-lui,' zei Nico. 'Die zijn niet te vertrouwen.'

'Hoe dan ook, ik vind dat we hier gewoon weg moeten,' zei Romy. 'Bovendien, het weer is afschuwelijk en ik had me er zo op verheugd om lekker in de zon te liggen! Mijn namaakbruin begint al te slijten.' Ze wreef over haar gladde scheenbeen om zijn blik te ontwijken.

Nico pakte de telefoon en overlegde met de kapitein, die ermee akkoord ging om het anker te lichten en te vertrekken. Toch vond Romy het jammer dat ze Monaco al zo snel zouden verlaten. Ondanks Nico's teleurstelling toen bleek dat ze in alle kranten stond, hadden ze het hier ook leuk gehad. Maar het ging niet om haar, hield ze zichzelf voor. Deze vakantie was ter ere van Nico's verjaardag. Na alles wat hij voor haar had gedaan, had hij wel wat tijd en aandacht verdiend.

'Je bent toch niet boos, hè?' Romy kwam naar hem toe en streek hem over zijn wang.

Hij was de laatste tijd wat afgevallen en zag er gebruind en gezond uit. Zijn blik vond de hare.

'Ik wil gewoon niet dat je gekwetst wordt.'

'Wat zou ik zonder jou moeten beginnen?'

Nico sloeg zijn arm om haar schouder en liep naar de schuifpui. 'Kijk nou eens, de zon! Je hebt geen idee hoe ik naar deze week heb uitgekeken. Ik heb je gemist, weet je dat?'

Beneden hen dreunden de motoren en het water begon te kolken toen het jacht in beweging kwam. Ze zouden langs de kust naar Nice varen, waar Martin, Chris en Anna – ook vrienden van Nico – zich bij hen zouden voegen voor de laatste paar dagen.

Nico glimlachte, maar ineens gleed er een schaduw over zijn gezicht.

'Wat is er?' vroeg Romy.

Toen hoorde ze geroep. Ze draaide zich om naar de haven en zag een rode speedboot die in volle vaart achter hen aan kwam.

Samen met Nico keek ze toe terwijl de glanzende, dure boot met zijn fraaie houten dek naast hen kwam varen. Alfonso Scolari stond aan het roer, zijn haar was nat van het opspattende water.

'Hallo!' Hij wuifde met een woeste grijns naar Romy.

'O, nee!' riep ze lachend. Er kwam een blos op haar wangen. 'Daar heb je hém weer!'

'Ik neem aan dat hij aan boord wil komen en dat we daar weinig tegen kunnen doen,' zei Nico.

Hij liep naar binnen om met de kapitein te overleggen. Romy gebaarde naar Alfonso om afstand te bewaren. Hij zwenkte opzij, maakte een royale bocht, en bij terugkomst hielp de bemanning van het jacht hem langszij te komen. Daarop gooide hij een touw naar een van de mannen en stapte op het achterplatform met een gemak alsof hij uit een auto de stoep op stapte, in plaats van op open zee uit een speedboot van tweehonderdduizend dollar aan boord van een miljoenenjacht. Zijn katoenen overhemd hing open. Daaronder droeg hij een kaki short met zachtleren instappers.

'Heb je de kranten gezien?' vroeg Romy toen hij met twee treden tegelijk de trap op vloog naar het dek.

'Ja, geweldig hè?' zei Alfonso stralend. 'Mijn vader heeft ze ook gelezen. Ze zijn bereid me weer in genade aan te nemen.'

Romy zuchtte gefrustreerd. Hij was niet te stuiten! 'O. Nou, dat is fijn voor je, maar...'

'Dus we moeten erheen. Vandaag nog.'

'Waarheen?'

'Naar mijn ouders. In Toscane.' Alfonso zei het op een toon alsof ze het daar al eerder over hadden gehad.

Romy keek hem vol afschuw aan. 'Ik kan toch niet zomaar met je mee naar Toscane? Ik heb andere plannen.'

Ze was zich ervan bewust dat Nico beschermend naast haar kwam staan.

'Ik weet niet wat je verplichtingen zijn. Maar als je met me meegaat, betaal ik voor jou en je vriend een vakantie van tien dagen.' Alfonso schonk hun een stralende glimlach.

'Het gaat niet om geld,' protesteerde Romy. Ze kon haar vakantie heus zelf wel betalen! Trouwens, had hij niet gezien op wat voor schip ze voeren? Hoe dan ook, ze wás al op vakantie.

'Eén dag in Toscane. Eén dag. Dat is alles. Daarna breng ik je terug. Zodra ik het heb bijgelegd met mijn vader.'

Hij hief als in gebed zijn handen. Toen hij merkte dat Romy overstag begon te gaan, keerde hij zich smekend naar Nico.

'Volgens Romy zijn jullie gewoon goede vrienden? Klopt dat? Want het is niet mijn bedoeling je te onteren, mijn vriend.'

Romy zag dat Nico bloosde bij Alfonso's shakespeariaanse formulering.

'Het lijkt me geen goed idee,' protesteerde ze haastig. 'Ik eh... ik weet niets van je.' Ze keek enigszins verwilderd van Alfonso naar Nico.

'Dat vertel ik je onderweg. Vanaf het vliegveld rijden we samen naar het huis van mijn ouders. Het vliegtuig staat al klaar. Dus we hebben een paar uur de tijd. Dat is meer dan genoeg om alles door te nemen wat je over me moet weten.'

Romy lachte om zijn krankzinnige voorstel. 'En dan? Ik doe

alsof ik je vriendin ben en daarna breng je me weer terug?'

'Precies.' Alfonso klapte in zijn handen. 'Dat is dan geregeld.'

Toen pakte hij Nico bij zijn schouders en kuste hem op beide wangen. 'Je bent een echte gentleman. Ik beloof je dat ik haar veilig terugbreng.' Daarop keerde hij zich opnieuw naar Romy en toen ze in zijn ogen keek, gebeurde er iets onverwachts, iets fysieks. Net als bij die eerste ontmoeting. 'En jij, darling, jij bent mijn redder!'

19

Maart 1999

Thea was al laat voor de receptie. In de weelderige suite van het duurste hotel in Wenen controleerde ze gejaagd haar make-up. Toen zuchtte ze gefrustreerd. Ze pakte een speld, bond haar haren bij elkaar in een wrong en zette die strak vast. Toen draaide ze zich om en inspecteerde de achterkant van haar lichtgele jurk.

Ze bekeek zichzelf nog nauwkeuriger in de spiegel, bracht wat meer poeder op haar wangen aan en besefte dat ze er moe uitzag. Dit galadiner, waarbij de top van Europa's toonaangevende publiciteits- en mediabedrijven aanwezig zou zijn, was haar laatste kans om een aantal belangrijke contacten te ontmoeten. Bovendien hoopte ze die avond het laatste stukje van de puzzel te bemachtigen dat ze nodig had om haar verslag af te ronden.

Deze keer wist ze zeker dat ze indruk zou maken op haar vader en de directie van Maddox Inc. Ze had haar doel bijna bereikt, de triomf die ze zou voelen wanneer Brett doorkreeg hoe hard ze had gewerkt, kon haar niet meer ontgaan. En ze had niet alleen keihard gewerkt, ze had ook veel bereikt. Genoeg, hoopte ze, om in aanmerking te komen voor een plaats in de directie. Een plaats die ze royaal had verdiend.

Bijna vier jaar lang had ze gezwoegd en geploeterd. Vanaf het moment dat Brett haar had ontmaskerd in de vergadering over het *Culture Bulletin*, had Thea alles op alles gezet om hem te verslaan. Als het zijn bedoeling was geweest haar zo bang te maken dat ze het bedrijf de rug zou toekeren, had hij haar ernstig onderschat.

Aanvankelijk had Griffin Maddox woedend gereageerd toen hij hoorde dat Thea in Londen onder een valse naam had gewerkt.

Brett was toevallig op haar gestuit, beweerde hij, toen hij om foto's van alle werknemers van Maddox Inc. had gevraagd, voor het een of andere privéproject waar hij aan werkte. Hij had er niet verder over uitgeweid, maar Thea vermoedde dat het hem uitsluitend om de vrouwelijke werknemers was gegaan. Bij de medewerkers van het *Culture Bulletin* had hij Thea ontdekt. Met een ander kapsel en in een mantelpakje, maar daar had hij dwars doorheen gekeken. Aldus Brett.

Thea vroeg zich nog steeds af of iemand hem had getipt. Had de advocaat die ze in de arm had genomen bij het verkrijgen van een nieuwe identiteit, haar verraden? Ze zou het nooit weten en inmiddels deed het er nauwelijks meer toe.

Na het afschuwelijke incident in Londen was Thea rechtstreeks naar Crofters gevlogen, voor de confrontatie met haar vader. Op haar aandringen had hij haar de kans gegeven uit te leggen waaróm ze het had gedaan. Namelijk om te bewijzen dat ze op eigen benen kon staan. Dat ze niet voor Brett onderdeed. Uiteindelijk zou ze, ook zonder de inmenging van Brett, openheid van zaken hebben gegeven, had ze gezegd.

Toen hij eenmaal oog in oog stond met zijn dochter, was de woede van Griffin Maddox snel omgeslagen in iets wat Thea heel lang niet bij hem had gezien: trots.

Daarop had hij zijn vonnis geveld. Ze was ontslagen. Althans, uit haar functie bij het *Culture Bulletin*. Na wat ze ten overstaan van het personeel over Brett had gezegd, had hij geen andere keus dan haar te ontslaan. Hij gooide de deur echter niet voor haar dicht, zoals Brett had gewild. In plaats daarvan verraste hij haar met een andere functie.

Daarop was ze naar New York verhuisd, waar ze als jongste lid was toegetreden tot het team rond haar vader dat zich bezighield met marktanalyse. Daar werd het haar taak zich op Europa te concentreren en ze had de kans om te laten zien wat ze waard was met beide handen aangegrepen. Om de toekomst van Maddox Inc. veilig te stellen, wist ze dat ze zich moesten richten op de voorspelde explosieve groei van digitale en kabelbedrijven op het Europese vasteland.

Na alle research die ze had gedaan en dankzij alle contacten die ze had gelegd, alle banden die ze had gesmeed, was ze er inmiddels van overtuigd dat haar expansieplannen een nieuwe impuls voor haar vader zouden betekenen. Hij had een moeilijk jaar achter de rug als gevolg van de beurscrash in augustus, waarvan hij de naweeën nog lang had gevoeld. Bovendien verkeerde zijn vriend, Bill Clinton, nog altijd in problemen door die afschuwelijke situatie met Monica Lewinsky.

Om nog maar te zwijgen over Storm, die met de dag veeleisender werd en die Thea's vader sloopte met de zoveelste renovatie van Maddox Tower en van het landhuis met twintig hectare grond dat hij had gekocht in The Hamptons. In de pers had Thea de recente scheidingsovereenkomst gevolgd van Jocelyn Wildenstein, een vriendin van Storm die honderd miljoen dollar had gekregen, plus dertien jaar lang elk jaar dertien miljoen. Storm had de uitspraak van de rechtbank met verontrustende uitbundigheid gevierd. Thea had jaren gehoopt dat haar vader bij Storm zou weggaan, maar door de zaak-Wildenstein was ze gaan inzien hoe gevaarlijk een scheiding zou kunnen zijn. Bovendien wekte Griffin Maddox nog altijd de indruk alsof hij zijn vrouw aanbad, ondanks het feit dat Storm hoe langer hoe meer op de 'Bruid van Wildenstein' begon te lijken. Amper een week geleden had er een foto van het echtpaar in *The New York Times* gestaan waarvan Thea's mond was opengevallen.

Op dat moment ging de telefoon naast haar bed. Ze liep erheen, terwijl ze haastig de jade oorhangers indeed die ze in Zwitserland had gekocht. Alle Duitsers met wie ze te maken had gehad, waren weliswaar veeleisend, maar punctueel. Dus dit zou Reicke wel zijn, die belde om te zeggen dat hij in de lobby op haar wachtte.

Reicke Schlinker was directeur van het mediabedrijf dat Maddox Inc. op het punt stond over te nemen, op aanbeveling van Thea. De overname zou binnen enkele maanden worden bekendgemaakt en Thea was dolgelukkig geweest toen hij zich die ochtend in principe akkoord had verklaard met hun bod. Ze glimlachte, geamuseerd en gevleid door de attenties waarmee hij haar omringde. Het viel niet te ontkennen dat ze hadden geflirt, iets wat haar gevoel van eigenwaarde enorm veel goed had gedaan. Ze vond het dan ook jammer dat dit hun laatste avond samen zou zijn.

Maar het telefoontje kwam niet uit de lobby. Het was Sarah, Thea's assistente, die belde vanuit New York.

'Ik ben blij dat ik je nog te pakken heb gekregen.' Haar Brooklynse accent bracht een aangename vertrouwdheid met zich mee. 'Hoe gaat het?'

Thea glimlachte. 'Het is doodvermoeiend, maar na vandaag zit het erop. Nog even, en ik ben weer thuis.'

Ze trok het zware brokaten gordijn opzij en keek naar buiten. In de donkere avond boden de twinkelende lantaarns langs de rivier een romantische aanblik. Thuis, dacht ze. Was New York haar thuis? Het ongezellige huurappartement waar ze meestal maar een paar dagen achtereen verbleef? Ze moest zien dat ze ergens wortelde, nam ze zich voor. Weer een punt voor haar lange lijst met goede voornemens voor het nieuwe millennium.

'Wat doe je voor je verjaardag dit weekend?' vroeg Sarah.

Thea deed een stap bij het raam vandaan. Haar blik viel op de spiegel. Haar verjaardag, dacht ze, terwijl ze naar zichzelf keek. Wat Brett in Zwitserland had gedaan, lag inmiddels zeven jaar achter haar. Al die tijd had ze haar verjaardag niet gevierd. Nu werd ze achtentwintig. Het leek ineens zo oud. Hoe zou het met de meisjes zijn met wie ze op school had gezeten en had gestudeerd? Zouden ze een succesvolle carrière hebben, zoals zij? Of zouden ze bezig zijn met trouwen en kinderen krijgen?

'Ik neem aan dat ik dan in het vliegtuig zit,' antwoordde ze. 'Zolang ik mijn verslag nog moet afronden, heb ik niet echt tijd om aan andere dingen te denken.'

'Daarom ben ik blij dat ik je nog te pakken heb gekregen. Je hebt me ooit gevraagd op zoek te gaan naar wat mensen van vroeger. Weet je dat nog? Het is alweer een eeuwigheid geleden. Mensen uit de tijd toen je nog op Little Elms woonde.'

Thea's hart sprong op. *Michael...*

Ze had zo hard gewerkt en het zo druk gehad dat ze het inderdaad al bijna was vergeten.

Toen Sarah verder sprak omklemde ze met beide handen de telefoon.

'Ik heb er een gevonden.'

Reicke stond in de drukke lobby op haar te wachten.

'Thea! Wat zie je er prachtig uit.' Hij gaf haar een handkus en toen zijn blauwe ogen de hare vonden viel het haar op dat hij die avond geen bril droeg.

'Dank je wel.' Ze schonk hem een glimlach. Hij zag er ook geweldig uit, zijn smoking zat hem als gegoten. Met zijn sproeten en zijn rossige haar bood hij een gezonde, gebruinde aanblik, en het ontging haar niet dat ze de aandacht trokken toen ze boven aan de indrukwekkende trap verschenen en Reicke haar zijn arm bood. Eenmaal beneden werd Thea ondergedompeld in het geroezemoes van stemmen, begeleid door het geluid van champagneglazen waarmee de aanwezigen elkaar toedronken.

'Het voelt raar dat je mijn nieuwe baas bent,' fluisterde Reicke, en Thea lachte, genietend van het geheim dat ze samen koesterden.

Doorgaans voelde ze zich op dit soort ontvangsten en recepties als een vis in het water. Ze had zichzelf een aantal trucs eigen gemaakt om namen te onthouden en om met zelfs de lastigste zakelijke contacten in gesprek te komen. Maar toen ze voor de zoveelste keer werd betrokken in sombere prognoses over het nieuwe millennium en een wereldwijde technologische ineenstorting, reageerde ze niet zoals gebruikelijk door nadrukkelijk te verklaren dat Maddox Inc. alles in het werk had gesteld om de databases van het bedrijf te beschermen. In plaats daarvan luisterde ze amper en dwaalde ze met haar gedachten af naar het telefoontje van Sarah.

Sarah had haar gebeld om te vertellen dat ze Johnny Faraday had gevonden, de stalknecht op Little Elms en degene die – samen met Michael – voor Thea het meest was verbonden met haar jeugd. Volgens Sarah werkte hij als bedrijfsleider op een beroemde paardenstoeterij in Zuid-Afrika. Het duizelde Thea wanneer ze besefte hoe ingrijpend zijn leven was veranderd. Op de een of andere manier hoorde hij in haar beleving voorgoed bij de stallen op Little Elms.

Zou hij zich haar nog herinneren? Zou hij het leuk vinden als ze hem schreef? Was het hem voor de wind gegaan sinds hij Little Elms had moeten verlaten? Herinnerde hij zich nog alles uit die tijd, zoals zij zich nog alles – elke dag, elk uur samen – herinnerde?

Ze kon die vragen niet beantwoorden. Maar ze liep er al zo lang mee rond dat het misschien eindelijk tijd werd er iets mee te doen. Dus misschien moest ze Sarahs telefoontje als een teken beschouwen. Tijdens haar zakenreizen vond ze het vaak frustrerend dat mensen niet snel genoeg actie ondernamen. Maar dat gold ook voor haar. Hoogste tijd om zelf ook besluitvaardiger te worden waar het ging om haar verleden en alle onbeantwoorde vragen die ze maar niet uit haar hoofd kon zetten. Bovendien, misschien kon Johnny wel antwoord geven op haar vragen over Michael.

Haar Michael. De jongen met de lichtbruine ogen en het blonde haar. Ze keek naar Reicke. Vond ze hem daarom zo aantrekkelijk? Omdat hij haar aan Michael deed denken?

Vanaf het podium klonk het geluid van een microfoon die werd ingeschakeld. Een al wat oudere man in smoking ordende zijn aantekeningen, klaar om het woord te richten tot de aanwezigen.

Thea nipte van haar champagne, en terwijl ze zich naar het podium keerde kwam ze naast een al wat oudere, grijze man te staan.

'Een jonge vrouw zoals u zou plezier moeten maken, Fräulein,' zei hij in het Engels, met een zwaar, Italiaans accent. 'Dit soort recepties is doorgaans gortdroog.' Hij trok een lelijk gezicht en ontlokte haar een glimlach. 'U maakt deel uit van de Duitse delegatie?'

Thea schudde haar hoofd, ondertussen werd haar aandacht getrokken door Reicke, die haar kant uit keek en zijn hand opstak. Het was niet voor het eerst tijdens deze reis dat ze voor een Duitse werd aangezien.

'Ik ben verbaasd door de grote opkomst,' vervolgde de oudere man. 'Maar het is allemaal show. De verbondenheid,' voegde hij er vertrouwelijk aan toe. 'Het kersverse geloof in de euro. Dat komt allemaal door de Amerikanen. Ze zijn op jacht, dus nu sluiten de Europese gelederen zich.'

'O?' zei Thea zacht, met haar blik op het toneel gericht, waar de spreker het woord had gegeven aan de Oostenrijkse minister van Handel.

'Ze willen er een soort eenheidsworst van maken. Ze willen de hele markt veramerikaniseren. Centraliseren. Op die manier blijft er geen eigen karakter over. Geen nationale identiteit. Ik zal vechten tot mijn laatste snik om te voorkomen dat Scolari wordt opgekocht door de yanks.'

'Uw standpunten zijn buitengewoon verhelderend, *signor*.' Thea boog hoffelijk haar hoofd. Dus dáárom kwam hij haar vaag bekend voor. Dit was Roberto Scolari.

Ineens viel alles op zijn plek. Zijn zoon was Alfonso Scolari, de formule 1-coureur die tegenwoordig een relatie had met Romy Valentine. Thea had het niet willen geloven toen Andy Bellson haar vertelde dat Romy Valentine tot drie keer toe een interview met het *Culture Bulletin* had geweigerd. Op de redactie gold ze als een over het paard getilde diva, maar Thea vermoedde dat het een wraakactie was vanwege het artikel dat Brett had gesaboteerd.

'Ik ben bang dat ik uw naam niet heb verstaan,' zei Scolari.

'Theadora Maddox,' stelde ze zich voor, en ze schonk hem een welwillende glimlach toen ze zag dat hij probeerde zich een houding te geven.

'Miss Maddox... ik... ik...' stamelde hij.

Scolari! Natuurlijk, daar moest ze achteraan.

Zijn bedrijf paste perfect in haar uitbreidingsplannen.

Thea dronk tijdens de receptie veel te veel champagne en na het diner werd ze mee de dansvloer op genomen. Ze danste een paar keer, maar was zich onaangenaam bewust van de aandacht die ze trok, als een van de weinige vrouwen in het gezelschap. Ze zou er goed aan doen zich waardig terug te trekken, voordat ze zichzelf belachelijk maakte. Dus toen de band een langzaam nummer van Phil Collins inzette, glipte ze weg.

Reicke onderschepte haar toen ze net in de lift wilde stappen. Hij had zijn vlinderdasje losgeknoopt, zijn haar zat iets minder onberispelijk dan eerder die avond en onwillekeurig keek ze hem lachend aan toen hij grijnzend en in een komische pose tegen de liftdeur leunde.

'Zullen we nog een slaapmutsje nemen?' stelde hij voor.

'Nee, dank je. Ik ga naar bed.'

'Hè, toe! Eentje maar,' zei Reicke. 'Want voorlopig zien we elkaar niet meer.'

'Oké,' zwichtte ze. 'Eentje dan.'

Hij stopte de kaart van zijn kamer in de lezer en nam haar mee naar zijn suite op de bovenste verdieping. Ze keek naar zichzelf in de spiegelwand van de lift, zoals ze daar met haar enveloppetas tegen zich aan geklemd naast hem stond. *Waar begin ik aan?* Net op dat moment ontmoetten hun blikken elkaar. Reicke schonk haar een grijns.

In het reusachtige penthouse kwamen ze via een hal met hoogpolig, roomwit tapijt in een zitkamer waar de royale fauteuils waren bekleed met zijde. In de aangrenzende eetkamer stond een fraaie achttiende-eeuwse tafel met goudkleurig beklede stoelen. Een kostbaar ogende, antieke staande klok sloeg twaalf keer, de bewegende figuurtjes boven de wijzerplaat verbeeldden een scène uit *Le nozze di Figaro.* 'Wow!' verzuchtte Thea bewonderend.

'Prachtig, hè?' Hij kwam naast haar staan en deed de bovenste knoop van zijn overhemd los. De muskusachtige geur van zijn aftershave bezorgde haar een zweem van opwinding. 'Er was sprake van een misverstand en toen hebben ze mij de presidentiele suite gegeven.'

'En dat heb je aan niemand verklapt,' zei Thea plagend.

'Precies.'

Thea volgde hem naar de donkere keuken. Ze kreeg het even benauwd bij de herinnering aan de keuken in Maddox Tower, waar Brett zich voor het eerst aan haar had vergrepen. De laatste jaren was ze als het ware geblokkeerd geraakt, telkens wanneer er intimiteit met een man dreigde. Ook nu weer werd ze bestormd door de beelden van Brett in de Zwitserse sauna. Brett, die eropuit was alles kapot te maken. Dat lag echter inmiddels al zeven jaar achter haar.

Met een diepe zucht verdrong ze de gedachte, terwijl Reicke het licht aandeed en in de koelkast keek.

'Gin, whisky, wodka of champagne? Wat kan ik voor je inschenken?'

'Doe nog maar een glaasje champagne.'

Hij pakte een fles en maakte het ijzerdraad rond de kurk los. 'Wil jij even glazen pakken?'

Ze ging op zoek in de kastjes tot ze twee kristallen flûtes had gevonden. Ondertussen liet Reicke de kurk knallen. Thea genoot van het bijna huiselijke moment, ook al waren ze in een hotel. Ja, zei ze tegen zichzelf. Ze kon het. Ze moest zichzelf gewoon dwingen te ontspannen. Waarom zou ze niet mogen genieten? Waarom zou ze niet af en toe een beetje plezier mogen maken?

'Ik heb je het mooiste nog niet laten zien.' Reickes ogen glinsterden toen hij haar wenkte, de slaapkamer in, langs het reusachtige bed met een sprei van rode brokaat. Bij de schuifpui gekomen trok hij het bijpassende gordijn weg. Achter het getinte glas lag een terras met een jacuzzi. Toen Reicke op een knop drukte, gingen er lichtjes branden onder water.

'Wacht even.' Hij liep naar een paneel in de muur. 'Dat is nog niet alles.'

Hij drukte weer twee knoppen in. Het water begon te borrelen en uit verborgen luidsprekers klonk muziek. Het was de cd van de New Radicals die Thea geweldig vond.

'Het is verbijsterend.' Ze liep het terras op dat werd afgeschermd door een hoge muur. Toen ze zich weer omdraaide, stond Reicke zich uit te kleden.

'Wat doe je?' vroeg ze ademloos.

'We moeten het toch proberen?' Lachend stapte hij uit zijn broek. In zijn Calvin Klein-onderbroek ging hij op de houten vlonder rond de jacuzzi staan en strekte zijn armen. Zonder zijn formele smokingjasje en gesteven overhemd zag ze dat hij een leren ketting om zijn hals droeg. De kleine hanger nestelde zich in het haar op zijn verrassend gespierde borst. Hij had een schitterend lichaam. Thea was zich op slag bewust van een vurige begeerte die bezit van haar nam. 'Kom, Thea! Laat me niet in de kou staan!'

Ze begon te lachen, verbaasd dat hij zich zo duidelijk op zijn gemak voelde zonder kleren. Daar had hij dan ook alle reden toe. Ze beet op haar onderlip.

'Zo!' Hij stapte in de jacuzzi. 'Doodsimpel! Zie je wel? Mag ik mijn champagne?'

Ze rolde met haar ogen en ging het glas halen dat hij op het nachtkastje had gezet. Toen ze weer buitenkwam keek hij grijnzend naar haar op. Het water borrelde tegen zijn kin, damp steeg op naar de donkere hemel. Hij leunde met een genietende zucht achterover.

'Ik doe mijn ogen dicht. En dan kom je erbij zitten,' zei hij. 'Ik kijk niet. Dat beloof ik.'

Thea sloeg haar ogen op naar de sterren. Ze moest hier weg! Reicke was een collega. Wat bezielde haar... Hoe kon ze zelfs maar overwegen bij hem in een jacuzzi te stappen? En toch... Ze zuchtte geërgerd. Waar wachtte ze op? Of liever gezegd: op wie? Op Tom? Nog steeds? Na al die tijd?

'Kom op! Het is heerlijk!' drong Reicke aan. 'En ik heb nog steeds mijn ogen dicht...'

Ze zette haar glas neer, deed haastig de rits van haar jurk naar beneden en liet hem over haar heupen glijden. Moest ze haar stay-upkousen aanhouden? Ten slotte trok ze die ook uit, wankel op één been balancerend.

Slechts gekleed in haar kanten slipje en beha stapte ze giechelend in het water, terwijl ze strak naar Reickes gezicht bleef kijken. Toen hij voorzichtig één oog opendeed, drukte ze gillend een hand tegen haar borsten. 'Niet kijken,' jammerde ze, en ze liet zich onder water zakken.

'Mag ik mijn ogen nu opendoen?'

Over het water heen keek Thea hem lachend aan. Hij grijnsde terug.

'Je bent zo Amerikaans,' zei hij. 'Wij Duitsers hebben er geen moeite mee ons uit te kleden in gezelschap.'

'Ja, maar dit is anders. Hier zijn we helemaal alleen. En zoals je al zei, ik ben je baas.'

Ze wenste meteen dat ze het niet had gezegd, maar Reicke leek niet gekwetst. Hij liet zijn hoofd naar achteren zakken en keek naar de sterren.

'Mooi, hè?'

Toen keek hij weer naar haar en deze keer stond zijn gezicht ernstig.

Onder water raakte zijn voet de hare, toen voelde ze zijn been. Ze hield haar adem in. Ondanks het warme water begon ze te beven, maar zijn nabijheid voelde heerlijk.

Voordat ze besefte wat er gebeurde, was hij naar haar kant overgestoken en zat hij naast haar. Zijn lippen vonden de hare, hij nam haar in zijn armen, en zijn kus werd hartstochtelijker.

'Laten we even alles vergeten,' fluisterde hij. 'En alleen maar genieten. Van elkaar.'

20

Maart 1999

Tot het uiterste geconcentreerd draaide Romy aan de stokoude pastamachine. De sterke, met meel bestoven handen van Maria Scolari rustten op de hare terwijl het zachte, soepele deeg zich op de kaalgesleten houten keukentafel plooide.

'Zo gaat ie goed.' Maria knikte.

Romy keek glimlachend op naar Alfonso's moeder. Haar peper-en-zoutkleurige krullen waren perfect gekapt, haar gestreepte schort was 'Toscane-roze' met wit. Ook al was ze getrouwd met een van de rijkste mannen van Italië, hier, op de boerderij in Toscane, vond de matriarch van de Scolari-familie het heerlijk om zelf de handen uit de mouwen te steken, precies zoals haar voorouders dat hadden gedaan.

Fascinerend, vond Romy. Terwijl zij krampachtig had geprobeerd haar verleden achter zich te laten, omhelsde Maria het hare. Sterker nog, Romy was nog nooit ergens geweest waar de familietradities zo zichtbaar waren, van de met de hand beschilderde borden op het eikenhouten dressoir tot de kleinste rituelen. Zoals de manier waarop Maria voor de kippen zong wanneer ze 's ochtends eieren kwam rapen, of de geheime recepten voor de maaltijden die ze in reusachtige schalen op tafel zette wanneer de familie zich 's avonds op het terras verzamelde, onder de wijnranken. Zelfs de hond van de familie behoorde tot de zevende generatie nakomelingen van het nest dat tijdens de oorlog op de boerderij was geboren.

Romy vond het heerlijk om mee te maken en om alle familierituelen en -gebruiken te leren van Maria, die al haar kinderen met vreugde en toewijding omringde. Dat gold zeker voor Alfonso, die door zijn moeder – en door zijn vader en zijn zussen – werd aanbeden. Toen Romy bij de eerste kennismaking zag hoe dol ze op hem waren, had ze gedacht dat ze haar nooit zouden accepteren. Toch hadden ze dat gedaan. Daarom voelde ze zich extra dankbaar en bevoorrecht dat Maria haar die ochtend had uitverkoren om haar te helpen.

Alfonso stak zijn hoofd om de deur. Zonlicht stroomde de keuken binnen. Met een handdoek over zijn schouder kondigde hij aan dat zijn vader en hij een duik gingen nemen in het meer.

'Het water is ijskoud,' zei Maria. 'Jullie vatten nog kou.' Ze klakte afkeurend met haar tong.

Alfonso kwam glimlachend naar haar toe en sloeg van achteren zijn armen om haar welgevormde taille, zodat ze verontwaardigd zijn hand wegsloeg en moppergeluidjes maakte toen hij een versgeplukte kerstomaat van de tafel stal. Maar de liefde in haar ogen was onmiskenbaar toen haar blik haar zoon volgde, die naar Romy knipoogde, haar in zijn armen nam en ver achterover dwong voor een dramatische kus. Zoals gebruikelijk voelde ze zich overspoeld door een golf van blijdschap en geluk, niet in het minst gegeneerd omdat hij dat deed waar zijn moeder bij was.

Ze begon te lachen toen Alfonso luidkeels een aria aanhief terwijl hij naar de deur liep.

'Heeft hij je verteld dat hij vroeger operazanger wilde worden?' vroeg Maria toen hij weg was.

Romy's wangen begonnen te gloeien. 'Ja, natuurlijk...'

'Romy!' Maria legde haar met meel bestoven hand op Romy's pols. 'Hou op. Probeer nou maar niet langer om me voor de gek te houden. Alfonso kán helemaal niet zingen. Al zou hij het willen.'

Romy voelde dat haar blos nog vuriger werd.

Maria grinnikte. 'Ik wist het meteen. Vanaf het moment dat je hier binnenkwam, wist ik dat je mijn zoon nauwelijks kende. Maar dat doet er niet toe. Je bent er nog steeds. En daar gaat het om. Hou je van hem?'

'Ja,' antwoordde Romy, geschrokken van Maria's directheid en verbaasd door haar eigen antwoord. Het was alsof niet alleen

Maria, maar ook deze schitterende boerenkeuken de waarheid van haar eiste. 'Wat ik voor Alfonso voel... dat heb ik nog nooit voor iemand anders gevoeld.'

Maria knikte, ze nam het van Romy over aan de machine en liet het volgende pastavel behendig in haar hand lopen.

Romy had het onmiskenbare gevoel dat haar relatie met Alfonso door dit gesprek in een nieuwe fase was gekomen, en ze vroeg zich af hoe hij het zou vinden dat zijn moeder hen van meet af aan had doorzien. Zou hij het haar kwalijk nemen dat ze haar rol blijkbaar niet overtuigend genoeg had gespeeld?

Maar terwijl ze Maria gadesloeg besefte Romy dat deze indrukwekkende vrouw, die zo moederlijk leek, zo gretig om het haar man en haar kinderen naar de zin te maken, in werkelijkheid de ruggengraat van de familie vormde. En dat haar bij haar kinderen waarschijnlijk nog nooit iets was ontgaan.

Daarom betekende haar acceptatie ook zoveel voor Romy. Ondanks dat was ze verrast door het gemak waarmee ze voor haar gevoelens was uitgekomen. Ook al zou het zinloos zijn geweest te proberen die te verbergen. Al vanaf het moment dat hij met het krankzinnige voorstel was gekomen om zijn ouders te ontmoeten, inmiddels tien magische maanden geleden, was ze hopeloos verliefd op Alfonso Scolari.

Het had zo stout gevoeld. Zo illegaal. Samen op avontuur, met een reusachtig geheim dat ze deelden. Ze glimlachte bij de herinnering aan hoe ze hadden zitten praten aan boord van het kleine privévliegtuig, tijdens de vlucht van Nice naar Pisa. En daarna in de zwarte Ferrari die had klaargestaan naast de privélandingsbaan op Galileo Galilei, en waarin ze met een bloedstollende vaart over de snelweg waren gezoefd. Alfonso was pas – iets – rustiger gaan rijden in de bergen. Al die tijd hadden ze weetjes en feiten over elkaar gerepeteerd.

'Wat vind ik leuk aan je?' had ze hem gevraagd, terwijl ze langs glooiende papavervelden en donkere cipressen reden, door een landschap van zo'n volmaakte schoonheid dat Romy erdoor werd overweldigd.

'Ik heb leuk haar. En mijn spaghetti vongole is om je vingers bij af te likken. Dat moet je zéker tegen mamma zeggen.'

Romy had geknikt en gelachen. Dat kon ze wel onthouden, dacht ze. Hij had inderdaad geweldig haar. Sterker nog, ze zou er dolgraag met haar vingers doorheen woelen.

'O, en ik ben een geweldige minnaar,' had hij eraan toegevoegd. 'Daarom ben je verliefd op me geworden. Maar dat kun je niet tegen mamma zeggen. Dus vertel dat maar aan Flavia, mijn oudste zus.'

Romy was opnieuw in lachen uitgebarsten, maar onwillekeurig had ze zich afgevraagd of het waar was.

'En jij? Wat doe jij? Ik bedoel... wat zijn je hobby's?' had hij gevraagd.

'Ik ben dol op lezen. Vooral romantische boeken. En ik maak altijd en overal foto's, maar vervolgens heb ik geen tijd om ze in te plakken. Ik ben gek op schoenen. Dure schoenen. Mijn lievelingspaar is geel. Met zulke hoge hakken.' Ze had de maat aangegeven met haar vingers en Alfonso had vol ontzag gefloten.

'Alleen, je draagt ze niet echt vaak,' had hij haar op het hart gedrukt. 'Want met die schoenen ben je langer dan ik.'

Romy had haar hoofd geschud, zowel verontrust als geamuseerd door hun bedrog. Ze vroeg zich af of ze ermee weg zouden kunnen komen. 'O ja, en ik heb iets met mooie lingerie. En met zwerfhonden.'

'Perfect. Het klopt allemaal. Daarom ben je op me gevallen. Ik ben ook een soort zwerfhond. En jij hebt me getemd.'

'Kan dat dan?'

Hij had haar grijnzend aangekeken en het gaspedaal nog dieper ingetrapt, zodat haar maag een sprongetje maakte. 'Alles kan.'

Op dat moment was er ineens dat gevoel, herinnerde Romy zich. En dat gevoel was niet meer weggegaan. Hij was geweldig... verbazingwekkend. Ze had beseft dat hij haar gelukkig kon maken op een manier die ze nooit voor mogelijk had gehouden.

Terwijl Alfonso's moeder iets tegen Flavia zei, zijn oudste zus, die de keuken kwam binnenslenteren en in de vleessaus begon te roeren op het fornuis dat in de antieke schouw stond, moest Romy plotseling denken aan die allereerste keer dat ze pasta had gegeten, op de avond van haar aankomst in Londen. En opnieuw werd ze overvallen door de panische angst dat deze lieve mensen – of wie dan ook in haar nieuwe leven – ooit de waarheid over haar verleden zouden ontdekken.

Flavia keek Romy glimlachend aan. 'Dus mamma leert je haar magische keukengeheimen?'

Ze had lang, donker, golvend haar, een olijfbruine huid en de trotse neus van haar vader. Ze had het zachte karakter van haar moeder en Romy was dolgelukkig geweest toen Flavia haar belde met het voorstel elkaar in Milaan te ontmoeten en samen een kop koffie te gaan drinken. Ze vond het geweldig dat Alfonso's oudste zus haar vriendin wilde zijn. Inmiddels waren ze al diverse keren gaan winkelen en voor het eerst in haar leven had Romy beseft hoe heerlijk het moest zijn om een zus te hebben.

Commotie in de hal deed haar opschrikken uit haar gedachten. Even later kwam Anna, Alfonso's andere zus, de keuken binnen met haar twee dochters. Maria spreidde haar armen om haar kleindochters te omhelzen, en Romy keek lachend toe terwijl de familie elkaar druk pratend en zoenend begroette.

Beseften ze wel hoe gelukkig ze zich mochten prijzen? Financieel ontbrak het hun aan niets en bovendien hadden ze dit! Deze geweldige familie, het gevoel ergens bij te horen. Romy vond het hartverwarmend om in hun midden te zijn, op een manier zoals ze dat nooit eerder had ervaren. Hoe meer ze met de Scolari's optrok, hoe sterker haar verlangen om tot deze heerlijke familie te mogen behoren.

Toen ze dat aan Alfonso vertelde, had hij een lelijk gezicht getrokken en zijn familie irritant en bemoeiziek genoemd. Romy was verbaasd geweest door zijn reactie en had op hem gemopperd. Hij was woedend geworden, haar eerste kennismaking met zijn opvliegende karakter. Ze begreep het niet, had hij getierd. Niemand begreep hem! Zijn kinderachtige uitbarsting had Romy dusdanig verrast dat ze de slappe lach had gekregen, en ze had hem nagedaan, door nijdig kwakend, als een boze eend, door de kamer te paraderen.

'Ik wil niet dat je partij trekt voor hen,' had hij ten slotte gepleit, iets milder en eerder gegeneerd dan boos.

'Waarom zou ik dat doen?' Ze had haar armen stijf om hem heen geslagen en hem hartstochtelijk gekust, verbaasd dat iemand met zo'n reusachtig ego als hij, diep vanbinnen toch erg onzeker kon zijn.

Voor zover ze had begrepen was Anna net zo temperamentvol als Alfonso, maar Romy had haar nog niet eerder ontmoet. Ze nam de kleine, atletisch ogende vrouw in witte tenniskleding belangstellend op. Toen ze haar de hand wilde schudden, ging Anna op haar tenen staan om Romy te omhelzen en haar met een welgemeende kus te begroeten. Haar parfum rook vertrouwd.

'Dank je wel! Je hebt ons Alfonso teruggegeven,' zei ze met een dankbare blik, en Romy wist meteen dat ze ook met Anna dikke vriendinnen zou worden.

'Ben jij het beroemde fotomodel?' vroeg Cesca, Anna's dochter, met haar hand op haar heup. 'Je bent net zo knap als mamma zei.'

'Dank je wel.' Romy bukte zich lachend om het kleine meisje met haar donkere krullen en haar witte, gesmokte jurkje een kus te geven. 'Jij ook. Maar om model te worden hoef je niet per se knap te zijn. Het gaat er vooral om dat je lang bent, en je moet een heleboel geluk hebben.'

'Wat heb je een mooie speld!' Cesca reikte naar Romy's haar om het flonkerende ding aan te raken.

'Vind je hem mooi? Alsjeblieft. Dan mag jij hem hebben.' Romy gaf haar de speld.

'Cesca,' mopperde Anna. Ze verontschuldigde zich voor haar dochter, maar Romy wuifde haar excuses weg. Ze vond Cesca allerliefst en terwijl ze de speld in haar haar deed, stelde ze zich voor dat ze zelf moeder was. Moeder van een kleine Scolari. Zich oprichtend was ze geschokt door het besef hoe gelukkig die gedachte haar maakte. Op dat moment ging haar telefoon. Ze viste hem uit de achterzak van haar spijkershort.

Het was Nico.

'Waar ben je?' vroeg hij streng. 'Ik heb ik-weet-niet-hoeveel boodschappen ingesproken.'

'Ik heb nu geen tijd om te praten.' Romy wendde zich af. 'Ik ben bij Alfonso's ouders. Dat had ik toch gezegd?' In de rustieke boerenkeuken, verwarmd door de zon die uitbundig naar binnen scheen, leek haar wereld van vliegvelden en fotoshoots oneindig ver weg.

'O, dat zal wel. Maar dat doet er niet toe. Je moet je koffers pakken. Nu meteen. Ik heb een gigantische opdracht voor ons weten binnen te halen. Een commercial voor een vliegmaatschappij. De opnamen zijn in Peru. Ik heb echt alles uit de kast gehaald om te zorgen dat we het samen konden doen.'

'Wanneer moeten we vertrekken?' Romy dacht niet alleen aan Nico, maar ook aan Simona. Na alles wat die voor haar had gedaan, stond ze bij haar in het krijt. Bovendien wist ze dat Simona er alles aan zou doen om haar te beschermen en te zorgen dat ze gelukkig bleef.

'Morgenavond. Ik ben al aan het boeken.'

'Dat zal niet gaan... Ik moet erover nadenken, Nico. Ik kan hier niet zomaar weg.'

'Romy,' jammerde Nico. 'Ik heb hier echt heel erg mijn best voor moeten doen! Laat me nou niet in de steek, lieverd! Dat kun je niet maken!'

Romy verbrak de verbinding. Terwijl ze de telefoon weer in haar zak stopte, wist ze bij het zien van de uitdrukking op Maria's gezicht één ding absoluut zeker. Namelijk dat ze er verkeerd aan zou doen om halverwege dit familieweekend te vertrekken. Opdracht of geen opdracht.

Wie bij de Scolari's niet onvoorwaardelijk voor de familie koos, lag eruit.

Terwijl de familie zich later op de dag op het terras verzamelde voor het avondeten, verkeerde Romy nog altijd in verwarring. Door alle commotie rond de aankomst van zijn zussen had ze niet de kans gekregen Alfonso ook maar één moment alleen te spreken. Na Flavia en Anna waren ook Lola, Serena en de blonde Bianca gearriveerd. Bianca, de jongste van het stel, was in een hoekje weggekropen en had zich pas toeschietelijk getoond toen Romy met haar over boeken begon. Inmiddels hielp ze Cesca met het aansteken van de kaarsen op tafel, lachend om Anna, die haar onder het vouwen van de servetten vertelde over de geschiedenis van de familie, compleet met roddels en smeuïge verhalen. De enige zus die ontbrak, was Gloria. Volgens Alfonso had zij de rol als het zwarte schaap van de familie van hem overgenomen. Maria kwam zwijgend aan tafel zitten nadat ze Gloria door de telefoon had gesproken.

'Komt ze niet, mamma?' vroeg Serena.

Maria schudde haar hoofd. 'Nee. Ze wil pas komen als jullie vader bereid is Marc te accepteren.'

'Wie is Marc?' vroeg Romy aan Anna.

'Gloria's laatste verovering,' vertelde Anna. 'Papa is erachter gekomen dat hij heeft vastgezeten, omdat hij in drugs handelde. Dus hij wil hem hier niet over de vloer hebben. Tot groot verdriet van mamma. Gloria was altijd de slimste van ons allemaal, maar ze heeft voor Marc gekozen en is gestopt met haar studie.'

Op dat moment verscheen Roberto Scolari aan tafel, zoals altijd zeer verzorgd in een roze overhemd dat prachtig combineerde met zijn gebruinde huid en zilvergrijze haar. Onder de tafel drukte Romy de hand van Alfonso, terwijl ze zich afvroeg of hij net zo aantrekkelijk zou zijn als zijn vader tegen de tijd dat hij oud en grijs werd.

'We boffen met het weer. Het is ongewoon zacht voor maart,' zei Roberto. 'En, zijn we er allemaal?' Hij keek glimlachend de tafel rond. 'Waar is Gloria?'

'Die komt niet,' zei Maria. 'Dat weet je.'

Roberto zuchtte. 'Daar heeft ze alleen zichzelf maar mee.'

'Verdient ze niet een tweede kans, papa?' vroeg Alfonso.

Roberto keek hem aan. Zijn gezicht stond streng. 'Ik wil niet dat die vriend van haar met deze familie wordt geassocieerd. Dat weet je.'

Hij klonk onvermurwbaar en er lag een harde schittering in zijn ogen. Romy besefte dat Roberto Scolari geen man was van compromissen. Je werd geaccepteerd of buitengesloten. Tweede kansen werden niet gegeven. Romy zag dat Maria zonder een woord te zeggen opstond om iets uit de keuken te halen, maar haar stilzwijgen verried duidelijk hoe teleurgesteld ze was.

Op dat moment kwam er een man uit de keuken het terras op. 'Wie is dat?' vroeg Romy fluisterend aan Alfonso.

'Dat is Franco Moretti.' Alfonso verstijfde merkbaar bij het zien van de al wat oudere man. 'Een jeugdvriend van mijn vader. De Moretti's en de Scolari's delen een lange geschiedenis. Naast mamma is hij de enige andere aandeelhouder van Scolari. Mij vindt hij maar niks.'

Moretti werd begroet als een lid van de familie. Alle zussen kusten hem, maar Alfonso hield zich op een afstand.

'Romy!' riep Flavia. 'Kom, dan stel ik je aan Franco voor.'

Romy liep naar hem toe en schudde hem de hand. Franco Moretti was een lange man met donker haar en een verzorgde, kleine snor. Zijn panamahoed completeerde zijn verschijning. Hij zag eruit als een ouderwetse filmster in zijn nadagen, vond Romy. Iedereen volgde toen hij naar de tafel liep, Roberto op de schouder klopte en zijn plek innam naast de gastheer.

'Kijk eens wie we hier hebben!' Roberto gebaarde naar Alfonso, waarop Franco hem over de tafel heen de hand schudde. Terwijl ze weer naast Alfonso ging zitten, was Romy zich scherp bewust van de spanningen tussen hen.

'Kom zondag naar de wijngaard,' zei Franco. 'De chianti is uitzonderlijk goed dit jaar. Ik weet zeker dat je hem kunt waarderen. En je moet miss Valentine natuurlijk meenemen,' voegde hij eraan toe.

'O... eh... dank u wel, maar ik kan niet.' Romy's blik ging heen en weer tussen Alfonso en Franco.

'Hè?' Alfonso keerde zich naar haar toe terwijl de rest van de familie aan tafel plaatsnam. 'Waarom niet?'

'Omdat ik weg moet.'

'Weg? Waarheen?'

'Dat wil ik je de hele dag al vertellen,' zei ze op gedempte toon. 'Een plotselinge opdracht. Ik moet naar Peru.'

'Peru?' herhaalde Serena, terwijl ze een schaal gegrilde aubergines met pijnboompitten op de lange tafel zette. 'Daar ben ik ooit met vakantie geweest.'

'Het wordt voor mij de eerste keer.' Romy besefte dat Alfonso haar doordringend, onderzoekend opnam. Hij drukte zijn been tegen het hare. Het was duidelijk dat hij een verklaring eiste. Over de tafel heen wisselden Roberto en Maria een blik.

'Je bent fotomodel, heb ik begrepen?' zei Franco op zakelijke toon, terwijl hij haar taxerend opnam. 'Is dat bevredigend werk?' Het klonk als een poging tot beleefde conversatie, maar Romy hoorde aan de subtiele ondertoon in zijn stem dat hij haar als een van Alfonso's leeghoofdige veroveringen beschouwde.

'Het is bevredigend wanneer ik invloed kan uitoefenen op de campagnes,' antwoordde ze. 'En dankzij mijn werk heb ik veel gereisd en heel wat van de wereld gezien,' voegde ze eraan toe, met een blik op Serena.

'Vind je niet dat de hele modewereld... Tja, hoe zal ik het zeggen...' Franco gebaarde vaag met zijn hand, duidelijk niet tevreden met haar antwoord, '... vooral draait om domme blondjes in dure kleren?'

Anna klakte afkeurend met haar tong. 'Franco!' Ze schonk Romy een blik alsof ze wilde zeggen dat Franco nu eenmaal graag provoceerde.

'Domme blondjes in dure kleren,' herhaalde Flavia vernietigend.

Romy vond het roerend zoals ze voor haar in de bres sprongen. Ze genoot ervan door de zussen in hun midden te zijn opgenomen.

'Ik werk niet alleen in de mode, ook al vormt die wel een belangrijk onderdeel van wat ik doe,' reageerde ze. 'En ik zou het werk zeker niet dom willen noemen. Neem bijvoorbeeld de shoot voor Ferragamo die ik recentelijk heb gedaan.'

'Handtassen,' zei Anna met een knipoog naar Romy, terwijl ze naast Franco aan tafel ging zitten. 'Dure handtassen.'

'Italië zou trots moeten zijn op de luxeartikelen die hiervandaan komen,' zei Romy tegen Franco. 'Italiaanse merken vertegenwoordigen een indrukwekkend erfgoed op het wereldtoneel. Als je kijkt naar wat designartikelen bijdragen aan het BNP, dan besef je dat het investeren in kostbare reclamecampagnes verre van zinloos is, zeker gezien de opkomende vraag vanuit Azië. De sector luxeproducten betekent een enorme kans voor Italië. Dus het belastingbeleid van jullie nieuwe regering lijkt me een buitengewoon verstandige keuze,' voegde ze er met een allerliefste glimlach aan toe.

Roberto knikte, onder de indruk. 'Is die opdracht in Peru bedoeld voor een Italiaanse campagne?'

Romy's wangen begonnen te gloeien. 'Nee, voor British Airways.'

'Aha! Nou, als het niet hoeft, vliegen we níét met British Airways!' Heel even ontmoetten Roberto's ogen die van Romy, maar in dat korte moment van stilte, waarin ze zichzelf en haar carriere had moeten verdedigen, glimlachte ze slechts gedwee. Roberto knikte. Het was duidelijk dat hij haar reactie als een beslissing beschouwde.

Romy keerde zich naar Alfonso. 'We hebben het er later nog wel over,' fluisterde ze, met een geruststellend kneepje in zijn hand.

Toen kwam Maria naar buiten met de schaal pittige pompoenpasta die ze die ochtend samen met Romy had gemaakt, en het gesprek ging over op een ander onderwerp. Romy hoorde dat Roberto verslag deed aan Franco over een conferentie in Wenen, vorig weekend, waarbij hij Thea Maddox had ontmoet. Haar naam deed bij Romy een belletje rinkelen. Had dat meisje van de pr – Bridget Lawson – haar naam destijds niet genoemd? Thea Maddox, van Maddox Inc.?

'Een aantrekkelijke vrouw. Dat zeker,' zei Roberto grinnikend. 'Maar ze zal niet ver komen. Amerikanen zijn te star en te zakelijk voor vrouwen zoals zij.'

'Maar de oude Maddox heeft toch ook een zoon?' vroeg Franco.

Roberto knikte en zei iets wat Romy niet kon verstaan, maar ze voelde dat Alfonso verstijfde. Blijkbaar veronderstelde zijn vader dat het Maddox-imperium alleen in de handen van de zoon veilig was en niet onder leiding van de dochter. Romy begreep de implicatie. Roberto liet er geen misverstand over bestaan dat hij Alfonso in het familiebedrijf wilde. Hoe eerder, hoe beter.

Daar had Alfonso al vaker met haar over gesproken – over de

hardnekkigheid waarmee Roberto erop aanstuurde dat het bedrijf overging van vader op zoon – maar tot dat moment had Romy niet beseft hoe serieus dat was. Ze had niet beter geweten of Alfonso concentreerde zich voorlopig volledig op zijn carrière als coureur. Het was wel duidelijk dat Roberto en Franco het daar niet mee eens waren. Terwijl ze probeerden Alfonso in een discussie over het bedrijf te betrekken, merkte Romy dat hij zich hoe langer hoe meer begon op te winden.

Zodra ze na het hoofdgerecht kans zag van tafel op te staan, voegde ze zich bij hem in de keuken. Normaliter deed ze het vlak voor een shoot rustig aan met eten, maar daarvoor was het nu te laat.

'Vertel! Wat is er gebeurd tussen jou en Franco?' vroeg ze.

'Niks.'

'Echt niet? Volgens mij kun je hem niet luchten of zien. Ik dacht dat hij een oude vriend van de familie was?'

Alfonso trok een afwerend gezicht, toen blies hij zijn wangen bol. 'Oké, als je het dan per se wilt weten, er is inderdaad iets gebeurd.'

'Wat dan?'

'Ach... ik heb ooit iets gehad met zijn dochter.'

'Hij heeft haar hart gebroken,' droeg Flavia haar steentje bij terwijl ze de borden op het aanrecht zette. 'Ze is er nooit overheen gekomen. En haar vader ook niet.'

Romy keerde zich naar Alfonso, die zich duidelijk geneerde voor de manier waarop zijn zus zich ermee bemoeide.

'Het was niet mijn schuld.'

'O nee? Ach, je kon niet anders? Je werd gedwongen haar te bedriegen? Is dat het?' Het was duidelijk dat Flavia genoot van het ongemak van haar broer.

'Laat me toch met rust!' Alfonso sloeg naar haar met een theedoek. 'Ik moest weg uit die relatie. Ik kon niet leven met die...' Hij schonk Flavia een veelbetekenende blik. 'Laat maar.' Dat laatste zei hij tegen Romy.

'Waar kon je niet mee leven?' vroeg ze.

Alfonso haalde zijn schouders op. 'Ach, ze had een grote neus, en daar ging ik me steeds meer aan storen. Laten we het daar maar op houden.' Hij keek van Romy naar Flavia. 'En laat me nou verder met rust,' zei hij tegen zijn zus. Toen pakte hij Romy bij de hand en trok haar mee naar buiten.

Gehaast zette hij koers naar de opening in de buxushaag, met daarachter de moestuin.

'Hé, wacht nou!' zei ze. 'Waar gaan we heen? We krijgen nog een toetje.'

'Ik heb lang genoeg aan tafel gezeten,' zei Alfonso. 'En ik ben al dat geprat over zaken meer dan zat. Ik wil met jou alleen zijn.'

Romy deed een stap naar voren en legde haar hand langs zijn wang. 'Wat is er? Waarom ben je zo van streek?'

'Angelica Moretti was de reden dat ik mijn eigen weg ben gegaan. Ik voelde gewoon dat ik werd gedwongen tot iets wat ik niet wilde. Daarom heb ik de verloving verbroken.'

'Waren jullie verloofd?' Romy was verrast door de steek van jaloezie die ze voelde.

'Ja! Ja, we waren verloofd!' Alfonso gooide zijn armen in de lucht. Toen keerde hij haar de rug toe en liep weg.

'Waar ga je heen?' Ze kwam achter hem aan.

'Weg.'

'Hé! Je hoeft je chagrijn niet op mij af te reageren! Ik wist het niet, dat is alles. Het heeft verder niks met mij te maken.'

'Ik heb je meteen gezegd dat ik liever niet over het verleden praat,' zei hij.

'Toch zouden we dat misschien wel moeten doen,' zei ze. 'Dat blijkt. Helemaal als jij daar zo door van streek raakt.'

Hij bleef staan.

'Goed dan. Jij je zin. Vertel! Wat is het ergste wat je ooit hebt gedaan?'

Romy voelde dat ze een kleur kreeg. Die ochtend, bij Maria in de keuken, had ze zich verplicht gevoeld de waarheid te vertellen. Maar nu, met Alfonso, voelde ze zich op drijfzand. Het was ondenkbaar dat ze haar ware verleden met hem deelde. Bovendien wist ze intuïtief dat het hem eigenlijk niet om het verleden ging maar om de toekomst. Dat hij daarom van streek was. Dat hij zo reageerde omdat hij niet wilde dat ze wegging.

'Ik heb ooit een ander model geslagen,' vertelde ze. 'En daardoor ben ik in grote problemen gekomen.'

'Maar ze had het verdiend?'

'Nou en of!' Ze zweeg even en beet op haar lip. 'En jij?'

'Nou ja, ik zal het maar toegeven... Ik heb heel veel vrouwen gehad, maar daar heb ik geen spijt van. Als ik je dat allemaal zou vertellen...'

'Ja? Wat dan?'

'Dan zou je jaloers zijn.'

'Waarom denk je dat?'

'Omdat je een vrouw bent.'

'Aha!'

Hij keek haar onderzoekend aan. 'Ik wil alleen maar zeggen dat we het verleden beter kunnen laten rusten. Het is allemaal niet zo fraai wat er is gebeurd, maar het doet er niet meer toe. Het heeft niets met ons te maken. Met wat wij samen hebben. Ben je dat met me eens?'

'Ik vind het prima.'

'Kom mee dan. Ik wil je wat laten zien.'

Opnieuw pakte hij haar hand en trok hij haar mee, de tuin door. Romy rook de krachtige geur van de nachtjasmijn terwijl ze zijn laatste woorden op zich liet inwerken.

Ze wilde dat ze kon blijven staan, om terug te gaan naar wat er zojuist was gebeurd, om duidelijkheid te scheppen. Maar zoals gebruikelijk had Alfonso geen rust. Hij wilde verder. Hij had haast. Dat had hij altijd. Zo was hij nu eenmaal. Wat gaf het als hij de deur naar zijn verleden dicht wilde houden? Wat gaf het als hij het met haar niet over vroeger wilde hebben? Tenslotte had zij haar hele leven precies hetzelfde gedaan.

Hij had gelijk, besloot Romy. Ze moesten het verleden laten rusten. Alle duistere geheimen die haar 's nachts tot in haar dromen achtervolgden, behoorden tot het verleden. Ze waren niet belangrijk meer. Terwijl ze voortliep door de warme avond en zich haastte om Alfonso bij te houden, werd ze zich bewust van een overweldigend gevoel van euforie. Hij had haar bevrijd! Alfonso had haar bevrijd van haar verleden. En het voelde heerlijk.

Ze kwamen bij een poort in de muur aan het eind van de tuin. Alfonso deed hem open en liet Romy voorgaan.

Opnieuw liepen ze zwijgend verder, tot ze zag dat de bomen in de verte plaatsmaakten voor landerijen, met daarachter boerderijen.

'Waar gaan we heen?' Ze keek naar hun langgerekte schaduwen die over het hoge gras bewogen.

Alfonso nam haar hand nog steviger in de zijne. 'We zijn er bijna.'

Bij de laatste bomen bleven ze staan. Alfonso hield een tak voor haar opzij. Vóór hen dook het land de diepte in en het uitzicht over de vallei was adembenemend. De eeuwenoude stad op de heuveltop aan de andere kant baadde in licht en schaduw van de reusachtige, oranjegele maan die achter hen laag aan de hemel stond.

Een uil riep. Romy zag de koplampen van een auto die langs de haarspeldbochten naar boven klom, naar de stad op de top. De koplampen wierpen een tunnel van zilver op de zachtpaarse helling. Boven haar – vlakbij, leek het wel – twinkelden de sterren. Het was een magische plek. Betoverender dan alles wat ze ooit had gezien.

'Hier heb ik voor het eerst gevochten.' Alfonso wees naar de grond.

'En? Heb je gewonnen?'

'Nee. Ze waren groter dan ik. Maar later heb ik ze verslagen bij de skelterrace.'

Romy zag hem plotseling voor zich als klein jongetje en haar hart stroomde over van liefde.

'Romy, ga niet weg morgen.'

'Het kan niet anders. Ik heb het beloofd.'

'Je kan toch op je belofte terugkomen? Blijf alsjeblieft hier. Blijf bij me. Ik zal met Nico praten. Ik zal hem uitleggen waarom je niet meekan.'

Hij sloeg zijn armen om haar heen, boog zich naar haar toe en kuste haar.

'En waarom kan ik niet mee?'

'Omdat ik je iets wil vragen. En dat kan ik niet doen als je weggaat.'

'Je kunt me alles vragen. Dus waarom vraag je het nu niet?'

'Omdat ik je wil vragen of je met me wil trouwen. Maar je hebt gelijk. Waarom zou ik er nog langer mee wachten? Wil je met me trouwen? Ik hou van je, Romy! Wil je mijn vrouw worden?'

21

Februari 2000

Thea genoot van de rit vanaf het vliegveld van Kaapstad naar het noorden. In Manhattan sneeuwde het, dus ze was dankbaar voor het mediterrane klimaat in Zuid-Afrika. Ze keek nogmaals op de kaart die naast haar op de bijrijdersstoel lag en zag dat ze nog altijd op de goede weg was, naar de Franschhoek Vallei ten westen van Stellenbosch.

Toen ze op een knop op het gevlamd houten dashboard drukte kwam het dak van de Porsche omhoog en klapte het naar achteren. Ze overtuigde zich ervan dat haar iPod goed was ingeplugd en zocht haar favoriete nummer van Oasis, *Wonderwall*, in haar playlist. Het nummer deed haar denken aan Ollie, haar oude studievriend, die vroeger een groot fan was geweest van het hele Britpop-gebeuren. Ze herinnerde zich dat hij in Belgravia, waar hij een tijdje bij haar in huis had gezeten, bijna voortdurend muziek van Blur had gedraaid.

Hoe zou het met hem zijn? De laatste keer dat ze hem had gezien, was in *Blood Brothers*, in een theater in West End, inmiddels een paar jaar geleden, toen ze een korte overstap had gemaakt in Londen. Ze had zich voorgenomen na de voorstelling naar zijn kleedkamer te gaan om hem te feliciteren, maar aan het eind van het stuk was ze zo in tranen geweest dat ze haastig in een taxi was gestapt, terug naar haar hotel.

Hoe dan ook, een beetje nostalgie kon geen kwaad, dacht ze. Zeker niet op een dag als vandaag. De dag waarop ze eindelijk naar Zuid-Afrika was gevlogen voor het weerzien met Johnny.

Inwendig beefde ze van opwinding, razend benieuwd hoe haar

verrassing zou uitpakken. Ze was zo vaak van plan geweest Johnny te schrijven, maar het was er in alle drukte nooit van gekomen. Toen de maanden verstreken en zijn adres, dat ze op een Post-it in haar portefeuille had geplakt, haar verwijtend begon aan te kijken, had ze impulsief een vlucht geboekt en besloten hem te verrassen. Op die manier zou Johnny geen drukte kunnen maken over haar komst, of – en dat zou nog erger zijn – een excuus kunnen bedenken om haar niet te ontvangen. Ze had al veel te lang geen vakantie genomen, dus Thea had voor haar week vrijaf geen betere bestemming kunnen bedenken dan Zuid-Afrika.

Ze had gelezen dat Stoeterij Leveaux aan de voet lag van het dreigend klinkende Drakenstein-gebergte, maar terwijl de middagzon het landschap in een gouden gloed hulde, was er van dreiging geen sprake. Integendeel. Het zag er allemaal even prachtig en lieflijk uit, vond Thea. Bij de uitlopers van de bergen aangekomen, wist ze dat ze eerst naar de Stellenbosch Country Club zou moeten doorrijden om in te checken, maar toen ze een bord zag waarop de stoeterij stond aangegeven, kon ze haar nieuwsgierigheid niet bedwingen.

Ze verliet de hoofdweg en sloeg de privéweg in naar de stoeterij, die werd overschaduwd door bomen. Net als vroeger, op Little Elms, dacht Thea. Glanzende, bruine hengsten galoppeerden met haar mee door de groene weiden. Hoger op de hellingen groeiden wijnranken in keurige rijen. Thea had op internet gelezen dat Marcel Leveaux bij wijze van hobby een wijngaard had geplant. Dat was inmiddels zeven jaar geleden, maar de wijnen die hij produceerde, trokken zo de aandacht dat ze al bijna net zo beroemd waren als de stoeterij van zijn vrouw.

Aan het eind van de oprijlaan doemden stralend witte bakstenen gebouwen op, die dankzij een hoog oprijzende klokkentoren de eerbiedwaardige aanblik boden van een kerk, tegen een achtergrond van groene velden en hellingen. Dat moesten de stallen zijn.

Thea parkeerde naast het witte gebouw van de stoeterij. Zodra ze uitstapte overviel de hitte haar, zodat ze zich op slag ongemakkelijk voelde in haar spijkerbroek. Met haar hand boven haar ogen tegen de felle zon die inmiddels laag aan de hemel stond, keek ze om zich heen. Haar hart klopte onrustig.

Ze had gebeld en gezegd dat ze langskwam namens een voeder-bedrijf, om zeker te weten dat Johnny er zou zijn. Maar nu het zover was, vroeg ze zich af of de hereniging de blijde verrassing zou opleveren die ze ervan verwachtte. *Nou ja, dat zullen we spoe-dig genoeg weten.* Terwijl ze haar haar in een vlecht bij elkaar bond, zag ze een man op de veranda zitten. Ze liep naar hem toe om te vragen waar ze moest zijn.

Johnny Faraday was in de stallen. Hij leidde een glimmend zwar-te hengst met een schofthoogte van minstens een meter vijfenze-ventig over de met stro bedekte vloer. Vanuit de deuropening sloeg Thea hem gade terwijl hij het indrukwekkende dier over zijn flank streek en een appel uit de zak van zijn groene jack haalde. Ondertussen praatte hij zachtjes tegen het paard, dat de appel voorzichtig met zijn lippen van zijn hand pakte.

Johnny Faraday! Hij was niets veranderd, besefte Thea. De ma-nier waarop hij met het paard omging was haar zo vertrouwd, dat het leek alsof ze hem gisteren nog in de stallen op Little Elms had gezien. Terwijl dat toch vijftien jaar geleden was. Maar de jaren waren hem nauwelijks aan te zien. Op een paar extra rimpels na was Johnny's gebruinde gezicht nog precies zoals ze het zich her-innerde.

Hij keek op toen hij haar in de deuropening zag staan, nam zijn hoed af en veegde met de rug van zijn hand over zijn voorhoofd. Ook dat gebaar was haar zo vertrouwd dat er een zachte lach opborrelde in Thea's keel. Ze zag dat hij haar onderzoekend op-nam. Het was duidelijk dat hij zich probeerde te herinneren waar hij haar van kende. Ze beet op haar lip toen hij naar haar toe kwam.

'Thea?' zei hij ten slotte vragend, alsof hij het nauwelijks kon geloven.

'Verrassing!' Ze haalde haar schouders op.

'Allemensen...'

Hij begon te lachen, en toen hij zijn armen om haar heen sloeg, wist Thea dat het allemaal de moeite waard was geweest. Haar onzekerheid... haar twijfels... Ze had moeten weten dat het allemaal goed zou komen.

Het duurde niet lang of Thea had het gevoel dat ze al dagen op de stoeterij was, en niet pas een paar uur. Ze ging gretig in op Johnny's voorstel om mee te gaan naar de wijngaard, want het was duidelijk dat hij haar alles wilde laten zien.

In het kleine restaurant bij de wijnkelder gingen ze met verschillende proefglaasjes op de houten veranda zitten. Ze kregen er een plank met hartige hapjes bij, afgestemd op de verschillende wijnen.

Beneden hen vervaagden de paddocks in de koele avond. Thea nipte van een verrukkelijke sauvignon blanc en zuchtte genietend. Ze likte haar vingers af, want ook de kaas en het knapperige stokbrood waren heerlijk.

'Weet je nog dat je me leerde springen, in de paddock op Little Elms?' vroeg ze. 'Ik weet het nog precies. Als de dag van gisteren.'

'Je was zo ambitieus,' zei Johnny lachend. 'En allemaal om indruk te maken op Michael.'

'Hoe is het met hem? Heb je ooit nog iets van hem gehoord?' Ze durfde het bijna niet te vragen, want ze schaamde zich om de manier waarop ze hem – net als Johnny – uit het oog was verloren.

'Hij is in het leger gegaan. Volgens de laatste berichten die ik heb gehoord, zat hij in Irak.'

'In Irak?' Thea kon haar geschoktheid niet verbergen.

'Blijkbaar is hij nogal een oorlogsheld. Het is zo jammer dat de oude Mrs. Pryor dat niet meer kan zien.'

Thea's keel werd dichtgesnoerd. 'Je bedoelt toch niet dat ze...'

'Nee. Maar dat zou misschien beter zijn geweest. Die arme ziel. Ze zit in een tehuis. Met alzheimer. Dat moet Michael verschrikkelijk hebben gevonden.'

Thea haalde diep adem om zichzelf weer in de hand te krijgen.

'Ach, wat spijt me dat... Ik... ik voel me zo schuldig.'

'Schuldig? Waarom?'

'Omdat ik er voor hem had moeten zijn.'

Johnny schudde zijn hoofd. 'We waren in dienst bij je vader. En dus waren we zijn verantwoordelijkheid, niet de jouwe. Toen het huis werd verkocht... nou ja, toen hield ons werk daar ook op. We zijn allemaal verdergegaan met ons leven. Zo zit de wereld nou eenmaal in elkaar.'

'Voor mij waren we altijd één grote familie.' Ze slaagde er niet in de hoopvolle klank in haar stem te maskeren.

Johnny glimlachte en er verschenen rimpeltjes rond zijn ogen.

'Ik heb jou ook gemist, als je dat bedoelt te zeggen.'

Nee, dat is het niet alleen, zou Thea hem willen uitleggen. *Het is meer dan missen. Alles wat goed was, alles wat me gelukkig maakte... dat was ineens afgelopen toen Storm bij ons introk en iedereen zijn eigen weg ging.*

Johnny keek over haar schouder in de verte, nog altijd glimlachend. Hij besefte duidelijk niet hoezeer ze van streek was. Thea moest weer denken aan wat Shelly Lawson haar had verteld. Dat Johnny Faraday en Thea's moeder vroeger onafscheidelijk waren geweest. Nee, zei ze tegen zichzelf. Dat was belachelijk. Het was zo bizar dat ze Johnny er niet naar kon vragen, zeker niet nadat hij haar net had verteld dat hij het werken voor haar ouders gewoon als een baan had beschouwd. Meer niet.

'En wie hebben we hier?' klonk een vrouwenstem.

'Thea, mag ik je even voorstellen? Dit is Gaynor Leveaux,' zei Johnny.

Thea dwong zichzelf te glimlachen. Het was duidelijk dat Gaynor niet alleen zijn werkgeefster was, maar ook een goede vriendin. Ze was lang, met blonde krullen, een gebruind gezicht en diepe lachrimpels rond haar ogen. En ze straalde zoveel gezonde nuchterheid uit dat Thea zich op slag bewust werd van haar jetlag en de vermoeienissen van de lange rit.

Ze bloosde toen Johnny haar zijn vroegere protegé noemde en vertelde dat ze de dochter was van Alyssa McAdams, de olympische-medaillewinnares. Gaynor was duidelijk onder de indruk en ze stelde voor dat Thea zich de volgende morgen over Lightning Strike ontfermde.

Thea ging gretig op het voorstel in, maar daarna stond ze al snel op, met het excuus dat ze nog wat werk te doen had. Ze was zelf verbaasd over het gemak waarmee ze het leugentje had gebruikt, om de indruk te wekken dat ze de stoeterij bezocht op doorreis en dat ze voor zaken in het land was.

Toen ze incheckte in de exclusieve countryclub waar ze van plan was geweest zich een week heerlijk te laten verwennen, werd ze ineens overvallen door twijfel. Ze had hier nooit in een opwelling heen moeten gaan. Hoe heerlijk het ook was om Johnny weer te zien, hij had duidelijk een nieuw leven opgebouwd en Thea vroeg zich af wat ze eigenlijk van haar spontane bezoek had verwacht.

Later, nadat ze uitvoerig in bad was geweest, keek ze uit het raam van haar kamer naar de grillige bergen, beschenen door de maan. Het was doodstil en het enige geluid was het gerinkel van de ijsblokjes in haar glas water. Ze liet de gebeurtenissen van die middag opnieuw de revue passeren.

Johnny had zich uitsluitend personeel gevoeld, had hij gezegd. Het verbaasde haar nog steeds hoezeer die woorden haar hadden gekwetst. Gold dat ook voor Michael? Was alles wat ze voor hem had gevoeld – alles wat ze had gedacht voor hem te voelen – slechts een illusie van familie geweest? Had haar echte familie met de dood van haar moeder opgehouden te bestaan? Waren haar herinneringen en haar vader in dat opzicht echt het enige wat ze nog had?

Michael. Ze zag zijn gezicht zo duidelijk voor zich, alsof ze haar hand maar hoefde uit te steken om met haar vingers door zijn rossige haar te strijken. Als hij echt zo weinig voor haar had betekend, waarom kon ze hem dan niet vergeten? En was híj de werkelijke reden waarom ze hierheen was gekomen?

Ze probeerde zich haar blonde jongen met zijn lichtbruine ogen voor te stellen in een militair uniform, maar het lukte haar niet. Alleen dat al deed haar al beseffen hoezeer hun leven – ook dat van Michael – zijn eigen loop had genomen. Dus wat kwam ze hier doen? Waarom kon ze niet gewoon zorgen dat ook háár leven verderging? Waarom was ze nog altijd wanhopig op zoek naar het gelukkige kleine meisje dat ze ooit was geweest?

Was het ophalen van herinneringen het antwoord? Zou dat het lege gevoel verdrijven dat ze diep vanbinnen altijd met zich meedroeg? Het gevoel dat onveranderlijk resulteerde in eenzaamheid, zoals bij de wisseling van het millennium een paar weken eerder, toen ze alleen in haar appartement voor de televisie had gezeten?

Misschien was ze inderdaad gestoord, dacht ze, terugdenkend aan de woorden van Storm, lang geleden. Misschien miste ze iets fundamenteels, waardoor ze niet in staat was tot het aangaan van volwassen relaties.

Zoals met Reicke. Thea wist zich nog altijd niet goed raad met wat er die nacht in Wenen was gebeurd. Hij was er nooit meer op teruggekomen. Ze had verwacht dat de nieuwe topman van Maddox Global Media in Duitsland althans íets persoonlijks tegen haar zou hebben gezegd bij het feest ter ere van de lancering, een paar maanden geleden. In plaats daarvan was hij elke situatie uit de weg gegaan die tot een samenzijn van hen tweeën had kunnen leiden.

Het feit dat hij hun nacht samen negeerde, maakte Thea onzeker en paranoïde. Was de seks voor hem niet net zo geweldig geweest als voor haar? Of vond hij haar – behalve dan lichamelijk – niet de moeite waard?

Misschien schaamde hij zich, omdat ze zoveel hoger in de hiërarchie stond dan hij. Misschien was hij bang dat ze zou denken dat hij haar alleen maar had verleid om bij haar in de gunst te komen. Was dat ook zijn bedoeling geweest? Of had hij, anders dan zij, inmiddels een relatie en wilde hij niet meer worden herinnerd aan wat uiteindelijk slechts een onenightstand was geweest?

Wat de reden ook mocht zijn, het resultaat was dat Thea zich schaamde en het gevoel had dat ze tekort was geschoten, ook tegenover zichzelf. Dat Reicke haar niet langer in die mate respecteerde als ze zou hebben gewild. Het feit dat ze het sindsdien te druk had gehad om de mogelijkheid van een nieuwe relatie zelfs maar te overwegen, had haar gevoel van mislukking alleen maar versterkt. Anderen hadden iemand naast zich, iemand die voor hen had gekozen. Waarom had zij dat niet? Waarom leek het idee van iemand met wie ze haar leven zou delen, haar altijd zo gecompliceerd, zo moeilijk?

Ze dacht aan het tijdschrift dat haar vader haar een paar weken eerder had laten zien. Daarin was ze de Meest Verstokte Vrijgezel in New York genoemd. Op de bijgevoegde foto's was ze afgebeeld met diverse invloedrijke zakenmannen als potentiële huwelijkskandidaten, maar Thea had het artikel vol afschuw gelezen. Ze zei tegen zichzelf dat journalisten nu eenmaal behoefte hadden aan kopij. De bedoeling van haar vader was echter maar al te duidelijk geweest. Net als iedereen verwachtte hij dat ze eindelijk zou trouwen. Niet om huisvrouw te gaan spelen – haar vader kende haar te goed om te denken dat ze haar carrière zou opgeven – maar als partner in een gelijkwaardige relatie. Of om iemand te hebben 'die van je houdt en die je gelukkig maakt', zoals haar vader het had geformuleerd.

Thea vond het allemaal zo oneerlijk. Ze had in haar vak de absolute top bereikt. Ze was rijker en in sommige gevallen succesvoller dan de mannen aan wie ze werd gekoppeld, maar naar hén werd niet met de vinger gewezen. Van hén verwachtte niemand dat ze trouwden en een gezin stichtten. Die plicht lag uitsluitend bij Thea, met de implicatie dat ze pas echt gelukkig zou zijn wanneer ze niet alleen een briljante zakenvrouw was, maar ook een geweldige echtgenote en moeder.

Nou, ze konden allemaal doodvallen, dacht ze. *Ik bén gelukkig. En ik heb niemand nodig om me compleet te voelen.* Zeker geen mannen in pak in een roddelblaadje. En Michael Pryor al helemaal niet, een jochie dat ze twintig jaar geleden had gekend.

Ze zette haar laptop aan, in de wetenschap dat werken de enige manier was om dergelijke gedachten te verdrijven. En inderdaad, een paar minuten later was ze volledig ondergedompeld in haar werk en vlogen haar vingers over de toetsen, terwijl ze de ene na de andere e-mail verstuurde om nog meer van haar staf te eisen.

Het werd tijd om Scolari opnieuw te benaderen, besloot ze. Tijd om nogmaals een bod te doen op zijn bedrijf. De vorige keer was haar overnamepoging mislukt, maar dat zou ze niet nog eens laten gebeuren. Italië was het enige deel in Europa waar ze nog geen poot aan de grond hadden, en Thea was vastberaden alles en iedereen te mobiliseren om het weigerachtige mediaconcern aan boord te krijgen.

Daar werd ze gelukkig van. Dat zou een glimlach op haar gezicht toveren.

Ze was op bij het krieken van de dag. Mist hing als een sluier over de heuvels, toen ze in de ochtendkilte de stallen binnenkwam, waar Johnny haar voorstelde aan de zwarte hengst waarmee ze hem de vorige dag had gezien. Lightning Strike was de trots van de stoeterij, een indrukwekkend dier, voorbestemd om te worden verkocht aan een van de beroemdste racecoaches in de Verenigde Staten. Johnny verzekerde Thea dat ze hem aankon, maar toen ze op de rug van de machtige, zwarte hengst klom en hij snoof en stampte vanwege de onbekende ruiter, begon haar hart sneller te slaan. Met zo'n kostbaar dier mocht er niets misgaan. Daar was ze zich terdege van bewust.

'Je weet wat je doet,' stelde Johnny haar gerust.

'Maar hij is zo groot!'

'Showbizz was groter,' zei Johnny, haar herinnerend aan het paard van haar moeder.

Op slag nam Thea zich voor niet te laten merken hoe bang ze was. Johnny klom op de rug van Gossip, een andere hengst uit de stallen, en ze gingen op weg, door de paddock, naar de vallei daarachter. De zon brak door de mist, gouden schachten deden het malse groene gras oplichten. Thea was zich bewust van het gekwetter van de vogels, de ademhaling van haar paard, en ze had het gevoel dat ze opnieuw contact maakte met een deel van zichzelf waarvan ze was vergeten dat het bestond.

'Je zou thuis ook weer moeten gaan rijden,' zei Johnny toen ze hem vertelde hoezeer ze genoot.

'Wat, in Manhattan? Daar heb ik geen tijd voor.' Ze haalde haar schouders op.

'En in het weekend?'

'Welk weekend? Zoals ik al zei: ik heb geen vrije tijd.'

'Dan moet je die maken,' mopperde Johnny. 'Was jij niet de vrouw die wonderen tot stand wist te brengen?'

Hij citeerde een artikel in *Time* van enkele jaren eerder, waarin ze had gesproken over de rol van vrouwen in het bedrijfsleven. Ze was geroerd te ontdekken dat hij haar zelfs van een afstand was blijven volgen.

'Kom op. Tijd om de remmen los te gooien!' Hij dreef zijn paard in galop, haar dwingend hem te volgen.

Thea verkeerde nog altijd in een uitgelaten stemming toen ze samen met Johnny aanschoof voor de lunch op de boerderij, bij Gaynor en Marcel en hun kinderen Alice en Jack. Er zaten ook collega's van Johnny aan tafel en Thea vroeg zich af of ze hetzelfde gevoel hadden als zij destijds, dat Johnny tot de familie behoorde. Ondanks het warme welkom en de hartelijke, vrolijke sfeer aan tafel was ze onwillekeurig jaloers op de hechte onderlinge band en op alles wat er op de agenda stond voor de stoeterij en de wijngaard. Had Johnny, met zo'n gevuld leven, nog wel tijd om aan het verleden te denken?

Pas tegen het eind van de lunch kreeg Thea de kans om met hem alleen te praten. Nadat ze hadden geholpen met afruimen en als laatsten aan de grote keukentafel waren achtergebleven, pakten ze hun gesprek van de vorige dag weer op. Het duurde niet lang of Thea vertelde hem over Engeland en hoe eenzaam ze zich op kostschool had gevoeld. Maar ook over haar vriendschap met Bridget en dat ze verliefd was geworden op Tom.

'En toen?' vroeg Johnny.

Thea haalde haar schouders op. 'Het is uiteindelijk toch niets geworden.' Ze dwong zichzelf beheerst te klinken, zonder de emoties te verraden die bij haar opkwamen, alleen al door erover te praten. Hoe overweldigend het verlangen ook was om Johnny alles te vertellen, ze was vastberaden haar beschamende geheim over Brett vóór zich te houden.

'Maar Tom was wel degene die me ertoe heeft gebracht op zoek te gaan naar jou.'

'Hoe bedoel je?'

Ze legde uit dat Toms moeder Shelley Lawson was en dat die haar had verteld over Johnny en Alyssa. In plaats van aangenaam verrast te reageren, toonde Johnny zich terughoudend. Tegen de tijd dat Thea was uitgesproken, stond hij op. Hij wreef over zijn kin en begon door de keuken te ijsberen. Dit was nu al de tweede keer dat het noemen van Shelley Lawson tot een onverwachte reactie had geleid. Thea herinnerde zich hoe merkwaardig haar vader had gekeken toen ze Tom aan hem voorstelde en de connectie met Shelley uitlegde.

'Wat heeft ze nog meer gezegd?' vroeg Johnny.

'Niets. Dat was alles.' Thea was verrast door de harde klank in zijn stem. 'Hoezo?' Ze staarde hem aan.

'Dus je weet het echt niet?'

'Wat weet ik niet?'

Johnny keek hoofdschuddend omhoog naar de balken van het plafond. 'Is dat niet de reden waarom je hier bent? Want ik heb me al die jaren afgevraagd of het ooit zou uitkomen.'

Johnny Faraday staarde Thea aan en vroeg zich af wat hem te doen stond. Was dat de reden waarom ze ineens voor hem had gestaan? Net nu hij dacht dat zijn verbondenheid met de Maddoxen voorgoed tot het verleden behoorde en dat hij definitief een nieuwe weg was ingeslagen?

Hoe vaak had hij niet aan haar gedacht en zich afgevraagd hoe het met haar ging? En daar was ze dan, een prachtige vrouw. Wat zou Lis trots zijn geweest. Hij had zijn kleine Thea meer gemist dan hij haar ooit zou kunnen zeggen.

Toen ze hem vertelde dat ze hem altijd als familie had beschouwd... had ze de spijker op zijn kop geslagen. Voor hem had Thea ook als familie gevoeld, en het had zijn hart gebroken toen hij haar had verloren.

Zou het echt zo erg zijn om haar de waarheid te vertellen? Wat kon Maddox hem nu nog maken? Na al die jaren? Te oordelen naar wat Thea hem had verteld, had hij het verleden achter zich gelaten en was hij verdergegaan met zijn leven.

Had hij Lis niet beloofd dat hij altijd voor Thea zou zorgen, in die verschrikkelijke gestolen momenten samen, vlak voordat ze was gestorven?

Hij had zich echter niet aan zijn belofte gehouden, daarvoor had hij zich te zeer door Maddox geïntimideerd gevoeld. Net als Lis toen ze nog leefde. Als gevolg daarvan had hij al die jaren moeten leven met een schuldgevoel.

Het leek de rode draad in zijn leven te zijn dat hij de belangrijke dingen door zijn handen liet glippen, dacht Johnny. Zou hij Thea ooit duidelijk kunnen maken hoezeer zijn leven was beheerst door spijt? Zou hij deze prachtige jonge vrouw ooit de pijn van een gebroken hart kunnen uitleggen? De pijn van het verlies? Wat wist een rijk, beschermd opgegroeid meisje als Thea Maddox van dat soort dingen?

'Vertel het me alsjeblieft, Johnny.' Thea legde zijn hand op de hare. 'Ik moet het weten. Ik moet de waarheid weten over mijn verleden. Ik wil kunnen begrijpen waarom mijn vader het allemaal achter zich heeft gelaten.'

Johnny zuchtte. 'Laten we een eindje gaan lopen. Dat praat gemakkelijker.'

Ze liepen het huis uit, naar de paddock. Thea kwam naast hem staan toen hij op het witte hek leunde. Voor hen, helemaal aan de andere kant van de uitgestrekte zandbak, schudde Gossip, de hengst, hinnikend de vliegen van zijn hoofd. Thea registreerde het nauwelijks. In plaats daarvan concentreerde ze zich op Johnny, die verzonken leek in herinneringen.

Herinneringen aan haar moeder.

Toen hij eindelijk begon te praten over die lang vervlogen tijd, vertelde hij dat hij Alyssa had getraind, dat ze ongelooflijk veel talent had gehad, dat ze zo veel mogelijk tijd samen doorbrachten. Paarden waren hun leven geweest.

'Dus het is waar,' zei Thea, terwijl ze dacht aan wat Shelley Lawson had gezegd. 'Mam en jij waren echt onafscheidelijk. Waren jullie...' Ze aarzelde, maar toen vatte ze moed. 'Waren jullie verliefd?'

'Ik hield van haar. En zij hield van mij. Het was de gelukkigste tijd van mijn leven.'

Het klonk zo eerlijk, zo eenvoudig dat Thea besefte hoezeer het van meet af aan voor de hand had gelegen. Ze dacht terug aan die laatste keer dat haar moeder naar Little Elms was gekomen om haar te zien springen. Ze was niet alleen teruggekomen om afscheid te nemen van haar, besefte Thea, maar ook om Johnny nog een laatste keer te zien.

'Wat is er gebeurd?'

'Weet je het echt niet? Heeft Shelley het je niet verteld?'

Thea schudde haar hoofd en probeerde niet te laten merken dat haar hart sneller begon te slaan. 'Ze liet wel doorschemeren dat er iets was, maar...'

Johnny haalde diep adem. 'Ik... We... Nou ja, we waren nog zo jong, en we... Nou ja, ze werd... Lis was zwanger.'

'Zwanger?' Thea had het gevoel dat haar hart stilstond.

'Ze was doodsbang. En ze trainde keihard. Ze wilde helemaal niet zwanger zijn, maar uiteindelijk was het zover dat de baby geboren zou worden. We waren jong... we waren zelf nog bijna kinderen... en... nou ja, zo ging dat toen.'

Thea keek hem aan. Het duizelde haar. 'Dus ze heeft de baby gekregen? Waar? En toen? Wat is er met de baby gebeurd?'

'Lis ging met Shelley mee naar huis. Daar heeft ze de baby gekregen. Ze heeft de baby bij Shelley gelaten. Lis had het gevoel dat het zo moest zijn.'

Thea kreeg kippenvel over haar hele lichaam. Shelley had dit geweten? Shelley had geweten dat haar moeder een kind had gekregen... bij Shelley thuis? En als haar moeder het wist, wist Bridget het dan ook? En Tom?

Als het nu eens niet fout was gelopen tussen haar en Tom... hoe zou het dan verder zijn gegaan? Zou Shelley zo'n groot geheim dan vóór zich hebben kunnen houden?

Ze werd bestormd door vragen en in gedachten begon ze koortsachtig te rekenen. Als die baby... Als Tom nu eens... Nee, dat kon niet waar zijn...

Adrenaline pompte door haar lichaam. 'Wat was het? Die baby?'

'Een meisje. We kregen een dochtertje.'

Thea stond als bevroren terwijl ze de informatie op zich liet inwerken. Ergens op de wereld liep een meisje rond... haar halfzusje. Haar vlees en bloed.

Een zusje.

Op dat moment had Thea geen twijfels meer. Dat was de reden waarom ze hierheen was gekomen. Onbewust, diep in haar hart, had ze altijd geweten dat er iets – iemand – ontbrak in haar leven.

Een zusje.

Een wilde vreugde maakte zich van haar meester. Opkijkend naar de grillige bergtop in de vorm van een gebalde vuist, nam Thea zich plechtig voor dat ze haar zusje zou gaan zoeken en niet zou rusten voordat ze haar had gevonden.

22

September 2001

'En dan hak je de oregano heel fijn,' zei Alfonso. 'Zo! Wrijf hem maar tussen je vingers. Ruik eens!'

Romy keek lachend toe terwijl Nico zich met tegenzin over de kruiden boog. Alfonso's spontane kookles duurde al meer dan een uur.

Ze waren in de keuken van Villa Gasperi, het huis van de Scolari's in het centrum van Milaan. Maria en Roberto waren op reis en ze hadden Alfie en Romy aangeboden er een paar maanden te verblijven. Sinds de bruiloft, die zomer, was het paar dusdanig belaagd door de pers, dat het oude klooster met zijn dikke stenen muren en zijn grote tuin vol hoge palmbomen de enige plek leek waar ze beschermd waren tegen de paparazzi.

'Je moet de oregano er op het allerlaatst doorroeren, vlak voordat je de saus op tafel zet,' zei Alfonso.

'Ik vind het maar een hoop gedoe,' zei Nico somber. Bij wijze van troost nam hij nog een slok wijn. Romy grijnsde. Tenslotte was híj het die indruk wilde maken op Pierre, zijn nieuwe vriend, die de volgende dag in Milaan zou arriveren.

Dat Nico was gevallen voor de knappe Pierre, had haar huwelijksreis nog mooier, nog dierbaarder gemaakt. Nico was er tijdens hun eerste week op de Malediven bij geweest om de officiële foto's te maken, het laatste onderdeel van de exclusieve overeenkomst die Romy en Alfonso met *Vogue* en *Grazia* hadden gesloten. Tijdens de shoot op de Malediven was Nico's romance met Pierre opgebloeid.

'Wil je leren koken of niet?' vroeg Alfonso streng.

Nico knipoogde naar Romy, die sla stond te wassen in de goot-steen. 'Misschien is het toch gemakkelijker om iets te laten bezor-gen. Een pizza of zo.'

Romy grijnsde. Ze vond het heerlijk om te zien dat de twee mannen in haar leven het zo goed met elkaar konden vinden. Samen vormden ze het verband tussen haar verleden en het he-den. Ze gaven haar bovendien het gevoel dat ze met haar leven een duidelijke, consistente richting was ingeslagen, en dat ook de toekomst een duidelijke weg zou blijken te zijn die ze kon volgen.

Terwijl ze door het keukenraam naar buiten keek, waar de zon onderging boven de fruitbomen en de dikke muur rond de tuin, dacht ze terug aan haar trouwdag, inmiddels bijna twee maanden geleden. Toch voelde die dag nu al als iets uit een ander leven.

Ze dacht eraan hoe ze aan Nico's arm van het huis naar het kleine kerkje was gelopen, terwijl de heiige middagstilte werd verbroken door het luiden van de klokken en terwijl oude dames vanaf de volle balkons bloemen over hen uitstrooiden.

Achter haar hadden Alfonso's nichtjes – in witte jurkjes met kanten handschoentjes – het druk met haar jurk en haar sleep. Het was dezelfde sleep die Maria had gedragen tijdens haar huwe-lijk met Roberto en zijn moeder vóór haar.

'Dit gaat een eeuwigheid duren in dit tempo,' had Nico gezegd.

'Maar het is toch leuk?' Romy had zijn arm gedrukt en de roze roos in zijn knoopsgat opnieuw geschikt. 'Het hoort er allemaal bij.'

'Ja, je hebt gelijk. En het is echt verbijsterend. Ik heb het nooit zo op huwelijken, maar dit... Nou ja, dit is ongelooflijk. Het is bijna onvoorstelbaar hoeveel werk je hebt verzet om het allemaal voor elkaar te krijgen.'

'Maar het is toch goed wat ik doe, hè?'

'Twijfel je daaraan?' Nico had haar gedwongen te blijven staan. 'Want als je twijfelt...'

'Nee, dat is het niet,' had ze gezegd. 'Ik ben gewoon bang dat ik te veel van Alfonso hou. Dat ik niet meer zonder hem zou kunnen leven. Ik weet niet of dat kan. Of je zoveel van iemand kan hou-den. Ik heb het gevoel dat ik de controle kwijt ben. Aan de ene kant voel ik me heel sterk, maar tegelijkertijd ben ik doodsbang.'

'Het enige waar je bang voor hoeft te zijn, is dat je niet op tijd bij het altaar bent. En daarna kun je je zorgen maken over of je niet te dik wordt van de pasta van Mamma Scolari.'

Romy had hem grijnzend aangekeken, en ze had gewuifd toen ze Roberto Scolari ontdekte die bij de deur van de kerk op haar stond te wachten.

'Was je bang dat ik niet zou komen?' had ze hem geplaagd toen ze zag dat zijn ogen vochtig waren. Even had ze teder haar hand langs zijn wang gelegd. Het was Roberto die ze moest bedanken voor de schitterende bruiloft. Hij had kosten noch moeite gespaard en het was hem aan te zien hoe trots hij was.

'Natuurlijk niet.' Hij had haar recht aangekeken. 'Je hebt me mijn zoon teruggegeven,' had hij haar toegefluisterd.

Toen hij haar omhelsde, had Romy geweten dat hij van haar hield als van een eigen dochter en dat dit huwelijk hem gelukkiger maakte dan hij ooit onder woorden zou kunnen brengen. Ze had zich omgedraaid en haar bloemen aan Cesca gegeven. Toen had ze naar Roberto opgekeken.

'Ga je mee?' Ze schoof haar arm door de zijne.

Ze had geknipoogd naar Nico, die het onmiddellijk had begrepen. Gedrieën waren ze naar binnen gegaan. Terwijl ze door het gangpad van het kerkje liep, dat was gevuld met blije gezichten, kon Romy zich niet voorstellen dat ze ooit gelukkiger zou zijn dan op dat moment.

De klanken van het majestueuze orgel vulden de kerk, het zonlicht dat door het glas-in-lood van het hoge roosvenster naar binnen viel, schilderde kleurige banen op de zwart-met-witte vloer. Bij het altaar – uitbundig versierd met rozen uit Maria's tuin – stond de priester en naast hem Alfonso. De bloemen voegden hun eigen parfum toe aan de bedwelmende geur van de wierook.

Romy had het gevoel gehad dat elke stap van haar leven haar naar dit moment had geleid. Ze kon alleen maar stralen terwijl Cesca, haar lieveling onder Alfonso's nichtjes, haar sluier naar achteren deed, zodat Alfonso kon zien hoe gelukkig zijn bruid was.

'Je ziet er prachtig uit,' had hij gefluisterd, met vochtige ogen. 'Ongelooflijk.'

Van alle complimenten die ze ooit had gekregen, was dit het mooiste, wist Romy.

Ze had geluisterd naar de woorden van de priester – dezelfde priester die Alfonso als baby had gedoopt – maar haar blik bleef verbonden met die van Alfonso terwijl ze alles om zich heen vergat. Ze voelde zich zo gelukkig dat ze de neiging had zichzelf in haar arm te knijpen.

Met een dromerige glimlach had ze toegekeken terwijl Alfonso de gouden ring om haar vinger schoof.

'Ik hou van je, *signora* Scolari,' had hij gefluisterd. 'En ik zal altijd van je blijven houden.'

Toen hij zijn lippen op de hare drukte, had Romy geweten dat ze eindelijk veilig was.

Voor altijd.

De monitor van het gesloten televisiecircuit aan de muur bij de keukendeur lichtte op, op hetzelfde moment dat de reusachtige stereospeler van cd wisselde. Alfonso pakte de afstandsbediening en zette de vertrouwde intro van Robbie Williams' *Rock DJ* op pauze.

Op het kleine scherm verscheen het ernstige gezicht van Max, de potige bewaker.

'Er is hier... een vrouw... die erop staat dat ze signora Scolari te spreken krijgt,' kraakte zijn barse stem door de luidspreker.

Signora Scolari. Romy genoot er nog altijd van om zo te worden genoemd. Maar uit de aarzeling waarmee hij het woord 'vrouw' uitsprak, bleek dat Max – een ex-paratrooper van ergens in de veertig – niet het gevoel had dat de bezoekster ook maar enig recht had om te worden ontvangen.

'We verwachten toch niemand?' Alfonso keek Romy aan.

'Nee.'

Alfonso liep naar de monitor. 'Zeg maar dat we haar niet kunnen ontvangen. Als ze een van ons wil spreken, moet ze contact opnemen met het kantoor van mijn vader.' Hij zette de monitor uit, waarop het beeld vervaagde tot een korrelig grijs.

Waarschijnlijk de zoveelste journalist of fotograaf, dacht Romy, terwijl Alfonso opnieuw de afstandsbediening pakte. Sinds hun huwelijksreis was er geen week voorbijgegaan zonder dat ze waren benaderd door iemand van de roddelpers.

Maar in Villa Gasperi voelden ze zich veilig. Dat kon ook niet anders, gezien de enorme beveiliging: alle deuren waren voorzien van sloten en alarminstallaties. De villa bood onderdak aan de vermaarde kunstcollectie van de Scolari's, alleen al in de eetkamer hingen een Titiaan en een schets van Da Vinci. Ook de wijnkelder mocht er zijn, peinsde Romy, terwijl ze zag dat Nico zich nog een glas van Roberto's beste pinot inschonk.

Ze glimlachte terwijl Alfonso met Robbie Williams meezong, haar van achteren beetpakte en begon te dansen. De monitor van de intercom kwam opnieuw tot leven.

'Wat nou weer?' riep Alfonso geërgerd uit. Hij zette de muziek weer op pauze en liep naar de monitor. Romy droogde haar handen af aan een theedoek en ging bij hem staan.

'Ze weigert om weg te gaan,' zei Max verontschuldigend. 'Ik moet tegen je zeggen – of liever gezegd tegen signora Scolari – dat ze Claudia Baumann heet. En dat ze signora Scolari kent van jaren geleden. In Schwedt.'

Claudia, Schwedt... Ondanks het zware accent waarmee de bewaker de namen uitsprak, krasten ze als denkbeeldige klauwen over Romy's huid. De keuken begon om haar heen te dansen alsof ze op het punt stond om flauw te vallen. Ze zocht steun bij de grote, houten tafel – de tafel waaraan ze Kerstmis had gevierd met Alfonso's luidruchtige, druk pratende familie.

Claudia. Maar dat kon helemaal niet! Claudia was dood.

De honden. De honden hadden haar te pakken gekregen...

'Wat is er?' vroeg Nico.

Blijkbaar verried haar gezicht hoe geschokt ze was. Ze balde haar handen tot vuisten en wilde iets zeggen, maar ze wist niet wat. Ze probeerde na te denken, maar het enige wat ze zag, waren de honden van Ulrich in het bos. Het enige wat ze hoorde, was hun gegrom.

'Romy?' Een stem drong tot haar door. 'Romy?' klonk het nogmaals, met meer nadruk.

Het was Alfonso. Hij kwam naar haar toe.

'Romy? Is het waar wat ze zegt? Ken je haar? Wil je dat ze binnenkomt?'

Het was ver na middernacht. Romy wierp nog een laatste blik op de slapende Claudia in de logeerkamer. Ze droeg haar haar extreem kort, aan de achterkant was het zelfs weggeschoren. Ze zag er veel te oud uit voor haar leeftijd.

Romy kon nog nauwelijks geloven dat ze het echt was. Dat ze nog leefde. Huiverend dacht ze terug aan die nacht in de donkere, besneeuwde bossen, al die jaren geleden, toen ze hun wanhopige ontsnappingspoging hadden gedaan. In haar herinnering zag ze rood op wit, bloed in de sneeuw. De hond van Ulrich die zijn tanden in Claudia's hals had gezet en haar heen en weer had geschud.

De honden van Ulrich. De honden die hij levende ratten had gevoerd.

Ik zou je hebben geholpen. Ik zou bij je zijn gebleven en je hebben geholpen als ik had gedacht dat je nog een kans maakte. Als ik niet had gedacht dat je al zo goed als dood was...

Ze keek naar de vertrouwde welving van Claudia's jukbeen. Schuldgevoel overviel haar toen Claudia zich zuchtend omdraaide in haar slaap, zodat het vurige litteken in haar hals zichtbaar werd. Een voor een herinnerde Romy zich de namen van de andere meisjes, en in een spookachtige optocht trokken hun angstige gezichtjes aan haar geestesoog voorbij. Ze dacht aan de foto's die ze in Lemckes bureau had gevonden. Wat was er van al die verloren meisjes geworden? Romy hoopte dat ze, net als Claudia, op een dag zouden worden gevonden.

'Laat haar maar slapen.'

Het was Alfonso. Hij sloeg liefkozend een arm om Romy's middel en trok haar de kamer uit, waarop hij de deur zachtjes dichtdeed.

'Sorry,' fluisterde ze in de schemerige gang.

Sorry... Dat was bij lange na niet genoeg. Hoe vaak ze het ook zei, dat ene woord kon nooit alle leugens ongedaan maken die ze had verteld.

'Je hebt niets verkeerds gedaan,' was alles wat Alfonso zei. Haar man. De man die ze liefhad tot in het diepst van haar wezen. Vergaf hij haar? Was dat mogelijk? Was het echt zo eenvoudig?

Hij pakte haar hand en loodste haar door de lange, bochtige gang naar hun slaapkamer. Langs de kamer van Nico, waaruit een sonoor, dronken gesnurk klonk.

Nog meer gevoelens van schuld, van spijt, welden in Romy op. Nico was zo mogelijk nog gekwetster geweest, nog meer in verwarring gebracht dan Alfonso door de komst van Claudia en door alle geheimen uit haar verleden die daardoor aan het licht waren gekomen.

Ze had het in zijn ogen kunnen lezen. Wat is dat voor vriendin, die je vanaf de allereerste ontmoeting alleen maar leugens vertelt? Hoe ziek moet je zijn om zoiets te doen? Waarom had ze niet voldoende respect voor hem gehad om hem de waarheid te vertellen?

Al die gedachten had ze in Nico's ogen gelezen toen ze hem en Alfonso het hele verhaal had opgebiecht. Zonder tranen. Slechts een sobere, onopgesmukte verklaring. Woorden zwaar als bakstenen. Woorden waarmee ze zich had ingemetseld. Afgesneden. Ze had hun verteld over het weeshuis. Over de avond waarop ze Fuchs en de andere jongens had betrapt terwijl ze Claudia verkrachtten. Ze had verteld dat ze hen was aangevlogen. Dat ze Fuchs met de briefopener had gestoken. En dat ze Claudia had geholpen te ontsnappen.

Dat alles had ze Alfonso en Nico verteld in de tijd die Max nodig had om Claudia over de lange oprijlaan naar de voordeur te begeleiden.

'Ik verwacht niet dat je me vergeeft,' had ze ten slotte tegen Alfonso gezegd, niet in staat hem aan te kijken. 'Maar laat Claudia alsjeblieft blijven, als dat nodig is.'

Alfonso had zijn hand onder haar kin gelegd om haar te dwingen hem aan te kijken. 'Het kan me niet schelen wat je hebt gedaan. We hebben samen iets afgesproken. Wat er in het verleden is gebeurd, doet er niet toe. Ik hou van je. Dat is het enige wat telt. En als dit meisje je hulp nodig heeft, dan zullen we haar helpen.'

Op dat moment had Romy zichzelf gehaat. Misschien wel meer dan ze zichzelf ooit gehaat had. Waarom had ze hem niet van begin af aan in vertrouwen genomen? Waarom had ze Alfonso niet verteld wie ze werkelijk was? Was ze bang geweest dat hij haar zou veroordelen? Dat hij haar niet goed genoeg zou vinden? Dat hij haar de deur zou wijzen? Hoe had ze dat ooit kunnen denken? Hij had altijd in haar geloofd. Veel meer dan zij in hem.

Ze had een plechtige eed gezworen: ze zou nooit meer iets voor hem geheimhouden. Ze zou zich volledig aan hem geven, met alles wat ze was. Geen leugens meer. Nooit meer.

Toen had de zoemer geklonken en Max had voor de deur gestaan, met vóór zich een broodmagere vrouw die tegen de achtergrond van zijn breedgeschouderde postuur een nietige aanblik bood.

Claudia.

Romy's adem stokte in haar keel.

Alfonso had het heft in handen genomen. 'Het is in orde,' zei hij tegen Max. Daarop begroette hij Claudia als een welkome gast.

Romy staarde naar het meisje dat ooit als een zusje voor haar was geweest. Van haar naïeve schoonheid was niets meer over. Haar mascara was uitgelopen over haar ingevallen wangen, haar jukbeenderen drukten scherp als scheermessen tegen haar pokdalige huid, als een verkreukelde papieren zak die elk moment kon scheuren. Romy hoefde de littekens van de naalden niet te zien om te weten dat ze er waren. Ze herkende de opgejaagde blik in Claudia's ogen. Die was haar maar al te vertrouwd. Ze had hem vaker gezien, niet alleen bij de arme hoeren in Londen, op de eerste avond na haar ontsnapping naar het Westen, maar ook bij collega-modellen. Meisjes met meer geld dan verstand die de greep op hun leven volledig waren kwijtgeraakt.

Claudia hield een opgerold tijdschrift in haar hand. Een Duits blad. Opengevouwen bij twee dof gesleten bladzijden met foto's van Romy en Alfonso op hun trouwdag. Helemaal onder aan de bladzijde – Claudia had het aangewezen – had het adres gestaan van Villa Gasperi, de familiezetel van de Scolari's waar Romy en Alfonso zich volgens de geruchten zouden schuilhouden.

'Ik wist meteen dat jij het was,' zei Claudia. 'Ik zag die foto's en ik kon mijn ogen niet van je afhouden. Je bent zo mooi. Mijn Romy...'

Ze deed een stap naar voren en strekte een bevende hand uit, alsof ze bang was dat Romy misschien niet echt zou zijn.

'Ik heb zo lang naar je gezocht.' Er kwamen tranen in Claudia's ogen en haar stem brak. 'Je hebt geen idee. Voor mijn gevoel ben ik mijn hele leven al naar je op zoek.'

Toen moest ook Romy haar tranen wegslikken. Claudia's hand voelde licht als een veertje terwijl ze die op Romy's arm legde.

'Dat ik hier ben! Ik kan het haast niet geloven! Ik heb de hele weg gelift, want ik wilde je nog één keer zien. Gewoon, om zeker te weten dat alles goed met je was. En om je te vertellen dat ik uiteindelijk ook heb weten te ontsnappen.'

Ineens waren Claudia's vertrouwde ogen het enige wat Romy zag. 'Je leeft nog! Ik dacht... ik dacht...' Er welde een snik op in haar keel. Toen had ze Claudia in haar armen genomen, zonder zich te laten afschrikken door de zure geur die ze verspreidde of door haar broodmagere armen, bedekt met tatoeages. Het enige wat telde, was dat ze nog leefde.

'Ik wil je niet in de problemen brengen,' zei Claudia ten slotte verontschuldigend, met een blik op Alfonso, alsof ze zich ineens bewust werd van de rijkdom om zich heen en de staat waarin ze zelf verkeerde.

'Maak je geen zorgen,' stelde Alfonso haar gerust, en hij legde even een hand op haar benige arm.

'Het spijt me dat ik naar je huis ben gekomen, Romy. Ik hoef niks van je. Echt niet. Maar misschien wil je me helpen... alleen vannacht.'

Ze zakte in elkaar, en Nico en Alfonso hadden haar opgevangen en op de bank gelegd. Toen Romy besefte hoe slecht Claudia eraan toe was, begreep ze dat dit haar kans was om het alsnog goed te maken.

'Natuurlijk help ik je,' fluisterde ze, terwijl ze het haar uit Claudia's gezicht wegstreek. 'En ik laat je nooit meer in de steek. Ik geef je een nieuw leven. Een beter leven dan je je ooit had kunnen voorstellen, om alles goed te maken wat die schoften in het weeshuis je hebben afgenomen.'

Inmiddels was het uren later. Romy had Claudia geholpen een bad te nemen, ze had haar een schone pyjama gegeven, en Nico had haar zijn pastasaus laten proeven. Nu sliep ze, maar Romy wierp nog een laatste blik de gang in toen ze met Alfonso bij de deur van hun slaapkamer was gekomen.

'Denk je dat het weer goed komt met haar?'

'Vast wel,' stelde Alfonso haar gerust. 'Ze zegt dat ze niet meer gebruikt. Volgens mij heeft ze de ergste ontwenningsverschijnselen achter de rug. Ze is erg dapper.'

Romy huiverde, terwijl ze dacht aan de verschrikkelijke verhalen die Claudia had verteld over haar leven op straat, in Hamburg. Ze besefte maar al te goed dat het haar ook had kunnen overkomen.

'Ze kan blijven zo lang als je wilt,' zei Alfonso zorgzaam. 'En wanneer we hier weggaan, kan ze met ons mee. Geen enkel probleem.'

Romy knikte, plotseling vervuld van nieuwe hoop, terwijl Alfonso de deur van hun slaapkamer achter hen dichttrok. Het nieuwe raceseizoen stond voor de deur. De komende drie maanden zou Alfonso met zijn team de hele wereld over reizen. Romy zou natuurlijk met hem meegaan, maar het zou leuk zijn om iemand bij zich te hebben, iemand met wie ze kon optrekken wanneer hij aan het werk was.

Maar zou Claudia dat willen? Romy hoopte het. Ze wilde zo graag alles goedmaken. Alles wat er was gebeurd sinds ze Claudia daar in het bos had achtergelaten. Al het geluk dat zij sindsdien had gevonden, wilde ze met Claudia delen. Arme, verzwakte Claudia. Romy was vastbesloten haar sterk en gezond te maken, waarschijnlijk voor het eerst in haar leven. Het lieve kleine meisje dat Claudia ooit was geweest... dat was ze nog steeds. Dat wist Romy zeker.

Zwijgend kleedde ze zich uit en schoof naast Alfonso onder het koele katoenen dekbed. Ze rilde, alsof ze het ijskoud had. Alfonso pakte haar hand en vlocht zijn vingers door de hare.

'Stil maar,' zei hij troostend in het donker. 'Ik begrijp best dat het een enorme schok voor je is.'

Romy moest opnieuw vechten tegen haar tranen, maar het was tevergeefs. 'Ik... ik heb het nooit aan iemand verteld...' zei ze snikkend. 'Nu Claudia hier is... nu... nu voel ik me bevrijd, maar ook...' Ze wist niet goed hoe ze onder woorden moest brengen wat ze voelde. 'Het spijt me zo.'

Alfonso nam haar in zijn armen. 'Sst. Dat moet je niet zeggen. Je bent een goed mens, Romy,' fluisterde hij. 'Dat wist ik meteen. Zodra ik je leerde kennen.'

'Maar je begrijpt het niet. Fuchs... die jongen... Ik heb hem vermoord.'

'Dat was zelfverdediging, je had geen keus. En je was nog een kind! We komen er wel uit. Morgenochtend praten we verder.'

Hij kuste haar in haar hals en ze kroop dicht tegen hem aan, zich bewust van zijn kracht, van zijn energie die in haar stroomde. Zolang hij bij haar was, zolang hij van haar hield, zou alles goed komen.

Ze werd wakker van geschreeuw. Ze hoorde nog iets, een geluid. Iets wat haar droom was binnengedrongen en haar met bonzend hart overeind deed schieten. Het was nog donker.

Naast haar ging Alfonso ook rechtop zitten. Blijkbaar had hij het ook gehoord. Hij knipte het lampje naast het bed aan. Van het ene op het andere moment baadde de kamer in het licht. Kasten en meubels wierpen langgerekte schaduwen.

Romy besefte dat ze oppervlakkig, gejaagd ademde. 'Wat is er? Heb jij het ook gehoord?' vroeg ze.

Een schreeuw. Ver weg. Gedempt. Toen nog een. Het geluid kwam van beneden.

'Bel de politie,' zei Alfonso.

'Maar...' Romy was doodsbang.

Alfonso stond al naast zijn bed en greep zijn spijkerbroek van de stoel. Terwijl hij hem aanschoot strompelde hij naar de deur, bijna struikelend.

Toen was hij de kamer uit, de gang op. Hij zette zich af tegen de muur en rende op zijn blote voeten naar de trap.

Romy pakte de telefoon van het nachtkastje en toetste het alarmnummer in. Maar er gebeurde niets. Het enige wat ze hoorde, was een metaalachtig gekraak. Ze greep haar jasje en haar broek, zocht koortsachtig in haar zakken. Toen hoorde ze beneden iemand schreeuwen. Een man. Was het Alfonso? Ze kon haar mobiele telefoon niet vinden. Die lag beneden, herinnerde ze zich... in de keuken bij...

Claudia? Max? Nico? Verder was er niemand in huis.

Opnieuw klonk er geschreeuw. Toen werd het stil, op het tikken van de klok na.

Romy kleedde zich razendsnel aan. Er sneuvelde een knoop, een van haar mouwen scheurde terwijl ze haar shirt over haar hoofd trok. Toen rende ze naar de deur. Daar bleef ze staan, ze duwde hem op een kier open en luisterde gespannen, maar het was doodstil.

Ze liep de gang op. Waar was Alfonso gebleven? Waarom was het ineens zo stil in huis?

Toen stapte er iemand uit de schaduwen naar voren. Romy schrok.

Het was Claudia. Romy's eerste reactie was opluchting. Tot ze zag dat Claudia volledig gekleed was, in de kleren – de spijkerbroek, de trui en de instappers – die Romy haar had gegeven. Van haar broze, verzwakte aanblik was niets meer over. Met haar haar naar achteren gekamd en door een klem bijeengehouden, zag ze er koel en zakelijk uit.

Toen glinsterde er iets in het maanlicht. Op hetzelfde moment dat Romy besefte dat Claudia een van de vlijmscherpe messen uit het keukenblok in haar hand hield, drukte Claudia de punt ervan tegen Romy's keel.

'Naar beneden, kreng.' Haar stem klonk kil, meedogenloos. 'Er is hier nog een oude vriend die zich verheugt op het weerzien.' Met de punt van het mes nog steviger tegen Romy's keel gedrukt dwong ze haar de trap af te lopen.

23

September 2001

Ze was er bijna. Thea tuurde ingespannen het volle trottoir voor de winkels af. Op dit uur van de dag was het druk in de stad. De tafeltjes voor de cafés zaten vol met stelletjes en vrienden die na hun werk hadden afgesproken in dit trendy deel van Manhattan.

Wanneer had zíj voor het laatst ergens gezeten of aan de bar gehangen? Wanneer was zij voor het laatst uit eten geweest met vrienden? Om nog maar te zwijgen van een date, zoals haar assistente Sarah had voorgesteld. De laatste keer dat ze met een man uit was geweest, was inmiddels een jaar geleden. Alan... Ze kon zich zijn achternaam niet eens meer herinneren. Een aardige vent, maar ze had tijdens hun date alleen maar aan haar werk kunnen denken. Blijkbaar begon ze op haar vader te lijken.

Wat gaf het als Maddox Inc. haar eerste prioriteit was? Trouwens, dat was niet zo vreemd. Het zat haar blijkbaar in het bloed. Wat gaf het als ze af en toe eenzaam was, dacht ze bijna onverschillig, terwijl ze zichzelf voorhield dat ze niet moest klagen. Dat was de prijs van het succes. Wat deed het ertoe als alle mensen hier in de cafés meer plezier hadden dan zij? Om te komen waar ze was, had ze keihard en non-stop moeten werken zonder ook maar één minuut te verspillen.

Bij een ingang van de metro gooide ze een dubbeltje in de hoed van een straatartiest, die zichzelf volledig zilver had gespoten – zijn gezicht, zijn pandjesjas, zijn overhemd en zijn broek. Op slag veranderde hij van houding, houterig als een robot, en knipoogde naar haar.

'Veel geluk, dame!' riep hij haar na.

Het heeft niets met geluk te maken, dacht Thea. Haar carrière – alles wat ze was, alles wat ze had bereikt – was louter een kwestie van plannen maken en een strategie volgen. Het ging om concurreren. Altijd. Met volledige inzet. Vooral wanneer je werd geconfronteerd met een tegenstander zoals Brett. Het ging erom dat je een ander niet op de loop liet gaan met je geboorterecht. Ongeacht de prijs die je daarvoor in je persoonlijk leven moest betalen.

Thea ademde de hete, New Yorkse lucht in, de scherpe kenmerkende geur die uit de ventilatieschacht van de metro kwam, vermengd met het zoete aroma van de cupcakes in het café op de hoek. Ze zoog haar longen vol. Ook al leefde ze meer bóven de stad dan erin, toch hield ze van New York, en ze was vastbesloten die stad op een dag echt tot de hare te maken.

Twee jongens op skeelers slalomden voorbij en kwamen bijna in botsing met een stel vrouwen; dertigers die een boekhandel uit kwamen, allebei met hetzelfde, kersvers aangeschafte boek onder de arm. Thea glimlachte. Dus ze was nog niet te laat voor de signeersessie.

Na haar ontmoeting met Johnny het jaar daarvoor, had ze in haar oude schoolagenda's het privénummer van Shelley Lawson opgezocht. Duke en zij bleken inmiddels te zijn verhuisd en woonden niet meer in de Cotswolds. Vandaar dat Thea contact had opgenomen met Shelleys uitgever, die zo vriendelijk was geweest haar de details te mailen over haar tournee, waarvan de aftrap plaatsvond in New York. Thea had die dag drie vergaderingen afgezegd om bij de signeersessie te kunnen zijn in de kleine, prestigieuze boekhandel. Daaraan gaf ze de voorkeur boven de nieuwe Borders elders in de stad. Ze voegde zich bij de rij wachtenden.

Shelley Lawson zat achter een bureau met hoge stapels exemplaren van haar laatste roman. Ze droeg een wit linnen pakje, haar haar was perfect gekapt, en zo te zien was ook haar make-up professioneel verzorgd. Een wereld van verschil met de altijd drukke Engelse plattelandsmoeder die Thea zich herinnerde. Zij was duidelijk niet de enige die in de tussenliggende jaren succesvol was geworden, besefte ze.

Shelley zag Thea pas toen ze vlak voor haar stond en haar een boek gaf met het verzoek om een handtekening.

'Mijn god... Thea!' De glimlach van herkenning was van korte duur. 'Wat leuk om je te zien,' vervolgde Shelley geforceerd en formeel.

Ze dacht aan Tom, besefte Thea. Ze dacht eraan dat Thea hem van het ene op het andere moment had gedumpt, zonder uit te leggen waarom. Misschien dacht ze ook aan Bridget. Dat Thea haar beste vriendin in de steek had gelaten en dat ze een kloof had veroorzaakt tussen broer en zus. Een kloof waarvan Thea geen idee had of die inmiddels was gedicht. Ze hoopte van wel, maar terwijl ze Shelley aankeek, besefte ze dat het haar nog allemaal levendig voor de geest stond.

'Ik wil graag met je praten,' zei Thea. 'Heb je even tijd voor me?'

Terwijl ze Thea's naam zonder persoonlijke boodschap op de titelpagina van het boek krabbelde, keek Shelley langs haar heen naar de laatste geïnteresseerden in de rij. Toen ging haar blik naar haar uitgever.

'Oké.' Ze schoof Thea het gesigneerde exemplaar toe. 'Nog een paar minuten, dan ben ik hier klaar. Maar ik heb niet veel tijd,' zei ze met een blik op haar horloge. 'Een halfuur, daarna heb ik een dinerafspraak.'

Thea woonde twee straten verderop, maar toch had ze gezorgd dat er een taxi klaarstond. Terwijl de auto zich in het verkeer voegde, zat Shelley kaarsrecht naast haar, terwijl ze beleefd en vrijblijvend over het weer praatten.

Even later hield de taxi stil voor Thea's stijlvolle huis. Aan weerskanten van de glimmend zwarte voordeur stonden twee volmaakt gesnoeide buxusboompjes. Knalrode geraniums vormden een levendig contrast met de gietijzeren stangen boven de vensterbanken.

Sandy, Thea's huishoudster en steun en toeverlaat, trok net de deur achter zich dicht. 'Ik heb je kleren van de stomerij gehaald, Thea. En je avondeten staat klaar in de koelkast.'

Thea bedankte haar en deed de voordeur van het slot.

'Ik had verwacht dat je in Maddox Tower zou wonen. De appartementen op de bovenste verdieping zijn de exclusiefste in de hele stad, heb ik gehoord,' zei Shelley.

Dus je bent me wel blijven volgen, dacht Thea, in het besef dat ze zorgvuldig te werk zou moeten gaan als ze Shelleys vertrouwen wilde winnen.

'Als ik daar woonde, kwam ik waarschijnlijk helemaal nooit meer achter mijn bureau vandaan.' Thea ging haar voor naar binnen.

Shelley keek in de keurige hal om zich heen. 'Dus je bent niet getrouwd.' Het was een constatering, geen vraag.

'Nee,' zei Thea.

Ze had dit huis een jaar eerder gekocht en het laten stofferen en inrichten door een van de beste binnenhuisarchitecten in de stad. Het ontging haar niet dat Shelley haar blik keurend over de staalgrijs-met-wit gestreepte muren en de royale leistenen trap liet gaan.

'Minimalistisch,' zei ze. In Thea's oren klonk het als een belediging, alsof Shelley daarmee een oordeel velde over haar leven.

Thea besloot er niet op in te gaan, in de hoop dat Shelley eerder geneigd zou zijn te praten als ze wat stoom had kunnen afblazen. Bovendien wilde ze haar niet tegen de haren in strijken. Ze ging haar voor naar de helder verlichte keuken aan de achterkant van het huis, waar ze de enorme stalen koelkast opendeed en er een fles sauvignon uithaalde. Ze liet de wijn maandelijks uit Zuid-Afrika komen, van de wijngaard van Marcel Leveaux.

Ze vond het prettig dat Sandy al naar huis was en dat ze alleen waren, maar toen ze de koele blik van Shelley zag, begonnen de zenuwen haar parten te spelen. Niet omdat ze zich door Shelley geïntimideerd voelde, maar vanwege de kwestie die ze aan de orde wilde stellen. Ze schonk twee glazen wijn in en gaf er een aan Shelley.

'Op oude bekenden,' zei Shelley, en Thea besefte dat ook zij gespannen was.

Ze hief haar glas, net als Shelley, maar ze herhaalde de toost niet, vastberaden de situatie meester te blijven. Ze dacht terug aan die betoverende vakantie in Italië, aan de verbondenheid die ze had gevoeld met Shelley en haar gezin. Ze herinnerde zich ook hoe graag ze Shelley als pleegmoeder zou hebben gehad. Inmiddels was 'oude bekenden' inderdaad een adequate beschrijving van hun relatie.

'Je hebt een succesvolle carrière opgebouwd. En je huis is prachtig.' Shelley volgde Thea de keuken uit naar de stijlvolle zitkamer.

Thea dacht aan Shelleys oude huis, aan die gezellige, chaotische keuken, en ze herinnerde zich dat ze er meteen verliefd op was geworden. Het leek allemaal zo warm en knus vergeleken bij haar eigen onberispelijk schone en geordende huis, waar zelfs de tijdschriften op de tafel keurig op een stapeltje lagen. Haar foto op de cover van *Time* van een maand eerder was net zichtbaar onder het laatste nummer van *Vogue*.

'Dus eh... je bent zeker benieuwd naar Tom en Bridget?' Shelley ging met haar vinger langs de rugleuning van de gestreepte bank.

'Nee, daar gaat het me niet om,' zei Thea. 'Ook al hoop ik natuurlijk dat ze allebei heel gelukkig zijn. Trouwens, daar ga ik van uit.'

'Dat klopt. Ze zijn allebei heel gelukkig.'

'Maar... ga zitten...' Thea gebaarde naar de bank. 'Er is iets anders wat ik je wil vragen.'

Shelley leek op slag iets minder zelfverzekerd, maar ze deed wat haar werd gevraagd en nam plaats op de bank.

'Hoe vind je deze wijn?' vroeg Thea.

Shelley keek verward, maar ze nam nog een slok. 'Erg lekker.'

'Die bestel ik bij een wijngaard in Zuid-Afrika,' zei Thea. 'Er is ook een beroemde stoeterij op het landgoed.' Ze keek Shelley recht aan. 'Daar werkt Johnny Faraday tegenwoordig.'

Er veranderde iets in de uitdrukking op Shelleys gezicht. Ze wendde haar blik af.

'Ik ben bij hem langs geweest en je kunt je voorstellen hoe geschokt ik was toen hij me over de baby van mijn moeder vertelde. En toen ik besefte dat de scène die je beschreef in *Sons and Daughters* geen fantasie was, maar werkelijkheid.'

Shelley drukte haar lippen op elkaar en sloot heel even haar ogen. Langzaam zette ze haar wijn op het glazen tafelblad. Thea leunde tegen de hoge, witmarmeren schoorsteenmantel boven de open haard.

'Wat ik niet begrijp,' vervolgde Thea, 'is dat je me nooit hebt verteld dat ik een zusje heb. Hoe kon je dat voor me verzwijgen? Mijn moeder was allang dood. Je wist hoe eenzaam ik was. Je wist hoe verschrikkelijk ik mijn moeder miste.'

Ze probeerde niet boos te klinken, maar ze kon een zekere scherpte in haar stem niet voorkomen. Shelley had haar bedrogen. Thea had haar beschouwd als een vriendin en als het allemaal anders was gelopen, zou ze misschien zelfs met haar zoon zijn getrouwd. Toch had ze over zoiets belangrijks de waarheid voor haar verzwegen.

'Het was niet aan mij om je dat te vertellen,' zei Shelley zacht. 'Het is allemaal jaren geleden gebeurd en ik heb me gehouden aan mijn belofte jegens je moeder om het aan niemand te vertellen...'

'Maar je was erbij toen mijn zusje werd geboren?'

Zusje.

Shelley leek te schrikken van het woord. Plotseling was het alsof alle moed, alle vastberadenheid haar in de steek liet. Ze begon te praten, aanvankelijk heel langzaam.

Ze liet haar schouders steeds verder hangen terwijl ze het geheim dat ze jaren had meegedragen eindelijk prijsgaf. Alyssa McAdams, de vriendin die ze altijd zo had bewonderd, was op een dag bij haar gekomen en had haar gesmeekt haar te helpen, vertelde Shelley.

Alyssa was op dat moment al acht maanden zwanger. Een verbijsterende ontdekking. Shelley had niets in de gaten gehad, want Lis had er alles aan gedaan om haar toestand geheim te houden.

Ze wist dat ze maatregelen had kunnen nemen om de zwangerschap ongedaan te maken, maar dat had ze steeds uitgesteld, tot het uiteindelijk te laat was. Nu was ze doodsbang dat haar ouders haar de deur zouden wijzen. In hun ogen was het een zonde en een schande om een kind te krijgen als je niet getrouwd was. Bovendien was ze bang geweest voor de gevolgen voor Johnny.

Shelley had haar vriendin getroost. Ze hadden samen naar een oplossing gezocht. Shelleys vader, die dokter was, had een praktijk op het platteland. Ze besloten dat Alyssa met Shelley mee naar huis zou gaan, om te vragen of ze de baby daar ter wereld mocht brengen. Dan zou Shelleys vader wel weten wat er verder moest gebeuren. Misschien kon hij met Alyssa's ouders praten, of misschien kon hij regelen dat het kindje werd geadopteerd.

Dus waren ze op een middag van school weggelopen en op de trein gestapt, in de hoop dat Shelleys vader de school zou bellen met een excuus voor hun plotselinge afwezigheid. Tegen de tijd dat de taxi hen afzette bij Shelleys huis, waren de weeën echter al begonnen. Tot overmaat van ramp bleken Shelleys ouders op vakantie te zijn. Dat was ze, dom genoeg, vergeten, vertelde Shelley aan Thea.

De twee meisjes hadden geen andere keus gehad dan de angstaanjagende beproeving van de bevalling samen te doorstaan.

Nadat alles achter de rug was, hadden Alyssa en de baby een eeuwigheid geslapen. Maar toen Lis wakker werd, had ze zwijgend naar de muur van de slaapkamer liggen staren, en ze had het aan Shelley overgelaten om voor het kind te zorgen, met flessenvoeding van poedermelk.

De volgende morgen – Shelleys ouders zouden die dag thuiskomen – pakte Alyssa in alle vroegte haar spullen. Ze wilde de baby niet meer zien. Dat zou het alleen maar moeilijker maken, zei ze. Shelley moest maar tegen haar ouders zeggen dat de baby te vondeling was gelegd.

'Het was zo'n schattig klein meisje,' zei Shelley. 'Toen mijn ouders die avond thuiskwamen en ik vertelde dat ik de baby op de stoep had gevonden, reageerden ze geschokt. Ik verklaarde mijn aanwezigheid door te zeggen dat Alyssa en ik van school waren weggelopen, uit angst voor ons examen, maar dat Alyssa inmiddels weer terug was naar school. Dat laatste was waar. Ze was inderdaad teruggegaan naar school en ze had haar leven weer opgepakt, ontdekte ik later. Over de baby praatte ze niet meer. Ze deed alsof het allemaal nooit was gebeurd.

Ik moest natuurlijk ook terug naar school en mijn moeder nam de zorg voor de baby op zich. Ondertussen ging mijn vader in de omgeving op zoek naar de moeder van het kind. Een week later kwam er iemand van het adoptiebureau en die nam de baby mee.'

De baby, dacht Thea. *Mijn halfzusje. Zomaar meegenomen.*

De woorden leken zo zwaar. Zo ingrijpend. Het onrecht dat erin besloten lag, was zo enorm, dat Thea instinctief wist dat ze dat onrecht ongedaan moest maken.

'Nadat je moeder naar Amerika was vertrokken, heeft ze me nog geschreven. Twee keer. Daarna niet meer,' vertelde Shelley. 'Ze had zich verloofd met Griffin Maddox. Haar familie was dolgelukkig dat ze trouwde. Maar Lis had spijt.'

'Ze moet Engeland hebben gemist. En Johnny.'

Shelley knikte. 'Ja.' Ze keek Thea weifelend aan. 'Maar door wat er tussen haar en Johnny was voorgevallen – door de baby en door wat er met het kindje was gebeurd – kon het nooit meer iets worden tussen hen. Zelfs als hun relatie ooit een kans had gehad.' Shelley glimlachte aarzelend. 'En ze hield van je vader, Thea. Echt waar. Hij kwam op het juiste moment in haar leven, en toen zijn ze samen verdergegaan.'

Maar hoe ver zijn ze gekomen, vroeg Thea zich af, in het besef dat Johnny altijd vlakbij was geweest. Had haar moeder ooit echt, onvoorwaardelijk voor haar vader gekozen?

'Wist mijn vader het?'

'Toen ze jou kreeg, moeten de dokters hebben geweten dat jij niet haar eerste kind was. Dus misschien heeft ze het hem verteld. Maar ik betwijfel of hij ooit heeft geweten wie de vader was. Het lijkt me niet dat een man als Griffin Maddox – jouw vader – Johnny in dat geval zou hebben gehandhaafd.' Shelley zuchtte. 'Dat is het. Nu ken je het hele verhaal.'

'Heeft ze het ooit nog met jou over de baby – over mijn halfzusje – gehad?'

'Nee. Na haar huwelijk heeft ze elk contact verbroken.'

Het bleef even stil. Shelley nam een slok wijn en zuchtte. Toen keek ze op haar horloge. Nu ze schoon schip had gemaakt voelde Thea dat ze weg wilde.

Ze stond inderdaad op.

'Ik ga naar haar op zoek,' zei Thea.

Shelley keek haar verrast aan.

'Wil je niet weten wat er met haar is gebeurd? Met de baby?' vroeg Thea.

'Natuurlijk wel. Maar het is al zo lang geleden. Waarschijnlijk heeft ze ergens een goed leven opgebouwd.'

'Maar misschien ook niet. Misschien heeft ze hulp nodig.'

Shelley slaakte opnieuw een zucht, duidelijk worstelend met tegenstrijdige gevoelens.

'Wil je me alsjeblieft helpen? Dat adoptiebureau... in Engeland... De gegevens moeten daar nog in het archief zitten. En je moeder moet hebben geweten waar de baby naartoe ging.'

Het was Shelley aan te zien dat ze zich niet op haar gemak voelde. 'Ik kan het proberen,' zei ze weinig overtuigend.

'Wil je dat doen?' Thea's ogen zochten de hare. 'Alsjeblieft?'

Plotseling voelde ze zich overweldigd door emoties. Het was zo lang geleden dat ze ergens om had gevraagd. Ze slikte krampachtig om haar tranen terug te dringen. 'Het... het zou veel voor me betekenen... om mijn zusje te vinden. Echt heel veel.'

De uitdrukking in Shelleys ogen werd zachter. 'Goed dan, ik zal zien wat ik kan doen. Maar nu we toch bezig zijn ons hart te luchten, wil ik ook iets vragen.'

'Wat dan?'

Shelley zweeg even, toen zette ze door. 'Waarom heb je het destijds uitgemaakt met Tom? Van het ene op het andere moment? Weet je wel hoeveel verdriet hij daarvan heeft gehad?'

Tom. Er ging een huivering door Thea heen bij de herinnering aan hoeveel ze van hem had gehouden.

Ze had hem verdriet gedaan.

In gedachten zag ze hem voor zich, aan de lange keukentafel op de boerderij, terwijl zijn ouders probeerden hem te troosten. De pijn was nog net zo hevig als op haar eenentwintigste.

Ze kon Shelley Lawson de waarheid echter niet vertellen. Ze zou nooit iemand kunnen vertellen wat Brett had gedaan. Ze kon niemand ooit vertellen over de baby die ze had laten weghalen. Thea schraapte haar keel en staarde naar haar handen.

'Mijn gevoelens voor hem waren veranderd,' zei ze dan ook. 'Ik weet dat ik hem verdriet heb gedaan. Dat ik hem slecht heb behandeld. Maar ik wilde verder met mijn leven.'

'Je wilde verder met je leven?' Shelley keek haar aan, vervuld van afschuw, geschokt door de onverschilligheid en de onoprechtheid van haar antwoord. 'Hij hield van je.'

'Dat weet ik. En het spijt me dat ik hem verdriet heb gedaan.' Thea deed haar uiterste best geen emoties in haar stem te laten doorklinken. 'Maar gevoelens laten zich niet dwingen.' Ze moest zien dat ze zo snel mogelijk een eind maakte aan dit gesprek. Tom... Wat een puinhoop had ze ervan gemaakt. Wat een afschuwelijke, verschrikkelijke puinhoop! 'Het spijt me, maar het zat er gewoon niet in.'

Shelley schudde langzaam haar hoofd. 'Ik zie jullie nóg samen. Vanaf die allereerste dag. Ik weet nog hoe je naar hem keek. Wil je me nu echt wijsmaken dat je nooit om hem hebt gegeven?'

'Toch is het zo.' Thea besefte dat ze haar kalmte dreigde te verliezen. Het zweet brak haar uit. 'Trouwens, Bridget vond het ook maar niks,' zei ze, in de verdediging gedrongen. 'Dus waarschijnlijk is het maar beter zo.'

Shelley slaakte een diepe zucht. 'Bridget was jaloers. Zij hield ook van je.'

Bridget had zich destijds zo kwetsend opgesteld, dat Thea onwillekeurig een spottend gezicht trok. Shelleys blik bleef ernstig en oprecht.

'Inmiddels is ze uit de kast gekomen. Ze woont in Londen, met haar vriendin.'

Thea's wangen begonnen te gloeien. Ze had zelfs nooit vermoed dat Bridget dat soort gevoelens voor haar koesterde, maar ineens viel alles op zijn plaats...

Ze kreeg echter geen kans om na te denken over haar eigen onbegrip en gevoelloosheid, want Shelley praatte verder.

'Natuurlijk zijn Duke en ik blij voor haar. We vinden het heerlijk dat ze gelukkig is. Maar ik vind het wel erg jammer dat we niet op kleinkinderen hoeven te rekenen.'

'Je bedoelt dat Tom...' Het was eruit voordat ze er erg in had. Ze zweeg abrupt, want het ging haar niet aan.

'Nee,' zei Shelley resoluut. 'Hij is nog vrijgezel. En hij woont hier, in Manhattan. Hij werkt bij een advocatenmaatschap, en daar heeft hij het al tot partner geschopt. Zijn werk betekent alles voor hem. Hij is erg gedreven en ambitieus.' Ze viste een visitekaartje uit haar tas en gaf het aan Thea. 'Je zou bij hem langs moeten gaan. Om te vertellen wat je net tegen mij hebt gezegd... Tenminste, als je het echt meent. Ik weet niet hoe het met jou is, maar voor Tom zou het goed zijn als hij het definitief achter zich zou kunnen laten. Jonge mensen zoals jullie verdienen een tweede kans. De kans op een nieuw leven en een nieuwe liefde.' Ze keek Thea recht in de ogen. 'Geheimen lossen niets op. Dat heb ik van je moeder geleerd.'

Thea ontweek haar blik toen ze samen naar de voordeur liepen. Daar kuste ze Shelley op haar wang.

'Ik hou contact,' zei Thea, denkend aan Shelleys belofte om haar te helpen bij de zoektocht naar haar verloren zusje.

Shelley knikte en keek toen nadrukkelijk naar het visitekaartje dat Thea nog altijd in haar hand hield. De boodschap was duidelijk. Ze was bereid Thea te helpen, op voorwaarde dat zij contact opnam met Tom.

Na een ongemakkelijk afscheid leunde Thea met haar rug tegen de dichte voordeur en keek naar het visitekaartje. Ze dacht aan wat Shelley haar had verteld. Over Bridget... en over Tom.

Tom. Die geweldige, lieve, prachtige Tom.

Dus hij had haar advies opgevolgd en was advocaat geworden. Ze dacht terug aan die gelukkige tijd in Oxford toen ze allebei nog zo jong waren geweest, nog zo vol dromen en ambities.

Was hij ook nooit echt over haar heen gekomen? Was hij – zoals Shelley had geïmpliceerd – net zo'n eenzame workaholic als zij?

En hij zat hier in Manhattan, een paar straten bij haar vandaan.

Dingen achter je laten. Zoals Shelley het zei, had het zo simpel geklonken. Misschien was ze inmiddels volwassen genoeg om althans die fout te herstellen. Zeker als Tom nog altijd verdriet had. Door haar.

Natuurlijk was ze niet van plan hem de waarheid te vertellen. Dat was onmogelijk, maar Shelley had wel gelijk. Hij verdiende een nieuw leven, een nieuwe liefde.

Met bonzend hart pakte ze de telefoon, voordat ze de kans kreeg zich te bedenken.

'Ik wil graag een afspraak maken met Tom Lawson,' zei ze tegen de secretaresse die opnam.

'Mag ik vragen waar het om gaat?'

'Het gaat om een professionele kwestie. Om een van de zaken die hij onder handen heeft.' Ze wist nog niet wat ze met een dergelijke ontmoeting dacht te bereiken. Ze wist alleen dat het voelde als een wonder dat ze deze stap naar het onbekende zette.

'Eens even kijken...' Thea hoorde hoe de secretaresse een bladzijde omsloeg. 'Er is een afspraak afgezegd. Dus Mr. Lawson zou u morgenochtend om tien uur kunnen ontvangen. Schikt dat?'

'Prima.' Thea probeerde zich voor te stellen hoe het zou zijn om zijn kantoor binnen te lopen. Om zijn gezicht te zien...

'Welke naam kan ik noteren?'

'Thea Maddox.'

De secretaresse wist blijkbaar wie ze was. 'O... miss Maddox,' zei ze, ineens overdreven beleefd. 'Ik weet niet of u hier al eerder bent geweest, maar het kantoor van Mr. Lawson bevindt zich op de eenendertigste verdieping in de South Tower. Dan zien we u morgenochtend. Elf september, om tien uur.'

'Afgesproken,' zei Thea.

24

September 2001

Romy kneep haar ogen dicht, er ging een schok door haar heen bij elke nieuwe klap die ze beneden zich hoorde. Ze rukte opnieuw aan haar polsen, maar ze waren achter haar rug strak aan de stoel gebonden. Zo zat ze al een uur. De snee op haar jukbeen bloedde niet langer, voelde ze. Ze mocht niet laf zijn. Ze mocht haar ogen niet sluiten. Want het was allemaal haar schuld! Met bonzend hart keerde ze zich naar Alfonso. Hun ogen vonden elkaar.

Hij zat bevend en rood van woede tegenover haar. Achter hem stond een lange, magere, kaalgeschoren jongen met extreem grote pupillen van de drugs. Hij hield een pistool tegen Alfonso's achterhoofd gedrukt. Romy schatte hem niet ouder dan vijftien. Het was dezelfde jongen – Claudia's medeplichtige – die Romy had geslagen en vastgebonden. Was hij de oude vriend over wie Claudia het had gehad? Nee, dat kon niet. Daar was hij te jong voor. Het was onmogelijk dat ze samen in het weeshuis hadden gezeten.

Alfonso's ogen schitterden van boosheid terwijl beneden hen in de kelder de vernielingen doorgingen en de wijnen die zijn vader in de loop der jaren had verzameld, systematisch, rij na rij, werden stukgeslagen met een honkbalknuppel. Zijn blik hield de hare vast, maar ze zag dat hij elke slag bijna lijfelijk voelde.

Het spijt me. O, het spijt me zo! Ze probeerde haar verdriet aan hem over te brengen, en haar doodsangst.

Vanuit haar ooghoeken kon ze Max zien liggen, met gebalde vuisten als een gevelde bokser, alsof hij zelfs na de dood nog probeerde door te vechten. Naast zijn hoofd krulde een obscene komma van bloed op de witte tegels.

Aan de andere kant van de keuken stond Claudia. Ze maakte haar nagels schoon met een mes. Naast haar, bij de deuren van het witte fornuis, was Nico in elkaar gezakt. Zijn gezicht zat onder het bloed, zijn ogen waren gesloten, maar zijn borst ging op en neer. Hij leefde dus nog. Naast hem lag een bebloede pook, afkomstig van de haard. Blijkbaar was hij daarmee neergeslagen.

Hoeveel medeplichtigen had Claudia nog meer? Het moesten er meer dan drie zijn, besefte Romy. Ze hadden alle schilderijen van de muren getrokken. Omdat er niemand meer was die alarm kon slaan, werd het huis van de Scolari's van onder tot boven geplunderd.

Romy schrok toen ze voetstappen hoorde. Claudia sprong in de houding. Ze ontweek Romy's blik.

Een zware, donkere gedaante trad door de deuropening in het licht. Hij hield een pistool in zijn hand. Het was echter niet het wapen dat Romy doodsangst inboezemde. Het was zijn gezicht. Het waren zijn ogen. Ogen die ze maar al te goed kende. Ogen die ze nooit had kunnen vergeten. Ogen waarvan ze op de een of andere manier altijd had geweten dat ze die zou weerzien. Het waren deze ogen waaraan ze had gedacht toen Claudia zei dat er een oude vriend was die zich verheugde op het weerzien.

Terwijl ze opkeek naar Ulrich Hubner leek het alsof ze werd teruggeworpen in de tijd. Plotseling was ze weer een kind, in het weeshuis, hulpeloos, machteloos, overgeleverd aan zijn genade.

'Zo, kreng! Dat had je niet gedacht, hè?' beet hij haar toe.

Hij knikte naar de jongen. Die liep naar haar toe en knipte de tiewraps door waarmee Romy aan de stoel was gebonden. Haar handen tintelden toen het bloed weer begon te stromen. Ulrich deed een stap naar voren en rukte haar van haar stoel. 'Op je knieën, slet!' Hij greep haar bij haar nek en dwong haar te knielen.

Ze probeerde omhoog te kijken. De jongen met het pistool likte met zijn tong langs zijn lippen, zag ze. Zijn ogen schitterden van opwinding. 'Zeg dat ze moet strippen!' zei hij in het Duits. 'Zeg dat ze haar kleren uittrekt! *Puttana!*' voegde hij er grijnzend aan toe, terwijl hij het pistool nog harder tegen Alfonso's hoofd drukte.

'Ik vermoord je!' beet Alfonso hem toe.

De jongen sloeg hem met de kolf op zijn schedel. Alfonso's hoofd zakte opzij en Romy gilde. Gedurende een misselijkmakend moment dacht ze dat hij dood was. Maar toen tilde hij langzaam zijn hoofd weer op, hij kneep zijn ogen dicht en zette zijn tanden op elkaar om het niet uit te schreeuwen van pijn. Bloed sijpelde over zijn voorhoofd, langs zijn kin, op zijn ontblote borst.

Romy voelde een explosie van pijn toen Ulrich haar bij de haren greep en haar dwong hem aan te kijken. 'De schilderijen hier? Welke zijn originelen? Allemaal? Of zijn er ook kopieën bij?'

'Laat haar met rust,' pleitte Alfonso.

Weer een doffe dreun. Alfonso kreunde van pijn.

'Hou je bek, zei ik!' schreeuwde de jongen. 'Of denk je soms dat ik je niet durf te vermoorden? Nou, reken maar van wel! Ik kan niet wachten om jullie allemaal af te maken!'

'Rustig!' snauwde een andere stem. 'Jij komt ook aan de beurt.'

Claudia klonk volkomen beheerst terwijl ze naast Ulrich kwam staan en een arm om zijn brede schouders sloeg. Van de hulpeloze zwerver die Romy eerder op de avond dankbaar om de hals was gevallen, was niets meer over. Deze Claudia had de brutaliteit van een straathoer, gesteund door haar pooier. In haar ogen las Romy slechts triomf en minachting.

'Hoe kun je?' vroeg ze nauwelijks verstaanbaar, bijna fluisterend. Zelfs nu kon ze de littekens in Claudia's hals zien. 'Hoe kun je na wat hij heeft gedaan...'

'Na wat híj heeft gedaan?' Claudia's stem werd luid van verontwaardiging. 'Jij hebt me daar voor dood achtergelaten!'

'Nee, ik...' Verder kwam ze niet. Want Claudia had gelijk. Romy had haar opgegeven. Ze had één hond doodgeslagen, maar ze was niet gebleven om met de andere te vechten. Of met Ulrich. Ze had Claudia in de steek gelaten. Ze had haar aan haar lot overgelaten.

Maar ze had gedacht dat Claudia dat wilde. Dat ze in haar laatste woorden alleen aan haar, aan Romy had gedacht. Dat ze had gewild dat Romy ontsnapte...

Hoe had ze zich zo kunnen vergissen?

'Na de brand in het weeshuis heeft hij zich over mij en een stel anderen ontfermd,' vertelde Claudia. 'Hij gaf ons werk. Hij zorgde voor me. Alles wat ik ben, heb ik aan hem te danken.'

Romy kon zich maar al te goed voorstellen wat voor werk dat was geweest. Ulrich was minstens dertig kilo zwaarder dan toen ze hem voor het laatst had gezien. Hij was bijna kaal en het kleine beetje haar dat hij nog had, liet zijn gladde, brede voorhoofd vrij. Er lag een dode op de grond. In de hoek was iemand stervende. Maar Ulrichs ogen verrieden geen enkele emotie. Hij was een monster. En Claudia... Claudia was niet langer in staat dat te beseffen.

'De schilderijen,' drong Ulrich aan.

Ze waren gekomen om de schilderijen van haar nieuwe familie te stelen. Daarna zouden ze toekijken terwijl die jongen haar verkrachtte en vermoordde. Ze waren gekomen om wraak te nemen.

Een andere herinnering aan Ulrich drong door haar vurige woede. Een herinnering aan de logge bewaker die ze maar al te vaak te slim af was geweest. En een herinnering aan het kleine meisje dat ze zelf was geweest en dat altijd had geweigerd aan haar angst toe te geven, hoe wreed Ulrich haar ook had behandeld.

Plotseling nam ze een besluit. Ze zou hem niet de bevrediging gunnen te smeken om haar leven. Als ze moest sterven, dan zou ze dat waardig doen. Dan zou ze zorgen dat haar man trots op haar kon zijn. Ze zou de Scolari's niet verraden. Haar nieuwe familie die haar had opgenomen en van haar had gehouden alsof ze een van hen was.

Ulrich verstrakte zijn greep op haar schedeldak en haalde een pistool uit de zak van zijn jasje. Toen boog hij zich naar haar toe, op het punt iets te zeggen.

'Loop naar de hel!' Ze spuugde hem in zijn gezicht, zo hard als ze kon.

Hij brulde van woede en geschoktheid en sloeg haar met de rug van zijn hand in het gezicht. Ze viel opzij, haar hoofd sloeg tegen de tegels. Toen rukte hij haar opnieuw overeind. Alles werd wazig voor haar ogen. De keuken begon te hellen. Gal kwam omhoog in haar keel.

Toen gebeurden er twee dingen tegelijk.

Alfonso kwam plotseling overeind. De jongen die achter hem stond, werd totaal verrast door een kopstoot onder zijn kin waardoor hij languit achteroversloeg. Romy had geen idee hoe Alfonso zijn armen had weten los te krijgen, maar ineens was hij vrij.

Tegelijkertijd strompelde Nico brullend overeind en slingerde de pook door de keuken. Onmiddellijk begreep Romy dat ze het afgelopen uur in het geheim moesten hebben gecommuniceerd om hun acties op elkaar af te stemmen.

Ulrich zag de pook te laat aankomen. Het handvat raakte de zijkant van zijn hoofd toen hij probeerde weg te duiken. Zijn greep op Romy verslapte. Ze rukte zich los en beukte uit alle macht haar elleboog in zijn buik. Claudia wilde haar grijpen, maar Romy duwde haar met geweld opzij terwijl Ulrichs pistool uit zijn hand viel en over de grond schoot.

Vaag was ze zich bewust van een beweging. Het was Nico, die zich bebloed en wel op Ulrich stortte. De twee mannen gingen neer in een kluwen van maaiende ledematen. Gedesoriënteerd draaide Romy zich om, op zoek naar Claudia. In plaats daarvan bleef haar blik rusten op Alfonso. Hij had de jongen gegrepen en beukte op hem in, net zolang tot hij in elkaar zakte en roerloos bleef liggen.

Claudia...

Romy draaide zich om. Nico en Ulrich hadden zich overeind weten te werken. Ze vochten nog steeds. Ulrich klemde zijn handen om Nico's nek. Claudia kroop op handen en knieën over de vloer, in een poging het pistool te pakken dat onder de keukentafel was gegleden. Romy ontdekte een nagelknippertje onder de stoel van Alfonso. Blijkbaar had hij dat uit de zak van zijn spijkerbroek weten te wurmen en daarmee zijn tiewraps doorgeknipt.

Romy stortte zich op het pistool. Ze reikte er krampachtig naar, maar ze maakte geen schijn van kans. Claudia was haar vóór, greep het wapen en werkte zich overeind. Ondertussen wist Alfonso bij Romy te komen, die onder de tafel vandaan kroop en weer ging staan. Met trillende handen richtte Claudia het pistool op Romy. 'Sterf!' gilde ze. En op hetzelfde moment wierp Alfonso zich in de baan van de kogel.

Er weerklonk een schot... gegrom...

Maar Alfonso bleef staan waar hij stond. Het was Ulrich die was geraakt. In zijn schouder. Hij brulde van pijn en ging woedend tegen Claudia tekeer. Bevend vuurde ze een tweede schot af.

Er ging een schok door Nico's lichaam. Hij greep naar zijn borst en viel opzij. Een rode vlek verspreidde zich over de achterkant van zijn witte overhemd. Terwijl hij in elkaar zakte, nam hij Ulrich mee in zijn val. Samen sloegen ze voor het fornuis tegen de grond. Toen keerde Claudia zich naar Romy.

Ze ging hen allemaal doodschieten. Een voor een. Ze was krankzinnig!

'Nee!' riep Romy. Met alle kracht die ze in zich had, tilde ze de zware tafel op en kantelde hem naar Claudia, zodat ze tegen de muur werd gedrukt. Toen sloeg ze op de vlucht, meegetrokken door Alfonso, langs het lichaam van Max, langs de jongen die hijgend, kreunend probeerde zich overeind te werken.

Hun voetstappen klonken schallend door de personeelsgang. Romy hoorde het gerinkel van een sleutelbos die van een kapstok-haak werd gegrist. Aan het eind van de gang rukte Alfonso een deur open. Toen stormden ze naar buiten, de koude nacht in, en ze liepen bijna tegen een zwarte BMW aan die daar eerder niet had gestaan.

Voorbij het knoestige silhouet van de eeuwenoude olijfboom in het midden van de oprit – een boom die nog uit de tijd van de Romeinen stamde, had Alfonso verteld – stond een witte cabriolet, een Mercedes-oldtimer. Een snelle eindsprint, toen hadden ze hem bereikt.

Alfonso duwde Romy de auto in. Ze schoot in vliegende vaart over de bestuurdersstoel naar de bijrijdersplek. Aan de andere kant van de binnenplaats vloog de achterdeur van het huis open. De heldere lichtstraal van een krachtig zoeklicht scheen door de donkere nacht.

Alfonso startte de motor.

'Bukken!' commandeerde hij Romy toen het eerste schot klonk.

Het miste. Met krijsende banden schoot de auto vooruit. De motor gierde toen Alfonso schakelde. Romy keek achterom. Koplampen kwamen tot leven. De zwarte BMW werd gestart.

Honderd meter verderop vormden de gewelfde ijzeren hekken de enige uitweg. Daarachter waren ze veilig, wist Romy. Daar lag de stad. Met miljoenen mensen en evenzovele getuigen.

Nog vijftig meter. Achter de Mercedes zag Romy de BMW dichterbij komen. Ulrich stuurde met één hand. Claudia zat naast hem en leunde met het pistool uit het raampje.

Alfonso hield een zwart plastic doosje omhoog. De afstandsbediening van de poort. Hij drukte op de knop... en nog eens, en nog eens... maar de hekken bleven dicht.

'Doe je riem om!' riep hij, worstelend met zijn eigen riem.

Hij ging de hekken rammen, besefte Romy. Ze zette zich schrap voor de klap.

Nog twintig meter.

Nog tien.

Net voordat de Mercedes met honderd kilometer per uur de ijzeren hekken raakte, meende Romy een sirene te horen.

Toen hoorde ze niets meer. Ze voelde niets meer. Alles werd zwart.

Zwart als de dood.

DEEL DRIE

25

September 2004

Thea had wel gehoord dat het Landstuhl Regional Medical Center het grootste militaire ziekenhuis was buiten Amerika, maar pas toen ze van het parkeerterrein naar het smetteloos witte receptiegebouw liep, werd ze zich bewust van de omvang.

Na haar bezoek aan Zuid-Afrika in 2000 had ze contact gehouden met Johnny, en inmiddels zes maanden geleden had hij haar geschreven dat Michael in Afghanistan gewond was geraakt en was overgebracht naar Landstuhl in Duitsland.

Bij het inwinnen van nadere informatie bleek dat Michael het slachtoffer was geworden van een autobom waardoor tientallen burgers en soldaten waren omgekomen. Hoewel hij er fysiek betrekkelijk goed van af was gekomen, leed hij aan een ernstige posttraumatische stressstoornis. Thea had het advies gekregen hem de eerste maanden niet te bezoeken. In plaats daarvan had ze hem diverse malen geschreven en bloemen gestuurd. Bericht dat haar brieven en bloemen waren aangekomen, had ze nooit ontvangen.

Maar dat had ze niet erg gevonden. Na 9/11, die verschrikkelijke dag waarop de wereld voorgoed was veranderd, wist Thea alles over PTSS. Ze besefte dat Michael waarschijnlijk nog steeds aan de gruwelijke symptomen leed, van flashbacks tot slapeloosheid tot onbeheerste woedeaanvallen.

Ze had er zelf ook in een lichte vorm aan geleden, in het jaar nadat de Twin Towers waren neergehaald. In die tijd had ze pillen moeten slikken om te kunnen slapen. Het afschuwelijke besef dat het weinig had gescheeld of ook zij was bij de aanslag om het leven gekomen, had haar niet losgelaten. Ze was op weg geweest naar haar afspraak met Tom Lawson en had de South Tower bijna bereikt, toen het eerste vliegtuig zich in de toren boorde. Achteraf had ze de televisiebeelden gezien, maar van dichtbij was de situatie minder duidelijk geweest. Het enige wat ze zich herinnerde, was de paniek, de rook, het stof.

Ze had nog altijd last van flashbacks. De beelden stonden op haar netvlies gebrand. De aanblik van de instortende toren met daarbinnen Tom Lawson, die op háár zat te wachten.

Ze had Shelley en Duke geschreven, maar haar woorden van deelneming hadden gruwelijk ongepast geleken. Tenslotte had zij hun zoon alleen maar verdriet gebracht. Door háár toedoen was hij advocaat geworden. Door háár had hij het geluk nooit gevonden. Thea kon de gedachte niet van zich afzetten dat hij door háár de dood had gevonden. Als zij die afspraak niet had gemaakt, zou Tom Lawson die dag misschien helemaal niet op kantoor zijn geweest.

Voor haar gevoel had ze niet het recht te rouwen om zijn dood. Tenslotte had ze hem al bijna tien jaar niet meer gezien. Toch was ze in de nasleep van de Twin Towers emotioneel door een hel gegaan.

Dus ze begreep de worsteling van Michael maar al te goed, ook al besefte ze tegelijkertijd dat zijn strijd haar voorstellingsvermogen te boven ging. Maar sinds Johnny's brief had ze zo vaak aan Michael gedacht, en nu ze voor zaken in Duitsland was, leek dat haar de perfecte gelegenheid om bij hem langs te gaan.

Een beetje nerveus keek ze naar de wapperende vlaggen bij de hoofdingang van het ziekenhuis. Ze bereidde zich voor op het ergste.

Jonge mannen met Wayfarer-zonnebrillen, gehuld in comfortabele, witte ziekenhuiskleding, zaten in kleine groepjes op de banken, verspreid tussen de bloembedden. Ze praatten, genoten van de zon, rookten een sigaret. Sommigen zaten in een rolstoel. Er waren er ook die zwijgend voor zich uitstaarden, afgezonderd van de anderen.

Aan haar rechterhand zag Thea tussen de lange, rechte gebouwen een oefenterrein, waar een stuk of twintig soldaten push-ups deden, aangemoedigd door een instructeur met een megafoon.

Terwijl ze op weg naar de receptie een groepje mannen passeerde, hoorde ze een van hen zacht fluiten. Ze had gedacht dat haar grijze Chanel-pakje met een korte, strakke rok sober genoeg was voor de gelegenheid, maar blijkbaar zag ze er toch sexyer uit dan ze zich voelde. Toen ze zich omdraaide, keek de soldaat haar lachend aan, met een vragende blik in zijn ogen. Onwillekeurig moest Thea aan Reicke denken en aan de formele manier waarop ze die ochtend uit elkaar waren gegaan.

Hij had zich opnieuw onthouden van persoonlijke opmerkingen. Sterker nog, sinds die nacht samen was hun verstandhouding steeds afstandelijker geworden. Tot haar ergernis had hij alleen maar gezegd dat hij zo onder de indruk was van Brett, die zijn controversiële overname van een internetzoekmachine had aangekondigd. Thea was ervan overtuigd dat Brett het tijdstip van zijn bekendmaking bewust had gekozen, om te overschaduwen wat zij met Maddox Inc. in Duitsland had bereikt.

Wat ze zo mogelijk nog ergerlijker vond, was dat hij van de publiciteit gebruik had gemaakt om te jubelen over zijn relatie met Bethany Saunders, de beroemde actrice. De misselijkmakende fotoshoot van het stel, die in bladen en kranten over de hele wereld was verschenen, had Thea's bloed doen koken, vooral vanwege de begeleidende tekst waarin Bethany dweepziek had verklaard dat niemand zo zorgzaam was als Brett. Had Reicke Schlinker gedacht dat Thea daarvan onder de indruk zou zijn? Hij moest eens weten!

Ze dwong zichzelf het uit haar hoofd te zetten en liep door de automatische schuifdeuren het gebouw binnen, waar medisch personeel in groene werkkleding gehaast en voortvarend af en aan liep, met een klembord onder de arm, of achter een kar met eten of medische benodigdheden. Er hing een doordringende geur van ontsmettingsmiddel. Uit ventilatieopeningen in het plafond werd lucht geblazen. Soldaten strompelden op krukken door de gangen, en Thea schaamde zich bijna voor het getik van haar hoge hakken op de glanzend witte vloer.

Ze vroeg waar ze moest zijn en even later volgde ze een efficiënt ogende verpleegster door de doolhof van gangen naar Michaels vleugel. Toen ze langs een raam kwamen dat uitkeek op het oefenterrein, werd haar aandacht opnieuw getrokken door de mannen die push-ups deden. Nu ze dichterbij was, besefte ze dat de meesten van hen een of meer ledematen misten. Ze dacht aan de woorden op het wapenschild bij de ingang van het terrein: Selfless Service. Diepe schaamte vervulde haar, want toen ze langs het bord reed, had ze tegen zichzelf gezegd dat zij ook volledig en onzelfzuchtig dienstbaar was aan Maddox Inc. Bij het zien van die mannen daarbuiten begreep ze pas hoe misplaatst die gedachte was geweest. De persoonlijke offers die zij had gebracht voor het bedrijf, waren niet te vergelijken met wat deze mannen hadden doorgemaakt.

De verpleegster bleef staan en wees glimlachend naar een glazen deur.

'Als u hier naar binnen gaat, komt u bij kapitein Pryor.'

Terwijl de verpleegster zich terugtrok keek Thea door het geluiddichte glas. Daar zat Michael. Hij was alleen, in een grote, lichte ruimte, gemeubileerd met banken en gemakkelijke stoelen. Er stonden potten met plastic planten.

Op de televisie aan de muur waren beelden te zien van een persconferentie in het Witte Huis, ongetwijfeld nieuwe onthullingen over het onbetrouwbare bewijsmateriaal waaruit de aanwezigheid van massavernietigingswapens in Irak zou zijn gebleken. Wat de zogenaamde rechtvaardiging ook mocht zijn geweest om Irak een jaar eerder binnen te vallen, Thea had zich – samen met talloze anderen – tegen de oorlog verklaard, hoezeer ook zij persoonlijk onder de gebeurtenissen op 9/11 had geleden.

Maar toen ze Michael zag, die in een rechte stoel bij het raam naar buiten zat te staren, wist ze dat ze haar anti-oorlogsgevoelens niet met hem zou kunnen delen. De retoriek op de internationale nieuwsredacties van de bij Maddox Inc. aangesloten media leek plotseling hol en betekenisloos, vergeleken bij de werkelijkheid waarmee ze hier werd geconfronteerd.

Toen ze haar vingertoppen tegen de deur legde, besefte ze dat het zweet in haar handen stond. Ze had gehoopt op net zo'n gelukkige, vreugdevolle herinnering als destijds met Johnny, maar inmiddels wist ze dat ze daar niet op hoefde te rekenen. Deze hereniging zou heel anders zijn.

Bij het geluid van de deur die openging, draaide Michael zich langzaam om. Met een wezenloze blik in zijn ogen keek hij haar aan. Hij had een diep litteken dat van boven zijn rechteroog schuin over zijn gezicht liep, naar zijn linkerwang. Thea dwong zichzelf te blijven glimlachen. Ze mocht niet laten merken hoe geschokt ze was. Hij mocht er fysiek dan 'betrekkelijk goed van af zijn gekomen' – en wanneer je zag wat hier de norm was, dan klopte dat ongetwijfeld – maar hij zou wél de rest van zijn leven verminkt blijven.

Hij had een sjofele baard laten groeien. Het stond hem niet, maar misschien had hij het gedaan om het litteken te verbergen. Of omdat het hem niet meer kon schelen hoe hij eruitzag, dacht ze verdrietig.

Toen ze naar hem toe liep, kon ze al van een afstand zien dat zijn haar hier en daar grijs begon te worden. Dat vond ze nog schokkender – hij leek ineens zo oud – dan het litteken of het ontbreken van een reactie op haar komst.

Wat had ze dan verwacht, zei ze tegen zichzelf, terwijl ze er nog altijd in slaagde te blijven glimlachen. Ze stak een beetje halfslachtig haar hand op, maar ze had er meteen spijt van en liet haar arm weer langs haar lichaam vallen. Had ze de knappe zestienjarige uit haar dromen verwacht? Had ze verwacht dat hij haar met dezelfde glimlach zou aankijken als toen? Ineens besefte ze hoe dwaas haar verwachtingen waren geweest.

'Hallo,' zei ze zacht, terwijl haar zelfvertrouwen haar volledig in de steek liet.

Hij zei niets. Toen ze zich naar hem toe boog om hem op zijn wang te kussen – de rechter, om het litteken te ontwijken – bleef hij roerloos zitten. De huid onder haar lippen voelde ruw aan, bijna bros, als een krant die te lang in de zon had gelegen.

Ten slotte deed ze een stap naar achteren, in de hoop dat hij iets zou zeggen. Hij keek langs haar heen naar de deur. Een ijzige kilte bekroop haar. Herkende hij haar niet meer? Ze trok een plastic stoel bij en ging naast hem zitten.

'En, Thea? Hoe zie ik eruit?'

De adem stokte in haar keel. Dus hij kende haar nog wél. Hij wist dat zij het was.

Ze keek hem aan toen zijn ogen de hare vonden. De wezenloze uitdrukking was verdwenen, maar wat was ervoor in de plaats gekomen? In elk geval geen welwillende blik.

'Afzichtelijk?' vroeg hij. 'Mismaakt?'

Thea's huid prikte terwijl ze innerlijk terugdeinsde voor de bitterheid in zijn stem. 'Nee...'

'Hoe dan?'

Van dichtbij zag ze zijn afgebeten nagels, de vermoeide lijnen in zijn gezicht, de zware wallen onder zijn ogen. Wat wilde hij horen? Een leugen? Dat hij er geweldig uitzag? Nog net zo knap als altijd? Hij was ziek, niet gek. Dus ze besloot hem de waarheid te vertellen.

'Uitgeput,' zei ze. 'En boos.'

Hij keek strak naar de grond.

'Ze hebben toch wel gezegd dat ik vandaag zou komen? Dat wist je toch?' Ze voelde zich afschuwelijk. Als hij haar niet wilde zien, waarom had hij dan niet gezegd dat ze haar moesten wegsturen? Het laatste wat ze wilde, was hem van streek maken.

'Ja. Dat hebben ze me verteld. Maar ik geloofde het niet.'

Er klonk een zekere hardheid in zijn stem, maar toen hij opkeek, zag ze dat de boosheid – de heftige blik – uit zijn ogen was verdwenen. Er was iets warmers voor in de plaats gekomen. Iets zachters. Iets wat ze nog kende van al die jaren geleden.

Haar maag verkrampte toen ze elkaars blik vasthielden. Hoop laaide in haar op. Hij was er nog, de Michael die ze ooit had gekend. Zijn lichtbruine ogen waren donkerder geworden, de gele vlekjes hadden hun zonnige gloed verloren. Maar hij was nog altijd Michael. Háár Michael.

'Ik dacht niet dat ik je ooit nog zou zien,' zei hij. 'Behalve op de cover van *Forbes*... of *Vogue*...'

Er viel een ongemakkelijke stilte. Maar er zat wel een kern van waarheid in wat hij had gezegd. Hun werelden waren oneindig ver uit elkaar komen te liggen.

Thea wendde haar blik af en keek naar buiten, naar de bladeren van een populier die trilden in de bries. Ze vroeg zich af hoeveel hij van haar wist en of hij in de financiële bladen had gelezen dat ze tot de directie van Maddox Inc. was toegetreden. Of hij de artikelen had gelezen waarin over haar liefdesleven – of het ontbreken daarvan – werd gespeculeerd. Maar ze vroeg zich vooral af in hoeverre het hem iets deed wat hij over haar had gelezen.

Een dreun. De deur vloog open. Er kwam een patiënt binnenstrompelen, schreeuwend, met zijn handen tegen zijn oren gedrukt. Hij keek wanhopig achterom, naar de gang, toen liet hij zich op de grond vallen en rolde zich op tot een snikkende, huiverende bal.

Thea keek vol afschuw toe terwijl twee potige zaalhulpen kwamen binnenrennen en aan weerskanten van de patiënt op hun hurken gingen zitten. Een van de broeders probeerde – tevergeefs – hem te kalmeren, want de patiënt begon wanhopig te roepen. 'Maak me maar af! Maak me maar af!' Telkens en telkens weer. Toen keerde hij de verplegers brullend de rug toe. Hij verstijfde toen zijn blik op Thea viel. 'Sorry,' fluisterde hij. Er liep kwijl uit zijn mond. Hij sloeg zijn handen voor zijn gezicht en begon te beven.

De broeders hielpen hem met zachte drang overeind en loodsten hem de kamer uit.

'Dat was Francis,' vertelde Michael. 'Hij is het slachtoffer geworden van een zelfmaakbom, net als ik. Ze hebben stukken van de schedel van zijn beste vriend uit zijn rug moeten snijden. Hij mag van geluk spreken dat hij het heeft overleefd, maar soms denkt hij dat hij nog steeds in oorlogsgebied is.'

Was Michael een halfjaar geleden ook zo geweest? Hadden ze daarom gezegd dat ze beter niet op bezoek kon gaan? Die arme man... Thea wist niet wat ze moest zeggen. Ze kon alleen maar denken hoe kleinzielig haar eigen trauma's waren, vergeleken bij wat de patiënten hier hadden meegemaakt. Ze schaamde zich voor haar klaagzang tegen haar yogaleraar. Dat ze zo naar een echte relatie verlangde en dat het haar niet lukte een balans te vinden tussen leven en werken. Terwijl ze zo bevoorrecht was! Zo rijk, zo succesvol. Sterker nog, ze vroeg zich af of ze wel dapper genoeg was om Michaels verhalen aan te horen, wanneer hij zou vertellen over de beelden die hem achtervolgden, over de gruwelen die hij had gezien.

Niet dat ze wist of hij haar ooit in vertrouwen zou nemen. Ze had geen idee wat hij van haar verwachtte, of hoe ze hem zou kunnen helpen. Ze wist alleen dat ze zou doen wat ze kon.

'Wat verschrikkelijk,' mompelde ze.

'Ik weet niet wanneer ik naar huis mag. Voorlopig houden ze me hier nog "ter observatie", zoals dat heet.' Zijn gezicht versomberde. 'Maar ik word niet meer uitgezonden. Alle training die ik heb gehad, en nu kunnen ze me niet meer gebruiken.' Er gleed een zweem van een glimlach over zijn gezicht. 'Dat gebeurt me voortdurend. Mensen keren me de rug toe en laten me barsten als ze denken dat ze toch niks meer aan me hebben...'

Zijn woorden kwamen hard aan. Thea dacht terug aan die laatste keer dat ze hem had gezien, samen met haar vader, voor Little Elms, bij dat afschuwelijke, ongemakkelijke afscheid. Johnny had gelijk. Michael had haar altijd gezien als de dochter van Griffin Maddox en zichzelf als personeel. Meer niet.

Ze moest ervandoor, veronderstelde ze. Toch kon ze zich er niet toe brengen weg te gaan. Ze had nog steeds behoefte aan... Ja, waaraan eigenlijk? Waarom was ze hier gekomen? Op zoek naar vergeving? Vergeving voor wat haar vader had gedaan? Voor de manier waarop hij Michael en zijn moeder en de anderen had weggestuurd? Of was ze hier gekomen in de hoop dat Michael zou zeggen dat Johnny het bij het verkeerde eind had gehad? Dat hun vriendschap wel degelijk echt was geweest? En dat ze de draad op de een of andere manier weer konden oppakken? Dat ze nog altijd vrienden konden zijn?

Was dat de reden waarom ze hier was? Omdat ze behoefte had aan een vriend? Omdat ze Michael na al die jaren nog altijd nodig had? Omdat ze nog altijd naar hem verlangde?

'Ik ben bij Johnny geweest,' zei ze om hem duidelijk te maken dat ze altijd om hen was blijven geven en dat ze hen niet kwijt wilde.

Ze stond op het punt hem te vertellen over de stoeterij en de wijngaard, over Johnny die er zo goed had uitgezien, maar ze bedacht zich. Johnny in dat paradijselijke oord en Michael hier, in dit steriele niemandsland... Het voelde als een ondraaglijke tegenstelling. Ze was bang dat ze hem met verhalen over Johnny alleen maar nog meer van streek zou maken.

Michael zuchtte vermoeid. 'Je wil me toch niet vertellen dat je helemaal hierheen bent gekomen om over Johnny te praten?'

Voor een deel wel, dacht Thea. *Ja, dat wilde ik oprecht.* Nadat ze zowel Johnny als Shelley Lawson had gesproken, wilde ze Michael inderdaad vertellen wat ze had ontdekt, namelijk dat Johnny en haar moeder samen een dochtertje hadden gekregen, en dat er dus ergens op de wereld een halfzusje van haar rondliep. Ze wilde Michael vragen of hij het ooit had geweten, van Johnny en haar moeder. Ze wilde het met hem delen, want hij was de enige die hen beiden had gekend. Bovendien was hij de enige met wie ze het nog kón delen.

Inmiddels begreep ze echter – en dat stemde haar oneindig verdrietig en moedeloos – dat ze dit soort informatie niet met een vreemde kon bespreken. Michael was een vreemde voor haar geworden.

Ze had het gevoel dat de herinnering aan wat hij ooit was geweest als rook vervloog.

'Ik ben hierheen gekomen om te zeggen hoe erg ik het vind van je moeder...' zei ze.

Michael keek naar zijn handen. Thea zag dat ze beefden. Ze moest zich beheersen om zich niet naar hem toe te buigen en haar handen op de zijne te leggen.

'Ik zou zo graag iets willen doen,' zei ze. 'Ik bedoel, om te zorgen dat ze de beste zorg krijgt...'

'We hebben geen behoefte aan liefdadigheid. Ook niet van jou.' Het klonk grimmig, verbeten.

Verontwaardiging maakte zich van haar meester. 'Dat heeft

niets met liefdadigheid te maken. Je moeder is voor mij ook altijd als een moeder geweest,' snauwde ze. Het was allemaal al zo lang geleden, maar nu ze erover praatte voelde het verlies nog net zo vers als toen. 'Denk je nou echt dat ik haar niet heb gemist toen ik naar kostschool werd gestuurd? Denk je nou echt dat het me allemaal niet kon schelen?'

Ze drong driftig haar tranen terug. Het was niet aan haar om emotioneel te worden. Michael was degene die steun nodig had en toch lukte het haar niet om sterk te zijn.

'Ze heeft je elke week geschreven,' zei hij. 'Maar je hebt haar nooit geantwoord.'

Thea staarde hem geschokt aan. 'Ik heb die brieven nooit gekregen!' Storm had ze natuurlijk gewoon weggegooid omdat ze het te veel moeite had gevonden ze door te sturen. 'Ik had geen idee waar jullie waren gebleven. Jij en je moeder... Johnny... Ik was volledig afgesneden van iedereen! Van alles wat me dierbaar was.'

Ze voelde dat ze een blos op haar wangen kreeg, maar Michael wendde zich af. In een gebaar van verwarring wreef hij over zijn voorhoofd.

'Sorry.' Hij slikte krampachtig. 'Dat wist ik niet. Dat heb ik echt nooit geweten.'

Toen nam ze alsnog zijn hand tussen de hare. De hand beefde, als een jong vogeltje.

Michael sloot zijn ogen en liet zijn schouders hangen.

'Ik kan je het adres geven van het verpleeghuis,' zei hij ten slotte. 'Het is vlak bij Little Elms. Ik ga erheen zodra ik naar huis mag.'

'En vind je het goed als ik probeer haar te helpen?'

Hij reageerde niet, maar dat verbaasde haar niet. Hij had nooit ergens om gevraagd. In dat opzicht was hij nog niets veranderd. Hij was nog altijd te trots. Hij had echter geen nee gezegd, dacht Thea. En als ze iets had geleerd in haar carrière, dan was het dat geen nee zeggen, erop neerkwam dat je ja zei.

Ze drukte zijn hand nog steviger, als om duidelijk te maken dat de afspraak voor haar rond was.

Er kwam een vrouwelijke soldaat binnen, in donkergroen werktenue. Ze was jong en blond.

'Hé, Mikey,' begroette ze hem glimlachend.

'Hé, hallo!' Zijn stem klonk plotseling warm. Hij ging wat meer rechtop zitten. 'Ik hoor dat je weg mag.'

Thea liet Michaels hand los. De vrouw – nee, geen vrouw, een meisje dacht Thea, die haar niet ouder schatte dan tweeëntwintig – had een Canadees accent. Ze was aantrekkelijk om te zien.

Thea glimlachte, deed een stap opzij en liep naar het raam, terwijl het meisje bij Michael ging staan en over een wederzijdse vriend begon die net getrouwd was.

Thea keek naar hun weerspiegeling in het glas. Het meisje mocht Michael graag, dat was maar al te duidelijk. Ze keek hem onafgebroken aan en voortdurend met een glimlach. Tot haar verrassing betrapte Thea zichzelf ook op een glimlach. Niet om wat er werd gezegd. Ze glimlachte omdat het meisje ook regelmatig haar kant uit keek. Ze was nieuwsgierig naar Thea. Misschien zag ze haar zelfs als een soort concurrente. En hoewel Thea niet echt kon beredeneren waarom, voelde ze zich door die gedachte ineens een stuk opgewekter.

Een paar minuten later vertrok het meisje en Thea ging weer bij Michael zitten.

'Ze leek me aardig,' zei ze.

'Ja.'

'En aantrekkelijk.'

'Ja, dat zal wel...'

Heel even zag Thea een schaduw, een heel vluchtige glimp van de vertrouwde glimlach waarmee Michael haar vroeger had aangekeken wanneer ze samen ergens plezier om hadden.

'Wat zijn je plannen wanneer je weer thuis bent?' vroeg ze.

'O, van alles en nog wat. Ik heb diverse opties. Dus maak je over mij geen zorgen.'

'Ik weet niet of dat lukt... want ik ben me altijd zorgen om je blijven maken.' Het was eruit voordat ze er erg in had.

Er viel een ongemakkelijke stilte, die uiteindelijk door Michael werd verbroken.

'Bedankt voor je bezoek. Ik eh... Kun je me je telefoonnummer geven?'

Ze haalde een visitekaartje uit haar Gucci-tas. Hij keek ernaar alsof hij probeerde het nummer in zijn geheugen te prenten. Of alsof hij nog niet echt kon bevatten dat hij eindelijk haar nummer had. Toen slaakte hij een diepe zucht. Hij klonk niet boos of gefrustreerd, besefte Thea. Alleen maar vermoeid.

Er was zoveel wat ze hem zou willen vragen. Over alle jaren waarin ze elkaar uit het oog waren verloren. Over zijn leven in het leger. Over zijn leven naast zijn werk. En over zijn plannen voor de toekomst. Dat kon allemaal wachten, wist ze. Want dit was niet hun laatste gesprek geweest, maar een nieuw begin.

'Ik moet gaan.' Ze stond op. 'Anders mis ik mijn vlucht.'

Het was een leugentje om bestwil en waarschijnlijk wist hij dat, want het bedrijfsvliegtuig vertrok wanneer zij dat wilde. Ze bukte om hem een kus te geven. Deze keer stond hij op. Hij sloeg zijn armen om haar heen en trok haar dicht tegen zich aan. Ze beantwoordde zijn omhelzing en als ze toen had mogen kiezen, had ze de rest van haar leven zo willen blijven staan.

Toen ze elkaar loslieten, glimlachte ze.

26

Mei 2005

Romy nam een slok wijn, ze liet zich op de versleten leren bank ploffen en begon te zappen, op zoek naar simpel vermaak, met de restanten van een tamelijk smaakloze magnetronmaaltijd op een haveloos metalen dienblad op schoot. Maar *The Simpsons* was net afgelopen en het nieuws was deprimerend: rellen in Parijs en aardbevingen op diverse plekken van de wereld. De enige reportage die haar interesseerde, ging over een nieuwe wet in de Verenigde Staten die formele relaties tussen partners van hetzelfde geslacht mogelijk maakte. Maar dat onderwerp deed haar denken aan Nico en zijn vriend, die hij amper een paar maanden voor zijn dood had leren kennen. Met een verdrietige zucht zette ze de televisie uit.

Ze woonde hier pas twee weken. De verhuisdozen stonden nog opgestapeld tegen de muur. Het werd tijd dat ze begon met uitpakken, maar ze was er te moe voor. Zoals gebruikelijk had ze ook vandaag weer het gevoel gehad dat haar geen moment rust was gegund.

Het appartement lag op de bovenste verdieping. Door het open raam hoorde ze beneden twee mensen iets naar elkaar roepen. De banden van hun fietsen maakten een sissend geluid op het asfalt. Terwijl hun gelach wegstierf, stond Romy op om de houten jaloezieën neer te laten. Terwijl ze dat deed, besefte ze dat het al bijna tien uur was, maar nog niet helemaal donker. De bomen langs de Amsterdamse gracht baadden in de rode gloed van het laatste zonlicht. Toch leek het nog pas gisteren dat de stad bedekt was geweest met een witte laag sneeuw.

Het was een van de gruwelijke feiten des levens, dacht Romy terwijl ze de avond buitensloot. De tijd ging zo snel en niets was blijvend. Zelfs verdriet was niet eeuwigdurend. Nadat het je diepste kern had weggevreten en een stuk van je ziel had opgeslokt, trok het verder, naar elders. Daarna ging het leven door, of althans een kleurloze nabootsing daarvan. Of je wilde of niet.

Ze wist dat ze dankbaar zou moeten zijn. Over de hele wereld waren mensen voorgoed getekend door de gebeurtenissen van 11 september 2001, maar voor haar zou die dag altijd in haar geheugen gegrift staan als de dag waarop ook háár leven haar was ontnomen.

Ze herinnerde zich niets van de botsing. Nu, bijna vier jaar later, nog steeds niet. Ze herinnerde zich alleen fragmentarisch de angstaanjagende momenten die eraan vooraf waren gegaan. De blik van waanzin in Claudia's ogen toen ze het pistool op Nico richtte en vuurde. De echo van haar eigen voetstappen in de gang, toen Alfonso en zij renden voor hun leven. Het gebrul van de motor van de Mercedes. De koplampen van de BMW achter hen. Het gegil van sirenes.

Later, nadat ze was bijgekomen uit een zware hersenschudding waardoor ze een week buiten bewustzijn was geweest, was haar verteld dat de Mercedes van Alfonso het hek van de villa had geramd en het pad had gekruist van twee brandweerauto's die op weg waren geweest naar een heel ander incident.

De eerste had zich met honderd kilometer per uur in de bestuurderskant van de Mercedes geboord en die verkreukeld als een colablikje. Alfonso was op slag dood geweest, de auto was tollend de lucht in gevlogen. Omdat haar veiligheidsriem was losgegaan toen de Mercedes tegen de muur rond de tuin botste, was Romy uit de auto geslingerd en in de struiken langs de weg beland. Die hadden haar val gebroken. Zo kwam het dat ze het had overleefd, met twee gebroken benen en vijf gebroken ribben.

De tweede brandweerauto was op de BMW die hen achtervolgde, gebotst. Ulrich, Claudia en hun medeplichtige moesten op slag dood zijn geweest. Door de ontstane vuurbal waren de lichamen dusdanig verminkt dat de politie niet had geprobeerd de lijken te identificeren.

Romy's herstel was pijnlijk langzaam verlopen. Terwijl ze uur na uur naar het plafond van de verduisterde ziekenhuiskamer staarde, kon ze alleen maar denken dat haar man – de enige man van wie ze ooit had gehouden – dood was. En dat hij door haar was gestorven. Door haar verleden, door haar schuld.

En die lieve Nico... haar getalenteerde, verrukkelijke beste vriend, die alles op alles had gezet om haar te beschermen zoals hij dat altijd had gedaan, was wreed, in koelen bloede, vermoord.

Ook haar schuld.

In het ziekenhuis was Romy afgeschermd geweest van de media, die de Scolari's geen moment rust gunden. Als een meute bloeddorstige honden had de wereldpers haar tenten opgeslagen voor de poorten van het ziekenhuis. De roep om informatie klonk, en iedereen wachtte – en hoopte – op een foto van de treurende Romy. Het tragische einde van haar sprookje was voor de media onweerstaanbaar.

Maar zelfs afgeschermd van de pers werd ze bestookt met vragen. Door de politie. Een eindeloze reeks vragen. Vragen waarvan de politie het gevoel had dat alleen zij ze kon beantwoorden. Wie waren de moordenaars? Waarom hadden ze uitgerekend Villa Gasperi uitgekozen? Hoe waren ze erin geslaagd langs de bewaking te komen? Hoe was het hun gelukt zoveel kostbare kunstwerken te stelen die bij de botsing verloren waren gegaan?

Romy had hun niets verteld. Niets van wat ze aan Alfonso en Nico had opgebiecht. Als ze had toegeven dat ze Claudia en Ulrich kende, zou het niet lang duren of de politie had het hele verhaal achterhaald: wat ze met Fuchs had gedaan, en de brand in het weeshuis.

Dat zou Alfonso en Nico niet tot leven wekken, had Romy zichzelf voorgehouden, nog half verdoofd tijdens de eerste ondervragingen. Trouwens, wat zou het uitmaken als de politie hun namen kende? Claudia en Ulrich waren verkoold tot as, verwaaid door de wind.

En dus deed Romy wat ze haar hele leven al had gedaan. Ze begroef haar verleden, zo diep als ze kon.

Dat was ook eerlijker tegenover Roberto en Maria, zei ze tegen zichzelf. Om hen in de waan te laten dat het bij Ulrich en zijn medeplichtigen ging om anonieme criminelen, die er alleen op uit waren geweest Roberto's schilderijen te stelen. Terwijl de leugens zich opstapelden, had Romy zich voorgesteld dat haar werkelijke identiteit daarachter verdween. En dat was ongetwijfeld beter dan tegenover Alfonso's familie toegeven dat alles wat ze ooit over zichzelf had verteld, gelogen was geweest.

Maar ze had het verdriet van Maria en Roberto niet kunnen verdragen. Door er van zo dichtbij getuige van te zijn, maakte dat haar eigen verdriet zo mogelijk nog intenser. In plaats van troost te ontlenen aan hun nabijheid, verlangde ze slechts naar de dood.

Ze hadden zoveel geduld met haar gehad; Maria en Roberto, en Alfonso's zussen. Elke dag kwam een van hen naar het ziekenhuis om haar moed in te spreken tijdens haar herstel, klaar om haar op te vangen zodra ze naar huis mocht. Flavia bracht zelfs designerschoenen voor haar mee, maar Romy kon er geen enkel enthousiasme voor opbrengen. Hoe kon ze blij zijn met een paar schoenen – hoe kon ze het zelfs maar verdragen dat ze ooit weer zou lopen – terwijl Alfonso dood was?

Ondanks al hun goede bedoelingen had ze zich verstikt gevoeld door de Scolari's. Terwijl zij zich onvoorwaardelijk loyaal toonden, had Romy het gevoel dat zij hen verried. Het duurde dan ook niet lang of ze bereikte het punt waarop ze hen nog nauwelijks in de ogen durfde kijken.

Er was nog een reden geweest waarom ze was blijven zwijgen. Een reden die ze ook tegenover zichzelf niet had durven toegeven, tot bijna drie maanden na de dood van Alfonso.

Een reden die haar tot een radicaal besluit had gebracht. Een reden waarom ze Alfonso's familie een brief had geschreven, het ziekenhuis had verlaten en uit het leven van de Scolari's was verdwenen. Een reden om ergens anders een nieuwe start te maken. Alleen.

'Mamma?'

Romy keerde het raam de rug toe en liep de kamer uit, door de deur achter de bank.

Alfie zat rechtop in bed, beschenen door de zachte gloed van het nachtlampje. Hij had lange zwarte wimpers, net als zijn vader, en Romy's hart stroomde over van liefde terwijl ze naar haar zoon toe liep.

'Hé, wat is er?' vroeg ze. Ze ging bij hem op bed zitten en streek over zijn voorhoofd.

'Ik kan niet slapen.'

Romy schopte haar pantoffels uit, kroop naast Alfie en trok hem dicht tegen zich aan in zijn smalle bed. 'Is papa bij de engelen?' vroeg hij. Ze verbaasde zich erover – niet voor het eerst – dat hij al zo goed sprak. En over de diepgravende vragen die hij stelde. Sinds hij met anderhalf was begonnen met praten, was hij nooit meer opgehouden. Inmiddels – hij was nu drie – verraste hij Romy voortdurend met zijn besef van de wereld.

'Ja, hij is bij de engelen.'

'Hebben de engelen ook auto's?'

'Natuurlijk. En papa heeft de snelste auto in de hemel. Je hebt zijn bandensporen toch wel gezien?'

Het was hun grapje, dat ze maakten als ze de condensatiestrepen zagen van de vliegtuigen die opstegen van Schiphol. Dan zeiden ze dat het de bandensporen waren van Alfonso, en dat hij voortdurend over de stad reed om te controleren of alles goed met hen was.

Romy had een nieuwe computer gekocht en avondenlang oude krantenartikelen opgezocht en online posters gekocht. De poster die ze eerder die dag aan het voeteneind van Alfies bed hadden opgehangen, was tot op dat moment Romy's beste vondst: een zwart-witposter van Alfonso die een magnum champagne liet spuiten nadat hij de Grand Prix in Japan had gewonnen. Ze keken er samen naar.

'Hoe is hij?' Alfie vroeg het alsof hij verwachtte zijn vader binnenkort te ontmoeten.

'Hij heeft leuk haar. Net als jij.' Romy drukte een kus op zijn hoofd. 'En hij is grappig. Ook net als jij. Toen hij nog hier was en niet in de hemel, kon hij heerlijke pasta koken.'

'Kan ik dat ook?' vroeg Alfie gapend.

'Natuurlijk.' Romy stak haar neus in zijn haar en snoof diep.

Ze deed het nachtlampje uit, hield hem in het donker tegen zich aan en streelde zijn zachte hals om te zorgen dat hij in slaap viel. Precies zoals ze dat elke avond van zijn leven had gedaan. Maar ondertussen hoorde ze een stem in haar hoofd, alsof Alfonso over het graf heen tegen haar praatte.

Mamma... Maria zou hem pasta moeten leren koken. En papa... Roberto... zou hem moeten voorlezen voordat hij gaat slapen.

Beelden van de heerlijke Toscaanse keuken kwamen bij haar op en het was alsof ze de geur van Maria's verrukkelijke pompoenravioli kon ruiken.

Ze wist dat het verkeerd was om Alfie zijn grootouders en zijn tantes te ontzeggen. Het was iets waar ze al heel vaak over had nagedacht. Ze had hun zelfs tientallen keren geschreven, maar de eerste brief – waarin ze hun smeekte haar te vergeven en schreef dat alles goed met haar was, maar dat ze alleen moest zijn om met haar verdriet in het reine te komen – was de enige die ze had verstuurd. Daarin had ze de Scolari's bovendien verzekerd dat ze spoedig zou terugkomen. Dat ze met hen in contact zou blijven.

Het waren allemaal leugens geweest. Ze had verzwegen dat ochtendmisselijkheid en verdriet dag in dag uit in golven over haar heen waren gespoeld, totdat ze zich een soort schipbreukeling had gevoeld. Ze had zo vaak op het punt gestaan om Flavia of Maria te bellen. Toch had ze er telkens weer van afgezien. De Scolari's waren geweldige mensen en Romy had hun alleen maar verdriet en ongeluk gebracht. Dus ze waren beter af zonder haar.

Na de geboorte van Alfie was alles anders geworden. Haar zelf-opgelegde terughoudendheid jegens de Scolari's was omgeslagen in de behoefte zich tegen hen te beschermen.

Want Alfie was van háár, hij was het enige wat ooit alleen van haar was geweest. Ze kon en wilde hem niet delen. Met niemand.

Zijn geboorte had gevoeld als een wonder. Een geschenk van Alfonso, om haar te helpen over haar verdriet heen te komen. Ze werd zo volledig door haar zoon in beslag genomen, zo door hem gefascineerd, dat de uren voorbijvlogen terwijl ze alleen maar keek hoe zijn vuistje zich om haar pink krulde. Al veel te snel was hij gaan zitten en toen had ze hem geholpen met kruipen. De maanden verstreken met duizelingwekkende vaart, als op een kalender in een film, waarvan de bladen versneld werden omgeslagen.

Die tijd lag inmiddels achter haar, maar het leven ging door. Steeds sneller. Het zou niet lang meer duren voordat Alfie haar standaarduitleg dat zijn opa en oma heel ver weg woonden, niet meer accepteerde. En dan? Wat moest ze hem dan vertellen? Wat moest ze als Alfie besloot dat hij Maria en Roberto wilde leren kennen? Durfde ze wel het risico te nemen hem aan zijn grootouders te laten zien? Hier in Amsterdam, waar niemand hen kende, voelde ze zich veilig.

En hoe zit het met mijn eigen ouders, dacht ze, terwijl ze op haar rug ging liggen, met Alfie nog altijd in haar armen. Zijn ademhaling werd trager, dieper, en hij viel in slaap. *Mijn ouders.* Wie ze ook waren, echte ouders waren ze nooit geweest. Ze was zich bewust van een misselijk gevoel diep vanbinnen, dezelfde misselijkheid die ze in het weeshuis had gevoeld, elke nacht weer, wanneer ze zichzelf had gedwongen de zinloze, vergiftigende hoop op te geven dat haar ouders haar uiteindelijk zouden komen halen.

Had haar moeder ooit hetzelfde voor haar gevoeld als wat zij voor Alfie voelde? Ze moest toch íéts hebben gevoeld toen ze haar dochtertje voor het eerst in haar armen hield? Maar misschien had ze het niet zo intens beleefd als Romy, die op slag verliefd was geworden op haar zoon, op een manier die ze nooit voor mogelijk had gehouden. Hoe had haar moeder haar kindje zomaar kunnen afstaan? Welke gruwelijke omstandigheden hadden haar ertoe gebracht Romy naar een weeshuis te brengen? Had ze er ooit spijt van gehad dat ze haar als baby'tje niet had geknuffeld, zoals Romy haar kleine Alfie knuffelde?

Ze móét spijt hebben gehad! Hoe is het mogelijk dat ze me zo in de steek heeft gelaten?

Was er nog ergens op de wereld iemand die aan haar dacht? Had ze nog ergens familie, die haar al die jaren was blijven missen?

Romy was nog altijd van streek toen ze de volgende morgen aangekleed wakker werd, stijf en ongemakkelijk in Alfies smalle bed.

Ze aten een kom cornflakes in de keuken en toen Romy zei dat het weekend was, begon Alfie plannen te maken om naar de dierentuin te gaan en om een tochtje met een boot te maken. Romy moest lachen, verbaasd over het gemak waarmee hij hun dag vulde.

Ze daalden moeizaam de krankzinnig steile trap af, met Alfies nieuwe step, die Romy hem in maart voor zijn verjaardag had gegeven.

Lars, hun benedenbuurman, stond in de deur van zijn appartement. Hij stak zijn hand op en groette, toen draaide hij zich om. 'Hé, waar blijf je nou? Schiet eens op!' riep hij naar binnen.

Romy schatte hem net zo oud als zij. Een lange, magere man met een vriendelijke, scheve glimlach en een – althans, dat vond Romy – verschrikkelijke smaak als het om truien ging. Maar ondanks zijn bril met dikke glazen en zijn weerbarstige bos haar zou ze hem zelfs knap willen noemen.

Sinds haar aankomst in Amsterdam had Romy een onopvallend bestaan geleid en welbewust geen vrienden gemaakt. Ze had haar haar laten knippen en verven en haar naam veranderd in Susan, aanvankelijk doodsbang dat de media haar op het spoor zouden komen, en later om samen met Alfie in volstrekte anonimiteit te kunnen leven. Ze ging nooit de deur uit zonder een grote zonnebril op haar neus.

Van Lars had ze echter niets te duchten, dacht ze. Hij was volstrekt niet opdringerig. De paar keer dat ze hem had gesproken, hadden ze het gehad over de voor- en nadelen van bepaalde plaatselijke voorzieningen en over het gebrek aan muzikaal talent bij hun Oostenrijkse buurman, die tot 's avonds laat op zijn bongo's speelde en zong 'als een varken dat werd geslacht', zoals Lars het noemde, wanneer hij te veel had gedronken. Want ook dat was Lars: hij maakte Romy aan het lachen.

Niet dat ze hem zo goed kende. Hoe dan ook, ze was verrast toen er een klein meisje – niet veel ouder dan Alfie – naar buiten kwam stormen. Ze viel Lars om de hals en begon uitbundig te giechelen toen hij haar ondersteboven keerde en de lucht in gooide.

'Dit is Gretchen,' zei hij in het Engels tegen Romy en Alfie, terwijl hij het giechelende kleintje weer neerzette. Trots legde hij een hand op haar hoofd. 'Het is mijn weekend.'

Was hij gescheiden? Op slag was Romy's nieuwsgierigheid gewekt. Hoe was zijn ex en waarom waren ze niet meer samen? Ze kon zich een leven waarin ze Alfie alleen in het weekend bij zich had, niet voorstellen.

'We gaan naar het park,' zei Alfie, en Romy streek hem door zijn haren, verbaasd door zijn zelfverzekerdheid tegenover mensen die hij nauwelijks kende.

'Gaan wij ook, pappie?' vroeg Gretchen. Wat een lief klein meisje, dacht Romy. Ze had grote, grijze ogen – dezelfde ogen als haar vader – en ze was een plaatje om te zien in haar spijkerbroekje, met een jasje van groen ribfluweel en staartjes in haar blonde haren.

'Ik moet naar kantoor, dat had ik toch gezegd? En jij gaat mee. Het duurt niet lang, maar...'

'Ze mag wel met ons mee,' zei Alfie.

Romy keek van hem naar Lars. 'Maar, Alfie,' zei ze toen gegeneerd. 'Ik eh...'

'Alsjeblieft? Mag het?' bedelde Gretchen.

Alfie keerde zich naar Romy. 'Mag het, mama?'

Romy wilde al protesteren, maar Alfie was sprekend zijn vader, met hetzelfde vertrouwen en dezelfde rotsvaste overtuiging dat alles goed zou uitpakken. Ze hoorde de stelligheid in zijn stem. Hij bleef haar aankijken, in afwachting van haar antwoord. En ze wist dat hij, net als zijn vader, niet zou rusten tot hij zijn zin kreeg.

'Nou eh... ik vind het... eh... ik vind het geen probleem,' zei Romy tegen Lars. 'We zijn maar een paar uurtjes weg. Daarna breng ik Gretchen weer thuis.'

Lars toonde zich aandoenlijk uit zijn evenwicht gebracht, maar toen Gretchen smekend haar handjes tegen elkaar legde, zwichtte hij. 'Oké. Dan zal ik haar step pakken. Tenminste, als het echt geen probleem is.' Alfie en Gretchen keken elkaar grijnzend aan.

Het was een volmaakte lentedag. In de opening van de buitendeur glinsterde een spinnenweb, zag Romy, toen ze door haar knieën zakte om zich ervan te overtuigen dat Alfies helm goed vastzat. Hij spartelde tegen in zijn gretigheid om een stoere indruk te maken op Gretchen. Voordat ze hem zijn step gaf, waarschuwde Romy dat hij niet te snel mocht gaan. Maar die waarschuwing was aan dovemansoren gericht. Hij vertrok met een royale, zwierige boog over de stoep, terwijl hij riep dat Gretchen achter hem aan moest komen. Blaadjes kersenbloesem dwarrelden naar het plaveisel, een boot die langsvoer op de gracht liet zijn scheepstoeter horen toen hij onder een brug verdween.

'Ik werk aan de Herengracht. Hier heb je mijn nummer, mochten er problemen zijn.' Lars krabbelde het op de achterkant van een taxibonnetje.

Romy zei niet dat ze geen mobiele telefoon had. Het maakte haar nerveus dat hij als vanzelfsprekend aannam dat ze die wel had, net als een netwerk van vrienden en familie. Maar het was te laat om op haar aanbod terug te komen.

'Trouwens, ik moet ergens een kaartje hebben.' Hij klopte op de zakken van zijn regenjack en viste een visitekaartje uit zijn portefeuille.

'*European Network and Information Security Agency*,' las Romy. 'Toe maar! Dat klinkt belangrijk.'

'We bestrijden cybercrime.' Lars deed een vermakelijke imitatie van Superman. 'Ik ben een *white hat hacker*,' legde hij uit. 'En dat is een stuk saaier dan het klinkt. We doen de beveiliging van de informatienetwerken en digitale systemen van banken en bestuursorganen. Maar er is een kleine crisis en mijn baas is op vakantie. Hoe dan ook, ik blijf niet lang weg.'

Hij schonk Romy een geruststellende glimlach, toen bukte hij zich om Gretchen een kus te geven en zacht iets tegen haar te zeggen in het Nederlands. Romy zag dat ze met hun knokkels tegen elkaar tikten, in een soort geheime overeenkomst. Voor een deeltijdvader deed hij het bepaald niet slecht. Gretchen sloot haar ogen terwijl ze hem omhelsde en haar hoofdje tegen zijn borst drukte. Zou Alfie net zo aanhankelijk jegens Alfonso zijn geweest? Romy voelde een pijnlijke steek van verdriet. Vast wel, dacht ze. Vast en zeker.

'Nogmaals bedankt, Susan.'

'Graag gedaan.'

Romy wuifde naar Lars toen hij wegfietste en tot grote verrukking van de kinderen nogmaals zijn Supermanvuist in de lucht stak. Toen vertrokken ze in tegenovergestelde richting, naar het park. Romy trok haar sjofele vest dicht om zich heen.

Ze keek naar Gretchen en Alfie die op hun step rond lantaarnpalen slalomden, verbaasd dat ze zojuist had aangeboden op andermans kind te passen. Het deed haar goed dat Lars haar blijkbaar genoeg vertrouwde om haar de zorg voor zijn dochter te geven. Dus misschien was ze nog niet zo wereldvreemd en teruggetrokken als ze had gevreesd.

Maar zou hij het ook hebben gedaan als hij had geweten wie ze was? Als ze er nog zo uit had gezien als vroeger? Of zou hij dan geïntimideerd zijn geweest? Zou hij dan misschien zelfs een van de roddelbladen hebben getipt, waardoor haar leven opnieuw in een nachtmerrie zou zijn veranderd?

In het park stonden de kastanjebomen in bloei en dankzij het zachte lenteweer zongen de vogels. Romy ging op een bankje zitten om te kijken terwijl Alfie en Gretchen de treden beklommen naar de glijbaan bij de skateboardbaan. De aanblik van de twee kleintjes deed haar beseffen dat ze Alfie meer in contact moest brengen met andere kinderen.

Ze had de prospectus van de Internationale School al in huis, maar ze had nog niet de moed kunnen vinden om hem in te schrijven. Niet alleen omdat ze ertegen opzag van hem gescheiden te worden, maar ook omdat ze gewend was geraakt aan een leven waarin haar geen vragen werden gesteld. Wanneer ze hem inschreef, zou ze weer vragen moeten beantwoorden. Een heleboel vragen. Niet alleen van de school, maar ook van de andere moeders.

Wat nog erger was: dat gold ook voor Alfie. Doordat ze zo weinig contact hadden met anderen, had ze nog niet hoeven zeggen dat hij over sommige dingen niet mocht praten. Zoals wie zijn vader was. En zijn moeder.

'Kijk!' riep Alfie.

Hij wuifde naar haar vanaf de glijbaan.

'Ik kijk!' riep ze terug toen hij ervanaf gleed.

Eenmaal beneden krabbelde hij grijnzend weer overeind. 'Heb je me gezien? Heb je me gezien?'

'Ja!' Ze klapte in haar handen. 'Je deed het geweldig.' Soms was hij zo hartverscheurend aandoenlijk dat ze wenste dat hij altijd zo zou blijven. Dat hij nooit groter zou worden. Dat ze deze kostbare momenten voorgoed kon vasthouden.

Bella Giordano wilde naar huis. Ze had de hele nacht doorgezakt en ze had nog één stom klusje dat ze moest doen voordat ze uit Amsterdam weg kon. Ze moest wat opnamen maken van kinderen in een park. Na drie jaar bij de Italiaanse MTV wees nog niets op haar grote doorbraak. Waarom mocht zij nooit een interview doen? Waarom moest ze altijd voor de beelden zorgen die als vulling werden gebruikt, terwijl Risso, die zichzelf regisseur noemde, op zaterdag kon uitslapen?

Het ergste was dat haar shots van de skateboarders er waarschijnlijk toch uit werden geknipt. Dus het was totale tijdverspilling wat ze hier deed. Ze had naar haar ouders moeten luisteren en bij de krant moeten blijven. Maar een baan bij MTV had haar zo cool geleken. Ze had de verleiding niet kunnen weerstaan. Had ze toen maar geweten wat ze nu wist. De onmogelijke uren. De verschrikkelijk slechte betaling.

Ze keek naar de skateboarders die heen en weer schoten over de houten helling. Haar hoofd deed pijn van het lawaai.

'Oké!' Ze dwong zichzelf te lachen. 'Ga door. Het ziet er goed uit.' Ze keerde zich naar Kas, haar cameraman. 'Heb je het allemaal?' vroeg ze, in haar koffie blazend.

'Ja. Kijk! We hebben publiek.'

Twee kleine kinderen waren nieuwsgierig blijven staan met hun step.

Wow, wat een schattig kind! Bella keek naar het kleine jongetje met zijn donkere haar en grote bruine ogen. Hij zou er geweldig uitzien op tv. Misschien kon ze een paar shots van hem maken, samen met het meisje, op hun stepjes. Bij wijze van contrast met de oudere kinderen. Een soort toekomstige skatergeneratie. Een paar shots om het item iets meer vulling te geven.

'Willen jullie op televisie, op MTV?' vroeg Bella, eerst in het Nederlands, toen in het Engels. Ze keek de kinderen lachend aan. Haar stem klonk hees van het vele roken, de vorige avond.

Het kleine meisje knikte gretig, haar ogen schitterden van opwinding.

'Is jullie mama er ook? Of jullie papa?'

'Mijn papa is dood,' vertelde het jongetje.

'Ach, wat verdrietig.' Bella trok een ernstig gezicht, maar het jongetje bleef lachen.

'Dat geeft niet. Hij is in de hemel, bij de engelen. En hij is heel beroemd, weet je dat?'

'O ja?' Bella speelde het spelletje mee, opgelucht dat de dood geen onderwerp meer was.

De kleine jongen duwde trots zijn borst vooruit. 'Mijn papa is Alfonso Scolari. De coureur.'

Bella staarde hem verbijsterd aan. Ze kon haar oren niet geloven. En ze was niet de enige. Kas liet zijn camera zakken, keek het kind aan en trok toen zijn wenkbrauwen op naar Bella.

Die keerde zich weer naar het jongetje.

'Hoe heet je mama?' vroeg ze, terwijl ze haar blik door het park liet gaan. 'En waar is ze?'

'Mijn mama heet Romy,' vertelde het jongetje. 'Maar soms zegt ze dat ze Susan heet.'

Bella voelde de adrenaline door haar lichaam razen. Ze herinnerde zich de bruiloft van Romy Valentine en Alfonso Scolari nog maar al te goed. En de geweldige foto's van hun huwelijksreis. Wie zou die ooit kunnen vergeten? Een droompaar, dat waren ze. Net als iedereen was Bella – ze studeerde op dat moment nog – diepgeschokt geweest toen de knappe Alfonso nog geen maand later was omgekomen bij een overval in zijn eigen huis.

'Weet je wat, dan gaan we samen naar haar toe. Jij en ik en je vriendin.' Bella haalde haar telefoon tevoorschijn en drukte op de snelkiestoets met Rosso's nummer. Hoezo, uitslapen? Wakker worden!

'Zal ik in elk geval maar beginnen met filmen?' vroeg Kas op gedempte toon.

'Wat denk je zelf? Natuurlijk!'

27

Juni 2005

Als Thea zich de tijd had gegund om vanuit haar kantoor helemaal boven in Maddox Tower naar buiten te kijken, had ze in de
verte een glimp van Central Park gezien. De middag liep ten
einde en de lucht boven Manhattan trilde van de hitte.

Zoals altijd had ze het te druk om naar buiten te kijken. Dankzij
de airconditioning had ze geen weet van de hitte. Zelfs al had het
gesneeuwd, zou dat voor haar geen enkel verschil hebben gemaakt. Ze keerde zich in haar draaistoel van de nieuwste voorstellen tot belastingvermindering naar de beursberichten die ze
live op diverse schermen kon volgen.

De waarde van de aandelen Maddox Inc. bleef constant op de
Dow Jones Index, maar de aandelen Maddox Media, de internet-
poot, stonden op de NASDAQ al drie punten hoger dan de vorige
dag en dertig procent hoger dan bij de uitgifte. Een duidelijk bewijs dat de lancering van de hippe sociale-netwerkdienst een on-
betwist succes was.

Dat betekende dat Brett alleen maar machtiger werd, dacht Thea
grimmig. De directie had hem bewierookt tijdens de plenaire bij-
eenkomst vorige maand, waarop hij de cijfers had gepresenteerd.

Brett was hot! Dat stond buiten kijf, zeker na zijn recente huwelijk met Bethany Saunders, dat met veel pracht en praal op Crofters was gevierd. Thea was niet van plan geweest erheen te gaan,
maar haar vader had haar op het laatste moment achter haar bureau vandaan gehaald en haar meegenomen in het bedrijfsvliegtuig. Tot haar grote afschuw waren Peter Shardlake en Dennis
Wisely, twee directieleden van Maddox Inc. en vertrouwelingen

van haar vader, gevraagd om als ceremoniemeester op te treden. Daardoor werd het huwelijk vooral ook de bevestiging van Bretts prominente en onwankelbare positie binnen het bedrijf.

Storm had kosten noch moeite gespaard voor de plechtigheid op het strand en Bethany had al haar beroemde collega's uit Hollywood uitgenodigd. Terwijl de televisiehelikopters boven hun hoofd cirkelden – met als gevolg opstuivend zand en een onrustige zee – had de geestelijke zijn zegen moeten schreeuwen. Thea, die op de voorste rij zat, had zich verbaasd over de uitzonderlijke, met pailletten versierde kaftan waarin Storm zich had gehuld. Het gewaad had een diep rugdecolleté en was hooggesloten aan de voorkant, wat deed vermoeden dat ze weer eens bij de cosmetisch chirurg was geweest en er verse littekens gecamoufleerd moesten worden. Tijdens het poseren voor de foto's kon Storm haar lippen nauwelijks op elkaar krijgen, de huid van haar wangen stond zo strak dat ze voortdurend verkrampt grijnsde. Ze had er alles aan gedaan om de bruid te overschaduwen, maar Bethany bleek uit taaier hout gesneden dan Storm had verwacht.

De hele bruiloft was in al zijn arrogantie, al zijn zelfverheerlijking, al zijn schijn van liefde en vriendschap een dermate misselijkmakende vertoning dat Thea ernstig in de verleiding had verkeerd de zeepbel door te prikken. Het liefst had ze de perfecte Bethany apart genomen om haar te vertellen dat ze met een monster was getrouwd. Maar ook zij was zo ijdel, zo volledig vervuld van zichzelf, dat het haar waarschijnlijk niet eens had kunnen schelen.

Thea had het hele gebeuren koel vanaf de zijlijn gadegeslagen, in een poging buiten de schijnwerpers te blijven. Ze had net op het punt gestaan om weg te glippen naar het jacht van Justin Ennestein, waar ze zou verblijven en waar ze wist dat ze veilig zou zijn voor Brett, toen hij haar had weten te onderscheppen. Hij was lichtelijk aangeschoten en zag eruit als de kat die van de room had gesnoept.

'Zou je me niet eens feliciteren, Thea?'

'Nee,' had ze bot geantwoord, zonder ook maar enige moeite te doen haar haat en afkeer te verbergen.

'Wat jammer toch dat je zo'n truttige ouwe vrijster bent geworden,' had hij gezegd, terwijl hij genoot van het effect van zijn woorden. 'Pap heeft altijd gewild dat Maddox Inc. een familiebedrijf zou zijn. Familie! Je weet wel, partners... kinderen... Maar...' Hij zweeg abrupt, alsof er ineens een gedachte bij hem opkwam. 'Misschien ben je wel lesbisch!'

Thea was razend geworden en zijn woorden staken haar nog steeds. Reden te meer om keihard te werken aan de voorbereidingen van het kwartaaloverzicht, waarbij ze de volgende dag haar eigen presentatie zou geven. Brett werd veel te machtig.

Het enige probleem was dat Brett het uitstekend deed, terwijl de resultaten binnen haar segment van het bedrijf veel minder spectaculair waren. Haar vader had haar tot taak gegeven te zorgen dat Maddox Inc. zich door overnames en een slim aankoopbeleid uit de recessie werkte. In dat verband had hij Thea opgedragen niet bij de pakken neer te zitten, maar hun belangen uit te breiden. Ondanks haar successen in Duitsland – daar had ze de advertentie-inkomsten met twintig procent doen stijgen door twee regionale krantenconcerns en een populair kabeltelevisiekanaal over te nemen – haperden haar pogingen om in andere Europese landen voet aan de grond te krijgen, en in sommige gevallen waren ze zelfs volledig vastgelopen.

Scolari bleek bijvoorbeeld niet over te nemen. Elk overnamevoorstel dat Thea had gedaan, was keihard afgewezen. Zelfs na de vermorzelende klap die de dood van zijn zoon, Alfonso, voor hem betekende, had de oude Scolari zijn poot stijf gehouden. Scolari was niet geïnteresseerd in een overname en zou dat ook nooit zijn. Die boodschap was luid en duidelijk.

Als Thea had opgekeken naar de televisie aan de muur van haar kantoor, zou ze hebben gezien dat Reuters in een extra nieuwsbulletin bekendmaakte dat Romy, Roberto Scolari's schoondochter die sinds de dood van haar echtgenoot uit de openbaarheid was verdwenen, in volstrekte anonimiteit in Nederland bleek te wonen. In Amsterdam.

In plaats daarvan werd Thea's aandacht getrokken door een binnengekomen e-mail. Toen ze de naam van de afzender zag, klikte ze hem meteen aan.

Zodra ze begon te lezen, verscheen er een glimlach om haar mond.

De mail was afkomstig van Michael, de laatste in een reeks van mails die ze had ontvangen sinds ze hem in Duitsland had opgezocht. Hij was nog niet uit Landstuhl ontslagen, maar hij had goede hoop dat het niet lang meer zou duren. Hij had minder vaak last van nachtmerries, had hij haar in hun korte correspondentie toevertrouwd, en hij wist zijn woedeaanvallen beter onder controle te houden. Heel langzaam begon hij zich weer 'de oude Michael' te voelen.

Natuurlijk had ze alles willen doen wat maar mogelijk was om zijn herstel te bespoedigen, ongeacht de kosten. Michael had haar hulp echter resoluut afgewezen. De dokters in Landstuhl waren de beste ter wereld, had hij gezegd. Wat hij vooral nodig had, was tijd.

Dus had ze besloten geduld te oefenen. Net als hij. Maar ondanks dat betrapte ze zich erop dat ze steeds vaker aan hem dacht, en dan zag ze hem niet in Landstuhl, zoals tijdens haar bezoek, maar hier, in de Verenigde Staten. Gelukkiger, gezonder, misschien wel ergens in de buurt van Little Elms, terwijl ze samen over een verlaten landweggetje liepen.

Ze zuchtte toen ze besefte dat ze dat ook nu weer deed. Er kwam een blos op haar wangen, want ze schaamde zich een beetje voor haar kinderlijke, romantische fantasieën. Het vluchtige visioen van hen samen was zo levensecht geweest, dat ze de geur van appelbloesem bijna kon ruiken. Zouden ze weer vrienden worden? Ze hoopte het. In elk geval zou ze doen wat ze kon om daarvoor te zorgen.

De e-mail van vandaag was maar kort. Eén regel, meer niet.

'Dat had je niet hoeven doen, maar dank je wel.'

Ze glimlachte onwillekeurig toen ze de e-mail nogmaals las. Dus hij had gehoord dat ze contact had gezocht met het Brightside Home. Ze had niet alleen toegezegd de kosten van de verzorging van zijn moeder voortaan voor haar rekening te nemen, maar bovendien had ze geregeld dat Mrs. Pryor gebruik ging maken van de beste faciliteiten die het huis te bieden had.

Hij had het gehoord en hij had het niet teruggedraaid. Hij had haar inspanningen voor zijn moeder niet afgewezen.

'Thea.' Sarah, haar persoonlijke assistente, verscheen in de deuropening. Ze fronste afkeurend. 'Je hebt geen enkele pauze genomen. De hele dag niet.'

'Ach, er is ook zoveel te doen voor de vergadering van morgen.' Thea voelde een lichte opwinding terwijl ze Michaels e-mail naar haar laptop thuis stuurde en het origineel wiste.

Ze had geleerd om geen sporen van privézaken op haar werk achter te laten. In geen enkel opzicht. Ze verwijderde alles wat Brett tegen haar zou kunnen gebruiken. Het was regelmatig gebeurd – zo vaak dat ze het niet had kunnen negeren – dat hij een accurate voorspelling deed, waarbij Thea ten sterkste betwijfelde of hij toevallig goed had gegokt.

Sarah had haar donkere haar gekruld en in haar strakke, rode jurk kwamen haar gebruinde benen en haar atletische figuur volledig tot hun recht. Ze had die avond een date, herinnerde Thea zich. Sarah had zelfs voorgesteld er een dubbele date van te maken, maar Thea had het aanbod afgewezen.

'Je moet je verkleden.' Sarah tikte op haar horloge, een Tag Heuer die Thea haar vorig jaar met Kerstmis had gegeven, in plaats van de gebruikelijke bonus. In een ostentatief gebaar om kosten te besparen had Brett die namelijk afgeschaft. Tegelijkertijd had hij de bonus voor iedereen die op hetzelfde niveau werkte als hij, verdubbeld.

'Verkleden?'

'Voor het afscheid van Justin.' Sarah herinnerde haar nadrukkelijk aan het excuus dat Thea had gebruikt voor waarom ze niet meekon op een dubbele date. 'Het begint al over een halfuur. Je was het toch niet vergeten, hè?'

'Shit,' mopperde Thea.

Want ze was het inderdaad vergeten. Op de lijst van genodigden om het hoofd van de juridische en fiscale afdeling uit te wuiven, stond een groot aantal vooraanstaande New Yorkers. De dresscode luidde 'Avondkleding'.

Ze keek naar de stapel papieren waarvan ze pas de helft had

doorgewerkt. Het bovenste vel was bezaaid met rode aantekeningen, bij punten waarover ze vragen had. De voorstellen tot belastingvermindering kwamen uit de koker van Brett, hetgeen betekende dat Thea ze woord voor woord zou controleren.

'Dan moet ik het later maar afmaken.' Misschien na afloop van het feestje, dacht ze.

Nu moest ze zich gaan verkleden. Ze had nog net tijd om naar huis te gaan en haar mantelpak te verruilen voor haar favoriete zwarte jurk.

Tien verdiepingen hoger stond Brett Maddox voor de spiegel in de badkamer van zijn appartement in Maddox Tower. Tevreden over wat hij zag, pakte hij de aftershave van Hermes en sprenkelde hem royaal op zijn kaken.

'Wat vind jij?' Bethany verscheen in de deuropening, met in de ene hand een lang, wijdvallend, roze gewaad en in de andere een zwart cocktailjurkje met pailletjes.

'Geen van beide. Ik wil dat je die groene aantrekt, die ik voor je heb gekocht.' Brett bekeek haar glimlachend. In haar zwart kanten ondergoed zag ze er verrukkelijk hoerig uit. Hij voelde dat hij een stijve kreeg, en het liefst zou hij haar op het bed gooien en haar ruw nemen. Dat vond ze lekker, zei ze. Daarom was hij ook met haar getrouwd. Omdat ze zich in de slaapkamer gedroeg als een hoer.

Het maakte zijn geheime leven met de prostituees die hij bezocht alleen maar bevredigender, had hij tot zijn verrukking ontdekt. En zijn verlangen naar perversiteiten nog groter. Niet voor het eerst vroeg hij zich af of Bethany in zou zijn voor een triootje. Waarschijnlijk niet. Ze had al snikkend opgebiecht dat ze op haar zeventiende met een producer van zestig naar bed was geweest om haar eerste rol te krijgen. Een carrièremove die Brett alleen maar kon goedkeuren. Zijn vrouw was bepaald niet onnozel.

Vandaar ook dat ze knikte. Ze wist dat ze die avond de volmaakte echtgenote van de succesvolle zakenman zou moeten spelen.

'Je bent al helemaal...' Ze legde giechelend haar hand op haar heup. '... klaar.'

344

'Maak je geen zorgen. Je hebt nog even.' Hij trok met een knip-oog zijn vlinderdasje recht. 'Ik heb over vijf minuten een afspraak met Peter, Max en Dennis.'

'O?' Bethany was op slag geïntrigeerd.

Ze mocht dan sluw zijn, Brett piekerde er niet over de details van zijn strategie met zijn vrouw te bespreken, dus hij keek haar slechts lachend aan in de spiegel.

Toen hij zijn drie collega's even later in de bibliotheek van zijn appartement ontving en de karaf pakte om hun een stevige whis-ky in te schenken, was hij lichtelijk nerveus. Hij had geen idee hoe loyaal ze waren aan Griffin Maddox, en hij wilde dat ze loyaal zouden zijn aan hém.

'Ik wil iets met jullie bespreken wat nogal... gevoelig ligt,' zei hij na de gebruikelijke vrijblijvendheden en nadat Max een schun-nige mop had verteld over *Brokeback Mountain*, de laatste film met Heath Ledger. 'Of eigenlijk gaat het om twee dingen. En ze liggen allebei even gevoelig.'

Dennis – chic blauw pak, modieus kapsel – liet zich achterover-zakken in zijn stoel en was een en al oor. Peter bleef rechtop zit-ten. Hij was een van de betrouwbaarste financiële deskundigen bij Maddox Inc., een grijze, nogal stijve verschijning met een metalen bril waardoor zijn ronde boekhoudersogen nog kleiner leken dan ze al waren. Max, de marketinggoeroe, was niet in pak, maar in een kasjmier trui met een gemakkelijke broek. Hij had er geen geheim van gemaakt dat hij Bethany erg aantrekkelijk vond, dus Brett wantrouwde hem en hield hem in de gaten.

'Om te beginnen – en dit is strikt vertrouwelijk – moet ik jullie helaas vertellen dat de gezondheid van mijn vader te wensen over-laat. Mam maakt zich grote zorgen. Ik wist dat niet, maar hij heeft diverse CT-scans laten maken van zijn hart.'

Dennis schoot overeind en keek ongerust van de een naar de ander. 'Daar heeft hij niets over gezegd.'

'Ik heb vorige week nog drie keer met hem gegolfd,' zei Max. 'En ik heb niks aan hem gemerkt.'

Brett rolde met zijn ogen. 'Nee, maar dat gaat hij natuurlijk ook niet tegen jullie zeggen. Ík hoor het niet eens te weten, maar ik vond dat ik het jullie moest vertellen. Zodat we voorbereid zijn.'

'Daar heb je goed aan gedaan, Brett. Volgens mij heeft Justin gezorgd dat alles geregeld is,' zei Peter. 'Mocht het zover komen... Nou ja, je weet wel...' Hij maakte zijn zin niet af.

Brett knikte en glimlachte medelevend, alsof ze allemaal hetzelfde dachten.

Die sukkel van een Justin Ennestein, dacht Brett. Hij had het vertrouwen van Griffin Maddox, maar Brett had ervoor gezorgd dat Justins opvolger wist aan wie hij loyaliteit verschuldigd was. Daarvoor had hij Storm ook ingeschakeld.

'Hoe dan ook, het heeft me aan het denken gezet over de toekomst. We mogen niets als vanzelfsprekend beschouwen. Dat is het enige wat ik wil zeggen.'

Dennis nam een slok whisky.

'En het tweede punt...' Brett zuchtte alsof hij moeite had met wat hij ging zeggen. 'Ik heb voorinzage gehad in Thea's cijfers. Niet omdat ik in haar spullen heb gekeken of zoiets... Ik besef dat ze morgen haar presentatie geeft. Maar...' Weer een diepe zucht. 'Ik vind het afschuwelijk dat ik het moet zeggen, maar ik heb sterk het gevoel dat ze te weinig bijdraagt. Zeker gezien de huidige situatie.'

'Wat wil je daarmee zeggen?'

'Daar wil ik mee zeggen dat als we het bedrijf willen stroomlijnen, we daarbij ook onze topmensen niet kunnen ontzien.'

Nu was het Max die rechtop ging zitten. 'Wil je van je zus af?'

'Nee, natuurlijk niet.' Brett begon te lachen, alsof het een belachelijke suggestie was. 'Dat zou pap ook niet willen. Maar ik maak me zorgen dat ze op bepaalde punten tekortschiet.'

Hij tikte zijn gestrekte vingers tegen elkaar alsof hij lang en diep over het onderwerp had nagedacht. 'Thea's hele leven draait om Maddox Inc. Ik eh...' Hij zuchtte, alsof hij geëmotioneerd was. 'Nou ja, op onze bruiloft had ik gewoon medelijden met haar. Ze heeft nauwelijks tijd voor een eigen leven.'

Tot zijn tevredenheid knikten de vertrouwelingen van zijn vader begrijpend.

'Maar ik maak me nog meer zorgen over het feit dat ze simpelweg niet tegen haar taak is opgewassen. Neem nou Scolari. Ik zeg niet dat we overhaast te werk moeten gaan, maar stel nu eens – en dat bedoel ik strikt hypothetisch – dat ik Scolari aan boord zou weten te krijgen...'

'Dat is onmogelijk. Thea heeft volstrekt duidelijk gemaakt hoe de situatie ligt,' mengde Peter zich in het gesprek.

'Maar als het voor mij nu eens niet onmogelijk zou blijken te zijn,' vervolgde Brett, 'dan hoop ik dat ik bij enig herstructureren aan de top op jullie steun kan rekenen. Als – met de nadruk op áls – mijn vader iets overkomt, dan weet ik dat hij alles eerlijk wil verdelen tussen Thea en mij. Maar dat is geredeneerd vanuit zijn gevóél, vanuit zijn rol als vader.'

Hij zweeg en keek de drie mannen aan.

'Het gaat mij om het belang van Thea, én van het bedrijf. Ik hoop dat jullie dat van me willen aannemen.'

'Natuurlijk,' zei Dennis, alsof Bretts voorstel volkomen redelijk was.

'Ik vind dat Thea haar werk geweldig doet,' zei Peter. 'Dus ik begrijp niet zo goed waar je heen wilt.'

'Nergens heen. Ik denk gewoon hardop. En ik ben geïnteresseerd in jullie mening.' Brett vulde glimlachend zijn glas nog eens bij. 'Mijn zus is... ongelooflijk. Buitengewoon gedreven. Ik probeer alleen eerlijk te zijn en te zorgen dat alle belangen zo goed mogelijk worden gediend.'

Het feest in Maddox Tower was al in volle gang tegen de tijd dat Thea arriveerde. Griffin Maddox was in een opperbeste stemming en begroette haar hartelijk.

'De sfeer is geweldig.' Hij keek met een tevreden glimlach om zich heen.

De mezzanine waarop ze zich bevonden, stond in contact met een terras en een daktuin. Het Chrysler Building was die avond groen verlicht, de zon zonk weg achter de skyline van Manhattan, en dat alles zorgde voor een perfecte achtergrond. Toch was Thea zich bewust van een zekere mate van krampachtigheid. Ze had het gevoel dat iedereen welbewust niet in de richting keek waar de Twin Towers hadden gestaan; uitdagend, ogenschijnlijk gebouwd voor de eeuwigheid. Het leek alsof er een soort stilzwijgende afspraak was gemaakt dat het leven doorging, dat ongeacht wat er was gebeurd, de champagne nog rijker zou vloeien, dat er nog harder zou worden gelachen. Een welbewust opgestoken middelvinger naar wie mocht denken dat New Yorkers op de knieën konden worden gedwongen.

Thea dacht aan Michael en zijn verwondingen. En aan de brieven die Mrs. Pryor haar had geschreven en die ze nooit had ontvangen. Geheimen. Allemaal geheimen.

'Wil jij even voor me gaan kijken waar Storm blijft?' vroeg Griffin Maddox op gedempte toon. 'Het is bijna zover. Dan snijdt Justin de taart aan.'

Maar Storm was nergens te vinden. Thea zocht overal: in haar slaapkamer, in de logeerkamers. Waarschijnlijk stond ze ergens tegen iemand van het personeel te schreeuwen, of haar make-up bij te werken. Maar ze was niet in een van de badkamers, noch bij de cateraars. Er bleef nog maar één mogelijkheid over.

Thea dwong zichzelf naar de privékeuken te gaan. De plek waar Brett haar jaren eerder had aangerand. De deur klemde, dus ze duwde hem open met haar schouder.

En daar was Storm. Ze zat schrijlings op een man. Thea kon zijn gezicht niet zien, maar zijn broek was naar beneden geschoven tot op zijn rode sokken. Storm gooide haar hoofd achterover en hijgde terwijl ze hem bereed.

Thea verstijfde.

'Nee... O, nee!' Geschokt hield ze haar adem in en ze deinsde achteruit.

Met bonzend hart gooide ze de deur dicht, en zocht steun tegen de muur. Hoe kón ze? Uitgerekend nu? Uitgerekend hier? Hoe kon Storm haar vader dit aandoen?

Toen kwam Storm de keuken uit, nog druk bezig haar jurk glad te strijken over haar rondingen.

'Hoe durf je!' Thea kwam naar haar toe. Haar stem beefde. 'Hoe durf je hem dat aan te doen? In zijn eigen huis?'

Storm kromp ineen. Toen begonnen haar groene ogen dreigend te glinsteren.

'Waag het niet me te veroordelen!' snauwde ze. 'Mijn huwelijk gaat je niets aan. En dat jij nou frigide bent... Jij kunt je niet voorstellen dat je als vrouw ook weleens wat wilt.'

Thea keek haar verbijsterd aan. 'Maar mijn vader houdt van je!'

Storm gooide haar hoofd achterover. 'Nou en? Ik ben een hartstochtelijke vrouw. Ik heb behoefte aan een man. Maar die behoefte heeft je vader nooit kunnen bevredigen.'

Thea schudde haar hoofd, vervuld van afschuw door Storms onverschilligheid en totale gebrek aan berouw. Ze was op heterdaad betrapt, met een man van wie Thea niet wist wie hij was en dat wilde ze ook helemaal niet weten. Ineens besefte ze dat Storm haar vader waarschijnlijk nooit trouw was geweest. Dat het haar vanaf het begin alleen maar om geld, macht en status was gegaan.

Ze kon geen woord meer uitbrengen en draaide zich op haar hakken om.

'Waag het niet over me te oordelen, Thea,' riep Storm haar na. 'Ik waarschuw je! Dat zou erg dom zijn.'

Boven stond Justin achter de microfoon, op een klein podium met daarop een taart. Thea ging met knikkende knieën weer bij haar vader staan. Toen hij zich glimlachend naar haar toekeerde, bleven de woorden steken in haar keel.

Ze stikte bijna in haar opgekropte woede, haar verontwaardiging. In het verlangen om hem te vertellen wat ze had gezien. Om hem te vertellen dat zijn vrouw hem beloog en bedroog. Maar toen herinnerde ze zich een ander feestje, in deze zelfde ruimte, toen een vrouw had geprobeerd Brett aan de kaak te stellen. Ze begreep dat ze geen enkele garantie had dat haar vader haar zou geloven.

Hij hield van Storm en die liefde maakte hem blind. Zo was het altijd al geweest. Wat Thea ook zei, daar zou ze niets aan kunnen veranderen.

Hij koesterde een illusie, besefte ze. Hij werd zo beheerst door het idee dat hij een volmaakt gelukkig gezin had gecreëerd, dat hij nooit bereid zou zijn de waarheid over Brett en Storm te zien.

Nou, ze zou hen niet laten winnen. De enige fout van haar vader was dat hij altijd het goede in mensen zag en het was aan Thea om hem te beschermen.

Justin tikte op de microfoon en Griffin Maddox schonk hem een warme glimlach. Toen verscheen Storm, die in het voorbijgaan nog even ostentatief iets schikte aan een bloemstuk.

'Ik heb gedurende bijna mijn hele carrière met Griffin samengewerkt,' zei Justin. 'En, dames en heren, behalve een gewaardeerde collega is hij ook altijd een echte vriend voor me geweest.'

Hier en daar klonk applaus.

'Ik heb het altijd een eer gevonden dat hij me het gevoel gaf dat ik deel uitmaakte van zijn heerlijke gezin. Thea, Storm, Brett...' Hij keek om zich heen en hief zijn glas om beurten naar hen allen. 'Jullie hebben je over me ontfermd, jullie hebben het al die jaren met me uitgehouden, jullie hebben zelfs af en toe naar me geluisterd.' Er werd gelachen. 'Jullie zijn geweldig! Allemaal!'

Het ontging Thea niet dat Storm haar arm om haar vaders middel legde, en dat hij tijdens het applaus glimlachend naar haar keek. Een eindje achter hen zag Thea dat Brett naar haar stond te kijken. Toen hun blikken elkaar ontmoetten en hij naar haar knipoogde, ging er een huivering door haar heen.

'Dus ik heb mijn opvolger met de grootste zorg gekozen,' vervolgde Justin. 'En daarbij moet ik Brett bedanken voor zijn assistentie. Ik kan naar waarheid zeggen dat we met Lance Starling iemand hebben gevonden die volledig in het bedrijf past. Hij heeft de beste papieren, hij kan bogen op een uitstekende staat van dienst en een vlijmscherp juridisch brein. Ik draag mijn werk dan ook in het volste vertrouwen aan hem over.'

Thea klapte automatisch mee, benieuwd naar Justins opvolger. Ze had veel over hem gehoord, maar hem nog niet ontmoet. Toen ze zich lang maakte, zag ze een knappe jonge man tussen de gasten door naar voren komen. Hij keek lachend om zich heen en schudde hier en daar iemand de hand.

Thea zag Bretts glimlach nog breder worden. Lance Starling was duidelijk zíjn keuze. Ze zag hem om de menigte gasten heen lopen, zodat hij alles beter kon zien. Ze zag Lance Starling op het podium springen om Justin Ennestein de hand te schudden en te omhelzen. En toen zag ze nog iets. Lance Starling droeg rode sokken.

28

September 2007

Romy zat met een koptelefoon op in de kleine opnamestudio bij
Rai Uno in Milaan en deed haar uiterste best om niet zenuwachtig
te worden van het lampje met 'live' boven haar hoofd. Het was
bijna zover. Nog even, dan kwam ze op de radio, in een rechtstreekse uitzending.

Toen ze een slok water nam uit het glas dat voor haar stond,
werd haar aandacht getrokken door haar eigen weerspiegeling in
de glazen wand tussen de studio en het team van producers en
technici.

Wat zag ze er ernstig uit. Haar haar was inmiddels weer lang en
het viel losjes, in soepele golven over haar schouders. Onder haar
zwarte broekpak van Alexander McQueen droeg ze rode Jimmy
Choo's met stilettohakken. Ze moest zich bedwingen om haar ene
schoen niet uit te trekken en haar voet te masseren, want ze had
al een lange dag achter de rug.

Maar ze wist dat ze zich moest beheersen. Ze was er voortdurend op bedacht dat ze haar onberispelijke zakelijke imago in
stand hield en vroeg zich af of de presentatrice ook in haar aantekeningen had staan dat ze een week eerder door de *Grazia* was
uitgeroepen tot Best Geklede Vrouw van het jaar. *Moeiteloos stijl-
vol.* Dat was het onderschrift bij de foto, en het had Romy een
wrange glimlach ontlokt. Haar perfecte uiterlijk kwam bepaald
niet zonder moeite tot stand. Integendeel, niets was zo moeilijk
als eruitzien alsof het allemaal vanzelf ging.

Haar leven was de afgelopen twee jaar opnieuw ingrijpend veranderd. Zou ze gelukkiger zijn geweest als ze in Amsterdam was

gebleven? Hoe dan ook, die gelukzalige, zorgeloze tijd, waarin de dagen niet gevuld waren geweest met verplichtingen, lag voorgoed achter haar. Ze had geweten dat die ten einde was, zodra ze Alfie in het park met die cameraploeg had zien praten.

Hij kon er niets aan doen, maar Romy was hevig van streek geweest toen ze zich met hem en Gretchen naar huis haastte. En toen Lars thuiskwam om Gretchen te halen, had Alfie hem verteld over de televisiecamera's en dat Romy heel erg boos was geworden.

Lars... Romy dacht aan zijn lieve gezicht, aan zijn ontspannen manier van doen. Aan hoe hij haar altijd aan het lachen had gemaakt. Wat zou er zijn gebeurd als alles anders was gelopen? Als haar leven niet plotseling zo'n radicale wending had genomen, zouden ze dan vrienden zijn geworden? Hij was er voor haar geweest toen ze hem nodig had en ze was met hem in contact gebleven via de e-mail. Ze had hem veel te weinig geschreven en de laatste tijd al helemaal niet meer. Net als Alfie werd Gretchen ongetwijfeld ook met de dag groter en wijzer.

Ze dacht eraan hoe rustig en welwillend Lars had gereageerd toen ze hem eindelijk had opgebiecht wie ze was en wie Alfies vader was geweest. Haar verleden als supermodel leek hem volstrekt niet te storen. Sterker nog, hij toonde zich zo weinig verrast dat ze zich had afgevraagd of hij het misschien al had geweten. Na haar bekentenis had hij zijn best gedaan haar te kalmeren en haar geholpen rustig en logisch na te denken. Het was Lars geweest die haar ervan had doordrongen wat ze diep vanbinnen natuurlijk allang wist, namelijk dat ze zich niet langer kon blijven verstoppen. Dat ze contact moest zoeken met Alfonso's ouders en hun moest vertellen over hun kleinzoon. En vlug ook. Voordat ze Alfie op televisie zagen. Of in de krant.

Romy was doodsbang geweest toen ze Roberto belde. Ze had zich voorbereid op verwijten, woede, teleurstelling. In plaats daarvan had hij gezegd dat ze het niet hoefde uit te leggen. Hij zou zijn privévliegtuig naar Amsterdam sturen.

Twee dagen later was Romy terug op de boerderij in Toscane en

Maria was als eerste naar buiten gekomen om haar zonder een woord te zeggen in haar armen te nemen. Bij de langdurige, liefdevolle omhelzing was Romy in onbedaarlijk snikken uitgebarsten. Alle keren dat ze Maria's steun zo heel hard nodig had gehad, op alle momenten dat ze eenzaam was geweest, had ze verlangd naar haar armen om zich heen.

En toen kwam Alfie tevoorschijn, die zich had verstopt achter Romy's lange rok. Zijn oma was op slag verrukt van hem, helemaal toen hij Italiaans bleek te spreken en haar een kus op haar wang gaf.

Echt een zoon van zijn vader, dacht Romy, met een glimlach van trots, ondanks de zenuwen. Er was geen ontkomen aan. *Elke dag zal ik jou in hem blijven zien, Alfonso...*

De hele familie had zich in de villa verzameld om haar te verwelkomen. En het duurde niet lang of Romy besefte dat de Scolari's nog net zo liefderijk, warm en begripvol waren als toen ze in het ziekenhuis had gelegen. Ze waren nog altijd bereid haar in hun midden te accepteren. Wat ook haar redenen waren geweest om zich af te zonderen, nu was ze teruggekomen. Dat was voor hen het enige wat telde.

Alsof het vanzelf sprak schoven Flavia en Anna hun arm door die van Romy en loodsten haar mee naar binnen, waar ze werd overspoeld door een golf van gelukkige herinneringen. Hier had Alfonso haar voor het eerst mee naartoe genomen om zijn ouders te ontmoeten. Hier hadden ze zich verloofd bij het licht van die reusachtige oranje maan. En hier had ze zich gekleed en mooi gemaakt op de ochtend van haar bruiloft.

Dit huis, deze plek had gevoeld als haar thuis.

Uren later op die eerste avond, toen de hele familie zich verzamelde op het terras achter het huis, onder de wijnranken, vormde Alfie nog altijd het middelpunt van alle aandacht.

Romy zag haar schoonmoeder naar buiten komen met een schaal met haar beroemde gesuikerde kersenkoekjes. Ze ging in haar oude rieten stoel in de tuin zitten, en Marice, Flavia's dochter, tilde Alfie op haar schoot en begon hem een rijmpje te leren. Toen ze Maria zo zag, omringd door haar rozen, met haar kleinzoon op haar knieën, besefte Romy hoe verkeerd het was geweest dat ze zo lang was weggebleven.

'Ik dacht dat het minder pijn zou doen als ik alle banden met het verleden doorsneed,' probeerde ze Roberto uit te leggen toen ze met hem meeliep de tuin in, om hem te helpen met het plukken van kruiden. 'Het spijt me echt heel erg.'

'Je kunt je niet losmaken van je verleden, net zomin als je jezelf een been kunt afsnijden.' Roberto grinnikte toegeeflijk. 'Dat weet ik maar al te goed. Ik heb ooit dezelfde fout gemaakt. Ik dacht dat ik niet langer boos zou zijn op Alfonso als ik het contact verbrak.' Hij haalde zijn schouders op. 'Het werkte niet. Integendeel, het werd alleen maar erger.'

Terwijl hij zijn arm om haar schouders sloeg, deden de pretlichtjes in zijn ogen haar zo aan Alfonso denken, dat het was alsof hij ook nog ergens vlakbij was en naar hen keek. Hier, bij zijn familie, bracht ze hem weer tot leven, op een manier die posters en krantenknipsels dat nooit hadden gekund, besefte ze.

'Moet je haar nou toch eens zien,' zei Roberto met een liefdevolle klank in zijn stem. Hij keek naar Maria, die verstoppertje speelde met de kinderen. 'Na al die jaren is ze nog net zo mooi als op de dag dat ik haar leerde kennen. We moeten de jaren koesteren zolang we kunnen.'

'Ja.' Had zij dat ook gedaan? vroeg Romy zich af. Had ze elk moment, elk uur met Alfonso gekoesterd?

'Vandaar dat ik erover denk om in de toekomst meer thuis te zijn,' vervolgde Roberto.

'Bedoel je dat je met pensioen gaat?' Romy bleef verrast staan. Roberto was altijd zo de belichaming van zijn bedrijf geweest, dat ze zich dat niet zonder hem kon voorstellen. Trouwens, andersom ook niet.

Hij knikte langzaam. Er gleed een schaduw over zijn gezicht. 'Niet alleen Maria is oud geworden. Ik ben ook de jongste niet meer.'

'Wat ben je dan van plan? Het bedrijf verkopen?' Ze kon niet direct onder woorden brengen waarom, maar dat leek haar verschrikkelijk. Misschien omdat ze zich altijd had voorgesteld dat

Alfonso ooit zou stoppen met racen en het roer van zijn vader zou overnemen. Of misschien omdat het niet goed voelde om iets te verkopen waar Roberto jarenlang zo hard voor had gewerkt.

'Verkopen? Dat nooit!' Roberto zei het zo hartstochtelijk dat Romy glimlachte, opgelucht te zien dat het oude vuur nog altijd in zijn ogen brandde.

Hij plukte wat munt en deed die in de mand aan haar arm, bij de salie, de dille en de laurier. Toen begon hij weer langzaam het kronkelige bakstenen pad af te lopen.

'Het bedrijf is al zes generaties lang in de familie. Dat zou ik nooit kunnen verkopen. Nee, ik ben voornemens te doen wat alle Scolari's vóór me hebben gedaan. Ik zal het bedrijf nalaten aan de Scolari die ik daarvoor het meest geschikt acht.'

Pas op dat moment, terwijl ze Roberto's blik volgde die op Alfie rustte – hij was hun dwars door de tuin tegemoet gelopen en stond een eindje verderop te wachten, afwezig met zijn vingertjes over de blaadjes van een stel dieproze pioenrozen strijkend – besefte Romy waar Roberto op doelde. Door haar zoon mee hierheen te nemen, had Romy hem weer tot een Scolari gemaakt. En daarmee had ze Roberto zijn erfgenaam gegeven.

'Maar, Roberto... dan denk je toch niet aan Alfie? Hij is nog maar een kind.'

'En daarom ga ik jou in het bedrijf inwerken.' Roberto pakte haar stevig bij de schouders terwijl ze verder liepen.

'Mij?'

'Ja, jou. Want tegen de tijd dat Alfie zover is, ben ik te oud om hem zelf op te leiden. Dus ik wil dat jij de leiding op je neemt wanneer ik eenmaal ben teruggetreden. Dan kun jij het bedrijf aan Alfie overdragen wanneer hij de juiste leeftijd heeft bereikt.'

Romy voelde paniek opkomen. 'En je dochters dan? Ik weet zeker dat Flavia het zou kunnen.'

'Die optie heb ik overwogen. Maar Flavia heeft haar eigen leven, met haar eigen verplichtingen. En Anna heeft het te druk. Ze hebben me allebei onafhankelijk van elkaar duidelijk gemaakt dat ze geen ambitie hebben om het bedrijf over te nemen. De enige die volgens mij genoeg durf had – en bovendien een goed stel hersens en een scherp zakeninstinct – was Gloria. Maar die heeft haar eigen keuzes gemaakt.'

Romy hoorde de pijn in zijn stem en dacht aan Gloria, die voor haar vriend had gekozen, ook al zou hij in drugs hebben gehandeld en ook al wilde Roberto niets met hem te maken hebben. Een hooglopende ruzie was het gevolg geweest. Bovendien was Gloria niet eerlijk tegen haar vader geweest. De band was voorgoed verbroken.

Romy had de complexiteit van de Scolari's met hun regels en hun tradities zelf ervaren. Ze wist maar al te goed hoe zwart-wit Roberto was in zijn opvattingen. Mocht ze nog hoop hebben gekoesterd dat ze hem misschien ooit zou kunnen vertellen waarom Alfonso was gestorven, dan liet ze die hoop nu varen.

'En de nichtjes van Alfie?' vroeg Romy. 'Stel nou eens dat een van de meisjes...'

Roberto slaakte een zucht. 'Misschien blijkt dat ze geïnteresseerd zijn. Prima. En toch... Ik besef dat ik ouderwets ben – en misschien is het tegenwoordig zelfs in strijd met de wet – maar ik ben de zesde mannelijke erfgenaam van het bedrijf, en ik wil dat Alfie de zevende wordt. Maar daar zul jij hem bij moeten helpen.' Zijn greep om haar schouders verstrakte. 'We beginnen meteen.'

Het gevoel van paniek werd alleen maar groter. 'Maar ik ben geen zakenvrouw, Roberto. Ik weet niets van dat soort dingen...'

'Je beschikt over een zuivere intuïtie, en het zit er allemaal.' Hij tikte tegen zijn slaap, en Romy moest plotseling denken aan Herr Mulcher in de kledingfabriek in Berlijn, al die jaren geleden. Was dat het? Had Roberto ook iets in haar herkend? Een soort talent waarvan hij het gevoel had dat hij het kon kneden?

De implicaties waren overweldigend. En als hij het nu eens mis had? Een bedrijf als Scolari leiden was niet te vergelijken met het bedenken van kostenbesparende maatregelen voor een kledingfabriek. Als ze hem nu eens teleurstelde? En niet alleen hem, ook Maria en Flavia en Anna en de andere zusjes, om nog maar te zwijgen van alle mensen die voor hun levensonderhoud van Scolari afhankelijk waren?

Maar de belangrijkste vraag stelde ze hardop. 'En hoe moet het dan met Alfie? Als ik bij jou kom werken, wie zorgt er dan voor hem?'

'Je komt bij ons wonen. En als wij op kantoor zijn, kan Maria voor hem zorgen. Trouwens, het duurt niet lang meer voor hij naar school gaat.'

Het duizelde Romy. Het was duidelijk dat hij goed over alles had nagedacht. In de tijd tussen het nieuws dat hij een kleinzoon had en hun aankomst hier had hij hun hele toekomst uitgestippeld.

'Scolari moet nieuwe wegen inslaan,' vervolgde hij. 'We moeten groter worden, met name op het gebied van de moderne technologieën. De Amerikanen en de Chinezen zijn bezig de markt over te nemen. Onze concurrenten worden steeds sterker. We hebben aan het roer iemand nodig die als onze ambassadeur kan optreden, iemand die het nieuwe gezicht is van Scolari. Iemand die zorgt voor meer zichtbaarheid.'

'En je denkt serieus dat ík dat zou kunnen?'

'Ik heb zo'n vermoeden.' Roberto keek haar grijnzend aan. Hij verheugde zich erop, besefte ze. En niet alleen dat, hij verwachtte oprecht dat het een succes zou worden. Maar bovenal vertrouwde hij haar. Nog steeds. Na alles wat er was gebeurd. Hij zag haar niet als het beroemde supermodel dat getrouwd was geweest met zijn zoon, hij zag haar als het nieuwe gezicht van zijn bedrijf. Anders dan zij, had hij haar nooit gezien als een alleenstaande moeder die een onopvallend leven leidde. Een heimelijk bestaan, getekend door schuldgevoel.

'Volgens mij zou Alfonso hebben gewild dat Alfie en jij bij ons waren.' Hij knikte in de richting van Alfie, die was teruggelopen naar de anderen en het uitgilde van plezier terwijl zijn nichtjes hem door de straal van de sproeier joegen. 'Ik besef dat ik je ermee overval, maar kijk nou zelf...' Roberto wees naar Maria, die in haar handen klapte van verrukking. Met de zon die door de wijnranken scheen, was de idylle compleet.

Op dat moment nam Romy een besluit. Ze zou doen wat Roberto van haar vroeg. Ze zou de nagedachtenis aan Alfonso in ere houden door zich te schikken naar de wensen van zijn familie. Ze zou harder werken dan ooit. En ze zou doen wat er nodig was om te zorgen dat Roberto en Alfonso, maar vooral Alfie, trots op haar konden zijn.

En dat was precies wat ze de afgelopen twee jaar had gedaan. Ze had keihard gewerkt, ook 's avonds wanneer Alfie sliep. Ze had alles geleerd wat ze moest weten over Scolari. In de afgelopen drie maanden had ze een enorme publiciteitscampagne gevoerd, waardoor ze nog meer in de schijnwerpers was komen te staan dan op het hoogtepunt van haar carrière als model.

Het was echter pas sinds kort dat ze niet langer vragen hoefde te beantwoorden over de dood van Alfonso. Langzaam maar zeker was ze erin geslaagd de aandacht van de media te verschuiven van het verleden naar de toekomst. Daarom was dit interview over vrouwen in het zakenleven ook zo belangrijk en had ze er alles aan gedaan om het in te passen in haar drukke agenda.

En daar zat ze nu. Het rode lichtje sprong op groen. De uitzending was begonnen.

Romy concentreerde zich en knikte af en toe glimlachend terwijl ze luisterde naar Antonella Medici, die haar inleiding voorlas over het economische klimaat en over de gezonde vooruitzichten van Scolari. Ten slotte richtte Antonella zich rechtstreeks tot Romy. De presentatrice had haar blonde haar strak naar achteren gekamd, ze droeg een uitbundige hoeveelheid glinsterende bruine oogschaduw, en ze had een donker lijntje om haar volle lippen getrokken.

'Er klinken geluiden dat veel particuliere bedrijven in Italië door de noodzaak om kapitaal aan te trekken gedwongen zullen worden naar de beurs te gaan. Of om op te gaan in een groot internationaal concern. Met als gevolg dat een groot deel van de gemaakte winst aan de binnenlandse markt zou worden onttrokken. Zou u tot een dergelijke stap bereid zijn? Ik las vorige week een artikel in *The New York Times*, met een citaat van Thea Maddox, van Maddox Inc. De overname van een bedrijf als Scolari zou de kroon op hun uitbreidingsplannen in Europa zijn, aldus Maddox. Is het denkbaar dat Scolari – hoe zal ik het eens formuleren – er ooit toe overgaat zich te laten opkopen?'

Romy lachte spottend. 'Nee, die droom van Maddox zal altijd een droom blijven. Neemt u dat maar van mij aan. Scolari is een Italiaans bedrijf en dat zal het blijven. Natuurlijk, ik begrijp die jaloerse blikken van de Amerikanen wel. Onze uitgeverspoot wordt steeds sterker. En ook op het gebied van de media hebben we het afgelopen jaar enorme vooruitgang geboekt. Onze digitale en kabelzenders zijn verdrievoudigd. Maar ons grootste succesverhaal is de ontwikkeling van onze online activiteiten.'

Ze vervolgde met de statistieken die ze zorgvuldig had gerepeteerd. Want er mocht bij de luisteraars geen enkele twijfel overblijven. Scolari was op geen enkele manier kwetsbaar en in staat uit privébronnen voldoende kapitaal aan te trekken voor de uitbreidingsplannen.

Wat ze er niet bij vertelde, om redenen van vertrouwelijkheid – ook al zou ze daarmee alle speculaties over een toekomstige overname de kop in hebben gedrukt – was dat Scolari heel weinig aandeelhouders had. Die aandeelhouders waren bovendien dermate loyaal aan het bedrijf, dat ze niet gevoelig waren voor de verleiding hun aandelen te verkopen aan welke agressor dan ook. Roberto had al vijf procent van zijn aandelen aan Romy overgedragen, waardoor hij zelf vijfenveertig procent overhield. Maria had om belastingtechnische redenen altijd tien procent gehad. De resterende veertig procent waren in handen van Roberto's trouwe vriend en zakenpartner, Franco Moretti.

Toch ergerde Romy zich aan dit soort geruchten. Ook op niets gebaseerde speculatie kon schadelijk zijn, zowel voor het vertrouwen van de werknemers als voor de reputatie van het bedrijf.

Ze nam zich voor om zich grondig in Thea Maddox te verdiepen. Hoe durfde ze dat soort opvattingen te blijven ventileren? Romy wist dat Roberto al haar voorstellen uitdrukkelijk had afgewezen.

'Ondanks deze enorme groei is Scolari in een recent onderzoek gekozen tot een van de personeelvriendelijkste bedrijven,' vervolgde Antonella om terug te komen op de positie van de vrouw in het bedrijfsleven.

Romy glimlachte, blij dat dit de presentatrice niet was ontgaan.

'Ik doe wat ik kan om ervoor te zorgen dat het bedrijf midden in de gemeenschap staat.'

'Als ik me niet vergis, is dat bij Scolari weleens anders geweest?'

Romy koos haar woorden zorgvuldig, in het besef dat Roberto thuis meeluisterde. 'We zijn met onze tijd meegaan. In ons nieuwe hoofdkantoor, hier in Milaan, hebben we een volledige crèche. Bovendien moedigen we deeltijdbanen aan, en met succes. Als werkende moeder weet ik uit ervaring hoe belangrijk het is om je kinderen in de buurt te hebben.'

Maar terwijl ze verder sprak over het belang van vrouwelijke werknemers, wist Romy dat ze de zaken wat al te rooskleurig voorstelde. Want in werkelijkheid werd de wereld waarin ze opereerde, nog altijd gedomineerd door mannen. Sterker nog, ze had vaak geen idee van de overeenkomsten die werden gesloten achter de schermen bij de diverse evenementen waar Roberto naartoe ging. De laatste keer dat hij naar de Grand Prix was geweest, bleek hij bij terugkomst een meerderheidsbelang in een voetbalclub te hebben verworven. En Romy begon zich af te vragen of Alfonso's succesvolle carrière in de formule 1 uitsluitend en alleen te danken was geweest aan zijn talent, of dat zijn vader daarbij ook een rol had gespeeld.

Ze zou nooit ook maar iets ten nadele van Roberto zeggen. Ze zou onvoorwaardelijk loyaal blijven. Ongeacht de offers die ze daarvoor moest brengen. Roberto vertrouwde haar. Dat bleek ook uit de aandelen die hij haar had gegeven. Ze behoorde tot de familie. En dus zou ze hem nooit teleurstellen.

Toen ze de studio uit kwam, stond James, haar persvoorlichter, haar stralend op te wachten. Hij klapte zelfs in zijn handen.

'Je deed het geweldig!' James was een jonge vent – de jongste van alle sollicitanten met wie Romy had gesproken – maar een harde werker, en hij leverde precies het soort dynamische, nieuwe inbreng waaraan Scolari behoefte had. Hij zag er schitterend uit in zijn strakke, bruine pak en met zijn modieuze, zwarte bril met rechthoekige glazen. Nico zou idolaat van hem zijn geweest, dacht Romy.

'Weet je nog dat je het laatst over dat Amerikaanse blad had? Dat ik me moest laten interviewen?' vroeg ze.

'Ja, natuurlijk weet ik dat nog!'

'Bel ze. We willen een reportage over de hele familie. En dat moet jij regelen. Je moet ervoor zorgen dat we worden geportretteerd als een onneembare vesting.' Ze wist dat Roberto en Maria hun privéleven buiten de publiciteit wilden houden, maar de enige manier om de hardnekkige overnamegeruchten de kop in te drukken was een pr-offensief. En waar kon ze dat beter lanceren dan in het land waar de speculaties vandaan schenen te komen?

James begon, al lopend, een reeks nieuwe afspraken op te sommen en een samenvatting te geven van binnengekomen telefoontjes. Kortom, alles wat er was gebeurd in de korte tijd dat zij in de studio had gezeten.

'Die actie voor kinderen in nood heeft weer contact opgenomen,' vertelde hij. 'Heb je al besloten of je beschermvrouwe wilt worden?'

Romy zuchtte en wierp een blik op haar horloge. Ze zou Alfie ophalen en was al aan de late kant. 'Daar heb ik nu even geen tijd voor. Zeg maar dat ik er nog over denk.'

Tijdens het korte ritje naar het hoofdkantoor, om James af te zetten, handelde ze vijf telefoontjes en drie dringende e-mails af. Toen reed ze door naar school, waar Sarah, Alfies juf, met hem was blijven wachten. Zoals gebruikelijk was Romy de laatste die haar kroost kwam halen. Ze schonk Sarah een verontschuldigende glimlach omdat ze nog aan de telefoon was, en gaf Alfie een aai over zijn bol.

'Waar bleef je nou?' vroeg Alfie toen ze hem bij de hand pakte. Maar net toen ze het gesprek beëindigde, ging de telefoon opnieuw. Ze kreunde gefrustreerd. Soms leek het wel alsof haar geen moment rust werd gegund.

Het was Franco, Roberto's financiële directeur, en Romy zette zich schrap. Hoe vriendschappelijk hij zich tegenwoordig ook gedroeg, Romy was zijn neerbuigende opvattingen over haar carrière als model nooit vergeten. Hij was jaloers geweest, vanwege de verbroken verloving met zijn dochter, maar dat lag inmiddels allemaal in het verleden, had Roberto haar verzekerd. Franco was dol op haar. Daar was Romy echter niet zo zeker van. Ze wist hoe mannen als Franco hun wrok konden blijven koesteren en het feit dat Roberto haar tot directeur had benoemd, had Franco's heimelijke wantrouwen jegens haar ongetwijfeld alleen maar doen toenemen. Hoe weet je zeker dat onze nieuwe directeur niet opnieuw van plan is de benen te nemen, had hij Roberto gevraagd. Waar Romy bij was!

'Ik moet dit telefoontje nog even afhandelen, lieverd,' zei ze tegen Alfie, terwijl ze opnam en zich Franco voorstelde op het jacht van het bedrijf in Sardinië – een extraatje waar Romy nog geen tijd voor had gehad.

Franco vertelde dat hij een diner had georganiseerd voor de topmannen van de diverse mediaconcerns waarin ze geïnteresseerd waren. Het stoorde Romy dat zij daar niets van had geweten, maar ze besloot haar ergernis te verbijten. Dat diner was ongetwijfeld niet de enige reden waarom hij belde.

'Er zijn weer overnamevoorstellen gedaan,' vervolgde hij. 'Niet alleen van Amerikaanse kant, maar deze keer ook door een Russisch concern.'

Eerst Thea Maddox en nu dit.

Alfie ketste een steentje over de straat. Het schoot tegen een geparkeerde auto. 'Niet doen,' zei ze geluidloos.

'Wil je dat ik je de details mail?' vroeg Franco.

'Nee, ik ben niet geïnteresseerd. En zeg maar niks tegen Roberto. Je weet hoe hij zich over dit soort dingen kan opwinden.'

'Romy, het is jouw taak om te kijken naar de toekomst van Scolari. Misschien zou je een fusie althans moeten overwégen...'

Hoe durfde hij het zelfs maar voor te stellen! De toekomst van Scolari was precies waar ze mee bezig was. Dag en nacht! Er kon geen sprake zijn van een fusie. Scolari zou ook in de toekomst zelfstandig blijven, met Alfie aan het roer. Dat was Roberto's droom en Romy zou er alles aan doen om te zorgen dat die droom werkelijkheid werd. 'Ik peins er niet over!'

'Waarom ben je altijd aan de telefoon?' Alfie trok een lelijk gezicht toen ze de verbinding verbrak en zich verontschuldigde. Had hij er ook maar enig idee van hoeveel moeite en geregel het haar kostte om hem zelf van school te halen?

Als ze verstandig was, deed ze wat Roberto en Maria hadden voorgesteld en stuurde ze hem naar een goede privéschool. Een internaat. Maar tot dat offer was Romy niet bereid. Hij was het enige wat ze nog had van Alfonso. Ze kon de gedachte niet verdragen hem ook te verliezen.

Ze klapte haar telefoon dicht. 'Je hebt gelijk. Het spijt me, lieverd.' Ze liet zich op haar hurken zakken. 'Maar er zijn nou eenmaal een heleboel mensen die van me verwachten dat ik allemaal belangrijke beslissingen neem. Afijn, die moeten nu maar even geduld hebben. Weet je wat? Zullen we naar de bioscoop gaan? Wij samen?' De nieuwe film van Harry Potter – *The Order of the Phoenix* – draaide, en die wilde hij dolgraag zien, wist ze.

'Nu?' Er verscheen een brede grijns op Alfies gezicht.

'Ja, nu.'

'Is het een première?' vroeg hij terwijl ze hem naar de auto loodste, en Romy zag aan de manier waarop hij zijn schouders rechtte, dat hij zich al voorbereidde op de rode loper. De laatste paar maanden had hij diverse malen in de schijnwerpers gestaan.

Wat was hij veranderd, dacht ze met een zekere wroeging. Vroeger was hij al blij geweest om er met zijn step op uit te gaan, maar inmiddels was hij helemaal gewend aan zijn bevoorrechte leventje.

Misschien moet ik hem bij die actie voor hulpbehoevende kinderen betrekken, dacht ze terwijl de chauffeur het portier van de kogelvrije limousine voor hen openhield. Het zou goed zijn als hij besefte hoe weinig andere kinderen hadden.

Of misschien moest ze zich erbij neerleggen dat haar zoon nu eenmaal altijd een bevoorrecht bestaan zou leiden. Hij was een Scolari, net als zij, en er was geen weg terug.

29

November 2007

Thea zette haar zonnebril op en nam een slok ijskoud water. Het liep tegen het eind van de middag, de zon brandde aan de hemel. Misschien had ze een tafeltje in de schaduw moeten kiezen, maar ze had een zo opvallend mogelijke plek gewild. Bovendien moest ze niet zeuren, hield ze zichzelf voor. Na de ijzige kou en de gierende sneeuwstormen in Manhattan, waaraan ze tijdelijk was ontsnapt, moest ze blij zijn dat ze het eindelijk weer warm had. En dan ook nog met zo'n schitterend uitzicht.

Haar blik gleed langzaam naar het oosten, van de opbollende 'zeilen' van het Sydney Opera House naar de Harbour Bridge en de talloze boten op de blauwe uitgestrektheid van de baai. Het voelde bijna alsof het verboden was om van kantoor weg te zijn, al was het maar voor een paar dagen. Verboden, en juist daardoor zo verrukkelijk, moest ze toegeven.

Ze keek op haar telefoon en gaf zichzelf een standje, terwijl ze hem terugstopte in haar zachtleren tas. Ze had voldoende bereik, dus blijkbaar had Michael nog niet op haar sms gereageerd. Dat was ook niet zo vreemd, besefte ze. In Amerika was het nacht, dus waarschijnlijk sliep hij nog. Toch kon ze niet laten zich af te vragen wat hij zou denken als hij haar boodschap las. Zou hij trots op haar zijn dat ze de sprong had gewaagd en naar Australië was gevlogen?

Hou op, zei ze tegen zichzelf. Waarom wilde ze zijn goedkeuring – waarom wilde ze zo graag regelmatig contact met hem – terwijl ze wist dat een goede, maar beperkte vriendschap het enige was waarop ze mocht hopen? Dat had hij bijna met zoveel woorden geschreven in een van zijn e-mails. Dat hij betwijfelde of hij ooit weer in staat zou zijn tot het onderhouden van een intieme relatie.

Wegens beschadiging afgekeurd. Zo had hij zichzelf omschreven. Maar daar ben ik het niet mee eens, had Thea willen antwoorden.

Het was echter niet alleen Michaels gebrek aan vertrouwen in zijn emotionele vermogens dat hen uit elkaar hield, wist ze. Haar angst voor de wirwar van haar eigen verdrongen emoties en traumatische ervaringen vormde net zo goed een obstakel. Wat had het voor zin om zelfs maar te dromen van een hechtere band met Michael als ze hem nooit de waarheid over zichzelf zou kunnen vertellen?

Hoe vaker hij zei dat hij trots op haar was en op alles wat ze had bereikt, hoe meer ze zich een bedrieger voelde. Misschien zag hij zichzelf in vergelijking met haar wel als een zwakkeling. Maar dat was hij niet! Hij was moedig. Hij had zijn demonen onder ogen gezien en een manier gevonden om erover te praten. Dat had zij nooit gedurfd.

Zelfs hier in de stralende zon huiverde ze alleen al bij de gedachte. Wanneer ze zich voorstelde hoe Michael zou reageren, hoe hij over haar zou denken als ze hem ooit alles zou vertellen, liepen de rillingen over haar rug.

Maar terwijl ze nog een slok water nam, en terwijl ze een blik op haar horloge wierp en de gezichten van de mensen die langsliepen bestudeerde, bleef ze aan Michael denken. Aan hun laatste ontmoeting, inmiddels een maand geleden, die hun opbloeiende relatie in een ander perspectief had geplaatst. Want ondanks haar twijfels, ondanks haar terughoudendheid was ze na die laatste ontmoeting toch iets van hoop gaan koesteren, ze kon het niet anders noemen.

Toen Michael haar belde om te vertellen dat hij terug was en dat hij bij zijn moeder langsging, had Thea meteen voorgesteld om ook te komen en samen de dag door te brengen in het Brightside Home. Michael had met haar voorstel ingestemd. Tenslotte hadden ze het daar al over gehad tijdens haar bezoek aan Landstuhl. Onmiddellijk had Thea haar hele agenda voor die dag leeggemaakt.

In haar huurauto, op weg van het vliegveld, overtrad ze de snelheidslimiet en ze ging pas langzamer rijden toen haar banden op het grind van de oprijlaan naar het rusthuis knarsten. Zodra ze het zag begreep ze waarom Brightside haar zoveel geld kostte. Het hoofdgebouw, het vroegere landhuis van de eigenaar van een houtzagerij, was een aantrekkelijke villa, omringd door donkergroene taxusbomen. Aan het eind van de glooiende, perfect verzorgde tuin glinsterde een meer.

Thea werd vervuld van dankbaarheid dat Mrs. Pryor haar laatste jaren in zo'n paradijselijke omgeving kon doorbrengen. Ze was bijna vergeten hoe dierbaar dit stukje van de wereld haar was. De hemel was stralend blauw en de schone lucht rook naar vroeger, naar thuis. Het geluksgevoel dat bij haar opkwam, werd helaas al snel overschaduwd door het besef hoe ziek de oude dame was. Toch was Michael vast en zeker ook dankbaar dat zijn moeder hier kon wonen.

Ze bekeek zichzelf nogmaals keurend in haar achteruitkijkspiegel. Haar hart bonsde in haar keel. Ze had zich die ochtend vijf keer verkleed, maar uiteindelijk gekozen voor vrijetijdskleding: een spijkerbroek met cowboylaarzen. Nadat ze haar lippen met gloss had bewerkt, pakte ze haar tas en stapte uit.

'Thea!' Ze hoorde Michael al voordat ze hem zag.

Hij zwaaide naar haar vanaf de veranda aan de voorkant en kwam de treden af. Toen Thea dichterbij kwam, kon ze haar ogen niet geloven. Was dit de man die ze in Landstuhl had opgezocht? Hij had zijn haar laten groeien en zag er slank en atletisch uit in een dure spijkerbroek en een blauwe trui van zachte kasjmierwol. Zijn gezicht was gebruind en gladgeschoren, en hij probeerde niet langer het litteken te verbergen. Het zag er ook niet meer zo vurig uit, en op de een of andere manier leek het bij hem te passen.

Hij kwam haastig, lachend, naar haar toe en omhelsde haar. Toen hij haar weer losliet en zijn ogen de hare zochten, begon haar hart nog sneller te slaan.

'Wat zie je er goed uit!' zei ze.

Hij grijnsde. 'Wat heerlijk om je te zien. Eindelijk! Ik bedoel... echt, niet in een ziekenhuis.' Hij grijnsde opnieuw, blijkbaar omdat hij besefte waar hij was. 'Nou ja, je begrijpt wat ik bedoel.'

Toen hun ogen elkaar nogmaals vonden, besefte ze hoezeer ze hiernaar had uitgezien, hoezeer ze ernaar had verlangd hem alleen maar aan te kunnen kijken. Het was Michael die als eerste zijn ogen neersloeg. Er lag een blos op zijn wangen, besefte ze.

'Mam is binnen.' Hij vertrok vluchtig zijn gezicht. 'Ze is eh... Nou ja, kom maar mee. Dan kun je het zelf zien.'

Hij ging haar voor door een lange gang, naar een afdeling met afzonderlijke kamers. In een royaal vertrek met schone, roze vloerbedekking zat Mrs. Pryer voor het raam, met een gehaakte deken over haar knieën. Ze keek naar buiten, naar een leeg stenen vogelbadje in de tuin.

Thea was geschokt te zien hoe oud de vroegere huishoudster was geworden, ze was niet meer dan een schim van wie ze ooit was geweest. Met een steek van pijn en verdriet dacht ze aan wat Michael haar had verteld. Dat Caroline Pryor haar elke week had geschreven, zonder dat zij haar brieven ooit had beantwoord. Allerlei herinneringen kwamen bij haar op. Aan Mrs. Pryor die haar haar borstelde voordat ze ging slapen. Aan de prachtige verjaardagstaarten versierd met glazuur. Aan de feestjurken die Mrs. Pryor voor haar had gezoomd, aan de breilessen die ze haar had gegeven...

'Je hebt bezoek, mam,' zei Michael. 'Het is Thea. Thea Maddox. Ze is helemaal hierheen gekomen om je te zien.'

Mrs. Pryor keerde langzaam haar hoofd naar hen toe. Thea meende een zweem van herkenning te zien in haar bijna doorzichtig blauwe ogen. Ze bukte zich en pakte haar zachte, oude hand.

'Kent u me nog?' Ze boog zich naar voren en drukte een kus op de wang van de oude dame. 'Wat heerlijk om u weer te zien.'

Mrs. Pryors waterige ogen zochten die van Thea. 'Ach, ze huilde zo vaak,' zei ze.

'Wie? Wie huilde er?' Thea ging op de stoel zitten die Michael voor haar had aangeschoven.

'Haar...' Mrs. Pryor keerde zich plotseling naar Michael. 'Wie ben jij?' vroeg ze streng.

'Ik ben het, mam. Michael. Weet je nog wel?' Hij glimlachte een beetje wanhopig naar Thea. Hij keek verontschuldigend.

'Michael?' Mrs. Pryor nam hem aandachtig, onderzoekend op. 'Ik ken geen Michael. Wie ben je?' vroeg ze opnieuw, met paniek in haar ogen. Ze maakte aanstalten op te staan. 'Wat kom je hier doen?'

'Rustig maar. Niks aan de hand. We komen gewoon bij je langs. We komen je een bezoekje brengen,' zei Michael sussend.

Hij hielp zijn moeder weer te gaan zitten en ze mompelde iets wat Thea niet goed kon verstaan. Toen zweeg ze weer. En ze keek opnieuw naar buiten, naar het vogelbadje, alsof ze Thea en Michael was vergeten.

Michael en Thea probeerden met haar te praten. Om beurten haalden ze herinneringen met haar op, maar ze beantwoordde hun blik slechts twee keer en de glimp van herkenning zag Thea niet meer.

'Ach, wat verdrietig.' Thea werd overspoeld door een golf van vertedering toen ze zag hoe Michael zijn moeder over haar dunne witte haar aaide.

'En dan treffen we het nog. Ze heeft een goede dag vandaag,' zei hij.

Eén muur van de kamer hing helemaal vol met foto's. Thea liep erheen en las de Post-its die erop waren geplakt, met namen en plekken en herinneringen. Ze glimlachte toen ze een foto zag van Michael en haar als kinderen – ze kon niet ouder zijn geweest dan zes – op de drempel van de kas op Little Elms, met een grote kom aardbeien op schoot, hun smoezelige knietjes tegen elkaar.

'Moet je ons hier zien.' Ze wees de foto aan. 'En kijk, daar heb je Johnny.'

'Je vertelde dat je hem had opgezocht.' Michael wierp een blik achterom, naar zijn moeder die nog altijd uit het raam staarde. 'Laten we een kop koffie gaan drinken,' stelde hij voor.

Mrs. Pryor schudde haar hoofd. 'Dokter Myerson komt zo.'

'Wat zeg je, mam?' vroeg Michael verrast.

Maar Mrs. Pryor reageerde niet. Haar ogen begonnen dicht te vallen, haar hoofd zakte naar voren en het volgende moment sliep ze.

Hun koffiemokken waren allang leeg, maar ze zaten nog altijd aan de glimmend gewreven tafel in de eetzaal. Thea keek Michael aan. Ze was oprecht niet van plan geweest het hem te vertellen, maar zodra ze tegenover elkaar zaten in de ruime, stille zaal, met achter de ramen het glooiende gazon, was alles eruit gekomen. Haar bezoek aan Johnny, de ontdekking dat haar moeder een baby van hem had gekregen. Ze had hem over Shelley verteld, en dat haar halfzusje was afgestaan voor adoptie.

Haar zusje. Soms voelde het nog altijd vreemd, maar soms ook heel natuurlijk, alsof ze diep vanbinnen altijd had geweten dat er een stukje van haar leven ontbrak, dat er iets – ergens op de wereld – op haar wachtte.

'Allemachtig! Zouden er nog meer mensen van hebben geweten?' vroeg Michael. 'Mijn moeder, bijvoorbeeld. Want het is nogal een geheim om mee rond te lopen.'

Thea knikte. 'Daardoor komt alles in een ander perspectief te staan. Ook de manier waarop ik me mijn moeder herinner. Ik heb altijd gedacht dat mijn vader haar grote liefde was, maar nu vraag ik me af of Johnny dat misschien is geweest. En of ze altijd van hem is blijven houden. Of ze alleen uit loyaliteit bij mijn vader bleef...'

'Wat ben je nu van plan?' vroeg Michael.

'Ik heb haar gevonden,' vertelde ze. 'Mijn halfzus. Ik weet waar ze woont.'

Thea dacht aan al het geld dat ze de afgelopen vijf jaar had uitgegeven, aan privédetectives in Engeland en Australië. Haar zoektocht was geen constante bezigheid geweest. Naarmate het leven bij Maddox Inc. alleen maar hectischer werd, had ze soms zelfs overwogen het zoeken op te geven.

Na de dood van Tom, in 2001, had ze Shelley Lawson niet willen lastigvallen, in de veronderstelling dat zij wel de laatste was van wie Shelley iets wilde horen. Inmiddels twee jaar geleden had ze haar toch gemaild en haar herinnerd aan haar belofte om te helpen. Na anderhalf jaar, net toen Thea de hoop al had opgegeven, had Shelley een dossier met informatie gestuurd. Bijzonderheden die Thea keer op keer aandachtig had bestudeerd.

'Maar ik weet niet hoe het nu verder moet. Heb ik wel het recht om haar leven zo ingrijpend overhoop te halen?' vroeg ze, dankbaar om dit met hem te kunnen bespreken.

Michael legde zijn hand op de hare. 'Zo te horen staat je besluit al vast. Waarom ben je anders naar haar op zoek gegaan?'

'Maar ik moet toch ook rekening houden met háár? Met wat zij wil? Natuurlijk heeft ze recht op de waarheid. Maar misschien is ze wel gelukkiger met het leven zoals ze dat nu leidt?'

Michaels hand lag nog altijd op de hare. 'Ga om te beginnen gewoon eens kijken,' stelde hij voor. 'Je bent niet voor niets Thea Maddox. Wat weerhoudt je ervan om in een vliegtuig te stappen? De Thea Maddox die ik kende, had als kind al een heel zuiver instinct als het om andere mensen ging. Dus waarom ga je er niet gewoon naartoe? Dan kun je ter plekke beoordelen wat voor iemand het is en of ze de waarheid aankan.'

'Je bedoelt dat ik haar moet bespioneren?'

'Ik bedoel dat je gewoon moet gaan. Dan volgt de rest vanzelf.' Zijn gezicht werd weer ernstig terwijl hij met zijn vingers de grillige lijn van het litteken volgde. 'Het leven is te kort om te blijven steken in speculaties. Je wilt later als je oud bent geen spijt hebben van dingen die je hebt nagelaten.' Hij dwong zichzelf te glimlachen. 'De Thea die ik me herinner, liet zich door niets en niemand weerhouden. Dus ga gewoon en doe dan wat goed voelt.'

Thea gaf een kneepje in zijn hand. Dat hij in haar geloofde, schonk haar vertrouwen. Ze wenste weer heel even, net zoals ze dat in Landstuhl had gedaan, dat hij haar nooit meer los zou laten. En toen zijn ogen de hare vonden, kon ze de verleiding om te speculeren niet weerstaan, ondanks wat hij zojuist had gezegd.

Nu was ze hier in Sydney en al haar zelfvertrouwen was verdwenen. Ze wenste dat ze Michael had gevraagd met haar mee te gaan. Net als vroeger, toen ze kinderen waren, had ze nog steeds het gevoel dat ze met hem naast zich de hele wereld aankon.

Thea merkte dat de serveerster in de buurt van haar tafeltje bleef staan, om haar bestelling op te nemen.

'Sorry, maar ik wacht op iemand,' zei Thea. 'Op mijn zus,' voegde ze eraan toe, als om te proberen hoe dat voelde.

De serveerster lachte stralend. Blijkbaar vond ze het heel vanzelfsprekend om op je zus te wachten. 'Natuurlijk. Geef maar een seintje als u zover bent.' Daarop liep ze naar een ander tafeltje, waar de mensen die daar zaten te eten om de rekening hadden gevraagd.

Thea keek nogmaals op haar horloge. Haar hart klopte onrustig van de zenuwen. Zou ze wel komen? Zou ze ook benieuwd zijn om met háár te praten?

Ze.

Jenny Mulligan.

Haar zus.

In de vierentwintig uur sinds haar aankomst had Thea zich uitvoerig verdiept in Jenny Mulligan uit Balmain, een buitenwijk van Sydney. In de straat waar Jenny woonde, had Thea haar vanuit de huurauto gadegeslagen met de verrekijker die ze had aangeschaft. Ze had een zelfverzekerde vrouw gezien, die 's ochtends koffiezette voordat ze haar twee jongens de deur uit werkte en hen naar school bracht met de auto.

Thea was achter haar aan gereden naar een winkelcentrum, waar Jenny Mulligan het rolluik van een winkel omhoog had gedaan, de verlichting had ingeschakeld en de pluchen beesten en luxeartikelen die ze verkocht, had uitgestald. Ten slotte had Thea al haar moed bij elkaar geraapt en was ze naar binnen gegaan. Eenmaal in de winkel had ze eindeloos rondgekeken, totdat ze – haar hart bonsde van haar eigen stoutmoedigheid – een rood, hartvormig kussen had gekozen met 'Sisters are the best of friends' erop geborduurd. Het had haar herinnerd aan het geborduurde hart dat ze als kind voor haar moeder had gemaakt, met de hulp van Mrs. Pryor. Haar moeder, die dit geheim had meegenomen in het graf.

Ze had zich erg onzeker en bijna nederig gevoeld, toen ze naar de kassa liep waar Jenny stond, alsof die haar geheim van haar gezicht zou kunnen aflezen. Maar van dichtbij had Thea geen enkele gelijkenis kunnen ontdekken. Jenny was langer dan zij en veel atletischer van postuur. Thea had zich dit moment keer op keer voorgesteld, in de verwachting dat het zou zijn alsof ze in de spiegel keek. Maar zo was het helemaal niet. Integendeel, het enige wat Thea in Jenny herkende, waren de ogen van haar moeder. Verder leek haar halfzusje blijkbaar op Johnny, dacht ze, niet in staat de teleurstelling over deze ontdekking terug te dringen.

'Daar is je zus vast heel blij mee,' had Jenny gezegd, en Thea was geschrokken van haar Australische accent. 'Ik neem aan dat het een cadeautje is?'

'Eh... Ja...'

'Ik heb altijd een zus willen hebben,' vertelde Jenny terwijl ze het kussen inpakte.

Ik ook, had Thea er bijna uitgeflapt.

'Maar in plaats daarvan moest ik het doen met een stel broertjes. Echte lastpakken,' voegde Jenny er grijnzend aan toe. Ze bond een mooie strik om het cadeautje.

Thea's vastberadenheid had even gehaperd. Dus ze had ook broers? Daar had niets van in het dossier gestaan. Maar waarom ook niet? Het was heel goed mogelijk dat haar adoptieouders nog meer kinderen hadden. Paniek dreigde zich van haar meester te maken. Was er soms nog meer wat ze niet wist?

Ze had zich de situatie heel zwart-wit voorgesteld. Na al het geld en alle tijd die ze had geïnvesteerd, had ze gedacht dat ze, eenmaal in Australië, na het doen van haar opzienbarende mededeling een gevoel zou hebben van... Ja, van wat eigenlijk? Van de cirkel die eindelijk rond was? Een gevoel van euforie? Maar terwijl ze naar de vrouw achter de toonbank staarde – deze vrouw die een vreemde voor haar was – begreep Thea dat het allemaal veel gecompliceerder zou blijken te zijn dan ze het zich had voorgesteld.

Opnieuw had ze al haar moed bij elkaar geraapt, want als ze het nu niet deed, durfde ze het nooit meer, wist ze ineens. 'Ik besef dat het raar klinkt, maar ik moet met je praten.'

'Met mij?' Jenny had haar niet-begrijpend aangekeken.

'Ik moet je iets vertellen, Jenny. Het heeft te maken met je familie.' Thea dempte haar stem omdat er inmiddels nog meer klanten in de winkel liepen.

Jenny staarde haar aan, duidelijk verbijsterd dat Thea wist hoe ze heette. 'Maar ik ken je helemaal niet. Weet je wel zeker dat je mij moet hebben?'

'Ik kan het je allemaal uitleggen. En ik ben helemaal hierheen gekomen om je te leren kennen.'

'Hier in de winkel kan ik in elk geval niet met je praten,' had Jenny gezegd.

'Laten we dan later op de dag afspreken. Ik zit vanaf zes uur in de bar van het Opera House.' Thea had wat geld neergelegd om het kussen te betalen, samen met een visitekaartje met het adres van de bar, zodat Jenny haar gemakkelijk zou kunnen vinden. 'Het is heel erg belangrijk. Dus ik hoop echt dat je komt.'

Eindelijk zag ze haar. Jenny Mulligan droeg nog dezelfde kleren als die ochtend. Blijkbaar was ze uit haar werk rechtstreeks hierheen gekomen, dacht Thea, en ze vroeg zich automatisch af wie er op de kinderen paste. Jenny had haar donkere haar uit haar gezicht gekamd. De blik waarmee ze om zich heen keek, verried dat ze hier uit zichzelf nooit zou zijn gekomen.

Thea keek naar haar, opnieuw in de hoop op een intens gevoel van verbondenheid. Maar ook nu bleef dat gevoel uit. In plaats daarvan was ze zich slechts bewust van een overweldigende drang om te vluchten. Ze dwong zichzelf te glimlachen en haar hand op te steken.

Ze kón het, zei ze tegen zichzelf, terwijl ze dacht aan Michael en het vertrouwen dat hij in haar had. Jenny mocht dan anders zijn dan ze zich haar had voorgesteld, ze was wel haar halfzusje. Ze was familie. Ze vormde de enige band die ze nog met haar moeder had. En dus dwong Thea zichzelf te blijven glimlachen tot Jenny naar haar tafeltje kwam.

Thea bood haar een glas wijn aan, maar dat sloeg ze af. Ze ging nerveus zitten, met haar plastic handtas op schoot.

'Waar gaat het om?' vroeg ze.

Thea schrok van haar directheid. Ze was het zo gewend dat mensen zich dienstbaar opstelden en haar behandelden als hun baas, dat Jenny's rechtstreekse benadering bijna vreemd voelde. 'Heeft het met Danny's neef te maken? Als hij zich in de nesten heeft gewerkt... Wij betalen geen borg om hem uit de gevangenis te krijgen...'

'Nee, daar gaat het niet om,' zei Thea, opnieuw geschrokken. Danny was Jenny's man, wist ze uit het dossier. Blijkbaar had Jenny zich sinds die ochtend van alles in haar hoofd gehaald.

'Wie ben je dan?'

'Ik ben Thea Maddox.'

'En je bent Amerikaanse.' Het klonk eerder als een beschuldiging dan als een vraag.

Thea zag dat Jenny haar onderzoekend opnam. Haar blik ging over haar diamanten oorbellen, haar jasje van Moschino.

'Ik weet niet goed hoe ik het moet zeggen,' zei Thea met een ongemakkelijke glimlach. 'Maar ik ben er nog niet zo lang geleden achter gekomen dat we zusjes zijn. Nou ja, halfzusjes.'

Ze keek Jenny aan, benieuwd naar haar reactie. Zou ze in tranen uitbarsten? Zou ze het ontkennen? Thea wist niet wat ze had verwacht, maar Jenny keek haar alleen maar aan, zonder enige uitdrukking op haar gezicht.

'Je vader heet Johnny. Johnny Faraday,' zei Thea, zich verschuilend achter de feiten, in de hoop dat die overtuigend genoeg zouden zijn. 'Hij woont in Zuid-Afrika. Je moeder – onze moeder – is... was... Alyssa McAdams.' Thea schoof de envelop over de tafel naar Jenny toe. Het waren de papieren waar ze weken van voorbereiding in had gestoken. 'Hier staat het allemaal in.'

Jenny ademde diep uit. 'Dit is een grap. Dat kan niet anders.'

'Nee, echt niet.'

'Maar... weet je het zeker? Want mijn ouders... pap en mam hebben nooit iets gezegd...'

Pap en mam. Het klonk zo vertrouwd en vol vertrouwen, zo rijk aan geschiedenis. O god, dacht Thea, wat heb ik gedaan?

'Dus je wist het niet? Je wist niet dat je geadopteerd bent?' Thea voelde zich ellendig.

Er kwamen tranen in Jenny's ogen. De stelligheid op haar gezicht maakte plaats voor twijfel. 'Ik weet niet wat ik moet zeggen.' Ze keek naar de envelop, maar pakte hem niet.

Thea besefte dat het verkeerd was geweest om hierheen te komen en dat Michael zich in haar had vergist; welke intuïtie ze als kind ook had bezeten, die was ze nu kwijt. Jenny hád al een liefhebbende, zorgzame familie. Anders dan Thea had ze er geen behoefte aan om haar verleden overhoop te halen, op zoek naar de waarheid.

Ze keek op. 'Ik weet niet wat je van me wilt.'

'Ik wil helemaal niets,' zei Thea.

Maar dat was niet waar. Ze wilde wel degelijk iets, maar dat zou Jenny Mulligan haar niet kunnen geven. Thea had verlangd naar een zusje in wie ze zichzelf zou herkennen. Een zus die haar beste vriendin zou zijn. Een zus die de knagende pijn van het verleden zou verdrijven.

Haar telefoon ging. En bleef hardnekkig gaan. Thea vervloekte zichzelf omdat ze hem niet op stil had gezet.

Jenny staarde als gehypnotiseerd naar de envelop.

Gefrustreerd pakte Thea haar telefoon. 'Ja?' zei ze kortaf.

Van heel ver klonk de stem van Storm door de statische ruis. 'Thea, waar zit je? Niemand kan je te pakken krijgen. Je moet zo snel mogelijk hierheen komen! Het gaat niet goed met Griff...'

30

Oktober 2009

Het Nico Rilla Retrospectief dat Simona Fiore als eerbetoon had georganiseerd, werd gehouden in de prestigieuze Belina-galerie, in het hart van Rome. Romy had al maanden geweten dat ze erheen zou gaan, maar toen Dario, haar chauffeur, op die zaterdagavond de slanke Mercedes tot stilstand bracht voor de uitbundig verlichte villa, besefte ze plotseling dat alle aandacht, alle onderzoekende blikken waarmee ze geconfronteerd zou worden, haar angst inboezemden.

Vanuit het schemerige interieur van de auto keek ze naar het natgeregende plaveisel, met daarin de vage weerkaatsing van de verlichte gevel. Achter de ramen van spiegelglas was de avond al in volle gang; een kleurige menigte van lachende, drinkende mensen. Zelfs in de auto kon ze het geroezemoes van stemmen boven de muziek uit horen, waarvan de klanken uit de openstaande deuren naar buiten zweefden. Romy herkende een nummer van The Black Eyed Peas. Alfie had het op zijn nieuwe iPod.

Simona had Romy als eregast uitgenodigd en in haar enveloppetas van Dior zat haar toespraak, waar ze uren aan had gewerkt. Toch vroeg ze zich nog steeds af of ze het aankon. Of ze sterk genoeg was voor de confrontatie met Nico's oude vrienden. Ze zou worden gedwongen terug te gaan in de tijd. En daarmee terug naar die nacht. Die noodlottige nacht waarin Alfonso en Nico de dood hadden gevonden.

In de jaren die sindsdien waren verstreken, had Romy zo haar best gedaan de herinneringen aan wat er was gebeurd, uit te wissen. Ze had de granaatscherven verwijderd, de verwrongen, bloederige resten van de nacht waarin haar leven aan flarden was geschoten. Ze was daar voor het grootste deel in geslaagd, maar dat was haar alleen gelukt doordat ze zich onvermoeibaar en onafgebroken op de toekomst had gericht. Een toekomst waarvoor ze dankbaar moest zijn, was ze gaan beseffen. Dankbaar dat zij nog een toekomst hád.

En terwijl ze alles op alles had gezet om zichzelf en het bedrijf verder te brengen, had Roberto goedkeurend toegekeken. In de laatste twee jaar had hij haar steeds meer verantwoordelijkheid gegeven. Daarin ging hij zelfs zo ver, dat hij Romy vandaag voor het eerst de volledige leiding van Scolari had toevertrouwd, zodat Maria en hij op vakantie konden. Dat was er jarenlang niet van gekomen, dus Romy hoopte dat er na deze reis nog vele zouden volgen.

Ze vond het alleen niet leuk dat ze Alfie hadden meegenomen. Het aanbod afslaan was echter onmogelijk geweest, al was het maar omdat ze het gedrieën hadden gepresenteerd, toen alles eigenlijk al in kannen en kruiken was. Alfie had het geweldig gevonden om mee te mogen op het zeiljacht. Bovendien had hij natuurlijk geweten dat zijn grootouders hem schandalig zouden verwennen en dat Roberto hem de vrije teugel zou geven, veel meer dan zijn moeder. Trouwens, het zou niet eerlijk zijn, had Alfie betoogd, als híj niet op vakantie mocht terwijl Romy toch de hele dag aan het werk was. Dat ging de hele zomer al zo, had hij eraan toegevoegd, de duimschroeven van het schuldgevoel nog extra aandraaiend.

Romy werd nog altijd gekweld door twijfels. Ze wist dat Robert en Maria goed voor Alfie zouden zorgen. Ze wist dat hij bij hen veilig was en dat hij waarschijnlijk een heerlijke tijd zou hebben. Het was alleen voor het eerst dat ze hem zo lang niet zou zien, twee hele weken! De gretigheid waarmee hij op vakantie wilde, had haar pijn gedaan. Blijkbaar vond híj het helemaal niet erg om háár zo lang te moeten missen.

Wat betekent dat? Ben ik geen goede moeder? Die vraag bleef haar achtervolgen. Ze had zo haar best gedaan om het goed te doen, en om tegelijkertijd al haar verplichtingen jegens het bedrijf na te komen. Ook al was het maar een klein deel van de dag, toch had ze zo veel mogelijk geprobeerd er voor Alfie te zijn.

Inmiddels vroeg ze zich af of het wel genoeg was geweest. Had ze het misschien alleen maar erger gemaakt? Misschien had ze, juist door er volledig voor hem te zijn als haar werk dat toeliet, alleen maar extra benadrukt hoe vaak ze er níet was.

Ze dacht eraan hoe flink hij zich die ochtend bij het afscheid had gehouden. Hij had er zo stoer en onafhankelijk uitgezien, dat ze tranen in haar ogen had gekregen. Terwijl ze naar de regendruppels keek, in hun grillige spoor over het raampje van de limo, voelde ze het gemis als een doffe pijn diep vanbinnen. Bovendien werd ze bekropen door angst. De angst dat ze hem al was kwijtgeraakt. Dat hij met zijn zevenenhalf jaar al meer Roberto's protegé was dan haar kleine jongen.

Het is maar voor twee weken, dacht ze, en ze herinnerde zichzelf eraan waarvoor ze hier in Rome was. Ze moest sterk zijn. Over twee weken was iedereen weer thuis, op tijd voor de achttiende verjaardag van Alfies nichtje Cesca, in Milaan. Vanavond moest ze genieten en plezier maken, had Roberto haar vóór zijn vertrek op het hart gedrukt. Maar wist ze nog wel hoe dat moest, vroeg Romy zich af.

Doorgaans ging ze met Alfie of met iemand van de familie naar dit soort gelegenheden. Vanavond was ze zich er pijnlijk van bewust hoe alleen ze was en ze had er spijt van dat ze Anna of Flavia niet had meegevraagd. Die hadden natuurlijk ook een druk leven. Ze kon niet verwachten dat ze voor haar alles opzijzetten. Hoe dan ook, zo alleen, zonder Alfie, was het ineens alsof ze een glimp opving van haar toekomst.

Ten slotte raapte ze haar moed bij elkaar, haalde diep adem en bedankte Dario, die het portier voor haar openhield. Toen stapte ze met een stralende glimlach op de rode loper.

Binnen was het stampvol, met heel veel gezichten die Romy bekend voorkwamen. Dat model daar... hadden ze niet samengewerkt tijdens de Ferragamo-campagne? En was dat niet Pierre, Nico's vriend op het moment van zijn dood? Ach, Nico zou het een geweldig feest hebben gevonden, dacht ze, terwijl ze met een weemoedige glimlach naar zijn zelfportret keek, in het midden van de galerie.

Op dat moment kwam Simona Fiore door de drukte naar haar toe. Ze droeg een paars jasje met paisleymotief en begroette Romy uitbundig, met een geparfumeerde knuffel. Romy glimlachte, dankbaar voor haar hartelijkheid, en ze dacht eraan hoe close ze vroeger waren geweest.

'Goddank, je bent er! Ik was al bang dat je je misschien had bedacht.'

'Ik had het voor geen goud willen missen.' Romy glimlachte stralend naar drie fotografen. Het geklik van hun camera's klonk als vogelgekwetter.

'Mooi, en nu je er bent, gaan we samen dronken worden.' Simona troonde Romy mee nadat de fotografen hun plaatjes hadden geschoten. Ze pakte twee martini's van het blad van een passerende ober. 'Op onze jongen!' Ze tikte haar glas tegen dat van Romy.

Die moest lachen om Simona's enthousiasme, maar tegelijkertijd voelde ze tranen in haar ogen branden. 'O, god,' zei ze. 'Ik heb uren voor de spiegel gezeten en mezelf beloofd dat ik niet zou gaan huilen. Maar ik had het kunnen weten!'

'Maak je geen zorgen, je ziet er prachtig uit, schat.' Simona liet de rok van Romy's rode Valentino uitwaaieren. Ter ere van Nico had Romy die avond extra haar best gedaan en een wederdienst ingelost van een stylist in Milaan. 'Kom, voordat er weer anderen zijn die iets van je willen. Ik moet je wat laten zien.'

Simona pakte Romy bij de hand en trok haar mee, onverbiddelijk tegen oude bekenden die een praatje wilden aanknopen. Helemaal achter in de galerie loodste ze Romy een verduisterde kamer binnen. Toen deed ze het licht aan.

'Kijk!' zei ze met een weids, dramatisch gebaar.

Tegen de achtermuur hing een sterk vergrote zwart-witfoto van Romy op het strand van Hotel Amalfi. Haar zonnejurk plakte aan haar vochtige huid en haar natte haar hing voor haar gezicht terwijl ze lachend naar Nico achter de camera keek.

Romy liep erheen, mee teruggenomen naar dat magische moment waarop haar leven ingrijpend was veranderd. Ze herinnerde zich dat ze zichzelf die dag in zee had gedoopt, dat ze met het reinigende water Schwedt en Berlijn en Londen van zich af had gespoeld. Ze keek naar haar eigen glimlach, naar de zon in haar ogen. Was ze echt ooit zo jong geweest? Zo zorgeloos?

'Ik kon mijn ogen niet geloven toen ik de negatieven vond,' zei Simona. 'Dit is de eerste foto die ik van je heb gezien. Wist je dat?'

Romy herinnerde zich wat Nico destijds had gezegd. Dat hij Simona een kopie had gefaxt en dat de machtige agente op basis daarvan had besloten dat hij haar ter plekke moest contracteren. Tot op dat moment had Romy nooit beseft waarom. Maar nu zag ze de gretigheid in de ogen van dat jonge meisje, de blik die zei dat ze niet van plan was ook maar iets te missen van wat het leven haar kon bieden.

'Volgens hem was jij de toekomst,' vervolgde Simona. 'En hij had gelijk.' Simona sloeg met een zucht haar arm om Romy heen. 'Wat gaat de tijd toch snel, hè?'

'Ja.' Romy kwam niet verder dan een hees gefluister.

'Vandaar dit retrospectief, om ons allemaal te herinneren aan het plezier dat we hebben gehad.' Simona liep naar een roodfluwelen stoel in de hoek en pakte de bruine doos die daar stond. 'Nico's moeder heeft me de sleutel gegeven van zijn appartement,' vertelde ze. 'En ik heb al zijn werk doorgekeken om deze expositie samen te stellen. Maar toen vond ik ook deze...'

Ze gaf Romy de doos. 'Kijk maar.'

Romy nam het deksel eraf. In de doos zaten twaalf zwart-witfoto's van twintig bij vijfentwintig, allemaal afdrukken van één vel negatieven. Ze waren stuk voor stuk eerder gemaakt dan de foto op de achterwand, besefte Romy. De foto's vertelden het verhaal van Romy die het strand op liep, haar kleren uittrok en de zee in waadde. Maar ook van daarna, toen ze het water weer uit kwam en haar armen ophief naar de zon. Haar ultraslanke lichaam glinsterde in de zon, haar ogen straalden van blijdschap.

'Hij had er een fortuin mee kunnen verdienen,' zei Simona. 'En niet één keer, maar ik weet niet hoe vaak. Als hij dat had gewild, was je carrière heel anders gelopen.'

Romy knikte. Ze kon geen woord uitbrengen. Niet omdat ze geschokt was door de ontdekking dat Nico haar had bespioneerd. Hij was tenslotte fotograaf. Het maken van lucratieve foto's hoorde bij zijn vak. En zíj was zo onnozel, zo naïef geweest om haar kleren uit te trekken op een openbaar strand. Nee, de reden dat ze geen woord kon uitbrengen, was dat Nico van begin af aan loyaal was geweest, al voordat hij haar leerde kennen. Hij had vanaf het allereerste moment haar kant gekozen.

Ze drukte de doos met foto's tegen zich aan en sloot haar ogen.

Hij had haar beschermd, dacht ze. Daar had hij altijd zijn uiterste best voor gedaan. En daar had hij uiteindelijk zelfs zijn leven voor gegeven.

In gedachten zag ze weer het bloed op zijn overhemd, als een rode bloem tegen een witte achtergrond. Het beeld dat ze zo krampachtig had geprobeerd te vergeten. Het beeld dat net zo echt was, net zo onuitwisbaar als de foto's die ze in haar armen hield. Haar hart verkrampte van pijn en vanonder haar gesloten oogleden liepen de tranen over haar wangen.

'Ik vind het ook onverdraaglijk dat hij er niet meer is.' Simona legde een hand op Romy's arm.

'En dat is mijn schuld,' zei Romy.

'Nee, dat is niet jouw schuld.'

'Ja, dat is het wel.' Romy knikte, ze deed haar ogen open en keek Simona wanhopig aan. 'Dat is het wel.'

'Hij wilde dat weekend bij jou en Alfonso zijn,' zei Simona. 'Daar genoot hij van. Dan was hij gelukkig. Als hij bij jullie was, voelde hij zich deel van iets... iets geweldigs. Dat zei hij altijd. Je moet jezelf geen verwijten maken.' Simona trok haar tegen zich aan.

Romy begroef haar gezicht in Simona's hals en snikte het uit. Haar schouders schokten. Ze had dit niet moeten doen. Ze had thuis moeten blijven.

'Het was gewoon pech,' suste Simona. 'Zulke dingen gebeuren. Zo is het leven.'

Romy zou het willen uitschreeuwen, maar ze slikte de woorden in. Ze had zo graag alles willen vertellen. De waarheid over de nacht waarin Nico was gestorven. Over Claudia. En Ulrich. Hoe dwaas en naïef ze was geweest. Dat ze haar instinct had moeten volgen en de band met het verleden niet opnieuw had moeten aanhalen. Dat de dood van Nico haar schuld was. Dat ze die schuld de rest van haar leven met zich zou meedragen.

'Kom,' zei Simona bemoedigend. Ze pakte Romy bij de schouders, glimlachte dapper en pinkte zelf ook een traantje weg. 'Dan gaan we terug naar de anderen. Het is feest! Nico zou niet willen dat we verdrietig zijn. Bovendien, er zijn zoveel mensen die je willen zien.'

Romy aarzelde, op het punt zich uit te spreken. Maar toen ze het onvoorwaardelijke vertrouwen in Simona's ogen las, besefte ze dat dit niet het moment was voor een bekentenis. Noch de plaats. Simona zou er kapot van zijn. Vanavond ging het om Nico. Dat moest ze goed voor ogen houden. Bovendien zou ze er niets mee bereiken door eindelijk alles eruit te gooien. Zij zou zich daardoor niet beter voelen en ze kregen er Alfonso en Nico niet mee terug.

Stop het weg, zei ze tegen zichzelf. Het verleden was voorbij. Niemand hoefde ooit de waarheid te weten. *Denk aan Alfie.* Niemand mocht er ooit achter komen.

Ze dacht aan wat Simona lang geleden, in Parijs, tegen haar had gezegd. Dat ze alleen maar keihard hoefde te werken. Dan was ze veilig. *Onkwetsbaar.* Dat was het woord dat ze had gebruikt. Dus ze zou keihard werken. Ze zou doorgaan met wat ze de afgelopen twee jaar met zoveel succes had gedaan. Ze zou zich volledig onderdompelen in haar werk en verdergaan met haar leven.

Maar toen ze haar tranen had gedroogd en haar make-up bijgewerkt, toen ze zich met Simona glimlachend tussen de mensen voegde, was het alsof ze zichzelf van bovenaf gadesloeg. Ze zag hoe mensen haar begroetten, hoe ze op haar reageerden en haar overlaadden met complimentjes en bewondering. Romy Scolari. Dat was zij. Rijk, knap en succesvol. Ze had alle dromen van dat achttienjarige meisje op de foto verwezenlijkt. Dus zou ze dan niet het gevoel moeten hebben dat ze haar bestemming eindelijk had bereikt, ondanks de dierbaren die ze onderweg had verloren? Dat ze eindelijk was waar ze hoorde te zijn? Had al het werk dat ze had verzet, haar niet die innerlijke rust gebracht?

Dat zou wel zo moeten zijn. In plaats daarvan voelde ze zich nog steeds opgejaagd. Ze had nog steeds het gevoel dat ze nergens thuishoorde. Diep vanbinnen – achter de façade van haar glimlach, van haar zorgvuldig gecultiveerde maniertjes en haar koele zelfbeheersing – voelde Romy Scolari zich nog steeds een angstig klein meisje, dat altijd op de vlucht zou zijn.

Brett Maddox was geïntrigeerd. Nee, meer dan dat: hij was opgewonden. Sinds hij een e-mail had ontvangen uit Duitsland, inmiddels een paar weken geleden, had hij ernaar uitgekeken de zakenman die hem de mail had gestuurd, te ontmoeten. Hij wreef dan ook gespannen in zijn handen toen de eenvoudige zwarte deur in een straat in München openging. Nadat hij had gecontroleerd dat hij niet werd gevolgd, ging hij naar binnen.

'Deze kant uit, Mr. Maddox.' De uitsmijter sprak Engels met een Duits accent. Hij ging Brett voor, een steile trap op met rood tapijt. Zijn haar was ultrakort geknipt, onder zijn dure zwarte pak was hij één bonk spieren.

Boven aan de trap stond opnieuw een kleerkast in het zwart met gemillimeterd haar. Door een oud litteken hing de linkerhelft van zijn gezicht een beetje scheef. Hij keek Brett met zijn zwarte ogen onderzoekend aan, maar die keek strak terug, zonder zich ook maar één moment te laten intimideren. Hij kende dit soort kerels. Hij had er genoeg gezien om te weten dat ze werkten voor mannen zoals hij. Ze stelden geen vragen en deden wat hun werd opgedragen. *Breng me nou maar gewoon naar je baas.*

De kleerkast deed een deur open en daarachter trof Brett tot zijn aangename verrassing precies wat hij achter dit soort deuren hoopte te vinden. Hij betrad een weelderige lounge en bleef staan onder een kostbare kroonluchter. Langs een van de muren bevond zich een glimmend zwarte bar, met een piramide van glanzende flessen tegen de spiegelwand daarachter. Een barkeeper in een zwarte broek met een wit overhemd stond een martiniglas op te wrijven.

Toen Brett op een barkruk ging zitten en een sigaret opstak, wierp een serveerster in een roze bodystocking met netkousen en hoge hakken hem met getuite lippen een verleidelijke blik toe over haar schouder. Een hoer. Dat zag hij meteen.

Ja, dit was het soort omgeving waar Brett zich thuisvoelde.

Aan de buitenkant wees niets op de aanwezigheid van de geboden... faciliteiten en terwijl Brett om zich heen keek, begon hij zich hoe langer hoe meer op zijn gemak te voelen. De man die deze ontmoeting had geregeld, had blijkbaar zijn huiswerk gedaan. Anders zou hij de locatie te riskant hebben gevonden. Daaruit concludeerde Brett dat de informatie die hem was aangeboden, waarschijnlijk ook accuraat was.

Er stonden wat speeltafels verspreid door de ruimte en aan zijn rechterhand bevond zich een podium met twee metalen palen. 's Avonds ging het er hier ongetwijfeld wild aan toe, stelde Brett zich voor. Op dit moment, tegen het eind van de middag, heerste er een rustige, ontspannen sfeer. Aan een tafeltje in een hoek vouwde een man met bijna witblond haar zijn krant dicht en stond op.

'Mr. Maddox.' Hij kwam naar Brett toe.

Dus dit was blijkbaar Heinz-Gerd Solya. Toen Brett had geprobeerd hem online na te trekken, was hij erg weinig te weten gekomen. Maar te oordelen naar zijn maatkostuum en naar de investering die hij in deze club moest hebben gedaan, was Solya een rijk en machtig man.

Brett schudde hem de hand, waarop Solya hem aan zijn tafeltje uitnodigde. Terwijl Brett ging zitten, knipte Solya met zijn vingers. Een meisje dat Brett nog niet was opgevallen, sprong op van haar plek in een hoek, waar ze in een tijdschrift had zitten bladeren.

Bretts ogen rolden bijna uit hun kassen. Hoe oud zou ze zijn? Veertien? Maximaal vijftien. Ze had die onschuldige schoolmeisjesuitstraling waar Brett dol op was. Die angstige, onderdanige blik. De blik die zei dat ze alles met zich zou laten doen. Heel anders dan de meesten van die zogenaamde tienerhoeren en lapdancers aan wie hij thuis zijn geld had verspild. Dit grietje was nog onbedorven. Haar jonge borsten drukten tegen de rand van haar smokingvest. Wat hij hier ook kwam doen, Brett hoopte vurig dat zij deel uitmaakte van het aanbod.

'Champagne!' commandeerde Solya.

Het meisje haastte zich weg.

'Is al uw personeel zo... goed opgeleid?' vroeg Brett.

Solya toonde zich aangenaam verrast. 'Als ze hun belang kennen, doen ze wat hun wordt opgedragen.'

Het meisje kwam terug met een fles Krug. De beste die er was, zag Brett aan het etiket. Hij keek toe terwijl ze de hals van de fles streelde en voelde dat hij een stijve kreeg toen ze de kurk beetpakte en hem liet knallen. Brett moest zich beheersen om haar niet tussen haar benen te grijpen terwijl ze hun glazen tot de rand volschonk, met een schuchtere blik op haar knappe gezichtje.

'Ter zake... Ik ben geïntrigeerd door de inhoud van uw e-mail.' Brett keek het meisje na, verlangend om het zakelijke gedeelte van de afspraak zo snel mogelijk achter de rug te hebben. 'Dat u informatie hebt over Romy Scolari...'

Solya glimlachte. 'Inderdaad. Romy Scolari.' Hij ging met zijn tong langs zijn spierwitte tanden, alsof hij de naam proefde. 'Ik weet al sinds geruime tijd dat u Scolari dolgraag zou willen overnemen.'

Zijn zelfverzekerde toon en de manier waarop hij rechtstreeks doordrong tot de kern van de zaak, impliceerde dat hij een bijdrage zou kunnen leveren om de overname te realiseren.

Brett nam een slok champagne om zijn wild bonzende hart te kalmeren. Scolari betekende alles voor hem. Als hij erin slaagde het bedrijf over te nemen, terwijl dat Thea niet was gelukt... Als hij de rest van de directie kon laten zien waartoe hij in staat was... dan zou hem eindelijk, éindelijk recht worden gedaan. Het was inmiddels twee jaar geleden dat Griffin Maddox was gestorven. En in die twee jaar had Thea, als directievoorzitter, hem voortdurend dwarsgezeten en tegengewerkt. Twee lange, vernederende jaren, terwijl híj aan het roer had moeten staan, precies zoals Maddox hem had beloofd. Precies zoals Storm hem had gegarandeerd. Maar Lance Starling was er niet in geslaagd de oude Maddox om te praten. Lance had hem niet zover weten te krijgen dat hij zijn testament veranderde in Bretts voordeel. Terwijl hij toch geen middel onbeproefd had gelaten!

'Wat is het voor informatie die u voor me hebt?' vroeg hij.

Solya keek hem aan, en Brett zag een duistere schittering in de blauwe ogen die al zijn vragen beantwoordde.

Vuiligheid, besefte Brett, bijna kwijlend bij de gedachte aan de geheimen die deze man bezat en die hij bereid was te verkopen. Waar ging het om? Een seksschandaal? Drugs? Nog erger? Hoe erger hoe beter, dacht Brett. Hij herinnerde zich een recente foto in een tijdschrift, van Romy met de oude Scolari, zijn vrouw en vijf lelijke dochters. Een onkwetsbare Italiaanse familie. Nou, blijkbaar niet. Want Romy Scolari was hun zwakke schakel.

Dat waren de vrouwen altijd.

'Ze is niet wie iedereen denkt dat ze is,' zei Solya.

'Ik ben een en al oor.'

'Mr. Maddox, ik zal open kaart met u spelen. Met de informatie die ik in mijn bezit heb, zult u in staat zijn Scolari op de knieën te dwingen.'

Brett kon zijn opwinding nauwelijks bedwingen. *Shit! Fuck! Is dit het? Is dit het laatste stukje van de puzzel? De laatste stap om mijn plan definitief in werking te zetten?* Want het voorwerk had hij al gedaan. Hij had Franco Moretti, die onnozele dikzak en op de oude Scolari na de grootste aandeelhouder, al stroop om de mond gesmeerd. Hij had hem aan het twijfelen gebracht omtrent zijn toekomst binnen het bedrijf. En hij had hem in het diepste geheim het dubbele beloofd van wat zijn aandelen waard waren. Was de informatie die hem hier werd aangeboden, inderdaad het wapen dat hij nodig had om de rest van de aandelen in zijn bezit te krijgen?

'En wat vraagt u in ruil voor deze informatie?' Brett keek de club nog eens rond en betwijfelde of het zijn onderhandelingspartner om geld te doen was. Daar ontbrak het hem duidelijk niet aan.

'Naast diverse clubs zoals deze...' Solya stak een sigaret op. '... die op geen enkele manier met mij in verband kunnen worden gebracht, bezit ik een bescheiden krantenconcern in Duitsland.' Hij zweeg en keek Brett aan. 'Wil ik daarmee in de huidige markt concurrerend blijven, dan zal het bedrijf aanzienlijk moeten worden gemoderniseerd en geherstructureerd.'

'Dus u wilt dat ik daarin investeer? Aan hoeveel geld moet ik dan denken?' Het bedrag kon Brett niet schelen. Hij zou betalen wat Solya vroeg.

'Het gaat niet zozeer om het bedrag,' zei Solya. 'Misschien vijf procent van de aandelen. Zeker niet meer. Het gaat me om de connectie met Maddox Inc. Wanneer u de naam van uw bedrijf aan het mijne verbindt, twijfel ik er niet aan of mijn – misschien moet ik zeggen, ons – bescheiden concern zal een hoge vlucht nemen.'

Brett glimlachte. Dus hij zou niet alleen belastende informatie over de Scolari's krijgen, hij had bovendien een nieuw project om in te investeren. Bovendien was het blijkbaar een project waar Solya oprecht in geloofde, als hij niet meer dan vijf procent van de aandelen kwijt wilde.

'Dan zijn we het eens,' zei hij dan ook.

Solya blies een rookwolk naar het plafond. 'Dat wil ik wel zwart-op-wit hebben.'

'Dat krijgt u, zodra ik de informatie heb gezien. Ik heb mijn advocaat meegebracht. Zoals u had voorgesteld.'

Solya knikte en schoof een dik, zwart dossier over de tafel naar Brett toe. Terwijl hij dat deed, grijnsde hij vluchtig zijn scherpe, witte tanden bloot.

'Romy Scolari is een wees uit Oost-Duitsland,' vertelde hij. 'Ik heb getuigen die kunnen verklaren dat de bewijzen zoals u ze hier ziet, authentiek zijn. Romy Scolari heeft een van de jongens in het tehuis vermoord en brand gesticht, waardoor het weeshuis in de as werd gelegd. Romy Scolari is een moordenares, die haar hele leven heeft gelogen. Bovendien kende ze de mensen die haar man hebben vermoord, bij de overval op de villa van Scolari in Milaan. Ze heeft ze binnengelaten voor de roof van talrijke kostbare kunstwerken.'

Het kostte Brett de grootste moeite om niet triomfantelijk met zijn vuist in de lucht te stompen. Langzaam sloeg hij de bladzijden van het dossier om, ten prooi aan gevoelens die nog het meest leken op lust en begeerte.

Hij had het voor elkaar. Het was hem gelukt. Hij had gekregen wat hij wilde.

Hoe wist Solya dit allemaal? Ach, wat kan mij het ook schelen, dacht Brett. Misschien ging het om een persoonlijke vendetta tegen de Scolari's, of tegen Romy. Het kon van alles zijn. Misschien had die slet ooit voor hem gewerkt, in een club zoals deze.

'Die kranten van u... vertel me daar eens wat meer over,' zei Brett toen hij het dossier een paar minuten later terzijde schoof en zich eindelijk een tevreden glimlach veroorloofde. *Volgens mij gaan jij en ik een hoop plezier beleven, Solya, als we samen zaken doen. Dat voel ik aan mijn water.*

Ze spraken enige tijd over Solya's voorstel, waarbij Brett in bondige termen de te volgen procedure uiteenzette voor de toetreding van Solya's legale onderneming tot de overkoepelende organisatie van Maddox Inc. Vervolgens bestelde Solya opnieuw een fles champagne en al snel wist Brett niet meer of hij nog altijd euforisch was of gewoon dronken.

Inmiddels liepen er diverse schaarsgeklede meisjes in de club rond en waren er drie mannelijke gasten binnengekomen. Bij de bar ontdekte Brett het jonge meisje weer, de kleine slet die de eerste fles champagne voor hen had ontkurkt. Ze stond te praten met een grijsharige man in pak. Het stoorde Brett dat ze met hem flirtte. Tenslotte had híj haar als eerste gezien.

'Ik zie dat ze nogal bij u in de smaak valt?' Solya's witte tanden glommen en de blik in zijn kille, blauwe ogen bezorgde Brett het gevoel dat Solya zijn gedachten kon lezen.

Wat wist deze ongrijpbare Duitser over hem? Het leek wel alsof Solya hem kende, dacht Brett. Niet alleen in zakelijk opzicht, maar ook als het ging om zijn persoonlijke voorkeuren.

'Ach, ze lijkt me wel wat,' mompelde hij.

'En geeft u in het algemeen de voorkeur aan jong? Heel erg jong?' Solya staarde Brett aan. 'Of hebt u het liever nog een beetje... extremer?'

Reken maar, dacht Brett. Het kon hem niet extreem genoeg zijn!

Toen hij knikte, verscheen er een lome glimlach om de mond van Solya.

'Dan stel ik voor dat we onze drankjes mee naar boven nemen,' zei hij. 'Daar heb ik nog wat bijzonder... speelgoed, zullen we maar zeggen. Meisjes waar u vast en zeker een hoop plezier aan zult beleven.'

Alfie hield Romy het schermpje van zijn digitale camera voor en bladerde door de foto's.

'En hier ben ik aan het waterskiën. Kijk, mam! Kijk! Moet je zien hoe ik onderuitga! Stoer, of niet dan?'

Romy lachte. Ze vond het heerlijk om naast hem te zitten, om te voelen hoe zijn haren langs haar wang streken. Haar hand rustte op zijn gebruinde pols. Haar jongen was weer thuis! En zo te zien had hij het geweldig gehad met Roberto en Maria.

Ze zaten in de tuin aan de achterkant van Villa Gasperi in Milaan, op een lage muur onder de kloostergang. Na die dramatische nacht had Romy het huis lange tijd gemeden. Natuurlijk had Roberto daar begrip voor gehad en sindsdien organiseerden de Scolari's hun familiebijeenkomsten elders, of ze kwamen naar het appartement van Romy en Alfie, aan de andere kant van de stad.

Maar Roberto en Maria hadden de villa na de nacht waarin Alfonso was omgekomen en waarin de inboedel en de inhoud van de wijnkelder waren gestolen of vernield, volledig nieuw ingericht en gestoffeerd. Ze hadden een groot deel van de kunstcollectie vervangen. Voor Roberto was het belangrijk geweest om Villa Gasperi in haar oude glorie te herstellen. Om alle sporen uit te wissen van de vandalen die zijn huis hadden bezoedeld. Om de villa opnieuw het huis te maken waarvan Alfonso altijd zo had gehouden.

Dus toen Anna, Alfonso's zus en een van Alfies lievelingstantes, belde om te zeggen dat het feest ter ere van Cesca's achttiende verjaardag daar zou worden gehouden, wist Romy dat er niet meer aan te ontkomen viel. Dat ze eindelijk zou moeten terugkeren naar Villa Gasperi.

Ze dacht aan die eerste ontmoeting met Cesca, destijds in Toscane, toen ze het kleine meisje haar glimmende haarspeld had gegeven. Anna's altijd vrolijke dochter had een speciaal plekje in Romy's hart en het verbaasde haar niet toen ze hoorde dat Cesca voor een gekostumeerd feest had gekozen. Ze keek op en zag haar zitten, samen met drie vriendinnen, op een bankje aan de andere kant van de tuin. De meisjes gierden het uit terwijl ze hun kleurige, glinsterende operamaskers uitprobeerden.

De tuin had een metamorfose ondergaan. Overal brandden fakkels, en gekostumeerde obers droegen vaten wijn en stapels borden naar een tent die was veranderd in een operatheater. Daar zou later op de avond worden gedanst.

De gasten begonnen al te arriveren, zag Romy. Ze vroeg zich af waar Roberto en Maria waren en of ze de kostuums al aanhadden die Anna voor hen had gehuurd. Romy was razend benieuwd naar Roberto in zijn achttiende-eeuwse kostuum, compleet met witte pruik.

'Ik ga naar binnen, om te zien of papa zich weet te redden.' Ze gaf Alfie een kus op zijn hoofd. Hij droeg een paarsfluwelen wambuis met een kuitbroek. Romy was bang geweest dat hij ze niet aan zou willen, maar hij vond de verkleedpartij hilarisch. Hij was vastbesloten er een dolle boel van te maken met zijn nichtjes. 'Drink niet te veel prik,' drukte ze hem op het hart.

Toen tilde ze de rok op van haar lange, blauwzijden gewaad en liep naar binnen, langs de keuken. Ongewild, als vanzelf, werd haar blik naar de hoek getrokken waar Nico in elkaar was gezakt. Maar op dit moment was het stampvol in de keuken, constateerde Romy dankbaar. Het personeel was druk bezig met de voorbereidingen voor het feest. Daardoor zag het er allemaal heel anders uit.

Roberto was in de televisiekamer, hij had zijn geborduurde jas nog maar half dichtgeknoopt, zijn pruik lag vergeten op de grond. Met zijn bril op zijn neus en een ongelovige uitdrukking op zijn gezicht stond hij driftig een stapel papieren door te bladeren.

'Wat is er?' vroeg Romy.

Roberto's ogen waren donker van woede toen hij haar aankeek over de rand van zijn bril. Zwijgend gaf hij haar de papieren.

Romy herkende het briefhoofd en liet haar blik over de tekst gaan. Maddox Inc. deed een aanbod tot overname, met een toelichting waarom Scolari er verstandig aan zou doen om op het aanbod in te gaan. De officiële contracten waren bijgevoegd.

'Wist jij hiervan?' vroeg Roberto.

'Nee, natuurlijk niet.'

'Ik heb eerder op de dag een e-mail ontvangen van Franco. Hij heeft zijn aandelen aan Maddox verkocht. Zijn hele pakket.'

'Wát?' Romy kon haar oren niet geloven. Was Franco daar nou nog steeds mee bezig? Ze had hem meer dan eens duidelijk gemaakt dat Scolari niet in een overname geïnteresseerd was. Dat het daar nooit van zou komen. Omdat Roberto het niet zou laten gebeuren. En zij ook niet.

'Maar ik kan hem niet te pakken krijgen,' zei Roberto.

Romy dacht koortsachtig na. Ze had Franco ook al een tijd niet gesproken, besefte ze. Al meer dan een week.

'Tot overmaat van ramp hebben de media er lucht van gekregen.' Roberto zette de televisie aan. Over het scherm van de nieuwszender rolde een tekstbalk waarop met dikke letters de aanstaande overname van Scolari door Maddox Inc. bekend werd gemaakt. Franco Moretti had al publiekelijk verklaard dat hij met het overnamebod akkoord ging.

Romy voelde een kokende woede in zich opkomen.

'Het maakt niet uit wat hij zegt,' zei ze. 'Zelfs al heeft hij zijn aandelen aan Maddox verkocht, dan hebben wij – jij, Maria en ik – nog altijd een meerderheidsbelang, en dus de controle over het bedrijf.'

'Waar is het Franco dán om te doen?' Roberto gooide gefrustreerd zijn armen in de lucht. 'Wil hij me publiekelijk onder druk zetten om te verkopen? Denkt hij dat ik me door dit soort acties laat intimideren? Waar ziet hij me voor aan? Denkt hij soms dat ik gek ben? Is deze hele zaak aan het rollen gekomen toen ik weg was?'

'Ik ga hem zoeken,' zei Romy diepgeschokt en verdrietig. 'Nu meteen! En ik zal zorgen dat de onderste steen bovenkomt, Roberto.'

Ze haastte zich naar boven, naar de kamer waar Alfie en zij die nacht zouden slapen. Het was een van de personeelsvertrekken, in een andere vleugel van het gebouw dan die waarin Alfonso en zij hun laatste nacht samen hadden doorgebracht.

De rode heliumballon in de vorm van een raceauto, die Alfie van zijn vakantie mee naar huis had gebracht, deinde zachtjes tegen het plafond. Romy maakte de sluiting van haar jurk los, stapte eruit en schoot haar spijkerbroek aan. Met haar telefoon tussen haar oor en haar schouder geklemd belde ze James, om te zeggen dat hij naar kantoor moest komen.

Toen verscheen Maria in de deuropening. In haar dieprode lange jurk, versierd met pailletten, kwam ze de kamer binnen. Ze trok de deur achter zich dicht en nam langzaam haar witte pruik af. Onder haar korte, donkere haar leek haar make-up ineens veel te zwaar, veel te opzichtig.

'Ik heb Roberto nog nooit zo van streek gezien, Romy,' zei ze. 'Je moet hem kalmeren en zeggen dat alles goed komt.'

Romy trok haar trui aan. 'Maddox en Franco kunnen ons niets maken. Wat ze ook zeggen, wat ze ook doen, Roberto staat nog altijd aan het hoofd van het bedrijf. Die boodschap moet ik eerst aan de media overbrengen en dan ga ik uitzoeken wat Franco hier in godsnaam mee denkt te bereiken.' Ze ritste gejaagd haar laarzen dicht. 'Zeg maar tegen Roberto dat hij zich geen zorgen moet maken! Oké? En probeer te genieten van het feestje!'

'Je weet nog niet alles.' Maria's stem klonk heel zacht, bijna fluisterend. Ze staarde naar de pruik in haar handen. Romy zag dat ze trilden.

'Wat is er dan?'

'Ik heb mijn aandelen aan Franco verkocht.'

'Wát?' vroeg Romy verbijsterd. Er ging een huivering door haar heen.

'Het zou alleen maar tijdelijk zijn. Het was iets tussen ons.'

Romy kon haar oren niet geloven. 'Bedoel je dat je het buiten Roberto om hebt gedaan? O, Maria! Waarom?'

'Ik deed het voor Gloria. Om de schulden van haar en Marc te kunnen afbetalen. Het ging om enorme bedragen, gokschulden. Vanwege die schulden waren ze al met de dood bedreigd. Ik heb gezorgd dat ze een eigen appartement kregen. Roberto zou er nooit mee akkoord zijn gegaan. Dus ik moest het alleen doen...'

Romy kon het wel uitschreeuwen. Wat had haar bezield? Hoe

had ze dat kunnen doen? Schreeuwen loste echter niets op en het was maar al te duidelijk dat de arme Maria er kapot van was.

Kalm blijven, zei Romy tegen zichzelf. Het hoeft nog steeds geen ramp te betekenen. Zelfs met de aandelen van Maria had Franco nog geen meerderheidsbelang. Dan zat hij op vijftig procent. Om het bedrijf te kunnen verkopen zonder toestemming van Roberto zou hij Romy's aandelen ook moeten hebben.

En niets zou haar ertoe kunnen brengen Roberto op die manier te verraden.

Het duizelde Romy terwijl Dario haar naar het hoofdkantoor van Scolari bracht. Hoe had Maria zo onverstandig kunnen zijn? En hoe was het mogelijk dat Roberto zo blindelings op Franco had vertrouwd? Anderzijds, zo vreemd was dat niet. De twee mannen waren bijna broers. Hun vriendschap stamde al uit hun jeugd.

Dus waar was Franco op uit? Hoe kón hij een overname door Maddox rechtvaardigen? Terwijl het Scolari juist zo voor de wind ging? Ze dacht koortsachtig na. Hoeveel had Maddox hem geboden voor zijn aandelen? En als hij had geweigerd te verkopen, waar hadden ze dan mee gedreigd?

Toen ze op de bovenste verdieping van het Scolari-gebouw uit de lift stapte, kon ze door de glazen wand al zien dat de lichten in haar kantoor brandden. En in haar kantoor – ze kon haar ogen nauwelijks geloven – ontdekte ze de man naar wie ze op zoek was. De man die alle antwoorden had. Franco wachtte haar op. Sterker nog, hij zat achter haar bureau!

'Wat is er in godsnaam aan de hand?' beet ze hem toe terwijl ze het kantoor binnenstormde. 'Wat heb je tegen de pers gezegd?'

Franco gaf geen antwoord. Hij stond niet eens op. Toen besefte Romy dat hij niet alleen was. Terwijl een tweede gedaante zich op de achtergrond hield, bij het donkere raam, stapte er een man uit de schaduwen naar voren.

'Brett Maddox,' stelde Franco hem voor. 'Ik weet niet of jullie elkaar kennen. En dat is Lance Starling, zijn advocaat.'

Romy staarde Maddox aan. Een vage herinnering kwam bij haar op. Volstrekt ongerijmd. De herinnering aan een nacht op de

Norway. Aan een van de mannen die ze aan haar tafel had gehad. Kon het zijn dat ze hem daarvan kende?

'Gezien de omstandigheden heeft Mr. Maddox een buitengewoon royaal bod gedaan,' zei Franco.

Het ontging Romy niet dat er een zweem van een glimlach om de onaangenaam vlezige lippen van Brett Maddox speelde.

'Hoezo, gezien de omstandigheden?' Wat bedoelde Franco? Waarom wilde hij haar niet aankijken? Toen zag ze dat zijn blik op het bureau was gericht. Op de eenvoudige zwarte map die daar lag.

Romy pakte de map, sloeg hem open en had een gevoel alsof ze in ijskoud water werd gedompeld. De map bevatte foto's van Ulrich, van Claudia. Van het weeshuis. Een krantenknipsel over de brand...

'Je hebt ons voorgelogen,' zei Franco. 'Over je verleden. Je hebt gelogen over wie je bent. Je komt uit een weeshuis. En daar heb je een van de andere kinderen vermoord. Je kende de moordenaars van Alfonso! Stel je eens voor hoe verschrikkelijk het zou zijn – voor iedereen, en niet in de laatste plaats voor je zoon – als dat ooit bekend werd...'

'Nee!' bracht Romy hijgend uit. 'Dat kan niet! Dat mag niet! Je kunt me niet chanteren...' begon ze, maar terwijl ze van Franco naar Brett Maddox keek, wist ze wel beter. Want dat was precies wat ze deden.

'Het is heel eenvoudig,' zei Maddox. 'We hebben alle papieren al in orde gemaakt. Je hoeft alleen nog maar te tekenen.'

31

November 2009

De koude wind joeg de fijne regendruppels in vlagen over de grijze Hudson en over de grazige hellingen van de begraafplaats in Manhattan, waar de rijen grafzerken onder de sombere grijze hemel wel iets weg hadden van een kolonie onverschrokken zeemeeuwen.

Op wat algemeen werd beschouwd als de mooiste laatste rustplaats in New York, was zelfs een plekje op de wachtlijst voor een van de weinige nog resterende kavels met uitzicht op het Vrijheidsbeeld, zo goed als onbereikbaar. De stenen – zowel de oude als de recentere – vormden als het ware een Wie-is-Wie van de New Yorkse samenleving.

Thea stond bij de granieten zerk van Griffin Maddox en schikte haar witte rozen in de eenvoudige tinnen vaas. Het was inmiddels twee jaar geleden dat haar vader was gestorven en toen de kist in de koude grond werd neergelaten, had ze gedacht dat ze iets moois, iets bijzonders zou ervaren wanneer ze later aan zijn graf stond.

Ze keek op naar het beeld van grijs marmer dat in haar opdracht was gemaakt, een abstract werk van een kunstenaar voor wie haar vader grote bewondering had gekoesterd. Het leek nog zo nieuw – het glom helemaal door de herfstregen – maar Thea vroeg zich af hoe lang het zou standhouden. Vijftig jaar? Een eeuw? Langer dan het erfgoed van Griffin Maddox? De erfenis waarvan ze altijd had gehoopt dat hij die aan haar – alleen aan haar – zou overdragen?

Ze sloot haar ogen en dacht aan de laatste keer dat ze hem nog in leven had gezien, en opnieuw werd ze overweldigd door spijt over alle vragen die ze hem nooit had kunnen stellen.

Nadat haar vlucht uit Sydney op JFK was geland, was ze rechtstreeks naar het Cedars Private Hospital gereden, duizelig door ongerustheid en slaapgebrek.

Griffin Maddox lag – nauwelijks bij kennis – onder een groen laken op de afdeling Intensive Care, verbonden met een reeks infuuszakken en griezelig verlicht door de monitoren rond zijn bed.

Hij was naar de ic gebracht om te herstellen van een spoedoperatie wegens een gescheurde aorta. Maar het herstel was uitgebleven. In plaats daarvan had hij in de nasleep van de operatie een beroerte gekregen, gevolgd door nog twee attaques.

Voordat ze naar haar vader toe ging, had Thea de cardioloog al gesproken. Een volgende operatie zou haar vader niet overleven, had de dokter gezegd. Ze konden niets meer voor hem doen, alleen hopen op herstel.

'Papa.' Thea nam teder zijn hand in de hare. 'Ik ben bij je.'

Griffin Maddox deed zijn waterige ogen open. Ze voelde de zwakke druk van zijn vingers om de hare. Zijn handen leken ineens zo oud en gerimpeld, en terwijl ze naar zijn gezicht keek, besefte Thea hoezeer hij door de beroerte was veranderd. De rechterkant van zijn gezicht leek verlamd, zijn mondhoek wees naar beneden.

'Thea.' Het klonk alsof hij hoestte. Zijn spraak was slepend en moeilijk te verstaan. 'Er zijn dingen... Ik had je moeten...'

Er steeg een gerochel op uit zijn keel. Ze veegde het spuug van zijn kin. Arme papa. Thea kon wel huilen. Hoe had dit kunnen gebeuren?

'Stil maar. Het is goed.' Ze keek hem aan en wenste met al haar kracht dat hij beter zou worden, dat alles weer goed zou komen. Misschien waren de artsen in een ander ziekenhuis beter, dacht ze. De eerste schrik begon al plaats te maken voor haar vastberadenheid om te zorgen dat alles weer in orde kwam. *Zodra ik thuis ben ga ik op zoek naar een andere dokter. We mogen het niet opgeven. Er moet iemand zijn die je beter kan maken.*

'Ik... ik wil dat je weet...' De worsteling om iets te zeggen werd alleen maar zwaarder. Zijn ogen zochten de hare, de spieren in zijn nek stonden strak als kabeltouwen. 'Ik heb altijd van je gehouden... alsof je mijn eigen dochter was. Je bent altijd haar... geschenk... van... God... geweest. Maar je werd ook het mijne, Thea... Je werd ook mijn geschenk...'

Waar had hij het over? Thea fronste verward haar wenkbrauwen. Ze begreep er niets van. Lag hij te ijlen? Besefte hij nog wel dat zij het was die naast zijn bed zat?

'Papa!' De tranen stroomden over haar wangen. 'Ik ben het, Thea. Natuurlijk ben ik je dochter. En jij bent mijn vader!'

Zijn vingers klemden zich om de hare. Ze schrok van de plotselinge kracht die hij aan de dag legde. Zijn greep werd nog strakker. Ze probeerde haar hand weg te trekken, maar het lukte haar niet. Hij liet niet los.

'Nee, luister...' bracht hij moeizaam uit, nog altijd met zijn hand om de hare. Zijn greep was zo strak dat hij haar pijn deed. Zijn grauwe huid kleurde zich donker, het bloed steeg naar zijn gezicht. 'Ik wil dat je het begrijpt...'

Hij kreunde van pijn en draaide zijn hoofd opzij. Een van de monitoren begon te piepen. En bleef piepen. Steeds harder. Wat betekende dat? Thea raakte in paniek. Het moest een soort alarm zijn.

Griffins gezicht werd paars, zijn ogen puilden uit hun kassen. Er klonk een sissend geluid dat diep uit zijn keel leek te komen, terwijl hij nog altijd wanhopig probeerde iets te zeggen.

'Wat is er?' vroeg Thea smekend, bijna gek van angst. 'Papa, wat is er? Zeg iets... alsjeblieft...'

Zijn ogen draaiden weg. Er ging een huivering door hem heen. Thea besefte dat het gepiep was overgegaan in een klaaglijk, onafgebroken signaal.

'Help!' riep ze. 'Alsjeblieft! Hij heeft hulp nodig!'

Griffin Maddox schokte over zijn hele lichaam. Blijkbaar had hij een soort aanval.

Een geraas van voetstappen. Er kwamen twee verpleegsters binnenstormen.

'Weg!' zei een van de twee tegen Thea.

Ze deinsde achteruit en trok zich haastig terug. De verpleegsters gingen naast het bed staan. Als een gordijn dat werd dichtgetrokken, blokkeerden ze Thea's zicht. Ze was buitengesloten en zag vol afschuw dat een van de twee op de alarmknop op het nachtkastje drukte. Er klonk een tweede signaal, nog luider dan het eerste.

Thea strompelde achteruit naar de deur en botste tegen iemand op. Ze draaide zich om, in de verwachting dat het een dokter was, de cardioloog. Maar het was Brett die daar stond en ondanks haar wanhoop, ondanks haar doodsangst wist ze bij het zien van de duistere schittering van triomf in zijn ogen dat hij daar al die tijd al had gestaan. Kil observerend.

En dat hij alles had gehoord wat er was gezegd.

Thea liet haar blik over de Hudson dwalen, met haar hand in de zak van haar zwarte wollen jas. Haar vingertoppen raakten de scherpe rand van de brief die ze die ochtend had ontvangen.

De brief kon alleen afkomstig zijn van Brett, had ze geconcludeerd. Hij had eindelijk het bewijs gevonden van wat de woorden van haar stervende vader hadden geïmpliceerd. En dat bewijs had hij naar haar doorgestuurd. Thea was nog altijd verdoofd door de schok.

Met de dood van haar vader – 'onze vader', zoals Brett hem hardnekkig bleef noemen – had Thea gehoopt de relatie tussen Brett en haar volledig te kunnen verbreken. Maar daar had Griffin Maddox anders over gedacht.

Hoewel Thea al bijna een tiener was geweest toen Brett tot het gezin was toegetreden, had haar vader haar in geen enkel opzicht bevoordeeld. Integendeel, Thea was min of meer op een zijspoor gezet. Want ook Storm was een van de belangrijkste erfgenamen in Griffins testament. Dat betekende dat Brett en zij samen het merendeel van Griffins persoonlijke bezittingen hadden geërfd.

Bovendien had Griffin de rol van zowel Thea als Brett bij Maddox Inc. vastgelegd door in zijn laatste maanden als directievoorzitter een zorgvuldige balans onder de directieleden te creëren, waarbij de steun voor zijn beide kinderen gelijk verdeeld was.

Thea mocht dan directievoorzitter zijn, haar positie was wankel. Als ze niet voldoende presteerde, of als de rest van de directie vond dat Brett het beter deed, werd ze gewipt, wist Thea.

Een gezonde competitie, dat was waarschijnlijk wat Griffin zich had voorgesteld. Thea en Brett die met elkaar concurreerden en daardoor het bedrijf met dubbele snelheid vooruithielpen. Alleen was dit geen competitie. Dit was oorlog.

Brett had zelfs – samen met Bethany – zijn intrek genomen in het appartement van Griffin en Storm op de hoogste verdieping van Maddox Tower, terwijl Storm haar tijd verdeelde tussen New York en Crofters.

Thea had Brett diverse malen gevraagd of ze de persoonlijke bezittingen van haar vader en zijn privéadministratie kon doornemen. Zijn antwoord luidde altijd hetzelfde: ze kon langskomen wanneer ze wilde. Maar in de manier waarop hij het zei, had onmiskenbaar een dreigement besloten gelegen.

Met haar vingers om de brief besefte ze dat ze het risico had moeten nemen. Dankzij de lessen zelfverdediging die ze had gevolgd en het busje pepperspray dat ze altijd bij zich droeg, zou ze ongetwijfeld tegen hem opgewassen zijn geweest. Ze had sterker moeten zijn. Ze had Brett niet onbeperkt toegang moeten geven tot de papieren van haar vader en het verleden van haar familie.

En ik had het je moeten vertellen, dacht Thea niet voor het eerst, terwijl ze zich weer naar het graf keerde. Ik had je moeten vertellen wat hij me heeft aangedaan. Ik had eerlijk tegen je moeten zijn, dacht ze, terwijl haar koude hand zich om de brief sloot. *Net zoals jij eerlijk tegen mij had moeten zijn...*

Ze voelde de arm van Michael, alsof hij besefte dat ze steun nodig had. Hem had ze gebeld op de dag dat haar vader was gestorven. Het was Michael geweest die naast haar had gestaan tijdens de begrafenis en die haar ook toen had gesteund. En hij was de enige die ze vandaag, op deze plek, bij zich wilde hebben.

'Gaat het wel?' vroeg hij bezorgd. 'Ik was even bang dat je flauw zou vallen.'

Ze had een gevoel alsof alles, haar hele leven, bezig was te ontrafelen. Onherroepelijk, zonder dat ze er ook maar iets tegen kon doen. Alsof alle kracht haar verliet. Alsof ze ophield te bestaan. Alles wat ze ooit zeker had geweten, alles waarin ze had geloofd... Het bleek allemaal gebaseerd te zijn geweest op een leugen.

Hij keek omhoog naar het marmeren beeld. 'Daar heb je goed aan gedaan,' verzekerde hij haar, in de veronderstelling dat ze van streek was door de herinneringen aan haar vader.

'Was de rest van mijn leven ook maar in marmer gebeiteld.' Het was eruit voordat ze er erg in had.

'Wat bedoel je?'

'O, niks.' Ze wilde er niet over praten, over de brief in haar zak. Ze had geen idee hoe ze erover moest beginnen. Maar Michael keek haar nog altijd aan. 'Alleen... Nou ja, ik was vroeger altijd zo zeker van alles.'

Er gleed een wrange glimlach over haar gezicht toen ze eraan dacht wat hij had gezegd voordat ze naar Australië ging. Dat ze zich nooit, door niets of niemand had laten weerhouden. Zo voelde ze zich niet langer. Sterker nog, in die Thea herkende ze zich niet meer.

'Maar nu... Telkens wanneer ik probeer achter de waarheid te komen... over wie ik ben... wat ik ben... dan lijkt het alsof alles als zand door mijn vingers glipt.'

Michael keek haar nog altijd niet-begrijpend aan. 'Wat bedoel je?'

'Ach, laat maar...' Thea schudde gefrustreerd haar hoofd.

Maar Michael hield vol. 'Je weet toch dat je me alles kunt vertellen? Echt alles?'

Ze keerde zich weer naar hem toe, en in zijn ogen las ze alleen maar belangstelling en welwillendheid. Hij was nu de sterkste van hen beiden. En hij was waarschijnlijk ook de enige echte vriend die ze had.

In dat besef haalde ze haar hand uit haar zak. Heel snel. Ze was er zelf door verrast. Haastig gaf ze hem de brief, voordat ze zich kon bedenken.

Hij bekeek de envelop, met haar naam en adres.

'Wat is het?' vroeg hij.

'Lees maar.'

En doe het alsjeblieft snel, dacht ze. *Voordat ik die brief alsnog uit je handen trek.*

Michael haalde de gekreukte, getypte brief uit de gladde, nieuwe envelop. Juni 1970, stond erboven. Thea keek naar zijn gezicht, terwijl hij las hoe dokter Myerson zijn patiënt Griffin Maddox vriendelijk, maar onverbiddelijk liet weten dat de uitkomst van zijn laatste vruchtbaarheidsonderzoek – met een spermatelling van nul – geen ruimte liet voor twijfel. Mede gezien de complicaties bij een eerdere zwangerschap van Mrs. Maddox, waardoor ze zo goed als onvruchtbaar was geworden, moest de arts helaas constateren dat het echtpaar niet op kinderen hoefde te rekenen.

'Dus dat lijkt me duidelijk,' zei Thea toen Michael eindelijk opkeek. 'Mijn ouders waren niet mijn echte ouders.'

'Maar...' Michael wilde protesteren, maar zijn stem stierf weg.

'Dat bedoelde hij met wat hij zei op zijn sterfbed,' vervolgde Thea, toen Michael opnieuw naar de brief staarde. '"Ik heb altijd van je gehouden alsof je mijn eigen dochter was." Alsóf. Want ik wás niet echt zijn dochter.'

'O, Thea!' Michael keek naar haar op, zijn gezicht was asgrauw geworden. 'Wat verdrietig voor je...'

'Mijn leven lang heeft mijn moeder me haar "geschenk van God" genoemd.' Thea probeerde de wrok en de woede niet te laten doorklinken in haar stem. 'Dat is wat mijn naam betekent. Theadora. Geschenk van God. Maar nu begrijp ik het pas. Want ik was echt een geschenk. Een cadeautje. Het kind van een andere moeder dat ze als hun eigen kind hebben grootgebracht.'

Door haar tranen heen zag ze Michael nog slechts als een silhouet van vage contouren.

'Als hij echt van me hield... waarom is hij dan niet eerlijk tegen me geweest? Als je van iemand houdt, dan vertel je toch de waarheid? Hoe pijnlijk die waarheid misschien ook is?'

'Dat weet ik niet,' zei Michael. 'Misschien dacht hij dat je het nooit hoefde te weten. Dat het niets uitmaakte.'

'Nee!' Thea kon haar boosheid niet langer verbergen. 'Als hij het me gewoon eerlijk had verteld, dán had het niets uitgemaakt.

Maar dat ik het niet wist, dat hij tegen me heeft gelogen, dáárdoor maakt het alles uit.' Ze wreef driftig haar tranen weg. 'En hij niet alleen. Zij ook! Mam! Ik weet niet eens meer hoe ik haar moet noemen. Ze hebben allebei tegen me gelogen. Mijn hele leven.'

'Maar ze hielden wel van je, Thea.' Michael legde een hand op haar schouder. 'En daar gaat het toch om?'

Thea schudde zijn hand af. Ineens begreep ze waarom Griffin Maddox haar noch Brett in zijn testament had bevoordeeld ten opzichte van de ander. Ze waren allebei geadopteerd. Het verklaarde ook waarom Jenny in Australië niets op haar leek. Ze waren niets van elkaar. Ze hadden niet dezelfde moeder.

'En je blijft wie je bent, Thea,' zei Michael. 'Dit...' Hij hield de brief omhoog. 'Dit verandert misschien waar je vandaan komt. Maar niet wie je bent.'

'Nee.' Ze beefde. Haar stem brak en er kwamen opnieuw tranen in haar ogen. 'Dit had álles kunnen veranderen. Alles wat ik ooit heb gedaan... elke dag dat ik keihard heb gewerkt... dat deed ik voor hem! Omdat ik dacht dat hij mijn vader was. Omdat ik wilde dat hij trots op me kon zijn. Omdat ik hem wilde bewijzen dat ik een echte Maddox was.' Thea kon niet meer stoppen met huilen. 'En ik ben altijd blijven lachen... voor hem...' Ze haalde diep adem en slaakte een beverige zucht. De woorden stroomden over haar lippen, onstuitbaar. 'En ik verdrong alles... al die smerige, weerzinwekkende geheimen... alles wat Brett heeft gezegd... alles wat hij me heeft aangedaan... Dat deed ik om mijn vader te beschermen! En nu denk ik: waarom? Wat had het voor zin?'

Het kwam er allemaal uit. Ze vertelde Michael alles. Over Brett. Dat hij haar had aangerand als kind en misbruikt op haar eenentwintigste. Over Tom en dat ze zijn hart had gebroken. Ze vertelde hem ook over de abortus. Ze verzweeg niets. Ook niet wat Brett daarna nog allemaal kapot had gemaakt en dat hij zichzelf had ingedekt door met Bethany te trouwen. Dat Storm had geneukt met de juridische rechterhand van haar vader. Ze vertelde hoe ze had moeten liegen en bedriegen, om de gruwelijke mythe van het gelukkige gezin Maddox in stand te houden. In het belang van haar vader. Het kwam er allemaal uit, terwijl Michael haar stevig in zijn armen hield.

Onafgebroken. Zonder ook maar één moment te verslappen.

Toen haar ademhaling eindelijk weer rustig werd en ze een stap bij hem vandaan deed, zag ze een koude woede in zijn ogen schitteren.

'Je hebt niets verkeerds gedaan,' zei hij. 'Helemaal niets. Wat er ook is gebeurd, het is allemaal niet jouw schuld.'

Toen keerde hij haar de rug toe en liep weg. Vastberaden. Doelbewust.

'Waar ga je heen?' riep ze hem na, verbijsterd dat hij haar zomaar in de steek liet.

'Ik ga hem ter verantwoording roepen!' Zijn woedende stem schalde over de begraafplaats. 'En dan zal ik hem laten boeten voor wat hij heeft gedaan.'

'Nee!' Thea rende achter hem aan en greep hem bij zijn mouw. 'Nee, Michael! Niet doen! Dat kan niet!'

Hij rukte zich los en liep door.

'Ik kan niets bewijzen!' riep ze.

'Ik heb geen bewijs nodig.' Hij draaide zich om, het litteken contrasteerde vurig met zijn bleke gezicht en hij had zijn handen tot vuisten gebald. 'Ik geloof je. Ik heb altijd in je geloofd.'

Ineens wist ze dat het waar was wat hij zei. Paniek maakte zich van haar meester. 'Maar als je hem iets aandoet, kom je in de gevangenis.'

'Dat is het waard.'

'Maar niet voor mij.' Wat er ook was gebeurd, ze wilde niet dat Michael erbij betrokken raakte. 'Dat is precies wat hij wil! Jou ook kapotmaken.' Plotseling besefte ze hoe waar het was wat ze zei. 'Want hij weet dat hij mij daarmee treft.'

'Ga dan weg,' zei Michael ten slotte. 'Neem ontslag. Zeg vandaag nog je baan op.'

'O, Michael! Je moest eens weten hoe vaak ik dat van plan ben geweest!' Ze dacht aan de lange nachtelijke uren, aan de vele, lange maanden waarin ze had overwogen om voor de makkelijkste weg te kiezen.

'Doe het dan gewoon. Laat hem doodvallen! Laat ze allemaal doodvallen!'

Thea zag het voor zich, de toekomst zoals hij die schilderde. Een toekomst waarin ze een streep zou zetten onder haar verleden en waarin voor Maddox Inc. geen plaats meer was. Een toekomst waarin ze haar eigen weg zou kiezen. En Michael had gelijk. Dat zou ze kunnen doen. Het besluit was aan haar.

'Nee,' zei ze.

Michael gooide gefrustreerd zijn armen in de lucht, maar ze schudde langzaam haar hoofd. 'Want als ik wegga, dan heeft hij...'

'Dan heeft hij wat?'

'Dan heeft Brett gewonnen. Dan is alles van hem. En dat kan ik niet laten gebeuren. Na wat hij me heeft aangedaan, en met alles wat hij me nog steeds probeert te flikken, kan ik dat gewoon niet laten gebeuren.' Ze besefte dat haar vastberadenheid terugkeerde. 'De enige manier om van hem te winnen, om hem alles betaald te zetten, is door te zorgen dat hij alles kwijtraakt. Alles! Ik moet volhouden. Ik moet blijven vechten voor het bedrijf. En ooit zal ik het terugveroveren en zorgen dat hij met lege handen achterblijft.'

Michael liet zichtbaar zijn schouders hangen. Bezorgdheid en berusting verdreven de boosheid uit zijn gezicht. Hij wist dat hij haar niet tot andere gedachten zou kunnen brengen. En hij wist ook dat hij dat niet moest proberen. In plaats daarvan zou hij haar steunen, wat ze ook mocht besluiten.

Thea wist het ook. Ze dacht aan wat ze over haar vader had gezegd. *Als hij echt van me hield, waarom is hij dan niet eerlijk tegen me geweest? Als je van iemand houdt, dan vertel je toch de waarheid? Hoe pijnlijk die waarheid misschien ook is?*

Was dat wat ze voor Michael voelde? Ze liep naar hem toe. Was dit liefde? vroeg ze zich af terwijl hij zijn armen om haar heen sloeg. Deze kracht die bezit van haar nam en die haar leek op te tillen?

'Als hij het waagt ooit nog een vinger naar je uit te steken, dan moet je me waarschuwen, Thea.'

'Dat zal ik doen. Echt waar. Ik beloof het.'

'Ik zal ervoor zorgen dat niemand je ooit nog pijn doet.'

Terwijl ze daar stonden, bestookt door de koude wind die de herfstbladeren voor zich uit blies en deed rondwervelen, wist Thea met absolute zekerheid dat ze zich door die brief niet zou laten intimideren. Brett zou niet van haar winnen. Dat zou ze niet laten gebeuren.

Ze draaide zich om, voor een laatste blik op het graf van Griffin Maddox. Terwijl ze dat deed, dacht ze ook aan haar moeder, aan de gelukkige jaren op Little Elms. Ze besefte dat de blik van haar vader altijd op de toekomst gericht was geweest. Net als de hare. Terwijl ze haar hand in die van Michael legde en terwijl ze samen de storm tegemoet liepen die dreigde aan de horizon, vroeg ze zich af of Michael gelijk had. Of ze misschien toch meer de dochter was van Griffin Maddox dan ze even had gedacht.

Het liep tegen het eind van de middag. Thea nam de lift naar haar kantoor in Maddox Tower. Ze bekeek zichzelf in de spiegel, dankbaar dat er make-up bestond. De sporen van haar tranen waren uitgewist. Ze zag eruit alsof ze de hele wereld aankon en zo voelde ze zich ook.

Terwijl ze steeds hoger klom, was ze zich bewust van alle verdiepingen die de lift passeerde, van de mensen die daar werkten en wier leven in belangrijke mate werd bepaald door Maddox Inc. Van nu af aan zou ze alles wat Brett deed nauwlettend in de gaten houden. Zowel zakelijk als privé. Met alle middelen die tot haar beschikking stonden. Ze zou zorgen dat ze het bewijs in handen kreeg om hem te onttronen. Het was gedaan met de loopgravenoorlog. Ze zou hem in alle openheid bestrijden.

Ze dacht ook aan Michael. Ze voelde zijn hand nog altijd in de hare, hun vingers ineengevlochten.

Ze had hem alles verteld en hij had haar niet veroordeeld, hij had haar niet vol weerzin weggeduwd. *Hij haat me niet om wat er is gebeurd.* Terwijl ze daar altijd bang voor was geweest.

Die avond zou ze na haar werk rechtstreeks naar zijn kleine huurappartement in Queens gaan. Een week eerder was hem een baan aangeboden, als leidinggevende bij een particulier beveiligingsbedrijf. Hij zou koken, had hij gezegd. Een van de recepten van zijn moeder. Iets waar ze vroeger als kind altijd van hadden gesmuld, had hij plagend gezegd, zonder te willen verklappen wat het was.

Thea had niet eens geweten dat hij kon koken. Sterker nog, ze wist maar zo weinig van de man die hij was geworden. Van zijn eigenschappen en eigenaardigheden. Maar dat leek er niet toe te doen, want op een ander niveau was hij haar nog altijd zo vertrouwd. Diep vanbinnen kende ze hem. Ze wist wie hij was. Dezelfde die hij altijd was geweest en altijd zou zijn.

Ik zal ervoor zorgen dat niemand je ooit nog pijn doet, had hij gezegd. En ze geloofde hem.

Brett kon haar geen pijn meer doen. Nooit meer.

Ze stapte uit de lift en keek naar de rij televisies aan de muur van de receptie. Een ervan stond op CNN. Terwijl ze een slok koffie nam, die ze onderweg naar kantoor bij haar favoriete adresje had gehaald, las ze de onderwerpregel van het nieuws. Ze ging langzamer lopen.

Ten slotte bleef ze staan en ze draaide zich om naar het scherm, om de tekstbalk nogmaals te lezen. Op dat moment kwam Sarah, haar assistente, haastig aangelopen.

'Ik heb zo geprobeerd je te bereiken!' zei ze gejaagd en duidelijk in paniek.

Thea besefte dat ze haar telefoon had uitgeschakeld toen ze naar de begraafplaats ging.

'Brett heeft een directievergadering belegd. Ze zitten al een half-uur op je te wachten.' Haar vurige blos verried dat de arme Sarah de volle laag had gekregen vanwege Thea's afwezigheid.

'Zeg maar dat ik eraan kom.' Thea's blik werd nog altijd naar het scherm getrokken, want ze kon haar ogen niet geloven.

Het kon niet waar zijn! Volgens de aankondiging op het scherm had Maddox Inc. zojuist Scolari overgenomen. Maar dat was ondenkbaar. Thea had alles geprobeerd. Amper een week eerder had ze de directie – tot grote teleurstelling van de aanwezige leden – moeten meedelen dat het haar niet was gelukt tot overeenstemming te komen. Sterker nog, ze had de verwachting uitgesproken dat Scolari wel altijd onbereikbaar zou blijven. Het duizelde haar. Ze zette haar koffiebeker op de receptiebalie en liep met grote passen naar de directiekamer.

'Waarom wist ik hier niets van?' viel ze uit toen ze Peter en Dennis – twee van de trouwste bondgenoten van haar vader – in de gang voor de deur zag staan.

'Brett zei dat hij jouw volledige goedkeuring had,' antwoordde Peter, maar het ontging Thea niet dat hij een beetje ongemakkelijk klonk.

'Brett?' Thea begreep het niet. 'Wat heeft Brett ermee te maken?'

'Brett heeft de deal gesloten,' zei Dennis, duidelijk in de war gebracht door Thea's reactie. 'Hij zei dat jij hem had gevraagd de onderhandelingen over te nemen, omdat het jou niet was gelukt. Dat je er niets van verwachtte, maar dat hij het vooral moest proberen.

Niet gelukt...

Ineens was ze zich bewust van het gevaar. Brett had het gedaan om de directie te bewijzen waartoe hij in staat was. Om de directie te laten zien dat hij voor elkaar had gekregen wat haar niet was gelukt.

'Hij zei dat je blij zou zijn. Dat hij een van je dromen had laten uitkomen.'

Leugenaar, dacht Thea. Trouwens, dat gold ook voor Peter en Dennis. Allemaal leugenaars. Thea zag het in hun ogen. Ze hadden geweten dat Brett met Scolari bezig was, maar ze hadden haar er welbewust buiten gehouden. Ze hadden zijn kant gekozen. Gold dat ook voor de anderen?

Ze kon het antwoord van hun gezicht aflezen op het moment dat ze de directiekamer binnenkwam. De mannen rond de tafel ontweken zonder uitzondering haar blik.

'Aha, daar ben je eindelijk,' zei Brett.

Hij stond aan het hoofd van de directiekamertafel in een mooi nieuw pak. Met een brede glimlach en koude haaienogen trok hij zijn smetteloos witte manchetten net iets onder zijn mouwen uit.

Thea liep naar hem toe, naar de plek waar zij altijd zat om de vergaderingen voor te zitten, maar Brett verroerde zich niet. Hij was zo gaan staan dat ze onmogelijk bij haar stoel kon komen.

'Dus je hebt het geweldige nieuws al gehoord?' vroeg hij.

'Ik begrijp niet hoe je...' Het was eruit voor ze er erg in had, en daarmee had ze ongewild blijk gegeven van haar verbazing en onbegrip.

'Die ouwe Scolari zover hebt weten te krijgen?' maakte Brett grijnzend haar zin af.

Thea's hart bonsde in haar keel toen ze zag dat de voltallige directie aanwezig was. Een enkeling glimlachte zelfs.

'Dat bleek niet nodig,' zei Brett. 'In plaats van Scolari te benaderen heb ik een omweg genomen. Ik heb gezorgd dat ik de andere aandeelhouders aan mijn kant kreeg.'

'Maar dat kan helemaal niet,' zei Thea. 'Roberto Scolari en zijn vrouw en schoondochter hebben samen een meerderheidsbelang. En het is uitgesloten dat ze hun aandelen aan jou hebben verkocht.'

Lance Starling schraapte zijn keel.

'Eh, dat klopt niet helemaal.' Hij stond haastig op. 'Mag ik dat toelichten?'

'Absoluut!' Brett en diverse andere directeuren keerden zich naar Lance Starling. De gang van zaken was duidelijk van tevoren afgesproken, bedoeld om Thea op een zijspoor te zetten. Lance zette een projector aan en begon voortvarend uit te leggen hoe de overeenkomst tot stand was gekomen.

Thea liet zich in een stoel zakken terwijl Lance doorpraatte en diverse bondgenoten van Brett hem feliciteerden en begonnen over andere overnames die hij al op de rails had staan. Brett keurde haar geen blik waardig. Alsof ze er niet meer toe deed. Alsof ze niet meer bestond.

'Zoals jullie weten,' zei Brett toen Lance Starling was uitgesproken, 'heb ik over' – hij keek op zijn Rolex, de Rolex van haar vader, besefte Thea vol afschuw – 'een klein halfuur een persconferentie belegd. Dat lijkt me meteen een goed moment om je ontslag als directievoorzitter aan te kondigen, Thea.'

Ze sprong overeind.

'Hoezo? Ik neem helemaal geen ontslag.'

'Te laat,' zei Brett. 'We hebben een spoedberaad gehad. Jij kwam helaas niet opdagen. Hoe dan ook, daarbij hebben we als directie het vertrouwen in de voorzitter opgezegd.'

'Het vertrouwen opgezegd? Maar...'

'Eerlijk gezegd zat dat er al een tijdje aan te komen, Thea. En de mislukking met Scolari' – Brett keerde zich met een glimlach naar zijn mededirectieleden – 'heeft je tekortkomingen alleen maar nog meer benadrukt. Niet alleen als directievoorzitter, maar ook als zakenvrouw.'

Thea kon haar oren niet geloven. De snelheid waarmee hij te werk was gegaan, had haar volledig verrast. 'Maar...'

'Dat is alles, heren.' Brett negeerde haar tegenwerpingen en gebaarde de anderen om de kamer te verlaten. 'Ik zie u bij de persconferentie.'

'Laten jullie dit gewoon gebeuren? Laten jullie je deze onzin aanleunen?' riep Thea, maar er was niemand die luisterde. Iedereen stond op en verliet de kamer. Er klopte iets niet. Ze had gedaan wat ze kon om Scolari aan boord te krijgen. Ze had echt alles gedaan. Het kon niet waar zijn dat Brett hiermee wegkwam. Toch leek het daar wel op.

'Succes,' zei Peter op gedempte toon toen hij de deur uit liep.

'Wacht nou even!' riep Thea smekend, in de hoop dat ze terugkwamen. Maar even later stond ze alleen tegenover Brett.

'Denk maar niet dat je hiermee wegkomt!' riep ze. 'Ik laat me niet dwingen om ontslag te nemen.'

'Ik ben bang dat je geen keus hebt.'

Hij klapte zijn laptop open, drukte op een paar toetsen, en het scherm kwam tot leven. 'Want er zijn verschillende redenen waarom je niet langer te handhaven bent,' vervolgde hij. 'En die redenen zijn niet alleen zakelijk. Ze liggen ook in de persoonlijke sfeer. Het feit dat je geen biologische dochter bent van Griffin en Alyssa Maddox is een van die redenen. Ik heb het nagetrokken. Griffin heeft je niet officieel geadopteerd. Mij wel. En dat betekent dat ik meer recht heb op het bedrijf dan jij. Omdat je moeder dood is, kan ik helaas geen stappen nemen om met een DNA-test te bewijzen dat ze niet per ongeluk toch zwanger is geworden. Van iemand anders dan Griffin, natuurlijk. En dat betekent dat ik je niet kan laten onterven.' Zijn ogen schitterden van woede. 'God mag weten waar ze je vandaan hebben gehaald, Thea.' Hij zei het alsof ze rechtstreeks van de vuilnisbelt kwam. 'Maar er is nog een reden. Iets wat ik... professioneel wangedrag zou noemen.'

Op het grote scherm tegen de achterwand verscheen een korrelig maar helder beeld van Thea en Reicke in de jacuzzi in Wenen.

'Zet dat ding uit!' Thea sloeg de laptop dicht.

'Hè, wat jammer!' Brett grijnsde triomfantelijk. 'Dit is een van mijn favoriete films. Vooral als je je laat neuken op de rand van de jacuzzi.' Zijn ogen glinsterden boosaardig. 'Afijn. Vertel het maar. Leg je je neer bij je ontslag en vertrek je op een waardige manier? Of zal ik dit bestand naar je vriendje Michael sturen?'

32

November 2009

Lars Artman schrok wakker. Voorzichtig, om Gretchen niet te storen die weer eens naast hem was gekropen, schoof hij het zware dekbed weg. Hij pakte de kaalgeknuffelde teddybeer van zijn dochtertje, legde die in haar armen en streek liefkozend het blonde haar uit haar gezichtje.

Het was koud, bijna ochtend. Huiverend liep hij op zijn tenen over de plankenvloer naar de zitkamer.

Het bleekgele licht van een straatlantaarn viel door een kier tussen de gordijnen naar binnen. Achter de keukentafel, die Lars naar de kamer had gesleept en die was bedekt met laptops en paperassen, plus de restanten van de Indonesische afhaalmaaltijd van de vorige avond, was de slaapbank uitgetrokken.

Onder het geplooide witte laken kon Lars de lange, hoekige contouren onderscheiden van Romy Scolari. Haar voorhoofd was nat van het zweet.

Het was niet de eerste keer dat ze hem 's nachts wakker had gemaakt. Ze sliep zelden, maar als ze dan eindelijk in slaap was gevallen... gebeurde er dit. Het zou niet zo erg zijn, veronderstelde hij, als ze toch al niet aan het eind van haar krachten was geweest. Ze at bijna niets, ze dronk alleen af en toe wat water als hij daarop aandrong, en hij was bang dat ze zichzelf volledig zou uitputten.

Drie dagen eerder, op donderdagmorgen, had ze ineens onaangekondigd op de stoep gestaan. Hij was net terug uit India, waar hij twee weken voor zijn werk was geweest, en stond op het punt om naar kantoor te gaan.

Toen de bel ging, zonder dat iemand iets in de intercom zei, had

Lars veronderstelde dat er een pakketje werd bezorgd. Dus hij ging naar beneden om open te doen, en daar stond tot zijn verrassing Susan, zijn vroegere buurvrouw. Met een zonnebril op en een hoed diep over haar voorhoofd getrokken. Ze beefde over haar hele lichaam.

Alleen wist hij inmiddels dat ze geen Susan heette, maar Romy. Romy Scolari.

Lars had het op zijn werk zwaar te verduren gehad nadat de werkelijke identiteit van zijn buurvrouw breed in alle Nederlandse en internationale media was uitgemeten. Echt iets voor hem om niet in de gaten te hebben dat er een wereldberoemd topmodel boven hem woonde, hadden zijn collega's hem geplaagd. En dat noemde zich onderzoeker! Hij had niet eens in de gaten wat er in zijn eigen huis gebeurde!

Maar hoe had ik moeten weten wie ze was? Lars keek naar Romy. Haar vochtige, donkere haar lag uitgewaaierd over haar gezicht. Hij moest de verleiding weerstaan om het opzij te strijken, net zoals hij dat even eerder bij Gretchen had gedaan. *Model was gewoon haar vorige baan geweest. Dat zei toch verder niets over wie ze was?*

Vanaf hun eerste kennismaking had Lars zijn Engelse buurvrouw alleen maar ontwapenend aantrekkelijk gevonden. Zo aantrekkelijk dat hij haar amper had durven aankijken, de paar keer dat ze elkaar hadden gesproken.

Hoewel ze zich onopvallend kleedde, zich niet opmaakte en ook verder geen enkele aandacht aan haar uiterlijk besteedde, deed dat allemaal niets af aan haar natuurlijke schoonheid. Die kon niemand ontgaan.

Behalve dat ze er niet als model uitzag, gedroeg ze zich ook niet als een beroemdheid. Lars had haar nooit kunnen betrappen op de sterallures die de media zo vaak met dergelijke beroemdheden associeerden.

Integendeel, toen hij zijn onzekerheid eenmaal had overwonnen en ze met elkaar aan de praat waren geraakt, was ze gewoon Susan voor hem geworden. Zijn schuwe, maar charmante buurvrouw, die een goede en liefhebbende moeder was voor haar zoontje Alfie. Geleidelijk aan had hij haar iets beter leren kennen, maar lang niet zo goed als hij zou hebben gewild. En hij had zeker niet verwacht dat ze ooit bij hem op de bank zou slapen.

Na haar terugkeer naar Italië had hij haar af en toe gegoogeld en haar succesvolle carrière als zakenvrouw gevolgd.

Aanvankelijk had ze nog weleens gemaild; hoe het met Alfie ging en dat ze haar man nog steeds heel erg miste, maar ook hoe ze genoot van haar geweldige schoonfamilie. Naarmate de tijd verstreek, waren de e-mails echter steeds schaarser geworden.

Lars had geprobeerd zich haar leven voor te stellen, een bestaan in de schijnwerpers, samen met Alfie, en hij was tot de conclusie gekomen dat ze zich in Italië waarschijnlijk veel meer thuis voelde dan gedurende haar korte verblijf in Amsterdam.

Hij was blij voor haar geweest, maar hij had haar ook gemist en soms had hij zelfs spijt gehad van zijn verlegenheid toen ze nog boven hem woonde. Uiteindelijk had hij geaccepteerd dat ze ieder in een andere wereld leefden en dat hij haar waarschijnlijk nooit meer zou zien.

En toch lag ze nu hier op de bank.

Het was een enorme schok geweest haar terug te zien in Amsterdam. Zonder entourage, zelfs zonder chauffeur. En de schok werd nog groter toen bleek dat ze haar zoon niet bij zich had.

Maar het allerergste was dat toen Romy haar zonnebril afzette, haar diepblauwe ogen rood bleken te zijn van het huilen. Met haar droge, gebarsten lippen had ze eruitgezien alsof ze elk moment in elkaar kon zakken. Ze deed Lars denken aan een opgejaagd dier.

Hij had haar mee naar boven genomen, dankbaar dat Gretchen tot zaterdag bij haar moeder was. En toen had hij geluisterd naar Romy's verhaal, dat onstuitbaar als een waterval naar buiten was gekomen.

Ze had hem verteld over haar verschrikkelijke laatste maand in Italië. Ze had moeten vluchten omdat een zekere Brett Maddox haar door chantage had gedwongen haar aandelen Scolari aan hem te verkopen, met als gevolg dat Maddox Inc., de mediagigant, een meerderheidsbelang had verworven in het bedrijf van haar schoonfamilie.

Nog angstaanjagender vond Lars de informatie die Maddox had

gebruikt om haar te chanteren. Over de moordenaars van haar man die uit Duitsland kwamen. Informatie over haar verleden. Over haar gruwelijke ontsnapping uit het weeshuis waar de kinderen werden misbruikt. Ze vertelde dat ze een van de jongens had moeten doodsteken om haar beste vriendin te beschermen, en Lars had haar geloofd.

Toen ze haar verhaal had gedaan, had ze zich verontschuldigd voor de overlast die ze hem bezorgde. Ze had hem gesmeekt haar te vergeven, maar ze had geen andere plek kunnen bedenken om naartoe te vluchten. Bovendien was Lars de enige die haar misschien zou kunnen helpen om alles wat ze had gedaan, weer goed te maken. En – dat was het allerbelangrijkste – om Alfie terug te krijgen.

Met dat laatste had ze zich verzekerd van zijn steun. Dat woog nog zwaarder dan het medelijden en de sympathie die hij voor haar voelde. Het idee dat iemand zo diep kon zinken als Brett Maddox, en een moeder en haar kind opofferde voor nog meer geld, nog meer macht. Lars durfde zich nauwelijks voor te stellen hoe hij zich zou voelen als Gretchen hem werd afgenomen.

Romy Scolari verkeerde in grote problemen. Lars zou doen wat in zijn vermogen lag om haar te helpen. Hij zou al zijn contacten aanspreken, alle middelen gebruiken die hij tot zijn beschikking had, om te zorgen dat ze haar zoon terugkreeg.

Romy kreunde huiverend. Lars liet zich door zijn knieën zakken en legde teder zijn hand op haar arm. Haar gezicht was vertrokken van angst. Hij kon het niet langer aanzien. 'Hé,' fluisterde hij, toen ze zich omdraaide in haar slaap.

Romy schrok wakker uit haar nachtmerrie: Ulrich, de honden, Claudia die op de grond lag. Het was de nachtmerrie die haar al haar hele leven achtervolgde. Alleen was het nu allemaal nog veel erger. Nu waren ze volwassen, en ze was op de vlucht, met achter zich het gejank van sirenes. Politie- en brandweerauto's joegen voorbij, sloegen over de kop, beukten tegen het asfalt, vlogen in brand... Toen hoorde ze Alfonso schreeuwen... en hun zoon... en ze wist dat ze het niet zouden overleven.

'Ik wilde je niet wakker maken.' Het gezicht van Lars drong door de nevelen van de slaap. 'Maar ik was bang dat Gretchen je zou horen.'

Romy ging rechtop zitten. 'Sorry,' bracht ze hijgend uit. 'Het spijt me.'

In het schemerige licht keek ze naar hem op. Hij droeg een gestreepte pyjamabroek en een verwassen grijs T-shirt. Terwijl hij zich geeuwend uitrekte, zag ze de aanzet van zijn slanke heupen. Zijn haar zat verward, om zijn mond speelde een tedere glimlach, op zijn kaken lag een waas van donkere stoppels.

Romy keek op haar horloge, dat op de kleine koffietafel naast de bank lag. Het was vijf uur.

'Wil je een kop thee?' vroeg Lars. 'Ik ben nou toch wakker. Dan kan ik net zo goed opblijven.'

'Graag. Dank je,' zei Romy, zich er plotseling van bewust dat ze alleen een slipje en een beha aanhad.

Terwijl Lars naar de keuken liep, trok ze het laken strak om zich heen. Ze ging weer liggen en voelde dat ze teruggleed, de duisternis in. Toen ze even later opnieuw haar ogen opendeed, voelde ze zich gedesoriënteerd, alsof ze uit een peilloze diepte was opgedregd.

Het kwam door het appartement. Dat had dezelfde indeling als het hare, een verdieping hoger. Heel even, misschien een fractie van een seconde, laaide er een wilde hoop in haar op en stelde ze zich voor dat Alfie veilig lag te slapen achter de deur aan de andere kant van de kamer. Ze moest zich beheersen om niet op te springen en erheen te lopen, maar ze wist dat het kamertje door Lars als opslag werd gebruikt, voor jassen en ski's.

Haar zoon was er niet.

Ze zwaaide haar benen over de rand van de bank en trok een oude trui aan die Lars haar had geleend. Toen sloeg ze haar handen voor haar gezicht. Want ook al was ze wakker, daarmee hield de nachtmerrie van haar leven niet op.

Want die schoft had het toch gedaan. Nadat Maddox haar had gechanteerd en gedwongen haar aandelen Scolari te verkopen, had hij de informatie die hij over haar had, naar de media gelekt.

Om te garanderen dat terugkeer voor haar onmogelijk was. Om de naam Scolari zwart te maken. En om Roberto op de knieën te dwingen door zijn hart te breken.

De televisie had het nieuws dat Romy Scolari haar relatie met de moordenaars van Alfonso had verzwegen, en dat ze bovendien zelf werd gezocht in verband met de moord op een jonge cadet in Duitsland, al snel opgepikt. De eerste berichtgeving verscheen amper een uur na Romy's ontmoeting met Brett Maddox, Franco Moretti en de bedrijfsjurist, waarbij ze haar handtekening had gezet onder de verkoop van haar aandelen Scolari aan Maddox Inc.

Daarna had Romy haar bureau leeggemaakt en haar persoonlijke bezittingen uit haar kantoor gehaald, onder het toeziend oog van twee beveiligingsbeambten die twee uur daarvoor nog loyaliteit aan haar verschuldigd waren geweest. Het eerste wat Brett deed als algemeen directeur van Scolari, was Romy ontslaan. Maar zelfs in haar woede over het onrecht dat haar was aangedaan, over de manier waarop ze was gemanipuleerd en misbruikt, was haar enige gedachte hoe ze Roberto het slechte nieuws moest vertellen.

Terwijl ze de la van haar bureau voor de laatste keer dichtschoof, had ze besloten dat ze rechtstreeks naar hem toe ging. Ze moest hem onmiddellijk de waarheid vertellen: dat ze haar aandelen had verkocht om de Scolari's een schandaal te besparen dat de familie te gronde zou hebben gericht. Ze zou Roberto moeten vertellen dat ze Fuchs had vermoord. En waarom ze het had gedaan. Ze kon alleen maar hopen dat hij haar vergaf. Maar dat ze Ulrich en Claudia had gekend, dat hoefde hij niet te weten. Hij hoefde niet te weten welke gevolgen haar verzwegen verleden voor haar zoon had gehad.

Een van de portofoons van de beveiligers kraakte. Begeleid door statische ruis klonk er een stem die hem iets onverstaanbaars in zijn oor siste. Daarop liep de beveiliger naar wat even eerder nog Romy's bureau was geweest, pakte de afstandsbediening en zette de televisie aan die tegen de muur was bevestigd.

'Volgens Mr. Maddox is dit iets wat u moet zien,' zei hij onbewogen tegen Romy, terwijl het scherm tot leven kwam.

Romy zag een foto van zichzelf, naast de duidelijk opgewonden nieuwslezer.

Dat was het moment waarop ze besefte dat Maddox haar had verraden. Dat hij alles wat hij over haar wist, naar buiten had gebracht. Alles, ook haar relatie met Ulrich en Claudia. Hij mocht haar in ruil voor haar aandelen dan het dossier hebben gegeven, hij had zelf een kopie bewaard. En die had hij aan de pers gegeven.

Nog geen twintig minuten later arriveerde Romy bij Villa Gasperi. Maar toen ze door het nieuwe hek reed, werd ze begroet door stilte. Cesca's feest was voorbij. De gasten waren vertrokken. Overal stonden nog halfvolle glazen en borden, de fakkels in de tent brandden nog, de plaat op de draaitafel van de dj produceerde een zachte ruis.

Terwijl Romy over de binnenplaats rende, trok een beweging haar aandacht. Ze keek op. Achter een van de ramen op de tweede verdieping werd een gordijn haastig dichtgetrokken. Maar niet voordat Romy het gezicht van Maria had gezien.

'Hier!' bulderde de stem van Roberto toen ze de voordeur achter zich dichttrok.

Personeel was nergens te bekennen. Toen Romy langs de keuken kwam, zag ze dat daar nog chaos heerste. Vuile borden stonden in stapels op de grond, samen met rijen lege wijnflessen. Het leek wel alsof het hele personeel van het ene op het andere moment de benen had genomen. Of was weggestuurd, besefte Romy bijna misselijk van ellende, toen Roberto het feest had afgebroken en ook de gasten naar huis had gestuurd.

'Maria heeft me verteld wat ze heeft gedaan,' zei Roberto toen ze zijn studeerkamer binnenkwam. 'Dat Franco misbruik van haar vertrouwen heeft gemaakt. En dat hij achter mijn rug om met Maddox in onderhandeling is gegaan.'

Hij zat achter zijn bureau, met een halflege fles whisky in zijn hand geklemd. Zijn ogen stonden uitdrukkingsloos, zijn gezicht was een masker van onverschilligheid. Dat joeg haar meer angst aan dan wanneer hij woedend was geweest. Dit was zijn directiekamergezicht, het gezicht van de man die alle antwoorden al wist. De man die alle beslissingen al had genomen.

'En nu kom ik erachter dat jij je aandelen ook hebt verkocht.'

'Ze hebben me gechanteerd. Brett Maddox...'

'Zoiets dacht ik al,' kapte hij haar af, en hij gebaarde met de fles naar de televisie aan de muur, waarop zijn eigen gezicht te zien was. Het geluid stond uit. 'Ze hebben tegen je gelogen en gezegd dat ze alles stil zouden houden. En je bent akkoord gegaan omdat je dacht dat je geen keus had.'

Romy voelde zich overspoeld door een golf van opluchting. Dus hij begreep het. Ondanks alles, ondanks dat ze Ulrich en Claudia had gekend, stond hij nog altijd aan haar kant.

'Maar bij ons had je die keus wél! Je had tegen óns niet over je verleden hoeven liegen! Maar dat heb je al die jaren wel gedaan!' Zijn stem verried hoezeer hij zich verraden voelde.

'Roberto, het spijt me zo. Laat me het alsjeblieft uitleggen. Ik...'

'Wat valt er uit te leggen? We hebben je opgenomen in de familie, en je hebt niets gezegd! Terwijl je zulke verschrikkelijke dingen hebt gedaan! Dingen waarvan je wist dat onze familie eraan kapot zou gaan als ze ooit aan het licht zouden komen!'

Bij het horen van de minachting in zijn stem raakte ze in paniek. 'Ik wilde jullie geen pijn doen. Geen verdriet. Ik heb nooit gewild dat iemand jullie kwaad zou doen. Echt niet!'

Roberto leek haar niet te horen. 'Je kende ze! De mensen die Alfonso hebben vermoord. Je kende ze, en toch heb je ze binnengelaten. Je hebt erbij gestaan toen ze mijn kunst en mijn wijnkelder vernielden. En toen ze mijn zoon vermoordden! En al die tijd heb je niets gezegd!'

Zijn beschuldigingen spraken duidelijke taal. Hij had haar al veroordeeld. Angst sloot zich als een vuist om haar hart, want ze begreep dat hij haar helemaal niet vergaf. Integendeel. Hij probeerde alleen zijn woede in bedwang te houden.

'Het spijt me zo.'

'Hoe is het mogelijk dat je de politie zo hebt voorgelogen? En niet alleen de politie. Ons allemaal! Na alles wat we voor je hebben gedaan?'

'Dat wilde ik ook niet. Echt niet. Alfonso wist het. Ik had hem alles verteld. En hij heeft me vergeven!'

'Hij heeft je vergeven?' herhaalde Roberto verbijsterd. 'Ik geloof je niet. Ik geloof niets van wat je zegt.'

'Het is echt waar.'

'Ik geloof je niet. De enige waarheid is dat ik Scolari kwijt ben. Ik ben alles kwijt wat mijn familie van generatie op generatie heeft opgebouwd.' Hij sloeg met een vuist op zijn borst. Het bloed steeg naar zijn gezicht. 'En ik ben mijn enige zoon kwijt! Door jou!'

'Het bedrijf...' begon ze haperend. Ze kon hem niet langer in de ogen kijken. 'Ik zal alles doen om het terug te krijgen...' Het verlies van Alfonso kon ze nooit goedmaken, maar ze kon althans proberen hem Scolari terug te bezorgen.

'Nee!' snauwde hij. 'Zelfs al zou ik het terug willen, dan nog is onze naam bezoedeld, onze reputatie geschonden. Door jou denkt iedereen dat alles wat we hebben bereikt, is gebaseerd op leugens en corruptie. Door jou word ik nooit meer serieus genomen! Door niemand!'

'Nee... nee,' jammerde Romy. 'Roberto, alsjeblieft! Je moet naar me luisteren...'

Hij stond op en boog zich woedend over zijn bureau. 'Nee, ik luister niet naar je! Jij luistert naar mij! Je verlaat dit huis en je komt hier nooit meer terug. Nooit meer!'

Romy keek hem aan en las in zijn ogen wat ze altijd al had geweten. Bij Roberto was het zwart of wit. Je hoorde erbij of niet. Smeken was zinloos bij de man die als een vader voor haar was geweest. Alle warmte was uit zijn ogen verdwenen.

Haar kin beefde, maar ze dwong zichzelf kalm te blijven. 'Goed. Als dat is wat je wilt, ga ik Alfie halen.'

'Je hebt me blijkbaar niet goed begrepen. Ik wil dat jij weggaat. Nu meteen.'

Toen drong de volle omvang van wat hij had gezegd, pas tot haar door.

'Nee! Nee! Alfie is van mij!'

'En wat gebeurt er als de politie aan de deur komt? Omdat je wordt gezocht wegens moord?'

Hij had gelijk. Het was onvermijdelijk dat ze werd opgepakt. Ze had alleen maar aan Roberto en het bedrijf kunnen denken, zonder zich af te vragen wat de consequenties voor haar persoonlijk zouden zijn. Ze moest hier weg. Ze moest zien dat ze hier onmiddellijk wegkwam, samen met Alfie.

'Waar is hij?' vroeg ze. 'Is hij boven?'

'Nee. Hij is mijn kleinzoon. Mijn erfgenaam. En ik zal doen wat ik kan om hem te beschermen.'

Om hem te beschermen? De woorden troffen haar als een mokerslag. Om hem te beschermen tegen haar. Dat was wat hij bedoelde.

Ze rende de kamer uit, de gang in, de eeuwenoude treden op naar Alfies kamer. Toen ze de deur opengooide, zag ze dat de kamer leeg was. De rode raceauto hing een eind onder het plafond, gekreukt en ingezakt, alsof hij was gecrasht. Hun bagage was verdwenen.

Ze hoorde voetstappen achter zich en draaide zich om, in de hoop dat het haar zoon was.

Het was Roberto.

'Waar is hij? Waar heb je hem naartoe gebracht? Vertel op!' riep ze bevend van woede, want van een vriend was hij de vijand geworden. De man die haar Alfie wilde afnemen. Haar zoon!

'Ergens waar jij hem nooit zult vinden.'

In de verte hoorde ze sirenes.

'Het wordt tijd dat je onder ogen ziet wie je werkelijk bent,' zei Roberto.

De sirenes werden luider.

'O god!' Ze staarde hem aan. 'Jij hebt ze gebeld, waar of niet? Je hebt de politie gebeld!'

Romy stroopte de lange mouwen van de trui op en liep naar de keuken, waar Lars met een dampende mok voor het raam stond. Buiten vielen de eerste zonnestralen op de daken en torens van de stad.

'Was het weer dezelfde nachtmerrie?' vroeg hij.

Romy knikte en voelde de tranen die tegenwoordig zo dicht onder de oppervlakte zaten, alweer in haar ogen branden.

'Ik verdien niet beter. Ik ben een slecht mens. Ik heb tegen iedereen gelogen.'

'Niet tegen mij. Tenminste, niet bij je tweede keer in Amsterdam.' Hij schonk haar een glimlach.

Romy vond het nog altijd ongelooflijk dat hij haar had vergeven. Niet alleen had ze tegen hem gelogen toen ze boven hem woonde, ze had hem ook met haar ellende opgezadeld.

'Het is allemaal zo'n puinhoop.'

'Geloof me nou maar... het komt allemaal goed.' Hij zette met een toegeeflijke glimlach zijn mok neer en gaf haar een speelse, geruststellende por tegen haar schouder.

Er ontsnapte een snik aan haar keel. Ze kon er niets aan doen. Want hoe graag hij haar ook wilde helpen, hij kon haar niet beschermen. Hier was ze ook niet veilig. Ze zou nooit meer ergens veilig zijn. Vroeg of laat zou de politie haar weten te vinden en als die niet geloofde hoe Fuchs aan zijn eind was gekomen, als ze werd veroordeeld, dan betwijfelde ze of ze Alfie ooit nog zou terugzien.

'Ik wil alleen mijn zoon terug.'

Er biggelde een dikke traan over haar wang. Kon ze maar met Alfie praten. Al was het maar even. Eén keer. Alleen om zijn stem te horen. Maar hij zou haar inmiddels ook wel haten. Net als iedereen. Roberto was zo woedend geweest, zo vol minachting, dat hij Alfie vast en zeker alles had verteld. Ook dat ze de moordenaars van zijn vader had gekend. Dat zijn moeder tegen hen allemaal had gelogen. Ze stelde zich Alfies onthutste gezicht voor terwijl Roberto zijn onschuld vermoordde.

Lars sloeg zijn armen om haar heen. 'We vinden wel een oplossing.'

Ze drukte haar gezicht tegen zijn T-shirt en gaf zich dankbaar over aan zijn omhelzing. Ze had nooit uit Amsterdam weg moeten gaan. Ze had nooit terug moeten gaan naar Italië. Lars was de enige op de hele wereld die haar niet had veroordeeld. Die niets van haar verwachtte.

Ze hoorde het rustige kloppen van zijn hart en ineens was ze zich bewust van zijn gespierde, slanke lijf tegen het hare. Zijn armen lagen om haar middel en van het ene op het andere moment werd ze plotseling overspoeld door een golf van begeerte. Ze keek naar hem op, naar zijn zachte grijze ogen. Even was het alsof hij tot in het diepst van haar ziel keek. Voordat ze besefte wat ze deed, kuste ze hem. Hij kreunde zacht, toen beantwoordde hij haar kus. Maar vrijwel onmiddellijk nam hij zijn lippen weer van de hare.

'Sorry, maar ik kan het niet. En ik wil het niet.' Hij klonk ontnuchterd.

Romy sloot haar ogen. Ze probeerde haar ademhaling weer onder controle te krijgen, in het besef dat hij sterker was dan zij. Dat zij niet had kunnen stoppen. Wat had haar bezield? Na Alfonso had ze nooit meer een man gekust. En Gretchen kon nota bene elk moment binnenkomen...

'Sorry,' zei ze.

'Het geeft niet. Ik zou liegen als ik zei dat ik het niet wilde. Sterker nog, ik wil niets liever, maar je bent zo kwetsbaar. En uitgeput. Ik wil geen misbruik van je maken.'

'O, god, ik schaam me zo.' Ze bracht haar hand naar haar hoofd.

Lars was ook zichtbaar in verlegenheid gebracht. Van de zelfverzekerde netwerkbeveiliger was even niets meer over. In plaats daarvan zag hij eruit als een ongemakkelijk, verlegen schooljochie, wat hem in Romy's ogen alleen maar aantrekkelijker maakte.

Hij glimlachte. 'Ach, je bent ook maar een mens.' Hij hief in een toegeeflijk gebaar zijn handen en Romy begon te lachen.

'Zo zie ik je liever.' Hij zette zijn bril recht, op slag weer een en al zakelijkheid. 'Nog een dosis cafeïne, en dan zullen we eens kijken hoe we Alfie terug kunnen krijgen.'

Nadat hij koffie had gezet, gingen ze samen op zijn balkonnetje zitten, op de gietijzeren bank die daar stond. Hoewel Romy bekende dat ze niet meer had gerookt sinds ze een tiener was, deelden ze een sigaret.

'Als we dan toch de ene wet na de andere overtreden, kunnen we beter zorgen dat we er ook een beetje plezier aan beleven,' grapte hij, terwijl ze ineengedoken naast hem zat en keek hoe het koude licht van de dageraad over de stad kroop.

Lars was al een paar dagen bezig om zo veel mogelijk krantenartikelen over Schwedt te verzamelen en die te controleren op Romy's echte naam. Inmiddels had hij inderdaad alle bijzonderheden gevonden over de brand en de dood van Fuchs, waarbij Romy in beide gevallen als schuldige werd aangewezen. Iets wat werd bevestigd door vier andere weeskinderen: Pieter, Monk en Heinrich, en Claudia Baumann.

Dus Claudia had Romy's naam genoemd tegenover de politie. Ongetwijfeld om zelf buiten schot te blijven. Ondanks alles wat Claudia haar had aangedaan, kon Romy het kleine meisje van vroeger niets kwalijk nemen. Claudia had geen keus gehad. Net zoals ze geen andere keus had gehad dan de bescherming van Ulrich te accepteren. Met alles wat daarbij hoorde en waarvan Romy zich nauwelijks een voorstelling durfde te maken.

Lars had bovendien een vroegere studievriendin – een advocaat in Den Haag – gevraagd om na te trekken of de dossiers van misdrijven gepleegd in het voormalige Oost-Duitsland nog voor vervolging in aanmerking kwamen en of het ooit tot een onderzoek kwam door de Duitse politie.

Helaas bleek dat er in sommige gevallen inderdaad een onderzoek werd ingesteld. Dat betekende dat de berichten in de media klopten. Dat Romy Scolari inderdaad in theorie in elk land binnen de EU kon worden gearresteerd. Ongeacht het feit dat ze minderjarig was geweest op het moment van de moord, gold ze voor de wet als instabiel, omdat ze had geprobeerd haar sporen uit te wissen door brandstichting, en omdat ze vervolgens was gevlucht. Verder had de advocaat gezegd dat, mocht een verdachte als Romy – Lars had uit voorzorg niet haar echte naam genoemd – worden veroordeeld, ze in het ongunstigste scenario uit de ouderlijke macht zou worden ontzet. Misschien zelfs levenslang.

Een lichtpuntje was dat twee van de jongens – Monk en Heinrich – die Romy van moord hadden beschuldigd, later waren veroordeeld voor diverse overtredingen, waaronder verkrachting. Dat was gunstig voor de geloofwaardigheid van Romy's eigen verklaring.

Nu Lars en Romy eenmaal hadden vastgesteld hoe ernstig de problemen waren, hoopten ze dat ze een beroep kon doen op verzachtende omstandigheden. Bovendien hadden ze besloten om alle vrijheden die Romy nog tot haar beschikking had, te gebruiken om een ander onrecht ongedaan te maken, namelijk de vijandige overname van Roberto's bedrijf. Door hem Scolari terug te bezorgen, hoopte Romy uiteindelijk ook zijn vertrouwen te heroveren.

Lars keerde zich naar Romy.

'Die Brett Maddox,' begon hij. 'Als hij er niet voor terugdeinsde jou te chanteren... dan heeft hij dat misschien bij meer mensen gedaan.'

'Of erger,' viel Romy hem bij. 'Die man deugt niet, Lars. Zoals hij naar me keek... Die boosaardige blik in zijn ogen... Hij genoot van de situatie! Dat had niets te maken met zakendoen. Dat was puur sadisme. Die man is een psychopaat. Als hij ergens zijn zinnen op heeft gezet, deinst hij voor niets terug.'

'Iemand die zo werkt, die dat soort dingen doet... die móét sporen hebben nagelaten,' verzekerde Lars haar. 'Hij denkt misschien dat hij iedereen te slim af is, maar ergens zit er een zwakke plek. Zo gaat het altijd. Er is geen bedrijf dat niet op enig moment vuile handen maakt.'

'Maar hoe vinden we die? Maddox is zo groot. Waar moeten we beginnen? Zo'n bedrijf heeft een leger aan boekhouders en advocaten in dienst. Het kan wel maanden – misschien zelfs jaren – duren, voordat we iets vinden wat het natrekken waard is. En dan kan alsnog blijken dat het spoor doodloopt.'

'We moeten op zoek naar onregelmatigheden. Trucs die ik bedrijven voortdurend zie uithalen. Lege vennootschappen. Dummy-rekeningen. Niet-bestaande werknemers. De corruptie begint doorgaans daar, waar contant geld verdwijnt. Maar ik denk dat we ons niet alleen op Maddox Inc. moeten concentreren.'

'Je bedoelt ook op Brett Maddox zelf?'

'Waarom niet? Iedereen trekt tegenwoordig zijn eigen spoor, met e-mails, files op laptops, persoonlijke verslagen van vergaderingen en zakelijke transacties. Het zweeft allemaal ergens rond. Alleen, het valt niet altijd mee om erbij te komen.'

'En dat is bovendien illegaal.'

'Precies.'

'En kom jij dan niet in de problemen als je wordt betrapt?' vroeg Romy bezorgd. Ze had al genoeg mensen bezeerd. 'Nee, dat wil ik niet,' zei ze dan ook.

'Maar ik word niet betrapt.' Hij legde een vinger op haar lippen toen ze opnieuw wilde protesteren. 'Ik sta aan de goeie kant! De white-hat hacker. Wat heeft het voor zin om in de netwerkbeveiliging te zitten als ik zo'n klootzak niet aan de paal zou mogen nagelen?'

Romy liet de zoveelste pannenkoek uit de pan op Gretchens bord glijden, verbaasd over de eetlust van het kleine meisje. Glimlachend kneep ze in de fles met honing en schonk die er in kringetjes overheen.

'Vind jij mijn papa aardig?' vroeg Gretchen.

Romy bloosde. Ze had hen toch niet gezien, die ochtend in de keuken? Schaamte bekroop haar. Ze begreep zelf niet hoe het had kunnen gebeuren, ook al had Lars er heel relaxed over gedaan.

'Ja, ik vind hem aardig,' zei ze. 'En hij heeft me heel erg geholpen.'

'Hij vindt jou ook aardig.' De manier waarop Gretchen haar wenkbrauwen optrok, deed Romy aan Lars denken. Ze streek een lok haar achter haar oor.

'O, ja?'

'Hij heeft nooit een vriendin. Omdat hij denkt dat ik dat vervelend vind. Maar dat is niet zo. Ik wil alleen maar dat hij blij is.'

Gretchen stopte nog een hapje pannenkoek in haar mond terwijl Romy nadacht over Lars. Nadat hij met haar had gesproken, was hij die ochtend al vroeg naar zijn werk gegaan. Ook al was het zondag. Of eigenlijk, juist omdát het zondag was. Want bij het soort werk dat hij moest doen, kon hij geen pottenkijkers gebruiken. Romy zou die dag op Gretchen passen. Precies wat ze nodig had, realiseerde ze zich.

'Mis je Alfie?' vroeg Gretchen.

'Altijd. Vooral op dagen als vandaag. Hij is dol op pannenkoeken.' Hoe lang was het geleden dat ze de tijd had genomen om pannenkoeken voor haar zoon te bakken? Misschien kreeg ze daar nooit meer de kans voor. Ze moest vechten tegen de paniek. Na het gesprek van die ochtend met Lars was ze iets rustiger geworden, maar nu sloeg de paniek weer in volle hevigheid toe.

'Waarom bel je hem niet gewoon?' vroeg ze.

Romy zuchtte. 'Dat is erg ingewikkeld.'

'Waarom?'

'Omdat ik vroeger iets heel slechts heb gedaan.' Ze besefte dat ze niet veel ouder was geweest dan Gretchen toen ze uit het weeshuis was weggelopen. Het verbaasde haar dat ze op die leeftijd zo dapper was geweest en zo vindingrijk.

'Voelde je je toen akelig?'

Romy knikte langzaam. 'Heel erg akelig. Ik dacht dat ik het allemaal kon vergeten.'

'Maar dat kan je niet?'

'Nee. Nee, dat kan ik niet.'

'Ik heb weleens iets gestolen,' zei Gretchen. 'En toen voelde ik me ook heel erg akelig.'

'En wat heb je toen gedaan?'

'Gewoon. Wat je moet doen.'

'En dat is?'

'Ik heb het teruggegeven en gezegd dat ik er spijt van had. En toen voelde ik me meteen een stuk beter.'

Romy dacht nog aan wat Gretchen had gezegd, toen ze die avond naast Lars achter de laptop zat. Ze keken naar het scherm waarop de bestanden binnenkwamen die hij vanaf zijn werk had doorgemaild.

'Lars, ik heb een besluit genomen.'

'O? Wat dan?'

'Ik wil niet langer op de vlucht zijn. Dat ben ik al mijn hele leven. En de enige manier waarop ik het kan oplossen, is teruggaan. Naar Duitsland. Ik ga terug naar Schwedt.'

Ze verwachtte dat hij geschokt zou reageren, maar hij protesteerde niet. De blik in zijn ogen gaf haar de bevestiging dat haar beslissing de juiste was.

'Ik ga naar de politie om een bekentenis af te leggen. Over de brand en het weeshuis en Fuchs.'

Lars floot zacht. 'Dat vind ik erg moedig van je.'

'Ik heb geen keus.' Ze voelde zich steeds zekerder van haar zaak. 'Ik moet de politie vertellen wat er is gebeurd. Ik moet ze ervan overtuigen dat ik de waarheid spreek.'

Lars knikte langzaam en Romy glimlachte, verbaasd dat hij zich bij haar beslissing neerlegde. Daaruit bleek dat hij haar respecteerde en dat hij er vertrouwen in had dat ze de politie zou weten te overtuigen. Toen fronste hij zijn wenkbrauwen.

'Wil je dat ik meega?'

Romy schudde haar hoofd, geroerd door zijn aanbod. 'Je hebt al zoveel voor me gedaan. En je bent hier nodig. Je hebt Gretchen. Bovendien vind ik dat ik dit alleen moet doen.'

'Je beseft dat je waarschijnlijk gearresteerd wordt?'

Ze haalde zuchtend haar schouders op. 'Dat kan. Maar vroeg of laat krijgen ze me toch te pakken. Dan kan ik me beter zelf aangeven.'

'Wanneer wil je dat doen?'

'Nou, eh... zo snel mogelijk. Hoe eerder hoe beter. Dit is geen leven. Ik heb geen keus. Hoe langer ik ermee wacht, des te langer duurt het voordat ik Alfie terugkrijg.'

'Dan bel ik Tegen Londrom. Ze is de beste advocaat die ik ken. Ik weet zeker dat zij je kan helpen.'

Romy knikte. Het duizelde haar door de snelheid waarmee het plan vorm begon aan te nemen.

'Trouwens, hoe kom je daar?' vroeg Lars, die blijkbaar ook al met de praktische invulling bezig was.

'Dat weet ik nog niet. Vliegen lijkt me geen optie. Ik wil niet het risico lopen dat ik op het vliegveld al word opgepakt. En voor de trein geldt hetzelfde. Zo'n station... daar komen te veel mensen. Ik weet zeker dat de pers me daar in de gaten krijgt. En ik moet zien dat ik in Schwedt kom. Ik moet terug naar de plek waar het allemaal is begonnen.'

'Neem mijn auto dan.'

'Heb jij een auto?'

'Een camper. Niet groot, maar betrouwbaar. En als het moet, kun je erin slapen. Ook al is dat misschien een beetje koud. Afijn, we zullen hem rijklaar maken en morgenochtend regel ik een goedkoop mobieltje voor je.'

Ze keken elkaar aan. Het was zover, besefte Romy. Ze ging terug. Het zou er echt van komen. Ze ging terug naar Duitsland.

Op dat moment klonk uit de laptop het signaal dat alle bestanden binnen waren. 'Oké, hier heb ik alle recente transacties van Maddox Inc., inclusief alle dochterondernemingen. Ik begin met Italië en alles wat met Scolari te maken heeft. Als we daar bot vangen, ga ik verder met hun activiteiten in de rest van Europa,' zei Lars. 'Het gaat even duren, maar ik beloof je, zodra ik iets heb, laat ik het je weten. En ik zal niet rusten voordat ik die klootzakken te pakken heb!'

33

November 2009

In de salon van Mrs. Myerson legde Michael even zijn vinger tegen die van Thea, ongetwijfeld bedoeld om haar gerust te stellen, terwijl hij haar een kopje thee aanreikte.

Maar Thea voelde zich niet gerustgesteld. Ze was misselijk van de zenuwen. En ze probeerde uit alle macht het trillen van haar handen te stoppen, uit angst dat ze de hete thee over zich heen morste. Ze was nog altijd verbijsterd dat Michael haar had weten over te halen tot dit bezoek, ook al moest ze bekennen dat het goed voelde om weg te zijn uit New York. Weg uit haar huis, waarin ze zich had verschanst sinds die afschuwelijke dag van haar ontslag, nu ruim een maand geleden.

Ze was niet meer zo geschokt en gekwetst als in het begin. De woede om het onrecht dat haar was aangedaan, was veranderd in een doffe pijn. Brett had haar vernederd, voor het oog van haar collega's en het personeel. Hij had haar openlijk – voor het grootst denkbare publiek – onttroond.

Scolari. Dat was waar het allemaal op neerkwam. De naam leek in Thea's hersenen gebrand. Want Bretts handelwijze mocht dan volstrekt verwerpelijk zijn, het viel niet te ontkennen dat hij voor elkaar had gekregen wat haar niet was gelukt. Hoe hij het had gedaan, hoe hij de Scolari's zover had weten te krijgen, terwijl ze altijd hadden gezegd dat een overname geen optie was, daar zou ze wel nooit achter komen. Hoe dan ook, haar grootste angst was werkelijkheid geworden.

Ze had verloren.

Brett had gewonnen.

In de verwoestende chaos die daarop volgde, was Michael de enige geweest die ze had toegelaten. Van haar trots was niets meer over en het had haar niet kunnen schelen dat hij zag hoe diep ze was gezonken. Toen ze die avond niet voor het diner was verschenen, was hij poolshoogte gaan nemen en had hij zich een weg gebaand door de vertegenwoordigers van de media die zich op de stoep voor haar huis hadden verzameld. Terwijl ze snikkend haar keuken op en neer liep, machteloos van woede omdat ze was afgezet als directievoorzitter en haar eigen bedrijf uit was gewerkt, had hij alleen maar geluisterd.

'Wat moet ik doen? Ik weet het niet meer!' had ze ten slotte uitgeroepen. Haar gezicht was rood en opgezet van het huilen. 'Ik weet niet wat ik moet doen. Ik weet niet eens meer wie ik ben!'

'Dat is niet waar.'

'Hij heeft me alles afgenomen,' had ze snikkend uitgebracht.

Michael was geduldig gebleven en had op haar ingepraat.

'Je hebt altijd gezegd dat je hem met zijn eigen wapens zou verslaan.'

'Nou, blijkbaar niet. Ik heb verloren.'

'Alleen omdat hij meer weet dan jij. Informatie, daar gaat het om, Thea.'

'Maar ik kan nergens meer bij. Ze hebben me uit het bedrijf gezet. Ik ben ontslagen. Ik heb niet eens meer toegang tot mijn eigen computerbestanden.'

Michael wreef over zijn voorhoofd en gooide het over een andere boeg. 'Die brief van Brett... en wat hij tegen je zei, dat je ouders je niet hadden geadopteerd... Misschien is dit het moment om dat tot op de bodem te gaan uitzoeken.'

Thea staarde hem aan. Daar ging het toch helemaal niet om? Dacht hij nou echt dat haar dat nu interesseerde? Na wat er was gebeurd?

'Ik zou niet eens weten waar ik moest beginnen,' riep ze uit.

Maar Michael bleef geduldig. 'Ik zeg het omdat ik mam vanmiddag aan de telefoon had. Elke keer dat ik jou ter sprake breng, begint ze over dokter Myerson.'

Thea dacht terug aan haar bezoek aan Michaels moeder. Toen had ze het ook over dokter Myerson gehad.

'Ze zegt het elke keer,' vervolgde Michael. 'Dus volgens mij moeten we daar beginnen. Misschien wist hij iets. Over waar je vandaan komt.'

'Zelfs al was dat zo, hij is al jaren dood,' zei Thea. 'Dus het is zinloos.'

Maar Michael had niet opgegeven en zo kwam het dat Thea vandaag bij de weduwe van dokter Myerson zat, in de salon, met achter de glimmend gepoetste openslaande deuren uitzicht op een perfect onderhouden tuin met een wit houten hek.

'Herbie was dol op je vader, Thea.' Mrs. Myerson wierp een blik op de zwart-witfoto van haar man die op de schoorsteenmantel stond.

Thea herinnerde zich de vriendelijke dokter die Michael en haar als kinderen had ingesmeerd met zinkzalf toen ze waterpokken hadden. Op Little Elms was hij altijd even bij Michaels moeder langsgegaan voor een kop thee met een plak cake.

'Ik wil u graag een paar vragen stellen over mijn ouders,' zei Thea. Ze keek even naar Michael. De zachte blik in zijn ogen moedigde haar aan, zei haar dat ze moest doorzetten. Hij had gelijk. Ze kon nu niet meer terug.

'Ach ja, Alyssa. Je arme moeder. Ze tobde zo met haar gezondheid.' Mrs. Myerson schonk zichzelf het laatste kopje in uit de blauw met witte theepot. De klok aan de muur tikte hoorbaar. Ze jaagde haar hondje uit haar stoel en ging zitten.

'Ik weet dat ze... Ik weet dat ze geen kinderen meer kon krijgen,' flapte Thea eruit. 'Tenminste, waarschijnlijk niet. Vanwege de baby die ze in Engeland had gekregen.'

Adelaide Myerson keek verrast op. 'Dus daar weet je van?' zei ze langzaam. Er verscheen een blos op haar bleke wangen.

'En ik weet dat mijn vader ook geen kinderen kon krijgen. Bovendien hebben we gecontroleerd...' Haar stem haperde. Ze schaamde zich plotseling, alsof ze verraad pleegde aan de nagedachtenis van Griffin Maddox door zijn geheim hardop uit te spreken.

'Wat Thea probeert te zeggen, is dat we de officiële adoptie-archieven hebben geraadpleegd,' zei Michael. 'Dus behalve dat we weten dat haar ouders geen kinderen konden krijgen...'

'Weten we ook dat ik niet geadopteerd ben,' vulde Thea aan. Ze had haar stem weer onder controle en was vastberaden om door te zetten.

Ze was inderdaad bij de National Adoption Agency geweest. Samen met Michael, voor morele bijstand, ongeacht wat ze te weten zou komen. Helaas was ze helemaal niets te weten gekomen. Thea kwam nergens in de administratie voor. Noch in de diverse internationale databases die de NAA namens haar had geraadpleegd.

Brett had gelijk gehad. Thea was nooit officieel door haar ouders geadopteerd. Nu stond ze voor een raadsel dat zelfs nog grimmiger was: als haar ouders haar niet hadden geadopteerd, hoe waren ze dan aan haar gekomen? *God mag weten waar ze je vandaan hebben gehaald, Thea.* In gedachten hoorde ze opnieuw de woorden van Brett.

Mrs. Myerson schudde haar hoofd en tuitte haar smalle, gestifte lippen. Ze had haar handen tot vuisten gebald. Toen de oude doktersweduwe haar weer aankeek, voelde Thea zich verkrampen. Want haar ogen waren donker geworden van angst en spijt.

'Ze kónden niet adopteren,' zei ze. 'Tenminste, niet officieel. Vanwege Alyssa's psychiatrische verleden. Ze had ooit geprobeerd zelfmoord te plegen.'

Zelfmoord? Alyssa Maddox had geprobeerd zichzelf van het leven te beroven? Haar fantastische, altijd vrolijke moeder? Die altijd haar moeder zou blijven, ondanks alles wat ze nu wist, besefte Thea.

'In het begin van haar huwelijk raakte ze in een diepe depressie. De medische wetenschap was toen nog lang niet zo ver als nu. Dus toen Griffin en zij te horen kregen dat ze geen kinderen konden krijgen, hadden ze geen enkele hoop meer,' legde Mrs. Myerson uit. 'Bij de adoptiebureaus kregen ze overal nul op het rekest.'

'En toen?' Thea's stem klonk zwak, alsof hij uit een radio in een aangrenzende kamer kwam.

'Herbie wist dat de situatie wanhopig was. Dus hij bood aan om te helpen. Hij had een achterneef – Walchez – in Oost-Duitsland. En die neef wist hoe hij aan baby's kon komen, zonder dat er vragen werden gesteld. Baby's die door de moeder in de steek waren gelaten.'

Zonder dat er vragen werden gesteld. Het klonk zo gewoon, bijna onverschillig, alsof het om iets onbeduidends ging. Handelswaar. Een ruilobject. Thea keek Mrs. Myerson aan, vervuld van afschuw. Was ze dat geweest? Handelswaar? Een ruilobject?

'Herbie regelde alles. De vrouw van zijn neef, Rena, stond hier op een dag met jou op de stoep. Ze had je in een geel dekentje gewikkeld. Je was zo klein. Op de boot hierheen had je gewicht verloren. Volgens mij... Ja, volgens mij moet ik dat dekentje nog ergens hebben. Herbie stond erop dat ik je in een schoon dekentje naar Alyssa bracht, maar op de een of andere manier voelde het niet goed om het oude weg te gooien.'

Thea kon het allemaal nauwelijks bevatten. 'Maar hoe zit het dan met mijn echte ouders? Weet u wie dat waren?'

Mijn echte ouders.

In Oost-Duitsland.

Daar ben ik geboren.

In een land dat niet meer bestaat.

Mrs. Myerson schonk haar een smekende glimlach. 'Probeer het te begrijpen, Thea. Waar je vandaan kwam... daar was je niet gewenst. Maar hier... Er is nog nooit een kindje zo welkom geweest! Je ouders waren dolgelukkig, Thea. Echt waar. Ze hadden zo naar je verlangd. En ze hielden zoveel van je. Ze hebben echt alles voor je gedaan en je alles gegeven.'

Behalve de waarheid.

Er schitterden tranen in de ogen van de oude dame, maar het enige wat Thea voelde, was boosheid.

'Veroordeel me alsjeblieft niet,' smeekte Mrs. Myerson. 'Mijn man dacht dat het goed was wat hij deed. Hij wilde je ouders alleen maar helpen...'

Maar Thea had zich afgewend. Ze kon haar niet meer aankijken. Deze vrouw... ze wist wat haar man had gedaan. Ze wist dat hij baby's van het Oostblok naar het Westen had gehaald, van de armen naar de rijken. Ze had geweten dat hij Thea haar leven had afgenomen.

Thea zag Michael aankomen. Ze wachtte op hem in de ouderwetse *diner* op de hoek, want ze had geen minuut langer in het perfecte huis van Mrs. Myerson willen blijven. Uit angst dat ze niet voor zichzelf kon instaan. Ze had haar porseleinen theekopje tegen de smetteloos zachtgele muur kapot willen smijten. Ze had de foto van dokter Myerson doormidden willen scheuren. Ze had alles kapot willen maken wat hem ooit dierbaar was geweest, precies zoals hij haar ooit kapot had gemaakt.

Michael schoof naast haar op de roodleren bank. Hij had een plastic tasje bij zich.

'Nog altijd des duivels?' vroeg hij.

Ze gaf geen antwoord. Als ze haar mond opendeed, kon ze alleen maar gillen.

'Het is niet goed te praten wat ze hebben gedaan, Thea. Maar ik weet niet of ze daarom slecht zijn.'

'Hij handelde in kinderen.'

'In haar ogen heeft haar man een ongewenste baby gered. Door je een nieuw leven te geven.'

'Maar als ik nou eens niet ongewenst was?' Daar ging het om. Wie beweerde dat haar ouders haar niet hadden gewild? De neef van Herbie Myerson? Een of andere vent in Oost-Duitsland die Walchez heette? Misschien had hij haar wel ontvoerd! Misschien vroegen haar echte vader en moeder zich al achtendertig jaar vertwijfeld af wat er met haar was gebeurd. En misschien hoopten ze nog altijd dat ze terug zou komen.

Michael keek haar verbaasd aan. 'Hoe bedoel je?'

'Nou, dat lijkt me duidelijk. Zonder papieren. Zonder achtergrond. Er moet een reden zijn waarom ik zo slinks het land uit ben gesmokkeld.'

'Je hebt gehoord wat ze zei. Het was een uitwisseling "zonder dat er vragen werden gesteld".'

Daar waren ze weer, die handige woorden waarmee alles gezegd leek. Een bezem waarmee het vuil onder de mat werd geveegd.

'Nou, ik stel wél vragen! En ik ga dit tot op de bodem toe uitzoeken. We mogen het nu niet opgeven, Michael. Dat moet je me beloven.' Ze pakte zijn handen.

Hij knikte en staarde naar buiten, de straat uit naar het huis van de weduwe Myerson.

'Oké,' zei hij toen. 'Ik ben al een tijdje van plan om terug te gaan naar Duitsland, om wat collega's op te zoeken in Landstuhl. Als ik daar ben zou ik kunnen proberen of ik die Walchez kan vinden. Ik heb wat contacten bij de militaire politie. Die hebben vast en zeker toegang tot de Oost-Duitse archieven. Ik beloof niets, maar ik zal het proberen.'

'Ik geef het niet op,' zei Thea, en ze meende het. 'Ik zoek net zo lang door tot ik de waarheid weet.'

Toen gaf Michael haar het plastic tasje dat hij bij zich had.

'Wat is het?' vroeg ze.

'Kijk maar.'

Ze keek erin en haalde er een gebreid geel dekentje uit. Even hield ze het in haar handen, toen begroef ze haar gezicht erin, en ze snoof. Het was het enige wat ooit echt van haar was geweest.

Een week later zat Thea in het vliegtuig naar Duitsland. Michael was vooruit gereisd. Hij had woord gehouden en een collega die bij hem in het krijt stond om een wederdienst gevraagd. Deze had de naam Walchez in wat oude databases ingevoerd en op dinsdag had Michael de vrouw van Walchez gevonden. Rena.

Volgens Rena was Thea in het holst van de nacht bij hen afgeleverd, door een zekere Udo, een boom van een vent. Het was niet moeilijk geweest Udo te vinden, had Michael verteld toen hij Thea belde. Udo was een vaste verschijning in de belangrijkste kroeg van het kleine stadje. Als uitsmijter en als onderdeel van de inventaris. Hij had aanvankelijk niets willen zeggen, maar een stapeltje bankbiljetten had zijn tong losgemaakt. Veel was Michael echter niet van hem te weten gekomen. Alleen dat hij zich een zekere Volkmar herinnerde, en diens chauffeur, Sebastian Trost.

Uit het archief dat Michaels contacten bij de militaire politie hadden geraadpleegd, bleek dat Volkmar enkele jaren eerder in de gevangenis was gestorven. Na de val van de Muur had hij geprobeerd zijn criminele sporen uit te wissen, maar zijn illegale zakenpraktijken waren hem uiteindelijk alsnog opgebroken. Daarop had Michael zich op de chauffeur geconcentreerd. Toen hij Thea vertelde wat hij te weten was gekomen, was ze onmiddellijk op het vliegtuig naar Berlijn gestapt.

Michael had haar van het vliegveld gehaald en inmiddels waren ze al tot diep in het voormalige Oost-Duitsland doorgedrongen. Thea keek uit het raampje en terwijl de ruitenwissers de natte sneeuw wegveegden, bond ze haar lichtblauwe kasjmier sjaal strakker om haar hals.

Langs de weg door het bos begonnen de schaduwen langer te worden. Thea had nog nooit zo'n dicht dennenbos gezien. Rechts van de weg doemde een oud, uitgebrand gebouw op. Twee hekken van drie meter hoog hingen scheef in hun scharnieren. Het geheel zag eruit als de set van een griezelfilm.

Zou ze niet een soort affiniteit met deze omgeving moeten voelen? Dit was tenslotte de streek waar ze vandaan kwam.

'Ik denk dat we in het eerstvolgende stadje moeten proberen een hotel te vinden,' zei Michael. 'Vandaag kunnen we toch niets meer doen. Wat vind je?'

'Oké.' Thea ging wat meer rechtop zitten.

De koplampen van een tegemoetkomende vrachtwagen verlichtten vluchtig zijn gezicht, en even voelde Thea een vurig verlangen, zelfs hier, ondanks de angst die haar in zijn greep hield. Maar ze verdrong het.

Ze zouden die nacht ieder een eigen kamer nemen, wist ze. Want ze waren vrienden. Goede vrienden. Meer niet. Michael had tenminste nooit aangegeven dat hij meer wilde. Of dat hij daar klaar voor was.

Ze dacht eraan hoe hij zichzelf ooit had omschreven als 'wegens beschadiging afgekeurd'. Maar uiteindelijk was gebleken dat haar littekens dieper zaten dan de zijne. En na wat hij de afgelopen weken met haar had doorgemaakt, kon ze zich niet voorstellen dat hij haar ooit nog aantrekkelijk zou vinden.

Er speelde vluchtig een berustende glimlach om haar mond. Wat een puinhoop zouden ze samen zijn!

Maar ze had hem waanzinnig gemist sinds hij naar Duitsland was vertrokken, dat kon ze niet ontkennen. Ze had er voortdurend aan moeten denken hoeveel hij voor haar had gedaan en hoe afgewezen ze zich voelde als hij niet bij haar was.

Toen ze hem het hardst nodig had, was hij er voor haar geweest. Bovendien had hij het idee van deze zoektocht geopperd, om te zorgen dat ze zich op iets anders had kunnen richten dan op het verlies van Maddox Inc. Hoe kon ze hem daar ooit voor bedanken? Terwijl ze het dacht, wist ze het antwoord al: door hem de waarheid te vertellen. De waarheid over Brett. Over de film die hij van haar had. De film die hij had gedreigd tegen haar te gebruiken. Ze moest het Michael vertellen. Zelfs als dat betekende dat ze hem voorgoed kwijtraakte.

Ze huiverde terwijl ze naar het centrum van Schwedt reden. De lelijke, uniforme gebouwen waren bedekt met een dik pak sneeuw. Het zwakke gele schijnsel van de knipperende straatverlichting wierp een ziekelijke gloed op het grijze beton. Voor een hotel stond een bord met 'Zimmer Frei', en Michael liet de auto uitrijden op de weg vol gaten.

'Het is geen George V, maar we zullen het ermee moeten doen,' zei hij. 'We kunnen straks wel inchecken. Ik heb eerst trek in een biertje.'

De gesprekken stokten toen Thea en Michael de plaatselijke kroeg binnenkwamen. Dat was waarschijnlijk net zozeer te wijten aan hun kleding als aan het feit dat ze vreemden waren, dacht Thea. Of in elk geval aan haar kleding. Ze droeg een leren jas met bontkraag van DKNY. Michael was gepaster gekleed, in een oude waxjas en een spijkerbroek.

Ze gingen in een hoek zitten, aan een houten tafeltje onder een gewei aan de bakstenen muur, en Thea pakte de menukaart vanachter een groene fles die dik onder het kaarsvet zat. Lady Gaga zong *Bad Romance* en Thea moest plotseling denken aan het verzamelbandje dat Michael al die jaren eerder voor haar had gemaakt. Zou hij dat nog weten?

Ze bestudeerde de lijst schnitzels en biefstukken en dacht aan de fitnessruimte en het zwembad in het souterrain van Maddox Tower, waar ze altijd zo fanatiek had gesport om slank en fit te blijven. Die Thea – de Thea uit New York – leek ineens ver weg. Onecht. Bijna belachelijk.

Een serveerster in een spijkerbroek en een sjofele trui zette een mandje brood op tafel. Michael bestelde en begon een ontspannen praatje in het Duits. Thea kon er genoeg van verstaan om te begrijpen dat hij naar Sebastian Trost vroeg.

'Bent u Amerikaan?' vroeg de serveerster, en ze schakelde onmiddellijk over op Engels.

'Ja,' antwoordde Michael.

'Toen ik klein was, hadden de Trosts de bakkerij hier in de stad.' Ze was duidelijk gecharmeerd van hem. 'U zou het daar eens kunnen proberen.'

Thea keek haar glimlachend na. Ze zag dat de serveerster een blik over haar schouder wierp naar Michael, maar toen haar ogen die van Thea ontmoetten, bloosde ze. Vond ze Michael ook aantrekkelijk? Thea vroeg zich af hoe ze het zou vinden om hem kwijt te raken aan iemand zoals deze serveerster. Ze herinnerde zich de vrouwelijke soldaat in Landstuhl die met Michael had geflirt. Ineens voelde ze zich hopeloos onbeholpen, onervaren.

'Ik wist niet dat je zo goed Duits sprak,' zei ze. 'Misschien kun je het mij ook leren.'

'Ach, in het ziekenhuis heb je zeeën van tijd.'

Thea dacht aan hun eerste ontmoeting in Landstuhl en dat ze toen nauwelijks had durven denken aan alles wat hij moest hebben meegemaakt. Ze had er niet naar durven vragen, uit angst hem van streek te maken, maar ook omdat ze zelf bang was voor zijn verhalen. Inmiddels zou ze graag willen dat hij haar in vertrouwen nam. Dat hij haar vertrouwde.

Dus terwijl ze aten, vroeg ze naar zijn opleiding in het leger, en hoe hij zijn eerste detachering in Irak had ervaren. Hij vertelde haar alles, en Thea luisterde. Hij vertelde over zijn manschappen en wat ze hadden doorgemaakt. Hij vertelde hoe angstaanjagend de verantwoordelijkheid was geweest om aan het front de beslissingen te moeten nemen.

Omdat hij zich steeds meer blootgaf, stelde ze hem alle vragen waar ze tot op dat moment voor was teruggeschrokken. Over de autobom. Over wat er precies was gebeurd. Hij vertelde haar wat hij zich herinnerde van de explosie. De pijn. Over zijn vrienden die waren omgekomen en dat hij zich daarna volledig voor de wereld had afgesloten. Dat hij dood had gewild. Over zijn angsten, en over de dokters en het verpleegkundig personeel in Landstuhl die hem op de een of andere manier de kracht hadden gegeven om door te gaan. En hij vertelde haar ook dat zij hem had geholpen. Dat hij, toen hij haar zag, had beseft dat er nog een wereld op hem wachtte. Hij vertelde haar alles, zonder ook maar iets te verzwijgen. Door zijn moed en zijn eerlijkheid voelde zij zich nederig, en het ontroerde haar dat ze een heel klein beetje had bijgedragen aan zijn herstel.

Toen ze later die avond door de bevroren sneeuw naar de vage, verre lichten van het hotel ploeterden, wist ze dat ze niet langer kon wachten met haar bekentenis. Dat ze net zo eerlijk moest zijn als hij.

'Michael, ik moet je wat vertellen.'

'O ja?' Hij klonk opgewekt, misschien dankzij de biertjes bij het eten, of misschien omdat hij zijn hart had gelucht. Want het was goed om er na al die tijd weer over te praten, had hij haar verzekerd.

Ze had al spijt van wat ze ging zeggen, want ze vond het afschuwelijk om een domper op zijn vrolijkheid te zetten. Maar toch zette ze door. *Het is nu of nooit. Als ik nu mijn mond hou, kan ik het hem nooit meer vertellen.*

'Die dag toen Brett me ontsloeg,' begon ze. 'Toen ben ik niet alleen weggegaan vanwege Scolari.'

Zijn ogen werden donker. Zoals altijd wanneer Brett ter sprake kwam. Hij was nog steeds kwaad op haar omdat ze hem had verboden Brett ter verantwoording te roepen.

Ze haalde diep adem. 'Hij heeft een film van mij en een eh... collega.'

439

Ze drukte haar lippen op elkaar en dacht aan de beschamende beelden van Reicke en haar. Reicke, die haar sindsdien had ontlopen, die haar gevoelens had gekwetst en die – dat besefte ze nu pas – waarschijnlijk ook door Brett was gechanteerd.

'Ik had het nooit moeten doen. Maar Brett is er op de een of andere manier in geslaagd onze...' Ze slikte krampachtig. 'We hadden seks en daar heeft Brett opnamen van. Hij zei dat hij jou een kopie zou sturen – jou en de directie – als ik niet onmiddellijk ontslag zou nemen.'

Michael bleef staan onder een lantaarn. 'Daar dreigde hij mee?'

Ze knikte. Haar kin trilde. Dit was het enige geheim dat ze hem nog niet had verteld. Het enige wat Brett nog tegen haar had kunnen gebruiken. En nu ze het had verteld, had ze geen idee hoe Michael zou reageren.

'Je zou het zeggen als hij weer misbruik van je maakte! Dat had je beloofd!'

'Ik wilde het je niet vertellen.' Haar stem werd plotseling gesmoord door tranen. 'Ik schaamde me zo. En ik was zo bang voor... nou ja, wat je van me zou denken als Brett je die film zou sturen.'

Michael gromde gefrustreerd en sloeg zijn handen voor zijn gezicht.

'Ik ben zo bang geweest. Ik was zo bang dat hij het toch zou doen. Dat hij zou proberen ons kapot te maken. Jou en mij.'

'En daarom heb je je laten wegjagen?' vroeg Michael. 'Omdat je bang was voor wat ik zou denken?'

Ze knikte, de tranen stroomden over haar wangen.

'Denk je nou echt dat ik dat zou laten gebeuren? Dat hij ons uit elkaar drijft?'

'Ik weet het niet. Ik weet alleen dat ik je niet kwijt wil. Ik kan niet zonder je.' En toen gooide ze het eruit. Ze kon het niet tegenhouden. Het kwam van heel ver, want ze had het heel lang, heel diep weggestopt. Omdat ze het niet had begrepen, omdat ze het niet had willen accepteren. Omdat ze nooit echt naar binnen had gekeken, maar alleen naar buiten, naar de rest van haar leven. 'Omdat ik van je hou! En volgens mij heb ik altijd van je gehouden.'

'O, Thea.' Hij deed een stap naar haar toe en nam haar in zijn armen.

Toen lagen zijn lippen op de hare. En zijn kus voelde zo goed, zo overweldigend, alsof ze van top tot teen in vuur en vlam stond. Het begon te sneeuwen. Omringd door de dansende, ijzige vlokken bleven ze nog heel lang zo staan, met hun armen stijf om elkaar. En naarmate hun kus steeds hartstochtelijker werd, stroomde Thea's hart over van geluk.

Thea straalde toen ze de volgende morgen het hotel verlieten. De zon scheen. De sneeuw was gedurende de nacht bevroren tot twinkelende kristallen. Boven hen welfde de onbewolkte hemel zich als een oneindige, blauwe koepel.

Michael kwam bij haar staan op de treden voor de deur. Hij legde zijn hand op de hare en ademde diep de schone lucht in. Het leek wel alsof ze op huwelijksreis waren. Zo voelde het en zo hadden ze zich ook gedragen. De seks was ongelooflijk geweest en hoewel ze geen van beiden ook maar een oog dicht hadden gedaan, was Thea klaarwakker en voelde ze zich geweldig.

'Waarom blijven we niet gewoon?' Ze keek glimlachend naar hem op.

'Hier?'

'Waarom niet? O, Michael, ik kan me niet herinneren wanneer ik voor het laatst zo gelukkig ben geweest.' Ze lachte als een klein meisje.

Hij pakte haar hand en drukte een kus op de aanzet van elke vinger. Ze keek in zijn ogen en alle verschrikkelijke dingen die haar waren overkomen, alle angstaanjagende onthullingen van de laatste tijd, leken hun greep op haar te verliezen. Ze hadden geen macht meer over haar. Ze had Michael. Ze hadden elkaar en samen gingen ze de toekomst tegemoet. Maar voorlopig genoot ze van het moment en had ze niets anders nodig.

'Ik ook niet.' Hij sloeg een arm om haar schouders. 'Maar er is werk aan de winkel. Laten we naar de bakkerij gaan.'

De bel boven de deur rinkelde toen ze binnenkwamen. Thea rook de geur van versgebakken brood en ze voelde de hete lucht uit de ovens. Glanzend bruin, gevlochten strudelgebak lag keurig uitgestald in de vitrine onder de toonbank. Op de planken achter de ouderwetse kassa lagen de broden hoog opgestapeld.

'We zijn op zoek naar Sebastian Trost,' zei Michael in het Duits tegen de forse kerel met het witte schort die hen vragend aankeek.

Op slag kwam er een wantrouwende uitdrukking op zijn gezicht. Hij keerde zich naar een oude vrouw die bij de kachel in een hoek van de winkel stond. Thea zag dat ze de gebreide sjaal strakker om haar schouders trok. Het was duidelijk dat ze niets van vreemden moest hebben.

Michael liet zich echter van zijn charmantste kant zien en het duurde niet lang of Thea en hij werden mee de trap op geloodst, waar Martina Trost – Thea's hart bonsde, ze kon nauwelijks geloven dat ze zoveel geluk hadden – de kleine gashaard in de stampvolle bovenwoning aanstak. Op de rugleuningen van de donkerbruine, sobere stoelen lagen geborduurde kleedjes. Michael praatte aan één stuk door, deelde complimenten uit en sprak bemoedigende woorden, waarvan Thea door haar gebrekkige kennis van het Duits niet veel verstond, maar waarmee hij Martina hoe langer hoe meer voor zich innam.

In een hoek van de kamer zat een oude man. Zijn ogen stonden dof, maar toen Thea en Michael binnenkwamen, keerde hij zich naar hen toe.

'Wie is daar?' vroeg hij kortaf in het Duits.

Martina antwoordde al net zo kortaf. Ze liep kordaat naar hem toe en fluisterde hem streng iets in zijn oor, waardoor hij rechtop ging zitten. Toen begon ze hem te fatsoeneren. Ze streek de koekkruimels uit zijn grijze baardstoppels en deed het morsdoekje af dat hij droeg. Daaronder zat een keurig jasje met een overhemd. De Trosts mochten dan arm zijn, ze waren ook trots, besefte Thea.

'Dit is mijn man. Sebastian Trost,' zei de vrouw. 'Wat hebt u voor nieuws uit Amerika?'

Te oordelen naar haar blik en naar de geconcentreerde uitdrukking van haar man, had Michael niet alleen gesuggereerd dat ze nieuws hadden, concludeerde Thea. Hij had blijkbaar ook geïmpliceerd dat ze op iets tastbaars mochten rekenen, zoals geld.

'We zijn op zoek naar informatie.' Michael boog zich naar Sebastian en draaide er niet omheen. 'We weten dat u Volkmars chauffeur bent geweest.'

Martina aarzelde. 'Volkmar?' Haar stem had een schrille klank. Het ontging Thea niet dat ze achteruitdeinsde, alsof ze ineens bang was voor Michael. Ze keek naar de deur en dacht ongetwijfeld aan haar zoon, beneden in de winkel. Sebastian zei niets. Maar Thea zag dat hij zijn greep op de houten leuningen van zijn stoel verstrakte.

'We zijn op zoek naar informatie over een baby die Volkmar in 1971 aan een zekere Walchez heeft meegegeven. We weten niet hoe hij aan die baby is gekomen, maar we vermoeden dat hij het kind heeft verkócht.' Dat laatste woord bleef als een vloek in de lucht hangen. 'Was u daarbij? En kunt u zich daar nog iets van herinneren?'

Opnieuw klonk de schrille stem van Martina. Ze zei iets tegen haar man. Gejaagd. Nadrukkelijk. Thea kon zien dat ze bang was. Misschien dacht ze dat ze van de politie waren.

Sebastian hief zijn hand. '*Nein*,' zei hij tegen zijn vrouw.

Het was voor het eerst dat Thea hem iets hoorde zeggen. Zijn stem was verrassend krachtig.

Hij gebaarde Michael om verder te praten. Martina verstijfde.

Michael keek Thea aan. Het woord was nu aan haar.

'Ik denk dat ik misschien die baby was.' Ze knikte naar Michael, om te vertalen wat ze had gezegd. Ondertussen haalde ze het gele dekentje uit haar schoudertas.

Martina hield geschokt haar adem in. Met twee stappen was ze de kamer overgestoken. Ze griste de deken uit Thea's handen en begon steeds luider tegen haar man te praten, terwijl ze de deken zorgvuldig inspecteerde. Ten slotte schreeuwde ze het uit.

Geschrokken probeerde Thea te begrijpen wat ze zei, maar toen stak Sebastian zijn handen uit. Naar haar, besefte Thea. Hij probeerde wanhopig contact met haar te maken.

'Je... je leeft nog,' begon hij fluisterend in het Engels. 'En je bent teruggekomen...'

Martina wilde weer iets zeggen, maar Sebastian legde haar abrupt het zwijgen op en streek met zijn benige hand langs Thea's wang.

'Kent u mij?' vroeg Thea.

'Je ging naar Amerika. Met Walchez. Ik dacht... Ik dacht...' Sebastian slaakte een diepe zucht en leunde weer achterover in zijn stoel.

'Weet u waar ik vandaan kom?' vroeg Thea.

Sebastian schudde zijn hoofd en keerde zich in de richting van haar stem. 'Volkmar.'

Michael begon opnieuw tegen hem te praten. Snel. Overtuigend.

Thea luisterde toen de oude man antwoord gaf, weer in het Duits. Er kwamen tranen in zijn ogen. Thea kon lang niet alles volgen, maar ze voelde de emoties die hij beschreef toen hij terugdacht aan die nacht, jaren geleden. Aan de mannen in het bos. Volkmar. Solya. Udo. De namen kon ze duidelijk verstaan. En zijn angst voor hen was al net zo duidelijk.

Michael fronste zijn wenkbrauwen en keek haar aan.

'Wat zegt hij?' vroeg ze.

'"Maar wat is er met de andere gebeurd?" Hij houdt vol dat er nog een was.'

'Wat bedoelt hij? Hoezo, nog een?' vroeg Thea verward.

Michael keerde zich naar Thea terwijl Sebastian nog altijd doorpraatte. 'Nog een baby,' zei Michael. 'Er was die nacht nog een baby. In een groen dekentje. Dat was je zusje.'

34

November 2009

Romy werd bekropen door een sluipende angst toen ze, met haar handen krampachtig om het stuur geklemd, de weg naar het noorden insloeg. Een weg vol gaten en kuilen. De weg naar Schwedt.

Ze herinnerde zich haar jeugd als een koude, grimmige periode. Niettemin stond de zon stralend aan de hemel en deed hij de poedersneeuw op de hoge dennenbomen aan weerskanten van de weg glanzen en flonkeren. Romy pakte haar zonnebril van het dashboard en voelde vluchtig een zweem van opluchting, van veiligheid, door de anonimiteit die de bril haar gaf.

Ze schrok toen er een gepiep klonk en tastte in de berg lege colablikjes en etensverpakkingen op de bijrijdersstoel naar het gele mobieltje dat sinds haar vertrek uit Amsterdam haar verbinding met de wereld vormde. Ze had echter geen nieuwe sms'jes, zag ze. Alleen een boodschap dat haar beltegoed bijna op was.

Dat verbaasde haar niet. Lars en zij hadden elkaar voortdurend gebeld, ook al had hij gezegd dat het mobieltje alleen voor noodgevallen was bedoeld. Maar hoe verder ze bij hem wegreed en hoe dichter ze bij haar bestemming kwam, hoe meer haar overtuiging begon te wankelen dat het goed was wat ze deed, en hoe meer ze behoefte had aan de geruststellende klank van zijn stem.

Ze had haar eigen telefoon niet meer gebruikt sinds ze uit Villa Gasperi was gevlucht. Hetzelfde gold voor haar creditcards, nadat ze bij haar vertrek uit Milaan een groot bedrag aan contanten had opgenomen. Ze was bang geweest – en terecht, had Lars bevestigd – dat ze aan de hand van haar telefoon- en creditcardgebruik gemakkelijk te traceren zou zijn geweest door de politie. Zelfs door de media.

Ze was nog altijd vastberaden om zo lang mogelijk zelf de regie over haar leven te houden. En dat betekende dat ze zichzelf moest aangeven. Hier, in Schwedt. Dat was dan haar 'eerste stap naar onschuldig pleiten', zoals Tegen Londrom, de vriendin van Lars, het had genoemd toen ze met Romy had gesproken en had toegezegd haar belangen te zullen behartigen. Bovendien had ze beloofd naar Duitsland te vliegen zodra Romy haar bestemming had bereikt en zich ging aangeven.

'We zijn er bijna.' Romy zag de schaduw van de camper schokkerig over de eentonige grijze gebouwen langs de weg glijden.

Het was een suggestie van Lars geweest om hardop tegen de camper te praten. Toen zijn vrouw hem had verlaten – voor zijn beste vriend – was hij op reis gegaan, had hij verteld. Met de camper had hij door Europa gezworven, in een poging om met alles wat er was gebeurd in het reine te komen. Toen had hij ook hardop in zichzelf gepraat, aanvankelijk tegen de verveling en de eenzaamheid, maar geleidelijk aan had hij gemerkt dat het hem hielp. Inmiddels was hij ervan overtuigd dat de camper als veilig toevluchtsoord hem had geholpen zijn gevoelens van wrok en afwijzing te overwinnen.

Romy vond het een heerlijk idee dat de krankzinnige kampeerbus, met een vrolijke rode bloem in een vaasje op het dashboard en een verzameling platenhoezen uit de jaren tachtig op de muren van het kleine eetgedeelte geprikt, een speciaal plekje had in het hart van Lars. En dat hij de auto desondanks – of misschien juist daarom, hoopte ze – aan haar had uitgeleend.

Niet voor het eerst dacht ze terug aan die kus in de keuken, waar ze allebei zo van waren geschrokken. *Als dit goed afloopt...*

'Wannéér dit eenmaal goed is afgelopen,' verbeterde ze zichzelf hardop. Ze moest blijven geloven in de goede afloop. Anders kon ze net zo goed meteen rechtsomkeert maken.

Wanneer ze dit tot een goed einde had gebracht – in het vertrouwen dat het recht zijn beloop zou hebben en dat ze zou worden vrijgesproken – en het allemaal achter de rug was, zouden Lars en zij elkaar weerzien.

En bij dat weerzien zou ze hem zoenen. Meteen! Niet op zijn wang, als een vriend, maar op zijn mond. Want hij was meer dan een vriend. Hij was de man met wie ze samen wilde zijn. Met wie ze gelukkig wilde worden. Met wie ze misschien ooit een toekomst wilde opbouwen. Met wie ze verder wilde in het leven.

Wat zou ze graag willen dat alle problemen – de politie, de juridische rompslomp – al achter de rug waren! Dat ze op weg was naar een andere bestemming. Ze fantaseerde verder, zoals ze dat de afgelopen dagen steeds had gedaan, al was het maar om de moed te vinden door te gaan. In haar verbeelding was ze met de camper op vakantie, samen met Lars en Gretchen en Alfie. Ze stelde zich voor dat ze met z'n vieren ergens aan zee waren en dat ze de zon zagen opkomen. Zou Alfie, net als zij, verrukt zijn van de pluizige groene bekleding, van de jaren-zeventig-inrichting? Zou hij Lars nog altijd net zo aardig vinden als vroeger?

Ze hoopte vurig dat ze op een dag het antwoord zou weten.

Ze zette de radio aan en begon aan de knoppen te draaien. De hele weg naar Berlijn had ze naar een heerlijke zender geluisterd met golden oldies en uit volle borst meegezongen met David Bowie, Queen en de Eurythmics, verbaasd dat ze alle teksten nog kende. Maar toen de golden oldies plaatsmaakten voor moderne dansmuziek, had ze de radio uitgezet.

Inmiddels ontving ze, behalve een nieuwszender, alleen maar statische ruis. Ze dacht aan de oude man in de wasserij die haar had leren lezen. *Hoe heette hij ook alweer? Karl?* Hij had een radiootje op batterijen gehad, maar kreeg nooit een zender te pakken. Destijds had Romy gedacht dat Lemcke op de een of andere manier de geluidsgolven blokkeerde om elk contact met de buitenwereld onmogelijk te maken, maar inmiddels concludeerde ze dat de slechte ontvangst misschien toch gewoon een geografische kwestie was geweest.

Nog ruim een kilometer. Opnieuw passeerde ze een bord langs de kant van de weg.

SCHWEDT.

Alleen al het zien van de naam boezemde haar angst in. Daardoor werd het onmogelijk te blijven doen alsof het allemaal nooit had bestaan, nooit was gebeurd.

Ze tastte naar een sigaret en terwijl ze hem opstak dacht ze aan Lars en zijn balkonnetje, maar ook aan de brand in het weeshuis.

Dit is je verleden. Hier ben je voor teruggekomen, zei ze tegen zichzelf. *Om de confrontatie aan te gaan. Om het te erkennen. Om er niet langer voor weg te lopen. Om te worden wie je werkelijk bent, voor het eerst in je leven.*

Het bord langs de weg was niet het eerste wat herinneringen opriep aan het verleden. Die confrontatie was even buiten Berlijn al begonnen. Daar was ze gestopt bij het hoge gaas rond het vliegveld en had ze, geleund tegen de camper, naar de vliegtuigen staan kijken en teruggedacht aan de dag waarop ze van diezelfde startbaan als verstekeling was vertrokken.

In het centrum van de stad had ze stilgehouden bij de Brandenburger Tor, en ze was eronderdoor gelopen, denkend aan de zondagochtenden waarop Ursula en zij er op de fiets naartoe waren gereden. En aan de kledingfabriek, aan het pokeren met de bewakers, aan de zak met geld van Lemcke die ze in haar matras had verstopt.

Inmiddels begon ze ook haar vroegste herinneringen weer toe te laten. Ze had ze zo lang, zo diep weggestopt, maar nu keerde ze in gedachten terug naar de fantasiewereld die ze in de tuin met Marieke en Tomas had geschapen, naar Tara en de andere kleintjes in de slaapzaal die 's nachts bij haar in bed waren gekropen, met hun koude voetjes tegen haar rug en haar benen.

Terwijl ze door het bos langs de buitenrand van Schwedt reed, kwamen er nog meer herinneringen naar boven. Ze voelde zich nietig in vergelijking met de reusachtige, hoge bomen. Wanneer ze naar de hemel keek, hetzelfde grijze uitspansel dat haar destijds, vanaf het dak van het weeshuis, ondoordringbaar had geleken; een onderdeel van haar gevangenis dat haar zou vermorzelen als ze probeerde te ontsnappen, kreeg ze het gevoel dat ze was teruggereisd in de tijd. Dat ze weer dat kleine meisje was en bovendien in gevaar. Alles in haar schreeuwde haar toe rechtsomkeert te maken.

Ze schudde haar hoofd. Ze was volwassen. Ze had nu zelf een kind en ze had zoveel om voor te leven dat ze weigerde op te geven!

Toen ze de buitenwijken van de stad binnenreed en het bos vervaagde tot een donkere vlek in haar achteruitkijkspiegel, voelde ze dat het verleden zijn greep op haar verloor. Straten en huizen schoten voorbij.

Schwedt. Een stadje waarvan ze het verkeer en de kerkklokken had gehoord, maar dat ze nooit had gezien.

Woede kwam in haar op toen ze door de hoofdstraat reed, langs een bakkerij waar twee mensen stonden te praten in de zon. Woede door de ontdekking dat het allemaal zo dichtbij was geweest! De mensen, de winkels, de school. Had iemand zich ooit afgevraagd wat er in het weeshuis gebeurde? Had iemand ooit aan de verlaten kinderen gedacht die daar gevangenzaten?

Het was nu zesentwintig jaar later, maar ze kon nog steeds razend worden. De mensen in Schwedt hadden nooit iets gedaan, ze hadden zogenaamd niets in de gaten gehad. Hun leven was gewoon doorgegaan, terwijl er vlakbij dingen gebeurden die het daglicht niet konden verdragen.

Romy volgde de borden naar het gemeentelijke parkeerterrein. Eenmaal daar, op het plein in het centrum van het stadje, liet ze haar hoofd op het stuur zakken. Zo bleef ze geruime tijd zitten, tot ze voldoende was gekalmeerd om uit te stappen.

Ze sloot de camper af en gaf een klopje op het portier. Ineens voelde ze zich hulpeloos. Alleen. Het was zover. Tijd om de werkelijkheid onder ogen te zien. Ze was niet langer hoofdpersoon in de film van haar eigen roadtrip. Ze had haar bestemming bereikt, het moment was aangebroken om te doen waarvoor ze was gekomen. Om te bekennen. Om haar kant van de zaak te vertellen. Om haar vrijheid te heroveren. Om haar naam te zuiveren. En om haar zoon terug te krijgen.

Ze liep naar het politiebureau. Een sombere granieten kolos. Ze dacht aan de agenten die het bureau bemanden toen zij in het weeshuis zat. De agenten die haar genadeloos hadden achtervolgd door het bos.

Halverwege het bureau stopte ze bij een telefooncel. Ze trapte haar sigaret uit en belde Lars. Op een van de kale takken van de boom midden op het plein streek een roodborstje neer. Ze hoopte dat het een goed teken was.

'Wees alsjeblieft thuis,' fluisterde ze. 'Alsjeblieft.'

En laat hij alsjeblieft iets hebben gevonden. Iets waardoor ik Alfie terugkrijg. Iets waarmee we de Italiaanse en Amerikaanse autoriteiten kunnen bewijzen dat Scolari met illegale middelen door Brett Maddox is overgenomen. Iets waardoor Roberto zijn bedrijf terugkrijgt.

Maar de telefoon bleef overgaan en werd niet opgenomen en Romy was bang voor wat ze te horen zou kunnen krijgen. Want die laatste nacht in Amsterdam had Lars onvermoeibaar doorgewerkt, maar hij had niets gevonden. Geen enkel bewijs van onregelmatigheden. Helemaal niets wat ze konden gebruiken.

Een klik. En toen... 'Hallo!'

Ze voelde zich absurd opgelucht, alleen al bij het horen van zijn stem. 'Met mij.'

'Romy! Goddank! Waar zát je nou? Ik was zo ongerust.'

'Ik ben er. In Schwedt. Ik bel vanuit een telefooncel.' Ze gooide nog wat muntjes in de gleuf. 'De batterij van mijn telefoon is leeg.'

'Maar is alles goed met je?'

'Ja.'

'Nou, zet je dan maar schrap.'

Ze voelde een wilde hoop oplaaien. De opwinding in zijn stem was onmiskenbaar. 'Vertel!'

'Ik geloof dat ik iets te pakken heb.'

Romy omklemde de hoorn met beide handen. 'Wat dan?'

'Zes weken geleden heeft de nieuwe mediapoot van Maddox Inc. een belang gekocht in de CYZ Holding, een klein Duits mediabedrijf.'

'Daar heb ik nog nooit van gehoord,' zei Romy een beetje verbaasd.

'Ik ook niet. Maar het gaat niet om de naam. Het gaat erom waar het bedrijf is opgericht.'

'Ja...'

450

'In Schwedt.'

Terwijl Romy door de smerige ruit van de telefooncel naar het somber ogende politiebureau keek en naar de lange, slanke toren van de kerk, bonsde haar hart in haar keel.

Brett Maddox, de man die alle diep weggestopte geheimen van haar verleden aan het licht had gebracht, alle geheimen die hier, in deze stad hun oorsprong vonden, had recentelijk geïnvesteerd in een bedrijf dat in Schwedt geregistreerd stond.

'Wie is de eigenaar van CYZ?' vroeg Romy gretig, want de potentiële implicaties van wat Lars haar had verteld, waren reusachtig, besefte ze.

'Ik dacht wel dat je dat zou vragen. Dus ik heb een lijstje gemaakt van de directieleden. Misschien zit er iemand bij die iets over je verleden zou kunnen weten.' Lars begon de namen op te lezen. 'T. Twigner, H.G. Solya, R. Beluzzi...'

'Stop! Ga eens terug.'

'Twigner?'

'Nee.'

'Solya? H.G. Solya?'

Solya...

Heel diep in haar geheugen ging er een stoffig, vergeten lichtje branden. In gedachten zag Romy de jongens in het weeshuis voor zich, de wrede rotzakken die ze had geprobeerd te vergeten. Ze hadden altijd geprobeerd haar bang te maken, maar zelf waren ze ook bang geweest.

Voor iets... iemand... Een spook. Een boeman. *Solya...* Ze herinnerde zich wat er in de donkere slaapzaal werd gefluisterd. *Solya weet je te vinden. Solya is de hoogste baas. Als je Solya kwaad maakt, slaat hij je hartstikke dood. Als een vlieg! Solya heeft Lemcke in zijn zak. Solya maakt de dienst uit. Die meisjes zijn voor Solya. En op een dag ben jij aan de beurt. Wacht maar!*

De wasserij. Het weeshuis. Solya was de baas geweest van allebei. De kinderen op de foto's. De kinderen die waren verdwenen.

Solya moest van meet af aan hebben geweten wie ze was. Híj had Ulrich op haar afgestuurd en híj had Brett Maddox alles over haar verleden verteld, op voorwaarde dat Brett in zijn bedrijf investeerde.

Romy voelde de adrenaline door haar lichaam jagen.

Solya was inmiddels directeur van een bedrijf dat onder Maddox Inc. viel. Er bestond een publieke, onmiskenbare connectie tussen Solya en Brett Maddox.

En Solya had een crimineel verleden.

Eindelijk had ze een wapen om mee terug te slaan.

'Wat weet je nog meer van hem?' vroeg ze.

'Nog niets... maar ik zoek verder.'

'Ja, probeer nog meer over hem te weten te komen! Solya is een beest. Een crimineel. Als we de link kunnen leggen tussen hem en Brett Maddox, dan hebben we ze. Allebei!'

Romy duwde de deur van het oude politiebureau open en liep over de smerige grijze vloer naar de hoge balie. Aan de muur hingen posters met omgekrulde hoeken. Het was zo stil dat ze het getik van de klok kon horen.

'Ik wil een verklaring afleggen,' zei ze in het Duits tegen de vrouwelijke agent van dienst. Hoewel ze onderweg eindeloos had gerepeteerd wat ze zou zeggen, voelde het ongemakkelijk om de taal te gebruiken waarmee ze was opgegroeid. 'Over Heinz-Gerd Solya en zijn connecties met het Bolkav-weeshuis. En over de brand waardoor het weeshuis in de as werd gelegd. Mijn advocaat is onderweg hierheen.'

Welke reactie ze ook had verwacht op haar dramatische mededeling, niet dat de vrouw achter de balie gewoon doorging met schrijven. Ten slotte keek ze op. Ze droeg een grijs uniform en roze lippenstift; een kleur roze die haar niet stond. Haar vette haar had ze in een elastiekje bij elkaar gebonden. Ze liet haar blik taxerend over Romy's coltrui en gevlekte spijkerbroek gaan.

'We zijn nogal onderbemand, vrees ik. Degene bij wie u moet zijn, is weggeroepen.' Ze keek op haar horloge. 'Ik denk dat hij over een uur wel terug is. Wilt u wachten?'

Romy knikte. 'Graag.'

'Hier is het warmer.' De agente opende een deur naast de balie en liet haar in een kleine verhoorkamer met glazen wanden.

Romy keek naar een koffievlek op het bureau. Opnieuw schreeuwde alles in haar om rechtsomkeert te maken en linea recta de deur uit te lopen, maar ze dwong zichzelf te blijven. Ze moest nu doorzetten.

De klok tikte door. Romy ging nerveus verzitten. Wat een marteling. Ze kwam om te biechten. Niet om te wachten. Ze wachtte al haar hele leven.

'Alles goed daar?' Een piepjonge agent stak zijn hoofd om de deur. Zo jong dat Romy zich afvroeg of hij zich al moest scheren. 'Wilt u koffie?'

Romy knikte zwijgend. Zouden ze ook nog zo aardig en beleefd zijn als ze eenmaal de waarheid kenden?

'Wat is uw naam?' De vrouwelijke agent kwam binnen, gewapend met een klembord en een pen. Blijkbaar had ze eindelijk besloten dat er iets moest gebeuren.

'Romy Scolari. Maar ik kom oorspronkelijk hiervandaan. Uit het weeshuis.'

Op dat moment ging de buitendeur open. Er kwamen twee bezoekers binnen. Een man en een vrouw. De man had kort haar, en toen hij zijn zonnebril omhoogschoof zag Romy dat er een litteken schuin over zijn gezicht liep. Ondanks dat had hij niets dreigends.

De vrouw – zijn vriendin, te oordelen naar de manier waarop ze hem aankeek – had haar lange blonde haar in een vlecht bij elkaar gebonden. Ze droeg een dure leren jas met daaronder een mooie broek, een blauwe kasjmier trui en een sjaal in dezelfde kleur.

Romy stond op en liep naar de glazen wand.

Toen de vrouw de jonge agent aansprak ging er een schok door Romy heen. Die vrouw... dat was... Thea Maddox!

Romy wist het zeker. Dat gezicht zou ze niet snel vergeten. Toen Thea Maddox had geprobeerd Scolari over te nemen, had James destijds alles verzameld wat er over haar in de pers was verschenen.

Thea Maddox. Wat deed zíj hier? Had ze ook connecties met Solya, net als haar broer? Want ze kon onmogelijk weten dat Romy hier was.

Toen gebeurde er iets vreemds. Iets heel wonderbaarlijks. Hoewel Romy zich niet had verroerd, noch op een andere manier de aandacht had getrokken, draaide Thea Maddox zich om en keek haar recht aan. Sterker nog, Romy had het gevoel dat ze dwars door haar heen keek.

Ineens was het alsof ze in de spiegel keek. Romy zag een flits van herkenning in de ogen van Thea Maddox, onmiddellijk gevolgd door geschoktheid. Ze was duidelijk net zo verrast als Romy.

Toen ze naar Romy wees, keek de jonge agent ook haar kant uit. Even later ging de deur van de kleine ondervragingsruimte open en kwam Thea Maddox binnen, samen met de man die haar vergezelde.

Romy had niet verwacht dat ze in het echt zo mooi zou zijn en bovendien zo merkwaardig vertrouwd. Haar stralende huid en haar blonde haren maakten de sombere grijze ruimte op slag iets minder somber.

'Jij bent Romy Scolari,' zei ze, alsof ze haar ogen niet kon geloven. 'Ik ben...'

'Ik weet wie je bent.' Romy slaagde er niet in de verbittering uit haar stem te weren. Trouwens, dat wilde ze ook helemaal niet. Het liefst zou ze het uitschreeuwen.

Wat had Thea Maddox hier te zoeken? Uitgerekend op dit moment? Was de politie ook corrupt?

Had ze, door hier te komen, de grootste fout van haar leven gemaakt? vroeg Romy zich af.

'Ik...' begon Thea, maar Romy weigerde naar haar te luisteren.

'Bespaar je de moeite! Ik hoef het niet te weten. Toen jouw bedrijf Scolari kocht – toen jullie Scolari hebben gestólen, kan ik beter zeggen, omdat je broer me chanteerde – ben ik alles kwijtgeraakt! Zelfs mijn zoon!'

De blauwe ogen van Thea Maddox zochten die van Romy. 'Brett Maddox is mijn broer niet. Brett is een leugenaar, een bedrieger. Hij heeft mij ook gechanteerd. En toen jij Scolari aan hem verkocht, heeft hij dat gebruikt om mij te dwingen ontslag te nemen. Ik weet niet waaróm je het hebt gedaan, maar ik ben er ook alles door kwijtgeraakt.'

'Mag ik ook even wat zeggen?' vroeg de politieagente. Romy was

454

haar aanwezigheid bijna vergeten. 'Uw advocaat is er.'

Een verzorgd uitziende vrouw van achter in de dertig kwam de ondervragingsruimte binnen.

'Tegen Londrom,' stelde ze zich voor. Ze hield Romy een visitekaartje voor, schudde haar de hand en liet de camel jas van haar schouders glijden. 'En u bent van de politie?' vroeg ze aan Thea Maddox en haar metgezel.

'Nee,' antwoordde Thea.

'Bent u dan misschien bevriend met mijn cliënte?'

'Over m'n lijk!' zei Romy.

'In welke hoedanigheid bent u hier dan?' vroeg Tegen Londrom streng aan Thea en haar begeleider, waarna ze zich met een boos gezicht naar de politieagente met het klembord keerde. 'Mijn cliënte is hier om een verklaring af te leggen over de brand in het Bolkav-weeshuis, in december 1983. En om het te hebben over een zekere' – ze keek op haar iPad – 'Heinz-Gerd Solya, die vermoedelijk ooit connecties met het weeshuis heeft gehad.'

'Wacht eens even!' zei Thea Maddox. 'Solya, zei u?' Ze wachtte het antwoord van Tegen Londrom niet af. 'Maar, Michael!' Haar ogen schitterden toen ze zich naar haar metgezel keerde. 'Dat is hem! Solya was erbij, die nacht in het bos, met Volkmar! Hij was degene die...'

Romy keek van de een naar de ander.

Thea Maddox draaide zich naar haar om. 'Wat heb jij met Solya?'

Romy was zo geschokt – niet alleen door de vraag, maar ook door het feit dat Thea Maddox hem stelde – dat ze zich niet meer kon inhouden. Alles wat ze tegen de politie had willen zeggen, kwam eruit.

'Solya was de baas van het weeshuis waar ik ben opgegroeid. Hij deed de verschrikkelijkste dingen met de meisjes daar. En hij...'

'Ben jíj in Schwedt opgegroeid?' vroeg Thea ongelovig.

'Ja. In het weeshuis. Daarom ben ik hier. Om een verklaring af te leggen over de brand.'

Toen gebeurde er weer iets vreemds. Het gezicht van Thea Maddox begon te stralen van... triomf. Anders kon Romy het niet omschrijven. Triomf en hoop.

'Je leeftijd klopt...' Thea deed een stap in haar richting. 'En je ogen... Weet je wie je ouders zijn? En waar je vandaan komt?'

'Nee. Ik heb geen idee,' antwoordde Romy. 'Ik heb niets kunnen vinden in het archief van het weeshuis.'

'Helemaal niets?'

'Nee. Ik heb mijn dossier ooit opgezocht, maar toen bleek dat ik geen papieren had. Het enige wat er in mijn dossier zat, was een groen dekentje.'

Thea Maddox hield geschokt haar adem in. Ze legde een hand op haar borst. 'Dus jij bent het,' fluisterde ze. 'Jij bent het. O, god...'

'Wat bedoel je?' vroeg Romy.

'Daarvoor ben ik hier. Ik ben op zoek naar de baby in het groene dekentje. En als jij die baby was...' Er blonken tranen in haar ogen.

'Ja? Wat dan?' vroeg Romy.

'Dan ben je... Dan ben je mijn zusje.'

35

Februari 2010

Romy stond in het koude ochtendlicht op het vliegveld van Berlijn, buiten de lijnen van het landingsgebied voor privévliegtuigen. Ze stampte met haar voeten om warm te blijven en keek voor de zoveelste keer omhoog naar het witte wolkendek, in gespannen afwachting van het moment waarop Roberto's privétoestel in zicht zou komen.

Ze haalde haar telefoon uit haar zak om nogmaals naar het sms'je te kijken dat Thea haar uit Amerika had gestuurd. Romy wist dat ze daarvoor in het holst van de nacht de wekker moest hebben gezet.

'Veel geluk,' stond er. 'Ik denk aan je. Xxx.'

En ik denk aan jou, Thea, dacht Romy. *Lieve zus.*

Na alles wat er de afgelopen maanden was gebeurd, kon Romy zich al nauwelijks meer voorstellen dat ze ooit niet had geweten dat ze een zus had. Ze zou dat moment van Thea's onthulling op het politiebureau in Schwedt nooit vergeten. Daarna had Thea het verhaal verteld zoals zij het van Sebastian Trost had gehoord. Over die nacht in het bos, over de baby's die waren verkocht. Tegen Londrom had voorgesteld een DNA-test te doen, maar ook zonder dat had Romy direct geweten dat Thea gelijk had. Ze waren zusjes, dat wist ze heel zeker, op een manier die ze niet onder woorden kon brengen.

De ontdekking dat ze familie had – echte familie, voor het eerst in haar leven – betekende voor Romy dat alle dromen die ze als kind had gekoesterd, werkelijkheid waren geworden. Maar die familie bleek niet de bescheiden Duitse *Hausfrau* te zijn over wie

Romy altijd had gefantaseerd. Nee, haar zus was Thea Maddox. Dé Thea Maddox. Bekend over de hele wereld. Gefortuneerd, invloedrijk, intelligent.

Maar er was ook een heel andere Thea, wist Romy inmiddels. Een lieve, heerlijke, gulle, beeldschone Thea. Een Thea die Romy nog altijd bezig was te ontdekken. Een Thea die door Romy oprecht werd beschouwd als háár geschenk van God. Want ze was op het juiste moment in haar leven gekomen. Net toen Romy had gedacht dat alles verloren was, had Thea haar gered.

Het was Thea geweest die bij haar was gebleven in die verschrikkelijke weken van het politieonderzoek. Zij had Romy bij de hand gepakt toen ze teruggingen naar de plek waar het weeshuis had gestaan. Zij had Romy moed ingesproken toen ze door de opening van de witte tent stapte, waar de politie de puinhopen doorzocht. Het was Thea geweest die als eerste de kelders tussen het weeshuis en de wasserij had betreden, waar de politie roestige kooien, camera's, handboeien en menselijke resten had gevonden. En het was ten slotte Thea geweest die de snikkende Romy in haar armen had gehouden.

Want Romy had haar tranen niet kunnen bedwingen. Terwijl de lichtstraal uit de politiezaklantaarn door de ruimte bewoog, was het alsof ze de kreten van Lemckes slachtoffers kon horen. Opnieuw had ze zich de namen herinnerd van de verloren kinderen die iedereen was vergeten, en ze had Thea gezworen dat zij hen altijd zou blijven gedenken.

Daarna was ze urenlang ondervraagd, maar er was geen aanklacht uit voortgekomen. Niet wegens moord of doodslag, noch wegens brandstichting. Van de vier getuigen – de jongens die aan de verkrachting van Claudia hadden meegedaan, en Claudia zelf – die Romy hadden beschuldigd, waren er nog twee in leven, en die zaten in een zwaarbeveiligde gevangenis straffen uit voor diverse misdrijven, waaronder verkrachting. De openbare aanklager verwachtte niet dat hun getuigenverklaringen voldoende aanleiding zouden geven om Romy te vervolgen.

Bovendien had Romy's beschrijving van Ulrich en diens jeugdige medeplichtige in Villa Gasperi genoeg aanknopingspunten opgeleverd om het tweetal in verband te brengen met diverse on-opgeloste moorden en wrede overvallen in de omgeving van Schwedt.

Toen bekend werd dat er onderzoek werd gedaan naar de ge-beurtenissen in het weeshuis, waren er steeds meer getuigen naar voren gekomen. Mensen die als kind in het weeshuis hadden ge-zeten. In al hun verklaringen speelden Lemcke en Solya een pro-minente rol. In het geval van Solya leidde dat ertoe dat hij werd gearresteerd op het vliegveld van Berlijn, toen hij op het punt stond naar Zuid-Amerika te vertrekken.

Thea en Michael waren zo snel mogelijk teruggevlogen naar Amerika, in de hoop de connectie tussen Maddox Inc. en Solya's bedrijf openbaar te kunnen maken. Brett had echter afdoende maatregelen getroffen om zelf buiten schot te blijven. Zoals ge-bruikelijk was het onmogelijk hem ergens op te pakken. Thea gaf niet op, had ze Romy verzekerd. Ze zou niet rusten voordat ze hem had ontmaskerd.

Het belangrijkste was dat de politie – deels dankzij Tegen Lon-drom, deels dankzij Thea's gezaghebbende optreden en deels dankzij de geloofwaardigheid van Romy's getuigenverklaring – tot de conclusie was gekomen dat ze uit zelfverdediging had gehan-deld. Voor het eerst in haar leven voelde Romy zich oprecht vrij.

En toen ze het politiebureau had mogen verlaten, stond Lars op haar te wachten. Ze waren teruggelopen naar de camper – die stond nog altijd op het parkeerterrein waar Romy hem weken eerder had neergezet – en elkaar in de armen gevallen. Ze hadden elkaar gekust en deze keer echt. Daarna had Lars voor nog twee verrassingen gezorgd.

Hij was met haar naar Berlijn gereden, naar The Regent Hotel, waar hij een kamer had gereserveerd. Daarna had hij zijn laptop voor haar neergezet en gezegd dat het de hoogste tijd werd om Roberto Scolari te mailen.

Zijn antwoord was kort en bondig. Alfie zou met Kerstmis gaan skiën met Cesca en haar ouders. Dus ze zouden nog even met de hereniging moeten wachten, in elk geval tot Romy de pers in Duitsland te woord had gestaan en totdat Roberto de tijd had gehad om haar naam te zuiveren bij de autoriteiten in Italië, zodat de aanklachten tegen haar werden ingetrokken.

Dolgelukkig om van Roberto te horen had Romy de telefoon gepakt en Flavia gebeld. Die had haar bijgepraat over alles wat er sinds haar vertrek was gebeurd. Maria had in het ziekenhuis gelegen met een hartaanval, als gevolg van de spanningen door het verlies van het bedrijf. De hele familie was bang geweest dat ze het niet zou redden, maar inmiddels was ze aan de beterende hand. Het enige lichtpuntje in alle narigheid was dat Roberto en Gloria zich met elkaar hadden verzoend.

En Alfie, had Romy aangedrongen. Hoe was het met hem? Flavia had haar verzekerd dat hij het goed maakte. Roberto en Maria hadden hem naar een uitstekende kostschool gestuurd in Parijs, waar hij het geweldig naar zijn zin had en was geselecteerd voor het voetbalelftal en de skiploeg. Daar was Romy toch wel van geschrokken, ook al was Roberto altijd al een voorstander geweest van een internaat, terwijl Romy haar zoon thuis had willen houden.

Het fijnste was dat Alfie geen idee had van wat er allemaal was gebeurd, aldus Flavia. Roberto had haar zoon in bescherming genomen, besefte Romy dankbaar en met een overweldigende opluchting. Dus misschien was haar angst dat Alfie haar haatte, ongegrond.

Na dat telefoontje had Lars haar een glas champagne aangereikt en haar opnieuw gezoend. Ze waren samen in bed geploft en daar waren ze de hele week van Kerstmis niet meer uitgekomen. Ze hadden eten besteld bij de roomservice en alleen nog een uitstapje naar de buitenwereld gemaakt toen ze Gretchen belden, die bij haar moeder was, om haar fijne kerstdagen te wensen.

Het voelde als een nieuw begin, dacht Romy. Inmiddels was het eindelijk zover dat ze Alfie zou weerzien. Ze wist dat Roberto van plan was hen samen mee terug te nemen. Naar huis. Ze vroeg zich af of Italië nog echt haar thuis was. Helemaal nu Alfie in Parijs op kostschool zat en ze geen werk had.

Ze dacht aan Lars, in Amsterdam. Ze had hem en Gretchen die ochtend geskyped, en ze waren net zo opgewonden als zij over de hereniging met Alfie. Lars zette nog steeds alles op alles om het bewijs te vinden van de connectie tussen Solya en Brett Maddox. Dat viel niet mee, want ook Solya had zijn sporen zorgvuldig gewist.

Romy had echter geen tijd om er verder over na te denken, want daar was het! Een klein donker stipje dat steeds dichterbij kwam. Ze dacht dat haar hart zou barsten van geluk toen het kleine vliegtuig de grond raakte en over de landingsbaan naar haar toe kwam.

Zodra de auto met de trap naar het toestel reed, rende ze naar voren. De deur van het vliegtuig zwaaide open.

'Mamma!' Alfie zwaaide, toen stormde hij de treden af. Hij was groot geworden, zag ze. Hij leek wel koppen groter dan toen ze hem voor het laatst had gezien. Zijn gezicht was gebruind van het skiën. Zijn haar zag er ook anders uit. Slordig, net als dat van Alfonso bij hun eerste ontmoeting. De gelijkenis tussen vader en zoon was adembenemend.

Hij sloeg zijn armen om haar heen, en ze trok hem tegen zich aan, met haar wang tegen zijn hoofd.

'Ik heb je zo gemist,' fluisterde ze gesmoord. 'O, lieverd! Wat heb ik je gemist!' Ze legde haar handen langs zijn gezicht en kuste zijn wangen, zijn voorhoofd, terwijl ze haar ogen niet van hem af kon houden.

'Hoe was de campagne?' Alfie trok zijn neus op vanwege haar uitbundige vertoon van moederliefde. 'Flavia zei dat je waarschijnlijk doodmoe zou zijn. Ben je echt naar Afrika geweest en naar al die andere landen?'

'Hm-m,' jokte Romy. De familie had tegen Alfie gezegd dat ze plotseling had moeten vertrekken vanwege een uiterst geheime campagne voor een goed doel, wist ze van Flavia. Ze hadden gezegd dat ze daarom een tijdje geen contact met hem kon hebben. Het was een verzinsel waar ze allemaal aan hadden vastgehouden en waar Alfie nooit aan had getwijfeld. Vooral omdat hij al snel naar kostschool was gestuurd, in een land waarvan hij de taal niet sprak en dus de kranten niet kon lezen.

Romy wilde de hereniging niet bederven door hem de waarheid

te vertellen. Daar was later nog alle tijd voor. Zodra ze alleen waren, zou ze hem alles vertellen, had ze zich voorgenomen. Voorlopig was ze haar schoonfamilie dankbaar voor het leugentje om bestwil. 'Het spijt me dat ik niet heb gebeld. Maar dat kon niet.'

'Dat weet ik' zei Alfie. 'En het geeft niet. Ik wist toch dat je weer terugkwam? En ik ben hartstikke trots op je. O, en er is zoveel gebeurd! Het Lycée is echt ongelooflijk! Ik ben zo blij dat je me daarop hebt weten te krijgen.' Weer iets wat de familie had verzonnen om hem in bescherming te nemen.

'Dus je vindt het er fijn?' vroeg Romy.

'Ik vind het er geweldig! Wist je dat ik ben geselecteerd voor de skiploeg?'

Ze knikte en probeerde haar tranen terug te dringen. Hij was zoals altijd ongeduldig. Hij wilde verder. Ook in dat opzicht leek hij op zijn vader. Als hij al verdriet had gehad om haar afwezigheid en het gebrek aan contact, dan had dat geen zichtbare littekens achtergelaten en dat was te danken aan de Scolari's.

Ondanks al het verdriet dat Romy hun had gedaan, waren Roberto en Maria zoveel van haar zoon blijven houden dat ze hem in bescherming hadden genomen. Precies zoals Flavia had gezegd.

Terwijl Alfie doorpraatte en vroeg of ze het goedvond dat hij meeging op skireis naar de Alpen, verscheen Roberto boven aan de vliegtuigtrap.

Hij was oud geworden, zag Romy. Maria's hartaanval en het verlies van zijn bedrijf hadden duidelijk een zware wissel op hem getrokken. Romy trok Alfie dicht tegen zich aan terwijl Roberto de treden afdaalde. Toen hij voor haar stond, zag ze dat er tranen in zijn ogen schitterden. Dus ze spreidde haar armen en betrok ook hem in haar omhelzing.

'Het spijt me zo! Kun je het me vergeven?' vroeg hij.

'O, Roberto! Natuurlijk!' zei ze snikkend, en ze herhaalde wat hij op haar trouwdag tegen haar had gezegd. 'Je hebt me mijn zoon teruggegeven.'

Thea stiftte haar lippen en streek de zijden rok van haar eenvoudige roomwitte pakje glad. Haar hart bonsde in haar keel toen ze naar Michael keek. Hij droeg een blauw jasje met een fijn streepje, in zijn knoopsgat prijkte een roomwitte roos. Zo knap had hij er nog nooit uitgezien, vond ze. En hij was veel minder nerveus dan zij, besefte ze, terwijl ze zijn haar opzij streek.

'Ben je er klaar voor?' Hij pakte haar hand.

Ze herkende de schitterende beginklanken van Bachs concert voor twee violen – de muziek die ze samen hadden uitgekozen – aan de andere kant van de matglazen wand.

Net als over de muziek waren ze het eigenlijk over alles eens geweest. Zou dat bij andere bruidsparen net zo zijn? vroeg Thea zich af. Michael had haar op eerste kerstdag ten huwelijk gevraagd. Hij had een van de *Christmas crackers* gepakt waarmee ze de reusachtige kerstboom in haar huis hadden versierd, en toen ze die liet knallen, kwam er een eenvoudige verlovingsring met een diamant tevoorschijn.

Daarna waren ze het over alle keuzes en besluiten moeiteloos eens geworden. Ze hadden geen officiële bekendmaking gedaan van hun huwelijk, want ze hadden er geen pers bij gewild. In plaats daarvan wilden ze een intieme plechtigheid. Thea had Marie, hun voorganger, op het hart gedrukt dat de pers er op geen enkele manier lucht van mocht krijgen.

Ze had gedaan wat ze kon om te voorkomen dat Brett deze dag zou bederven. Trouwens, die had wel iets anders aan zijn hoofd, dacht ze. Nu hij haar eruit had gewerkt, stond hij er bij Maddox Inc. behoorlijk alleen voor.

Uit de kranten en uit de schaarse interne bronnen met wie Thea nog contact had, had ze begrepen dat het Brett sinds haar ontslag niet bepaald voor de wind was gegaan. Hij had er niet op gerekend dat personele veranderingen binnen de directie zulke ingrijpende gevolgen zouden hebben voor de koers van de aandelen. Blijkbaar was hij niet zo populair als hij had gedacht. Tot overmaat van ramp was Bethany een maand eerder in het openbaar verschenen met een blauw oog. Haar bedeesd uitgesproken 'Geen commentaar' op vragen van de pers had geleid tot driftige speculaties over echtelijke perikelen in het penthouse van Maddox Tower en tot de vraag of het sterrenhuwelijk schipbreuk had geleden.

Thea was voor het eerst in haar leven blij dat ze er volledig buiten stond. Sinds ze Romy had gevonden, was ze nog niet toegekomen aan de vraag wat voor werk ze wilde gaan doen. Net zomin als ze al de tijd had gekregen om na te denken over haar leven tot op dat moment. Alles was ineens anders komen te liggen. Van nu af aan zou ze zich op de toekomst richten, in plaats van op het verleden.

Ze glimlachte naar Michael toen hij de deur opendeed. De kamer daarachter baadde in het licht van de voorjaarszon. De tafel met daarop het huwelijksregister was opgevrolijkt met een grote bos narcissen. Marie stond ernaast, met een brede glimlach op haar gezicht.

Oorspronkelijk waren ze van plan geweest helemaal niemand voor de plechtigheid uit te nodigen, maar uiteindelijk waren ze akkoord gegaan met een paar getuigen. En terwijl ze hand in hand over het zachtgroene tapijt naar voren liepen, was Thea daar blij om. Sandy, haar huishoudster, straalde. In haar mooiste kleren, zag Thea, terwijl ze naar haar wuifde.

Sarah, Thea's vroegere assistente bij Maddox Inc. was er ook, samen met Tony, haar kersverse echtgenoot. En ook Sarah straalde.

Je ziet er prachtig uit! zei ze geluidloos. Toen rolde ze met haar ogen naar de rij achter haar, duidelijk diep onder de indruk van Ollie Mountefort. Thea's oude studievriend kwam rechtstreeks van de opnamen van zijn nieuwste film. Hij had beloofd dat hij er zou zijn en hij had woord gehouden. Toen Thea langs hem liep, schonk hij haar een knipoog.

Ze had zo graag gewild dat Romy en Alfie erbij zouden zijn, maar Romy had geen visum kunnen krijgen, ondanks Thea's protesten bij de autoriteiten dat alle aanklachten tegen haar zus waren ingetrokken. Gelukkig verwachtte ze haar spoedig weer te zien en Romy had een blauw kanten zakdoekje gestuurd dat ze zelf bij zich had gedragen op haar huwelijksdag. Thea had het in haar mouw gestopt.

Michael en zij hadden ook Johnny uitgenodigd. Hij had zich op zo'n korte termijn niet vrij kunnen maken, maar hij was wel heel erg blij dat ze elkaar hadden gevonden. Ze waren van plan om een week van hun huwelijksreis bij hem door te brengen. Johnny had Thea al door de telefoon verteld dat Gaynor en Marcel zich verheugden op hun bezoek. Bovendien stonden ze erop dat het bruidspaar gebruik zou maken van het nieuwe, luxueuze gastenverblijf bij de wijngaard.

Aan Michaels kant van het gangpad stonden vijf oud-collega's uit het leger. Ze knikten hun vroegere kapitein glimlachend toe. Thea had hen ontmoet toen ze Michael kwamen halen voor een vrijgezellenavond waarvan hij een week had moeten bijkomen. In hun uniform herkende ze hen amper. Ze zagen er schitterend uit, vooral Bud; de collega met wie Michael het meest had meegemaakt en die nu salueerde.

Helemaal vooraan draaide Rudy, de verpleeghulp, de rolstoel met daarin Michaels moeder naar het bruidspaar. Het was aan Rudy te danken dat Caroline Pryor erbij kon zijn. Ze had aangeboden de oude dame naar New York te rijden en haar later op de dag ook weer terug te brengen naar Brightside. En al zou zijn moeder er waarschijnlijk niets van onthouden, Michael vond het heerlijk dat ze deze dag kon meemaken.

Bij de rolstoel gekomen boog Thea zich naar haar toe om haar een kus op haar wang te geven. 'Wat fijn dat u er bent!'

Tot haar verrassing schonk Mrs. Pryor haar een glimlach. 'Thea,' zei ze verheugd. 'Ik heb altijd geweten dat Michael en jij voor elkaar bestemd waren.' Even klonk ze weer net als vroeger. 'Moge God jullie zegenen.'

Thea keerde zich met grote, verbaasde ogen naar Michael, in de hoop dat het heldere moment van zijn moeder hem niet was ontgaan. Er glinsterden tranen in zijn ogen terwijl hij zijn moeder omhelsde. Hij besefte dat het moment weer voorbij zou gaan, maar ze was althans even helder geweest. Bovendien had ze duidelijk kunnen maken dat ze wist hoe gelukkig Thea en hij waren.

Ten slotte richtte hij zich op en hij nam Thea's handen in de zijne. Toen Marie de eerste woorden sprak van de huwelijksceremonie, had Thea het gevoel dat ze weer kinderen waren en dat ze samen aan een nieuw, gedurfd avontuur begonnen.

Precies twee maanden na het huwelijk van Thea en Michael barstte het Solya-schandaal los. Achteraf bedacht Thea hoe ironisch het was dat het gebeurde op een moment waarop zij zich volmaakt vredig en in balans voelde.

Het was een verrukkelijke lentedag. Terwijl ze door Central Park jogde, denkend aan het gesprek dat ze die ochtend met Michael had gevoerd over de aanschaf van een jong hondje, verscheen Romy's naam op het schermpje van haar iPhone. Ze hadden elkaar de vorige dag een uur lang gesproken, dus het verbaasde haar dat ze nu weer belde, vooral omdat Romy dat weekend in Amsterdam was, bij Lars.

Thea ging langzamer lopen, zette haar playlist uit en nam op, buiten adem van het rennen.

'Het is hem gelukt! Lars heeft het voor elkaar!' zei Romy, en Thea kon de opwinding in haar stem horen.

Ze liep naar beneden, naar het meer, en probeerde de implicaties van wat Romy vertelde te bevatten. Haar hart ging wild tekeer, niet langer van het rennen, maar van wat ze te horen kreeg. Na maanden grondig en zorgvuldig zoeken – en na royaal gebruik van zijn 'duistere kunsten' die hem in staat stelden persoonlijke e-mailaccounts, beveiligd met een 'onneembare' firewall te hacken – had Lars eindelijk een uitwisseling van bestanden tussen Brett Maddox en Heinz-Gerd Solya gevonden.

'Wat voor bestanden?' vroeg Thea, maar ze wist het antwoord al.

Ze sloot haar ogen en werd heen en weer geslingerd tussen opluchting en weerzin toen Romy haar vertelde over de beelden van minderjarige meisjes. Het had er alle schijn van dat het spoor naar een wijdvertakt, Europees pornonetwerk leidde. Lars kon de omvang van wat hij had ontdekt nauwelijks bevatten en hoe langer hij zocht, hoe meer hij vond.

'Hij heeft gisteravond Tegen gebeld,' vertelde Romy. 'En daarna heeft hij de bestanden naar de Duitse en Amerikaanse politie gestuurd, naar de afdelingen die zich bezighouden met het opsporen en bestrijden van kinderporno. Vanmorgen is de hel losgebroken. Tegen belde net. Ze had gehoord...'

'Wat?' vroeg Thea.

'De politie is op weg naar Maddox Tower. Ze gaan hem arresteren,' zei Romy. 'Brett Maddox wordt gearresteerd. Het is ons gelukt, Thea! We hebben hem te pakken!'

De stoep werd al geblokkeerd door televisiecamera's toen Thea en Michael een halfuur later in een taxi bij Maddox Tower arriveerden.

'Miss Maddox, wat vindt u ervan dat uw broer is gearresteerd?' vroeg een verslaggever zodra ze uitstapte.

Alle camera's waren op haar gericht. Ze keek naar Michael, die aan de andere kant uit de auto stapte. Hij knikte bemoedigend.

Het was Michael geweest die had gezegd dat ze naar Maddox Tower moest. In haar beste kleren. En hij ging mee. Hij liet zich Bretts publieke vernedering niet ontnemen en van zijn vrouw verwachtte hij hetzelfde.

'Ik ben alleen maar opgelucht,' antwoordde Thea.

Ze werkte zich door de menigte verslaggevers, net op tijd om Brett naar buiten te zien komen, geëscorteerd door twee agenten die hem stevig tussen zich ingeklemd hielden. Bij het spervuur van flitslicht keek hij woedend op. Van Bethany was geen spoor te bekennen.

Lance Starling volgde vlak achter hem, schreeuwend om boven het lawaai uit te komen, terwijl de journalisten alles op alles zetten om Brett op de foto te krijgen. Thea keek toe terwijl de agenten hem achter in de kogelvrije politiebus duwden. De deuren sloegen dicht. Hij had geen moment haar kant uit gekeken. Lance Starling stapte in een auto van Maddox Inc. die achter de politiebus stond. De bus reed weg, de sirene begon te gillen, en er ontstond opnieuw een spervuur van flitslicht.

Vervolgens reden er nog meer politiebussen voor en Thea zag de reusachtige draaideur van Maddox Tower in beweging komen, toen er een rij agenten naar buiten kwam, beladen met computers. Het personeel had zich in de hal verzameld en Thea kon zien dat mensen hun hand voor hun mond sloegen, van schrik en afschuw.

Toen kwam Storm naar buiten. Met haar zware make-up zag ze eruit als een clown.

'Mijn zoon is onschuldig!' Met gevoel voor drama bleef ze staan, in een houding alsof ze een modeshow liep. Ze droeg een laag uitgesneden zijden bloes, een strakke kokerrok en hoge hakken. Ze bood een lachwekkende aanblik. 'Wie deze laster ook heeft verspreid, zal ervoor boeten!' Ze keek uitdagend naar de camera's. 'Hij is onschuldig! Hij heeft niets gedaan!' hoorde Thea haar nogmaals zeggen terwijl de camera's op haar inzoomden.

'Miss Maddox, miss Maddox!' riep een verslaggever toen Thea zich een weg baande door de menigte, op weg naar Storm. 'Wat denkt u van de beschuldigingen aan het adres van uw broer?'

'Ik weet zeker dat ze allemaal waar zijn,' antwoordde Thea.

Ze was zich bewust van de koortsachtige stemming onder de vertegenwoordigers van de media. Ze wist dat haar uitspraken vanuit hun oogpunt sensationeel waren – de droom van iedere journalist – maar toch bleef ze merkwaardig kalm.

Dat gold echter niet voor Storm. Integendeel.

'Hoe dúrf je!' Ze keerde zich naar Thea. 'Hoe durf je het te zeggen? Waag het niet je eigen familie af te vallen!'

'Hij is geen familie,' zei Thea. 'En jij ook niet. Brett Maddox is gearresteerd op volkomen terechte beschuldigingen. En laten we hopen dat dit nog maar het begin is! Ik hoop dat er een grondig onderzoek komt naar al zijn verwerpelijke praktijken! Zowel zakelijk als privé! Dus ik doe een beroep op iedereen die bewijzen heeft, of die onder Brett Maddox heeft geleden, om zich bij de politie te melden.'

'Ze liegt!' gilde Storm. 'Ze is gewoon jaloers! Ze probeert mijn zoon zwart te maken! Het is allemaal haar schuld!'

Toen stortte ze zich op Thea, die – samen met de rest van de wereld – vol afschuw zag hoe ze probeerde haar te krabben en te slaan. Ze werd onmiddellijk in bedwang gehouden door twee agenten, met als gevolg dat ze nog hysterischer werd. Ze schopte en spartelde voor de ogen van de verzamelde pers. Ten slotte draaide ze zich om en stompte een van de agenten in het gezicht.

In het pandemonium dat daarop volgde, baanden zich nog meer agenten een weg door de menigte om Storm onder controle te houden. Die ging nog altijd wild tegen Thea tekeer, met haar bloes uit haar rok.

'Is alles goed met je?' vroeg Michael bezorgd. 'Heeft ze je geraakt?'

'Nee.' Thea keek Storm na terwijl ze door de politie werd weggesleept. De agent die ze had geslagen, duwde haar hoofd naar beneden en dwong haar in de politieauto te stappen.

'Goddank,' zei Michael. 'Je zult dringend puin moeten ruimen na dit spektakel.'

'Miss Maddox,' riep een verslaggever. 'Wat is uw volgende stap?'

Thea keek langs de wolkenkrabber omhoog, naar de reusachtige M bovenop. Toen schonk ze Michael een glimlach en kneep in zijn hand in de wetenschap dat hij achter haar stond.

'Ik ga er alles aan doen om mijn bedrijf te redden.' En met die woorden liep ze naar de draaideur.

36

September 2011

Romy schoof het blad van de roomservice opzij, schopte haar schoenen uit en kroop naast Thea op het enorme bed in de presidentiële suite van het Ritz Hotel in Londen. Ze schonk haar een glimlach, blij dat ze alleen waren en dat ze nog een hele nacht samen hadden om te praten over alles wat er was gebeurd.

Zoals Thea daar zat – met blote voeten, in een gemakkelijke joggingbroek en een T-shirt – leek ze in niets op Thea Maddox, de succesvolle zakenvrouw. Maar Romy had geleerd haar kleine zusje niet te onderschatten. Ze was een formidabele zakenvrouw. In het afgelopen jaar had ze een volledige ommekeer in de bedrijfscultuur van Maddox Inc. gerealiseerd. Een van haar eerste beslissingen na haar herbenoeming tot directievoorzitter was het terugverkopen van de aandelen Scolari aan Roberto geweest. Iets waarvoor Romy haar zusje altijd dankbaar zou blijven. Het had Roberto intens gelukkig gemaakt.

'Hoe laat komt Lars morgen?' vroeg Thea.

'Zijn trein is hier pas om elf uur. Dus we kunnen uitslapen.'

'Als we aan slapen toekomen.'

'Ja, zeg dat wel,' verzuchtte Romy.

'Hoewel jij je schoonheidsslaapje natuurlijk hard nodig hebt voor het weerzien,' plaagde Thea, die wist hoezeer Romy uitzag naar haar eerste echte vakantie met Lars.

'Als hier iemand slaap nodig heeft, dan ben jij het,' zei Romy. 'Wanneer stop je nou met werken?'

'Binnenkort,' zei Thea. 'Maar nietsdoen is niks voor mij. Bovendien werk ik nog maar vier dagen per week en als de baby er eenmaal is, neem ik negen maanden vrij. Hier, voel eens!' Thea ging op haar rug liggen, pakte Romy's hand en legde die op haar dikke buik. 'Hij schopt.'

'Ik voel het,' bracht Romy ademloos uit. En toen voelde ze het weer! Het kindje van Thea en Michael.

'Dat doet hij bij Michael nou nooit, terwijl die soms uren zijn hand erop legt.' Thea streek glimlachend over haar bolle buik. 'Blijkbaar is hij nu al dol op zijn tante Romy.'

'Je had Michael beloofd dat je zou bellen,' hielp Romy haar herinneren.

'Dat weet ik. En dat doe ik ook. Maar ik wacht nog even, tot het daar wat later is. Dat komt beter uit. Trouwens, ik ben de schok nog niet te boven. Ik zit nog na te trillen van vanmorgen. Heb jij dat niet?'

Romy knikte. 'Kom!' Ze dwong zichzelf te glimlachen. Ze had al een keer aan haar verleden moeten ontsnappen, dus ze zou zich er ook nu niet onder laten krijgen. 'Zullen we de foto's nog eens bekijken? Ik vind dat we alleen nog aan de goede dingen moeten denken en de slechte vergeten.'

Thea knikte en trok het album naar zich toe. Zij aan zij, met hun rug tegen het hoofdeind van het bed, sloegen ze de kreukelige bladzijden om.

In het mediacircus rond de arrestatie van Brett Maddox en Heinz-Gerd Solya waren er aan beide kanten van de Atlantische Oceaan nog meer mensen naar voren gekomen die hen van criminele activiteiten beschuldigden.

In Amerika was Brett Maddox tot op dat moment door drie vrouwen beschuldigd van verkrachting en ongewenste intimiteiten, onder andere door Ally Monroe, een medewerkster van de Senaat en de dochter van de vrouw die Thea ooit had binnengelaten tijdens het feestje in Maddox Tower. Bethany had kapitalen verdiend aan de verkoop van de exclusieve uitgeefrechten voor het verhaal over haar huwelijk en al het misbruik waaronder ze had geleden. Thea had gehoord dat ze zelfs de filmrechten had verkocht.

471

In Europa meldden zich steeds meer mensen die bereid waren te getuigen tegen Solya en was er een ware beerput aan criminele activiteiten opengegaan. Voor Thea en Romy was Petra Bletford in Engeland de belangrijkste getuige, die beweerde dat ze hun tante was.

Nadat een bloedtest had aangetoond dat ze de waarheid sprak, had Thea die ochtend met Romy in Londen afgesproken en waren ze samen naar Petra gegaan, in Kingston-upon-Thames. Daar hadden ze in de grote serre gezeten, met uitzicht op de zorgvuldig onderhouden tuin, terwijl Petra hun het verhaal had verteld waar ze – aanvankelijk ieder afzonderlijk – naar op zoek waren geweest.

Petra zelf was na de val van de Muur naar Engeland gegaan en met Geoffrey getrouwd. Ze hadden twee zoons gekregen, die inmiddels volwassen waren. De foto's van haar kinderen hingen aan de muur. Het grootste deel van haar werkzame leven was ze lerares geweest en ze klonk helemaal niet Duits. Maar toen ze eenmaal begon te vertellen, merkte Thea dat met de herinneringen ook haar moedertaal weer naar boven kwam.

'Dit was jullie moeder,' had ze gezegd, wijzend op een foto in een oud album, waarvan het vloeipapier bros en vergeeld was.

Thea boog zich naar Romy, die het album op schoot hield, en keek naar de zwart-witfoto. Ze zag een vrouw met een haarband in haar lange haar dat om haar gezicht danste. Een lachend gezicht, beschenen door de zon. En dat was hun moeder? Die knappe vrouw met net zulk blond haar als zij en net zo'n glimlach als Romy?

'Ana was altijd degene die de foto's maakte. Dus van haarzelf zijn er niet zoveel,' vertelde Petra.

'Ze was knap,' zei Romy verdrietig.

'Ja, ze was beeldschoon.' Petra keek Romy en Thea aan. Ze legde een hand op haar borst. 'Ach, als ze jullie eens had kunnen zien! Jullie samen! Ik kan het nog bijna niet geloven.'

Romy glimlachte weemoedig naar Thea en legde het album op de tafel. 'We willen zo graag weten wat er is gebeurd. Ik heb uit je e-mails begrepen dat het allemaal erg verdrietig is... en dat je het liever niet wilde schrijven, maar het ons persoonlijk wilde vertellen...'

Petra zuchtte. Het was duidelijk dat ze zich op het gesprek had voorbereid. Met haar handen gevouwen in haar schoot vertelde ze Romy en Thea over haar jeugd in Oost-Duitsland en over Anaka, haar kleine zusje.

Thea luisterde en voelde zich beschaamd. Zij had het zo goed gehad, terwijl haar echte moeder met zo weinig tevreden had moeten zijn.

'Hoe was ze?' vroeg Romy.

'Romantisch. Koppig,' antwoordde Petra. 'Het verbaasde niemand dat ze voor Niklas viel. Hij werkte in de fabriek. Een jonge, knappe vent. Wanneer Ana eenmaal ergens haar zinnen op had gezet, liet ze zich er niet meer van afbrengen en toen ze Niklas leerde kennen, was ze van begin af aan vastbesloten om met hem te trouwen.'

Thea keek naar Romy. Voor zover ze haar zusje had leren kennen, klonk het alsof ze op hun moeder leek. Romy had zich tegelijkertijd naar haar gekeerd en Thea wist dat zij precies hetzelfde dacht.

'En toen?' vroeg Thea. 'Is Niklas onze vader?'

Petra schudde haar hoofd. 'Zoals ik al zei: Niklas werkte in de staalfabriek, maar op een dag kwam hij niet thuis. Ana was wanhopig. Ze ging naar de fabriek en riep de vent voor wie Niklas werkte, ter verantwoording. Hans Volkmar.'

Volkmar. De man die de baby's naar het bos had gebracht. Thea zou die naam nooit vergeten.

'Hij lachte haar uit, maar ze gaf niet op. Ze ging naar de hoogste baas, met als gevolg dat Volkmar en een andere vent – een nog groter beest – naar haar huis kwamen. Ons huis.'

'Hoe heette die andere man?' vroeg Romy.

'Solya,' antwoordde Petra.

Romy keek Thea met grote ogen aan. Die pakte haar hand, vervuld van afschuw dat het monster waar ze zoveel over had gehoord, iets met hun moeder te maken had gehad.

'Solya was meteen weg van Ana en wilde haar voor zichzelf. Hij

vertelde haar dat Niklas dood was. Toen ze zich tegen hem verzette... toen... toen sloeg hij haar. En...'

Petra wendde zich af. Ze haalde een zakdoek uit de mouw van
haar blauwe vest en veegde over haar ogen. Toen slaakte ze een
diepe zucht om haar emoties de baas te blijven.

'Een maand later ontdekte Ana dat ze zwanger was. Van jou.'
Petra keek Romy aan.

'Maar je bedoelt toch niet...' bracht Thea ademloos uit.

'Dat Solya mijn váder is?' zei Romy.

Thea's hart klopte in haar keel. Ze zag de geschokte uitdrukking
op Romy's gezicht, maar Petra praatte door. Dat was duidelijk nog
niet alles.

'Toch hield ze van je. Vanaf het eerste moment dat ze je in haar
armen hield.' Ze bleef Romy recht aankijken. 'God, wat hield ze
veel van je! Maar toen hij hoorde dat ze een baby had gekregen,
kwam Solya opnieuw langs.' Petra haalde diep adem. 'Die keer
was hij kalm. Hij gaf Ana geld en er kwamen nieuwe meubels en
kleertjes voor jou. Hij zou voor haar zorgen, zei hij. En hij zei ook
dat je het mooiste meisje was dat hij ooit had gezien. Maar Ana
wilde niets van hem weten. Ze zou altijd van Niklas blijven houden, zei ze. Hij werd woedend. En toen gebeurde het weer... Hij
verkrachtte haar. Daarna kwam hij regelmatig terug. Ze verzette
zich elke keer, maar toch gebeurde het steeds weer...'

Romy had haar hand voor haar mond geslagen, er stonden tranen
in haar ogen. Thea pakte haar andere hand en drukte die stevig.

Petra keerde zich verdrietig naar Thea. 'En acht maanden later
werd jij geboren.'

Thea proefde gal in haar keel. Dat beest – dat mónster – hij had
hetzelfde met haar moeder gedaan als Brett met haar!

'Toen ze jou kreeg, zo kort na haar eerste kindje, werd ze ziek,'
vervolgde Petra. 'Ik dacht dat ze het niet zou overleven. Ze was zo
zwak. Maar ze wilde jullie niet loslaten. Ze hield jullie in haar
armen. Jullie allebei. Toen hebben we een tijdje gedacht dat het
voorbij was.'

'En Solya?' vroeg Romy.

'Ana wilde vluchten zodra ze sterk genoeg was. Maar hij kwam terug. Hij gaf Ana een laatste kans. Als ze voor hem koos, als ze beloofde dat ze van hem zou houden, zou hij haar vergeven en dan konden ze samen een nieuwe start maken.'

'Maar ze weigerde?' vermoedde Thea.

Petra knikte. 'Ja, natuurlijk. Het was ondenkbaar dat ze voor dat monster op de knieën zou zijn gegaan.'

'En toen?' Thea's stem haperde.

'Hij vroeg het niet nog eens. In plaats daarvan sloeg hij haar harder dan ooit. Daarna trok hij zijn handen van haar af, en hij nam wraak.' Petra werd bleek. 'Ik zal het nooit vergeten, de kreet die ze slaakte toen Volkmar jullie kwam halen. Ik vloog hem aan. Mijn vader heeft ook geprobeerd hem tegen te houden. Maar Volkmar was sterker. Als we naar de politie gingen zou hij ons vermoorden, zei hij.' Petra schudde haar hoofd en veegde weer over haar ogen. 'Onze buurman had een geweer. Dat bewaarde hij in zijn houtschuur. Daar vonden we Ana de volgende morgen. Ze had zichzelf door het hoofd geschoten.'

Terwijl ze naast Romy op het hotelbed zat, streelde Thea de foto van hun moeder. Hun moeder, met haar stralende, lieve lach.

'Ik ben zo blij dat we samen waren, vandaag. Want alleen had ik het niet aangekund, denk ik,' zei Romy.

'Wat moet het verschrikkelijk voor haar zijn geweest! Dat is iets wat ik me gewoon niet kan voorstellen,' zei Thea. 'Ondanks alles wat Brett me heeft aangedaan... kan ik me niet voorstellen hoe bang ze moet zijn geweest.'

De gedachte dat de baby haar werd afgenomen, vervulde Thea met doodsangst en haar kindje was nog niet eens geboren. Het idee dat haar moeder van Niklas had gehouden en dat ze hem had verloren... Ook dat leek Thea ondraaglijk. Ze kon zich niet voorstellen dat ze Michael zou verliezen en hoe ze zich dan zou voelen.

Ze dacht aan Solya, in het bos, waar hij voor God had gespeeld en had beslist over twee kostbare jonge levens. Het was allemaal zo mogelijk nog walgelijker geworden, nu ze wist dat het om zijn eigen kinderen ging. Hoe had hij zijn keuze bepaald? Wat had hem doen besluiten welke baby hij aan Walchez zou meegeven?

Welke speling van het lot had ervoor gezorgd dat zij in Amerika was terechtgekomen?

En hoe zou het zijn om Solya ter verantwoording te roepen? Ook daar kon ze zich niets bij voorstellen. Hun vader zat in een Berlijnse gevangeniscel, in afwachting van zijn proces. Uiteindelijk zouden ze de confrontatie met hem aan moeten. Dat was echter van later zorg. Daar wilde ze nu nog niet aan denken.

Het voornaamste was dat Romy en zij samen waren. Meer dan wat ook gaf dat Thea het gevoel dat het kwaad niet had gezegevierd. Solya en Brett hadden verloren. Allebei.

Storm mocht dan al haar geld uitgeven aan pogingen om Bretts naam te zuiveren, zoals het er nu uitzag verdween hij voor jaren de gevangenis in. Voor een bestaan achter de tralies, letterlijk en figuurlijk. Michael had Thea verteld wat ze in de gevangenis met verkrachters en kindermisbruikers deden. Dat zou hem leren. Hij verdiende niet beter!

Dat betekende dat Maddox Inc. van haar was. De directie stond als één man achter haar, de aanhangers van Brett waren ontslagen. Op de een of andere manier waren haar ambities en haar gedrevenheid minder geworden nu Brett van het toneel was verdwenen, met als gevolg dat ze haar uren drastisch had verminderd en dat ze had geleerd veel meer te delegeren. Als de baby er eenmaal was, zou ze inderdaad minstens negen maanden vrij nemen. Misschien wel een jaar. Want ze wilde er ten volle van kunnen genieten. Daar had Romy haar van overtuigd.

Thea rekte zich uit, liet zich van het bed glijden en liep, met één hand als steuntje in haar rug, naar haar koffer, op het rek in de hal. Want er was haar ineens iets te binnen geschoten. Het cadeau dat ze in Australië had gekocht. Ze viste het uit haar koffer en veegde het stof eraf.

Ondertussen dacht ze aan Jenny. Sinds haar bezoek hadden ze contact gehouden en Thea had de bedrijfsjuristen gevraagd om een regeling waardoor Jenny werd gecompenseerd voor de erfenis van haar moeder die ze nooit had gekregen. Dat vond ze niet meer dan eerlijk, want Maddox Inc. was opgericht met het kapitaal van Alyssa McAdams.

Tot Thea's verbazing had Jenny het geld echter geweigerd. Ze wilde geen deel worden van het Maddox-imperium. Ze wilde niet dat haar leven veranderde. Thea had haar iets gegeven wat veel meer waard was dan geld, aldus Jenny. Ze had haar vader gevonden. Johnny Faraday. Johnny was dolgelukkig met de ontdekking dat hij behalve een dochter ook twee stoere kleinzoons had. Dat hadden Thea en Michael met eigen ogen kunnen zien toen ze hem de vorige zomer opzochten tijdens hun huwelijksreis.

'Alsjeblieft.' Thea kwam weer naar het bed, waar Romy het album net zorgvuldig weglegde. 'Ik heb een cadeautje voor je. Ik heb het al een tijdje, maar dit voelt als het juiste moment om het te geven.'

'Wat is het?' Romy maakte de strik los en het geborduurde kussen kwam tevoorschijn, met *Sisters make the best of friends*. Overweldigd door emoties zag Thea hoe Romy het kussen dicht tegen zich aan drukte. Toen Romy haar omhelsde, wist Thea dat alles wat ze zich in haar dromen ooit van een zusje had voorgesteld werkelijkheid was geworden.

De volgende morgen werden ze naast elkaar wakker. Toen Romy haar ogen opendeed en naar Thea's slapende gezicht keek, besefte ze dat ze niet had gedroomd. Nergens van. Niet dat ze werd achtervolgd. Niet van Lemcke. Niet van Alfonso's dood. Terwijl ze zich uitrekte, besefte ze dat ze waarschijnlijk nog nooit zo rustig en onbezorgd had geslapen.

Ze liep naar de badkamer, spetterde water in haar gezicht en bekeek zichzelf in de spiegel.

Ze had tot diep in de nacht met Thea gepraat en geleidelijk aan hadden hun ideeën voor de Stichting Anaka vaste vorm aangenomen. Nu, in het koude ochtendlicht, was Romy er meer dan ooit van overtuigd dat het een goed besluit was geweest.

Thea zou Romy helpen de stichting te financieren en samen zouden ze een manier zien te vinden om alle meisjes die door Solya waren misbruikt, te helpen. Zelfs meisjes zoals Claudia. Het was een ambitieus plan, maar een uitdaging waar Romy nu al naar uitzag. Om de meisjes op te sporen en om ook anderen te helpen, meisjes die er wanhopig aan toe waren en die niemand hadden om op terug te vallen. Hier lag een taak voor haar, wist Romy. Zoals ze vanaf het begin had geweten dat ze dit ooit zou doen.

Ze vroeg zich af wat Lars ervan zou vinden en ze dacht aan wat Thea die nacht had gezegd, net voordat ze in slaap vielen, toen het buiten al licht begon te worden. 'Ga ervoor als je hem leuk vindt! Waar ben je bang voor? Ga ervoor! Er is niets om bang voor te zijn.'

Romy glimlachte naar zichzelf in de spiegel. Er dansten vlinders in haar buik. Nog even, dan zag ze hem! Nog even, dan kwam de trein aan met Lars en Alfie en Gretchen. Eerst zouden ze als echte toeristen van Londen genieten en daarna vertrokken ze voor een lange vakantie door Europa met de camper. Het zou helemaal perfect zijn geweest als Thea mee had gekund, maar die moest terug naar Amerika, naar Michael. Hoe dan ook, ze zouden elkaar spoedig weerzien. Dat wist Romy zeker.

Tijdens het ontbijt hadden ze plezier om de kleine eigenaardigheden die ze bij elkaar ontdekten. Zo waren ze allebei linkshandig en dronken ze allebei hun koffie zwart met een heel klein beetje suiker. Romy kon er niet genoeg van krijgen om naar de verhalen van haar zus te luisteren. Ze wilde alles weten. Nog altijd druk pratend stapten ze uiteindelijk in een zwarte Londense taxi naar Waterloo Station.

'Hoe laat is het? Zijn we op tijd?' vroeg Thea, terwijl ze de taxichauffeur betaalde.

Romy keek op haar horloge. 'De trein kan elk moment binnenkomen.'

Thea glimlachte. 'Spannend, hè? Ik ben er ook helemaal zenuwachtig van. Trouwens, ik sprak Michael net nog even. Je krijgt een kus van hem en hij wou dat hij hier was.'

Samen liepen ze de enorme stationshal binnen.

'Wow! Wat is het veranderd!' zei Thea. 'Ik ben hier in geen jaren geweest.'

Romy keek omhoog naar de hoge, glazen koepel. 'Ik kan me nog mijn eerste avond in Londen herinneren. Ik was net in Engeland aangekomen,' vertelde Romy. 'En ik heb me zelden zo wanhopig gevoeld. Zo alleen. Ik had niets. Niemand.'

'De eerste keer dat ik hier was, ging ik met school naar een toneelstuk,' zei Thea met een verdrietige glimlach. 'Ik voelde me dik en eenzaam. Door wat er met Brett was gebeurd, was ik totaal de weg kwijt. Toen we uit de ondergrondse kwamen, zat er een meisje te bedelen. Ik heb haar geld gegeven en toen raakte ik met Bridget Lawson aan de praat. Daar heb ik je over verteld. Bridget, de zus van Tom. En over Shelley Lawson, hun moeder. Weet je nog?'

Romy staarde Thea aan die doorpraatte en ze herinnerde zich het meisje in de rode jas, dat als een engel aan haar was verschenen. Terwijl het zonlicht door de glazen koepel van de stationshal op Thea's blonde haar viel, had Romy gedurende een vluchtig, helder moment een gevoel alsof de hele wereld haar adem inhield, alsof alles en iedereen – forenzen, reizigers, koffieverkopers – verstilde.

Op dat moment wist ze absoluut zeker dat Thea het meisje in de rode jas was geweest. Dat de heilige, gouden band die er bestaat tussen zusjes, ervoor had gezorgd dat ze al die tijd met elkaar verbonden waren gebleven, ondanks de speling van het lot waardoor de jaren en de continenten hen hadden gescheiden.

'Daar zijn ze!' Thea wees naar het bord met de aankomsttijden. Ze lachte naar Romy. 'Wat is er?' vroeg ze bij het zien van de merkwaardige uitdrukking op haar gezicht.

'Niks... of eigenlijk... dank je wel.' Romy schoof haar arm door die van Thea. Samen verdwenen ze in de menigte.

EEN WOORD VAN DANK

Het schrijven van dit boek was een feestje. Vanaf dag één. Mijn grote dank gaat uit naar het hele team bij Macmillan, maar vooral naar Wayne Brooks, mijn briljante uitgever, die van meet af aan in dit project geloofde. Verder wil ik Vivienne Schuster, Felicity Blunt en Katie McGowan bedanken, mijn agenten bij Curtis Brown. Ook dank aan Katy Whelan voor al haar hulp, en aan Toni Salvage en Sara Sims. Mijn drie fantastische meiden ben ik reusachtig dankbaar, en natuurlijk mijn man, Emlyn Rees, mijn steun en toeverlaat: zonder jou was dit boek nooit afgekomen. En ten slotte bedank ik jullie, mijn lezers. Uit de grond van mijn hart!

Ontdek de beste en mooiste nieuwe boeken met de gratis *Lees dit boek*-app
Wilt u als eerste de beste en mooiste nieuwe boeken ontdekken? Vaak nog voordat die boeken zijn verschenen en de pers erover heeft geschreven? Download dan gratis de *Lees dit boek*-app voor iPhone en iPad via www.leesditboek.nl.

Blijft u graag op de hoogte van de nieuwste boeken?
Volg ons dan via www.awbruna.nl, ◼f en ◼ en meld u aan voor de nieuwsbrief.